Martin Walker

Schatten an der Wand

Roman

Aus dem Englischen von Michael Windgassen

Diogenes

Titel der 2002
bei Simon & Schuster, New York,
erschienenen Originalausgabe:
›The Caves of Périgord‹

Umschlagfoto (Ausschnitt) von David Curtis:
© David Curtis

www.diogenes.ch
500/12/44/1
ISBN 978 3 257 06843 6

I

Zeit: Gegenwart

Jede interessante Frau hat eine ganz eigene Art zu lächeln, und Lydia Dean machte diese Erfahrung bei sich selbst, als sie ihr enges Mansardenbüro betrat und das Glas eines gerahmten Posters ihr Spiegelbild zurückwarf. Sie konnte sich das Lächeln ebenso gut eingebildet haben, denn es bestand keinerlei Anlass zu Fröhlichkeit. Entschlossen, niemanden merken zu lassen, wie sehr sie das Gespräch mit Justin bestürzt hatte, drückte Lydia die Tür fest hinter sich zu und blieb dann mitten im Raum stehen, um über den drohenden Ruin ihres Imperiums nachzudenken. Doch trotz der betrüblichen Aussicht auf Arbeitslosigkeit hob sich ihre Laune. Es war eine ironische Stimmung, inspiriert von ihrem Sinn für Absurditäten. Lydia staunte immer wieder über die hochgestochenen Begriffe, die ihr im unpassendsten Moment in den Sinn kamen. Imperium? Ruin? Dabei würde sie lediglich einen Job verlieren, der ihr ohnehin nicht gefiel, obwohl er ihr bisher immerhin ermöglicht hatte, mit Kunst angemessen zu verdienen.

Dabei war das Wort Imperium durchaus zutreffend, dachte sie mit Blick auf die Karte der antiken Welt, die vor ihr an der Wand hing. Ihr Territorium erstreckte sich vom alten Griechenland bis in die Anfänge der Zeitrechnung, von den Weiten Indiens bis zu den Säulen des Herkules. Sie hatte die Länder der Hethiter und Hammurabis Königreich bereist und erforscht und konnte mehrere tote Sprachen aus dem kleinasiatischen Raum lesen. Als Studentin hatte sie an Ausgrabungen teilgenommen, Keramikscherben aus knochentrockenen Erdschichten geborgen und sogar ihre Zahnbürste eingesetzt, um sie zu säubern. Und nun sah es so aus, als wären ihre sauer erworbenen Fähigkeiten, sich gegenüber engstirnigen und nicht selten völlig inkompetenten Kulturbürokraten durchzusetzen, vergebliche Liebesmüh gewesen.

Wie um alles in der Welt hatte sie nur so ehrgeizlos sein können, als sie nach England zurückgekommen war, um ein Aufbaustudium in Kunstgeschichte anzutreten? Sie schimpfte in letzter Zeit häufig mit sich und sparte nicht mit Selbstkritik. Kunstgeschichte sei kein wirklich ernstzunehmendes Fach, haderte sie, nicht wie etwa Jura oder Informatik oder auch Betriebswirtschaft. Vielleicht hätte sie sich doch auf Archäologie konzentrieren sollen, dachte sie, erinnerte sich dann aber an staubige Zeltlager, Rückenschmerzen und aufdringliche Mitarbeiter mit unangenehmen Körpergerüchen. Es wäre wohl besser gewesen, sie hätte ihre Forschungen am Institut für mittelalterliche Kunst fortgesetzt, eine Arbeit, die sie wirklich liebte. Geld konnte doch nicht alles sein. Trotzdem musste jeden Monat die Hypothek bedient werden, und heute war ihr unmissverständlich mitgeteilt worden, dass das Auktionshaus auf ihre Mitarbeit zu verzichten gedachte, weil der Markt in ihrem Fachbereich bedauerlich wenig hergab. Präklassische Kunst umfasste alles, was vor den alten Griechen und Römern lag. Lydias Imperium erstreckte sich vom antiken

Ägypten bis nach Babylon, von Persepolis bis ins Heilige Land, es umfasste Kontinente und Jahrtausende, brachte aber trotzdem nicht entfernt die Erlöse ein, die selbst drittrangige Impressionisten mit ihren Bildern erzielten.

»Das hier – ich meine, Ihr Bereich – sieht – hmm – nicht gerade vielversprechend aus, tut mir leid«, hatte der Abteilungsleiter angesichts der bescheidenen Liste ihrer Vorschläge für das kommende Geschäftsjahr gesagt. Wie so viele Engländer drückte sich Justin schrecklich umständlich aus, insbesondere dann, wenn er schlechte Nachrichten mitzuteilen hatte. Wie sie wusste, ging es nicht nur um ihren *Bereich;* für die Flaute wurde sie persönlich verantwortlich gemacht. Man bezahlte sie nicht nur dafür, dass sie die Märkte abklapperte und die besten Angebote für ihr Auktionshaus ausfindig machte, sondern vor allem dafür, potenzielle Verkäufer interessanter Sammlungen zu beeindrucken und reiche Kunden ans Haus zu binden. Obwohl keiner ihrer Vorgesetzten so unenglisch gewesen wäre, ihr reinen Wein einzuschenken, wusste sie, dass sie den Job nur ihrer Jugend und Attraktivität verdankte. Aber man erwartete auch von ihr, auf ihrem Gebiet jenen Hype zu erzeugen, der für Publizität und Gewinne sorgte. In dieser Hinsicht war sie bisher kläglich gescheitert, denn sie konnte nur ganz wenige Erfolge für sich verbuchen: einige armselige Verkäufe an Museen, die aber nur geringe Erlöse eingebracht hatten, eine Handvoll sumerischer Kunstgegenstände an eine Privatsammlung sowie die nicht unproblematische Vermittlung einiger Artefakte, die womöglich aus der Plünderung skythischer Grabhügel stammten.

»Wir haben Erwartungen in Sie gesetzt, die Sie leider

nicht erfüllen, Lydia«, hatte Justin abschließend bemerkt und dabei jenen hochnäsigen Ton angeschlagen, der jetzt öfter von ihm zu hören war, seit sie seine Einladung zu einem romantischen Dinner ausgeschlagen hatte. Unter den weiblichen Angestellten galt Justin als Frauenheld. Lydia fand ihn einfach nur pomadig in seinen blau gemusterten oder -gestreiften Hemden, weißen Krägen und Manschetten. Inzwischen versäumte sie es nie, sich nach seiner Frau und den Kindern zu erkundigen.

Das Gespräch hatte sie aufgebracht und ihr deutlich vor Augen geführt, dass sie noch vor Ablauf des Jahres arbeitslos sein würde. Missmutig und niedergeschlagen ging Lydia an ihren Schreibtisch und streichelte gewohnheitsmäßig den Kopf der Katze aus Speckstein, die sie als Skulptur aus der Fünften Dynastie in Kairo erstanden hatte, eine Imitation natürlich, aber gelungen und anmutig. Ihre Karriere stand vor dem Aus. Vor dem Fenster ging ein Londoner Nieselregen nieder, und das trübe Dämmerlicht sprach den ersten Narzissenknospen Hohn, die sie am Morgen im Park gesehen hatte. Schlechtgelaunt blätterte sie in den Verkaufskatalogen und versuchte alle Gedanken an ihren dreißigsten Geburtstag in wenigen Monaten auszublenden. Über einen Berufswechsel nachzudenken erschien ihr wichtiger. Sie sollte Abendkurse besuchen, vielleicht noch einen weiteren Abschluss an einer Fernuniversität ansteuern, in Wirtschaftswissenschaften oder Jura. An einer Uni in den Vereinigten Staaten zu studieren konnte sie sich beim besten Willen nicht leisten. Außerdem war sie noch nicht bereit, nach Hause zurückzukehren, zumal ihre Mutter seit dem Tod von Lydias Vater äußerst knapp bei Kasse war. In den

USA gab es ohnehin viel zu viele Anwälte. Hier in England sah es besser aus. Anwälte verdienten gut und schienen immer gefragt zu sein. Und David war weder gelangweilt noch langweilig gewesen und konnte sogar durchaus amüsant über seine Arbeit als Patentanwalt sprechen. Doch an ihn wollte sie sich lieber nicht erinnern. Es war nett mit ihm gewesen, aber letztlich alles andere als wirklich befriedigend.

David gehörte der Vergangenheit an. Und nun drohte auch ihrer beruflichen Laufbahn ein vorzeitiges Ende. Deshalb war es für sie ein Lichtblick, als die Rezeptionistin anrief und Laufkundschaft anmeldete. Für ihre Kollegen von der Gemälde-, Möbel- und Schmuckabteilung waren Laufkunden eine Last. Sie fühlten sich gestört, wenn sie irgendein ramponiertes Erbstück taxieren sollten, vorgelegt von jemandem, dem die Gier ins Gesicht geschrieben stand. Lydia dagegen hatte nur selten mit solchen Leuten zu tun, und die wenigen, die bei ihr anklopften, kamen mit offensichtlichen Fälschungen, die einem naiven Soldaten oder Seemann in Kairo oder Bagdad angedreht worden waren. Meist sah schon die Rezeptionistin auf den ersten Blick, dass es sich um eine Fälschung handelte, doch sie zog es vor, Experten wie Lydia die Entscheidung zu überlassen.

Sie erreichte das Foyer, als gerade ein großgewachsener, sportlicher Mann in Tweedanzug und festen Schuhen in den Empfangsraum geführt wurde. Er schien noch keine vierzig zu sein, kleidete sich aber wie ein Sechzigjähriger. Das Paket, das er trug – sorgfältig eingewickelt in braunes Papier und mit einer Kordel verschnürt –, schien schwer zu sein, was ihn aber in seinen forschen Bewegungen, die Lydia geradezu militärisch vorkamen, nicht bremsen konnte. Seine

Krawatte war unauffällig und aus dicker Seide, das Haar kurz geschnitten, und sein Verhalten energisch, aber angenehm. Er verströmte einen Hauch von Karbolseife, was Lydia in Erinnerung an Davids penetrantes Deodorant mit Wohlwollen zur Kenntnis nahm. Lächelnd stellte der Mann das Paket auf dem Tisch ab und streckte ihr dann mit einem amüsierten Funkeln in den Augen die Hand entgegen. »Darf ich mich vorstellen? Mein Name ist Manners. Mein kürzlich verstorbener Vater hat mir etwas vererbt, und ich möchte wissen, ob es sich zu verkaufen lohnt.«

Intonation, Auftritt und Kleidung ließen darauf schließen, dass er aus vornehmen Verhältnissen stammte. Geldadel, teure Internate. Sie schüttelte ihm die Hand, stellte sich vor und zog die Tischschublade auf, um ihm eine Schere anzubieten. Doch er war schon dabei, den Knoten der Paketschnur zu lösen. »Ich glaube, es ist ein Mitbringsel von irgendeinem Kriegseinsatz«, erklärte er. »Indien, Mittlerer Osten, da wo mein Vater hauptsächlich gedient hat. Er war Soldat und hat sich vor dreißig Jahren in Wiltshire zur Ruhe gesetzt. Dieses Ding stand in meinem Elternhaus herum, solange ich denken kann.«

Lydia spürte, wie sich ihre Gesichtsmuskeln anspannten, als unter dem braunen Packpapier eine Kiste zum Vorschein kam. Deren Inhalt benahm ihr den Atem. Wunderschön – es gab kein anderes Wort dafür. Wann oder wo immer es geschaffen wurde, ob vor einer Woche in einer Fälscherwerkstatt oder vor Jahrtausenden – das Zusammenspiel von Form, Farbe und Textur machte sie schlicht sprachlos. Sie versuchte, sich ihre Neugier und Erregung nicht anmerken zu lassen, schloss die Augen und mahnte sich im Stillen zu professioneller Zurückhaltung. Nur keine voreiligen Schlüsse ziehen. Die Standardkategorien – Kultur, Entstehungszeit, Ort und Stilistik – halfen ihr in diesem Fall ohnehin nicht weiter. Was ihr als Erstes in den Sinn kam, stellte sie bewusst zurück. Von ihr wurde eine sachliche Einschätzung verlangt. Als Herkunftsort kam das Ahaggar-Gebirge der Sahara in Betracht, oder vielleicht handelte es sich um ein Fragment aus dem Fries einer der Höhlenkirchen von Kappadokien. Sie versuchte, sich auch an das wenige zu erinnern, was sie über die Bildhauerei Äthiopiens und Simbabwes wusste, doch Afrika schien ihr die falsche Spur zu sein. Australien kam ebenfalls nicht in Frage. War es etwa jemenitischer Herkunft oder aus den Dekkan-Höhlen in Indien? Allerdings schien diese Tierdarstellung nicht so recht ins hinduistische Bestiarium zu passen. Der Kiefer war zu kräftig, der Schwung der Hörner ließ auf Angriffslust schließen, nicht auf Verteidigungsbereitschaft. Und es war nicht einfach ein Stier, sagte sie sich, als sie die Augen wieder öffnete und den mächtigen Nacken und die tödlichen Hörner betrachtete. Es war die Bestie schlechthin. Unwillkürlich kamen ihr Bilder von einem Spanienurlaub in den Sinn, von der Corrida des San-Isidro-Festes in Madrid, von stampfenden Pferdehufen und einem Koloss wie diesem, der Angst und Schrecken verbreitete.

Noch während sie versuchte, ihre Gedanken zu ordnen, verspürte sie einen Anflug von Entrüstung. Das Bild – ein Steinfragment mit einer Kantenlänge von ungefähr dreißig mal dreißig Zentimetern – gehörte bestimmt zu einem größeren Werk, das jemand ergaunert oder mit einem Brecheisen aus einer Felswand gebrochen hatte. Ein Wunderwerk war verschandelt worden. Solche Räuber waren für Lydia die schlimmsten, da sie in ihrer Habgier nicht einmal davor zurückschreckten, eine antike Kirche zu zerstören, um an ein einzelnes Fresko heranzukommen. Sie musterte ihren Kunden mit kühlem Blick, was der aber nicht zu bemerken schien. Er war sichtlich stolz auf sein Erbstück, das auf einem dunklen Samtpolster in dem Schaukasten ruhte, trat einen Schritt zurück und schaute sie hoffnungsvoll an, wie in Erwartung eines Kompliments.

Lydia holte tief Luft, unschlüssig, was sie sagen sollte, und betrachtete wieder die kruden, in die Länge gezogenen, aber irgendwie trotzdem noblen Umrisse des gehörnten Tiers in verblichenen Rot- und Schwarztönen mit weiteren Zeichenspuren am Rand der Steinplatte, wo sie aus einem größeren Ganzen herausgebrochen worden waren. Sie konnte nicht anders, sie musste die Abbildung berühren und glaubte fest, eine Kraft würde aus dem Stein durch ihre Finger strahlen und ihr über Ursprung und Herkunft Auskunft geben. Auch ohne konkrete Anhaltspunkte war sie intuitiv davon überzeugt, ein Original vor Augen zu haben. Wie konnte sie nur in Erwägung gezogen haben, eine andere berufliche Laufbahn einzuschlagen? Keinem Anwalt wären solche Eindrücke und Empfindungen, ein solches Hochgefühl jemals gegeben, höchstens allenfalls Ärzten, wenn sie ein Leben retteten, oder Lehrern, wenn ein Schüler dank ihrer Hilfe Lernfortschritte erkennen ließ. So wie jetzt hatte sich Lydia schon lange nicht mehr gefühlt.

»Haben Sie davon noch mehr, oder ist dies das einzige Stück?«, fragte sie.

»Das einzige«, antwortete er. »Es stand im Arbeitszimmer meines Vaters, auf einem Bücherregal. Er hat sich darüber nie ausgelassen, und ich weiß nur, dass es ein Kriegsmitbringsel ist – von einem gefährlichen Einsatz. Und dass er den Schaukasten selbst hergestellt hat. Meiner Mutter gegenüber hat er angeblich einmal gesagt, die Zeichnung sei mindestens siebzehntausend Jahre alt.«

»Wohl kaum«, entgegnete Lydia höflich. Ihre Stimme klang fast wieder normal, und auch ihre Gedanken kehrten in gewohnte Bahnen zurück. »Wenn es ein Felsbild aus der nordafrikanischen Ahaggar-Region ist, wird es nur ein paar hundert Jahre alt sein. Als kappadokische Arbeit wäre sie vor ungefähr tausendsiebenhundert Jahren entstanden. Aber siebzehntausend Jahre? So alt ist keine uns bekannte Zivilisation, die ein solches Werk hervorgebracht haben könnte. Vorausgesetzt, es ist überhaupt echt.«

Auf der Rückseite des Schaukastens befanden sich Schwenkschieber aus Messing. Sie schob sie zur Seite, um den Glasdeckel zu lösen, worauf der Besucher mit einem zuvorkommenden »Sie erlauben« die Steinplatte aus dem Kasten heraushob. Sie nahm ein Vergrößerungsglas aus der Schublade, richtete ein Spotlight auf den Stein und untersuchte eine lange Brandspur am Rand. Von einem Brennbohrer vielleicht, mit dem die Platte aus dem Fels gelöst worden war? Siebzehntausend Jahre, dachte sie. Damit käme nur eine Möglichkeit in Betracht, und die wäre kaum zu fassen.

»Hat Ihr Vater in Frankreich oder Spanien gedient?«, fragte sie leise. Bei dem Gedanken an Lascaux und Altamira wurde ihr fast schlecht. An deren Schätze hätte sich niemand herangewagt. Die Franzosen würden die Guillotine wieder einführen für den, der es versuchte. Zu Recht. Lydia würde freiwillig das Fallbeil schärfen.

»Ja. Er hat in Frankreich gekämpft, 1944, zur Zeit der Invasion.« Er musterte sie aufmerksam und schlug kaum merklich einen etwas schärferen Ton an.

»Im Périgord etwa? In der Dordogne?« Unter der Lupe waren die Umrisse des Stieres deutlich ausgeprägt. Aus Ton, vermutete sie. Nicht mit Fingern gemalt, sondern mit einem farbigen Tonstück, das wie ein Bleistift angespitzt worden war. Um die Nackenmuskulatur darzustellen, hatte man eine dünne scheckige Schicht aufgetragen. Aber wie? Nachdenklich legte sie die Handknöchel an den Mund und versuchte sich an lange zurückliegende Vorlesungen zu erinnern. Ja, in diesem Fall war anscheinend die sogenannte Spuck- oder Blastechnik zur Anwendung gekommen. Verflüssigte Farbpigmente wurden in den Mund genommen und durch eine halbgeschlossene Faust spuckend aufgetragen. Die Platte schien aus Kalkstein zu bestehen. Lydia war keine Expertin für prähistorische Felszeichnungen, wusste aber, dass die Stierdarstellungen in den Höhlen von Lascaux zehn-, manchmal zwanzigmal größer waren als diese. Und sie war sich sicher: Eine Zeichnung wie diese war nie außerhalb ihrer Höhle vorgefunden worden. In keinem ihr bekannten Museum gab es ein Exponat solchen Formats. Wenn diese Felsplatte tatsächlich zur Lascaux-Kultur gehörte, war sie von unschätzbarem Wert. Unwillkürlich drängte sich ihr der Gedanke auf, dass dieses Stück womöglich ihre Karriere retten konnte. Falls sie es denn richtig anstellte, dachte sie. Andernfalls konnte ein Skandal das endgültige Aus für sie bedeuten.

»Ja, ich glaube, er war in der Dordogne«, antwortete Manners. »Er gehörte einer Spezialeinheit an, die mit der französischen Résistance kooperiert hat. Im Sommer 1944, so um die Zeit der Landung der Alliierten in der Normandie, war er jedenfalls im Périgord. Er wurde später von den Franzosen mit der Ehrenlegion ausgezeichnet. Aber dieses Stück hier stammt doch nicht etwa aus Frankreich, oder?«

»Keine Ahnung«, erwiderte sie und spielte auf Zeit, um ihre Erregung unter Kontrolle zu bekommen. »Das lässt sich nachprüfen. Wenn es aus einer der französischen Höhlen stammt, könnte es tatsächlich siebzehntausend Jahre alt sein, vielleicht sogar älter. Jedenfalls wäre es im höchsten Grade sträflich, ein solches Artefakt auf den Markt zu bringen. Wir könnten es unmöglich veräußern.« Sie richtete sich auf und schaute Manners mit festem Blick ins Gesicht. Da war kein Blinzeln mehr in seinen Augen. Sie verrieten keinerlei Regung, was sie irritierte. »Es handelt sich eben nicht um ein einzelnes, bewegliches Kunstwerk. Diese Steinplatte wurde aus einem größeren Felsgemälde herausgebrochen, und das ist nicht nur nach kunsthistorischen Maßstäben, sondern wahrscheinlich auch juristisch ein Verbrechen.«

Er musterte sie schweigend, den Kopf ein wenig zur Seite geneigt, als wollte er zu einer Erwiderung ansetzen. Sie fand seine Selbstsicherheit sehr attraktiv und spürte, wie sie errötete. Sorgfältig wickelte er die Kordel, mit der das Paket verschnürt gewesen war, zu einem kleinen Strang, verknüpfte geschickt das lose Ende und warf ihn auf den Tisch. Dann faltete er ebenso sorgfältig das braune Packpapier zusammen, wischte sich die Hände mit einem sehr sauberen Taschentuch, das er aus der Manschette seines Jacketts zog, und nahm schließlich selbst die Lupe zur Hand, um die Steinränder zu inspizieren. Er hatte sehr feingliedrige Hände.

»Wenn Sie den Stein jetzt wieder mit nach Hause nehmen und zurück aufs Bücherregal stellen, kann Ihnen niemand etwas anhaben«, sagte sie und fragte sich, ob diese Empfehlung dem Fremden gegenüber nicht deplatziert war. Natürlich wollte sie nicht, dass er mit dem Stein verschwände. Aber wenn er ihn bei ihr zurückließe, würde sie Meldung darüber machen müssen. Das Gespräch mit dem unangekündigten »Laufkunden« war plötzlich sehr kompliziert geworden. »Aber das sollten Sie lieber nicht tun. Nicht, weil Sie mit diesem Erbstück viel Geld machen könnten, sondern weil ich es einfach nicht richtig fände.«

»Ich kann doch nichts dafür. Ich hab das verdammte Ding doch nur geerbt«, erwiderte er. Er warf einen Blick auf den Stein und schaute sie dann wieder an. »Entschuldigung! Das mit dem verdammten Ding war natürlich nicht ernst gemeint. Im Gegenteil, es ist phantastisch. Das war mir schon als kleiner Junge bewusst. Ich bin früher immer ins Arbeitszimmer meines Vaters gegangen, um es mir anzusehen. Wenn ich anschließend draußen auf den Weiden war, habe ich mich oft gefragt, warum sich dieser auf Fels gezeichnete Stier wirklicher anfühlte als die Kühe, die ich zum Melken in den Stall treiben musste, auch wenn sie Butterblume oder Jenny gerufen wurden.« Er räusperte sich. »Wie lässt sich die Echtheit bestimmen? Mit einer Kohlenstoffdatierung?«

»Kohlenstoffdatierung funktioniert nur bei organischen

Materialien wie Tüchern oder Pflanzen. Das hier ist Fels«, antwortete sie knapp. »Ich müsste Experten konsultieren, ihnen Fotos schicken und nachprüfen, ob irgendwelche Höhlen mit Felszeichnungen mutwillig beschädigt wurden. Aber noch einmal: Wenn ich mich bezüglich Herkunft dieses Fragments nicht irre, so gibt es dafür keinen Markt. Es ist kein herkömmliches Stück präklassischer Kunst, sondern ein Artefakt aus der Steinzeit, aus den Anfängen der Menschheit. Die zuständigen Behörden sind sehr streng in solchen Sachen.« Mr Manners verzog keine Miene und schien ihre Entrüstung in keiner Weise zu teilen. »Stellen Sie sich vor, jemand würde eine der Steinstelen von Stonehenge verkaufen wollen«, fuhr sie fort in der Hoffnung, ihn mit dieser englischen Analogie überzeugen zu können. »Angenommen, Ihr Vater hat diesen Stein an sich genommen, möglicherweise aus dem Schutt einer eingestürzten Höhle – selbst dann würde ihm der französische Staat wohl nachträglich den Verdienstorden aberkennen.« Manners nickte, schien aber immer noch nicht wirklich zu begreifen. Stattdessen schaute er sie voller Bewunderung an, mit männlichem Interesse, was für sie alles noch heikler machte. Sie musste deutlicher werden. »Ich gehe davon aus, Sie sind in guter Absicht gekommen, um den Wert eines Kunstgegenstandes schätzen zu lassen. Aber ich muss Sie warnen. Wenn Sie ihn zu verkaufen versuchen, werden Sie in ernste Schwierigkeiten geraten. Anstelle eines warmen Geldregens erwartet Sie womöglich eine Gefängnisstrafe.«

»Verstehe, solche Sachen stehen also nicht zum Verkauf und erscheinen auch nicht auf Auktionen«, sagte er. »Und weil es keinen Markt dafür gibt, hat so etwas auch keinen

Wert. Ich besitze ein seltsames und anstößiges Erinnerungsstück und muss mich damit abfinden, dass mein Vater womöglich ein Schurke war.«

»Vor allem, glaube ich, haben Sie eine Verpflichtung«, entgegnete Lydia. »Wir sollten herausfinden, ob das Fragment echt ist und, wenn ja, woher es stammt. Vielleicht gibt es in irgendeiner der bekannten Felszeichnungen eine Leerstelle; auf Anhieb weiß ich das nicht. Wie auch immer, Ihr Erbstück gehört in ein Museum. Manchmal wird ein Finderlohn gezahlt, womit aber in diesem Fall nicht zu rechnen ist, weil wohl der Tatbestand der Sachbeschädigung vorliegt.«

Sie betrachtete wieder das Fragment und bemerkte, wie der Kiefer des Tieres und eines der Hörner der natürlichen Struktur der Gesteinsoberfläche angepasst waren und damit den Eindruck lebendiger Plastizität vermittelten. An der Stelle, wo Kiefer und Hals ineinander übergingen, waren die Umrisse verwischt, was Bewegung suggerierte. Lydia war selbst noch nicht in der echten Höhle von Lascaux gewesen, nur in der nachgebildeten, die der französische Staat hatte anfertigen lassen, weil die zahllosen Touristen und deren Atemluft das Original zu beschädigen drohten. Aber sie erinnerte sich an diesen Trick der verwischten Kontur zur Darstellung von Bewegung und daran, wie die prähistorischen Künstler ihre Zeichnungen der Oberfläche des Steins anzupassen versucht hatten. Wenn es sich bei dem Stier um eine Fälschung handelte, so war es eine bemerkenswert gute.

»Was schlagen Sie vor? Soll ich den Stier tatsächlich wieder mit nach Wiltshire nehmen und aufs Regal stellen?«

»Nein«, antwortete Lydia entschieden. »Ich schlage vor, sie lassen ihn hier bei mir. Ich stelle Ihnen eine Empfangsbestätigung aus und werde einen oder zwei Experten zu Rate ziehen. 1944, als Ihr Vater den Stein gefunden hat, kannte man nur einige wenige bemalte Höhlen. Auch die von Lascaux war erst 1940 entdeckt worden. Falls Ihr Erbstück aus dieser Region oder aus den spanischen Höhlen von Altamira stammt, haben wir relativ schnell Gewissheit. Wenn nicht, müssen wir die Frage nach dem Ursprung neu aufrollen. Stilistisch passt es zu Lascaux, und damit hätte Ihr Vater recht, was die Entstehungszeit anbelangt. Aber selbst wenn das Fragment aus einer ganz anderen Gegend stammt, werden Sie es wohl kaum verkaufen können, jedenfalls nicht offiziell.«

»Wie lange wird es dauern, bis wir Klarheit haben?«, fragte er. »Oder, anders gefragt, wie lange werden Sie den Stein behalten wollen?«

»Ich werde ein paar Digitalfotos davon machen und sie per E-Mail den besagten Experten zukommen lassen. Eine Antwort könnte schon in ein, zwei Tagen vorliegen. Um auf Nummer sicher zu gehen, möchte ich auch einen Experten für die Ahaggar-Gemälde zurate ziehen und noch ein paar weitere Möglichkeiten erwägen. Ich selbst weiß nur wenig über das Leben der Cro-Magnon-Menschen, kenne aber Leute, die sich damit auskennen.«

»Cro-Magnon? War das nicht dieser Urmensch mit der fliehenden Stirn und den wulstigen Brauen, der Missing Link zu den Primaten?«

»Nein, der Cro-Magnon-Mensch war uns schon sehr ähnlich, was Schädelform und Gehirnvolumen angeht, und mit seinen Höhlenmalereien hat er uns ein erstes Zeugnis menschlicher Kultur hinterlassen. Die fliehende Stirn hatte der Neandertaler. Er wurde von den Cro-Magnon-Menschen verdrängt – wie, wissen wir noch nicht so genau. Aber selbst dessen Gehirnvolumen war so groß wie unseres, sogar größer, wenn ich mich recht erinnere. Vieles spricht dafür, dass sich Neandertaler und Cro-Magnon-Mensch vermischt haben.« Lydia bemerkte, dass sie beim Sprechen eine Locke um den Finger wickelte, ein nervöser Tick von ihr, der auch Manners aufzufallen schien. Sie senkte den Arm und fuhr hastig fort: »Was ist Ihnen lieber? Dass Sie den Stein hierlassen und eine Quittung dafür bekommen oder wieder mit nach Hause nehmen? Auf alle Fälle möchte ich ein Foto davon machen, wenn Sie einverstanden sind.«

Manners setzte sich lässig auf den Tischrand. Zum ersten Mal ging ein Lächeln über sein Gesicht. Ein offenes, freundliches Lächeln. »Aber warum machen Sie sich so viel Umstände, wenn Sie das Stück am Ende doch nicht für mich verkaufen können? Warum schicken Sie mich nicht gleich in ein Museum und sparen sich die Mühe?«

»Vielleicht sollte ich das«, antwortete sie und erwiderte sein Lächeln, charmant und sehr professionell. »Aber weil Sie mich damit aufgesucht haben, fühle ich mich jetzt irgendwie dafür verantwortlich. Und wenn es tatsächlich aus einer Felswand herausgebrochen wurde, sollten wir es zurückgeben.«

»Finden Sie, dass das ebenso für ägyptische Tempelstatuen gilt und dass auch die Elgin Marbles von der Akropolis an Griechenland zurückgegeben werden sollten?« Seine Frage klang neugierig, nicht provozierend.

»Das ist etwas anderes. Die Elgin Marbles wurden rechtmäßig erworben und waren damals, als sie exportiert wurden, im Britischen Museum besser aufgehoben als in Athen. In unserem Fall aber hat wahrscheinlich die Politik ein gewichtiges Wort mitzureden, das alle konservatorischen oder künstlerischen Argumente überwiegt. In meinen beruflichen Kreisen gilt die Regel: Aus Grabstätten, Tempelanlagen oder auch aus einer Höhle geraubte Artefakte sind für den Handel tabu und müssen den zuständigen Behörden gemeldet werden. Hehlerei steht unter Strafe, und danach hat sich auch der Kunstbetrieb zu richten. Ganz davon abgesehen gibt es hier ja auch noch ein paar moralische Bedenken«, sagte sie und deutete auf das Fragment.

»Denken Ihre Kollegen in anderen Auktionshäusern gleich wie Sie? Oder haben Sie sich die amerikanische Haltung zu eigen gemacht, nämlich die Angst vor drohenden Strafprozessen?«

»Ich kann nur hoffen, dass meine Kollegen genauso denken, auf beiden Seiten des Atlantiks. Es geht nicht einfach um drohende Strafprozesse, sondern um fairen Handel«, entgegnete sie schnippisch, und plötzlich beschlich sie der Verdacht, dass das Ganze womöglich von ihren Vorgesetzten inszeniert worden war, um ihr auf den Zahn zu fühlen. »Wollen Sie nun eine Quittung, ja oder nein?«

»Ja, ich bitte darum«, antwortete er. »Übrigens werde ich am Freitag wieder in der Stadt sein. Würden Sie mit mir zu Mittag essen?« Er lächelte wieder. »Sie waren mir überaus behilflich, und ich möchte mich gern erkenntlich zeigen.«

»Freitags haben wir leider immer sehr viel zu tun«, antwortete sie fast automatisch und holte einen Quittungsblock und einen Kugelschreiber aus der Schublade. »Aber ich erwarte Sie gerne hier um zwölf. Schreiben Sie mir doch bitte Ihre Telefonnummer auf, damit ich Sie auf dem Laufenden halten kann, falls ich schon vorher zuverlässige Informationen habe.«

Lydia machte ein Dutzend Fotos von dem Fragment, wog es und nahm seine Maße, bevor sie den Hausmeister bat, den Stein nach oben in ihr Büro zu bringen. Per E-Mail schickte sie dann die Fotos an Professor Horst Vogelstern in Köln und an das Musée National de Préhistoire in Les Eyzies, in der Dordogne, dem Herzen der französischen Höhlenregion. Es war von Denis Peyrony gegründet worden, dem französischen Spezialisten für Ur- und Frühgeschichte, der als Erster das Panneau der Pferde in der Höhle von Font-de-Gaume identifiziert hatte. Inzwischen war das Museum als Zentrum für die Erforschung der frühen Menschheit weltweit bekannt. Sie adressierte die E-Mail an Clothilde Daunier, eine Kuratorin, *die* Expertin für Lascaux und die anderen Höhlen in der Umgebung. Lydia kannte sie nur vom Hörensagen. Horst Vogelstern hingegen, eine führende Autorität in Sachen prähistorischer Kunst, kannte sie persönlich; sie hatte ihn bei einem Empfang im Anschluss an einen Vortrag am Courtauld-Institut, wo sie studiert hatte, kennengelernt. Aus Höflichkeit schickte Lydia auch eine E-Mail an ihren alten Professor am Ashmolean Museum in Oxford, der zwar auf einem anderen Forschungsgebiet tätig war, aber immerhin interessiert sein würde. Zumindest würde er definitiv bestätigen können, dass das Fragment nicht aus Afrika stammte. Sie erwog auch kurz, ehemalige Kommilitonen zu benachrichtigen, von denen sie wusste, dass sie mit Höhlenmalereien befasst waren – darunter ein langweiliger Ire, der jetzt in Australien lehrte, und ein unerträglicher Kerl aus Kalifornien, der sich auf Paläoarchäologie spezialisiert hatte –, verwarf den Gedanken jedoch gleich wieder. Es hatte keinen Sinn, an alte Verbindungen anzuknüpfen. Sie nahm zwei Bücher aus dem Regal – Ann Sievekings *The Cave Artists* und André Leroi-Gourhans *Dawn of European Art* – und vertiefte sich darin, bis der Nachtwächter sie gegen zehn an die Zeit erinnerte. Weil sie unbedingt noch einmal einen Blick auf das Fragment werfen wollte, ging sie nach oben in ihr kleines Büro, begleitet von dem freundlichen Nachtwächter, einem ehemaligen Soldaten, mit einem kunstvoll gezwirbelten weißen Schnurrbart.

»Soll ich Ihnen das Ding ins Lager bringen, Miss?«, fragte er. Er musterte die Scherbe. »Ist wohl was Besonderes, stimmt's?«

»Ich glaube, ja, Mr Woodley. Vermutlich was ganz Besonderes.« Sie fühlte sich wohl in Gesellschaft des alten Mannes und lächelte.

»Erstaunlich, wie Sie an solchen Sachen feststellen, ob sie echt sind oder nicht«, sagte er und drehte die Schreibtischlampe, um ihr Licht auf den Stein strahlen zu lassen. »Scheint ziemlich alt zu sein.«

»An die siebzehntausend Jahre, wenn ich richtig liege.«

»Donnerwetter! Tja, dass es vor den alten Griechen auch schon Kunst gab, verwundert einfach immer wieder. Nun, diese Zeichnung da hat jedenfalls meinen ganz persönlichen Test bestanden, Miss.«

»Was soll das heißen, Mr Woodley?«

»Ich spür's halt. In der ersten Woche meiner Anstellung hier wurde ein Rembrandt gebracht, und da bekam ich dieses Kribbeln auf der Haut. Das werde ich nie vergessen. Mit Kunst hatte ich bis zu diesem Zeitpunkt nicht viel im Sinn. Bin einfach selten damit in Berührung gekommen. Aber, wie gesagt, da hatte ich plötzlich dieses Kribbeln. So war es auch bei dem El Greco im letzten Jahr, und jetzt habe ich es wieder.« Staunend schüttelte er den Kopf. »Siebzehntausend Jahre. Kaum vorstellbar. Ich glaube, genau das macht uns zu Menschen: dass wir Kunstwerke erschaffen.«

Schweigend betrachteten beide den Stein, beeindruckt von der Kraft des urtümlichen Tieres und voller Bewunderung für den Geist, das Auge und die Hände dessen, der etwas geschaffen hatte, das stärker war als das Leben selbst. Diese Hörner konnten töten, diese Lenden zeugen, diese Beine angreifen. Der Hausmeister hatte so recht mit seinem Gespür, dachte sie. Was für ein wildes, kraftstrotzendes Tier und dabei keine dreißig Quadratzentimeter groß! Sie glaubte, Schrecken und Angst jenes fernen Vorfahren nachfühlen zu können, der ihm mit Speer oder Steinaxt gegenübergetreten war. Indem er den Stier so prächtig darstellte, hatte der Künstler auch dem frühen Menschen, der Jagd auf ihn machte, ein Denkmal gesetzt.

»Sie haben recht, Mr Woodley«, sagte sie leise und dachte daran, wie töricht der Gedanke von ihr gewesen war, einen Beruf aufzugeben, der solche Momente gewährte. »Genau das macht uns zu Menschen.«

»Ich passe auf das gute Stück für Sie auf, Miss. Im Lager ist es sicher. Und Sie sollten jetzt besser nach Hause gehen.«

Sie fuhr mit der U-Bahn nach Fulham in ihre kleine Wohnung und dachte, als sie die Tür öffnete, an die große Höhle von Lascaux. Anstelle der langweilig gewordenen Monet-Reproduktion, die sie begrüßte, hätte sie jetzt viel lieber ein Poster jener Stiere von Lascaux an der Wand hängen gehabt. Sie mochte ihre Wohnung nicht besonders, zumal die Miete unverschämt hoch war. Trotzdem hatte sie sich zur Pflicht gemacht, das Wohnzimmer und die Küche immer aufgeräumt zu hinterlassen. Der Kaffeebecher und das Saftglas standen abgewaschen auf dem Abtropfbord. Sie schaltete das Radio ein, hörte wie immer Classic FM und versuchte, als sie das Geschirr wegstellte, das Musikstück zu identifizieren, gespielt von irgendeinem Ensemble für Barockmusik. Sie gab auf. Ihr Vater hätte sich wahrscheinlich für sie geschämt, denn er hatte sie von frühester Kindheit an mit Musik vertraut gemacht. Im Unterschied zu den anderen Zimmern war das kleine Schlafzimmer völlig unaufgeräumt. Sie warf Strumpfhosen, Jeans, T-Shirts und Bettwäsche auf einen großen Haufen und brachte sie nach unten in den gemeinschaftlich genutzten Waschraum im Keller des umgebauten alten Hauses. Ihr blieben fünfunddreißig Minuten, bevor die Wäsche in den Trockner gepackt werden müsste. Was tun? Fernsehen, essen? Im Kühlschrank waren nur Ketchup, eine Flasche Wein, zwei Flaschen Mineralwasser, etwas Joghurt und eine verschrumpelte Zitrone. Es wurde langsam Zeit, dass sie ihren Alltag besser plante.

Lydia aß Joghurt, beschloss dann, die Wäsche erst am nächsten Morgen in den Trockner zu tun, und ging zu Bett. Ohne einen Blick in ihre Bettlektüre *Die Hethiter* geworfen zu haben, machte sie die Augen zu und war wenig später eingeschlafen. Ihr letzter Gedanke galt der Zeit in ihren eigenartigen Abläufen. Die ältesten Höhlenmalereien, nämlich die in der Grotte de Villars, waren von dem legendären Prähistoriker Abbé Breuil auf ein Alter von rund dreißigtausend Jahren geschätzt worden. Die C-14-Datierung der in der Höhle von Lascaux gefundenen Holzkohle ließ darauf schließen, dass die großen Gemälde dort etwa siebzehntausend Jahre alt waren, also fünfzehntausend Jahre vor Christus. Sie hatte sich immer noch nicht an die inzwischen übliche Bezeichnung »v. u. Z.« gewöhnen können. Vor unserer Zeitrechnung. Es hatten demnach schon weitere fünfzehntausend Jahre vor Lascaux Menschen in den Tälern der Vézère und Dordogne gelebt, gejagt, Höhlenwände bemalt und fortgesetzt, was ihre Vorfahren begonnen hatten. Irgendwann musste es dann zu einem wahren Ausbruch von Talent und Genie gekommen sein, die die bewundernswerten Leistungen von Lascaux ins Werk gesetzt und die Entwicklung der Menschheit über die nächsten siebzehntausend Jahre eingeleitet hatten. Sie betrieben Ackerbau, schmiedeten Eisen, gründeten Städte, bauten Schiffe und lernten, politisch zu denken. Alles veränderte sich, und das Leben schien einen Gang zuzulegen. Wie in einem Video im Schnellvorlauf, dachte Lydia. Eine Zeitrechnung vor und nach Lascaux – »v. L.« beziehungsweise »n. L.« – erschien ihr durchaus sinnvoll. Vor und nach dem Aufkommen von Kunst.

Die erste Antwort auf Lydias E-Mails kam am nächsten Morgen, als sie an ihrem Schreibtisch Kaffee trank und sich detaillierte Notizen über den Stein machte, der neben ihr auf einem Stuhl thronte. Abgesehen von Gewicht und Abmessungen, den Farben und Formen gab es nicht viel zu sagen. Jedenfalls nichts, was sich in einfache Worte hätte kleiden lassen. Der Stier war schwarz und dunkelrot, mit Schattierungen in gedämpftem Rot und Gelb, die ihn gleichsam modellierten. Weitere Linien deuteten darauf hin, dass sich die Zeichnung über die Ränder des Fragments hinaus fortsetzte, ließen aber offen, was sie darstellen mochten. Dann war da noch eine durch drei Punkte und einen halb hingetupften vierten angedeutete, wie mit dem Lineal gezogene Linie. Lydias flüchtigen Studien am Vorabend nach waren solche Muster bislang nur in Lascaux gefunden worden, nirgendwo sonst. Doch es gab keinerlei Hinweise auf Beschädigungen in den Höhlen von Lascaux, keine Lücke, in die das Manners-Fragment hineingepasst hätte.

Auf ihrem Stuhl zurückgelehnt, ließ die junge Frau die Abbildung auf sich wirken und versuchte sich ein Urteil über den künstlerischen Wert der Zeichnung zu bilden, ohne sich von deren Alter beeindrucken zu lassen. Plötzlich klingelte das Telefon. Sie erkannte Horst an seiner Stimme. Sein Englisch war ebenso flüssig und fehlerfrei wie ihres und verriet nur einen leichten deutschen Akzent. Horst erkundigte sich nach ihrem Befinden und klang sehr viel freundlicher, als es die Plauderei damals am Abend des Empfangs hätte erwarten lassen. Aber schon bald ließ er durchblicken, dass er von den Fotos fasziniert war.

Ja, das Fragment sei noch in ihrem Besitz, auf ihrem Schreibtisch, sagte sie ihm. Nein, vom Museum in Les Eyzies habe sie noch nichts gehört, aber sie vermute, dass der Stein von Lascaux stamme, auch wenn er so klein sei. Nein, ihr Auktionshaus werde ihn nicht zum Verkauf anbieten, sondern lediglich Echtheit und Herkunft zu klären versuchen.

»Ich weiß, woher er kommt«, sagte Horst, »nämlich tatsächlich von Lascaux. Der Stil und die Details sind unverkennbar. Ungewöhnlich ist nur die Größe. Eine so kleine Stierdarstellung habe ich dort noch nicht gesehen. Es könnte also sein, dass jemand eine weitere Höhle gefunden hat mit Zeichnungen im Stil der Kunst von Lascaux. Aber wieso wendet sich dieser Jemand an ein Auktionshaus? Es dürfte doch allgemein bekannt sein, dass ein solcher Stein nicht verkauft werden kann. Wer ist die Person, die bei Ihnen war? Was wissen Sie über diesen Mann?«

Sie beschrieb Manners und berichtete, dass der Stein aus dem Nachlass seines Vaters stammte, der 1944 möglicherweise als Soldat im Périgord stationiert gewesen war. »Anscheinend versteht er nicht viel von Höhlenmalerei«, fügte sie hinzu. »Er hatte jedenfalls kein Problem damit, dass ich den Stein aufbewahre und Erkundigungen einhole. Im Übrigen macht er einen durchaus seriösen Eindruck auf mich. Ich glaube kaum, dass er aus geplünderten Kunstschätzen Geld zu schlagen versucht. Wie dem auch sei, ich kann ihn weiter befragen, wenn ich ihn wiedersehe – er kommt am Freitag wieder vorbei, um zu hören, was wir herausgefunden haben.«

»Ich würde gern dazukommen und ihn kennenlernen«, sagte Horst, der in seinem Kalender zu blättern schien, denn es raschelte in der Leitung. »Ich könnte ein Seminar und zwei Sprechstunden verlegen und am Donnerstag den

Flieger nehmen, um Sie rechtzeitig zum Abendessen einzuladen. Bis dahin werden wir von Les Eyzies gehört haben, was man dort von dem Stein hält.«

»Ich habe gerade meinen Timer nicht zur Hand und weiß nicht, ob ich am Donnerstag Zeit habe«, beeilte sie sich zu antworten. »Vielleicht warten wir besser ab, was Les Eyzies sagt.«

»Ich möchte mir die Gelegenheit, den Stein zu sehen, nicht entgehen lassen. Freitagmorgen wäre vermutlich meine letzte Chance, bevor dieser mysteriöse Fremde zurückkommt und ihn wieder mitnimmt. Ich rufe Sie wieder an, sobald sich Clothilde bei mir gemeldet hat.«

Eine Stunde später hatte Lydia die Französin am Apparat. Sie war förmlicher und sehr viel vorsichtiger als Horst. Anhand der Fotos, sagte sie, sei für sie nicht zu erkennen, ob es sich um ein Fragment von Lascaux handeln könnte; es wäre jedenfalls sehr interessant. Nein, aus einer anderen bekannten Höhle sei es bestimmt nicht. Es gebe zwar etliche, die an vielen Stellen beschädigt seien, aber das fragliche Stück passe nirgendwohin. Dann wollte sie noch wissen, ob Lydia oder ihr Haus irgendjemand anderen darüber informiert hatte.

»Nur Horst Vogelstern in Köln und Professor Willoughby in Oxford«, antwortete Lydia. »Horst hat mich vorhin angerufen und in Erwägung gezogen, dass der Stein vielleicht aus einer noch unbekannten Höhle stammen könnte. Was wir hier haben, begeistert ihn offenbar sehr. Er will kommen und sich den Stein ansehen, bevor der Besitzer am Freitag zurückkehrt.«

»Typisch Horst«, schnaubte Clothilde. »Er will unbedingt einen großen Coup landen und berühmt werden. Wussten Sie, dass er Sponsoren sucht für eine Fernsehserie über prähistorische Kunst? Die Entdeckung einer neuen Höhle wäre ein gefundenes Fressen für ihn. Er hätte dann wahrscheinlich seine eigene TV-Show, könnte einen Bestseller schreiben und reich werden. Horst ist ein tüchtiger Wissenschaftler, aber manchmal ein bisschen zu ehrgeizig und versponnen.«

»Sie scheinen ihn gut zu kennen«, entgegnete Lydia, überrascht von Clothildes Bemerkungen, die auf ein sehr persönliches Verhältnis schließen ließen.

»Allerdings«, platzte es aus Clothilde heraus. Fast entschuldigend und so, als wäre sie Lydia eine Erklärung schuldig, fuhr sie fort: »Wir haben hier in Les Eyzies zwei Jahre sehr eng zusammengearbeitet. Wir waren glücklich miteinander, aber das ist jetzt vorbei. Wie's halt so kommt.«

Lydia konnte es ihr nachfühlen. Die Sache mit David lag kaum ein Jahr zurück.

»Tut mir leid«, sagte sie. »Ich wollte nicht indiskret sein. Wenn Ihnen eine Fortsetzung der Zusammenarbeit unangenehm ist, werde ich Horst mitteilen, dass ich, was diesen Fund betrifft, alles Weitere Ihnen und Ihrem Museum überlasse.«

»Ach was. Horst und ich sind inzwischen gute Freunde und Kollegen. Ich wollte nur ein bisschen Vorsicht anmahnen, weil er unbedingt auftrumpfen und groß herauskommen möchte und deshalb zu vorschnellen Urteilen neigt. Wahrscheinlich redet er sich schon eine neue Höhle ein, obwohl noch nicht einmal die bekannten vollständig ausgewertet sind. Es hat Jahre gedauert, bis die richtigen Leute mit der richtigen Beleuchtung vor Ort waren und die Malereien an den Wänden entdeckt haben. Unsere Höhlen hier sind sehr groß, Lydia. Durch die in Rouffignac kann man sogar auf Schienen fahren, und es sind gerade einmal vierzig Jahre vergangen, seit an den Wänden unter den Graffiti, die von Touristen eingeritzt worden sind, unsere Kunstschätze freigelegt werden konnten.« Clothilde legte eine kurze Pause ein. »Aber was viel wichtiger ist: Sie dürfen nicht zulassen, dass der Besitzer den Stein wieder mitnimmt. Womöglich würden wir ihn nie mehr zu Gesicht bekommen. Er ist nationales Kulturgut, verstehen Sie? Wie Ihre Kronjuwelen und der Tower of London.«

»Es sind nicht meine Kronjuwelen. Ich bin Amerikanerin.«

»Na schön, dann eben wie Ihre Verfassung oder das Haus von George Washington. Es sind die ältesten Dinge, die uns zu dem machen, was wir sind. Dieser Stein gehört Frankreich. Vielleicht sollte ich mir einen Gerichtsbeschluss besorgen und ihn beschlagnahmen lassen.«

»Sie scheinen von seiner Echtheit überzeugt zu sein und davon, dass er aus Ihrer Gegend kommt«, meinte Lydia erstaunt. »Ist das nicht auch ein bisschen vorschnell geurteilt? Wie auch immer, der Besitzer war nicht abgeneigt, mir den Stein zu überlassen – auch dann nicht, als ich ihm sagte, dass es meine Pflicht sei, seine Herkunft ausfindig zu machen und dahin zurückzuführen.«

»Wer weiß, vielleicht ändert er seine Meinung. Wir müssen klar Stellung beziehen. Ich würde gern noch diese Woche nach London kommen, den Stein in Augenschein nehmen und unserer Botschaft ein Rechtsersuchen vorlegen.

Wir werden von uns aus das Kultus- und Außenministerium in Paris kontaktieren. Keiner hier im Museum weiß genau, wie in solchen Sachen verfahren werden muss.«

»Ich finde, Sie sollten sich erst einmal beruhigen«, sagte Lydia. »Mir scheint, Sie unterstellen irgendwelche kriminellen Absichten, dabei handelt der gegenwärtige Besitzer in treuem Glauben. Wenn sich herausstellt, dass der Stein nicht gestohlen wurde, werden wohl keine rechtlichen Schritte in Betracht kommen. Wir sollten uns erst einmal über die Gesetzeslage informieren und uns dann weiter über den Fall unterhalten.«

»Ist mir recht«, entgegnete Clothilde. »Trotzdem werden wir die zuständigen Behörden einschalten müssen. Und dann meldet sich bestimmt auch die Politik bald zu Wort. Unser Präsident kommt aus dem hiesigen Teil Frankreichs und ist an Lascaux persönlich sehr interessiert. Nun, wie Sie schon sagten, wir sollten abwarten und zusehen, was von offizieller Seite kommt. Jedenfalls würde ich morgen gern nach London kommen und den Stein sehen. Die Fotos lassen eine ernsthafte Einschätzung nicht zu. Ich könnte den ersten Flieger von Périgueux nach Paris nehmen und noch vor Mittag in Ihrem Büro sein. Wären Sie damit einverstanden?«

Natürlich war sie das. Doch dann fragte sich Lydia, wie sie ihrem Vorstand, dem Justiziar und wahrscheinlich auch den beiden Direktoren die internationalen Verwicklungen erklären sollte, die sie heraufbeschworen hatte. Das ganze Aufsehen würde sich für das Haus nicht im Geringsten bezahlt machen. Im Gegenteil, womöglich musste es draufzahlen. Ein Verkauf war nicht in Sicht, nur Ärger. Und das bestätigte ihr auch der Justiziar am Telefon in einem Gespräch, das keine zehn Minuten dauerte.

Sie stand von ihrem Schreibtisch auf und hielt inne. So nicht. Sie sollte lieber an die positiven Möglichkeiten denken. Was hatte Clothilde über Horst gesagt? Dass die Entdeckung einer noch unbekannten Höhle der Durchbruch für ihn wäre? Vielleicht könnten auch sie und das Auktionshaus davon profitieren. Schließlich war sie diejenige, die das Fragment als Erste identifiziert und mit Lascaux-Kunst in Zusammenhang gebracht hatte. Sie wollte schon bei der Pressestelle anrufen, zögerte dann aber. Das Fragment gehörte Manners. Ihm müsste sie wenigstens vorher Bescheid geben. Auf der Visitenkarte, die er ihr gegeben hatte, stand eine Nummer, unter der sie ihn jedoch nicht erreichen konnte. Seine Londoner Adresse war die des Cavalry-Clubs. Als sie dort anrief, wurde sie um etwas Geduld gebeten; Major Manners sei in der Bar, man werde ihn an den Apparat holen. Er schien sich zu freuen, ihre Stimme zu hören.

»Ihr Stein hat große Anziehungskraft«, sagte sie. »Zwei der namhaftesten Experten, denen ich die Fotos zugesandt habe, wollen noch diese Woche nach London kommen, um ihn sich anzusehen. Beide glauben, dass er so alt ist wie die Höhlenmalereien von Lascaux. Einer vermutet, er könnte aus einer noch nicht entdeckten Höhle stammen. Eine andere Möglichkeit wäre, dass er aus einer bekannten Höhle stammt, die noch nicht vollständig erforscht worden ist. Auf jeden Fall werden die französischen Behörden darauf pochen, dass Sie den Stein zurückgeben, weil er wahrscheinlich Teil des französischen Kulturgutes ist.«

»Sie waren sehr schnell, Miss Dean. Dafür bin ich Ihnen dankbar, und ich hoffe, ich darf mich mit meiner Einladung zum Mittagessen revanchieren. Habe ich richtig gehört? Als Sie sagten, die französischen Behörden pochten auf Rückgabe, hat es so geklungen, als wollten Sie mir Angst machen.«

»Jedenfalls hat das Museum von Les Eyzies bereits das französische Kultusministerium informiert, und dort wird jetzt die Rechtslage sondiert. Zuerst wird festgestellt werden müssen, ob Ihr Stein tatsächlich aus Frankreich kommt. Auch wenn daran kein Zweifel mehr zu bestehen scheint, bleibt diese Frage so lange offen, bis die Höhle identifiziert ist, aus der er stammt. Darüber hinaus muss geklärt werden, ob er widerrechtlich außer Landes gebracht wurde. 1944, also in dem Jahr, als sich Ihr Vater in Frankreich aufgehalten hat, gab es noch kein gesetzliches Verbot für die Ausfuhr von Kulturgütern. Das Gebiet der Dordogne wurde von den Deutschen kontrolliert. Deshalb werden wohl die meisten Gerichte zu der Auffassung kommen, dass das Souvenir Ihres Vaters legitime Kriegsbeute beziehungsweise Eigentum der britischen Armee ist. Der Justiziar unseres Hauses weiß auch nicht weiter. Die Eigentumsrechte werden wohl nicht eindeutig geklärt werden können. Es liegt also wahrscheinlich in Ihrer Hand, was nun mit dem Stein geschieht. Jedenfalls wird Ihnen niemand einen Vorwurf machen können.«

»Brauche ich einen Anwalt?«

»Vielleicht. Wenn Sie an Ihrem Erbstück festhalten wollen, könnte Sie das im Fall einer gerichtlichen Auseinandersetzung womöglich teuer zu stehen kommen. Aber vielleicht lässt sich ein Vergleich aushandeln. Unser Haus würde sich für Sie starkmachen. Abgesehen davon wird sich wohl auch der französische Staat ausrechnen können, dass ein Gerichtsverfahren in dieser rechtlich vagen Angelegenheit letztlich teurer werden würde als die Zahlung eines Finderlohns oder Honorars.«

»In welcher Höhe etwa?«

»Auch das ließe sich aushandeln. Wenn die Echtheit des Fragments erwiesen ist und Frankreich es zurückhaben will, könnten vielleicht an die zehntausend Pfund herausspringen. Vielleicht sogar mehr.«

»Und wie hoch wäre Ihre Provision?«

»Der Standardsatz beträgt zwanzig Prozent. Aber die stehen nicht mir, sondern dem Haus zu. Es ist dessen Expertise, die Sie bezahlen müssten.«

»Und wenn ich mich von einem Agenten vertreten ließe?«

»Auch dann fallen zwanzig Prozent an. Ich könnte Ihnen ein paar gute unabhängige Agenten empfehlen.«

»Ich hätte da bereits jemanden im Auge. Nämlich Sie, Miss Dean. Ich freue mich schon auf ein Wiedersehen mit den *frogs.* Je mehr sie springen lassen, desto besser. Wie wär's jetzt mit einem gemeinsamen Mittagessen?«

»Danke, aber wahrscheinlich nicht mehr diese Woche, die wohl noch ziemlich hektisch werden wird. Außerdem kann ich nicht so einfach meine Firma ausklammern und auf eigene Faust für Sie aktiv werden. So funktioniert das nicht. Eine andere Frage noch: Wie kämen Sie mit öffentlicher Aufmerksamkeit zurecht? Ich glaube, das könnte helfen. Sensationeller Fund, britischer Kriegsheld, so was in der Art. Da wir beide wünschen, dass der Stein nach Frankreich zurückkehrt, gilt es jetzt, den Preis in die Höhe zu treiben, und dazu könnten die Medien einiges beitragen.«

»Von mir aus gern. Die Sache liegt ganz in Ihren charmanten Händen, Miss Dean. Passen Sie gut auf den guten alten Stein auf, und holen Sie das Beste für mich heraus. Wir sehen uns dann am Freitag um zwölf, und vielleicht sind dann ja auch Ihre europäischen Experten da.«

Lydia rief den Hausmeister an mit der Bitte, den Stein in den Tresor zu schließen, füllte den erforderlichen Depotbeleg aus und trug an der Stelle, die nach dem Schätzwert fragte, mutig »zehntausend Pfund« ein. Sie überwachte den Abtransport, zeichnete ab und suchte, zuversichtlich wie schon seit Wochen nicht mehr, Justin in seinem Büro auf. Ohne anzuklopfen, trat sie ein und informierte ihn darüber, dass sie womöglich den gewünschten Medienhype bieten konnte. Nach einer geschäftigen halben Stunde mit Justin, einem Anwalt, dem Pressesprecher und beiden Direktoren, die anschließend unbedingt den Stein sehen wollten, verabschiedete sich Lydia und kehrte unverzüglich in ihr Büro zurück, um sich mit dem Kunstkorrespondenten der *Times* in Verbindung zu setzen.

Clothilde Daunier war kaum größer als eins sechzig, abzüglich des fast zehn Zentimeter hohen Aufbaus ihrer kastanienbraunen Haare, die so kunstvoll nachlässig in Fasson gebracht waren, wie es nur ein teurer Friseur vermochte. Dazu passte bestens, was sie anhatte. Sie hatte eine lebhafte Art, ein breites Grinsen, und Lydia fand sie auf Anhieb sympathisch, wobei sie auf ihre Kleidung ein bisschen neidisch war.

»Ich dachte schon, Sie brächten den französischen Botschafter, die Fremdenlegion und die halbe Anwaltschaft von Paris mit«, sagte Lydia und schenkte Kaffee ein. Sie war gut gelaunt und freundlich gestimmt nach den vielen Komplimenten, die sie am Vormittag von ihren Kollegen gehört hatte. Einer der Direktoren war sogar zu ihr ins Büro unterm Dach gekommen, um sie persönlich zu ihrer vorzüglichen PR-Arbeit zu beglückwünschen.

»Sie wären wohl alle gern mitgekommen«, lachte Clothilde und kramte in einer tiefen Hermès-Tasche, aus der sie dann eine Weinflasche und ein kleines, mit Gummi versiegeltes Einmachglas hervorholte. »Für Sie, *foie gras* aus dem Périgord und dazu eine Flasche Monbazillac. Vergessen Sie Ihre englischen Regeln, wonach süße Weine als Aperitif gereicht werden, und trinken Sie diesen Tropfen leicht gekühlt zur Stopfleber.«

Sie setzte sich, entnahm der Tasche auch noch einen dünnen Aktenordner mit Fotos und Fotokopien und steckte sich eine Marlboro an, ehe Lydia auf das im Haus geltende Rauchverbot hinweisen konnte. »Wussten Sie, dass ich mit Monique Peytral zusammengearbeitet habe, der Künstlerin, die die Gemälde von Lascaux rekonstruiert hat?« Lydia schüttelte den Kopf. Sie wusste nur, dass die Höhle eins zu eins nachgebaut worden war, um die Originalzeichnungen vor schädlichen Mikroben und dem Kohlendioxid der Atemluft unzähliger Touristen zu schützen.

»Ich war technische Beraterin bei der Nachgestaltung des Saals der Stiere und des axialen Seitengangs. Wir haben so gute Arbeit geleistet, dass den meisten Touristen gar nicht bewusst ist, vor Kopien zu stehen. Mit anderen Worten, ich kenne Lascaux in- und auswendig. Darum weiß ich mit Sicherheit, dass Ihr Stier ein Lascaux-Stier ist. Was Sie als Punktreihe beschreiben, ist ein ganz typisches Muster. Ihr Fragment geht mit größter Wahrscheinlichkeit auf Künstler aus Lascaux zurück. Darauf würde ich sogar jede Wette eingehen, wenn der Stier nicht so klein wäre. Keine Ahnung, woher er kommt. Wir haben die Höhle aufs gründlichste untersucht und kennen jede Stelle. Wäre ein Stück aus den Wänden herausgebrochen worden, wüssten wir es. Es könnte sich also um eine Kopie handeln, so wie die von Monique. Vielleicht hat auch Horst recht mit der Vermutung, dass es aus einer noch unbekannten Höhle stammt. Das wäre sensationell. Möglich auch, dass der Stein aus einer der bekannten Höhlen aus der Umgebung herkommt, was weniger sensationell und nur für einige wenige Forscher von Interesse wäre. Falls das Fragment ursprünglich Teil einer größeren Wandzeichnung war, müsste es eine Höhle geben, von der wir noch nichts wissen. Alles ist möglich, aber zuerst muss ich es sehen.«

Lydia rief den Hausmeister an, bat ihn, den Stein nach oben zu bringen, und reichte Clothilde die aktuelle Ausgabe der *Times*. Auf der ersten Seite wies ein kleiner Aufmacher auf einen größeren Artikel auf Seite drei hin, illustriert mit einem der Stierfotos, die Lydia gemacht hatte. In der Schlagzeile hieß es: *Meisterstück aus französischer Höhle in Großbritannien aufgetaucht.* In den Text eingeschoben war ein schmeichelhaftes Foto von Lydia, aufgenommen von der hauseigenen Pressestelle. Clothilde überflog den Artikel und betrachtete die Bilder. Als sie schmunzelnd zu Lydia aufblickte, rief der Hausmeister zurück und meldete, der Stein sei verschwunden. Nachdem er ihn am Vorabend den Direktoren vorgelegt hatte, war er nicht mehr in den Tresor zurückgebracht worden.

»Wer hat den Empfang abgezeichnet?«, fragte Lydia.

»Mr Justin, Miss«, antwortete der Hausmeister. »Wahrscheinlich liegt das Ding noch im Sitzungszimmer.«

Justins Leitung war besetzt. Mit dem vagen Gefühl, auf eine Krise zuzusteuern, eilte Lydia über den Korridor in sein Büro. Im Vorzimmer versuchte seine wie immer makellos gekleidete Sekretärin zwei Telefonate gleichzeitig zu führen und zerraufte sich die Haare dabei. Lydia schaute im Büro nach. Justin war nicht da. Sie kehrte ins Vorzimmer zurück und baute sich vor der Sekretärin auf, die ihr das Wort »Sitzungszimmer« zuhauchte.

Lydia hastete durchs Treppenhaus und traf vor dem Sitzungszimmer zwei uniformierte Polizeibeamte an. Die Türen standen sperrangelweit auf. Aufgebrachte Stimmen schallten nach draußen. Der Raum war voller Leute, darunter die beiden Direktoren des Hauses; die anderen kannte sie nicht. Der Boden war mit Papieren übersät. Auf einem Regency-Tisch standen Champagnergläser, auf dem kostbaren Teppich lagen mehrere umgekippte Flaschen. Es hatte offenbar am Vorabend eine Feier gegeben, zu der sie nicht eingeladen worden war. Typisch Justin, dachte sie mürrisch, als ihr Blick auf den Sicherheitsbeauftragten der Firma fiel. Er stand vor Justin, der an einem georgianischen Schreibtisch saß, den Kopf in die Hände gestützt. Er blickte zu ihr auf, als sie noch zögernd im Türrahmen stand.

»Es geht um Ihren verdammten Stein, Lydia«, rief er über den Lärm hinweg. »Er ist weg. Verschwunden über Nacht. Hier wurde eingebrochen.«

»Was soll das heißen, eingebrochen?«, fragte sie in die plötzlich eingetretene Stille hinein. »Warum ist der Stein nicht in den Tresorraum zurückgebracht worden?«

»Das Sitzungszimmer war verschlossen. Jemand hat die Tür aufgebrochen. Gestohlen wurde nur dieser elende Stein.«

»Wie Sie sehen, ist die Polizei hier. Mit Verstärkung im Anmarsch«, sagte der Direktor, der sich für die Öffentlichkeitsarbeit engagierte. »Und ständig geht das Telefon. Die halbe Fleet Street und die BBC wollen wissen, was es mit diesem Ort auf sich hat, den Sie« – er warf einen Blick in die *Times* – »als die Sixtinische Kapelle prähistorischer Kunst bezeichnen.«

»Der Ausdruck stammt nicht von mir«, entgegnete Lydia heftig. »Den hat der französische Historiker und Kirchenmann Abbé Breuil geprägt, als er Lascaux zu beschreiben versuchte.«

»Ihr Abbé kann mir gestohlen bleiben. Wichtiger ist Folgendes: Der Korrespondent der *Times* ist stinksauer, weil Sie ihm nur die halbe Geschichte erzählt haben. Er hat heute Morgen erfahren, dass der jüngst verstorbene Colonel Manners, der Vorbesitzer dieser Steinscherbe, bei den Franzosen in so hohem Ansehen stand, dass der gegenwärtige Präsident der Republik vor zwei Wochen angereist ist, um als Privatmann an seiner Beerdigung teilzunehmen. Das kommt morgen ganz groß heraus. Ihnen verdanken wir, dass uns jetzt ein hässlicher Skandal ins Haus steht.«

»So kann man es wohl sagen«, schnappte Lydia, verärgert darüber, dass ihr nun die Schuld in die Schuhe geschoben wurde. »In meinem Büro sitzt zurzeit eine Expertin vom französischen Nationalmuseum für Vorgeschichte, die den Stein sehen möchte. Und für heute Mittag hat sich ein bedeutender Wissenschaftler aus Deutschland angesagt. Auch er interessiert sich für das, was ich für das wichtigste Kunstwerk halte, das wir jemals in unserem Haus hatten. Dieser Meinung scheinen Sie ja auch zu sein, wenn ich den Anlass der Feier richtig deute, die gestern Abend hier stattgefunden hat. Während Sie Champagner geschlürft haben, ist uns der Stein abhandengekommen.«

»Nicht abhandengekommen«, ächzte Justin, der mit nervösen Händen den Beleg glattzustreichen versuchte, der seine Unterschrift trug und ihn für den Verlust verantwortlich machte. »Gestohlen.«

2

Im Tal der Vézère, ca. 15 000 v. Chr.

Morgens hing immer Nebel über dem Fluss, der die Kalkklippen umspülte und rasch durch das Hügelland strömte, das seinen Lauf bestimmte. Und auch nachdem die Sonne, wie nun zu Beginn des Frühlings, den Nebel aufgelöst hatte, schwebte den ganzen Tag über ein Dunstschleier im Tal, der sich gegen Abend noch verdichtete, wenn die Feuer aufgeschichtet wurden, um die nächtliche Kälte abzuwehren. Dieser andauernde Dunst hatte einen eigentümlichen Geruch, der das Wild auf Abstand hielt und die Jäger jeden Tag aufs Neue zwang, auf der Suche nach Rentierherden weite Strecken zurückzulegen. Denn die Tiere hatten immer schon gespürt, dass Rauch Feuer bedeutete und Feuer Gefahr. Nun lernten sie, den Geruch von Feuer auch mit der Gegenwart von Menschen in Verbindung zu bringen, die sich offenbar auf Dauer in diesem Tal niedergelassen hatten.

Die Bäume, die in der Nähe des Flusses gestanden hatten, waren verschwunden, mit Flintsteinen mühsam gefällt und verfeuert. An seichten Stellen des Flusses hatte man Steine aufgeschichtet, um ihn leichter überqueren zu können. Und immer waren da die Rauchschwaden und vor allem der Lärm, der von den Menschen kam. Sie waren von allen Lebewesen die lautesten. Ihre Kinder lachten und kreischten beim Spielen. Die Frauen riefen ihnen ständig etwas zu, schwatzten untereinander und sangen eigentümliche Lieder, wenn sie zum Fluss gingen, um Wasser zu holen, was dreimal am Tag der Fall war. Die Männer brüllten triumphierend, wenn sie mit einem erlegten Rentier zurückkehrten, das sie, kopfüber mit den Läufen an eine Stange gebunden, auf den Schultern trugen. Und immerzu war ein Hämmern wie von Spechten zu hören, weil Männer unermüdlich Flintsteine zu Werkzeugen bearbeiteten. Lärm und Rauch, gefällte Bäume und der immerwährende Geruch von Feuer an den Ufern, die sie ausplünderten – das waren die Wesensmerkmale der Menschen.

Der Hüter der Stiere schaute über den Fluss und sah von zahllosen Feuern Rauch aufsteigen und über dem Tal schweben, so weit sein Auge reichte. Er wusste, dass die Menschen mehr auszeichnete als ihr lärmendes Wesen und die Spuren ihrer Anwesenheit. Mehr als Sprache und Verständigung, mehr als die Fähigkeit, in Gruppen zu arbeiten und für Nahrung zu sorgen, war es der Sinn für weihevolle Verehrung ihrer Tätigkeit, der sie zu etwas Besonderem machte. Dieser Sinn zeigte sich leuchtend und lebendig, stolz und verheißungsvoll an den Wänden der Höhle hinter ihm. Der Hüter der Stiere blickte auf seine Hände, spreizte die Finger und betrachtete die rot und gelb verfärbte Haut. Er hob eine Hand an den Mund, nahm den Geruch der Farben wahr, leckte an den Fingern und fragte sich zum wiederholten Mal, ob er die Verschiedenheit der Farben auch schmecken könnte. Als er das weiche Moos zur Hand nahm, mit dem er die Stiere schwärzte, glaubte er, deren Kraft und Dunkelheit regelrecht zu riechen und zu schmecken. Er wähnte sich von der vertrauten Gegenwart der Tiere berührt und stimmte den Sprechgesang an, mit dem er sein Tagwerk begann, das Lied, das er den Stieren gewidmet hatte.

Singend ging er vor dem kleinen Feuer, das zu seinen Füßen glomm, auf die Knie. Linker Hand lag die Feder am Boden, das feinste seiner Werkzeuge, rechts das Mooskissen, das gröbste. Hinter dem Feuer lag etwas Dung des heiligsten aller Tiere. Er hatte ihn, noch frisch und warm, eigenhändig mit den Farben, die er gebrauchen würde, vermischt und dann zu kleinen Kugeln gerollt. Während er sang, blies er ins Feuer und legte, passend zu den Formeln seines Lieds, zuerst die Feder, dann das Moos in die Glut. Mit scharfem Geruch versengte die Feder sofort. Er wartete, bis von dem feuchten Moos Dampf aufstieg, und legte dann ehrfürchtig ein rotes und ein gelbes Dungkügelchen in die Flammen. Schließlich richtete er sich auf, breitete die Arme aus und beendete seinen Gesang, als die Sonne durch die Nebelschwaden stach und gelbglitzernde Strahlen über den Fluss warf. Mit geschlossenen Augen und gebeugtem Kopf stellte er sich die großen Flanken vor, die er an diesem Tag zeichnen wollte, ihre Kraft und Festigkeit, und im Geiste sah er schon die bewegten Formen, die er auf der Wand abbilden würde. Hellwach und geläutert träumte er von den Stieren.

»Vater, du musst kommen«, störte ihn plötzlich eine helle Stimme, die sich vor Aufregung überschlug. Oder vielleicht auch vor Angst. Der Hüter der Stiere schreckte auf und musste an sich halten vor Ärger darüber, dass der Junge so töricht und respektlos war, diesen Ort aufzusuchen, den er nicht sehen durfte. Immerhin hatte das Kind das Ende des Liedes abgewartet. So viel verstand es vom Ritual, auch wenn es erst dann einen Platz unter den Arbeitern in der Höhle haben konnte und dazugehörte, wenn es erwachsen war und sein erstes Tier getötet hatte. Aber schon jetzt zeichnete der Junge unablässig mit einem Stöckchen Figuren in den Staub am Boden, offenbar geboren für diese Arbeit, was den Vater stolz machte. »Die Frauen …«, krächzte der Junge. »Es ist Mutter.«

»Geh!«, rief der Hüter der Stiere, nicht länger verärgert, vielmehr voller Sorge über den Ausgang der bevorstehenden Geburt. »Ich darf jetzt nicht weg. Ich muss meine Arbeit tun und komme später.«

Er schaute dem Jungen nach, der eilig den Hang hinunterlief, auf das Feuer am Ufer zu, wo sich die Frauen versammelt hatten. Kindergeburten verliefen oft tödlich. Seine erste Frau war, als sie niederkam, gestorben, diese, seine zweite, hatte ihm zwei Söhne geschenkt. Jetzt wurde ein weiteres Kind erwartet. Er wandte sich ab und ging auf die Höhle zu, passierte geduckt den niedrigen Einstieg und blieb eine Weile reglos stehen, um sich an die Dunkelheit zu gewöhnen. Es standen allzu viele Gerüststangen im Weg, als dass er hätte blindlings drauflos tappen können. Endlich sah er die kleinen Lampen mit den Wacholderdochten brennen und hörte über sich einen anderen Maler, der auf dem Gerüst kauerte und seiner Arbeit nachging. Es war der Hüter der Pferde, der andere Priester, dessen Werke durchaus bewundernswert waren, wenn sie auch seine eigenen nicht erreichten. Der Hüter der Pferde hatte eine Tochter, bald alt genug, um vermählt zu werden, ein junges, frisches Mädchen, das ihn, den ranghohen Hüter der Stiere, verehrte. Ein Lächeln trat in sein Gesicht, als sich seine Augen auf das spärliche Licht der Lampen eingestellt hatten und der Kopf des größten Stieres aus dem Dunkeln auftauchte.

Es war sein Werk, zum ehrenden Gedenken der Auerochsen. Und zum ersten Mal musterte er nun seine bislang größte Leistung, zufrieden damit, wie Bewegung und Form zum Ausdruck kamen, was ihm insbesondere in der Gestaltung der Hörner gelungen war. Das hintere war nur eine einfache Kurve, während das vordere, mit ähnlichem Schwung zu Anfang, nach oben hin einen anderen, fast gegensinnigen Verlauf nahm. Dadurch schien sich der Kopf zu bewegen und war nicht mehr nur von der Seite zu sehen wie bei den Hirschen und Pferden, sondern es drohte ein mächtiges Biest gleichsam aus der Felswand anzugreifen. Er seufzte beglückt und nickte, zufrieden mit dem, was er sah, und richtete den Blick auf seine jüngste Arbeit, die Linie, wo Brust und Vorderläufe des Stiers ineinander übergingen.

Ja, es hatte funktioniert. So wie die unterschiedlichen Hörner den Kopf scheinbar herumschwingen ließen, würde der Eindruck von Bewegung noch verstärkt durch den hinteren der beiden nach vorn geworfenen Vorderläufe, der leicht angewinkelt war. Zuerst hatte er die Schulter gemalt, mit dickem Farbauftrag, um das Muskelfleisch zu betonen, dann den vorderen Lauf, weiß abgesetzt von Brust und Bauch. Es war perfekt. Alles, was er in den Monaten und Jahren im Halbdunkel der Höhle gelernt hatte, war in dieser Darstellung bestens umgesetzt worden. Der Stier bewegte sich, und zwar nicht einfach von rechts nach links, sondern im stumpfen Winkel auf den Betrachter zu.

»Etwas Besseres ist dir noch nicht gelungen«, lobte der Hüter der Pferde. Breitbeinig stand er auf zwei Pfosten des Gerüstes und arbeitete in der Wölbung von Höhlendecke und Wand zwischen den ausladenden Hörnern des Stiers. »Ich will deiner Arbeit mit meinen Strichen Anerkennung zollen.«

Der Hüter der Stiere blinzelte und sah einen Pferdekopf zwischen den Hörnern Gestalt annehmen. Mit einer Lampe in der Hand kletterte er auf das Gerüst und stellte sich neben den Priesterbruder.

»Hier setze ich mit meiner Zeichnung an. Sie soll schöner sein als alles, was ich bisher erreicht habe, und ein edles Tier darstellen, das zwischen den Hörnern gefangen sein wird und deinem Werk Ehre erweist«, erklärte der Hüter der Pferde. Er war ein schlanker, drahtiger Mann mit schütteren grauen Haaren, die mit einem Lederring im Nacken zusammengefasst waren. Kleiner als der Hüter der Stiere und flink auf den Beinen, wie es sich für einen Hüter der Pferde gehörte, hatte er die besten Zähne unter allen Bewohnern des Tals. Sie waren weiß und ebenmäßig und ohne eine einzige Lücke. Der Hüter der Stiere dachte an dessen Tochter und hoffte, dass ihre Zähne ebenso vollkommen waren, und er fand Gefallen an dem Gedanken.

»Seine Mähne soll schwarz sein, das Fell dunkelbraun, und ich will, dass es aufmerksam die Ohren aufstellt zum Zeichen seines Respekts vor der Größe, die ihm begegnet«, fuhr der Hüter der Pferde fort. »Wärst du damit einverstanden, mein Freund?«

Der Hüter der Stiere klopfte ihm auf die Schulter und brummte beifällig. Dann stieg er vom Gerüst, um dem jungen Lehrling Platz zu machen, der zwei Holznäpfe mit frischangerührten Lehmfarben, rot und schwarz, nach oben bringen wollte. Der Hüter der Pferde hatte die Umrisse mit Holzkohle vollendet und machte sich nun mit Federn und abgerundeten kurzen Stöcken an die eigentliche Arbeit. Sein eigener Gehilfe hockte geduldig auf den Fersen vor den Farben, die er auf flachen Steinen gemischt hatte. Daneben wässerte ein fast schwarzer Lehmklumpen in einer Schale unter feuchtem Moos. Zwei Lampen beleuchteten seine Arbeit, die er so gut verrichtet hatte, dass der Hüter der Stiere anerkennend nickte. Der Junge schien erleichtert darüber, hatte doch der Hüter der Stiere einen kräftigen Arm, mit dem er zuschlug, wenn er unzufrieden war. Es war auch schon vorgekommen, dass er einen Lehrling davonjagte, wenn der nicht parierte.

»Hol Wasser, ich will trinken«, sagte er, worauf der Junge loseilte, vorsichtig darauf bedacht, nirgendwo anzustoßen. Vor einigen Tagen war der älteste Gehilfe aus der Höhle verbannt worden, weil er ein Gerüst umgestoßen und den Hüter der Wisente zu Fall gebracht hatte. Er war ein begabter junger Mann, der ein wunderbares rötliches Braun anrühren konnte und dessen Skizzen von allen bewundert wurden. Aber wegen Achtlosigkeit und mangelnden Respekts musste er jetzt bei den Frauen arbeiten. Nicht einmal die Jäger wollten ihn in ihren Reihen haben.

Der Hüter der Stiere überlegte, wie er vorgehen sollte. Er wollte umsetzen, was ihm vor dem heiligen Feuer singend in den Sinn gekommen war. Er hob die Lampe nahe an sein Gesicht und betrachtete aus nächster Nähe die Fläche am Fels, wo er die Hüfte des Tieres hinmalen wollte. Da war eine Zerklüftung zu erkennen, eine Stelle, an der ein gelblicher Gesteinsstrang hinter der dünnen Kalkschicht zum Vorschein trat, deretwegen die Höhle so gut zur Bemalung geeignet war. Er fuhr mit den Fingern darüber und hoffte, die Linie nutzen zu können, um der Hüfte den Anschein von Masse zu verleihen und Muskelspannung anzudeuten. Der Umriss des Rückens war schon aufgezeichnet, eine geschwungene Linie, die die Schulter betonte und zur Hüfte hin anstieg. Er würde Platz lassen müssen für die Schwanzwurzel und machte sich klar, dass das Fehlen einer Linie manchmal mehr aussagte als ihr Vorhandensein, und war sie noch so gut gezeichnet. Auch die Hinterläufe wollte er wieder so zueinanderstellen, dass der Eindruck einer Kehrtwendung entstände. Aber wie sollte er links und rechts unterscheiden? Plötzlich schmunzelte er, weil ihm durch den Kopf ging, dass zu einem so stattlichen Tier mächtige Genitalien gehörten. Die linke Hand in den eigenen Schritt gelegt, machte er mit der rechten eine Kohleskizze. Und als ihm wieder die Tochter des Priesterbruders in den Sinn kam, spürte er eine Regung unter der Hand. An seine Frau, die gerade ein Kind zur Welt brachte, dachte er nicht.

Der verbannte Lehrling saß müde vor dem Feuer am Flussufer und ruhte sich ein wenig aus, bevor ihn die Frauen wieder losschicken würden, um Holz oder Wasser zu besorgen. Die Gebärende, die auf der großen, aus Rentierhäuten zusammengenähten Matte lag und soeben noch aus

Leibeskräften geschrien hatte, stöhnte jetzt nur noch. Von der Geburt sah er nichts. Die anderen Frauen drängten sich um sie herum, und manche hielten sie noch immer an Schultern und Beinen fest. Plötzlich drehte sich eine um und befahl ihm, zu den Flintmännern zu laufen und den schärfsten Stein zu holen, den sie hatten.

»Und es sollte nicht nur ein kleiner Splitter sein. Wir müssen ihn fest in der Hand gepackt halten können«, sagte sie und wandte sich bereits einem Mädchen zu, um ihr eine andere Aufgabe zu erteilen.

Er stand auf, eilte am Ufer entlang und dann bergauf zum Steinbruch, wo die Flintmänner arbeiteten. Bald war ihr unaufhörliches Hämmern und Klopfen lauter als sein keuchender Atem. Als er sie fast erreicht hatte, blieb er stehen, schnappte nach Luft und achtete genau darauf, wohin er seine nächsten Schritte setzen konnte. Die scharfen Splitter, mit denen der Boden übersät war, durchschnitten selbst die schwieligsten Fußsohlen. Die Flintmänner standen deshalb auf Holzschindeln, die mit Lederriemen gehalten wurden. Er kannte sie kaum, denn sie hielten sich von den anderen fern, ähnlich wie die Hüter, die in der Höhle arbeiteten, und auch unter ihnen herrschte eine strenge Rangordnung. Das Oberhaupt der Flintmänner, dessen Hauptaufgabe darin bestand, Lehrlinge auszubilden, ließ den jungen Mann eine Weile warten, ehe er den Blick auf ihn richtete. Der Junge richtete seinen Auftrag aus.

»Für eine schwere Kindsgeburt?«, fragte der Flintmann. Er war alt und weißbärtig und hatte Leder um die Hände gewickelt, um sie vor scharfen Kanten zu schützen. »Ich kümmere mich darum.«

Er stand auf und trat vor einen Steinhaufen, der von den jüngsten Lehrlingen immer höher aufgeschüttet wurde. Vorsichtig suchte er darin herum und brachte schließlich einen glatten, fast kugelrunden Stein zum Vorschein, der nur an einer Stelle eingekerbt und aufgebrochen war. Dann griff er nach einem Hauwerkzeug, legte den Stein auf eine ebene Felsplatte und erklärte den um ihn gescharten Lehrlingen, was er zu tun beabsichtigte und wo die ersten Schläge anzusetzen waren. Er hob die rechte Hand, führte dann das schwere Werkzeug mit Schwung nach unten und traf damit seitlich auf die Kerbe. Ein großer Splitter löste sich. Er drehte die Kugel, wiederholte den Schlag und forderte dann einen der Lehrlinge auf, selbst Hand anzulegen. Noch ehe der Laufbursche wieder normal atmete, war schon ein handliches Steinmesser entstanden. Der Flintmann vergewisserte sich, dass die Schneide scharf genug war, schabte zu dem Zweck ein paar Haare auf seinem Oberarm ab, nickte dann zufrieden und warf schließlich das Messer dem wartenden Jungen zu, der sich sogleich auf den Rückweg zu den Frauen an der Feuerstelle machte.

Als er dort eintraf, kam auch das Mädchen schnell atmend zurück, das mit einem Auftrag losgeschickt worden war. Es hatte beide Hände voll frischgerupftem Moos vom Flussufer. Als der Junge das Messer aushändigte, nahm er den Geruch von Blut war. Die Frau auf der Matte aus Rentierhäuten hatte zu stöhnen aufgehört. Sie wurde auch nicht mehr festgehalten.

»Ist sie tot?«, fragte das Mädchen. Eine müde Frau, deren Arme bis zu den Ellbogen blutverschmiert waren, nickte und seufzte. »Aber das Kind in ihr lebt noch.«

Das Mädchen und der Junge setzten sich ans Feuer und sahen zu, wie die älteste Frau das Flintmesser nahm und den gewölbten Bauch der Toten bis zur Leiste hin aufschnitt. Entsetzt wandte sich das Mädchen ab, während der Junge mit großen Augen beobachtete, wie Blut aus der Wunde quoll und langsam über die Seiten des Körpers herabrann. Die Alte setzte das Messer noch einmal an und murmelte etwas dabei, worauf zwei andere Frauen die aufgeschnittene Haut auseinanderzogen. Eine vierte Frau tupfte mit dem Moosballen das Blut in der Wunde auf, damit die Alte besser sehen konnte, die nun das Messer tiefer führen musste. Das junge Mädchen schaute erst wieder hin, als die Frau das Messer beiseitelegte, mit beiden Händen in den geöffneten Bauch griff und ein kleines, noch lebendes Kind hervorholte, an dem eine dunkelblaue, im Sonnenlicht glänzende Schnur hing. Sie betrachtete es sorgsam, steckte einen Finger in seinen Mund, um ihn frei zu machen, und blies ihm dann ihren Atem in die Nase. Das wiederholte sie dreimal, wobei sie gleichzeitig auf die winzige Brust des Kindes drückte. Dann gab sie ihm einen festen Schlag auf das Hinterteil. Die Arme des Winzlings zuckten, und er fing zu schreien an. Es war ein Mädchen. Die Alte hielt es gefasst, während eine andere Frau die Schnur mit einem Lederband verknotete und durchtrennte. Anschließend wurde das Kind mit Moos gesäubert, in eine Rentierdecke gewickelt und in die Nähe des Feuers gelegt.

»Wir haben also geholfen, das Kind zu retten«, sagte das Mädchen. Dem Jungen fiel ihr volles, glänzendes Haar auf und dass sie die schlichte Lederkette einer Frau trug, die noch keinen Mann hatte. Sie lächelte ihn an und zeigte dabei ihre weißen, vollkommenen Zähne. Ihre Augen kamen ihm besonders groß vor. »Aber die Mutter ist tot. Weißt du, wer sie war?«

»Ja«, antwortete er, »sie war die Frau des Hüters der Stiere. Zwei Söhne hat sie ihm schon geboren. Hast du sie gekannt?«

»Natürlich. Mein Vater ist der Hüter der Pferde. Und du bist doch der Lehrling, der aus der Höhle verbannt wurde und jetzt weder Handwerk noch Namen hat.« Sie schaute auf seinen nackten Hals. Da hing kein Knochen an einer Schnur, das Zeichen der Jäger, kein Stein wie bei den Arbeitern im Steinbruch und auch kein Rindenstück, das ihn als Holzsammler oder Hüter des Feuers ausgewiesen hätte. Und natürlich trug er auch keine Feder, das Zeichen der Lehrlinge in der Höhle. Es war ihm vom Hals gerissen worden, als man ihn verbannt hatte. »Was wirst du jetzt tun?«

»Abwarten«, antwortete er schroff. »Ich muss zur Strafe einen Frühling lang den Frauen helfen, aber dann nehmen sie mich zurück. Das hat mir dein Vater gesagt, als er mir zu essen gebracht hat, nachdem ich geschlagen und weggeschickt worden bin. Er ist ein gütiger Mann.« Er betrachtete das Mädchen, fasziniert von ihren Backenknochen und dem zarten Flaum auf den Wangen. »Ein guter Mann, der eine sehr gute Arbeit macht. Er sagt, ich hätte Talent und man würde eine solche Gabe nicht ungenutzt lassen. Es wäre ein Frevel gegenüber den Tieren in der Höhle.«

»Ja, er ist ein guter Mann. Wenn ich krank bin, geht er in den Wald und bringt mir Honig. Dass ihn dabei oft die Bienen stechen, nimmt er in Kauf«, sagte sie. »Wie soll ich dich eigentlich nennen? Du hast ja keinen Namen.«

»Als Junge hieß ich Hirschläufer. Hüter der Hirsche wird mein Name sein, wenn man mich wieder in der Höhle arbeiten lässt. Nenn mich Hirsch«, schlug er vor und nahm sehr wohl die Schwellung ihrer jungen Brüste wahr. Sie war kein Kind mehr, sondern eine Frau, die selbst bald Kinder haben würde. Er fragte sich, welche Pläne ihr Vater für sie hatte. »Und wie soll ich dich nennen?«

»Meine Familie nennt mich Kleiner Mond. Mein Vater sagt, der Mond war sehr klein, als ich geboren wurde.«

»Hat er dich noch nicht für einen Mann bestimmt?«, fragte er.

Sie lachte kindlich, war also doch noch sehr jung. »Nein, er sagt, wir müssen warten, bis der kleine Mond voll geworden ist. Meine neue Mutter aber meint, es werde langsam Zeit.«

Er betrachtete sie schweigend und fand Gefallen an ihrem Gesicht, war darüber gleichzeitig aber auch beunruhigt. Er würde erst dann mit einer Frau zusammen sein dürfen, wenn er seine Lehrzeit abgeschlossen hatte. Seine Verbannung aus der Höhle sollte bis zum Sommer andauern, und dann würde er noch mindestens bis in den Winter hinein seine Lehre fortsetzen müssen. Wenn ihre Mutter sagte, es sei an der Zeit, hätte sie einen Mann, ehe der Sommer vorüber wäre. Womöglich trüge sie schon ein Kind, wenn er endlich als Hüter das Recht haben würde, sich eine Frau zu nehmen. Der Gedanke löste ein Gefühl in ihm aus, das er noch nicht kannte. Kleiner Mond. Sie blickte schüchtern unter ihren Wimpern zu ihm auf.

Die alte Frau riss ihn aus seinen Träumereien mit der Aufforderung, Holz zu holen und einen Scheiterhaufen für die Tote zu errichten, den dann ihr Mann in der Abenddämmerung entzünden würde, während die Frauen das Klagelied der verstorbenen Mütter anstimmten. Er stand auf und sagte, ehe er sich recht besann: »Kleiner Mond, ich werde im Winter ein Hüter sein. Warte so lange.«

Sie schaute ihn mit ausdrucksloser Miene an. Der Anblick einer Männerbrust, auf der kein Handwerkszeichen hing, war ihr fremd. Als er sich umdrehte und losrannte, wurde ihr plötzlich bewusst, wie andächtig sie seine schlanken Hüften und das Spiel seiner Muskeln bis hinauf zu den Schultern betrachtete, auf die seine hellen Haare in Locken herabfielen. Sie schaute ihm nach, dem Hirschläufer, der Hirsch von ihr genannt werden wollte, und fasste sich unwillkürlich an die bloße Lederschnur am Hals, das Zeichen ihrer Jungfräulichkeit.

Der Hüter der Stiere steckte eine brennende Fackel in den Scheiterhaufen und trat zurück, als die Flammen unter dem Leichnam seiner Frau aufschlugen. Man hatte ihm von der Geburt eines Mädchens berichtet, um das sich seine Schwestern kümmern würden. Seine Frau hatte ihm zwei Söhne geschenkt, die heimische Feuerstelle bewacht und stets dafür gesorgt, dass es morgens warmes Wasser für ihn zu trinken gab. Sie hatte sich immer zu ihm gelegt, wenn er danach verlangte, und ihn manchmal sogar mit Wärme empfangen. Er dachte zurück an die frühen Tage mit ihr, als sie noch eine junge Frau gewesen war, geschmeidig und anfangs noch voller Schrecken in seinen Armen, dann aber hingebungsvoll und eifrig. Es kam der erste Sohn, und sie hatten viel Zeit miteinander verbracht, gelacht und sich müde geredet, ehe er sich immer mehr seiner Arbeit in der Höhle widmete. Den Stieren, die in seiner Vorstellung Gestalt annahmen. Er konnte mit keinem darüber sprechen, nur hin und wieder im Kreis der Eingeweihten. Andere wussten nur, dass er arbeitete und Tiere zeichnete.

Er schaute sich unter den Versammelten um, auf die in zunehmender Dämmerung das flackernde Licht des Feuers fiel. Ihre Gesichter waren noch von dem Festmahl mit Fett verschmiert. Die Frauen gaben Klagelaute von sich, die schließlich zu einem Chor anschwollen. Dann traten die engsten Angehörigen der Toten vor, ein Jäger, der einen Knochen auf den Scheiterhaufen legte, ein Wasserträger mit einem lebenden Flusskrebs, dessen Kopf er zwischen Daumen und Zeigefinger zerquetschte, um ihn dann ebenfalls dem Feuer zu übergeben. Der Hüter der Stiere trat als Letzter vor und übergab seine Feder den Flammen, die die Mutter seiner Söhne verzehrten.

Viele waren gekommen, um Anteil zu nehmen. Das Oberhaupt der Steinbrecher, der erste Mann im Wald und alle Jäger, die Anführer der jungen Treiber sowie die Speerträger und Fallensteller, die das Wild erlegten. Die Fährtenleser waren erschienen und selbst der hinkende Alte, der die kleine Gruppe der Krüppel und Greise anführte, die Netze auslegten, mit denen Vögel und Fische gefangen wurden. Auch die Anführer anderer Sippen jenseits des Flusses waren gekommen, nicht zuletzt von der Höhle angezogen. Sie hatten zwar ihre eigenen Priester, Handwerker und heiligen Höhlen, aber niemanden, der die Vision gehabt hätte, eine ganze Höhle mit heiligen Tieren auszugestalten.

Es waren aber auch einige unter ihnen, die der Hüter der Stiere um ihr handwerkliches Geschick beneidete, nicht, weil er sich mit ihnen verglich, sondern weil er die Zukunft der Höhle im Auge hatte. Sein Hüter der Wisente – nur insgeheim bezeichnete er die Priesterbrüder als »seine« Männer – war schon alt, halb blind und seiner Aufgabe nicht mehr gewachsen; er brachte nur noch Klecksereien zustande. Er, der Hüter der Stiere, hatte sich an diesem Tag dazu hinreißen lassen, das jüngste Werk des Bruders, ein unansehnliches rotes Wisent, mit seiner eigenen Arbeit zu übermalen. Was natürlich nicht in Ordnung war. In der Höhle gab es schließlich Regeln zu beachten. So hatte ihn der Hüter der Pferde am Morgen gefragt, ob er sein Tier zwischen die Hörner des Stiers platzieren durfte. Das gebot allein schon der Anstand. Der Hüter der Stiere schämte sich ein wenig für seine Respektlosigkeit. Aber er betrachtete eben auch die Höhle als »seine« Höhle und konnte nicht tatenlos mit ansehen, dass sie verunstaltet wurde. Aber seine Mitbrüder empfanden wahrscheinlich ähnlich, weshalb es umso wichtiger war, ihnen die gebührende Hochachtung entgegenzubringen.

Er würde diese Frau vermissen, die da tot vor ihm lag und von den Flammen verschlungen wurde, nicht nur ihren Körper und ihre Fürsorge, sondern auch ihren Rat. Sie war immer voller Verständnis für seine Vision gewesen, schon damals, als die Jäger die Höhle ausfindig gemacht und ihn gerufen hatten, um ihm die großen weißen Wandflächen und die perfekte Wölbung der Decke zu zeigen. Er erinnerte sich, ebenso lustvoll in diese Höhle eingedrungen zu sein wie wenig später in den Schoß seiner Frau. Sie hatte geahnt, dass er die Höhle in ein Heiligtum verwandeln konnte, und ihm geraten, die ältesten Hüter einzuweihen und so zu bearbeiten, dass sie am Ende glaubten, die Idee stamme von ihnen. Unterdessen hatte sie die anderen Frauen auf ihre Seite gebracht. Ja, er würde sie vermissen, nicht zuletzt ihre freundlichen Ermahnungen, den anderen Hütern Respekt zu erweisen und ihre Arbeit zu loben, selbst wenn sie so missraten war wie die des Hüters der Wisente. Jetzt musste er sich selbst ermahnen und in Acht nehmen, die Brüder nicht vor den Kopf zu stoßen, besonders dann, wenn er über deren Arbeit im Stillen vor Pein aufschreien mochte, weil sie sich manchmal so gar nicht mit seinen Visionen vertrug.

Die Flammen hatten sich jetzt über sie hergemacht. Es roch, wie wenn ein Eber geröstet wurde, und ihm lief unwillkürlich das Wasser im Mund zusammen. Aber bald würde, wie er wusste, der Geruch ein anderer sein und bitter wie die Einsamkeit seiner heimischen Feuerstelle, weil keine Frau mehr da war, die ihn des Nachts wärmte. Er würde sich eine neue Frau nehmen müssen, noch vor dem Winter, eine junge, die ihm weitere Söhne schenken könnte. Und so nahm er sich vor, mit dem Hüter der Pferde zu sprechen, sobald die Glut verloschen und die Asche von Wind und Regen davongetragen sein würde. Vor allem aber würde er seine Ungeduld zügeln und sich in Selbstkritik üben müssen, wenn er nicht Gefahr laufen wollte, die Eintracht der Hüter zu zerstören und Feindseligkeiten heraufzubeschwören. Es galt, sie zu führen, nicht zu bevormunden, zu lenken, statt sie anzutreiben. Vielleicht war diese Einsicht das letzte Geschenk seiner Frau an ihn. In ihrer

Weisheit sollte sie ihm in Erinnerung bleiben und nicht in dem neugeborenen Mädchen, das er noch nicht gesehen hatte.

Der Scheiterhaufen war niedergebrannt. Er wartete, bis von dem Holz nur noch die Glut übrig war, und wandte sich dann an seine Mitbrüder zu beiden Seiten. Mit dem Hüter der Pferde und dem Hüter der Hirsche verabredete er, einige Auserwählte zur Höhle zu führen: die Oberhäupter seiner Sippe – nämlich die Ersten der Steinbrecher, Jäger, Wasserträger und Waldmänner – und, in höflichem Abstand, auch die Priester und Anführer der anderen Sippen. Sie würden sich geehrt fühlen, eine Stätte betreten zu dürfen, die viel größer war als ihre eigenen Höhlen. Insgesamt stiegen etwa vierzig Männer den Hang hinauf, durch ein Spalier junger Lehrlinge, die ihre Fackeln am Scheiterhaufen entzündet hatten.

Als sie die Höhle erreichten, eilte ein Lehrling voraus, um mit seiner Fackel die kleinen Steinlampen, die die Ältesten trugen, zu entzünden. Dann trat der Hüter der Stiere als Erster durch die Öffnung und stimmte sein Lied für die Tiere an, mit dem er sie um Einlass bat und darum, dass sie ihren Stolz und ihre Stärke den Männern offenbarten, die zu ihrer Verehrung herbeigekommen waren. Als Lehrling in einer anderen, sehr viel kleineren Höhle hatte er einmal selbst die Fackel getragen und einen Hüter denselben Gesang anstimmen hören, als aus klarer Nacht ein gewaltiger Blitz herniederfuhr und einen Baum in der Nähe spaltete. Er erinnerte sich noch lebhaft daran, wie damals alle aus Angst vor dem Zorn der Tiere Reißaus genommen hatten. Auch wenn er Tag für Tag in diese Höhle kam und dabei mitwirkte, dass diese Stätte und seine großen Stiere entstehen konnten, vergaß er nie, dass ihnen, den Tieren, dieser Ort eher gehörte als ihm selbst. Hier wirkten Kräfte, die seine Kunst und seine Fähigkeiten bei weitem überstiegen. Und als er den Weg ins Dunkle anführte und mit dem flackernden Lampenlicht seine Stiere in all ihrer Stärke zum Leben erweckte, empfand er tiefe Ehrfurcht.

Mit mürrischer Miene, die Arme vor der unbehaarten Brust verschränkt, sah Hirsch die Prozession der Männer in der Höhle verschwinden und die Lehrlinge, zu denen auch er sich noch zählte, mit ihren Fackeln vor der Öffnung Stellung beziehen. Sie konnten ihn nicht sehen, ihm war die Teilnahme an der Feier verwehrt. Er durfte sich nicht brüsten, die Farben gemischt, aufgetragen und begonnen zu haben, was er als sein Lebenswerk schon vor Augen hatte. Er konnte nur hoffen, vor der nächsten großen Feier zur Mittsommernacht wieder in den Kreis der Auserwählten aufgenommen zu werden. Doch darüber entschieden letztlich die Tiere, wie es hieß. Wirklich?, fragte er sich nachdenklich. Nein. Das letzte Wort hatten die alten Männer, die im Namen der Tiere sprachen. Sein Schicksal hing von den Hütern ab. Von Menschen.

Voller verwirrender, aufwühlender Gedanken zog er sich tiefer in den Wald zurück und hockte sich nieder. Ihm war immer gesagt worden, dass die Tiere über die Höhle herrschten und über Rang und Ordnung entschieden. Die Höhlenmenschen, die Mitglieder seiner Sippe, seien Diener der Tiere, Gesegnete aufgrund ihrer Fähigkeit, dem nackten Fels Leben einzuhauchen und die Dunkelheit in ihrer

Heiligkeit zu offenbaren. Waren in dieser Nacht nicht alle, die am Fluss lebten, gekommen, um den Tieren der Höhle zu huldigen, die die Hüter kraft ihrer Fähigkeiten heraufbeschworen hatten? Gewiss.

Aber auch er hatte dieses Geschick in reichem Maße. Er war von den Tieren mit Fähigkeiten ausgestattet worden, die ihn zum begabtesten aller Lehrlinge machten. Er wusste, dass seine Farben die reinsten waren, dass er am sichersten und genausten mit dem Moosballen umgehen konnte und dass von denen, die jetzt die Fackel tragen durften, keiner auch nur entfernt sein Talent hatte. Und er war jetzt nicht unter ihnen, weil ein alter Mann vom Gerüst gestürzt war und ihm die Schuld daran gegeben hatte. Die Tiere hatten geschwiegen. Und wegen der missmutigen Laune eines alten Mannes war er nun gezwungen, für die Frauen zu arbeiten, bis die Hüter entschieden, dass er genug Buße geübt habe und in die Höhle zurückkehren dürfe.

Wie konnten es diese alten Dickköpfe wagen, ihn an der Entfaltung seiner Fähigkeiten zu hindern? Manche von ihnen waren trotz all ihrer Erfahrung weniger tüchtig als er. Der Wisent in der Höhle war eine Schande, der Hirsch mit seinem Geweih wie Dornengestrüpp ein schlechter Scherz, ebenso sein Hüter, der zu viel sauren Honig trank. Sie hatten in der Höhle nichts verloren. Sie konnten dem Fels kein Leben einhauchen. Sein Hirsch war viel besser.

Er schloss die Augen und versetzte sich in Gedanken in die Höhle. Der Hüter der Pferde war ein würdiger Fürsprecher seiner Tiere, ein Mann mit ausgeprägtem Sinn für Farben und Formen. Hirsch konnte von ihm lernen, sich ein Vorbild an ihm nehmen, um sein Talent auszubauen. Und der Hüter der Stiere war ein Künstler, ergriffen von den Tieren, die er schuf, und so reich gesegnet, dass Hirsch allein in Erinnerung an seine Werke ins Schwärmen geriet. Sie bildeten das eigentliche Wesen des Stieres ab.

Und doch. Sie waren alle gleich. Gigantisch. Dominierend kraft ihrer Größe. In allen Abbildungen kamen dieselben Kunstgriffe zum Tragen, der weiß abgesetzte Übergang zwischen Gliedern und Leib, die unterschiedlich geschwungenen Hörner, mit denen Bewegung angedeutet wurde, die nach vorn geworfenen Läufe – er sah all das in seiner Erinnerung und erkannte ihren Wert als Gestaltungsmittel. Trotzdem waren alle Werke gleich, gleich in Ausführung und Format. In ihnen wurde lediglich ihre Dominanz verehrt, die Kraft und Größe der Stiere. Er kniff seine Augen noch fester zu, um sich nicht nur an die Stiere, sondern auch an die anderen Tiere um sie herum zu erinnern, an das Gesamtbild, das sie mit ihren riesigen Ausmaßen beherrschten. Wären da nicht in unmittelbarer Nachbarschaft die zarter gegliederten Pferde …

Der Hüter der Pferde zeichnete sie groß und klein, mal aufgebäumt, mal äsend, in der Herde oder auch vereinzelt. Doch Hirsch wollte sich in seinem Urteil nicht beirren lassen. Keine dieser Pferdedarstellungen kam an die Wirkung der Stiere heran. In ihrer Vielzahl und Verschiedenheit brachten sie die bedrohliche Größe der Stiere und ihre rohe Kraft nur umso mehr zur Geltung. Auch darin zeigte sich ihre Meisterschaft. Die Pferde waren anmutig, die Stiere in ihrer Macht erschreckend und geradezu grob, wenn man nur sie ins Auge fasste. Plötzlich kam Hirsch der Gedanke, dass der Hüter der Stiere nur für sich zeichnete, während der Hüter der Pferde die gesamte Höhle im Blick hatte. Hirsch hatte, als sich dieser Gedanke bildete, unbewusst den Atem angehalten und stieß nun einen Schwall Luft aus. Ihn schwindelte.

So unerwartet, dass er vor Schreck zusammenzuckte, spürte er plötzlich eine Berührung auf dem Arm. »Mein Vater hat mir gesagt, dass ich dich hier finden würde«, flüsterte Kleiner Mond. Er konnte sie kaum erkennen, sah nur ihre Augen funkeln und den Schatten, den sie vorm flackernden Schein der Fackeln warf. »Er möchte mit dir reden und will, dass du hier wartest, bis sie wieder herauskommen.«

»Worüber möchte er mit mir reden?«

»Ich weiß nicht. Er sagte nur, du sollst auf ihn warten.« Sie ging neben ihm geräuschlos in die Knie und richtete den Blick auf die Höhlenöffnung.

»Weiß er, dass wir uns treffen, Kleiner Mond?«

»Ich habe ihm nichts gesagt«, sagte sie. »Meine Mutter aber wahrscheinlich. Sie hat mich gefragt, nachdem du gegangen bist, und wollte wissen, worüber wir geredet haben. Sie meinte, ich müsste mir darüber im Klaren sein, dass du aus der Höhle verstoßen worden bist und zur Strafe für die Frauen arbeiten musst.«

»Weiß deine Mutter, dass du jetzt hier bist?«

Er glaubte erkennen zu können, dass sie kurz den Kopf schüttelte. »Egal. Vater hat mich geschickt. Aber ich muss gleich wieder weg.«

»Noch nicht«, sagte er und strich ihr mit der Hand über den glatten Arm. Sie schreckte zurück, entspannte sich aber sogleich wieder.

»Weißt du noch, was ich dir gesagt habe? Dass du warten sollst, bis ich ein Hüter bin?«

»Ja, ich erinnere mich«, flüsterte sie. »Aber darüber entscheidet mein Vater.«

»Er ist ein guter Mann, Kleiner Mond, und ein großartiger Arbeiter in der Höhle, vielleicht der größte. Seine Tiere lieben ihn und erwachen unter seiner Hand zum Leben.«

»Darüber dürftest du mit mir gar nicht reden. Frauen ist die Höhle verboten.«

»Aber bei allen anderen Sippen ist das nicht so. Zu deren Höhlen haben Frauen freien Zugang«, erwiderte er. »In manchen arbeiten sie sogar. Das habe ich mit eigenen Augen gesehen. Nur bei uns gibt es dieses Verbot, und es gilt nur für unsere Höhle.«

»All das würde ich gern einmal sehen, irgendwann«, sagte sie. »Mein Vater sagt, die Höhle ist ein Ort der Wunder.«

»Du wirst sie sehen, wenn ich Hüter bin. Oder ich zeige dir schon jetzt, was ich gemacht habe.«

»Aber du bist doch nur ein Lehrling. Man hat dich doch noch gar nicht anfangen lassen zu arbeiten.«

»Ich habe die letzte Prüfung abgelegt und schon meine erste Arbeit geschaffen, nicht im großen Raum, sondern weiter hinten in der Höhle, wo es enger ist und steil abwärtsgeht. Lehrlinge, die kurz davor stehen, Hüter zu werden, schaffen da ihre Arbeiten, die von den anderen Hütern beurteilt werden. Und da habe auch ich meine schwimmenden Tiere gemalt. Es gibt in diesem Teil der Höhle eine dunkle Felsschicht, geschwungen wie ein fließender Strom. In diese Flut habe ich meine Tiere hineinspringen lassen. Es ist, als würden sie schwimmen, wie man es im Frühjahr bei Hochwasser sehen kann. Sie sind Teil des Wassers, das Wasser ist Teil des Felsens. Alles fließt ineinander –« Er stockte. »Glaub mir, Kleiner Mond, es ist eine gute Arbeit, und ich möchte sie dir zeigen, meine schwimmenden Hirsche.«

Erschrocken schnappte sie nach Luft und schlug die Hand vor den Mund. »Du hast sie genannt. Du darfst die Tiere nicht beim Namen nennen.«

»Nur dir gegenüber, Kleiner Mond, und ich werde sie dir zeigen. Du wirst sie sehen und erkennen als Hirsche, die in einem Fluss schwimmen. Und dann wirst du mir recht geben: Es macht keinen Unterschied, ob man ihren Namen nur im Kopf hat oder ihn ausspricht. Deshalb frage ich mich, warum wir diese Regel haben, dass wir nur von Tieren oder von Arbeit sprechen dürfen.«

»Mein Vater sagt …«, begann sie, wurde aber von ihm unterbrochen.

»Jetzt bin ich es, der spricht, nicht dein Vater. Ich bin's, dem es missfällt, dass die Tiere nicht beim Namen genannt werden dürfen und Frauen der Zugang zur Höhle verwehrt ist. Ich verstehe auch nicht, warum Stiere, Pferde und Hirsche, Wisente und Bären dargestellt werden, nicht aber das eine Tier, das uns am Leben erhält. Das Rentier gibt uns zu essen und kleidet uns. Aus seinen Hörnern und Knochen machen wir Werkzeuge wie die Nadeln, mit denen die Frauen nähen, aus den Häuten bauen wir unsere Zelte, die uns vor Wind und Regen schützen. Trotzdem werden ausgerechnet diese Tiere in der Höhle nicht verehrt. Seltsam ist das. Viele Regeln sind einfach nicht zu verstehen.«

Sie wippte auf den Fersen vor und zurück, sichtlich verwirrt von seinen Worten, die so viel von dem in Frage stellten, was ihr so selbstverständlich war wie die Hitze des Feuers oder die Feuchtigkeit von Regen. Er nannte all die Tiere beim Namen, erzählte ihr mehr über die Höhle, als sie je gehört hatte, und lud sie auch noch ein, sich die Höhle anzusehen. Und dabei ließ er die ganze Zeit seine Hand auf ihrem Arm ruhen.

»Ich muss jetzt zurück«, sagte sie, rührte sich aber nicht vom Fleck.

»Ich habe die Namen nur dir genannt, Kleiner Mond. Bis heute habe ich es nicht einmal gewagt, sie auch nur im Geiste auszusprechen.« Er zog seine Hand zurück. »Ich werde hier auf deinen Vater warten. Auf dich warte ich noch viel länger.«

Sie stand auf, und obwohl ihr warm war, fing sie plötzlich an zu zittern. Lange schaute sie ihn an, bevor sie lautlos aus dem Versteck der Bäume ins Freie trat und dann in Windeseile bergab zu den Zelten ihrer Familie lief.

In der Morgendämmerung kamen sie schweigend aus der Höhle, müde und erschöpft von der langen Nachtwache. Die Frauen erwarteten sie mit Wasser und kaltem Fleisch. Während sie tranken, löste sich der Bann. Man ging an den Waldrand, um sich zu erleichtern, spuckte den feuchten Staub der Höhle aus, schneuzte die Nase und ließ Wind ab. Der Hüter der Pferde blieb vor dem Höhleneingang stehen, schaute sich um und ging dann auf den Waldrand zu, wo er sich so hinstellte, dass er bemerkt werden konnte.

»Ich habe gewartet, Hüter«, meldete sich eine zaghafte Stimme. Gut, der Junge war vorsichtig und hielt sich hinter einem Baum versteckt. Kleiner Mond hatte ihn aber offenbar ausfindig machen können. Er winkte den Jungen hinter dem Baum hervor und führte ihn tiefer in den Wald hinein.

»Hast du deine Lektion gelernt, Lehrling?«, fragte er.

»Die Lektion, dass ich bestraft werde für den Sturz eines alten Mannes, den ich nicht verschuldet habe? Was lässt sich daraus lernen?«

»Nein, die Lektion der Disziplin. Die Lektion des Respekts Älteren gegenüber. Die Lektion, dass wir manchmal schuldlos leiden, das Leid aber einer höheren Sache wegen ertragen müssen. Du bist begabt, Hirschläufer. Dein Platz ist in der Höhle, bei der Arbeit, unter uns.«

»Ich respektiere die Älteren, meine Lehrer, Arbeiter wie dich oder den Hüter der Stiere. Ich habe viel von euch zu lernen.«

»Hör zu, ich will dich zurück in die Höhle holen«, sagte er und schüttelte Hirsch sanft am Arm. »Du könntest inzwischen selbst Hüter sein. Das weißt du. Das weiß jeder, der deine schwimmenden Tiere gesehen hat. Aber ich muss die anderen Hüter davon überzeugen können, dass du deine Lektion der Demut gelernt hast. Dass du das Urteil der Älteren respektierst. Hast du mich verstanden, Hirschläufer?«

»Ich höre dich, Hüter.« Im Stillen sagte er: Ich höre dich, Vater von Kleiner Mond.

»Du trittst nicht nur einer Gruppe von Arbeitern mit besonderen Fähigkeiten und Talenten bei, sondern einer Reihe von Männern, die alle ihre Schwächen haben und ihren Stolz. Du musst dir darüber im Klaren sein, dass sich alte Männer, die nicht mehr so sicher auf den Beinen stehen, eine solche Schwäche nicht zugestehen möchten und einem Jüngling zürnen, der wendiger ist. Männer hassen es, sich selbst die Schuld an Schwachheiten und Fehlern zu geben, und ich sehe, dass auch du deinen törichten Stolz in Schutz zu nehmen versuchst. Hörst du?«

»Ich höre, Hüter. Und ich danke dir für diese Lektion.«

»Du wirst den Hütern mit Demut begegnen und dich bei dem Alten für dein Fehlverhalten entschuldigen. Du wirst deinen Kopf senken und stillschweigen. Wenn du mir vertraust und dich von mir führen lässt, wirst du noch vor dem Fest zum längsten Jahrestag ein Hüter sein.«

»Du bist gut zu mir, Hüter. Warum?«, fragte er und hoffte heimlich, dass Kleiner Mond ihn darum gebeten hätte.

»Wegen deiner schwimmenden Tiere«, antwortete der Hüter. Er legte dem Jungen beide Hände auf die Schultern und schaute ihm ins Gesicht. »Und vielleicht, weil eines Tages, wenn ich längst gegangen bin, du es bist, der einen jungen Dummkopf daran hindern kann, sein Talent zu vergeuden.« Er lächelte versonnen, angetan von dem klaren Blick des Jungen und dem Respekt, den er zeigte. »Wie es einen solchen Menschen für mich gab, vor langer Zeit.«

3

Arisaig, Schottland 1943

Captain Jack Manners war erschöpft. Obwohl kühles Regenwetter über die Highlands zog, schwitzte er so sehr, dass er fürchtete, das Wüstenfieber sei wieder ausgebrochen. Sein Rucksack war voller Steine. Der Gurt seiner winzigen Sten-Gun-Maschinenpistole scheuerte im Nacken, und seine schweren Stiefel waren innen klitschnass. In Nordafrika hatte er wenigstens bequeme Wüstenstiefel aus leichtem Wildleder getragen. Kopfschüttelnd, weil er es immer noch nicht fassen konnte, dachte er zurück an seine Einheit, die wie ein Haufen Urlauber gegen die Deutschen angetreten war, bärtig, in Shorts oder Kordhosen und mit Halstuch gegen den Staub. Manche Kameraden schworen sogar auf ihre Seidenhemden, die tagsüber kühl auf der Haut lagen und nachts wärmten, wenn der harte Boden so kalt wurde wie der Panzerstahl. Doch hier in Schottland, wo sie nur noch Übungen absolvierten, verlangte man von ihnen, dass sie ihre Stiefel wichsten, die Uniformen bügelten und sich glattrasierten, obwohl es immer an Rasierklingen fehlte. Als sie zur Verstärkung nach Ägypten ausgerückt waren, hatten sie sich mehrere Wochen lang auf den Kampfeinsatz gegen die Deutschen vorbereiten müssen. Letzten Endes waren noch ein ganzes Jahr, mehrere Panzer und ein tüchtiger General draufgegangen, ehe sie gelernt hatten, wie gegen die Krauts zu kämpfen war. Und trotzdem, erinnerte er sich der Fairness halber, die ihm regelrecht eingebrannt war, trotzdem hatten diese den eigenen Truppen mächtig zugesetzt, weil sie es immer wieder fertigbrachten, sich vor der Schlagkraft der britischen Luftwaffe zu verschanzen.

»In einem solchen Krieg muss man hassen können, Jacques«, keuchte der Mann neben ihm. »Wenn die Kräfte nachlassen und der Durchsetzungswille schwindet, hilft dir nur noch der Hass weiter.«

Jack Manners sagte nichts. Er marschierte weiter über die Hügelkuppe und stemmte sich gegen den Wind, der ihm mit kalten Regenböen von der Irischen See entgegenschlug. Als es wieder bergab ging, entdeckte er einen überhängenden Felsen, der Wetterschutz versprach. Er lenkte den Franzosen darauf zu, nahm seinen Kompass aus der Tasche und orientierte sich wieder.

»Denk daran, was man uns gesagt hat.« Er sprach französisch. »Jede Stunde fünf Minuten Pause.« Er kniete nieder, nahm den Rucksack vom Rücken und machte sich daran, Schenkel und Waden des Partners zu massieren, der den Parkakragen hochgeschlagen hatte, um sich eine Zigarette anzustecken. Jack hatte es längst aufgegeben, François vom Rauchen abzubringen, der sich allabendlich vor dem Schlafengehen noch einmal eine Zigarette ansteckte, die er dann, halb aufgeraucht, ausdrückte, um sie gleich nach dem Aufwachen wieder anzustecken. Die Beine des Franzosen zitterten von der Anstrengung des langen Aufstiegs.

»Ich habe den Masochismus von euch Engländern nie verstanden. Seit ich Kriegsdienst leiste, habe ich noch nie marschieren müssen. Ich bin immer geflogen oder habe Autos geknackt, mir ein Motorrad ausgeliehen oder, wenn's nicht anders ging, auch ein Fahrrad. Aber marschiert bin ich nie«, sagte François. »Das ist doch reine Schikane von euch, genau wie auch dieser Unfug, dass man Kadetten mit der Zahnbürste die Kaserne schrubben lässt oder von ihnen verlangt, die Streichhölzer vom Exerzierplatz aufzusammeln.«

»Erinnere dich, was wir von Rommel gelernt haben: Je härter der Drill, desto leichter der Kampf«, sagte der Engländer und schlug François mit der flachen Hand aufs Bein. »Du bist dran.«

François kniete sich hin, streifte die Ärmel zurück und fing an, die Beine des Engländers zu kneten. Jack spürte, wie sein Kreislauf in Bewegung kam und seine Beine wieder warm wurden. Am liebsten hätte er die Augen geschlossen und den Moment genossen. Aber er war ja nicht zum Vergnügen hier, sondern zu einer Übung, und musste wachsam sein. Durchaus möglich, dass plötzlich einer der Ausbilder aus der Deckung hervorgesprungen kam, einen Angriff aus dem Hinterhalt vortäuschte und sie zu einem Scheinverhör abführte.

»Erzähl mir nichts von deinem verfluchten Rommel«, sagte François. »Das ist das Problem mit euch Engländern. Ihr bewundert eure Feinde. Gentlemen, die ihr seid, bedankt ihr euch auch noch für die Prügel, die ihr bezieht.«

»Wir haben Rommel besiegt«, entgegnete Jack seelenruhig. »Wir haben ihn und seine Panzer fertiggemacht. Du warst doch dabei und müsstest es wissen. Aber zugegeben, anfangs hat er uns eine Lektion erteilt.«

»Jaja, schon gut. Je härter der Drill, desto leichter der Kampf. Und wie beim Drill auch im Team kämpfen. Das habe ich eher gelernt als du. Uns hat Rommel mit seiner siebten Division schon 1940 überrollt.« Der Wind heulte auf und übertönte seine letzten Worte. Er stand auf, spuckte die Kippe aus, warf den Rucksack über die Schulter und setzte sich in Bewegung. »Aber bei Bir Hakeim haben wir ihn eine Woche lang aufgehalten, obwohl uns nur diese albernen kleinen Panzerfäuste zur Verfügung standen, die wir von euch hatten.«

»Du hast was vergessen«, sagte Jack. François zuckte mit den Schultern und bückte sich, um die Zigarettenglut zwischen seinen harten Fingerkuppen auszudrücken und den Tabak im Wind zu zerstreuen. Das Papier steckte er in die Tasche. Keine Spuren hinterlassen. Sie marschierten auf morastigem Boden bergab, dem nahen Loch Ailort entgegen, immer auf der Hut vor möglichen Hinweisen auf einen Hinterhalt. Irgendwann im Laufe der Übung würde man sie überraschend anzugreifen versuchen.

Jack Manners erinnerte sich gut. François und er hatten sich in jenem schrecklichen Sommer des Jahres 1942 kennengelernt, als Rommels Afrikakorps die britischen Linien südlich von Tobruk durchbrochen und den Freien Französischen Streitkräften bei Bir Hakeim Tag für Tag mit Panzergeschützen und Stucka-Bombardements zugesetzt hatten. Die Krauts hatten in ihrer üblichen Manier leichte britische Panzer gekapert und sie den ganzen Weg nach El Alamein zurückgeführt. Jack, gerade auf Urlaub in Kairo, war wegen seiner Französischkenntnisse aufgeboten worden, um bei der Einrichtung einer Funkstation für den kläglichen Rest der frei-französischen Garnison von General Marie-Pierre Kœnig zu helfen, die in einem erbärmlichen Zustand war. François war auf einem deutschen Motorrad, einer BMW, die er einem Meldereiter abgejagt hatte, nach Norden gefahren, um sich den Briten anzuschließen und mit ihnen zu kämpfen. Dieses Treffen damals, so glaubte Jack, hatte ihre Partnerschaft, den jetzigen Einsatzbefehl und diese verfluchte Übung in Argylle unausweichlich gemacht – abgesehen davon, dass er (wenn er ehrlich war) sich vermutlich ohnehin freiwillig zur SOE gemeldet hätte.

Diese nachrichtendienstliche Spezialeinheit hatte laut Auskunft seiner Ausbilder den Auftrag, Churchills Befehl auszuführen, wonach »Europa in Brand zu stecken« sei. In den vergangenen drei Jahren war in dieser Hinsicht nicht viel unternommen worden, außer dass man ein paar abgeschossene R.A.F.-Piloten aus dem besetzten Frankreich nach Spanien geschleust, einige wenige Sabotageanschläge durchgeführt und Funksprüche abgehört hatte, um deutsche Radarfahrzeuge abzufangen. Dafür hätte sich Jack niemals freiwillig gemeldet. Diese neue Operation der Jedburgh-Einheiten aber war etwas anderes. Sie sollten Mitglieder der französischen Résistance ausbilden, mit Waffen versorgen und hinter den deutschen Linien zum Einsatz bringen, um Brücken zu sprengen, Kommunikationswege abzuschneiden und zu verhindern, dass weitere deutsche Panzerdivisionen anrollen konnten, die die Landung der Alliierten zusätzlich gefährdet hätten. Anstatt sich als Spion in schäbigem Zivil irgendwo auf dem französischen Land zu langweilen, würde er Uniform tragen und als Soldat kämpfen.

Für eine solche Mission lohnte es sich, die Strapazen einer Übung auszuhalten. Plötzlich spürte er François' Hand an seinem Arm.

»Da drüben, gegenüber der Insel«, presste der Franzose hervor. Jack spähte ins Dunkel. Der Kerl schien Luchsaugen zu haben. Er selbst sah nichts oder allenfalls einen Schatten in den Umrissen eines Lastkraftwagens. Schwer zu sagen. »Wir schleichen uns von hinten an«, sagte François. »Und schlagen zu.«

»Vorsicht«, sagte Jack. Müdigkeit und Fiebergefühl waren wie weggeblasen. »Mit dem Trick legen sie einen immer wieder gern rein. Mit der angebundenen Ziege. Sie bieten uns ein scheinbar leichtes Ziel, locken uns zum Angriff und schlagen dann selbst aus dem Hinterhalt zu. Du rückst auf der rechten Seite vor, ich halte mich links. Wir treffen uns dann am Ufer. Und wenn die Luft rein ist, schleichen wir uns von hinten an den Lastwagen heran. Sieht einer von uns, dass was faul ist, eröffnete er das Feuer mit der Sten, und der andere macht sich über den Lastwagen her. Falls einer von uns erwischt wird, warnt er den anderen mit einem Thunderflash. Also, wenn du einen Thunderflash siehst, ziehst du dich schnellstens ins Lager zurück. Hörst du mich schießen, stürmst du auf den Lastwagen zu.«

Auf getrennten Wegen eilten sie bergab, wobei sie automatisch darauf achteten, nicht auf lose Steine zu treten oder vor helleren Hintergrund zu geraten, der sie als Silhouette kenntlich gemacht hätte. Während der dreiwöchigen Übung war ihnen eine Menge beigebracht worden. Als Jack den Fuß des Hügels erreicht hatte, streckte er in gebückter Haltung die Hand aus, weil mit Stolperdrähten zu rechnen war. Dabei ertastete er die Spurrille des Fahrwegs, der dem Ufer des »Lochs« folgte.

Er blieb stehen, lauschte und überquerte dann schnell den Weg. Auch auf der anderen Seite war kein Stolperdraht gespannt. Er konnte jetzt den Lastwagen deutlich erkennen, der sich rund fünfzig Meter zur Linken vor der Wasserfläche abzeichnete. Nichts regte sich. Wäre es seine Aufgabe gewesen, den Hinterhalt zu organisieren, hätte er einen Posten mit Blickrichtung auf den Lastwagen und das Ufer Stellung nehmen lassen und einen zweiten, der den Fahrweg im Auge hielt. Der Wind rauschte immer noch so stark, dass er seine schleichenden Schritte übertönte. Auf allen vieren kroch er durch die Böschung neben dem Fahrweg und näherte sich dem Lastwagen bis auf dreißig Meter, die Wurfdistanz einer Handgranate. Vorsichtig teilte er das dünne Gras vor seinem Kopf und spähte angespannt nach vorn. Eine Minute verstrich. Plötzlich sah er eine Schattenbewegung, das schnelle Abtauchen eines Kopfes, wie es schien.

Er nahm die Sten von der Schulter, sprang auf und feuerte eine Salve Platzpatronen auf den Lastwagen ab. Voranstürmend schlug er einen Haken nach links, drückte ein zweites Mal ab und ließ sich flach auf den Boden fallen. Geduckt rannte er schließlich die letzten Meter auf das Anschlagsziel zu, sprang in eine Senke und hörte ein Schaf aufgeregt blöken und weglaufen. Die Scheinwerfer des Lastwagens strahlten auf und fingen François ein, der vom Ufer aus angriff, als zwei Unteroffiziere langsam in die Hände klatschten und ironisch applaudierten.

»Nicht schlecht, Jungs«, ertönte eine heitere Stimme mit

schottischem Akzent. »Wenn die Krauts anfangen, Schafe zu rekrutieren, habt ihr sie im Griff. Aber noch fehlt es ihnen nicht an Männern.«

Die Ausbilder hatten in dem düsteren, aus Granit gemauerten Landhaus Quartier bezogen und schliefen wahrscheinlich in komfortablen Räumen, wie Jack vermutete, der selbst mit einer sogenannten Nissenhütte vorliebnehmen musste, einer halbrunden Baracke aus Wellblech, in der an warmen Tagen das Schwitzwasser von den Wänden tropfte und sich bei Frost Eisblumen bildeten. An dem winzigen Eisenofen in der Mitte wurde man von vorn geröstet, während der Rücken kalt blieb. Jacks Kleidung war ständig feucht. Über dem Ofen reichte der Platz nur zum Trocknen der Socken. Von den Jedburgh-Einheiten waren er und François als Erste eingetroffen. Sie hatten die unteren Pritschen der Stockbetten in Beschlag genommen, die dem Ofen am nächsten standen. Ihr Gepäck lag auf einer dritten Pritsche, die sie dem amerikanischen Offizier freihalten wollten, der bald zu ihnen stoßen würde.

»Die Amis sind immer spät dran«, sagte François. Er lag rauchend auf seiner Pritsche, während Jack seine Socken so aufzuhängen versuchte, dass sie nicht von der Leine fielen und auf dem Ofen verbrannten. »1914 haben sie drei Jahre auf sich warten lassen, jetzt sind's schon zwei. Noch können sie sich verbessern. Wenn unser Amerikaner nächste Woche aufkreuzt, bringt er uns hoffentlich Dosenpfirsiche und Lucky Strikes mit.«

»Immerhin haben sie uns ordentliche Panzer in die Wüste geschickt«, sagte Jack. Die Socken schienen sicher zu hängen. Auf dem verfluchten Ofen hatte er bereits eine unersetzliche Wollsocke verloren, und selbst seine hingebungsvoll strickende Mutter konnte nicht schnell genug seine alten Kricketpullover aufribbeln, um für Nachschub zu sorgen. Wenn die Amerikaner doch auch mit Socken so großzügig wären wie mit Nylonstrümpfen, die sie an die englischen Ladys verteilten …

»Ach, ja«, spottete François. »Man wundert sich, wie wir, die Europäer, unsere Kriege überhaupt ohne sie führen konnten. Stell dir vor, Marlborough, Napoleon und Bismarck hätten amerikanische Panzer zur Verfügung gehabt.«

»Bismarck fällt aus der Reihe; er war Politiker, kein General«, sagte Jack.

»Weshalb er wahrscheinlich noch größeren Schaden angerichtet hat. Sie, die Politiker, sind unsere wahren Feinde, Jack. Sie sagen uns, wofür wir angeblich kämpfen, und dabei ist von dem, was am nächsten liegt, nämlich von Landesverteidigung und dem Schutz unserer Frauen, nur noch am Rande die Rede, wenn überhaupt. Sie haben Frankreich verloren, fast auch England und werden womöglich ganz Europa verlieren, selbst wenn wir diesen verdammten Krieg gewinnen. Du hast recht, was die Amis und all ihr Geld angeht. Sie stellen sicher, dass wir mit ihren Bombern, Panzern und Kanonen den Krieg gewinnen, scheinen aber nicht zu begreifen, dass uns der eigentliche Krieg erst bevorsteht, der gegen den Kommunismus.«

Jack zuckte mit den Achseln. François ereiferte sich ständig über die Kommunisten. Es lohnte nicht, darauf hinzuweisen, dass Onkel Josef Stalin und die Rote Armee zweihundert deutsche Divisionen an der Ostfront beschäftigten, wohingegen es die Briten in Afrika nur mit vier Divisionen zu tun hatten. Ein Krieg nach dem anderen, so lautete Jacks Devise, und wenn er diesen jetzt überlebte, wollte er sich glücklich schätzen.

»Das wirst du auch noch sehen, mein Freund, wenn wir erst einmal in Frankreich sind«, sagte François und steckte sich an der Glut der aufgerauchten Players eine neue an. »Heute sieht es noch so aus, als würden die Kommunisten einen Großteil der Résistance stellen. Aber sobald wir auf den Plan treten, um die deutschen Kolonnen anzugreifen und Brücken in die Luft zu jagen, werden sie sich mit ihren Waffen verziehen. Sie werden verschwinden und tatenlos mit ansehen, wie wir, die Gaullisten, und alle anderen Patrioten vor die Hunde gehen. Und dann kommen sie wieder raus aus ihren Löchern und schnappen sich mit unseren Waffen, die wir ins Land gebracht haben, das, was von Frankreich übrig geblieben ist. Das Gleiche machen sie mit Italien, Belgien und Holland. Der nächste Krieg hat schon begonnen, mein lieber naiver Engländer. Und auch diesmal werden die Amis zu spät kommen.«

Die Tür ging auf, und eine Windböe fegte in die Nissenhütte. Ihr folgten eine große grüne Tasche, ein Fluch und ein sehr nasser junger Mann in einem fast weißen Trenchcoat mit Gürtel. Auf dem Kopf trug er eine spitz zulaufende Feldmütze, die wie ein Trichter wirkte und den Regen geradewegs ins Gesicht und in den Nacken ableitete. An einem über die linke Schulter geschlungenen Gürtel hingen ein Gasmaskenbeutel und ein großer runder Helm, der beim Gehen rhythmisch mit dem Sturmgewehr zusammenprallte, das der Mann über der anderen Schulter trug. Zu seinem Gepäck gehörten außerdem ein Pistolenholster, eine Kartentasche, eine Taschenlampe und ein weiterer Proviantbeutel, den er auf dem Rücken trug.

»Schleppst du das ganze Zeug immer mit dir herum?«, fragte François freundlich in seinem fehlerfreien Englisch.

»Nur wenn ich mit leichtem Gepäck unterwegs bin. Ihr solltet mich mal sehen, wenn ich mit dem Fallschirm abspringe«, sagte der Amerikaner, legte seine Sachen ab und verspritzte jede Menge Wasser über die Schlafkojen, als er den Mantel aufschlug und auf den Ofen zuging. Jack streckte die rechte Hand aus, um zu verhindern, dass seine Socken auf den Ofen fielen. Die andere wurde nass, als der Amerikaner seine seltsam geschnittenen dunklen Haare ausschüttelte. Bis auf einen breiten Steg, der von der Stirn bis in den Nacken verlief, war der Kopf rasiert.

»Captain James Tecumseh McPhee, US-Ranger zu Ihren Diensten, meine Herren. Fragt nicht, wie ich zu meinem zweiten Vornamen komme, sonst werde ich grantig. Das bin ich ohnehin schon, denn ich hab einen Mordshunger und bin klitschnass. Lasst mich erst mal nur diesen Ofen umarmen und meine Knochen aufwärmen. Und wenn ihr inzwischen einen Blick in den großen Beutel werft, findet ihr darin eine Flasche feinsten Johnnie Walker. Den haben meine Vorfahren eigens erfunden, damit ihr Nachfahre hier in diesem verfluchten Klima überleben kann.« Er hielt seine Hände dicht vor den glühenden Ofen und seufzte tief. Plötzlich wechselte er ins Französische über. »Wir alle brauchen einen Drink – ich brauche drei. Tut mir leid, dass ich eine der Socken runtergeworfen habe.«

»Zu essen gab's schon vor zwei Stunden«, sagte Jack.

»Aber vielleicht machen sie dir in der Kantine noch ein SPAM-Sandwich.«

»SPAM«, grunzte der Amerikaner. »Wie sagte schon vorzeiten General Sherman? ›Krieg ist die Hölle.‹« Er wandte sich vom Ofen ab, öffnete seinen Beutel und holte daraus eine Flasche Scotch, eine große Dose Büchsenfleisch, drei Orangen und eine Flasche Martell hervor sowie eine kleinere Dose, die er dem halb liegenden Franzosen zuwarf.

»Foie gras«, flüsterte der andächtig. »So was hatte ich seit 1940 nicht mehr.«

»Meine letzte Dose. Der Grund, warum ich mich freiwillig für diesen verrückten Einsatz gemeldet habe, meine letzte Chance, dachte ich, mehr davon zu bekommen.« Er holte eine weitere Dose Büchsenfleisch und Zwieback aus dem Sack hervor und klappte dann einen Öffner aus seinem Kombitaschenmesser, das er mitsamt der Dose François zuwarf. Er selbst öffnete den Scotch.

»Als mein Urgroßvater diesen berühmt gewordenen Ausspruch von General Sherman hörte, dachte er, ein Krieg könnte nur halbwegs erträglich sein, wenn man viele gute Freunde in der Verpflegungsstelle hätte. Und diese Erkenntnis hat er in der Familie weitergereicht. Ich habe, den modernen Zeiten entsprechend, gute Freunde unter den Piloten, die unsere B-17-Bomber hierherbringen. Und dass ich die Behauptung meines Urgroßvaters bis ins Letzte überprüfen kann, verdanke ich meinen regelmäßigen Transatlantikflügen, einer überaus fürsorglichen Mutter und einem durchaus besonnenen Vater, der allerdings so wenig Geld gescheffelt hat, dass er beim Börsencrash auch nichts verlieren konnte. Wenn wir erst einmal in Frankreich sind, werden wir wahrscheinlich schlemmen, bis uns die Schwarte platzt. Meine Herren, auf den Krieg.« Er reichte die Flasche weiter.

»Du hast nicht zufällig auch einen Sherman-Panzer in deinem Zauberbeutel?«, sagte Jack, als er die Flasche entgegennahm. Der Amerikaner zog die Augenbrauen hoch, grinste vergnügt und wartete darauf, dass Jack seinen Gedanken fortsetzte. »Wenn wir schlemmen wollen, könnte ein solches Ding ganz nützlich sein.«

»Seit die Boches einmarschiert sind, ist Frankreich nicht mehr das, was es einmal war«, warf François ein und schnupperte an der Stopfleber auf seinem Zwieback. »Aber wir werden uns im Sinne deines bewundernswerten Urgroßvaters durchschlagen und bestimmt gut zurechtkommen. Falls Hunger droht, können wir uns auf unseren unerschrockenen englischen Kameraden verlassen, der uns mit Schafen versorgen wird. Nach unserer letzten Übung kann ich dir versichern, dass er besonders gut ist in der Jagd auf Schafe.«

»Besser als auf Füchse«, meinte der große Amerikaner, den Mund voller Büchsenfleisch. »Die kann man wenigstens essen.«

In den drei verbleibenden Übungswochen bei Arisaig und am Loch Ailort stellte der Amerikaner unter Beweis, dass er nicht viel dazulernen musste. Er hatte in den Staaten gerade eine Fallschirmspringerausbildung und die Ranger-Schule absolviert, war fit und schnell und verschaffte sich bei den britischen Ausbildern großen Respekt. Bei den Kameraden war er sehr beliebt. Doch François, der Manners gleich als einen Kameraden im Wüstenkrieg anerkannt hatte, war McPhee gegenüber zurückhaltend, seit der ihn einmal auf sein Buch über den Spanischen Bürgerkrieg angesprochen und gefragt hatte, ob ihm ein College-Freund begegnet sei, der als Freiwilliger in der Lincoln-Brigade gekämpft habe. Manners hatte keine Ahnung, wovon die beiden sprachen, und noch nie von diesem Buch gehört, geschweige denn von François' Autorenschaft.

»Du wusstest nicht, dass unser kleiner Kamerad hier eine Leuchte unter den französischen Intellektuellen ist? Bei uns kaufen College-Mädchen sein Buch und schwärmen von seinem hübschen Foto auf der Buchrückseite, auch wenn sie kein Wort verstehen von dem, was er schreibt«, erklärte McPhee. »François vertritt das zivilisierte Europa, wofür wir kämpfen, Jack. Wir, du und ich, sind dabei nur die einfachen Handwerker.«

»Diese Lincoln-Brigade bestand ausnahmslos aus Kommunisten«, bemerkte François. »Sie haben nicht für Spanien gekämpft, sondern nach Moskaus Pfeife getanzt.«

»Davon gab's wahrscheinlich auch ein paar«, entgegnete McPhee schulterzuckend. »Aber der Kerl, den ich kenne, wollte in erster Linie den Faschismus aufhalten. Er ist jetzt bei der Marine, unterwegs im Pazifik. Übrigens waren auch etliche Briten in der internationalen Brigade, Jack. Vielleicht kennst du sogar welche von ihnen.«

»Ich wusste nicht einmal, dass Spanien im Krieg lag. Ich war damals in Palästina, um einen Araberaufstand niederzuschlagen, dann in Indien zum Polospielen bei Quetta.« Jack lachte. »Polo eignet sich bestens zur Vorbereitung auf Panzereinsätze. Nach etlichen Tagen im Sattel mussten wir in gepanzerte Fahrzeuge umsteigen. Die wollte ich anfangs immer mit Hafer füttern und konnte nicht verstehen, warum sie darauf nicht angesprungen sind. Der Einzige von uns, dem der Wechsel offenbar gefiel, war der Hufschmied. Er meinte, Pferdehufe und Panzerketten seien im Grunde das Gleiche.«

»Dir wird gerade eine Einführung in die Feinheiten des englischen Humors geboten«, erklärte François. »Jack hat sich kreuz und quer durch Afrika geschlagen, zweimal insgesamt. Oder dreimal? Gegen die Italiener und bis nach Bengasi, bis sie von Rommel nach Ägypten zurückgeschlagen wurden. Und dann wieder vor und zurück.«

»Das sage ich doch, es ist wie beim Polo.« Jack lachte wieder. »Wir nennen's das Bengasi-Handicap.«

»Ein schlichtes Gemüt, unser Jack«, sagte François. »Von Politik ist in der Wüste keine Rede. Was die dort treiben, ist eine Art Kricket.«

»Warum fliegst du eigentlich nicht, François?«, wollte der Amerikaner wissen. »Du bist doch auch in Spanien geflogen und hast dort, wenn ich mich richtig erinnere, auch ein paar Faschisten abgeschossen.«

»Die Alliierten haben jetzt genügend Piloten«, antwortete François. »Aber es fehlt an Franzosen, die bereit sind, zurückzugehen und mit der Résistance zusammenzuarbeiten. In der Luft zu kämpfen ist einfach. Umso schwerer wird es auf französischem Boden sein, wenn auch nicht für euch, so zumindest für mich. Ihr führt Krieg. Aber ich muss wie alle Franzosen an den Frieden denken.«

Die Alliierten hatten gerade Sizilien eingenommen und Italien zur Kapitulation gezwungen, als Jacks Einheit nach Stevenage nördlich von London versetzt wurde, wo der Einsatz von Sprengstoffen trainiert werden sollte. In der Hinsicht hatte McPhee einiges zu lernen. Immer wieder brachte er durcheinander, dass mit Schneidladungen aus Plastiksprengstoff Hochspannungsmasten und Schienenstränge eingerissen beziehungsweise durchtrennt und mit Ammonal Brücken in die Luft gesprengt wurden. Manners kam ihm mit einer Eselsbrücke zu Hilfe. P für Plastik und Präzision; A für Ammonal und Ausradieren. Als sie dann aber noch weiter südlich nach Huntingford fuhren, um zu lernen, wie Industrieanlagen wirksam außer Kraft zu setzen waren, geriet der Amerikaner erneut in Verwirrung.

»Im Kaputtmachen bin ich nicht besonders gut, Jungs«, sagte er, die Kleidung und das Gesicht voller Schmiermittel, das, mit Sand versetzt, Maschinenlager zerstören sollte. »Geht mir wohl irgendwie gegen den Strich.«

Sie lebten auf engstem Raum zusammen, machten alle Übungen gemeinsam und hatten auch an den Wochenenden zusammen Ausgang. Einmal waren sie bei Familie Manners in Wiltshire zu Besuch, in einem kleinen Landhaus mit Anbauflügel, der während des englischen Bürgerkrieges von den parlamentarischen Truppen zerstört und später wiederaufgebaut worden war. »Du wirst wohl immer Royalist bleiben, Jack«, schmunzelte François, während McPhee den Kopf schüttelte, weil er kaum glauben konnte, wie alt dieses Haus war und mit welch ehrerbietiger Freude der ältliche Butler und der noch ältere Koch die Rückkehr des jungen Herrn begrüßten. Sein Vater, der General, hielt sich irgendwo in Indien auf. Die Mutter zeigte sich nur bei den Mahlzeiten und war sonst immer im Garten.

»Es scheint, du weißt, wofür du kämpfst, Jack«, sagte McPhee auf der Zugfahrt zurück nach London. Von dort aus sollte es weiter nach Watford zur Ausbildung in schwarzer Kriegspropaganda gehen. »Für König und Landadel …«

François fiel ihm ins Wort. »Wusstest du nicht, dass dies ein Abschiedsbesuch war? Sein Anwesen wurde in Beschlag genommen und dient demnächst als Brigade-Hauptquartier der amerikanischen Truppen. Ihre Ladyschaft zieht in eine Hütte um und wird von dort aus versuchen, ihren Garten vor euch Banausen zu schützen.«

»Hat dir das meine Mutter gesagt?«, fragte Jack. »Wie auch immer, es wird nicht lange dauern, und sie kehrt wieder ins alte Haus zurück, sobald die Invasion erfolgt und der Krieg gewonnen ist.«

»Mach dir keine Sorgen«, sagte McPhee ein wenig verlegen. »Wahrscheinlich kenne ich ein paar Jungs aus der Brigade, und denen sage ich dann, dass sie sich in Haus und Garten in Acht nehmen sollen.«

»Schade, dass du nicht auch jemanden von den Deutschen kennst, die sich seit 1940 in meinem Haus breitmachen«, entgegnete François.

Es blieb eine Weile still zwischen den dreien. François rauchte, McPhee starrte zum Fenster hinaus, und Jack machte sich Gedanken über ihr Verhältnis untereinander. Der Franzose schien den Amerikaner immerzu sticheln zu müssen, schlug ständig einen ironischen Ton an und machte kein Hehl daraus, dass er Probleme mit dessen Landsleuten hatte. Jack nahm es gelassen. In der Wüste waren ihm sehr viel verschrobenere Typen untergekommen, und er hatte längst gelernt, die Exzentriker im Regiment zu tolerieren.

Sie waren Waffenbrüder, durch Dienst und Auftrag einander verbunden. Er bewunderte den Franzosen um seinen scharfen Verstand und Mut, auch wenn er dessen politische Ansichten nicht immer teilte. Der Amerikaner schien auf seine Weise nicht weniger clever und belesen als François; auch er hatte sich mit dem politischen Minenfeld befasst, auf das sie zusteuerten, machte aber im Unterschied zu dem Franzosen kein Aufhebens darum.

»Was ich dich immer schon fragen wollte, Jack«, sagte François plötzlich. »Wie kommt's, dass du so gut französisch sprichst?«

»Bevor ich in die Schule gekommen bin, hatte ich eine Erzieherin aus Frankreich. Später war ich im Winter häufig in Chamonix zum Skifahren und im Sommer am Cap d'Antibes. Da konnte ich fleißig üben. Außerdem habe ich anscheinend ein Ohr für eure Sprache. Und statt am Strand zu liegen, habe ich mich immer gern mit den Fischern und Kellnern unterhalten«, antwortete Jack. »Als ich in Quetta war, habe ich einen Dolmetscherkurs absolviert. Konnte schließlich nicht immer nur Polo spielen. Daraufhin wurde ich während der ruhigen Kriegsphase als Verbindungsoffizier ins Hauptquartier bei Longwy versetzt, das an eurer Maginot-Linie liegt. Ich glaube, auf dem Weg sind wir uns das erste Mal begegnet. In Kairo wurde nämlich nach jemandem gesucht, der Französisch spricht, als du mit den Jungs von General Kœnig aus Bir Hakeim zurückgekommen bist.«

François nickte. »Und du, McPhee? Auch du sprichst gut Französisch. Wie kommt's?«

»Ich hatte eine gute Lehrerin, eine *süße Französin.* Das war 1939, das schönste Jahr meines Lebens. Frühling in Paris, ein Mädchen an meiner Seite, und ich hatte mir in den Kopf gesetzt, Schriftsteller zu werden. Ich weiß gar nicht mehr, ob ich mich mehr in sie oder in Frankreich verliebt habe. Jedenfalls konnte ich am Ende eine Sprache sprechen, die man mir in der Schule vergeblich beizubringen versucht hat. Im Bett lernt sich's einfach schneller.«

»Dann sollten wir eine hübsche Ausbilderin auftreiben, die dir den Umgang mit Sprengstoffen beibringt«, lachte Jack. »Vielleicht kriegst du dann all die Zünder und Mischverhältnisse für Ammonal auf die Reihe.«

»Explosionen im Bett«, grinste François. »Das ist doch mal ein Vorschlag.«

»Macht euch um mich keine Sorgen, Jungs. Wir haben noch knapp ein Jahr Training, bevor es für uns zur Sache geht. Ich rekapituliere. Wir von den Jedburgh-Einheiten sollen kurz vor der Invasion nach Frankreich eingeschleust werden, um bei der Koordination der Résistance zu helfen. Das wird erst dann der Fall sein, wenn die neue Front in Italien steht und die amerikanischen Truppen für die Landung bereitstehen. Der Sommer ist bald zu Ende, und wenn es stürmischer wird, können wir den Kanal nicht überqueren. Und wir würden an den Brückenköpfen nicht für Nachschub sorgen können. Die Landung der Alliierten wird also frühestens im Mai oder Juni nächsten Jahres möglich sein. Bis dahin wird trainiert. Sprengübungen unter Wasser in diesen eiskalten schottischen Lochs.«

»Natürlich hast du recht«, sagte François. »Aber du vergisst …«

»… was?«

»Die Deutschen. Genauer gesagt, die Abwehr, den Sicherheitsdienst und die Gestapo. Die drehen auch nicht Däumchen, sondern heben in schrecklicher Regelmäßigkeit Zellen der Résistance aus. Wenn die cleveren Burschen in der Baker Street, die die ganze Operation ausgeklügelt haben, meinen, das Netzwerk am Boden sei für unseren Einsatz noch nicht dicht genug geknüpft, könnte es sein, dass sie den einen oder anderen von uns früher nach Frankreich schicken, um eigene Teams zusammenzustellen. Genau das glauben jedenfalls meine Vorgesetzten in der Duke Street. Und seit die einzelnen Fraktionen der Résistance von Jean Moulin zusammengeführt wurden, kennen die Gaullisten die Situation wahrscheinlich besser als die englische SOE.«

»Aber Jean Moulin ist verschwunden«, sagte McPhee. »Er wurde von den Deutschen bei Nacht und Nebel verhaftet und verschleppt.«

»Ein gefährliches Spiel, das die Résistance da treibt. Es verschwinden jede Menge Leute. Europa bleibt auf lange Sicht ein gefährliches Pflaster. Nach den Deutschen haben wir's womöglich mit den Russen zu tun«, sagte François. »McPhee, ich glaube, wir drei haben bis zum kommenden Mai noch einiges zu tun.«

4
Gegenwart

Lydia hatte erwartet, Clothilde würde einen Aufstand machen, wenn sie feststellen musste, dass sie den langen Weg umsonst auf sich genommen hatte. Tatsächlich aber war die Französin eine große Hilfe, als es darum ging, der Polizei ein Gutachten über den Stein vorzulegen und seinen Wert zu taxieren. Und dem Vertreter der Versicherungsgesellschaft machte sie weis, dass er sich glücklich schätzen dürfe, weil Lydia den Wert des Steines lediglich auf zehntausend Pfund beziffert hatte.

»In diesem Fall ist das Wort ›unschätzbar‹ wirklich einmal angebracht«, hatte sie sich gestenreich und mit sprühenden Augen ereifert. Lydia fand sie bewundernswert. Clothilde bewährte sich sogar im Umgang mit dem glücklosen Justin, der offenbar Angst vor ihr hatte, und schaffte es, die Direktoren tatsächlich davon zu überzeugen, dass sie mit zehntausend Pfund, die ihr Museum aufwenden konnte, mehr als zufrieden sein sollten. Es war Abend geworden, als sie alle Formalitäten erledigt hatten, und als die Französin Lydia fragte, ob sie ihr ein stilles Hotel empfehlen könne, bestand Lydia darauf, dass sie bei ihr wohnte. Das war sie ihrem Gast, wie sie fand, schuldig. Clothilde wollte in Chinatown essen, weil, wie sie sagte, die chinesische Küche das Einzige sei, was sie im Périgord vermisste.

Sie verschlang den weitaus größten Teil der Pekingente, die sie für beide bestellt hatte, und schob mühelos eine gewaltige Portion Szechuan-Beef hinterher. Nebenbei erzählte sie munter von ihrem China-Urlaub, leerte drei Gläser Bier und verlangte am Ende die Rechnung zu zahlen. Lydia, die schon lange nicht mehr einen so anregenden Abend erlebt hatte, widersprach entschieden.

»Nur wenn Ihr Auktionshaus die Spesen übernimmt«, sagte Clothilde. »Und wenn man Sie nicht verantwortlich macht für den ganzen Schlamassel.«

»Warum sagen Sie das?«

»Weil irgendjemand die Verantwortung übernehmen muss, und Sie sind eine Frau. So funktioniert das doch in allen Organisationen, die von Männern beherrscht werden. Und das scheint in Ihrem Haus der Fall zu sein.«

»Ich fürchte, Sie haben recht. Unmittelbar vor dem Auftauchen dieses Fragments hat man mir ziemlich deutlich zu verstehen gegeben, dass ich mit meiner Arbeit nicht genug Geld hereinbringe.«

»Mangelt es an Angeboten oder an Abnehmern?« Clothilde schmunzelte. »Davon verstehe ich was.«

»An beidem, jedenfalls für meinen Bereich, die präklassische Kunst. Es gelingt mir offenbar nicht so gut, reiche Sammler zusammenzutrommeln.«

»Eine Freundin von mir arbeitet in einem Pariser Auktionshaus«, sagte Clothilde. »Sie ist Ägyptologin und hatte ein ähnliches Problem. Also schrieb sie alle Kunden an, die bei den letzten Versteigerungen von Napoleon-Memorabilien anwesend waren – eine ganz große Sache in Frankreich –, und bot ihnen geführte Reisen entlang der Wege von Napoleons Ägypten-Expedition an. Sie führte sie auf das Schlachtfeld vor den Pyramiden, erklärte ihnen, was es mit dem Rosetta-Stein auf sich hat, und unternahm mit ihnen eine luxuriöse Bootsfahrt auf dem Nil. Am Ende hatte sie eine lange Liste neuer Kunden und machte viel Geld. Daran könnten Sie sich ein Beispiel nehmen.«

»Eine großartige Idee«, sagte Lydia, obwohl sie bezweifelte, dass vermögende Briten bereit wären, jene entlegenen Gebiete im Irak oder in Zentralasien aufzusuchen, aus denen viele ihrer Schätze stammten. Schnell unterschrieb sie die Rechnung, mit der ihre Kreditkarte belastet wurde. »Selbst wenn meine Firma nicht bezahlt, wiegt allein dieser Rat das gute Essen auf. Aber sie wird zahlen«, log sie. Clothilde zahlte anschließend für das Taxi.

»Sie reagieren sehr gelassen auf diesen Diebstahl«, sagte Lydia, als sie in ihrer Wohnung waren und von dem Malt Scotch tranken, der seit dem Ende ihrer Affäre mit David unangetastet im Schrank gestanden hatte. »An Ihrer Stelle wäre ich wahrscheinlich außer mir vor Wut.«

»Wenn es doch nur was brächte«, entgegnete Clothilde. »Aber es hilft nichts. Seit ich einmal als Studentin ausgeraubt wurde, bin ich in der Hinsicht Fatalist. Wenn die Polizei den Stein findet, ist alles schön und gut. Aber das bezweifle ich. Auch für unsereins ist und bleibt die Sache sehr, sehr mysteriös. Aus welcher Höhle stammt der Stein? Und warum ist dieser Stier, der eindeutig die Handschrift von Lascaux trägt, die einzige Miniatur seiner Art, die wir kennen? Wer hat ihn aus der Wand gebrochen und warum?«

»Ich hätte noch eine Frage beizusteuern. Wo ist der Stein jetzt?«

»Wahrscheinlich im Besitz eines Kunsträubers, der davon gehört hat und eingebrochen ist. Womöglich wird er versuchen, ihn zu verkaufen. Wenn er aber einsieht, dass es keinen Markt für solche Dinge gibt, wird er sich vielleicht mit dem Finderlohn begnügen, den wir angeboten haben. Dann stehen wir wieder am Anfang und rätseln über die Herkunft des Steins. Apropos, ich habe Ihre Fotos bereits an ein Labor geschickt, das Computerverfahren anwendet, die uns weitere Aufschlüsse geben könnten. Ich bin mir schon jetzt ziemlich sicher, dass es sich nicht um eine moderne Kopie handelt, aber wir werden sehen. Zum Glück haben Sie auch die Rückseite und die Ränder des Steins fotografiert, so dass wir ein paar geologische Anhaltspunkte haben.«

»Ich wünschte, ich könnte Ihre Zuversicht teilen. Aber ich muss die ganze Zeit daran denken, dass der Dieb den Stein womöglich zerstört. Oder dass wir nie mehr davon hören werden. Wir wissen ja, der Stein war fünfzig Jahre lang in einem englischen Landhaus versteckt, und niemand hat etwas davon mitbekommen. Wenn er wirklich aus einer unbekannten Höhle stammt, ist sein Geheimnis gut gehütet worden.«

»Ja, das wundert mich auch und macht es spannend«, sagte Clothilde. »Nach allem, was wir wissen, war dieser Engländer im Périgord und hat mit der Résistance zusammengearbeitet. Darüber müsste es Aufzeichnungen geben. Von den alten Mitstreitern lebt vielleicht noch der eine oder andere, den wir ausfindig machen und befragen könnten. Ich höre mich mal bei den Freunden meines Vaters um.«

»War Ihr Vater bei der Résistance und in dieser Gegend stationiert?«

»Ja, und er wurde von den Deutschen erschossen, aber einige seiner alten Kameraden leben noch.«

»Tut mir leid, das wusste ich nicht.«

Clothilde zuckte mit den Schultern und suchte in ihrer Tasche nach Zigaretten. »Ich habe ihn nie kennengelernt. Er starb während der Befreiung, wenige Monate vor meiner Geburt. Nach dem Krieg hat meine Mutter wieder geheiratet, und so bekam ich einen anderen Vater. Ein guter Mensch, ein Lehrer. Meine Mutter und er leben nach wie vor im Périgord. Er befasst sich mit unserer Lokalgeschichte und hat ein Buch über die Résistance geschrieben, das ziemlich kontrovers aufgenommen wird. Für die alten Männer und manche Politiker ist das immer noch ein großes Thema.«

»Dann gab es wohl auch Probleme, als Sie und Horst zusammengelebt haben. Er ist schließlich Deutscher.«

»Probleme? Nicht für mich. Wir sind beide erst nach der Befreiung zur Welt gekommen. Schuld an den Verbrechen von damals hatten andere, das denkt auch mein Adoptivvater. Er mag Horst. Für meine Mutter war es schwieriger. Aber im Grunde ist Horst vom Typ her nicht wirklich deutsch, wenn Sie wissen, was ich meine. Eher amerikanisch. Er hat in Amerika studiert und spricht fließend Französisch und Englisch.«

»Ich habe heute mit ihm telefoniert und gesagt, dass er nicht nach London zu kommen braucht, weil es hier nichts zu sehen gibt. Darauf hat er sehr viel schärfer reagiert als Sie, Clothilde«, sagte Lydia. »Er will trotzdem kommen und den Eigentümer treffen, um mehr über die Herkunft des Steins zu erfahren.«

»Typisch Horst«, entgegnete Clothilde schmunzelnd. »Wenn er sich in etwas verbeißt, lässt er nicht mehr locker. Vielleicht ist das der deutsche Anteil an ihm. Oder einfach nur Forscherinteresse. Und er hat natürlich recht. Der ursprüngliche Eigentümer des Steins ist der Schlüssel zum Ganzen. Nehmen wir mal an, er hat ihn als Kriegstrophäe mit nach Hause genommen. Vielleicht hat er ihn selbst aus dem Fels gebrochen, oder aber er wurde ihm geschenkt beziehungsweise an ihn verkauft. Der Engländer sagt, sein Vater sei kein Experte in Sachen Höhlenmalereien gewesen und habe sich nicht einmal sonderlich dafür interessiert. Das spricht wiederum dafür, dass er ihn nicht selbst gefunden hat. Vielleicht hat ein Ortskundiger ihn darauf aufmerksam gemacht und ihm eingeschärft, Stillschweigen zu bewahren. Die Frage ist, mit wem er bei uns in Frankreich näheren Kontakt hatte.«

»Mit Mitgliedern der Résistance«, sagte Lydia.

»Genau. An der Stelle sollten wir also ansetzen. Sie könnten helfen, Lydia. Es müsste doch noch Unterlagen über seine Zeit beim Militär geben, über seine Einsätze und wo er stationiert war. Würden Sie das für mich herausfinden, vielleicht auch Namen von Kontaktpersonen oder Berichte, die er geschrieben hat?«

»Ich werde es versuchen. In Frankreich gibt's aber doch bestimmt auch Archive, in denen man fündig werden könnte.«

»Genau. Die *Compagnons de la Résistance.* Das ist eine Art Club der alten Kameraden, der bestimmt einiges an

Unterlagen gesammelt hat. Als Tochter eines Ehemaligen wird man mir wohl Einblick gewähren. Vielleicht haben auch die Kommunisten etwas. Mein Vater stand ihnen vor dem Krieg nahe. Ich glaube, er war sogar Parteimitglied. Wie übrigens viele aus der Résistance. Möglich, dass ich auch noch einiges durch meine Mutter und insbesondere meinen Stiefvater in Erfahrung bringe. Er kennt sich in den Archiven unserer Gegend bestens aus. Und da wäre noch das *Centre Jean Moulin* in Bordeaux, benannt nach einem der Helden der Résistance. Er wurde gefangen genommen und von der Gestapo unter Klaus Barbie gefoltert. Erinnern Sie sich an den Barbie-Prozess?«

»Nur vage«, antwortete Lydia. »Wie auch immer, diesen Manners junior werde ich bald wiedersehen. Er hat mich zum Essen eingeladen. Ich werde ihm beichten müssen, dass sein Stein verschwunden ist, und kann ihn bei der Gelegenheit fragen, was er über die Kriegszeit seines Vaters weiß.« Lydia füllte beide Gläser auf und lächelte. »Er sieht übrigens nicht schlecht aus. Vom Typ her Offizier und Gentleman. Wirkt älter, als er ist.«

»Das kommt wahrscheinlich vom Militärdienst. Ab einem bestimmten Dienstgrad altern sie schneller. Erwischt man sie in noch jungen Jahren, können sie ganz aufregend sein. Aber dann gewöhnen sie sich daran, das Kommando zu führen, und werden unangenehm, sobald man nicht spurt. Ich kenne ein paar Offiziersgattinnen und würde wahrhaftig nicht gern mit ihnen tauschen. In einer Garnisonsstadt zu leben und der Frau des Generals gegenüber immer recht freundlich zu sein, ist nichts für mich.« Sie verzog das Gesicht. »Haben Sie ein Faible für Soldaten?«

»Mir ist noch nie einer begegnet.«

»Hier in Ihrer Wohnung sehe ich auch keinen Hinweis auf irgendeinen Mann«, bemerkte Clothilde unverhohlen.

»Sie meinen, kein Rasierzeug im Badezimmer?« Lydia lachte und bemerkte, dass sie errötete. »Meine letzte Affäre war viel zu diskret, als dass sie Spuren hinterlassen hätte. Er hatte immer einen elektrischen Rasierapparat und ein frisches Hemd in der Tasche.«

»Solchen Typen trau ich nicht über den Weg«, entgegnete Clothilde. »Die sind nur auf Abenteuer aus, was meiner Meinung nach ein Vorrecht von uns Frauen sein sollte.«

Major Manners kannte in London außer seinem Club nur den Savoy Grill und führte Lydia dorthin zum Essen aus. Sie entschuldigte sich für den Verlust des Steins und überreichte ihm feierlich einen Scheck ihrer Firma über zehntausend Pfund.

»Auf diesen Wert habe ich Ihren Stein geschätzt. Die Versicherung wird wohl zahlen, obwohl das gute Stück nicht im Tresor lag«, sagte sie und nippte an ihrem Champagner.

»Dann schulde ich Ihnen jetzt zweitausend Pfund«, entgegnete er lächelnd. »Gemäß unserer Vereinbarung.« Er trug einen dunkelblauen Freizeitanzug, ein gestreiftes Hemd und eine etwas militärisch wirkende Krawatte. Auch diesmal steckte wieder ein Taschentuch im Jackettärmel. Dass er keinen Rasierwasserduft verströmte, fand sie angenehm. In der Kunstwelt gab es für ihren Geschmack allzu viel männliches Parfüm.

»Ach was«, sagte sie bestimmt. »Diese Vereinbarung gilt

nur für den Verkaufsfall oder zumindest für die erfolgreiche Abwicklung einer Rückgabe an Frankreich, ohne dass Ihnen weiterer Schaden erwächst. Aber daraus wird jetzt wohl nichts.« Sie dachte an die Reporter und Fernsehkameras, die das Auktionshaus belagern würden. »Übrigens ist da noch etwas, worauf ich mir keinen Reim machen kann. Sie haben bei unserem ersten Gespräch nur am Rande erwähnt, dass Ihr Vater im Zweiten Weltkrieg in Frankreich stationiert war. Und jetzt höre ich, dass kein Geringerer als der französische Präsident an seiner Beerdigung teilgenommen hat. Sie haben doch sicher gewusst, dass Ihr Vater in Frankreich ein sehr geschätzter Mann war.«

»Ja, aber nicht von ihm«, erwiderte Manners leichthin. Ihre unausgesprochene Frage schien ihn keineswegs zu irritieren. »Er schwelgte immer nur in Erinnerungen an den Nahen Osten und an Nordafrika, manchmal auch an Indien. Aber über Frankreich hat er sich kaum ausgelassen. Wir waren dort auch nie im Urlaub, immer nur in Österreich oder der Schweiz zum Skifahren. Die Sommerferien verbrachten wir meist in Schottland. Wir waren zusammen angeln, und er hat mir auch das Jagen beigebracht. In Südfrankreich faul in der Sonne zu liegen war nichts für ihn.«

»Hat er das Périgord nie mehr besucht?«

»Nicht dass ich wüsste. Aber so genau kann ich das nicht sagen«, antwortete er. Sie kannte ihn nicht gut genug, um einschätzen zu können, ob seine direkte, schnörkellose Art authentisch war oder Gehabe, wie eine Uniform gewissermaßen. Sie kannte sich mit Soldaten nicht aus. Aber wahrscheinlich galt auch bei ihnen: *What you see is what you get.* Manners war nicht auf den Kopf gefallen, womöglich sogar blitzgescheit. Vermutlich steckte mehr in ihm, als er erkennen ließ, zumindest ihr gegenüber.

»War er zwischenzeitlich nicht einmal in Paris?«, fragte sie nach. »Um Kontakt zu halten mit dem aufstrebenden Politstar François Malrand, seinem alten Waffenbruder und dem Protegé von de Gaulle?«

»Mag sein. Vielleicht hat er ihn mal besucht, als er noch für die NATO arbeitete. Deren Hauptquartier lag ja in Fontainebleau, bevor de Gaulle sie in den sechziger Jahren nach Brüssel verscheucht hat.« Er zuckte mit den Achseln und schwieg, während der Kellner den Räucherlachs servierte. »Da fällt mir ein, hin und wieder hat er sich die Rennen von Longchamps angesehen und auf Pferde gewettet. Einmal hat er sogar viel Geld gewonnen.«

Lydia merkte auf. Auch der alte Colonel Manners hatte offenbar verborgene Facetten gehabt. Er hatte mit der französischen Résistance zusammengearbeitet, ständig auf der Flucht vor den Deutschen. Das heißt, wahrscheinlich war er irgendwie geheimdienstlich tätig gewesen, also nicht zuletzt geübt darin, Geheimnisse zu hüten. Vielleicht hatte sein Sohn ähnliche Züge und seine eigenen menschlichen Abgründe.

»In Familien wie meiner haben Väter große Freiräume«, fuhr er fort. »Ich war damals im Internat, und bevor ich nach Sandhurst auf die Offiziersschule ging, hatte er sich pensionieren lassen. Vielleicht haben sich die beiden manchmal in London getroffen. Mir wäre davon wahrscheinlich nichts zu Ohren gekommen, zumal meinem Vater diese Freundschaft offenbar nicht viel bedeutete. Als Malrand die Wahlen gewann, hat mein Vater kein Wort darüber verloren. Es gab in seinem Nachlass auch keine Briefe von Malrand. Umso überraschter war ich, als der französische Botschafter anrief und sagte, der Präsident habe vor, an der Trauerfeier teilzunehmen. Inkognito, versteht sich.«

»Bis die Presse auf ihn aufmerksam geworden ist.«

»Ja, bis dann.« Er hatte tadellose Tischmanieren, interessierte sich aber nicht sehr für das, was er aß, was Lydia, die von all den selbsternannten Feinschmeckern die Nase voll hatte, die andauernd die Gerichte und angesagten Restaurants kommentierten, als äußerst wohltuend empfand.

»War Malrand nach der Beisetzung bei Ihnen zu Hause?«, fragte sie betont beiläufig, weil sie den Eindruck eines Verhörs vermeiden wollte.

»Schon, aber nur ganz kurz. Er hat noch mit uns angestoßen und ein paar freundliche Worte gesagt, auch schon vorher am offenen Grab. Er sagte, mein Vater sei ein großer Freund Frankreichs. Übrigens sprach er sehr gut Englisch.«

»Hat er sich im Haus umgesehen? War er im Arbeitszimmer Ihres Vaters? Ich frage, weil er dann vielleicht den Stein gesehen hat. Der stand ja gut sichtbar auf dem Bücherregal, wie Sie sagten.«

»Nein, nur unten in der Halle und im Salon. Er ist mit mir noch kurz in den Garten hinausgegangen und sagte, dass der sich seit dem Krieg kaum verändert habe. Also hat er damals meinen Vater in unserem Haus besucht. Er sprach auch von meiner Großmutter und ihrem Garten und wollte, dass ich ihn zu der Hütte führe, in die sie umziehen musste, als sich die Amerikaner im Haus einquartierten.« Er legte sein Besteck ab und nahm einen letzten Schluck aus dem Glas.

»Aber ich verstehe, worauf Sie hinauswollen. Der Stein ist wahrscheinlich ein Mitbringsel aus dem Einsatz im Périgord, wo die beiden zusammengearbeitet haben. Wenn mein Vater sich am Erbe Frankreichs vergriffen hätte und der Präsident Frankreichs wüsste davon, wäre er wohl kaum zu seiner Beerdigung gekommen. – Im Übrigen herrschte im Studierzimmer meines Vaters immer Chaos. Überall lagen Bücher und Landkarten herum, hauptsächlich Material über Nordafrika. Er wollte seine Memoiren schreiben, ist aber, soweit ich weiß, nie über ein paar Notizen hinausgekommen. Der Stein stand zwar auf einem Schrank, war aber hinter Büchern und Landkarten von der Westsahara versteckt und wäre für Malrand, wenn er denn einen Blick ins Zimmer geworfen hätte, nicht zu sehen gewesen. Er hat mich allerdings gefragt, ob mein Vater seine Memoiren vollendet hätte. Also wusste er von seinem Vorhaben. An Frankreich erinnerten in seinem Arbeitszimmer nur ein paar Bücher von Malrand, alle mit persönlicher Widmung. Ich habe einen seiner Romane zu lesen angefangen, aber nach wenigen Seiten wieder weggelegt. Ist nicht so meine Lektüre. Aber sein Buch über den Spanischen Bürgerkrieg hat mir gefallen.

Sie scheinen großes Interesse an dieser Geschichte zu haben«, sagte er und stocherte etwas lustlos im Salat herum, den er auf Lydias Empfehlung bestellt hatte. »Muss wohl an Ihrer amerikanischen Neugier liegen.«

»Die ist nicht amerikanisch«, entgegnete sie und bemerkte plötzlich, dass ihr Akzent unverkennbar war. »Meine Mutter ist übrigens Schottin.«

»Aber Sie selbst sind Amerikanerin oder Kanadierin.

Das hört man nicht nur, man merkt es Ihnen auch an. Diese direkte, entschiedene Art. Sie kommen immer gleich zur Sache. So wie auch jetzt, während wir essen. Es überrascht mich, wie wichtig Ihnen die Herkunft dieses Steins ist.«

»Warum sagen Sie das? Sie haben uns den Stein anvertraut, und nun ist er verschwunden. Die Polizei macht uns wenig Hoffnung darauf, dass er wieder auftaucht. Angeblich hat ihn jemand mitgehen lassen, der genau wusste, wonach er sucht und wo er fündig wird.«

»Das grenzt den Kreis der Verdächtigen ein«, sagte er.

»Ja, auf all diejenigen, die in der *Times* davon gelesen haben. In London war die Ausgabe für den nächsten Tag schon ab elf Uhr am Abend im Umlauf. Noch vor Mitternacht stand der Artikel auch schon im Internet, und die BBC-Nachrichten kamen fast gleichzeitig damit heraus. Abertausende haben davon gehört oder gelesen und den Bezug zu unserem Auktionshaus und meiner Person zur Kenntnis genommen. In der Kunstwelt tummeln sich viele aufmerksame Diebe.«

»Sie sind für den Verlust doch nicht verantwortlich. Der Stein wurde gestohlen. Dafür können Sie nichts.«

»Ich fühle mich aber verantwortlich, nicht nur Ihnen gegenüber. Es geht schließlich um ein Stück Geschichte, ein Kunstwerk. Ob der Stein echt ist, steht zwar noch in Frage, ebenso seine Herkunft. Womöglich gibt's da irgendeine noch unbekannte phantastische Höhle. Das vermutet zumindest mein deutscher Experte, und der ist ganz wild auf eine neue Entdeckung.«

»Und was sagt diese Französin vom Museum?«

»Clothilde? Sie hatte sich schon bereit erklärt, Ihnen eine

großzügige Abfindung für den Stein zu zahlen, und lässt jetzt über das Museum eine Belohnung ausschreiben für den, der ihn zurückbringt. Sie hat ihn bisher nur auf den Fotos gesehen und ist ganz begeistert davon. Sie sagt, es werde ständig nach neuen Höhlen gesucht, unter anderem mit Echolot und in langfristig angelegten Projekten. Alles ein bisschen zu technisch für mich. Sie verspricht sich viel davon, etwas über den Stein zu erfahren, wenn er denn gefunden wird. Aber was werden Sie jetzt tun? Den Scheck einlösen und die ganze Sache vergessen?«

Er lehnte sich zurück und schaute ihr in die Augen. »Klar, ich löse den Scheck ein und überweise Ihnen Ihre Provision. Aber dann? Also, ich war die letzten achtzehn Monate in Bosnien stationiert und feiere gerade meinen Urlaub ab, bevor im September ein neuer Lehrgang beginnt. Ich dachte, es wäre vielleicht eine gute Idee, etwas von dem Geld zu nutzen und auf den Spuren meines Vaters ins Périgord zu fahren. Ich würde gern diese Höhlen sehen, um die so viel Wirbel gemacht wird.«

»Dort würden Sie wahrscheinlich auch Horst, dem deutschen Archäologen, und Clothilde über den Weg laufen, die Ihnen bestimmt gefallen wird«, sagte Lydia und fragte sich schmunzelnd, ob Manners wohl dem Beuteschema der Französin entsprach. Er hätte wohl kaum eine Chance, ihr zu entkommen, falls sie sich für eine Sommerliaison mit einem schneidigen englischen Offizier erwärmen würde. Das Wort »schneidig« war ihr im Zusammenhang mit einem Mann noch nie in den Sinn gekommen, doch es schien ganz gut zu passen.

»Werden Sie Ihre Familie mitnehmen?«, fragte sie.

»Davon ist nicht viel übrig geblieben. Ich war verheiratet, doch die Ehe hat meine Einsätze in Nordirland nicht überlebt. Wir wurden vor sechs Jahren geschieden. Mein Sohn und meine Tochter gehen noch zur Schule, und ich sehe sie nur in den Ferien. Wenn es meine Exfrau erlaubt, fahren wir Ski, gehen segeln oder besuchen Pantomimeaufführungen. Letzten Sommer waren wir im Haus meines Vaters, wo ich ihnen das Reiten beigebracht habe. Im Jahr davor haben wir in einem Club Mediterrannée Urlaub gemacht, an einem dieser Orte, wo junge Leute immer voll beschäftigt sind.« Er machte plötzlich einen traurigen Eindruck, wie Lydia fand, und rang sich ein Lächeln ab. »Sie sehen, die beiden fehlen mir. Und was ist mit Ihnen? Sie sagten, Ihre Mutter sei Schottin. Und Ihr Vater?«

»Amerikaner aus Minnesota, mit norwegischen Wurzeln.«

»Wie haben sich Ihre Eltern kennengelernt?«

»Er machte seinen Militärdienst bei der Air Force und war in Schottland stationiert. Seine Freizeit verbrachte er damals meist im Ensemble eines experimentellen Theaters in Edinburgh. Dort haben sie sich getroffen. Sie war Lehrerin. Nach der Heirat sind sie nach Minnesota gezogen und machten eine Buchhandlung auf, mit der es aber langsam den Bach runterging. Er musste umsatteln und unterrichtete dann an einer Schule.« Lydia unterbrach sich. Von den langen Skiwanderungen, den Bücherbergen zu Hause, die bis ins Badezimmer ausuferten, oder den zauberhaften Gutenachtgeschichten wollte sie nichts erzählen. Es war an der Zeit, das Thema zu wechseln. Sie trank einen Schluck Wasser und stellte das Glas dann geräuschvoll ab. »Zehntausend Pfund – das sollte reichen für einen luxuriösen Urlaub im Périgord.« Sie lächelte wieder bei dem Gedanken, dass Clothilde ihm sicherlich helfen würde, das viele Geld auszugeben.

»Achttausend. Sie haben vergessen, Ihre Provision abzuziehen«, erinnerte er. »Lydia, es ist mir ernst. Wir haben eine Vereinbarung getroffen, und ich verdanke Ihnen einen guten, ehrlich gemeinten Rat. Sie haben mich davon überzeugt, dass dieser verflixte Stein an seinen angestammten Ort zurückgeführt werden sollte, anstatt im Arbeitszimmer meines Vaters zu verstauben oder irgendein überteuertes Penthouse zu schmücken. Außerdem haben Sie erkannt, was es mit diesem Stein auf sich hat beziehungsweise haben könnte. Vielen Dank für Ihre Expertise. Sie haben das Geld verdient.«

»Ich kann es trotzdem nicht annehmen.« Sie lebte schon lange genug in England, um in Verlegenheit zu geraten, wenn über Geld gesprochen wurde. Zumindest über ihr Geld. Und sie wünschte, er würde sie nicht länger bedrängen. Das passte irgendwie nicht zu ihm.

»Na schön, dann schlage ich etwas anderes vor«, sagte er zögerlich. »Sie könnten mich begleiten. Verstehen Sie mich bitte nicht falsch, aber wenn Sie das Geld nicht annehmen wollen, wäre es doch gut genutzt als Reisebudget. Sie sind bestimmt interessiert und verstehen sehr viel mehr von diesen Höhlen und ihrer Kunst als ich. Außerdem haben Sie Kontakte vor Ort, Leute wie diese Clothilde und ihr deutscher Freund. Wenn Sie sich verantwortlich für den Stein fühlen, biete ich Ihnen hiermit die Chance, etwas für ihn zu tun. Kommen Sie mit. Getrennte Zimmer, versteht sich.«

Überrascht schaute sie ihn an. Was für ein Vorschlag! Sie kannte den Mann kaum. »Ich könnte für den Stein etwas tun? Wie meinen Sie das? Er wird jetzt ganz bestimmt nicht an seinem Ursprung im Périgord sein.«

»Wer weiß? Aller Wahrscheinlichkeit nach wird er demnächst auf dem Schwarzmarkt reichen Sammlern angeboten, die anonym bleiben wollen. Sie haben recht, inzwischen werden Abertausende von dem gestohlenen Stein wissen. Aber nur ganz wenige kennen seinen Wert, und von denen sind nur die allerwenigsten in der Lage, sich für ihn ins Zeug zu legen. Einen solchen Coup kann man nicht im Handumdrehen landen.«

»Ich bin kein Detektiv«, protestierte sie. »Das ist Sache der Polizei.«

»Kennt die Polizei die Kunstwelt so gut wie Sie? Hat jemand von denen überhaupt eine Ahnung davon, was dieser Stein bedeutet? Oder von all den Zusammenhängen? Eine Reise ins Périgord wäre für Sie nicht zuletzt von praktischem Nutzen. So schön es auch sein mag, prähistorische Wandmalereien nur einfach zu bestaunen – eine konkrete Absicht vor Augen zu haben macht's doch noch schöner, oder? Mir persönlich wäre es zu wenig, x-beliebige Sehenswürdigkeiten irgendwann auch einmal gesehen zu haben.«

»Egal, ich kann dieses freundliche Angebot trotzdem nicht annehmen. Das geht nicht, zumal ich das Geld ja nicht verdient habe«, entgegnete sie. »Ich könnte auch gar nicht von hier weg. Nächste Woche habe ich zwei Verkaufstermine hier in England und einen dritten in Mailand.«

»Großartig, ich brauche nämlich selbst noch eine Woche, um mit meinem Anwalt den Nachlass meines Vaters zu regeln. Sie könnten von Mailand aus einen kleinen Umweg machen und mich dann in Les Eyzies treffen.«

»Major Manners …« Sie stellte sich ihre Mutter vor, wie sie ihr jetzt einen Rippenstoß versetzen und sie wortlos auffordern würde, die Einladung anzunehmen, so wie sie es früher immer stellvertretend für die Tochter getan hatte.

»Nennen Sie mich bitte Philip, Lydia.«

»Major Manners, ich fürchte, das ist keine gute Idee.« Und im Stillen: Ich entscheide, Mutter. Dann aber kam ihr in den Sinn, was Clothilde wohl sagen würde, und das hatte plötzlich mehr Gewicht als der Gedanke an ihre Mutter.

»Na schön, ich will's einmal mit anderen Worten versuchen. Ich bin nicht mehr so geübt darin, Lydia, aber ich bitte Sie vor allem deshalb um Ihre Begleitung, weil ich an Ihrer Gesellschaft Gefallen finde und Sie gern näher kennenlernen würde. Wenn ich meiner eigenen Verantwortung für diesen Stein gerecht werden will, einer Verantwortung, die ich meinem Vater schuldig bin, muss ich mehr darüber wissen. Ich brauche also professionellen Rat, ganz abgesehen von Ihrer angenehmen Begleitung. Bitte, kommen Sie mit.«

»Ich werde darüber nachdenken«, sagte sie, um Zeit zu gewinnen, und sah sich plötzlich an Clothildes Vorhaben erinnert, potenzielle Kunden über organisierte Kulturreisen zu gewinnen. Die Höhlen des Périgord, gutes Essen, gute Weine und unterhaltsame Referate von Clothilde – ein großartiges Programm für alle Kunstliebhaber, selbst wenn sie sich nur geringfügig für Frühgeschichte interessierten. Und das Auktionshaus könnte auch davon profitieren. Natürlich musste sie sich vorab erkundigen. Nachdenklich musterte sie Manners. »Wenn Sie etwas für Ihren Stein tun wollen, dann hätte ich einen Vorschlag. Sie könnten Erkundigungen einholen über die Kriegszeit Ihres Vaters, darüber, mit wem er in Frankreich zusammengearbeitet hat und mit welchen Leuten er verkehrte. Einer von ihnen wird ihm den Stein gegeben oder zumindest gesagt haben, wo er zu finden ist. Als sein Sohn dürfte es Ihnen nicht allzu schwer fallen, an solche Informationen heranzukommen. Das wäre zumindest ein Anfang.«

»Gute Idee«, erwiderte er. »Genau genommen, habe ich bereits angefangen. Ich habe, gleich nachdem Sie mich über den Diebstahl informiert haben, an Malrand geschrieben und ihn gebeten, mir über seine Zeit mit meinem Vater im Périgord zu berichten. Ich habe auch den Stein erwähnt und mich dafür entschuldigt, dass er als Souvenir nach England geschmuggelt wurde. Als französischer Präsident ist er ja gewissermaßen der rechtmäßige Eigentümer.«

5

Im Tal der Vézère, ca. 15 000 v. Chr.

Hirsch kniete im Gras vor der Höhle, den Kopf demütig gesenkt, als die Männer aus dem Morgennebel auftauchten. Die Lehrlinge warfen nur einen kurzen überraschten Blick auf ihn und zogen achtlos vorbei. Der Hüter der Stiere aber blieb vor ihm stehen, betrachtete ihn schweigend und ging dann weiter in Richtung Höhle. Schließlich kam auch der Alte, auf den er gewartet hatte, der Hüter der Wisente. Zu seiner Erleichterung sah Hirsch, dass auch der Hüter der Pferde bei ihm war, von dem er wusste, dass er sich für ihn einsetzen würde.

»Ich war ungeschickt und dreist und bitte um Entschuldigung«, sagte Hirsch, als der Hüter der Wisente vor ihm stand. Der Alte lehnte keuchend an seinem Stab und musterte den Jungen, räusperte sich und spuckte seitwärts aus. Hirsch zügelte seine aufsteigende Wut. Dem Alten musste doch klar sein, dass er einfach nur ausgerutscht und gefallen war und dass er, Hirsch, ihn nicht vom Gerüst gestoßen hatte. Aber womöglich war er inzwischen selbst davon überzeugt, Hirsch sei schuld daran gewesen. Der Junge hielt den Blick gesenkt.

»Ich habe das hier für dich gesammelt. Es hilft bei Prellungen«, fuhr Hirsch fort und bot ihm drei verschiedene Kräuter auf einem flachen Stein an. Die alte Frau hatte ihm gesagt, wonach er suchen sollte, und er war noch vor Sonnenaufgang in den Wald gegangen.

Weil sich der Alte nicht rührte, nahm der Hüter der Pferde den Stein entgegen. »Der Junge meint es gut. Als ich vom Honigbaum gestürzt bin, hat man mir dieselben Kräuter gegeben«, sagte er. »Es scheint, er meint es ernst mit seiner Entschuldigung.«

»Vielleicht«, entgegnete der Alte und musterte Hirsch mit strengem Blick. »Für wie gut hältst du ihn?«

»Bei der Arbeit? Das brauche ich dir nicht zu sagen. Ich kann es dir zeigen.«

Die beiden Hüter gingen auf die Höhle zu. Hirsch blieb, immer noch auf den Knien kauernd, zurück, und wartete. Der Hüter der Pferde würde den Alten jetzt in den hinteren Teil der Höhle führen und von dort hinab und durch die enge Biegung in die nächste Kammer, wo der Junge seinen Hirsch gemalt hatte, schwimmend in der fließenden Felsäderung. Hoffentlich stolperte der Alte nicht. Hirschs Knie taten weh, obwohl er vorsorglich weiche Blätter gesammelt und untergelegt hatte. Er befingerte den nackten Hals und fragte sich, ob er genug geleistet hatte, um die Lehrlingsfeder wieder tragen zu dürfen.

Sie ließen ihn den ganzen Vormittag lang warten. Die Sonne stand nun hoch am Himmel und hatte den Nebel vertrieben. Er sah zu, wie die Fischer ihren langen, geschwungenen Zaun aus gewebten Binsen und Zweigen durchs Wasser zogen. Einige größere Kinder planschten ein Stück weiter flussaufwärts im Wasser und warfen Steine, um die Fische den Fischern entgegenzutreiben, die mit erhobenen Speeren auf ihre Beute warteten. Als die Kinder mit lautem Geschrei näher rückten und glitzernde Fontänen aufspritzen ließen, sah Hirsch ein Gewimmel fliehender Fische, die die Wasseroberfläche zum Brodeln brachten. Die Männer stachen mit ihren Speeren zu wie Reiher mit ihren Schnäbeln. Das Wasser in der Lagune vor dem geflochtenen Zaun schien überzukochen. Die Männer, die das äußere Ende gepackt hielten, zogen den Zaun im weiten Bogen aufs Ufer zu, um die Fische darin einzuschließen. Frauen stiegen in den Fluss und schöpften die silbern zuckenden Leiber mit Weidenkörben aus dem Wasser.

Von diesem Schauspiel abgelenkt, vergaß Hirsch für eine Weile die Sonnenhitze auf der schweißnassen Haut und die schmerzenden Knie, in denen ein Feuer zu brennen schien. Wenn er sich zurücklehnte und sein Gewicht aufs Hinterteil verlagerte, schmerzten die Füße, in die sich die Steinchen am Boden drückten. Wenn er sich aufrichtete, um sie zu entlasten, verkrampften sich die Schenkel. Sich nach vorn zu beugen und mit den Händen abzustützen wagte er nicht. Zweimal glaubte er im Einstieg der Höhle Geräusche zu hören, als wäre jemand gekommen, um nach ihm zu sehen. Einmal sah er im Wald zur seiner Linken zwei Augen blitzen. Er blickte nach vorn, fürchtete, die Kinder könnten ihn mit Steinen bewerfen, und hoffte, dass sie noch den ganzen Tag mit den Fischen zu tun hatten.

Der lange Sommertag ging zu Ende, und am Ufer loderten schon die Feuer auf, als die Hüter endlich aus der Höhle kamen und die Lehrlinge nach Hause schickten. Drei Hüter blieben vor Hirsch stehen.

»Ich werde alt und brauche einen jungen Gehilfen, der für mich Wasser holt und mir nach einem Tag in der Höhle die Schmerzen in den Schultern lindert«, sagte der Hüter der Wisente. »Du bist für die Arbeit in der Höhle zu ungeschickt, scheinst dich aber mit Heilkräutern auszukennen. Komm mit mir und tue, was ich dir sage.«

Hirsch hielt den Kopf gesenkt und glaubte, nicht richtig gehört zu haben. Sollte er nun, statt den Frauen zu dienen, einen alten Mann pflegen? Diese Aussicht gefiel ihm ganz und gar nicht. Er wollte wieder in der Höhle arbeiten. Der Junge verzog das Gesicht und schüttelte den Kopf.

»Du wirst mein Lehrling in der Höhle sein«, beeilte sich der Hüter der Pferde zu sagen. »Ich habe viel Arbeit und brauche Hilfe dabei.«

»Hier«, sagte der Hüter der Stiere und reichte dem Jungen ein Lederband, an dem eine kleine Feder hing. »Geh mit dem Hüter der Wisente, und sei seine Stütze, wenn er morgen zur Arbeit geht und sich den Hang hinaufschleppen muss. Dann misch Farben, und wenn du damit fertig bist, stell dich deinem neuen Herrn zur Verfügung. Er hat sich für dich verwandt. Und lass dir deine Verbannung aus der Höhle eine Lehre sein. Versagst du noch einmal, wirst du nie mehr zurückkehren.«

Kaum waren die drei gegangenen, kippte Hirsch auf die Seite und versuchte, sich auf den Rücken zu wälzen, doch die Beine gehorchten ihm nicht. Er konnte sie nicht strecken und stöhnte laut auf, als er sich anschickte, den Hütern kriechend zu folgen und die tauben Beine hinter sich herzuschleifen. Plötzlich trat jemand auf ihn zu und schüttete ihm kaltes Wasser über den Rücken. Dann wurde ihm mit Moos das Gesicht gewischt. Gierig schlürfte er die Tropfen von den Lippen, als feste Hände seine Schenkel zu kneten anfingen und die Knie beweglich zu machen versuchten. Noch einmal fuhr ihm ein heftiger Schmerz durch die Gelenke, der dann aber allmählich nachließ. Kleiner Mond half ihm auf und führte ihn hinunter an den Fluss.

Der Hüter der Stiere hockte am Feuer seiner Schwester und betrachtete seine neugeborene schlafende Tochter. Er hatte sie in den Arm genommen und damit als sein Kind anerkannt. Das Ohr auf die Brust des Säuglings gelegt, hörte er das kleine Herz schlagen und fragte sich, ob die Tochter in einigen Jahren der Mutter ähnlich sehen und ihrem zukünftigen Mann mit ebenso klugen Ratschlägen dienen würde, wie sie es getan hatte. Als sich das Kind regte, legte es die Schwester an ihre Brust.

»Wo wirst du schlafen?«, fragte sie.

»Hier«, brummte er. Gleich neben seiner neuen Tochter. Das war er seiner Frau schuldig. Falls das Kind schreien sollte, konnte er sich jederzeit verziehen. Der Hüter der Stiere war an allen Feuern willkommen. Er nahm einen Zweig zur Hand, schälte die Rinde ab und stocherte damit zwischen den Zähnen, um Fischreste zu entfernen. Er hätte sich dafür besser eine Gräte aufbewahren sollen, wie es die Frauen taten.

»Du brauchst jetzt eine neue Frau«, sagte seine Schwester und deutete auf den Säugling. »Das wäre auch im Sinne ihrer Mutter.«

»Ich weiß.« Er schaute ins Feuer. »Ich werde mit dem Hüter der Pferde sprechen. Er hat eine Tochter.«

»Sie ist noch sehr jung. Aber schon recht ansehnlich.«

»Zu jung?«

»Mädchen sind nie zu jung, um dir dein Lager zu wärmen, Feuer zu machen und Essen zu bereiten«, antwortete sie leichthin und streichelte den Kopf des Säuglings an ihrer Brust. »Aber du willst mehr als das. Du willst dich mit einer Frau unterhalten können wie mit der Mutter dieses Kindes. Mit anderen Männern sprichst du ja kaum. Schon als Junge hast du dich immer viel lieber mit Frauen ausgetauscht. Kleiner Mond ist dafür zu jung. Sie hat alles, was du brauchst, nur Weisheit nicht.«

»Umso besser. Zur Weisheit könnte ich sie führen, nach meinen Vorstellungen.«

»Möglich, aber dann wüsstest du nie, ob du ihre Gedanken hörst oder nur ein Echo deiner eigenen. Du willst mehr als das«, entgegnete sie.

Er dachte über die Worte seiner jüngsten Schwester nach, deren Augen so kühl und grau waren wie seine. Sie hatte ihm immer schon sehr nahe gestanden und war als Kind oft auf seinem Schoß eingeschlafen. Mit der Wahl eines Mannes für sie hatte er sich Zeit gelassen und sie schließlich dem tapfersten Jungjäger anvertraut, der als Anführer der Jägerschar vorgesehen war. Doch bei einem Kampf mit hungrigen Wölfen, die ihm einen erlegten Hirsch streitig machen wollten, war er am Bein so schwer verletzt worden, dass er seitdem hinkte. Er war zwar immer noch der listigste aller Jäger, würde aber nie an deren Spitze stehen können. Der Hüter der Stiere zuckte mit den Achseln. Den Tieren waren sie eben alle auf Gedeih und Verderb ausgeliefert.

»Erinnerst du dich an Springender Hase, den Freund meines Mannes?«, fragte sie wie beiläufig, und er ahnte, dass sie ihm etwas Wichtiges zu sagen hatte.

»Ja. Er wurde von Wölfen zerrissen, als er deinen Mann zu retten versuchte«, antwortete der Hüter. Er erinnerte sich an den traurigen Tross der Männer, die sich erschöpft ins Lager zurückgeschleppt und den Leichnam gebracht hatten, zusammen mit einem erbeuteten Rentier. Er erinnerte sich an die verzweifelte Frau, die vor ihrem toten Mann auf die Knie gesunken war und mit kreischender Stimme das Klagelied angestimmt hatte. Nein, deren Stimme wollte er nicht des Nachts an seinem Feuer hören.

»Er hat eine Frau hinterlassen. Silberaal«, fuhr seine Schwester fort. »Sie ist die Tochter des Fischers, selbst kinderlos. Und meine Freundin. Noch jung, aber schon sehr klug. Bald wird sie eine Heilerin sein.«

»Ist ihre Trauerfrist schon um?«

»Längst. Und sie braucht einen Mann.« Sie ließ sich durch den Kopf gehen, was sie sonst noch über die Freundin sagen sollte. Er wartete, während sie nachdachte. »Sie hilft mir mit deinem Kind«, ergänzte sie schließlich.

»Habe ich richtig verstanden, dass sie unfruchtbar ist?«

»Nein, ich sagte nur, dass sie keine Kinder hat. Nicht von Springender Hase. Der hat überhaupt noch kein Kind gezeugt. Die Frauen wissen, dass es nicht immer nur an der Frau liegt, wenn Nachwuchs ausbleibt.«

»Hol sie morgen früh ans Feuer, bevor ich zur Höhle gehe«, sagte er mit Blick auf seine Tochter. Er vertraute dem Urteil der Schwester, konnte aber diese schrille Stimme nicht vergessen. »Sag ihr nichts. Ich möchte erst mit der hübschen jungen Tochter vom Hüter der Pferde sprechen. Es eilt nicht.«

Am Ufer weiter unten zischten noch die Innereien von Fischen in der Glut eines Feuers, an denen der Hüter der Pferde mit seiner jüngsten Tochter saß, seinem Liebling. Schon als Kind hübsch anzusehen, war sie inzwischen so schön, wie es einst ihre Mutter gewesen war. Er erfreute sich an ihrem Anblick und an den anmutigen Bewegungen, mit denen sie jetzt vorsichtig einen trockenen Zweig ins Feuer legte. Ihm war aufgefallen, dass sie Hirsch ins Lager geführt hatte, ehe sie zu ihm, ihrem Vater, ans Feuer geeilt war. Hirsch und Kleiner Mond passten gut zusammen, doch es war keine gute Verbindung, denn Hirsch hatte weder Vater noch Mutter mehr und auch keine Brüder. Er würde nur sich in die Familie seiner Frau einbringen, entsprechend wenig Einfluss und Ansehen haben und bestenfalls für das respektiert werden, was er als bester Lehrling mit seiner Hände Arbeit schuf.

Nachdenklich knabberte der Hüter der Pferde an einem Fischgerippe. Hirsch war ein begabter Junge und immerhin so verständig, dass er seinen Rat befolgt und Buße geleistet hatte. Er konnte es zu etwas bringen, würde bald selbst ein Hüter sein, der jüngste von allen. Dann wäre er ein Ehrenmann. Und Kleiner Mond mochte ihn sehr, das war offensichtlich.

Aber Hirsch war auch ein eigensinniger Bursche, viel zu stolz und selbstsicher. Und eigentlich noch zu jung für das Amt des Hüters, zumal er nicht einsehen wollte, dass man einander gebührenden Respekt entgegenzubringen hatte, gerade auch, wenn die Kräfte des anderen nachließen. Oder wenn es einem an Talent mangelte wie dem Hüter der Wisente. Als Hüter würde Hirsch das eingespielte Gleichgewicht der gegenseitigen Wertschätzung in der Höhle durcheinanderbringen, es sei denn, er ließ sich von ihm, dem Hüter der Pferde, führen und lernte, sein Temperament zu zügeln. Dann könnte es gutgehen. Vielleicht würde der vaterlose Hirsch ja auf den Vater seiner zukünftigen Frau hören.

Kleiner Mond steckte prüfend einen Finger ins Wasser, das in einem mit Ton ausgekleideten Erdloch von den heißen Steinen aufgewärmt wurde. Dann tunkte sie einen Moosballen ins Wasser und wusch sich damit Gesicht und Hals. Ein sauberes Mädchen, sein Kleiner Mond, und ihr Atem duftete nach Honig.

Wie konnte er weiteren Unannehmlichkeiten mit Hirsch vorbeugen? Er hatte den Hüter der Stiere zum Freund, den vielleicht wichtigsten Amtsbruder. Aber der zeigte allzu viel Ehrgeiz und war schon jetzt übermächtig. Wenn es nach ihm, dem Hüter der Stiere, ginge, würde er alle Entscheidungen selbst treffen, nicht nur was die Entwürfe anging, sondern auch die Zusammensetzung der Farben bis hin zur Auswahl der Lehrlinge. Einen ähnlichen Ehrgeiz verfolgte auch der Junge, und wahrscheinlich würden beide, Hirsch und der Hüter der Stiere, eines Tages aneinandergeraten in einem Streit wie zwischen Vater und Sohn, zwischen einem alten und jungen Bullen. Der Hüter der Stiere würde mit der hiesigen Höhle unzufrieden sein und nach anderen Höhlen suchen, um ungehindert seine Auerochsen zu feiern und über andere Hüter und Lehrlinge uneingeschränkt herrschen zu können. Schon jetzt hatte er die lauteste Stimme im Rat und nutzte sie, um seine Vorstellungen gegenüber den Anführern der Fischer, Jäger und

Flintmänner durchzusetzen. Seine Machtgier war beunruhigend.

»Du bist hinauf zur Höhle gegangen, meine Tochter, und mit einem hinkenden jungen Mann zurückgekehrt«, sagte er leise.

»Hirsch hat den ganzen Tag knien müssen und konnte nicht laufen, mein Vater. Ich habe ihm ins Lager zurückgeholfen.«

»Wir waren mit dem Essen noch nicht fertig, da bist du mit einem in Rinde gewickelten Stück Fisch davongeschlichen.«

»Er war hungrig, und wir hatten genug.«

»Du hast ihn gern, nicht wahr, meine Tochter?«

»Es war eine harte Strafe für ihn, dass er den Frauen dienen und sein Halsband ablegen musste zum Zeichen dafür, dass er keinen Platz unter uns hat.«

»Damit ist es jetzt vorbei.« Seine Tochter verstand sich gut darauf, Fragen auszuweichen.

»Hirsch wird bald ein Hüter sein, ein Mann von Ehre. Und du bist bald alt genug für einen Mann.«

Seine Tochter schwieg.

»Deine Mutter hat dich doch bestimmt darauf vorbereitet, einen Mann zu nehmen und seine Feuerstelle zu richten«, fuhr er fort.

»Natürlich habe ich das«, mischte sich seine Frau ein, die Stimme gedämpft von den Fellen, in die sie eingewickelt war. Er hatte sich schon gefragt, ob sie wirklich schlief oder nur so tat. »Wenn wir darauf warten würden, dass unsere Männer ihre Töchter auf das vorbereiten, was ihnen bevorsteht, könnten wir ewig warten. Ich habe ihr gesagt, dass sie sich von den dreisten jungen Burschen fernhalten soll. Aber sie ist wie du, sie hört nicht. Sieh zu, dass sie wenigstens auf dich hört.«

»Hör zu, Kleiner Mond«, sagte er. »Du wirst Hirsch nicht wieder aufsuchen, jedenfalls nicht ohne meine Erlaubnis. Ehe er ein Hüter ist, wirst du nicht einmal an ihn denken. Auch nicht an die anderen jungen Männer. Du wirst den ganzen Tag bei deiner Mutter sein und ihr gehorchen. Hast du mich verstanden?«

»Ja, Vater. Aber ich war bei Mutter, als ich ihm begegnet bin, denn du hast ihn ja zu den Frauen geschickt, damit er für sie arbeitet. Du musst also einverstanden gewesen sein«, entgegnete sie mutig.

Schlau, seine Tochter, und mit der Zunge so flink wie auf den Beinen. Er schmunzelte in sich hinein. Sie würde ihrem künftigen Mann die Stirn bieten, wie ihre Mutter.

»Du weißt, was ich meine, Kleiner Mond.« Er beugte sich vor, tunkte ein Stück Moos ins warme Wasser und wischte sich das Gesicht, ehe er das Holzscheit tiefer ins Feuer schob und sich neben seiner Frau unter die Decke legte. »Außerdem gibt es neben Hirsch noch viele andere junge Männer in unserer Sippe.«

»Aber er ist von allen Lehrlingen der beste Maler. Das hast du selbst gesagt«, erwiderte Kleiner Mond leise, fast wie im Selbstgespräch. »Und er hat die größte Achtung vor dir.«

Er schmiegte sich an seine Frau und sagte nichts.

»Da siehst du, was du angerichtet hast, alter Dummkopf«, murmelte seine Frau und legte seine Hand auf ihre Brust. »In alles musst du hineinpfuschen.«

6

Die Hochebene von Audrix, Périgord, 1944

Eine Lockheed Hudson älteren Baujahrs schraubte sich durch die Nacht. Die Motoren dröhnten so laut, dass Jack glaubte, jeder Deutsche in Frankreich müsste sie hören. Ihm war kalt, er hatte Angst und fragte sich, ob er auch nur annähernd so gelassen wirkte wie François und McPhee, die scheinbar seelenruhig vor ihm in die Maschine gestiegen waren. McPhee maulte immer noch über die Vergeblichkeit seines Fallschirmtrainings. Er hatte damit gerechnet, über Frankreich abzuspringen, dann aber bei der Einsatzbesprechung erfahren, dass sie auf einer Graspiste landen würden, weil das Flugzeug einige Passagiere an Bord nehmen und zum R.A.F.-Stützpunkt bei Tempsford zurückbringen sollte. Auch Jack hatte sich den Auftakt zu seinem ersten Einsatz auf feindlichem Territorium anders vorgestellt, irgendwie spektakulärer. Genau genommen, war es sein erster Einsatz in Europa, denn in der Wüste hatte er häufig genug hinter den Linien der Deutschen gelegen, falls denn überhaupt jemals klar zu erkennen gewesen wäre, wo diese Linien verliefen.

»Drei Minuten noch«, rief der Bordingenieur, den Kopf durch den Vorhang vorm Cockpit gesteckt. Sie waren schon fast vier Stunden in der Luft und hatten einen Flug hinter sich, der so ruhig verlaufen war wie ein ganz gewöhnlicher Zivilflug von London nach Paris. Ohne plötzliche Ausweichmanöver, geschweige denn Flakbeschuss. Langsam schwenkte die Maschine auf den Landeanflug ein. Jack wusste von den neuesten Navigationshilfen: S-Phones, über die sich der Copilot mit dem Bodenpersonal verständigen konnte, oder Eureka-Sets, die die Maschine zielgenau über einen Leitstrahl auf den Boden führten. Zwei solcher Geräte hatten sie für die Franzosen an Bord als Teil der Fracht, die hinter ihnen in der Kabine festgezurrt war: Maschinengewehre und Funkgeräte, Munition, Handgranaten und Plastiksprengstoff, die, selbst wenn sie abstürzten, ohne Zünder ungefährlich waren – zumindest theoretisch. Trotzdem graute ihm bei dem Gedanken an die potenzielle Sprengkraft im Rücken. Albern eigentlich, denn bei einem Absturz wäre es ohnehin um ihn geschehen. Die Maschine senkte sich nun zur anderen Seite hin. Anscheinend hatte der Pilot die Positionslichter auf der Landebahn gesehen und Meldung erhalten, dass da unten nicht etwa die Deutschen auf sie warteten, sondern das Digger-Team. Die Motorengeräusche veränderten sich, als die Maschine an Höhe verlor. Er hörte die Landeklappen und das Fahrwerk ausfahren.

»Jean-Marie, die Hündin, hat drei schwarze Welpen«, war aus dem Cockpit zu hören, eine verschlüsselte Botschaft an das Bodenpersonal. Jack erinnerte sich, von Jean-Maries Welpen im Auslandsdienst der BBC gehört zu haben. Wie immer vor einem wichtigen Einsatz hatte er in der Nacht zuvor am Radio gesessen und jenen rätselhaften Kommandos gelauscht, die ihm manchmal wie reinste Poesie vorkamen. Er stellte sich vor, wie die Deutschen sich den

Kopf zerbrachen, wenn sie solche Meldungen, ausgestrahlt von leistungsstarken britischen Sendern, aufschnappten und nichts damit anfangen konnten, obwohl ihnen klar sein musste, dass auf diesem Weg geheime Befehle oder Informationen übertragen wurden.

Die Motoren wurden scharf gedrosselt. Ein heftiger Stoß, ein heftiger Aufprall, dann ein sanfteres Aufsetzen, und sie waren unten und schlingerten irgendein Plateau in Frankreich entlang, hoffentlich weit entfernt von deutschen Stellungen. Nur nichts beschwören, ermahnte sich Jack im Stillen. Er wusste, dass die Deutschen nie ein landendes Flugzeug angriffen, sondern erst dann zuschlugen, wenn es stillstand, weil sie es nicht zuletzt auf die Fracht anlegten.

Die Maschine holperte wie ein Traktor über ein gepflügtes Feld. Jack drehte sich nach François um, um ihm einen nach oben gestreckten Daumen zu zeigen, konnte ihn aber in der dunklen Kabine nicht erkennen. Stattdessen spürte er einen freundschaftlichen Klaps auf dem Knie, als die Maschine abbremste und eine Kehrtwende machte. McPhee. Jack beugte sich vor und tätschelte ihm die Schulter. Die Motoren dröhnten noch einmal auf. Der Pilot steuerte die Maschine an die Stelle zurück, wo sie aufgesetzt hatte, um möglichst wenig Zeit zu verlieren und im Gegenwind gleich wieder durchstarten zu können.

Das Ruckeln über den Acker war schlimmer als eine Panzerfahrt über Schützengräben. Jack atmete tief durch und schluckte. Vor lauter Anspannung hatte er einen ganz trockenen Mund. Wie peinlich, wenn er sich zu guter Letzt noch übergeben müsste. Endlich blieb die Maschine stehen, die Propeller trudelten aus. Der Copilot öffnete die

Luke und stieg vor den Passagieren aus. Als Erstes folgten die beiden Funker mit ihren vollgepackten Koffern, in denen ihre Ausrüstung steckte. Danach waren François und McPhee an der Reihe. Er selbst, Jack, stieg als Letzter aus und sah, dass François bereits jemanden am Boden umarmte. Schattenhafte Gestalten huschten vorbei und stiegen in die Maschine, um die Fracht zu bergen. Eine trat auf ihn zu, führte ihn weg und murmelte ein paar Worte der Begrüßung, die von einer Knoblauchwolke umweht waren.

Er stolperte über einen Gegenstand, der metallen schepperte, und stieß sich das Bein. Kein Stacheldraht, es waren Fahrräder, wie er bemerkte. Gleichzeitig schlug ihm ein warmer Schwall von Dieselgasen entgegen, und er sah in einigem Abstand die Umrisse eines Treckers, davor mehrere Personen in langen Mänteln, die auf die Hudson zusteuerten. Eine Frau war dabei. Vielleicht sollte er ihr abraten, französisches Parfüm mit nach England zu nehmen. Die Mädchen in Tempsford und in der Baker Street hatten so viel davon, dass sie ihre Feuerzeuge damit auftankten.

Trotz der Dunkelheit ging es auf dem Feld so geschäftig zu wie auf einem Bahnhof. Überall schwirrten Gestalten herum, und es schien, als wären sämtliche Bewohner der näheren Umgebung herbeigeeilt. Er hörte Kinder lachen. Männer zogen Gepäckkarren hinter sich her und riefen einander zu. Der Trecker setzte sich in Bewegung. Jack wurde zur Seite gestoßen, als ein paar Frauen die Fahrräder vom Boden aufhoben. Die Flugzeugmotoren dröhnten wieder. Plötzlich spürte Jack wieder einen Klaps auf der Schulter, sah eine Zigarette glühen und erkannte François. McPhee war bei ihm und ein Mann, der seinen Arm um François' Schulter gelegt hatte und sie nun durch eine Heckenlücke auf ein anderes Feld führte, das offenbar kürzlich mit Jauche gedüngt worden war. Sie gingen auf einen kleinen Lastwagen zu, kletterten auf die Ladefläche und quetschten sich dort zwischen die Milchkannen. Das Getriebe krachte, als der Fahrer den Gang einlegte und losfuhr. Das Flugzeug war nicht mehr zu hören; anscheinend war es schon wieder in der Luft, auf dem Weg zurück nach England. Jack hatte immer noch Probleme mit seinem Magen, aber immerhin keinen Brechreiz mehr. Und plötzlich, wie auf Kommando, fingen alle zu lachen an und klopften einander auf die Schultern. Das Jedburgh-Team war sicher gelandet und fuhr nun auf einem Lastwagen, wo es nach saurer Milch und dunklem französischem Tabak roch, irgendwo in Frankreich auf einer Landstraße seinem Einsatzziel entgegen. Ganz nach Plan.

Die Scheune war trocken, aber kalt. An den Wänden stapelten sich Strohballen, davor lehnte ihr Gepäck. Der Fahrer des Lastwagens holte eine Flasche Cognac und ein kleines dickwandiges Glas hinter dem Stroh hervor und schenkte ein. François trank als Erster, grinste und umarmte den Landsmann zum wiederholten Mal.

François stellte ihn vor: »Mein Bruder Christophe. Wir nennen ihn Berger, den Schäfer.«

Berger rückte einen Schritt zurück, betrachtete die Khakiuniform seines Bruders und berührte mit der Hand das Lothringer Kreuz, das auf dem Ärmel steckte. Dann musterte er Jack in seiner britischen Kampfmontur und McPhee in seinem olivgrünen Overall. Er selbst war wie ein Bauer gekleidet und trug eine flache Mütze, eine Hose aus dichtgewebter Baumwolle und einen geflickten Mantel, der mit einer Kordel in der Mitte zusammengefasst war. Jack fiel auf, dass seine Hände zwar schmutzig waren, die Fingernägel aber sehr gepflegt. Und seine Art zu sprechen verriet, dass er ein gebildeter Mann war.

»Großer Gott, drei Männer in Uniform! Was sollen wir damit anfangen?«, stöhnte er. Jack fand die Frage berechtigt. Aber für die Jedburgh-Teams waren Uniformen nun einmal vorgesehen, zumal sie nicht als Spione eingesetzt werden sollten, auch nicht in oder nahe von Städten, sondern draußen auf dem Land zur Unterstützung der Maquis. In ihren Uniformen sollten sie die Moral der frierenden und hungernden jungen Männer stärken, die sich in den Wäldern vor den Deutschen versteckt hielten, und sie daran erinnern, dass sie Soldaten waren. Und falls sie, Jack oder McPhee, gefangen genommen werden sollten, würde sie die Uniform hoffentlich davor schützen, als Spione erschossen zu werden.

»Zeig uns, was wir tun können, Christophe«, sagte François. »Mach uns mit allen Widerstandsgruppen der Maquis bekannt, die zwischen hier und Limoges und bis runter nach Cahors operieren. Wir lassen Waffen abwerfen und zeigen ihnen, wie man sie bedient.«

»Dann steht die Invasion also unmittelbar bevor?«, fragte der Bruder hoffnungsvoll.

»Ich fürchte, darauf müssen wir noch eine Weile warten. Bis dahin werden wir unsere Leute ausbilden und Wiederaufbauarbeit leisten. Die Gestapo hat ganze Arbeit geleistet. Bis auf deine Organisation und die von Hilaire sind alle anderen weitestgehend zerschlagen.«

»Glaubst du wirklich, dass Hilaire kommt, um euch zu sehen?«

François schmunzelte. »Du kennst doch unsere paranoiden Verbündeten. Die Herren in der Baker Street legen Wert darauf, dass ihr Spitzenagent so gefährliche Gaullisten wie dich und mich im Auge behält. Dazu sind auch unsere beiden angelsächsischen Freunde hier bestimmt. Baker Street braucht uns, um die Netzwerke wiederaufzubauen, will uns aber dabei genau auf die Finger schauen.« François zwinkerte den beiden zu, um seine Äußerungen abzuschwächen, doch Jack fand nicht, dass er scherzte. Und den Blicken nach zu urteilen, mit denen Christophe ihn und McPhee musterte, schien sich dessen Amüsement ebenfalls in Grenzen zu halten.

»Du kannst uns ja auch auf die Finger schauen, François«, sagte Jack. »Pass gut auf, dass wir uns die Waffen nicht von den Kommunisten abwerben lassen, über die du dich ständig aufregst.«

»Siehst du, Christophe? Vor diesem Mann muss man sich in Acht nehmen«, bemerkte François mit einem Lächeln. »Er sieht vielleicht aus und hört sich an wie jeder andere dämliche britische Kavallerieoffizier. Aber lass dich nicht täuschen. Man hat uns einen mit Grips geschickt.«

»Himmel, jetzt wundert mich nicht mehr, dass die Krauts womöglich diesen Krieg gewinnen«, brummte McPhee müde. »Solange ihr Franzosen euch gegenseitig beharkt und die restliche Zeit die Briten belauert, haben sie nichts zu befürchten. Hört endlich auf damit. Kämpfen wir gegen die

Deutschen, das ist unser Auftrag. Christophe, soll diese Scheune unser Stützpunkt sein? Wenn ja, liegt er viel zu nah am Landeplatz. Wo ist eigentlich unser Funker abgeblieben?«

Christophe war älter als François, Anfang dreißig, und sah aus wie ein Zivilist. Falls er jemals eine militärische Ausbildung genossen hatte, lag sie wahrscheinlich Jahre zurück. Er war stämmiger als sein Bruder, aber von ähnlich dunkler Hautfarbe und hatte die gleichen seltsam hellgrauen Augen. Statt auf McPhees Worte einzugehen, wandte er sich an François. »Ist der etwa auch ein Kavallerist?«

»Nein, Fallschirmspringer«, antwortete sein Bruder.

»Nichts für ungut, Monsieur«, sagte Christophe zu McPhee. »Sie haben also gelernt, aus Flugzeugen abzuspringen. Allerdings haben wir, die bedauernswerten zänkischen Franzosen, uns nicht nur gegenseitig bekämpft und die Engländer argwöhnisch belauert, sondern in der Zwischenzeit einen Acker so hergerichtet, dass Sie darauf landen und bequem aus der Maschine herausspazieren konnten. Übrigens kennen wir die Engländer schon ganz lange. Dieses Land hat einmal ihnen gehört, aber seit fünfhundert Jahren ist es wieder unter unserer Hoheit. Und glauben Sie nicht, die Deutschen würden sich hier so lange breitmachen können wie die Engländer.«

»Wenn Sie Ihr Land so gut kennen, darf ich vielleicht hoffen, dass Sie einen geeigneteren Stützpunkt als diesen für uns finden«, entgegnete McPhee.

»Den gibt es bereits. Aber wir werden erst einmal hierbleiben, bis wir sicher sein können, dass die Deutschen keine Patrouillen losgeschickt haben, um nach Ihnen zu suchen. Damit ist zu rechnen, denn sie hören die Flugzeuge und orten die Stelle, wo sie runterkommen. Deshalb landen wir nie zweimal auf demselben Feld, und wir wechseln auch immer die Scheune als ersten Unterschlupf. Sie haben in Ihrer Ausbildung doch bestimmt auch was über Sicherheit gelernt, mein lieber Verbündeter aus Amerika. In unserer Akademie wurde das Thema jedenfalls großgeschrieben. Also, nennen Sie mich nicht wieder bei meinem Namen. Ich bin Berger.«

Jack ertappte sich dabei, dass er brav nickte, als Christophe fertiggesprochen hatte. Er kannte diesen Ton, in dem unverhohlene Abneigung mitschwang. Auch seine Landsleute hatten ihn angeschlagen, als die amerikanischen Truppen und Flieger auf die Insel gekommen waren. »Zu viel Sold, zu viel Sex im Kopf und zu viel jetzt hier bei uns.« Ein gängiger Spruch, nicht zuletzt aus jener stolzen Haltung heraus, die daher rührte, dass England nie überfallen worden war, geschweige denn jemals kapituliert hatte. Für Franzosen, die seit 1940 mit der Schande der Besetzung durch die Deutschen lebten, musste alles noch viel schlimmer sein.

»McPhee«, schaltete er sich ein. »Ruhig Blut. Denk daran, die Jungs hier haben einiges durchgemacht und sind tagtäglich neu gefordert. So lange hätten sie nicht überlebt, wenn sie nicht wüssten, was sie tun.«

Christophe ignorierte den Engländer und schien auch nicht zu sehen, dass McPhee wie zur Entschuldigung mit den Achseln zuckte. Er sprach weiter mit kühler, kontrollierter Stimme, wie ein Oberlehrer, der einem Schüler eine Strafarbeit aufgibt.

»Sie werden von hier aus in ein Haus gebracht, wo Sie mit Ihrem Mann, diesem Hilaire, zusammentreffen. Dann geht's weiter nach Osten ins Zentralmassiv zu den Maquis. Ihr Funker ist bereits auf dem Weg dorthin. Das wären auch Sie jetzt, aber mir wurde im letzten Moment die Aufgabe zugeteilt, Sicherheitsvorkehrungen zu treffen. Was nicht ganz leicht war. Ich hatte deswegen drei schlaflose Nächte. Und wenn Sie glauben, ich wäre paranoid, sollten Sie erst einmal diese jungen Vogelscheuchen erleben, die vor Angst schlottern und nichts als abhauen wollen vor dem Krieg. Ich fürchte, die werden nicht besonders scharf darauf sein, Ihre Waffen einzusetzen, es sei denn, sie sehen, dass es unsere Verbündeten mit der Invasion wirklich ernst meinen. Sie werden auf eine Handvoll Männer treffen, die sich nur deshalb von Ihnen ausbilden lassen wollen, weil sie mir vertrauen und ich ihnen dazu geraten habe. Die meisten von ihnen kennen unsere Familie und mich von klein auf. Es sind erfahrene Soldaten. Manche waren schon im Ersten Weltkrieg, und einige sind seit 1940 dabei. Sie kennen das Land und wissen zu kämpfen. Von Ihnen, den Verbündeten, brauchen sie nur Waffen, Sprengstoff und eine Einführung in deren Gebrauch. Nach unserem Verständnis führen wir hier einen französischen Krieg, mit französischen Generälen, französischem Blut und französischen Zielsetzungen. Sie glauben vielleicht, wir stünden alle auf derselben Seite. Aber wenn Sie mich fragen, haben wir allenfalls denselben Feind.«

»Das unreine Blut tränke unserer Äcker Furchen«, zitierte McPhee halb singend eine Zeile aus der *Marseillaise.*

»Halt's Maul, McPhee, reiß dich zusammen. Bitte«, unterbrach ihn Jack. Ihm wurde wieder schlecht bei dem Gedanken, dass die Beschwerden des Amerikaners den wichtigsten Aspekt an den Vorgängen dieser Nacht außer Acht gelassen hatten. Im hektischen Durcheinander nach der Landung waren alle eingeflogenen Waffen und Sprengstoffe in die Hände von Christophes Männern geraten. Und Jack ahnte, dass Christophe die Kontrolle darüber behalten und sie nur in kleinen, ausgesuchten Portionen zu Übungszwecken austeilen lassen würde. Von nun an bestimmte er, was damit passierte. Egal, dachte Jack. Hauptsache, sie kamen letztlich gegen die Deutschen zum Einsatz. Er selbst würde sich daran gewöhnen, diesen Mann mit Berger anzureden. Der Amerikaner musterte ihn mit finsterer Miene. Jack griff nach der Cognacflasche. »Dieser Krieg wird noch eine ganze Weile dauern.«

Sie hatten von Hilaires Organisation gehört. Sie war Legende, eines der größten und effizientesten Netzwerke, die die SOE in Frankreich unterhielt. Mehr hatten sie aus der Baker Street nicht erfahren, denn was sie nicht wussten, konnten sie auch nicht verraten. Aber in einem Ausbildungslager wurde viel getratscht, und es hieß, Hilaire sei zum Lieutenant Colonel befördert worden, in den höchsten Rang, den ein SOE-Offizier in Frankreich besetzen konnte. Und die R.A.F.-Leute in Tempsford hatten ihnen geflüstert, dass zwei uniformierte R.A.F.-Piloten aus einem abgeschossenen Bomber in einer Bar in Toulouse aufgekreuzt wären und den verblüfften Kellner in schlechtem Schulfranzösisch um Hilfe gebeten hätten. Der Kellner hatte, verdutzt, wie er war, das Tablett fallen lassen, mitten auf einen Tisch, an dem Männer der Gestapo in Zivil saßen. Aber Hilaire hatte das folgende Durcheinander beherzt genutzt, die Jungs hinauszuschaffen und jenseits der Pyrenäen in Sicherheit zu bringen. Einer der beiden Piloten hatte den Namen Starr fallenlassen. Und es war François, der eines Abends beiläufig erwähnt hatte, Monsieur le Maire sei ursprünglich auf einem Boot in Südfrankreich gelandet und nach Lyon gekommen, als gerade eine Widerstandszelle mit dem Codenamen Spruce von der Gestapo zerschlagen worden war, weshalb er weiter in die Gascogne gezogen sei.

»Monsieur le Maire?«, hatte Jack gefragt.

»Starrs Tarnung ist so gut, dass er stellvertretender Bürgermeister einer kleinen Kommune werden konnte«, hatte François geantwortet und mit den Schultern gezuckt, als verriete er nichts Neues. Jack konnte kaum fassen, wie lax die Sicherheit in der SOE gehandhabt wurde.

Es dämmerte, als sie am frühen Morgen die Scheune verließen und auf dem kleinen Lastwagen über eine Landstraße nach Süden fuhren. Immer auf der Hut vor möglichen Verfolgern überquerten sie eine größere Straße, passierten eine Brücke, die über Eisenbahnschienen hinwegführte, und gelangten schließlich in einen verwilderten Obsthain, wo sie den Lastwagen versteckten. Von da aus ging es zu Fuß weiter durch einen Wald, bis sie nach einem knappen Kilometer zu einem kleinen Château gelangten, vor dem sich ein französischer Garten mit symmetrisch angelegten Kieswegen erstreckte. Die Schlagläden an den schmalen Turmfenstern waren geöffnet, was laut Berger bedeutete, dass alles in Ordnung war. Durch eine Seitentür betraten sie das Souterrain des Gebäudes, wo es nach Eiche und Wein roch. Ein Mann mittleren Alters mit Schnauzbart und Maschinengewehr nickte Berger ehrerbietig zu und grinste breit, als er François erblickte. Er deutete auf einen Tisch, auf dem eine Flasche Wein und ein Wasserkrug standen. Auf einem Tablett daneben lagen ein großes Landbrot, einige Äpfel, eine Trockenwurst und ein großes Stück Käse.

»Schmeckt seltsam«, fand Jack, als er einen Bissen von dem gelblich braunen Brot gekostet hatte.

»Aus Kastanienmehl gebacken«, erklärte François. »Wie früher in dieser Gegend üblich. Es gibt keinen Weizen mehr, den haben sich die Deutschen unter den Nagel gerissen. Deshalb hat man hier eine alte Tradition wiederaufgegriffen. Probier mal von der Wildschweinwurst.«

Eine andere Tür öffnete sich. Eine große, hagere Frau mit grauen Haaren betrat den Kellerraum, eiligen Schrittes und aufgebracht, wie es schien. François sprang auf und nahm sie in den Arm. Sie fing leise zu weinen an, als sie ihm ins Gesicht schaute und mit der Hand über das grobe britische Gewebe seiner Uniform strich. Berger trat auf die beiden zu und gab ihr einen Kuss auf beide Wangen. Jack schwante, dass das Château der Familie von François gehörte, und schüttelte unwillkürlich den Kopf über das Risiko, ausgerechnet hier einquartiert zu werden. Berger hatte offenbar wirklich kaum Zeit gehabt, das Treffen mit Hilaire zu arrangieren.

»Meine Mutter«, stellte François vor. Jack stand auf und verbeugte sich etwas verlegen. Dann tauchte hinter ihr ein kleiner, gedrungener Mann mit rundem Schädel und Kinngrübchen im Keller auf. Er bewegte sich leichtfüßig und tänzelnd, fast wie ein Boxer im Ring. Seine Haare waren kurz geschnitten, die graue Hose gebügelt und die Schuhe poliert. Von dem offenen Hemdkragen abgesehen, machte er den Eindruck eines erfolgreichen Anwalts. Ihm folgte ein weiterer Mann in dunklem Anzug. Er hatte einen Revolver in der Hand, schloss die Türe und lehnte sich mit dem Rücken dagegen.

»Ich bin Hilaire«, sagte der kleine Mann und hielt der Frau seine ausgestreckte Hand hin. »Madame, ich danke Ihnen für Ihre Gastfreundschaft.« Sein Französisch war gut, hatte aber einen Akzent, den Jack nicht einordnen konnte. Vielleicht kam er aus Belgien. Er ging an den Tisch, nahm einen Apfel und setzte sich.

»Sie sollten wissen, ich war dagegen, dass Sie so früh kommen«, sagte er, an Jack und McPhee gewandt, und bezog François durch einen kurzen Blick mit ein. »Aber da Sie jetzt schon mal hier sind – machen wir das Beste draus!« Er winkte den Mann an der Tür zu sich.

»Nennen Sie diesen Herrn künftig Yves. Er ist Vorarbeiter in der Propellerfabrik von Figeac, wo Woche für Woche dreihundert Verstellpropeller für die Luftwaffe geschmiedet werden. Die Fabrik ist so klein, dass es der R.A.F. kaum gelingen wird, sie zu treffen. Yves hält es allerdings für möglich, die wichtigsten Maschinen, die aus Deutschland eingeführt worden sind, in die Luft zu sprengen, wenn er es denn schafft, den Sprengstoff an den Kontrollen vorbeizuschmuggeln. Ich möchte, dass Sie ihm heute, sobald wir hier fertig sind, beibringen, wie er mit Plastiksprengstoff und Zündern umgehen muss.«

Er hatte den Apfel inzwischen aufgegessen, nahm einen

Schluck Wasser und wischte sich mit einem sauberen weißen Taschentuch den Mund. »Übrigens, herzlich willkommen in Frankreich. Und danke, dass Sie mir einen neuen Funker mitgebracht haben. Seine Vorgängerin will nicht mehr so recht, und ich fürchte um ihre Sicherheit«, fuhr er fort. »Und noch etwas: Ich möchte, dass Sie sich ab sofort nicht mehr in diesen Uniformen draußen blicken lassen, es ist schwachsinnig, egal, wie London darüber denkt.« Er deutete mit dem Kopf auf Christophe. »Berger – ich will, dass Sie ihn nur noch so nennen, denn unter diesem Namen kennt ihn auch London –, also Berger kümmert sich zunächst um Sie. Er wird Ihnen die Uniformen zurückgeben, sobald Sie mit der Ausbildung seiner Jungs anfangen. Dann werden Sie, wieder in Zivil, hinunter in mein Gebiet gefahren, wo Sie Ihre Arbeit fortsetzen.

Zwischenzeitlich schicken wir Ihnen ein paar Leute für eine spezielle Sprengausbildung. Wir werden noch in diesem Frühling sämtliche Eisenbahn- und Fernsprechverbindungen zwischen Toulouse und Paris lahmlegen und dafür sorgen, dass sie vor der Invasion nicht wieder repariert werden können. Berger hat eine Liste von Zielen, die Sie möglichst schnell abarbeiten sollten. Ich will, dass wir in spätestens vierundzwanzig Stunden mit den ersten zwei beginnen. Die Deutschen werden nervös, wenn ein Flugzeug landet und nichts passiert. Sie möchten für alles eine logische Erklärung. Lassen wir also irgendwo was in die Luft gehen. Dann sind sie beruhigt und meinen zu wissen, was Sache ist.

Wir werden so viele Brücken wie möglich sprengen, um ihnen die Versorgungswege abzuschneiden. Im Süden ist ein ganzes Heer stationiert einschließlich einer SS-Panzerdivision, und wir wollen, dass sie da bleiben. An dieser Stelle kommen Sie ins Spiel, meine Herren. Gesprengte Brücken allein werden die Deutschen nicht aufhalten, denn ihre gepanzerten Divisionen führen Behelfsbrücken mit sich. Sie werden also unseren Jungs beibringen, wie sie mit Panzerfäusten und Mörsern die deutschen Transporte überfallen können. Angriffsziele hätten wir genug. Eine gepanzerte Einheit legt ungefähr sechzig Kilometer pro Stunde zurück. Wenn sie ungehindert unsere Straßen, Schienenwege und die Brücken über die Loire benutzen können, sind sie in anderthalb Tagen in der Normandie. Abwehren können wir sie wahrscheinlich nicht, wohl aber eine Woche oder länger aufhalten. Ob uns das gelingt oder nicht, entscheidet über den Erfolg der Invasion.«

Er warf einen Blick auf die Frau und stand auf, um sie freundlich hinauszukomplimentieren. Yves, der Mann mit dem Maschinengewehr, folgte ihr nach draußen, so dass die fünf Männer allein im Kellerraum zurückblieben.

»Schluss mit lustig«, sagte er. »Ich habe noch zwei Punkte anzusprechen. Der erste betrifft dich, Berger. Diese drei Jungs bilden ein Team, und ich will, dass es zusammenbleibt. Ich weiß, dein Bruder könnte sich auch in eurer Organisation nützlich machen, und ich weiß, du hast dir sogar schon ein paar Aufgaben für ihn ausgedacht. Vergiss es. Wir wollen doch alle, dass die Briten und die Amerikaner kommen und uns helfen, und vor allem wollen wir die Freien Französischen Streitkräfte endlich in Uniform sehen. Für dich ist François dein Bruder, aber für meine Leute symbolisiert er de Gaulle und die französische Armee.

Wenn er bei irgendeiner deiner eigenmächtigen Operationen draufginge, würde ich dir das nie verzeihen.

Und nun zu Ihnen, meine Herren. Sie wissen vielleicht, in welchem Rang ich stehe. Was ich Ihnen zu sagen habe, ist kein Rat, sondern ein Befehl. Sie werden alle Anordnungen Bergers befolgen, als kämen sie direkt von mir. Haben wir uns verstanden?«

»Ja, Sir«, antwortete Jack, ohne zu zögern. McPhee ließ sich mit seiner Bestätigung mehr Zeit.

»Verzichten Sie darauf, die französische Politik zu kommentieren, auch und gerade wenn Sie zu einer Stellungnahme aufgefordert werden. Sie werden einen bunten Haufen ausbilden, bestehend aus Kommunisten, Sozialisten, militanten Katholiken und sogar ehemaligen Vichy-Sympathisanten. Behandeln Sie alle gleich. Es wird Ihnen bald auffallen, dass zwischen den einzelnen Gruppen gewisse Spannungen herrschen. Sie sollten die FTP, die *Franc-Tireurs et Partisans,* als welche sich die Kommunisten bezeichnen, von den Gaullisten zu unterscheiden lernen, also den *Forces Françaises de l'Intérieur* oder kurz FFI. Was diese beiden Lager vertreten, geht Sie nichts an, und das sagen Sie auch, falls jemand Sie darauf anspricht. Die SOE hält sich aus der französischen Innenpolitik heraus. Wenn wir den Franzosen Anlass geben würden, etwas anderes zu vermuten, könnten wir hier nichts mehr ausrichten. Sollte mir zu Ohren kommen, dass sich einer von Ihnen nicht an diese Regel hält, geht's rund. Wenn's sein muss, lasse ich ein Erschießungskommando antreten. Verstanden?«

»Jawohl, Sir«, antworteten Jack und McPhee wie aus einem Mund.

»Viel Glück. Wir sehen uns dann hoffentlich in einem Monat unten im Süden. Berger wird Ihnen rechtzeitig Bescheid geben. So, und jetzt zeigen Sie Yves, wie seine Fabrik zu sprengen ist.« Er nahm sich noch einen Apfel vom Tisch, schickte die drei Männer weg und blieb mit Berger hinter fest verschlossener Tür im Keller zurück.

»Es sieht ganz danach aus, als hätten wir's endlich mit Erwachsenen zu tun«, sagte McPhee.

7
Gegenwart

Das Museum der Résistance, bekannt unter dem Namen *Centre Jean Moulin,* ist in einem klassischen, viergeschossigen Stadtpalais mit zwei Seitenflügeln untergebracht. Es liegt am Place Jean Moulin in der Altstadt Bordeaux', gegenüber der Kathedrale von Saint-André, in der 1137 Eleonore von Aquitanien mit dem französischen Kronprinzen vermählt wurde. Nach Auflösung dieser Ehe heiratete sie Heinrich, den zukünftigen König Englands, und unterstellte damit den ganzen Südwesten Frankreichs der englischen Vorherrschaft, die dreihundert Jahre andauern sollte.

Lydia las in ihrem Stadtführer, während sie um die Kathedrale herumschlenderte, und zog dann die Monographie SOE *in France* des britischen Historikers Foot hervor. Von einer Autohupe aufgeschreckt, drehte sie sich um und sah Major Manners mit zerzausten Haaren und spitzbübischem Grinsen am Steuer eines Jaguar-Cabrios älteren Baujahrs.

»Hallo, Lydia, hab ich mich verspätet?«, rief er.

»Nein. Ich bin nur zu früh«, erwiderte sie fröhlich, packte den dicken Wälzer von Foot wieder in ihre große, praktische Tasche, zu der ihr Clothilde geraten hatte, und eilte dann beschwingt auf den knallroten, etwas protzigen Schlitten zu. Sie genoss es, dass Manners ausstieg und um den Wagen herumging, um ihr die Beifahrertür zu öffnen. Nur gut, dachte sie, dass sie eine sportlich bequeme Hose trug und einen Seidenschal in der Tasche hatte. Cabrios waren der Ruin jeder Frisur.

»Los geht's zum Mittagessen«, sagte er und startete den Wagen mit einem satten Motorschnurren. Sie fuhren um den Platz vor der Kathedrale herum, bogen zweimal ab und setzten schließlich rückwärts in eine beängstigend enge Gasse. Manners führte Lydia in ein kleines, aber nobel eingerichtetes Restaurant namens Wolf-soundso, an dessen Eingang ein Auszug aus dem GaultMillau-Führer mit einer beeindruckenden Punktezahl hing. Eine junge Frau mit dunklen Ringen unter den Augen begrüßte ihn überschwenglich, taxierte Lydia mit abschätzigem Blick und führte die beiden dann an einen Tisch vorm Fenster.

»Die Spezialität des Hauses sind Meeresfrüchte-Ravioli und Fisch in *beurre blanc*«, sagte er. »Sie sehen bezaubernd aus. Mailand muss Ihnen ganz ausgezeichnet bekommen. Oder ist es vielleicht doch eher Bordeaux?«

»Oder vielleicht die soeben aufgefüllte Bildungslücke, was Eleonore von Aquitanien und Jean Moulin betrifft«, entgegnete sie gelassen. »Zwei große Franzosen, die sich, jeder auf seine Weise, für England entschieden haben. Hoffentlich ein glückliches Omen für unsere Sache. Und danke für das Kompliment.« Sie betrachtete seine strubbeligen Haare, den Straßenstaub auf seinem geröteten Gesicht, das Jeanshemd und das altmodische Tweedjackett. Das Gesamtbild stimmte und machte ihn jünger, als er tatsächlich war. Lydia hatte im *Debrett's* nachgeschaut, dem britischen Adelsverzeichnis, und festgestellt, dass er achtunddreißig war. Und tatsächlich geschieden. »Ihre Essensempfehlung klingt verlockend. Darf ich zum Aperitif einen Campari haben?«

»Tut mir leid, ich habe mit der Tischreservierung schon Champagner bestellt. Ich möchte Ihre Ankunft feiern und auf den Erfolg unseres Unternehmens mit Ihnen anstoßen. Danke, dass Sie gekommen sind, Lydia.«

»Ich bedanke mich für die Einladung. Wo waren wir stehengeblieben? Haben Sie die Kriegsakten Ihres Vaters auftreiben können?«

»Ja. Besser noch, Malrand hat mir geantwortet, aus dem Élysée-Palast und auf dem dicksten Briefpapier, das ich je gesehen habe. Er lädt zum Lunch in sein Haus bei Le Buisson ein, und zwar uns beide. Ende der Woche.«

»Verschonen Sie mich damit. Für ein Essen mit dem französischen Präsidenten habe ich nichts Passendes zum Anziehen dabei«, sagte sie, während sie einen mit Champagner gefüllten Kelch entgegennahm. »Wirklich, so etwas besitze ich nicht einmal.«

»Juwelen und dergleichen werden nicht nötig sein. Er betonte, es würde ein ganz informeller Lunch, und hat mir ausdrücklich geraten, auf eine Krawatte zu verzichten.«

»Umso schlimmer, Manners. Für formelle Anlässe weiß eine Frau immerhin, was sie anzuziehen hat. Informelle Einladungen sind der Horror schlechthin.«

»Manners wurde ich das letzte Mal in der Schule genannt. Aber bitte, nennen Sie mich weiter so.« Er schmunzelte und wirkte von Minute zu Minute jungenhafter. Jungenhaft und vergnügt. Und gleichzeitig sehr gutaussehend. Ihr gefiel sein Freizeit-Look, der ahnen ließ, wie er als Pennäler vielleicht ausgesehen hatte. Von ihrem Lächeln ermutigt, fuhr er fort: »Manners klingt besser als Mister oder Major. Und Philip war ohnehin nie nach meinem Geschmack.«

Die Ravioli waren riesig. Auf Lydias Teller lagen drei Teigtaschen, zwei weiße und eine schwarze, umgeben von Calamari und gewürfelten Tomaten mit hauchdünnen Knoblauchscheiben wie leichter Schnee auf sommerlichen Bergrücken. Es duftete göttlich.

»Bon appétit«, sagte sie und probierte. Köstlich. »Und die Kriegsakten?«

»Nicht besonders ergiebig. Er war Mitglied eines Jedburgh-Teams, einer von dreien. Diese Teams waren alle ähnlich zusammengesetzt. Ein Brite, ein Yankee und ein Vertreter der Freien Franzosen, der im Fall meines Vaters Malrand gewesen ist«, sagte er und steckte sich einen Happen in den Mund. Er schwieg und schien einfach nur seine Mahlzeit zu genießen. Im Savoy Grill hatte er fast lustlos gekaut.

»Nicht schlecht, der Fraß«, sagte er und legte seine Gabel ab. Lydia aß weiter.

»Sie haben 1943 gemeinsam ihre Ausbildung absolviert und sind dann Anfang 1944 nach Frankreich geflogen. Das genaue Datum wird nicht genannt, aber französischen Aufzeichnungen zufolge hat Malrand im Februar einen Sabotageakt auf eine Propellerfabrik verübt. Die meisten anderen Teams von Jedburgh kamen erst später mit der Invasion im Juni. Nur ein oder zwei Teams, die mit ihrer Ausbildung schon fertig waren, wurden der SOE unterstellt und schon früh zum Einsatz gebracht, weil es irgendwelche Probleme bei der Organisation französischer Widerstandsgruppen gab. Das Team meines Vaters war das erste vor Ort. Es war einer Gruppe zugeordnet, die den Namen Digger trug und vor der Invasion jede Menge erfolgreiche Sprengstoffanschläge durchgeführt hatte. Mein Vater wurde für Einsätze gegen eine SS-Panzerdivision mit dem Distinguished Service Order und dem Croix de Guerre ausgezeichnet. Später verlieh man ihm die Mitgliedschaft in der Ehrenlegion für seine Teilnahme an der Befreiung von Toulouse im Juli 1944. Zu dem Zeitpunkt war er also weit weg vom Périgord. Im Oktober desselben Jahres kehrte er nach England zurück, um von dort aus am Aufbau der Militärregierung in Deutschland mitzuwirken. Damit war sein Abenteuer in Frankreich vorbei; es dauerte also neun Monate, von Januar bis Oktober 1944. Andere kriegen in der Zeit Kinder.«

»Prima. Alles, was Sie sagen, stimmt mit dem überein, was ich herausgefunden habe«, sagte Lydia, die von ihren Ravioli so viel gegessen hatte, dass für den Fisch in Butter nur noch knapp Platz blieb. Mehr konnte und wollte sie nicht verdrücken, zumal sie weit und breit kein Fitnesscenter kannte und zusätzliche Fettpölsterchen wegen des Lunchs beim Präsidenten schon gar nicht gebrauchen konnte. »Ihre Ravioli werden kalt. Jetzt sind Sie mit Essen an der Reihe, während ich erzähle, was ich inzwischen in Erfahrung gebracht habe.

Also: Die Digger wurden von Malrands Bruder Christophe angeführt«, berichtete sie. »Sie waren so etwas wie die Unterabteilung eines größeren Netzwerks mit Namen Wheelwright, mit dem die britische SOE die Résistance unterstützte und einen ihrer größten Triumphe feierte. Der

Anführer von Wheelwright war ein Mann namens Starr, einer der Topagenten während des Kriegs. Er tarnte sich mit der Legende eines pensionierten belgischen Bergbauingenieurs, der im Kongo zu Geld gekommen war und sich in Frankreich so gut eingelebt hatte, dass er zum stellvertretenden Bürgermeister von Castelnau-sur-l'Auvignon gewählt wurde. Die kleine Gemeinde versorgte ihn mit gültigen Papieren, Bezugsscheinen und Benzin-Coupons. Für die Résistance war er eine Art Bankräuber mit Schlüsseln zur Bank von England. Starr war im wahrsten Sinne des Wortes ein Star. Er war der ranghöchste SOE-Offizier in Frankreich und einer der ganz wenigen, die es fertigbrachten, Kommunisten und Gaullisten in seiner Organisation zusammenarbeiten zu lassen, ohne dass es zu Reibereien kam. Als aber dann nach der Befreiung de Gaulle mit ihm zusammentraf, gab es Krach. De Gaulle bestand darauf, dass Starr innerhalb von vierundzwanzig Stunden Frankreich verließ. Zu dem Zeitpunkt lagen sich Kommunisten und Gaullisten wieder in den Haaren.

Starr war der ungekrönte König im Südwesten Frankreichs«, fuhr sie fort. »Dank Starr wurden über zweitausend Waffen- und Versorgungslieferungen aus Flugzeugen abgeworfen, und kaum eine davon ging verloren. Er stellte eine Privatarmee zusammen, bestehend aus fast zehntausend Maquis-Partisanen, die unter anderem von Ihrem Vater ausgebildet wurden. Gemeinsam befreiten sie Toulouse, was von entscheidender Bedeutung war. Warum, erkläre ich gleich. Bei meinen Recherchen ist mir zufällig ein deutscher Bericht in die Hände gefallen. Er stammt von Generalfeldmarschall Gerd von Rundstedt, dem Oberbefehlshaber West.« Sie zog ein Notizbuch aus der Tasche und las laut daraus vor: »›Das Hauptquartier der Heeresgruppe G in der Nähe von Toulouse war zeitweise abgeschnitten‹ – er spricht von einer Zeitspanne Ende 1943 bis Anfang 1944, also rund sechs Monate vor dem D-Day am sechsten Juni«, warf sie ein. »›Die einzelnen Heeresteile konnten nur mit schwerbewaffneten Eskorten oder per Flugzeug erreicht werden. Telefonverbindungen und Kraftwerke waren oft tagelang außer Betrieb.‹ Warum wohl?«

»In der Tat sehr beeindruckend. Ich wusste gar nicht, wie effektiv die Résistance vor der Invasion war.«

»Noch mal zu der kleinen Digger-Einheit, die von Bergerac und dem Périgord aus bis in entlegene Regionen des Zentralmassivs hinein operierte. Malrand war die ganze Zeit dabei, bis er kurz nach der Invasion von Deutschen verwundet und gefangen genommen wurde. Angeführt von Ihrem Vater, befreiten Christophes Männer Malrand aus einem Gefängnis in Toulouse, als die Deutschen in Richtung Norden abzogen. Ihr Vater hat also dem französischen Präsidenten Frankreichs das Leben gerettet. Wahrscheinlich ist Malrand deshalb zur Beerdigung erschienen.«

»Ich staune, Lydia. Sie haben wirklich gründlich recherchiert.«

»Nicht der Rede wert. Steht doch alles in frei zugänglichen Quellen, in den Geschichtsbüchern und auch in Malrands Memoiren, die übrigens seltsam verklausuliert sind. Und leider ist alles nur Kontext, ohne die Details, die wir brauchen. Außer den Namen Starr, Malrand, seines Bruders Christophe und einiger weniger Funker, die längst tot sind, haben wir keine weiteren Anhaltspunkte über die

Zeit Ihres Vaters im Périgord. Auch das amerikanische Mitglied des Jedburgh-Teams führt in eine Sackgasse. Sein Name war McPhee. Er hat den Krieg nicht überlebt.«

Der Fisch in *beurre blanc* wurde serviert, dazu eine Flasche Château de la Jaubertie. Lydia hatte noch nie davon gehört, fand ihn aber so hervorragend, dass sie von Manners wissen wollte, woher er diesen Wein kannte.

»Ich kannte ihn nicht«, gestand er. »Habe einfach den Sommelier gebeten, den besten Wein zu bringen, den sie haben. Es ist ein trockener Bergerac aus seiner Heimat, also der Gegend, für die wir uns interessieren. Schien mir genau das Richtige zu sein. Und er passt wirklich bestens zu dem Fisch.«

Lydia musterte ihn skeptisch. Dieser Manners imponierte ihr immer dann am meisten, wenn er vorgab, ein einfältiger Engländer zu sein. Sie waren in Bordeaux, dem Herzen der stolzesten Weinregion Frankreichs. Ein gutes hiesiges Restaurant würde wahrscheinlich eher Coca-Cola empfehlen als den Wein einer so unbedeutenden Appelation wie Bergerac.

Ihr lag auf der Zunge zu sagen: »Unsinn, Manners – Sie haben diesen Wein bestellt und wussten genau, warum.« Stattdessen schwieg sie und fragte sich, wie wohl Clothilde reagiert hätte. – Vermutlich gar nicht, wäre aber bei passender Gelegenheit noch einmal darauf zurückgekommen. Und ein Mann, dem es offenbar wichtig war, ihr ein solches Mittagessen zu bieten, hätte ihr bestimmt gefallen. Danke, Clothilde. Jetzt muss ich sie nur noch fragen, was ich für den Lunch beim Präsidenten anziehen soll, spann Lydia ihre Gedanken weiter.

»Das Restaurant war eine gute Wahl, Manners«, sagte sie und überschlug, wie viel Zeit es ihn wohl gekostet hatte, dieses Lokal ausfindig zu machen, mit der Wirtin das Menü zu planen und für einen Parkplatz zu sorgen. Sehr schmeichelhaft, dass er sich so viel Mühe gemacht hatte.

»Tipp meines Reiseführers«, murmelte er. »Glück gehabt.«

Beim Betreten des Centre Jean Moulin schnappte Manners freudig nach Luft. Sofort eilte er auf ein Miniaturmotorrad zu, das wie ein Kinderspielzeug aussah. Auf dem dazugehörigen Schild hieß es, dass solche Maschinen mit Fallschirmen abgeworfen und den Anführern der Résistance zur Verfügung gestellt worden waren.

»Auf einem solchen Ding habe ich fahren gelernt«, sagte er gerührt. »Mein Vater hat eins aus dem Krieg mitgebracht. Es steht immer noch in einem der Schuppen hinterm Haus. Macht einen Höllenlärm und stößt riesige graue Rauchwolken aus.« Er ging in die Hocke, um das Moped von nahem zu betrachten, und blickte immer wieder mit strahlender Miene zu ihr auf. Lydia lächelte zurück und merkte, dass sie ihn mehr als nur sympathisch fand. Vielleicht doch eher freundschaftliche Gefühle, korrigierte sie sich schnell. Seine jungenhafte Art war wirklich sehr attraktiv.

»Dass es für die Résistance bestimmt war, hat mir mein alter Herr nicht gesagt«, sagte er und richtete sich wieder auf. »Ich weiß noch, als die Reifen abgefahren waren, habe ich welche von einem Tretroller aufzuziehen versucht, ging aber nicht; die waren zu breit.«

Lydia führte Manners zum Empfangsschalter, ehe er von

anderen Militaria abgelenkt werden konnte. Sie war mit dem Kurator der Museumsbibliothek verabredet, einem ältlichen Herrn, der ein kleines rotes Band am Revers trug. Er kam, um sie zu begrüßen, zeigte sich beeindruckt von ihrem Anblick und ergriff dann Manners ausgestreckte Hand mit beiden Händen. Nachdem er sie in sein enges Büro im Obergeschoss geführt hatte, füllte er drei Gläser mit einem goldenen Wein und bestand darauf, dass sie auf den verstorbenen *capitaine* anstießen.

»Für uns war er immer der *capitaine*«, sagte er in gebrochenem, aber verständlichem Englisch. »Auch als er später einen höheren Dienstgrad hatte. Er war sehr gut gelitten, weil er nie schlechte Laune hatte und uns oft zum Lachen bringen konnte. Außerdem war er ein vortrefflicher Kommandant, einer von denen, die einen nicht spüren ließen, dass sie das Sagen hatten. Er hat mir übrigens beigebracht, wie man eine Sten auseinandernimmt und wieder zusammensetzt. Das war in Toulouse, als wir die Stadt befreiten.«

»Ich wusste nicht, dass Sie meinen Vater kannten«, sagte Manners. »Schätze, das macht alles umso leichter. Er hat nicht viel vom Krieg erzählt, aber ich bin neugierig darauf zu erfahren, wo er hier in Frankreich eingesetzt war, welche Leute er kannte und ob einige davon noch zu sprechen sind. Ich freue mich, in Ihnen einen alten Waffenbruder anzutreffen, und würde gern auch andere kennenlernen.«

»Es sind nicht viele übrig geblieben«, erwiderte der Alte. Seiner Miene war nichts anzumerken; er hatte offenbar gelernt, vorsichtig zu sein. »Und von denen wollen sich nur die wenigsten erinnern. Der Krieg liegt lange zurück. So lange, dass die Deutschen wieder bei uns willkommen sind.

Vor Jahren hätten wir sie noch davongejagt, aber die jungen Leute denken anders, und man kann's ihnen nicht verübeln. Übrigens waren viele, die Wehrmachtsuniformen trugen, gar keine Deutschen, sondern Russen, Ukrainer, Letten, Polen und so weiter, zum Teil zwangsrekrutiert. Einige sind zu uns übergelaufen. Und manche unserer ärgsten Feinde waren auch Franzosen.«

»Meinen Sie Mitglieder der *milice*?«, fragte Lydia, weil ihr schien, dass sie ihm ein bisschen auf die Sprünge helfen musste. Sie hatte von der pronazistischen Miliz gelesen, die das Vichy-Regime unterstützt hatte.

»Nicht nur die. Aber sie und die Gestapo waren am schlimmsten. Wir hatten auch politische Querelen untereinander, damals in den Wochen vor und nach der Befreiung. Die Kommunisten machten Probleme und auch manche Schwarzmarktprofiteure. Aber das liegt lange zurück.« Achselzuckend schob er einen kleinen Stapel Bücher über den Schreibtisch. Obenauf lag ein Aktenordner, der Mikrofiches enthielt.

»Nach dem Anruf von Mademoiselle habe ich das hier für Sie zusammengestellt«, sagte er. »Ich habe Ihren Vater Ende Juni 1944 kennengelernt, als er uns in unserer Ausbildung geholfen und nach Toulouse geführt hat. Vorher war er schon monatelang im Périgord und im Zentralmassiv gewesen. Das Material hier stammt aus dieser Zeit. Es gibt Auskunft über die Gruppe um Berger, mit der er zusammengearbeitet hat, und über den *Réseau Soleil*, ein unabhängiges Netzwerk. In den Mikrofiches finden Sie verschiedene aufschlussreiche Mitschriften von Gesprächen, die ich mit Mitgliedern der Résistance geführt habe, weil es mir ein Anliegen war, ihre Erinnerungen festzuhalten. Wir haben ihre Berichte auf Kassette. Drei von ihnen kannten Ihren Vater persönlich, darunter Berger, möge er in Frieden ruhen. Eine Stimme habe ich leider noch nicht auf Band, nämlich die unseres heutigen Präsidenten.« Er schmunzelte. »Immerhin, Malrand hat versprochen, mir ein Interview zu geben, sobald er sein Amt niedergelegt hat. Wie auch immer, in dem Ordner da finden Sie eine Kopie seines Abschlussberichts, den er für die FFI verfasst hat.«

»Verzeihen Sie«, unterbrach Lydia. »Sie erwähnten den *Réseau Soleil.* Was hat es mit dem Netzwerk um Soleil auf sich?«

Der Alte zuckte mit den Schultern. »Für mich war Soleil ein guter Widerstandskämpfer, weil er Deutsche getötet und für Frankreich gekämpft hat. Aber manche halten ihn für einen Gangster, denn er war eine große Nummer auf dem Schwarzmarkt. Und er nahm von niemandem Befehle entgegen, weder von uns, also der FFI, noch von den Roten in den FTP oder von London. Und Gangster waren wir mehr oder weniger alle. Ich selbst habe mehr als einmal das *bureau de tabac* bewaffnet überfallen. Sie können sich vielleicht vorstellen, wie verrückt wir in den Maquis nach Tabak und Zigaretten waren. Die Vorräte waren streng rationiert, und London schickte immer viel zu wenig, also plünderten wir die Geschäfte. Einmal haben Malrand und Ihr Vater sogar den Deutschen Zigaretten aus einem Lager bei Brive abgejagt. Da hatten wir für eine Weile genug zu rauchen.«

Er schenkte Wein nach, kramte eine blaue Packung Gauloises hervor und steckte sich eine an. »Jeder braucht ein kleines Laster«, keuchte er in einem Hustenanfall. »Diese

Bücher – ich habe sie für Sie zurückgehalten, obwohl sie von anderen hier im Haus angefordert worden sind, zum Beispiel von einem Amerikaner, der sich noch im Lesesaal aufhält. Er spricht gut Französisch und interessiert sich ebenfalls für das Material, das wir über die Jedburgh-Teams gesammelt haben. Ich habe ihm gesagt, es sei für ein bestimmtes Projekt reserviert und er müsse sich gedulden. Ein Lesegerät für die Mikrofiches finden Sie übrigens in der Bibliothek. Sie können doch damit umgehen, Mademoiselle, oder? Ihr Französisch ist jedenfalls so gut, dass es Ihnen nicht schwerfallen dürfte, die Gebrauchsanleitung zu verstehen.«

»Lydia«, sagte Manners. »Wie wär's, wenn Sie sich in der Bibliothek die Mikrofiches ansehen, und ich höre mir derweil von unserem Freund an, was er sonst noch von meinem Vater und den anderen Kameraden von damals weiß? So könnten wir Zeit sparen.« Er klang freundlich wie immer, wenngleich eine Spur energischer, wie jemand, der daran gewöhnt ist zu delegieren. Lydia hatte ihn so noch nicht reden hören. Aber der Vorschlag erschien ihr durchaus sinnvoll. Sie nickte.

»Wann schließt die Bibliothek, Monsieur?«, fragte sie.

»Offiziell um siebzehn Uhr. Aber solange ich hier bin, können auch Sie bleiben. Die anderen Nutzer natürlich nicht. Aber für ehemalige Kameraden und den Sohn von Capitaine Manners machen wir natürlich eine Ausnahme«, antwortete er mit großer Geste.

Als Lydia mit dem Bücherstapel und den Ordnern zur Tür ging, fiel ihr auf, dass Manners von dem alten Franzosen eine Zigarette entgegennahm und dieser ihm von dem süßen goldenen Wein nachschenkte. Männer unter sich, dachte sie schmunzelnd. Wenn die beiden es sich den ganzen Nachmittag über gutgehen ließen, würde sie den Jaguar nach Les Eyzies steuern müssen. Sie lächelte immer noch, als sie die Bibliothek betrat und an einem der Tische Horst erblickte. Er wirkte ungehalten.

»Sie sind also diejenige, die angeblich an einem Projekt arbeitet und Material über das Périgord in Beschlag hält«, murrte er. »Dann muss wohl mehr Geld auf dem Spiel stehen, als ich dachte. Diese Höhlenmalerei scheint Ihrem Haus einiges wert zu sein.«

»Ich mache hier Urlaub«, holte sie zu ihrer Selbstverteidigung aus, unterbrach sich aber. Sie schuldete Horst keine Erklärung. »Und Sie sind offenbar überzeugt davon, dass mein Stein von Lascaux stammt. Sonst wären Sie wohl nicht hier und würden sich als Amerikaner ausgeben.«

»Nicht Ihr Stein, Miss Dean. Er gehört Manners. Oder wär's richtiger zu sagen, er gehört Frankreich? Ja, der Stein ist echt, und wenn wir wissen wollen, woher er kommt, finden wir wohl am ehesten Aufschluss in den Heldentaten des alten Mr Manners. Es war nicht schwer herauszufinden, dass er als Mitglied eines Jedburgh-Teams im Périgord stationiert gewesen ist, und wir sind hier an der Quelle für Informationen über die Résistance im Périgord – also genau richtig.« Er schob seinen Stuhl zurück und erhob sich mit einem gewinnenden Lächeln, das Lydia daran erinnerte, dass Horst ja längere Zeit Clothildes Liebhaber gewesen war, und die wiederum vergeudete gewiss keine Zeit mit uninteressanten Männern.

»Dürfte ich einen Blick in die Bücher werfen, die Sie

nicht sofort gebrauchen?«, fragte er höflich. »Mir ist natürlich bewusst, dass eine schöne junge Frau in Frankreich immer Vorrang genießt, nicht nur hier im Schrein der Résistance, wo ich als Deutscher allenfalls geduldet werde.«

»Seien Sie nicht albern, Professor«, entgegnete Lydia. »Sie können die Bücher haben, solange ich mit den Mikrofiches beschäftigt bin. Übrigens, ich werde das kleine Geheimnis Ihrer Nationalität nicht preisgeben, wenn Sie es für wichtig halten, sich als Amerikaner auszugeben.«

»Diesen alten Widerstandskämpfern gegenüber ist es durchaus wichtig. Verständlich. Meine Landsleute haben entsetzliche Verbrechen verübt. Damit muss ich leben. Kommen wir zur Sache. Gibt es Neuigkeiten von der Londoner Polizei, was den Diebstahl betrifft?«, fragte er. »Ist doch merkwürdig, dass der Stein verschwindet, kaum dass er gebracht worden war. Noch in derselben Nacht.«

»Merkwürdig, in der Tat, auch wenn er erst in der Nacht darauf gestohlen wurde. Die Polizei ließ bisher nur verlauten, dass wir bei unserer Versicherung Anspruch auf Entschädigung anmelden können. Die Fachwelt weiß inzwischen Bescheid, und ich glaube kaum, dass der Stein auf dem Markt auftaucht. Wir hoffen, die ausgesetzte Belohnung wird den Dieb zu einer diskreten Rückgabe bewegen.«

»Aber gehört haben Sie noch nichts, oder?« Er beugte sich vor und blätterte in den Büchern, die sie mitgebracht hatte.

»Ich bin kurz danach abgereist und war zwischenzeitlich in Italien. Aber wenn sich der Dieb gemeldet hätte, wüsste ich davon. Dass er sich anscheinend noch nicht geregt hat, wundert mich, denn zwanzigtausend Pfund sind nicht von der Hand zu weisen.«

»Vielleicht verspricht er sich mehr von den Franzosen.« Er überflog den Index des Buches über Soleil und griff dann zu Malrands Memoiren.

»Das bezweifle ich. Das Museum von Les Eyzies beteiligt sich zur Hälfte am Lösegeld. Die Franzosen werden sich nicht selbst überbieten.«

»Sie werden sich wundern, wozu die Franzosen bereit sind, wenn ihr Präsident ein persönliches Interesse bekundet, Miss Dean. Das Périgord ist Malrands Heimat. Hier hat er im Krieg gekämpft. An der Seite von Manners. Und jetzt scheint es so, als habe sich Manners am nationalen Kulturerbe vergriffen. Kann es sein, dass Malrand nicht wusste, was sein britischer Freund getrieben hat? Oder war es ihm womöglich egal? Seiner Geschichte als Held der Résistance verdankt Malrand seine politische Karriere, und nun legt sich ein Schatten drauf.«

»Ich glaube, Ihre Phantasie geht mit Ihnen durch, Professor. Ich bin übrigens längst nicht so überzeugt davon wie Sie, dass der Stein von Lascaux stammt, und ich habe ihn realiter gesehen, Sie nur auf Fotos.«

»Warum also, meine liebe Miss Dean, vergeuden Sie dann Ihren Urlaub in der Bibliothek der Résistance?«

»Weil ich mich verantwortlich fühle«, platzte es aus ihr heraus. Immer mit der Ruhe, Lydia, ermahnte sie sich. Dieser selbstgefällige Kerl mit seinem spöttischen Grinsen versucht dich doch nur aus der Reserve zu locken! Was hatte Clothilde bloß an ihm gefunden? Lydia fasste sich und fuhr mit ruhiger Stimme fort: »Meinem Haus wurde etwas angeboten, das möglicherweise ein außergewöhnliches Stück Höhlenmalerei ist. Wir haben es verloren und müssen, wie ich finde, die Sache wieder in Ordnung bringen. Was der Präsident damit zu tun haben sollte, leuchtet mir nicht ein. Und ich bin nur deshalb hier, weil mein Flieger in Bordeaux gelandet ist. Und wo ich nun schon einmal hier bin, möchte ich mir möglichst viele Höhlen im Périgord ansehen, zumal mir inzwischen klar ist, dass ich nicht annähernd so viel darüber weiß, wie ich wissen sollte.«

Er gab sich verblüfft und zeigte wieder dieses Lächeln, von dem er offenbar wusste, dass es charmant wirkte. »Vielleicht haben Sie recht, Miss Dean. Ihre Beweggründe in Ehren, aber mich interessiert nur die Forschung. Aber wir können uns vielleicht darauf verständigen, dass wir beide, so oder so, persönlich von der Sache profitieren können, vorausgesetzt, es stellt sich zweifelsfrei heraus, woher der Stein kommt. So viel haben wir immerhin miteinander gemein. Wir sollten zusammenarbeiten und uns die Mühe teilen. Wer weiß, vielleicht teilen wir uns am Ende auch den Ruhm.«

Er nahm wieder am Tisch Platz, öffnete einen Laptop und schaltete ihn ein. »Ich will Ihnen verraten, was ich mir überlegt habe«, sagte er zerstreut und wartete darauf, dass der Rechner hochfuhr. »Es wäre sinnvoll, eine Chronologie der Etappen aufzuzeichnen, die Manners zurückgelegt hat, und Widerstandskämpfer zu befragen, mit denen er Kontakt hatte. Und dann sehen wir mal, wie weit uns das bringt. Was meinen Sie?«

»Klingt alles ziemlich unorganisiert, fürchte ich. Wahrscheinlich wird Manners überall in den Tälern der Vézère und der Dordogne gewesen sein, also da, wo die meisten bekannten Höhlen anzutreffen sind. Daran, alte Kameraden zu befragen, habe ich auch gedacht, aber ich glaube, wenn sie etwas über Höhlen wüssten, die noch unentdeckt sind, hätten sie ihr Wissen längst preisgegeben.«

Sie musterte die Bücher, die Horst vor sich aufgestapelt hatte. Das oberste trug den Titel *Das Reich,* benannt nach der zweiten SS-Panzerdivision, die auf ihrem Marsch von Toulouse in die Normandie immer wieder von Widerstandskämpfern angegriffen worden war, wovon dieses Buch berichtete. Unter dem Buch lugten lose Blätter hervor, offenbar Kopien deutscher Texte. Sie las das Kürzel Kr und die Buchstaben b-u-c-h. *Kriegsbuch.* Also handelte es sich um das Kriegstagebuch einer deutschen Einheit.

»Dürfte ich Sie heute Abend zum Essen einladen, Miss Dean?«, fragte er wie beiläufig und schob den Stapel zusammen, auf den sie starrte.

»Tut mir leid, Professor, aber ich bin schon verabredet.« Horst konnte nicht wissen, dass Manners nebenan saß. Und das sollte er auch nicht. Denn wenn er erführe, dass der Besitzer des Steins sie begleitete, würde er ahnen, wie wichtig ihr diese Reise war.

»Nun, dann vielleicht ein andermal. Und nennen Sie mich bitte Horst.« Er lächelte. »Auf unserer Schatzsuche werden wir uns bestimmt wieder begegnen. Sie sagten, Sie wollten ins Périgord fahren. Vermutlich laufen wir uns spätestens in Les Eyzies über den Weg. Ich wohne im Hotel Cro-Magnon. Und Sie?«

»Ich weiß noch nicht«, antwortete sie ausweichend. »Wenn Sie mich bitte entschuldigen würden, Professor, aber ich muss jetzt unbedingt diese Sachen sichten. Je früher ich damit fertig bin, desto eher können Sie sie haben.«

»Horst, bitte. Nicht Professor«, sagte er und wandte sich seinem Laptop zu. »Und viel Erfolg. Das wünsche ich uns beiden.«

Als Lydia den ersten Mikrofiche in das Lesegerät einführte, nahm sie sich vor, noch eine Weile zu warten und dann unter dem Vorwand, auf die Toilette zu gehen, nach nebenan zu eilen, um Manners zu warnen, nur ja nicht in die Bibliothek zu kommen. Schon geht es los mit Heimlichkeiten, dachte sie. Als wäre der Deutsche wieder der Feind. Lächerlich. Kopfschüttelnd widmete sie sich Malrands Kriegsbericht, der in seiner lakonischen Prosa so ganz anders war als seine eher blumig formulierten Memoiren.

»Ich schlage vor, wir sparen an den Hotelkosten und essen und trinken dafür umso üppiger. Wozu viel Geld ausgeben für teure Unterkünfte, wenn man doch nur in ihnen schläft«, sagte Manners. Typisch für einen Kerl, der den Argwohn einer Frau zu beschwichtigen versucht, dachte Lydia, als er sie in den Speisesaal des Centenaire führte. Zwei Michelin-Sterne. Sie war gespannt und freute sich schon darauf.

Bordeaux lag hinter ihnen. Horst war längst wie jeder andere Bibliotheksbesucher kurz vor fünf vor die Tür gesetzt worden, als sie sich um halb sieben von dem alten Kurator verabschiedet hatten. Kilometer um Kilometer waren sie durch Weinfelder gefahren – mit Manners am Steuer, der behauptete, nicht viel getrunken zu haben. Beim Anblick der Hinweisschilder auf Saint-Émilion und Lalinde de Pomerol war Lydia schon das Wasser im Mund zusammengelaufen. Dann, an einer Kreuzung, an der sie nicht weiterwussten, hatte Lydia im Handschuhfach nach einer Karte gesucht und dabei ein kleines Lederetui gefunden, in dem ein Reiseschachspiel steckte. Der Herr Major hat also doch ein wenig Tiefgang, dachte sie. Nachdem sie die Karte zu Rate gezogen hatte, waren sie zu einer winzigen Ortschaft gefahren, die, an einem kleinen Fluss gelegen, nur aus einer Handvoll Häusern und einem hübschen kleinen Château bestand. Auf der anderen Seite des Parks befand sich ihr Hôtel du Château, das tatsächlich überraschend preiswert war. Von ihrem Zimmer aus konnte sie die Türme des Schlösschens sehen. Manners gab ihr exakt zehn Minuten Zeit, um sich frischzumachen und umzuziehen. Danach legten sie im Eiltempo die fünf Kilometer nach Les Eyzies zurück und erreichten das Restaurant wenige Minuten vor neun. Er trug seinen blauen Anzug und eine ziemlich auffällige pinkfarbene Krawatte. Weil sie keine Zeit mehr zum Bügeln gehabt hatte, war Lydia mit ihrem schwarzen Kaschmirpullover und der teuren grauen Flanellhose auf Nummer sicher gegangen. Das Restaurant war voll besetzt und die Kundschaft so diskret oder so sehr in Gespräche vertieft, dass niemand aufblickte, um die späten Gäste zu mustern. Die beiden nahmen an einem großen Tisch vor der Wand Platz, bestellten zwei Gläser Kir Royal und studierten schweigend die Speisekarte.

»Ich nehme das Menü. Stopfleber, den Zander und die Ente«, sagte er, als sich der Sommelier mit einer Weinkarte unterm Arm näherte. Auf seiner Brust hing der Tastevin, die kleine silberne Probierschale, die ihn als Weinexperten auswies. Auch Lydia entschied sich für die Stopfleber und den Fisch, wünschte aber statt Ente Lamm. In etwas holprigem Französisch bat Manners den Sommelier um eine Empfehlung. Ob Monsieur die Weine der Region kenne, fragte dieser; sie seien unprätentiös, aber sehr *charmant.* Nur den Jaubertine und Pécharmant, antwortete Manners. Der würdige ältere Herr nickte bedächtig und erkundigte sich höflich, ob Monsieur schon einmal einen Pomerol in Erwägung gezogen habe. Am Ende bestellte Manners zwei Gläser Monbazillac zur Stopfleber, einen Krug Mineralwasser zum Fisch und eine Flasche Château Nénin. Sehr kompetent, dachte Lydia und zollte ihrem Begleiter im Stillen Anerkennung dafür, dass er in diesem äußerst noblen Restaurant die heikle Hürde der Weinbestellung genommen hatte, ohne anzugeben und mit der gebührenden Aufmerksamkeit für die Expertise des Fachmanns.

»Sieh da, unser Abenteuer nimmt Gestalt an, und zwar gemäß einschlägigen Konventionen«, sagte Manners, als der Champagner serviert wurde, rosig eingefärbt von einem Tropfen Cassis. Ein anderer Kellner brachte verschiedene *amuse-gueules:* einen Lachshappen, eine Scheibe Blutwurst und eine kleine Halbkugel Stopfleber, gekrönt mit einem Span schwarzer Trüffel. »Wir hätten da den Heiligen Gral, eine Burg, in der wir wohnen, eine wunderschöne Jungfer und den Erzfeind.«

»Horst ist allenfalls ein möglicher Rivale.« Sie lächelte, angetan von der ihr zugedachten Rolle einer wunderschönen Jungfer. Auf der Fahrt durch die weite Ebene der Gascogne hatte sie Manners von ihrer Begegnung mit Horst berichtet.

»Verstehe, also kein Drache. Trotzdem, er ist ein Deutscher, und als solcher kommt er gleich hinter einem Drachen.« Er schmunzelte. Lydia glaubte, dass ihm womöglich noch nie ein Kompliment zu seinem hübschen Lachen gemacht worden war oder, wenn doch, dass er nicht weiter Notiz davon genommen hatte. In Anbetracht des Heißhungers, mit dem er sich über die Appetithäppchen hermachte, stand zu vermuten, dass er vollkommen mit dem Essen beschäftigt war.

»Morillon, der Alte aus der Bibliothek, hat mich auf drei Spuren gebracht«, fuhr er nach einem Schluck Kir fort. »Drei Veteranen. Der eine gehörte zu Bergers Gruppe und lebt jetzt in einer kleinen Ortschaft namens Audrix. Mit ihnen zusammengearbeitet hat ein ehemaliger Eisenbahner von den kommunistischen FTP. Auch seine Adresse habe ich. Und dann wäre da Soleil höchstselbst. Auch er lebt noch, aber sein Erinnerungsvermögen ist nicht mehr das, was es einmal war. Immerhin liegen seine Memoiren vor, nur wird darin mein Vater mit keinem Wort erwähnt. Soleil war offenbar Kommunist, trat aber nach dem Krieg aus der Partei aus. Ich habe seine Telefonnummer, aber weil er sehr vorsichtig und zurückhaltend ist, will Morillon erst einmal vorfühlen, ob sich ein Besuch bei ihm überhaupt lohnt. Das wäre ungefähr alles, was ich herausgefunden habe. Morillon war übrigens selbst nie nördlich von Cahors und ist meinem Vater nur einmal, während des Einsatzes in Toulouse, begegnet. Über die Gruppe um Berger sagte er etwas, das ich sehr interessant finde. Sie versteckten ihre Waffen und die Munition, die mit Fallschirmen für sie abgeworfen worden waren, in den entlegenen Höhlen des Vézère-Tals. Dafür eigneten sich diese Höhlen angeblich besonders gut, weil sie vor Feuchtigkeit schützen. Er sagte, mein Vater sei immer auf der Suche nach geeigneten Höhlen gewesen.«

»Klingt plausibel. Das könnte uns in der Tat weiterhelfen«, sinnierte sie, abgelenkt vom berauschenden Duft der Trüffel. »Womöglich hat er eine Höhle mit Malereien entdeckt. Fragt sich nur, weshalb die Öffentlichkeit nie davon erfahren hat, stimmt's? Aber mit Sicherheit werden einige Widerstandskämpfer in ihr Geheimnis eingeweiht gewesen sein, und sei es nur, weil sie die Waffen ins Versteck tragen mussten.«

»Ich habe Morillon gefragt, ob diese Höhlen nicht viel zu gefährlich gewesen seien. Wenn die Deutschen dahintergekommen wären, hätte man schnell wie in einer Falle dargesteckt. Und dann wären wahrscheinlich auch alle anderen bekannten Höhlen gestürmt worden. Die von Lascaux hatte man gerade erst entdeckt, nämlich 1940.«

»Da fällt mir ein: Auf einem der Mikrofiches war die Rede von einem Schlachtbefehl für die Heeresgruppe G unter Generaloberst von Blaskowitz, der die Verteidigung Südfrankreichs organisieren sollte. Ihm wurden mit diesem Befehl drei Panzerdivisionen, eine motorisierte und dreizehn Infanteriedivisionen zugeteilt. Wie viele Soldaten wären das insgesamt, Manners?«

»Normalerweise ist eine Division tausend Mann stark, aber Panzerdivisionen sind meist noch größer, und eine SS-Panzerdivision war in der Regel doppelt so groß. Ich schätze, dass zur Besetzung Südfrankreichs mindestens zweihundertfünfzigtausend Soldaten zusammengezogen wurden. Aber da lebten ja auch rund zwanzig Millionen

Menschen. Nicht alle Soldaten waren Deutsche, wie Morillon heute Nachmittag richtig sagte. Viele deutsche Infanterieeinheiten bestanden aus alten Männern oder Rekonvaleszenten aus Militärhospitälern. Es gab ganze Bataillone von Magenkranken. Übrigens war deren Verpflegung leichter zu organisieren. Selbst die SS-Panzerdivisionen wurden mit sogenannten Volksdeutschen aufgefüllt, also deutschstämmigen Tschechen, Slowaken, Ungarn oder Leuten aus Elsass-Lothringen. Manche konnten kein Wort Deutsch. Und die Truppen waren weit auseinandergezogen; sie bewachten die Küsten an Atlantik und Mittelmeer, kontrollierten große Städte wie Lyon und Marseille, Industriegebiete wie Clermont-Ferrand und Eisenbahnlinien. Sie müssen bedenken, dass das Périgord, abgesehen von seinen Schienen- und Transportverbindungen, für die Deutschen nicht besonders wichtig war. Es gab dort keine Ballungszentren und nur eine Handvoll wichtiger Fabriken. Die dreckige Arbeit besorgten die Vichy-Polizei und Milizen.«

Die Stopfleber wurde gebracht. Sie war auf den Punkt zubereitet – außen knusprig, innen saftig – und je mit einem Klecks dampfender Zwiebelkonfitüre und einem Häufchen zartem Lauch garniert. Lydia schmeckte reinsten Luxus. Sie nippte an ihrem Monbazillac. Süß und golden.

»Ich finde, wir sollten von heute an nur einmal am Tag essen gehen, Manners«, sagte Lydia. »Für einen guten Zweck bin ich gern bereit, ein paar Pfunde zuzulegen, wenn es sein muss, aber das hier ist einfach zu fürstlich.«

»Köstlich würde ich es nennen. Aber was hat es für einen Sinn, die Heimat der besten Küche Frankreichs zu besuchen und nicht zu genießen, was sie zu bieten hat?«

Sie lehnten sich zurück und spülten den Gaumen mit Mineralwasser, als der Fisch serviert wurde, leicht gegrillt. Plötzlich wurde an einem anderen Tisch laut gelacht. Lydia schaute sich unauffällig im Saal um. Da waren englische Touristen, eine Familie, wie es schien, die sich lauthals und aufgekratzt über billige Weine und Brause unterhielt; an den meisten Tischen saßen Franzosen ernst und aufmerksam beim Essen; drei Geschäftsleute unterhielten sich leise, und ein junges Paar, hübsch anzusehen, steckte die Köpfe zusammen und tauschte mit Blicken Geheimnisse aus. Das Gelächter kam von den Engländern. Im Rücken hörte Lydia, wie sich jemand räusperte und etwas murmelte, das deutsch klang. Oder holländisch. Wofür wohl all diese anderen Gäste sie und Manners hielten, fragte sie sich. Wahrscheinlich nicht für ein Liebespaar, auch nicht für Eheleute. Freunde vielleicht, die sie ja auch womöglich werden würden. Oder Verbündete, was sie waren. In abenteuerlicher Mission vielleicht, dachte sie lächelnd.

Ja, das wäre ihr am liebsten, befand sie mit Blick auf ihren gutaussehenden und sympathischen Tischnachbarn, der gerade den Pomerol kostete und ihn offenbar für gut befand.

8

Tal der Vézère, 15 000 v. Chr.

Die große Jagd begann immer dann, wenn am Abend des Vortags Mond und Sonne gemeinsam am Himmel erschienen, in der Zeit, wenn die Flüsse Hochwasser führten, die Bären aus dem Winterschlaf erwachten und die Bäume erste Blüten trieben, aus denen kleine, süße Früchte hervorgehen würden. Die Vorfahren hatten in dieser Jahreszeit großen Hunger zu leiden gehabt, und alle, Männer, junge Burschen und junge Frauen, waren gemeinsam zur Jagd gegangen. Nun aber gab es im Tal und auf den Hügeln im Norden Rentiere zuhauf, und in den Flüssen wimmelte es von Fischen. Die großen Hungersnöte gehörten der Vergangenheit an. Der Hüter der Pferde musste nicht mehr eines seiner Kinder den Wölfen zum Fraß vorwerfen, erinnerte sich aber, in seiner Kindheit zwei Schwestern auf diese Weise verloren zu haben.

Er liebte die Jagdzeit und fühlte sich den Vätern und Vorvätern besonders nah verbunden, weil dann alle Männer des Stammes gemeinsam loszogen, um Beute zu machen, damit sich anschließend alle tagelang die Bäuche vollstopfen konnten. Es gefiel ihm, den Jungen zuzusehen, wenn sie sich zum ersten Mal der langen Reihe der Treiber anschließen durften und alle zusammenarbeiteten, die Steinbrecher, die Fischer und Holzsammler, wenn sie mit Stangen und

Steinen das Wild auf die Klippen zuhetzten, von denen diese sich dann auf die tiefer liegenden Felsen stürzen würden. Ganz besonders gern sah er den Jungen dabei zu, wenn sie lernten, den gestürzten Tieren den Todesstoß zu versetzen und sich mit dem ausströmenden Blut das Zeichen des Tieres auf die Brust zu malen. Wenn sie hoch aufgerichtet und voller Stolz, nunmehr zum Mann gereift, das erlegte Wild, an langen Ästen hängend, ins Lager schleppten. Er fühlte sich dann als Teil eines Flusses, der ewig fließt, denn schon sein Vater hatte Gleiches getan und ihn damals das Jagdhandwerk gelehrt. Nun strömte der eigene Vater dem großen Meer entgegen, in das auch er eines Tages münden würde. Vorläufig aber war er noch ein Teil im unendlichen Fluss seines Stammes, in dem die Alten vorwegflossen und die Jungen ihnen nachfolgten.

Jede Jagd begann mit einem Opferritual frühmorgens vor der Höhle. Weil der Hüter der Stiere tagtäglich opferte, wurde es Brauch, dass er auch an diesem besonderen Tag die Zeremonie leitete. Früher war es anders gewesen, erinnerte sich der Hüter der Pferde. Damals hatten alle daran mitgewirkt. Er war deshalb jetzt ein wenig enttäuscht, als er mit den anderen Hütern vor der Höhle stand, während der Hüter der Stiere das Opfer allein vornahm, unterstützt nur vom ersten Jäger, der vor ihm kniete, sowie den Anführern der Steinbrecher, Fischer und Holzsammler, die seitlich niederknieten.

Warum drängte sich der Hüter der Stiere immer vor? Warum stellte er es immer als sein Verdienst dar, wenn die Rentierherden besonders groß waren und die Jagd erfolgreich ausging? Selbst die üppigen Fischschwärme hielt er sich zugute. Der Hüter der Pferde sah darüber hinweg. Ihm reichte es, abseits zu stehen und zu sehen, wie die Männer zu diesem seltenen Anlass zusammenkamen und sich einer großen Familie zugehörig fühlten. Trotzdem nahm er zum ersten Mal Anstoß an der übertriebenen Ehrerbietung, mit der sich der erste Jäger vor dem Hüter der Stiere verbeugte und wie ihm die Jungen mit bewundernden Blicken huldigten. Sie bebten sogar, als würde sich ihnen etwas Unvorstellbares offenbaren.

Zugegeben, der Hüter der Stiere bot ihnen durchaus Grund zur Bewunderung. Er leitete die Zeremonie mit großem Ernst und würdevoll. Vom Holzsammler ließ er sich Späne geben, die Axt vom Steinbrecher und den Knochen des größten Fisches, den die Fischer je gefangen hatten. All dies legte er vor den Stierschädel, der das Opferfeuer überragte. Der erste Jäger, immer noch auf den Knien und mit gesenktem Haupt, reichte ihm auf seinen ausgestreckten Händen den Huf eines Rentiers.

»Wir opfern dir, Großer Stier, diesen Huf, auf dass das Wild unseren Speeren nicht entfliehen möge«, intonierte der Hüter der Stiere mit lauter Stimme, die selbst die weit abseits stehenden Männer und Frauen erreichte. Er nahm den Huf und legte ihn ins Feuer. Der erste Jäger beugte sich vor und berührte mit der Stirn den Boden, was bislang noch nie geschehen war. Als der beißende Rauch des brennenden Hufs über die Versammelten wehte, legte der Hüter der Stiere seine Hand zwischen die geschwungenen Hörner und sang: »Das Opfer ist angenommen.«

Die Menge murmelte erleichtert Anerkennung. Der Hüter der Pferde blickte in die Runde und fragte sich, ob sich außer ihm auch noch ein anderer Hüter ärgerte. Nein. Alle hatten ihren Blick auf den Schädel gerichtet und nickten respektvoll.

Der erste Jäger bot nun, wieder mit gesenktem Haupt, dem Hüter der Stiere ein Stück Rentierhaut, das dieser ebenfalls ins Feuer legte. »Wir opfern dir diese Haut, Großer Stier, auf dass das Fell des Wildes unseren Waffen nachgeben möge.« Auch dieses Opfer wurde angenommen, und wieder war Beifall zu hören, lauter diesmal. Der erste Jäger griff daraufhin nach einem Rentierschädel mit Geweih, der hinter ihm lag, setzte ihn sich auf den Kopf und kroch auf den Knien vor. Als er sich verneigte, sah es so aus, als zollte das Rentier dem Herrn der Stiere Respekt. Offenbar sollte den Männern des Stammes eine neue Rangordnung vorgestellt werden. Ihre Beifallsrufe machten deutlich, dass sie damit einverstanden waren.

Ein anderer Mann trat jetzt vor. Es war der ehemalige erste Jäger, der, weil zu alt für die Jagd, nunmehr den Fischern vorstand und dank seiner Geschicklichkeit im Speerwurf die großen Fische aufspießte, die sich mit dem Zaun aus geflochtener Weide nicht fangen ließen. Er hatte inzwischen gelernt, mit welcher List das Wasser die Fische schützte, die die Herren der Flüsse waren, und wusste nun diesen Zauber gegen die Fische zu wenden, so dass sein gezackter Speer nur selten sein Ziel verfehlte. Auf den Knien legte er nun mit ausgestreckten Armen seine Opfergabe, einen Hecht, vor den Schädel.

Der Hüter der Stiere zog einen großen Kopfschmuck hinter dem Schädel hervor, hob ihn mit ausgestreckten Armen himmelwärts und streifte ihn sich schließlich über die

Stirn. Bei diesem Anblick hielten alle verwundert den Atem an. Lange braune Adlerfedern hingen über seine Schultern herab, und die kleinen weißen Federn, die in dem aus Holz geschnitzten, krummen Schnabel steckten, reichten seitlich bis über das Gesicht des Hüters hinaus. Ein Mann mit dem Kopf eines Adlers.

»Der Herr der Lüfte grüßt den Herrn der Tiere«, rief er durch den Federputz und ging vor dem Schädel in die Knie. »Die Lebewesen des Wassers, des Landes und der Luft grüßen den Stier, unseren Herrn.«

Alles war still, nichts rührte sich, und es schien fast, als gerate der Schädel ins Zittern. Der Hüter der Stiere, in seiner Maske plötzlich halb Vogel, halb Mensch, stand auf, wandte sich den Versammelten zu und streckte die Arme aus wie mächtige Schwingen. Alle folgten seinem Blick, als er die Augen gen Himmel richtete. Plötzlich war wirkliches Flügelschlagen zu hören. Hinter dem Felsvorsprung am Hang schwang sich ein großer Adler krächzend auf in die Lüfte und zog über dem versammelten Stamm seine Kreise.

»Das Opfer ist angenommen«, rief der Vogelmann.

Wer hatte dieses Ritual festgelegt, das so noch nie vollzogen worden war? Es musste wohl der Hüter der Stiere selbst gewesen sein, zusammen mit den jeweils Ersten der Jäger und Fischer. Vielleicht hatten sie es sogar geprobt. Der Hüter der Pferde richtete den Blick auf den Felsvorsprung, hinter dem der Adler aufgestiegen war, und sah, wie sich etwas bewegte. Ein Mensch, glaubte er ziemlich sicher zu erkennen. Wahrscheinlich hatte man den Adler gefangen. Als Falle diente ein mannstiefes Loch, mit Zweigen abgedeckt, auf denen ein Köder lockte. Ein totes Kaninchen etwa oder ein Vogel. Der Adler stürzte darauf nieder, und der Jäger, der im Loch steckte, musste nur schnell die Schlinge zuziehen, in die das Tier seine Klauen setzte. Der Hüter der Pferde hatte das schon einmal miterlebt. Und es wäre ein Leichtes, einen so gefangenen Vogel im rechten Moment wieder freizulassen. Kein schlechter Trick, dachte er.

Aber wozu? Was war der Zweck dieses sorgfältig geplanten Rituals? Es überraschte mit dramatischen Effekten, hinterließ aber ein ungutes Gefühl, jedenfalls bei ihm. Dem Hüter der Pferde kam es so vor, als sei ein riesiger Stein in den Lebensfluss seines Stammes geworfen worden, der, in zwei Arme aufgeteilt, von nun an in unterschiedliche Richtungen strömen würde. Ihn fröstelte bei diesem Gedanken. Aber immerhin war der Spuk jetzt vorbei, die Jagd konnte beginnen.

Die Männer stampften mit den Füßen und johlten. Die jungen Burschen tanzten aufgeregt umeinander und schwangen ihre Speere in einem Scheinangriff. Der Hüter der Pferde schaute sich wieder unter den anderen Hütern um und traf auf das wässrige Auge des alten Hüters der Wisente, der sich kopfschüttelnd vornüberbeugte und ausspuckte. Immerhin schienen nicht alle auf den Irrsinn hereingefallen zu sein. Er richtete den Blick zurück auf die Männer, die vor Eifer sprühten, und wandte sich dann wieder dem Hüter der Stiere zu, der immer noch mit ausgebreiteten Armen vor dem Feuer stand, gespenstisch in seiner vom Rauch fast umhüllten Maske.

»Lasst uns mit der großen Jagd beginnen«, rief dieser.

Die Sonne hatte ihren höchsten Stand noch nicht erreicht, als sie auf die Herde trafen. Die Gruppe der Männer hatte sich in die Länge gezogen, die beiden besten Jäger weit voraus, um das Gelände zu erkunden. Die Alten humpelten hinterher, und die Jungen drängten nach vorn, waren aber klug genug, Stille zu bewahren. Die Kundschafter hatten ein Zeichen zurückgelassen, einen in den Boden gerammten gespaltenen Stecken mit drei Zweigen in Form eines Pfeils, der die Richtung wies. Der erste Jäger legte einen Schritt zu, eilte bis zur nächsten Anhöhe und warf sich flach auf den Boden, um unbemerkt Ausschau zu halten. Nach einer Weile kehrte er zur Gruppe zurück, trat auf den Hüter der Stiere zu und schien nur ihm zu sagen, wo sich die Herde befand. Auch dies ein seltsames Verhalten an diesem ungewöhnlichen Tag.

Dem Hüter der Pferde war das Gelände vertraut. Hier hatte er schon als junger Bursche an Treibjagden teilgenommen. Er wusste von dem Steilhang, auf den sie zusteuerten und der linker Hand jählings in ein Flusstal abfiel. Er sah, wie die Jäger die Jungen auf der rechten Seite in langer Reihe Aufstellung als Treiber nehmen ließen. Die Jäger selbst würden die Außenpositionen dieser Reihe besetzen, sie vorwärtsführen und zu einem weiten Bogen auseinanderziehen, dann mit Pfeil und Bogen auf die Rentiere am Rand der Herde anlegen, wobei es weniger darauf ankam, sie zu töten, als sie in die gewünschte Richtung zu lenken.

Mit dem Rest der erwachsenen Männer strebte der Hüter der Pferde auf das Flussufer zu, um die Falle einzurichten, in die das Wild geraten sollte. Die wahre Meisterschaft eines Jägers erwies sich nicht nur im Aufspüren einer Herde, sondern in der Koordination des Zusammenwirkens so vieler Beteiligter sowie in der Wahl des rechten Ortes zu gegebener Zeit. Wer einen Stamm vor eine leere Falle führte, konnte sich als erster Jäger nicht lange halten. Es gab immer genügend junge Männer, die ihm den Platz streitig machten. Der Hüter der Pferde hoffte im Stillen, dass die Falle diesmal tatsächlich leer bliebe. Auf das anschließende Fest müsste dann zwar verzichtet werden, und es drohte wohl auch Hunger, doch ein neuer Anführer der Jäger würde sich auf das neue Ritual vor dem Stierschädel womöglich nicht mehr einlassen.

Von der Herde war immer noch nichts zu sehen, als die Männer die Anhöhe über dem Flusstal erreichten. Ein guter Ort. Auf der Seite, von der sie kamen, ging der dichte Wald in felsiges Terrain über. Die Herde würde den Wald meiden, und das letzte Stück bis zur Abbruchkante ließe sich von nur wenigen Männern sichern. Die anderen eilten die Felskante entlang und hielten Ausschau nach einer geeigneten Stelle, um den Zaun zu errichten. Jeder von ihnen trug drei mannshohe Stangen, die an einem Ende mit Sehnen zusammengebunden waren und einen Dreifuß bildeten, wenn man die unteren Enden auseinanderzog. Sie wurden im Abstand von zehn Schritten aufgestellt und mit Häuten bespannt, so dass sie wie kleine Zelte aussahen und den Tieren wie ein Hindernis vorkommen mussten, das vom Felsrand bis tief ins Hochplateau reichte. Hinter jedem dieser Zelte nahm ein Mann Platz und wartete. Manche warfen Grashalme in die Luft, um sich zu vergewissern, dass der Wind auf sie zuwehte. Der Hüter der Pferde ging am Felsrand entlang und blickte nach unten. Der Abbruch war drei bis vier Mannshöhen tief. Das würde reichen.

»Wir sind nun also alle Anbeter des Stiers«, knurrte jemand hinter ihm. Es war der Hüter der Wisente. Der Greis hatte erstaunlicherweise Schritt halten können.

»Anbeter?«, erwiderte er. »Ich ehre alle Tiere, nicht nur die, die wir jagen und verzehren, sondern auch jene, von denen wir uns fernhalten oder die wir schon lange nicht mehr hier bei uns gesehen haben. Ich verbeuge mich vor der Sonne, die uns wärmt, vor dem Schnee wegen seiner Kälte und vor dem Fluss, weil er Wasser führt. Und vor der Mutter, die Leben schenkt. So haben es unsere Leute immer schon gehalten.«

»Und ich fürchte mich vor dem Blitz und dem Krachen im Himmel, bevor der Sturm ausbricht«, sagte der Alte. »Ich lebe schon zu lange, als dass ich mich auch nur einem Tier anvertrauen und vor einem Mann verbeugen würde.«

»Unser Hüter der Stiere scheint viele umgestimmt zu haben. Und den Anführer der Jäger vor allen anderen.«

»Jäger leben nicht lang«, entgegnete der Alte. »Was will unser Hüter der Stiere eigentlich?«

Der Hüter der Pferde zuckte mit den Achseln und kehrte dem Fluss den Rücken zu. Bald würde die Herde kommen. Es waren aber noch keine Hufschläge zu hören und keine Schreie von den Treibern.

»Du musst ihm Einhalt gebieten«, sagte der Alte ruhig. »Oder willst du, dass unser Stamm am Ende nur den Stier anbetet und ihn, seinen Hüter?«

Der Hüter der Pferde schüttelte den Kopf. Plötzlich war der erste schrille Schrei eines fernen Treibers zu vernehmen. Wenig später fing der Boden unter den Füßen zu zittern an. Die Herde nahte. »Darüber unterhalten wir uns später ausführlich, alter Freund«, sagte er. »Jetzt müssen wir zurück auf unsere Posten.«

Hirsch war außer sich vor Begeisterung und jubelte, als eine große Staubwolke am Horizont auftauchte. Die Jäger führten ihn und die anderen Treiber im Laufschritt voran. Die Sonne hatte sich eine Handbreit nach Westen verschoben, als sie einen der Kundschafter erreichten, der vor einer Anhöhe, an einen Fels gelehnt, auf sie gewartet hatte und nun auf sie zueilte. Die Jäger berieten sich mit ihm, kehrten dann wieder an ihren Platz an den Rändern der Treiberreihe zurück und pirschten sich an die Herde heran. Der Kundschafter führte die Jungen und sorgte dafür, dass sie einen großen Bogen bildeten, geschwungenen Hörnern gleich, mit je einem Jäger an der Spitze. In dieser Formation bestiegen sie die Anhöhe. Dort hieß der Kundschafter sie anhalten, überschaute wieder das Gelände und winkte die beiden Spitzen voran. Die ungeduldigen Burschen konnte er einen Atemzug lang aufhalten, indem er seinen Bogen mit beiden Händen in die Luft hielt. Dann drehte er sich plötzlich mit wildem Schrei herum und führte den Ansturm den Hang hinunter, den aufgeschreckten Tieren entgegen.

Es waren so viele, dass man sie nicht zählen konnte. Von den Schreien aufgeschreckt, warfen sie ihre Köpfe herum und starrten den Treibern entgegen. Und dann setzte sich der große graue Haufen geschlossen in Bewegung. Hirsch bemerkte, dass einzelne Tiere am hinteren Rand aufgeregt hin und her liefen, als versuchten sie, die Herde zu lenken. Andere scherten seitlich aus, um die verwundbare Flanke zu schützen. Und immer schneller rannten die Tiere, zwar ohne in Panik zu geraten, aber schneller als die jungen Treiber.

Wie alle anderen Treiber brüllte auch Hirsch aus voller Kehle. Er hatte alle Luft der Welt, wie ihm schien, bis ihm der Staub entgegenschlug, den die Herde aufwirbelte, und in Nase, Mund und Augen drang. Er konnte plötzlich nichts mehr sehen, glaubte, ersticken zu müssen, und schlitterte über feuchten Dung, mit dem der Boden übersät war. Dennoch und ohne zu wissen, wohin, rannte er weiter. Er erkannte nur die beiden kleineren Jungen, die ihm zu beiden Seiten folgten. Allerdings war ihm klar, dass er hinter der Herde und auf der richtigen Spur sein musste, solange der Staub ihn umhüllte. Er würgte sich die von Staub verklebte Kehle frei und stieß einen Schrei aus, der aber vom Stampfen der Hufe geschluckt wurde. Im Laufen bückte er sich, hob einen Kieselstein vom Boden auf und steckte ihn sich in den Mund, um den Speichelfluss anzuregen. Die beiden Jungen links und rechts hatten jetzt zu ihm aufgeschlossen.

Plötzlich tauchte ein Rentier vor ihnen auf. Es hatte einen Pfeil im Bauch und rannte wie von Sinnen in die falsche Richtung, von der Herde weg. Hirsch hob seinen Speer und wich zur Seite aus. Das Tier flog an ihm vorbei, Blut verspritzend. Hirsch ließ sich nicht beirren und hastete weiter. Wie lange noch? Von der Anhöhe aus hatte er den Abhang und die Hügel dahinter gesehen. Das Ziel war wohl nicht mehr fern. Bald würden sie den Trichter erreicht haben, den die Männer bildeten.

Wieder raste ein Tier auf ihn zu, einen Pfeil im Auge. Er sprang zur Seite, aber nicht schnell genug, denn das Tier rammte seine Brust und stieß ihn zu Boden, wobei der Junge neben ihm mit in den Staub gerissen wurde. Der zweite Junge aber konnte nicht mehr rechtzeitig ausweichen. Er geriet unter die Hufe und brüllte vor Schmerzen.

Hirsch raffte sich auf, half dem Jungen, den er umgestoßen hatte, vom Boden auf und zerrte ihn mit sich voran, weg vom Anblick des niedergetrampelten Freundes. So verlangte es die strenge Regel. Die Reihe der Treiber durfte nicht auseinanderreißen, niemals, auch dann nicht, wenn einer zu Fall kam und Hilfe nötig hatte. Es durfte keine Lücke entstehen, durch die die Herde entkommen konnte. Hirsch rannte weiter. Die Staubwolke wurde dichter. Trotzdem konnte er jetzt die Tiere erkennen, die, in den Trichter geraten, langsamer wurden. Er hörte die Schreie der Männer auf beiden Seiten. Der alles entscheidende Moment stand unmittelbar bevor. Mit einem Sprung nach vorn rammte er seinen Speer ins Hinterteil eines graubraunen Kolosses, um die Panik der Tiere zu schüren und sie weiter auf die Klippe zuzutreiben, über die sie in den Tod stürzen sollten.

Jetzt kam der gefährliche Moment, wenn die zusammengetriebenen Tiere die Flanken des Trichters zu durchbrechen drohten, der aus Männern und den mit Tierhäuten bespannten Dreifüßen bestand. Manche würden feststellen, wie schwach dieses Hindernis in Wirklichkeit war, andere würden kehrtmachen und nach hinten entfliehen. Dann drohte Männern wie Jungen Tod und Verderben, weil aus den Verfolgten Verfolger wurden. Also gab es nur diese Möglichkeit, sie erbarmungslos mit Speerstichen voranzutreiben, keine Lücke aufreißen zu lassen und jene Disziplin zu üben, die den Menschen überlegen machte.

Seine Brust schmerzte vom Zusammenstoß mit dem fliehenden Rentier, seine Kehle war wie ausgedörrt, und er sah die Hand vor Augen nicht. Hirsch rang nach Luft und atmete den Geruch von Blut ein, der sich unter die Ausdünstungen der Tierleiber mischte. Nach vorn taumelnd, stolperte er über ein Kalb am Boden. Wenn die älteren Tiere ihre Jungen niedertrampelten, war die Panik unter ihnen vollkommen. Wieder und wieder stach er mit dem Speer zu.

Plötzlich kam wieder Bewegung in die Herde. Sie hatte einen Ausweg gefunden und rannte drauflos. Die führenden Tiere waren über die Klippen gestürzt und bildeten mit ihren Kadavern und zerschmetterten Leibern eine Art Rampe, über die der Rest der Herde nun hinwegrutschte und sich freikämpfte. Hirsch sah, wie die Tiere weiter vorn vor dem Abhang kurz zögerten und dann entschlossen den einzigen Ausweg nahmen, der sich ihnen bot. Dann war auch er an der Klippe angelangt und blickte in die Tiefe, aus der Angst- und Schmerzensschreie heraufdrangen wie aus einem riesigen lebendigen Filz, zu dem sich die fliehenden Tiere verstrickten. Sie stoben auf den Fluss zu; die ersten schwammen schon durch die Fluten.

Hirsch fiel erschöpft auf die Knie, hustete und ächzte und nahm die anderen Jungen kaum wahr, denen es ähnlich erging wie ihm. Als er wieder zu Atem gekommen war, schaute er sich um und sah, dass in der Reihe der mit Tierhäuten bespannten Dreifüße Lücken klafften. Wahrscheinlich waren nicht nur der Junge an seiner Seite, sondern auch etliche Männer bei dieser Jagd ums Leben gekommen. An seinem aufgerichteten Speer hievte er sich in die Höhe, rutschte aber sogleich daran ab. Der Schaft war voller Blut. Es rann ihm über den Arm und bis hinab auf die Beine. Brust und Bauch bedeckte ein dicker Schmier aus Blut und Schweiß.

Plötzlich spürte er einen Stoß im Rücken. Die Jäger scheuchten die Jungen voran, über die vor dem Felsrand aufgehäuften Tierleiber hinweg, von denen viele noch zuckten und mit den Läufen strampelten. Aus dem Gleichgewicht geraten, stürzte er zu Boden und versuchte, sich am Rand der Klippe festzuhalten. Doch davon hatte die Herde nicht mehr viel übrig gelassen, und Hirsch rutschte bäuchlings hinab, bis er nach kurzer Strecke mit dem Fuß zwischen zwei Tieren stecken blieb. Voller Angst, sein Bein könnte zerquetscht werden, kroch er auf den Rücken eines der Tiere und bemerkte, dass sein Speer zerbrochen war. Immerhin hielt er noch das Ende mit der Steinspitze in der Hand, das er nun wie ein Messer führte und zwischen die Schulterblätter des Tiers trieb. Es bebte am ganzen Körper, blieb aber aufrecht stehen, eingekeilt zwischen anderen. Mit einer Hand ergriff er das Geweih und richtete sich auf dem Rücken des erlegten Tiers auf. Jetzt hatte er festen Halt und stach mit der Speerspitze wild um sich, mal nach links, wo er auf einen Hals traf, mal nach rechts in die Keule eines Tiers, das sich strampelnd aus der Masse der Leiber zu befreien versuchte. Das Tier, auf dem er kniete, hatte endlich zu zittern aufgehört und schien weiter abzurutschen. Er sprang auf ein anderes, hielt das Geweih gepackt, als es ihn abzuwerfen versuchte, und tötete es mit einem gezielten Stich in den Nacken.

Als er auf das nächste Tier sprang, prallte er mit einem Jungen zusammen, der von der anderen Seite herbeigesprungen kam. Beide kugelten über den wogenden Abhang aus Fellen und Fleisch und prallten schmerzhaft von einem Geweih zum anderen. Und dann stürzte Hirsch kopfüber in den eiskalten Fluss. Als er auftauchte, sah er sich von rotgefärbtem Wasser umspült. Hilflos wie die scheuen Tiere, die sich zu retten versuchten und ihn immer wieder unter Wasser stießen, empfand er eine tiefe Verbundenheit mit ihnen. Sie waren eins mit ihm und er mit ihnen. Hirsch. Rentier.

Die Flut trieb ihn fort. Erschöpft, wie er war, konnte er sich kaum rühren, geschweige denn schwimmen. Die Augen waren trüb von Tränen und Wasser. Der Kopf eines toten Tieres streifte ihn, als er zurück auf das Schlachtfeld blickte. Mit der freien Hand – in der anderen hielt er noch den zerbrochenen Speer – stieß er sich von dem Kadaver ab und glitt aufs Ufer zu. Endlich spürte er Grund unter den Füßen, watete durchs flache Wasser und erklomm die Uferböschung. Dahinter erstreckte sich Buschland, das zur einen Seite hin an den Felsen grenzte, auf dem sich Männer bewegten. Schritt für Schritt schleppte sich Hirsch am Ufer entlang. Das Wasser hatte ihm Blut und Kot vom Körper gespült. Aber die Brust war gequetscht, und aus einer langen Schramme an der Seite sickerte Blut.

Der Hüter der Pferde kam ihm entgegen. Er streckte die blutverschmierte Hand aus und malte ihm zwei rote Kreise um die Brustwarzen. Mit der anderen Hand streifte er Blut von seinem Arm und zeichnete damit eine Wellenlinie auf den Bauch des Jungen. Hirsch wusste, dass er mit dieser

Geste als Mann anerkannt wurde, doch ihm war, als gelte sie jemand anderem.

»Wir werden dich Hirschreiter nennen«, sagte der Hüter der Pferde. »Du hast dich wacker geschlagen.«

Hirsch schaute an sich herab. Er würde jetzt wieder ins Wasser steigen und sich waschen müssen, denn so wollte er nicht von Kleiner Mond gesehen werden.

»Der Alte lebt nicht mehr«, erklärte der Hüter der Pferde. »Er wurde von ausreißenden Rentieren totgetrampelt.«

Als sie auf die Klippe zugingen, sah Hirsch den Leichnam am Boden liegen, in sich zusammengerollt und mit verdrehtem weißem Unterschenkel. Den eingedrückten Schädel bedeckte eine Tierhaut. Er, Hirsch, war aus seinen Jungenjahren herausgewachsen. Zu müde, um etwas zu sagen, verbeugte er sich. Der Alte würde ihm fehlen.

»Wir brauchen einen Nachfolger für ihn«, sagte Kleiner Monds Vater. »Denk darüber nach.«

Hirsch hob den Kopf, schüttelte die Hand ab, die auf seiner Schulter lag, und eilte auf den toten Hüter der Wisente zu. Er lüftete die Tierhaut und sah, dass die Augen des Toten geöffnet waren. Vorsichtig drückte er die Lider zu, richtete sich dann wieder auf und eilte weiter, bergan und auf die Anhöhe zu, von der er mit den anderen Treibern herabgestürmt war. Der Staub hatte sich längst gelegt. Hirsch kam an zertrampelten Kälbern vorbei und entdeckte schließlich den Jungen, der unter die Hufe geraten war. Der kleine braune Körper war zertreten, das Gesicht bis zur Unkenntlichkeit verunstaltet. Hirsch konnte nicht mehr an sich halten und brach in Tränen aus. Als er die Hand von

Kleiner Monds Vater auf der Schulter spürte, warf er sich ihm wie ein Kind schluchzend an die Brust. Und er spürte, dass das klebrige Blut an seiner Brust und am Bauch ihn mit dem Älteren verband, vielleicht enger als mit dessen Tochter, mit der er sich zu verbinden hoffte.

9

Périgord, 1944

Das Wasser in Ufernähe war von einer dünnen Eisschicht überzogen, als McPhee und Manners am Fluss entlang schlichen, gefolgt von vier jungen Franzosen, die Erfahrung sammeln wollten. Manners litt unter schweren Kopfschmerzen, nachdem er den britischen Plastiksprengstoff 808 in warmem Wasser formbar gemacht hatte. Das Zeug sonderte beißende, stinkende Dämpfe aus, war aber sehr wirkungsvoll. Weniger als ein Pfund reichte aus, um alle Eisenbahnverbindungen lahmzulegen. In seinem Rucksack steckte ein Dutzend einzeln in grobes Tuch genähte Ladungen.

Bei Le Buisson kreuzten sich die Ost-West-Trasse nach Bordeaux und die von Agen über Périgueux bis hinauf nach Limoges und weiter nach Paris. Der kleine Bahnhof der Stadt wurde von einem deutschen Soldaten beaufsichtigt, der viermal in der Nacht vor die Tür trat, um zu überprüfen, ob die drei Vichy-Milizionäre auf ihren Posten waren. Nur um dies herauszufinden, hatte das Team den Bahnhof drei Nächte lang observiert, sehr zum Verdruss der Franzosen, die geglaubt hatten, mit der Ankunft der Männer von Jedburgh würde sogleich eine Orgie der Anschläge und Verwüstung beginnen. Ihnen musste erst einmal beigebracht werden, dass ein Partisanenkrieg zu neun Zehnteln aus Geduld und Wachsamkeit bestand. McPhee hatte zwei Handgranaten für den Milizposten, die Franzosen trugen Stens. François war mit einer anderen kleinen Einheit zurückgeblieben und hatte in einer scharfen Kurve der Straße nach Belvès Stellung bezogen, um die deutsche Patrouille abzufangen, die dort mit einem Lastwagen vorbeikommen würde.

Die Nacht war sternenklar, aber mondlos. McPhee trug Uniform; darauf hatte er bestanden wie auch auf der täglichen Rasur seiner Schläfen, obwohl das Messer, das ihm dafür zur Verfügung stand, immer stumpfer wurde. Die Haut über seinen Ohren war von vielen kleinen Blessuren durchzogen, aber sein bizarrer Mohikanerschopf überlebte. Manners trug auf Hilaires Rat hin einen dunkelblauen Overall und eine alte Lederjacke. Er fror und hatte Hunger. Dem Quellwasser aus den Hügeln verdankte er einen heftigen Durchfall, und außerdem brummte ihm der Schädel. Er fühlte sich so elend wie lange nicht mehr, doch es war nicht die Kälte, die seine Hände zittern ließ. Er steckte sie unter die Schulterriemen seines Rucksacks und trat versehentlich in eine vereiste Pfütze. Immerhin, seine Stiefel waren fast neu, so dass er wenigstens keine nassen Füße bekam.

Bergers vielgepriesenes Team der Maquis bestand aus einem zähen alten Sergeanten der Kolonialarmee, einem noch älteren Veteranen des Ersten Weltkriegs, einem drahtigen Korporal der Gebirgsjäger und vierzehn Hunger leidenden und entmutigten Jugendlichen, die sich ins Hügelland abgesetzt hatten, um keine Zwangsarbeit für die Deutschen leisten zu müssen. Abgesehen von einem desertierten Infanteristen der französischen Marine hatten nur drei von ihnen eine militärische Ausbildung, einer davon als Mechaniker der Luftwaffe. Sie konnten zwar mit einer Flinte umgehen, hatten aber noch nie ein Maschinengewehr abgefeuert, geschweige denn auseinandergenommen oder zusammengesetzt. Und es war zwecklos, ihnen Pistolen in die Hand zu geben, weil damit nur Munition vergeudet wurde. Berger wollte mit einer gigantischen Explosion, zum Beispiel der Sprengung einer Brücke, deren Moral heben. François und Manners hatten ihn behutsam davon abgebracht. Die Sprengstoffvorräte waren begrenzt und die in Frage kommenden Brücken gut bewacht. Es empfahl sich, klein anzufangen und die Besten der jungen Maquis mit einem relativ weichen Ziel auf den Geschmack am Kampfeinsatz zu bringen. Und die Weichenanlagen, auf denen Züge von einem Gleis aufs andere rangiert wurden, waren ein solches Ziel. Ein zerstörter Schienenstrang ließ sich innerhalb eines Tages reparieren, doch die Instandsetzung einer solchen Anlage dauerte mindestens eine Woche oder länger, wenn auch die Signale außer Betrieb gesetzt wurden.

Die Reihe vor Manners war stehen geblieben. McPhee winkte ihn zu sich. Zum Glück gab es hier in dieser Gegend keine Hecken, die sie hätten überwinden oder umgehen müssen. Er ging weiter und ignorierte das ferne Dröhnen einer schweren Maschine. Die war offenbar zu weit weg, um ihnen gefährlich werden zu können.

»Die deutsche Patrouille auf dem Rückweg nach Belvès«, sagte McPhee. »Wir haben also ein paar Stunden Zeit, ehe sie umkehrt. Der Bahnhof ist nur noch ungefähr zweihundert Meter entfernt. Dort rechts sind schon die Gleise.

Ich werde mich mit dem Sergeanten um die Miliz kümmern. Du nimmst die Jungs mit dir und bringst die Ladungen an. Ihr habt dreißig Minuten Zeit, dann werfe ich die Granaten.«

Als McPhee und der kleine, gedrungene Sergeant aus den Kolonialkriegen in gebückter Haltung auf den Bahnhof zuliefen, scharte Manners die Franzosen um sich und setzte Frisé, den alle »Lockenköpfchen« nannten, an die Spitze. Er hatte immerhin ein wenig Kampferfahrung und 1940 mit den *Corps francs* feindliche Posten an der Maginot-Linie überfallen. Für seinen Einsatz war er zum Korporal befördert worden und sehr stolz darauf. Außerdem schien er besonders schnell begriffen zu haben, was François und Manners der Gruppe über Sprengstoffanschläge beigebracht hatten. Ihr jetziges Vorhaben war aber ohnehin denkbar simpel. Der Sprengstoff musste nur an die richtigen Stellen in den Weichen platziert werden. Als Zünder diente eine einfache Zündschnur, und jeder Mann hatte ein Feuerzeug bei sich.

Le Buisson war eine sehr kleine Stadt, der Bahnhof lag schon fast außerhalb. Frisé führte sie schnell an dunklen Häusern vorbei, über eine enge Straße und an einem klobigen Denkmal zur Erinnerung an den letzten Krieg von 1914 bis 1918 bis zum Eisenbahnkreuz. Im Sternenlicht schimmerten die Schienenstränge wie ein riesiger ausgebreiteter Fächer. Manners öffnete seinen Rucksack, gab jedem Franzosen zwei Stoffsäckchen und schickte sie auf den Weg. Er wollte gerade selbst die vierte Ladung anbringen, als in der Ferne Schüsse laut wurden. Maschinengewehrfeuer und dann einzelne Schüsse. McPhee konnte nicht dahinterstecken, er hielt sich ganz woanders auf. Die deutsche Patrouille! Aber noch kilometerweit entfernt.

»Mach schnell«, zischte er Jean-Claude zu, der mit einer Ladung in der Hand aufgestanden war und sich verwirrt umschaute. Sofort machte sich der Franzose wieder an die Arbeit. Manners musste noch zwei Sprengsätze anbringen. Plötzlich fing ein rotes Alarmlicht über der fünfzig Meter entfernten Station zu blinken an. Eine Handgranate detonierte. Dann ratterte eine Sten. McPhee hatte das Wachhaus der Miliz angegriffen.

»Fertig«, rief Frisé und trieb die anderen jungen Franzosen zurück zu den Weichen. Manners eilte über die Gleise und überprüfte mit seiner abgeschirmten Rotlichtlampe jede einzelne Sprengladung. Er selbst hatte sich bei der Anbringung von Kunststoff und Zündschnur fast nur auf sein Fingerspitzengefühl verlassen können. Am Bahnhof wurde weiter geschossen. Plötzlich war weiter oben an der Straße das unverkennbare Knattern eines MG-30 zu hören. Die Deutschen! François steckte in Schwierigkeiten. Jetzt krachte es wieder am Bahnhof, eine flache, trockene Explosion. François hatte eine seiner Gammon-Granaten gezündet, selbstgemachte und mit Schrapnell gefütterte Bomben.

»Okay«, rief Manners. »Wir zünden.« Er hatte jedem ein »Tommy«-Feuerzeug gegeben, das bei windigem Wetter verlässlicher war als Streichhölzer – wenn denn Benzin zur Verfügung stand. Seines schlug Funken und leuchtete auf. Er musste sechs Zündschnüre zum Brennen bringen, die Franzosen jeweils nur zwei. Die einzelnen Ladungen hatten nicht miteinander verbunden werden können, weil dafür die Länge der Schnüre nicht reichte. Die Zündung war gelegt. Ihnen blieb etwas mehr als eine Minute, um sich in Sicherheit zu bringen. McPhee war auf sich allein gestellt, François auch. Die Regel besagte, dass jeder seinen eigenen Rückzug organisierte und auf Umwegen zum verabredeten Treffpunkt zurückfand. Manners klopfte allen Franzosen auf die Schulter, nicht um sie zu beglückwünschen, sondern um festzustellen, ob noch alle vollzählig beisammen waren. Eins, zwei, drei.

»Und jetzt nichts wie weg!« Er führte sie am Kriegerdenkmal vorbei und umging die Hauptstraße, wo jeden Freitag der Wochenmarkt abgehalten wurde. Doch eigentlich gab es keinen Grund mehr, unauffällig zu bleiben. Sie rannten jetzt. Fenster öffneten sich, und es war aufgeregtes Getuschel zu hören, als die Sprengladungen mit scharfem, mechanischem Knall detonierten. Er trieb die jungen Männer auf die Anhöhe über dem Fluss zu und zählte die Explosionen mit. Zehn, elf – die zwölfte blieb aus. Am Bahnhof war es still geworden. McPhee war entweder tot oder entkommen. Jetzt krachte auch Nummer zwölf. Alle Ladungen waren in die Luft gegangen. Die jungen Franzosen hatten gute Arbeit geleistet. Auf der Straße nach Belvès war nichts mehr zu hören. Sein Rucksack fühlte sich ungewohnt leicht an, als er den Hang hinaufrannte, über den sich Rauhreif gelegt hatte.

McPhee und der Sergeant warteten bereits am Treffpunkt, bei einer alten, baufälligen Scheune in den Hügeln hinter Limeuil. Der Sergeant putzte sorgfältig seine Sten. McPhee hielt Wache und verlangte nach dem Losungswort, als er die Gruppe um Manners kommen hörte.

»Ich habe die Explosionen gehört«, sagte McPhee und schüttelte jedem Franzosen die Hand. »Gut gemacht.«

»Gab's Schwierigkeiten mit der Miliz?«, fragte Manners.

»Ganz und gar nicht. Ich glaube, die haben alle geschlafen. Wir haben dann drauflosgeballert, und als einer die Tür öffnete, habe ich eine Granate reingeschmissen. Einer von ihnen hat noch ein Gewehr auf uns angelegt und durchs Fenster geschossen, aber unser alter Kamerad hier hat ihn mit seiner Sten umgelegt. Wir sind rein in die Hütte, haben zwei Lebel-Gewehre, Munition und einen alten Revolver gefunden und uns dann aus dem Staub gemacht.«

Manners gratulierte dem alten Sergeanten und betrat die Scheune. Bei ihrem ersten Besuch hatte er ein paar verrostete Wellbleche darin gefunden und zu einer Sichtblende zusammengestellt, hinter der er jetzt den kleinen zusammenklappbaren Tommy-Kocher in Betrieb nahm. Er setzte Wasser auf und verrührte Suppenpulver darin, das er in einem Glas mitgebracht hatte. Es war bitterkalt, und die jungen Männer brauchten etwas Warmes zu essen, weil sie sich nicht mehr bewegten und der Adrenalinspiegel wieder gesunken war. Frisé packte ungefragt einen Laib Kastanienbrot aus seinem Rucksack und schnitt ihn in dicke Scheiben. Der Sergeant hielt draußen Wache.

»Hast du das Maschinengewehr gehört?«, fragte Manners, als er mit McPhee vor dem kleinen Feuer des Kochers hockte, dessen Karbiddünste den Duft der Suppe überdeckten.

»Ja, ich fürchte, unser französischer Freund wird's nicht schaffen«, knurrte der Amerikaner.

»Schreib ihn nicht zu früh ab. Er ist ziemlich gerissen.«

»Der Lastwagen ist weggefahren. Es hätte also keinen Zweck gehabt, ihn zu überfallen. Die Krauts haben wahrscheinlich Lunte gerochen. Und François ist der Einzige aus der Gruppe, der sich zu wehren weiß. Wenn die Krauts was draufhaben, wär's für die so einfach wie Kaninchenschießen.«

»Er hat zwei Männer bei sich, die sich auskennen: den Typen von der Marineinfanterie und den alten Veteranen. Außerdem waren sie gut gedeckt.«

»Ja, aber sie hatten keine Spandau. Das Ding reißt eklige Löcher.«

Mit Emaillebechern schöpften sie die Suppe aus dem Topf. Manners brachte einen dem Sergeanten nach draußen. Nichts, sagte der. Keine Explosionen, keine Schüsse und kein Motorenlärm. Die Deutschen würden wahrscheinlich erst im Morgengrauen eine Einheit losschicken, um den entstandenen Schaden am Bahnhof in Augenschein zu nehmen. Manners schickte den Sergeanten in die Scheune und übernahm selbst die Wache. Drinnen wurde es allmählich leise. Die jungen Männer legten sich zum Schlafen ins Stroh. Am Himmel leuchteten die Sterne fast so hell wie in der Wüste. Manners suchte nach den Sternbildern, die er kannte, den Orion mit seinem Gürtel und den Großen Wagen, der auf den Polarstern wies. Die Nacht eignete sich gut für Fallschirmspringereinsätze, und er fragte sich, wie viele andere aufgeregte junge Franzosen jetzt da draußen in der Landschaft froren und wie viele Bomber gerade zurück nach England flogen, nachdem sie Waffen und Verpflegung abgeworfen hatten – kleine Nadelstiche gegen das Riesenheer der Deutschen, die Frankreich besetzt hielten. Von Rundstedt verfügte angeblich über siebzig Divisionen. Siebzig Divisionen und zweitausend Panzer. Rommel hatte die Briten nur mit zwei Divisionen und weniger als vierhundert Panzern in Nordafrika in Atem gehalten. Die Invasion würde ein Alptraum sein. Umso wichtiger war es, dass er und die Maquis die Heeresgruppe G hier unten im Süden aufhielten, denn die machte fast ein Drittel der deutschen Streitkräfte aus und würde dann nicht gegen die Alliierten in Stellung gebracht werden können.

Es dämmerte schon, als die anderen kamen. Manners hatte sie schon längst an ihren Schritten wahrgenommen, als das Losungswort »Laval« geflüstert wurde. Von den Feinden hätte sich bestimmt niemand träumen lassen, dass die Maquis ausgerechnet den Namen eines Vichy-Politikers als Losung benutzten. Auch nicht die Antwort darauf – »Pétain« –, die aber immer wie *putain* ausgesprochen wurde. Hure.

Sie zitterten vor Kälte in ihren Hemdsärmeln und Pullovern. Die Jacken hatten sie ausgezogen und eine provisorische Trage für den Veteranen daraus gemacht, dem zwei Kugeln im Schenkel steckten. In einer Wolke aus Tabakrauch näherte sich schließlich auch François mit einer erbeuteten Spandau, die er mit lässiger Geste präsentierte. Die Männer setzten die Trage ab und lösten sie von den Patronengurten, die sie um die Schultern geschlungen hatten.

»Du hast das Maschinengewehr«, staunte Manners.

»Nicht nur das, sondern auch Munition, den Lastwagen und acht Boches. Nicht zu vergessen die beiden Schmeißer-Maschinenpistolen. Eine erfolgreiche Nacht, würde ich sagen. Wir haben eure Knallerei gehört.«

»Was ist passiert? Sie haben euch entdeckt, nicht wahr?«

»Ja, zufällig. Wir wollten einen Baumstamm auf die Straße rollen lassen, um die Patrouille aufzuhalten für den Fall, dass sie umkehrte. Aber der Stamm rollte übers Ziel hinaus, und dann hörten wir den Lastwagen von Le Buisson kommen.« An der Glut der aufgerauchten Zigarette steckte er sich eine neue an. Seine Hände zitterten. »Habt ihr was zu essen für meine Jungs? Und wirf bitte mal einen Blick auf das Bein. Der Druckverband müsste gelockert werden. Und dann brauchen wir einen Arzt.«

Drinnen in der Scheune setzte McPhee einen weiteren Topf Suppe auf, während der Sergeant, assistiert von Manners, der mit einer Taschenlampe leuchtete, den Druckverband löste und François seinen Bericht fortsetzte.

»Uns blieb keine Zeit mehr, die Straße zu sperren. War auch nicht nötig, denn der Lastwagen hielt ohnehin, obwohl er ohne weiteres an dem Stamm vorbeigekommen wäre, der halb in der Böschung hing. Also haben wir kurz entschlossen das Feuer eröffnet. Einer von ihnen hat aus dem Dach der Fahrerkabine das MG auf uns angelegt, aber zum Glück danebengeschossen. Unser Infanterist hat dann eine Gammon-Bombe geworfen, und das war's. Zwei, die zu fliehen versuchten, haben wir abgeknallt. Wir selbst haben einen Mann verloren, und der Alte ist verletzt.«

»Was ist mit dem Lastwagen? Totalschaden?«

»Wir haben die Waffen rausgeholt und ihn dann von der Straße geschoben. Er dürfte inzwischen ausgebrannt sein. Die ganze Sache war leichter, als ich dachte, abgesehen davon, dass wir den armen kleinen Jeannot begraben mussten. Ich glaube, er hat nicht mal einen einzigen Schuss abgegeben.« Er zündete sich eine weitere Zigarette an. »Die Jungs haben sich tapfer geschlagen. Sie trauen jetzt ihren Waffen und den Gammon-Bomben. Und uns. Das nächste Mal wird's noch besser.«

»Wer weiß. Die Deutschen sind nicht auf den Kopf gefallen. Sie werden nicht noch einmal einen einzelnen Lastwagen auf Patrouille schicken. Und wir müssen uns jetzt doppelt vorsehen.«

»Klar. Aber ich habe eine Idee.« Der Franzose füllte seinen Blechbecher, trank Suppe und zog zwischendurch an seiner Zigarette. »Welcher Teil unserer Ausrüstung ist der verwundbarste und zugleich wichtigste?«

»Das Funkgerät, keine Frage.«

»Genau. Und die größte Gefahr droht von ihren Peilfahrzeugen, stimmt's?«

»Richtig.«

»Wie viele sind davon im Einsatz, hier in diesem Teil Frankreichs?«

»Keine Ahnung, aber wahrscheinlich gibt es dafür eine Spezialeinheit, Korpstruppen, die vielleicht der Gestapo unterstellt sind. In Kompaniestärke, schätze ich, nicht größer. Demnach müssten wir mit acht bis zehn Fahrzeugen rechnen.«

»Und die sind immer zu dritt unterwegs?«

»Ja, sonst funktioniert die trigonometrische Ortung nicht.«

»Wir müssten also dreifach zuschlagen, um eine Einheit auszuschalten.«

»Willst du sie etwa mit unserem Funkgerät ködern? Können wir uns ein solches Risiko erlauben?«

»Das Risiko gehen wir ohnehin ein, sooft wir funken. Also können wir doch gleich unsern Vorteil daraus ziehen. Deren Fahrzeuge lassen sich nur auf Straßen oder festen Pisten bewegen. Wir legen uns also da auf die Lauer, wo sie entlangkommen müssen. Und schlagen zu. Allerdings haben wir es nicht nur mit gepanzerten Fahrzeugen zu tun, sondern vor allem auch mit einer Besatzung, die ziemlich gut gedrillt ist.«

»Wir müssten die Falle irgendwo weit weg von hier stellen, denn nach dem Anschlag von heute Nacht wird die Gestapo Zetermordio schreien, Verstärkung anfordern und Jagd auf uns machen.«

»Na schön, verziehen wir uns nach Osten, ins Zentralmassiv jenseits von Brive. Eine fast menschenleere Landschaft, nicht viel los da. Aber wir brauchen noch Nachschub aus der Luft, sowohl hier als auch im Massif. Das heißt, einer von uns zieht los, um geeignete Abwurfstellen auszukundschaften und die Maquis vor Ort ins Vertrauen zu ziehen. Das sollte vielleicht ich machen. Mein Bruder kennt die FFI-Typen in Brive. Die meisten sind allerdings Kommunisten.«

»Dann wärst du also weniger geeignet für den Job.«

»Du als Brite kommst erst recht nicht in Frage. Die hassen Imperialisten. Vielleicht sollten wir McPhee schicken. Wir müssten aber zuerst mit meinem Bruder reden. Und hier gibt es ohnehin noch genug zu tun. Es kommen neue Rekruten, die ausgebildet werden müssen. Außerdem werden uns die Deutschen auf Trab halten, und die sind jetzt bestimmt ziemlich sauer.«

»Mir wär's lieber, wir ließen weitere Weichenanlagen in

die Luft gehen«, sagte Manners. »Die sind deren Achillesferse. Ein gezielter Anschlag auf die Ost-West-Verbindung, und sie können nur noch einen Zug am Tag bewegen. Und wenn wir die Nord-Süd-Strecken lahm legen, ist der halbe Südwesten Frankreichs lahmgelegt. Ich glaube, jetzt, da die Jungs wissen, was zu tun ist, können wir es wagen, nicht nur Weichen zu sprengen, sondern auch ganze Züge entgleisen zu lassen.«

»Die Jungs sind von hier. Sie würden keine Personenzüge angreifen.«

»Ich hatte auch eher an Güterzüge gedacht. Die lassen sich nur schwer wieder auf die Schienen bringen. Dazu müssten sie schwere Kranwagen herbeischaffen, und davon hat die französische Eisenbahn nicht viele.«

Am späten Vormittag tauchte Berger auf, schweißüberströmt und in Begleitung einer jungen Frau mit grauen Augen und blonden, vom Wind zerzausten Haaren. Bei ihrer Ankunft wurde es still unter den Männern; sie griffen zu ihren Waffen, die sie gerade erst gereinigt hatten, und putzten sie von neuem. In ihren Hosen, Anoraks und mit Rucksack auf dem Rücken sahen die beiden aus wie Wandervögel. In den Rucksäcken steckten Wein, Lebensmittel und Zigaretten der Marke Caporal. Die Frau ging sofort auf den alten Mann zu, der schlafend und bleich auf seiner Trage lag.

»Sie ist Ärztin«, sagte Berger und reckte sich. »Genauer gesagt, Tierärztin. Aber das läuft ungefähr aufs Gleiche hinaus. Wie geht es ihm?«

»Er hat viel Blut verloren. Der Knochen ist anscheinend

nicht verletzt, aber es gibt da zwei Einschusswunden und nur einen Austritt. Eine Kugel steckt also noch im Bein«, erklärte McPhee. »Ich habe die Wunden mit Schwefelpulver behandelt – was anderes haben wir nicht.«

»Was gibt es Neues aus Le Buisson?«, fragte François mit vollem Mund.

»Nur Gutes«, antwortete Berger im Kreis der Maquis, der sich um ihn herum gebildet hatte. »Ihr habt wirklich gute Arbeit geleistet, Jungs. Alle Weichen sind zerstört. Von einem der Eisenbahner weiß ich, dass die Reparatur mindestens zwei Wochen in Anspruch nehmen wird, vorausgesetzt, es können Ersatzteile herbeigeschafft werden. Im Norden werfen die Alliierten Bomben, und es ist sehr fraglich, ob neue Schienen überhaupt schnell genug herzustellen sind. Die Boches haben wegen der Anschläge auf das Schienennetz letztes Jahr alle französischen Lagerbestände konfisziert. Die schlechte Nachricht ist, dass zwei deutsche Kompanien angerückt sind und ein Haus neben dem Bahnhof in Beschlag genommen wurde. Sie werden dort wohl einen permanenten Wachposten einrichten.«

»Sind Vergeltungsmaßnahmen zu befürchten?«, wollte Frisé wissen. »Meine Familie lebt in Le Buisson. Auch die von Lespinasse.«

»Wer weiß? Es sind bereits mehrere Männer zusammengeschlagen worden. Und laut Auskunft dieses Eisenbahners ist eine neue Einheit der Miliz im Anmarsch, begleitet von Leuten der Gestapo, miesen Hunden, wie es heißt. Der Stadt stehen womöglich schlimme Tage bevor. Der Priester hat mir erzählt, zehn Männer seien bereits abgehauen und würden sich in den Bergen verstecken.«

»Wissen wir, wo?«

»Bei der großen Höhle Le Gouffre. Es gibt da ein paar entlegene Bauernhöfe mit Schafen und Rindern. Da dürften sie vorerst in Sicherheit sein. Ganz in der Nähe ist auch eines unserer Notlager mit einem kleinen Waffendepot. Die meisten von ihnen kennst du bestimmt, Frisé. Du könntest in der kommenden Nacht nach ihnen sehen. Wir treffen uns dann morgen Abend im Lager bei Audrix.«

»Weiß der Eisenbahner, aus welcher Richtung der Reparaturzug aller Wahrscheinlichkeit nach kommen wird?«, fragte Manners. In England hatte er erfahren, dass die französischen Eisenbahner, die traditionell links standen und einer starken Gewerkschaft angehörten, als besonders nützliche Informanten in Frage kamen.

»Aus Bergerac, und zwar gleich morgen. Warum?«

»Das heißt, er wird Le Bugue passieren.«

»Natürlich. Warum fragst du?«

»Weil wir den von den Schienen holen sollten. Kennst du irgendwelche Stellen, die sich für einen Anschlag eignen?«

»Es gibt da eine Brücke über die Vézère, aber die wird bewacht sein«, antwortete Berger. »Die Trasse folgt der Straße und dem Fluss und führt an einem bewaldeten Steilhang entlang. Da würden sich mehrere Stellen anbieten, aber Le Buisson liegt ganz in der Nähe, und die Boches wären in zehn Minuten da. Kann auch sein, dass sie den Streckenabschnitt mit einer Patrouille überwachen.«

»Du weißt noch nichts von unserer neuen Geheimwaffe«, sagte François und zog die Plane von der Spandau. »Die Deutschen fahren Lastwagen mit Planverdeck. Wenn wir den Reparaturzug überfallen, und die Boches kommen auf der Straße angerauscht, könnten wir sie vom anderen Flussufer aus unter Beschuss nehmen. Dieses Ding hier schießt bis auf einen Kilometer absolut präzise. Damit würden wir eine Menge Schaden anrichten.«

»Hätten wir denn genügend Zeit zur Vorbereitung?«, fragte McPhee.

»Ich müsste ins Depot und Sprengstoff besorgen, also noch einmal den Fluss überqueren. Außerdem brauchen wir elektrische Zünder«, sagte Manners. »Und wenn wir eine gute Stelle für den Überfall finden wollen, sollten wir uns sofort auf den Weg machen. Außerdem müssen wir noch einen Treffpunkt für später verabreden. Und noch etwas: Die Spandau muss vorher ausprobiert werden. Hat von euch schon mal jemand so ein Ding in der Hand gehabt?«

»Ja, ich«, antwortete François. »Wir haben in der Wüste jede Gelegenheit genutzt, um diese Dinger zu erbeuten. Die kleinen Bren-Gewehre, die wir von euch Briten hatten, sind nichts dagegen.« Er blickte auf seinen eingerollten Patronengurt. »Munition hätten wir genug, aber wir brauchen zwei Männer, sie zu tragen. Ich schlage vor, das machen unser Marineinfanterist und der Sergeant. Beide können auch mit einem Gewehr umgehen.«

»Gut, wir treffen uns dann in der Höhle, rund drei Kilometer von der Bahnlinie entfernt«, sagte Berger. »François, ich möchte, dass du Manners auf der Suche nach einer geeigneten Stelle für den Überfall begleitest. Manners, Sie brauchen noch ein paar Männer, die Ihnen Feuerschutz geben, wenn die Deutschen anrücken. Und Sie, McPhee, kehren mit den anderen ins Lager von Audrix zurück.«

»Und was ist mit ihm?« McPhee zeigte mit dem Daumen auf den verwundeten Veteranen, der aus der Weinflasche trank, die Berger mitgebracht hatte. Die Tierärztin nahm sie ihm behutsam weg und machte sich weiter daran, den Schenkel zu verbinden.

»Sybille?«, rief Berger. »Wie geht's ihm?«

»Er wird hierbleiben müssen, es sei denn, es gibt einen warmen Unterschlupf in der Nähe. Ich werde ihm heute noch die Kugel rausschneiden müssen und brauche dafür kochendes Wasser«, antwortete sie.

»Okay. Nicht weit von hier liegt Boridots Farm. Er ist ein schweigsamer alter Kauz und hat im Ersten Weltkrieg gekämpft. Er wird helfen. Allerdings müsste ich vorher ein paar Worte mit ihm reden. McPhee, Sie und Ihre Männer kommen mit uns und tragen unseren Veteranen. Dann ziehen Sie weiter nach Audrix. Einverstanden? Irgendwelche Fragen? Also gut, lassen wir die Lebensmittel hier fürs nächste Mal. Wir nehmen nur die Waffen mit. Kommt!«

Auf der eingleisigen Bahnstrecke gab es keine Weichen, wohl aber mehrere Drainagerohre, durch die Wasserläufe durch den Schotterdamm abgeführt wurden. Um den Damm samt der Gleise in die Luft zu sprengen, wären an die fünf Pfund Sprengstoff nötig gewesen, die Manners aber nicht entbehren wollte. Darum beschloss er, einen der Gullys als Deckung zu nutzen und nur eine Schiene mit einer Sprengladung zu versehen. Fünfzig Meter Zündschnur und ein Zündkasten standen zur Verfügung, mehr nicht. Um den Kasten zu testen, stemmte er sich auf den Griff und sah, dass der kleine Dynamo Funken schlug. In Ordnung. Dann schöpfte er eine Handvoll eisigen Schlamms vom Boden und schmierte ihn über die Sprengladung an der Schiene. Von den Dämpfen, die der 808-Sprengstoff ausdünstete, bekam er wieder Kopfschmerzen.

Er kam sich vor wie auf einem Präsentierteller. Die Schienen verliefen parallel zur Straße, und dreimal musste er im Gully untertauchen, weil jemand vorbeikam – ein Priester auf einem Fahrrad, dann ein deutscher Lastwagen, gefolgt von einem Jeep, und schließlich ein *gazogène,* einer jener zivilen Kesselwagen, die mit vergaster Holzkohle betrieben wurden und so antriebsschwach waren, dass man sie an Steigungen anschieben musste. Aber weil das Benzin so knapp war, mussten sich viele damit behelfen.

Manners warf einen Blick auf seine Armbanduhr. Fast vier. Die Sonne senkte sich auf den Horizont zu. Er legte sein Ohr aufs Gleis. Noch war nichts zu hören. Er spähte über die Schienen auf die Straße, vergewisserte sich, dass sie in beiden Richtungen frei war, und winkte den drei jungen Männern zu, die auf dem Hügel standen und ihm, wenn nötig, Feuerschutz geben würden. Der Zündkasten stand versteckt hinter einem großen umgekippten Baum. Er zog den Metallspiegel aus der Hemdtasche und richtete den reflektierten Sonnenstrahl auf ein Gebüsch, hinter dem François mit der Spandau wartete. Der antwortete und ließ ihn mit Hilfe blinkender Morsezeichen wissen, dass er bereit war. Wie um Himmels willen sollten sie sich bloß verständigen, wenn die Sonne nicht mehr schien?

Manners brummte der Kopf so sehr, als wollte er zerspringen. Wie ein Wiesel überquerte er die Straße, lief die Uferböschung hinunter und steckte den Kopf ins eiskalte

Wasser. Untergetaucht zählte er bis zehn, richtete sich dann auf und schnappte nach Luft. Schon besser. Die Straße blieb leer. Nach einem letzten prüfenden Blick auf die Sprengladung ließ er alle Spuren verschwinden und strich die Vertiefungen im Schotterbett glatt, die seine Knie hinterlassen hatten. Bei Tageslicht zu arbeiten war so viel einfacher. Wieder legte er ein Ohr an die Schiene. Immer noch nichts. Oder doch? – Ein kaum merkliches Vibrieren wie aus der Tiefe seines Hirns. Er schüttelte den Kopf, um sich vom Wasser in den Gehörgängen zu befreien, und legte das Ohr wieder ans Gleis. Ja, es vibrierte tatsächlich. Manners sprang auf und eilte den Hang hinauf zum Zündkasten hinter dem Baum. Er strich sich die nassen Haare aus der Stirn und ärgerte sich, den Kopf unter Wasser gesteckt zu haben. Womöglich würde er sich eine Erkältung einfangen. Er zog seine Lederjacke aus und frottierte mit dem wollenen Futter die Haare. Das feuchte Futter würde an der warmen Haut schon wieder trocknen. Jetzt war der Zug deutlich zu hören.

Das Stampfen der Dampfmaschine hallte vom Waldrand wider. Noch befand sich der Zug auf dem Anstieg unterhalb des ebenen Teilstücks, das parallel zur Straße verlief. Den Geräuschen nach zu urteilen ein Güterzug, offenbar schwer beladen. Vielleicht der Zug, der die gesprengten Weichen reparieren sollte. Wenn nicht, würde er dem Kranwagen wenigstens den Weg versperren.

Zuerst sah Manners den Rauch, dann tauchte ein Fahrzeug auf, das nicht etwa eine Lokomotive war, sondern ein flacher Pritschenwagen voll aufgestapelter Sandsäcke, die eine Geschützstellung sicherten. Dahinter erst folgten die

Lokomotive und ein Kranwagen mit schwerer Winde und Flaschenzügen. Es war der Reparaturzug, besetzt mit jungen, unerfahrenen Kerlen, die wahrscheinlich nicht ahnten, was auf sie zukam. Jedenfalls waren es zum Glück keine Veteranen der Partisanenkämpfe an der Ostfront. Einen Zug mit einer einzigen Sprengladung zum Entgleisen zu bringen verlangte optimales Timing. Jetzt aber bot sich die Möglichkeit, die Ladung zu zünden, wenn der Pritschenwagen über sie hinwegrollte. Die Sandsäcke würden einen Teil der Explosionskraft übertragen und ein noch größeres Loch in die Schienen reißen. Und um die Maschinengewehrschützen wäre es geschehen. Aber was, wenn ein zweites Geschütz im hinteren Teil des Zuges installiert war? Himmel, daran hatte er gar nicht gedacht. Doch dafür war jetzt keine Zeit mehr. Er stemmte sich auf den Zündhebel, als der Pritschenwagen die Sprengladung erreichte, und presste sein Gesicht ins Laub am Boden.

Die Explosion war so gewaltig, dass der umgestürzte Baum, hinter dem er lag, zu zittern anfing. Als er aufzublicken versuchte, schlug ihm durch zerrissenes Gezweig Sand ins Gesicht und in die Augen. Eine riesige Staubwolke stieg auf, vermischt mit dem schwarzen Rauch der Lokomotive, von der ein scharfes Zischen ausging, übertönt nur vom metallischen Kreischen entgleisender Fahrwerke.

Langsam klarte die Sicht auf, und Manners hörte die Maquis oben am Hang laut jubeln. Der von den Schienen gesprungene Pritschenwagen war von der Lok vor einen Baum geschoben worden und lag, fast wie ein Buch zugeklappt, auf der Seite. Der Kranwagen war zur anderen Seite hin ausgerissen und stand nun quer auf der Straße. Alle anderen Güterwaggons, beladen mit wertvollen Ersatzteilen, waren über die Uferböschung in den Fluss gekippt, genau an der Stelle, wo Manners Minuten zuvor seinen Kopf ins Wasser gesteckt hatte. Weiter unten lagen zwei weitere Rollwagen im Schotterbett, nur einer, der allerletzte, stand noch auf den Gleisen. Von den Deutschen war keine Spur zu sehen. Doch dann kletterte eine Gestalt aus der umgestürzten Lok. Sie bückte sich, um etwas daraus hervorzuziehen. Den Heizer … Himmel!

»Passt auf«, rief er den Männern oben am Hang zu. »Wahrscheinlich sind gleich ein paar Boches wieder auf den Beinen.« Rutschend und stolpernd eilte Manners den Abhang hinunter und auf die Lok zu, um dem Lokführer zu helfen. Weil aus dem Kessel riesige Mengen an Dampf zischten, konnte er sicher sein, dass der nicht platzen würde. Um sich nicht die Hände am heißen Eisen zu verbrennen, streifte er die Lederärmel seiner Jacke darüber, griff dann dem Heizer unter die Achseln und schleifte ihn hinauf auf die Straße. Der Lokführer stand offenbar unter Schock. Er sackte in den Knien ein und erbrach sich. Manners ging auf den zusammengeklappten Pritschenwagen zu. Das Maschinengewehr war nirgends zu sehen, nur der nackte Rumpf eines deutschen Soldaten, der noch seinen Helm auf dem Kopf trug. Die Beine waren verschwunden. Dann sah er einen zweiten in zerfetzter Uniform. Fast unwillkürlich knöpfte Manners die Jacke auf und zog ein Soldbuch sowie eine Brieftasche aus der Innentasche hervor. Sie würden ihm verraten, welcher Einheit die Deutschen angehörten, dachte er und steckte beides weg.

Er stieg wieder den Hang hinauf zu seinen Männern. Die

dünne Sandschicht, die sich auf den rutschigen Boden gelegt hatte, bot seinen Stiefeln Halt. Die Jungs hatten ihre Deckung verlassen und starrten wie gebannt auf die Trümmer. Ihre Waffen hingen lose an der Seite. Einer riss die Arme auseinander, um Manners um den Hals zu fallen. Die anderen applaudierten spontan. Aber dafür blieb jetzt keine Zeit. Manners scheuchte sie Richtung Hügelkuppe, um François das Feld zu überlassen. Sie mussten außer Reichweite sein, wenn die deutsche Patrouille aus Le Buisson eintraf. Mann, würden die Augen machen! Der Schienenweg war für mehrere Tage stillgelegt, und die Waggons mit den Ersatzteilen für die Weichen lagen im Fluss. Vielleicht sollte er dafür sorgen, dass sie nicht geborgen werden konnten. Wenn er Sprengfallen an die Waggontüren anlegen würde …

Schwer keuchend und vom Gestrüpp des Waldes im Gesicht und an den Händen zerkratzt, erreichten sie den Hügelkamm, gerade rechtzeitig, um die Lastwagen der Deutschen von Le Buisson heranrollen zu sehen. Herrje, wie dürftig sie ausgebildet waren. Sie hätten einen Abstand von mindestens zweihundert Metern zueinander einhalten und einen gepanzerten Wagen an der Spitze haben müssen – oder zumindest zwei Kradfahrer. Waren sie denn nicht darauf gefasst, überfallen zu werden?

François wartete, bis die Lastwagen vor der scharfen Kurve vorm Bahnübergang abbremsen mussten. Dort waren sie noch gut anderthalb Kilometer vom Sabotageschauplatz entfernt. Als der erste Wagen über die Schienen holperte, hatte François sein Ziel frontal vor Augen. Er drückte ab und feuerte eine Salve, in die der Wagen geradewegs hineinsteuerte. Er bremste so scharf ab, als wäre er vor eine Wand geprallt, brach seitlich aus und kippte in den Graben. Dem zweiten Wagen erging es ähnlich, nur dass er die Kurve nicht mehr schaffte und direkt in den Fluss rollte. François stellte das Feuer ein, zielte auf den letzten Wagen und nahm ihn noch vor der Kreuzung unter Beschuss. Die beiden Fahrzeuge davor versuchten zu wenden. Türen flogen auf, Soldaten flohen in den Wald. Der letzte Wagen hatte Feuer gefangen, der Tank ging in Flammen auf, Munition explodierte. Feuerstöße zuckten Richtung Wald. Einzelne Schüsse krachten. Bald würde François den heißgewordenen Lauf seines Maschinengewehrs auswechseln müssen. Weitere Salven trafen auf die beiden Fahrzeuge in der Mitte. Die Deutschen erwiderten jetzt das Feuer, schossen aber wild um sich, ohne François in seinem Versteck entdeckt zu haben.

Zeit für den Rückzug. Ausgelassen jubelten im Hintergrund die jungen Franzosen. Idioten. Wollten sie auf sich aufmerksam machen? Manners trieb sie an, talwärts, auf Audrix zu. Seine Kopfschmerzen hatten sich gelegt.

Boridots Hof mit seinem baufälligen Wohnhaus und dem kleinen, von Unkraut überwucherten Weinfeld wirkte wie verlassen. Nur der Bauerngarten war gepflegt; der Rettich blühte schon, und die Kohlköpfe vom Vorjahr waren so groß, wie Manners noch nie welche gesehen hatte. Ein paar Hühner scharrten im Dreck, und an der gemauerten Hauswand waren zwei Hunde angekettet. Bellend sprangen sie auf Manners zu, bis sie von den Ketten unsanft zurückgerissen wurden. Er schob sein Fahrrad durch das Tor, dessen windschiefes Gatter von einem Strick gehalten wurde, der aus demselben Bündel zu stammen schien wie der Strick, den Boridot als Gürtel um die Hose geschlungen hatte. Der alte Bauer trug ein verschossenes, an den Zipfeln verknotetes rotes Taschentuch auf dem Kopf. Die Füße steckten in Holzpantinen. Er paffte an einer alten Pfeife, und so entschlossen, wie er mit den Zähnen auf das Mundstück biss, hielt er eine auf Manners gerichtete Flinte in den Händen.

»Ich wollte nach dem verwundeten Mann sehen, den mit dem Beinschuss«, sagte Manners, und ihm fiel plötzlich ein, dass er dessen Namen nicht kannte und mit ausländischem Akzent sprach. Dieselbe Frage hätte so auch ein Deutscher stellen können. Die Flinte mit dem langen Lauf sah gefährlich aus. Manners überlegte angestrengt, wie er den Alten beruhigen konnte. Hatte Berger nicht gesagt, dass auch Boridot ein alter Veteran war? »Sie werden doch noch vom Ersten Weltkrieg wissen, dass sich ein britischer Offizier um seine verwundeten Kameraden kümmern muss.«

»Alles in Ordnung, *grand-père.* Er ist Engländer«, meldete sich eine Frauenstimme. Die Tierärztin erschien in der Haustür und wischte sich die Hände an einem Tuch. Sie trug einen dunkelgrauen Rock und eine züchtig zugeknöpfte weiße Bluse. Die blonden Haare waren zu einem großen Knoten zusammengesteckt. Trotz der klobigen Stiefel, die sie auch jetzt trug, sah sie sehr viel hübscher aus als in der Aufmachung als Wanderer, in der er sie zum ersten Mal gesehen hatte. »Ich kenne ihn. Berger hat uns vorgestellt.«

»Ist er wirklich Ihr Großvater?«, fragte Manners, als der

Alte die Flinte gesenkt hatte und auf ihn zukam, um ihm die Hand zu schütteln.

»Nein, ich nenne ihn nur so. Ich kenne ihn schon, solange ich lebe«, sagte sie und trat auf ihn zu, um auf beide Wangen geküsst zu werden. Dem Engländer gefiel die Art der französischen Begrüßung, obwohl er sich immer noch ein wenig befangen dabei fühlte und ungeschickt mit dem Kopf ruckte. Sie duftete nach Lavendel, was ihn an die Mottenkissen im Kleiderschrank seiner Mutter erinnerte. Sybille war ihr Name, wie ihm wieder einfiel, und er sah, dass sie schmunzelte, als er vor ihr zurückwich.

»Wie geht es Ihrem Patienten?«

»Mit der schwangeren Kuh, deren Kalb verkehrt herum im Bauch lag, hatte ich größere Schwierigkeiten«, antwortete sie. »Schön, Sie zu sehen. Sie müssen London melden, dass wir Medikamente und Verbandsmaterial brauchen, auch auf die Gefahr hin, dass uns die Deutschen erschießen, wenn sie solche Dinge bei uns finden. Es fehlt uns an allem, sogar an Aspirin. Vielleicht könnten Sie auch dafür sorgen, dass man uns diese neuen Sulfonamide zukommen lässt. Bandagen, Skalpelle und Wundgarn.«

»Ich will's versuchen, Sybille. Aber ich fürchte, in London ist man zurzeit eher daran interessiert, Wunden zu schlagen, als zu heilen.«

»Na dann, kommen Sie ins Haus, ich zeige Ihnen den alten Bock. Vielleicht können Sie ihn ja davon abhalten, mir ständig unter den Rock zu greifen.«

»Das heißt, ihm geht's schon sehr viel besser«, knurrte Boridot. »Ein kleiner *apéro* gefällig? Zur Erfrischung?« Er führte sie ins Haus, wo es so streng roch wie in einem

Dachsbau. Auf dem Tisch lag ein riesiger Käse aus Schafsmilch, daneben stand ein Steinguttopf, gefüllt mit fetter *pâté.* Der Patient lag auf einem alten Sofa, das an einer Ecke auf einem Sockel aus Ziegelsteinen stand; sein Oberschenkel war frisch verbunden, und er hielt ein halbvolles Glas in der Hand.

»Mein *pineau.* Selbst gekeltert«, erklärte Boridot stolz. Er nahm das Taschentuch vom Kopf, putzte ein beschlagenes Glas damit und füllte es mit einer rötlich braunen Flüssigkeit aus einer Literflasche. Das reichte er Manners und schenkte sich selbst auch ein. Sybille nippte an einem Glas, aus dem sie offenbar schon getrunken hatte, ehe sie zur Tür gekommen war. Die im übrigen Land geltende Vierliterration pro Monat schien auf diesem Hof keine Geltung zu haben.

»Wie geht's?«, fragte Manners den Mann auf dem Sofa, der offenbar leicht angetrunken war und lallte, als er sagte, er könne es schon wieder mit den Deutschen aufnehmen. Manners griff in die Hemdtasche nach seinen Zigaretten und zog zusammen mit der Schachtel Players das Soldbuch des toten Deutschen hervor. *Feldgendarmerie* – der Ausdruck sagte ihm nichts. Als er die Brieftasche öffnete, fand er zu seiner Überraschung weder Namen noch andere persönliche Daten, sondern ein kleines Reiseschachspiel mit flachen Figuren darin, die sich bequem in den Lederfächern unterbringen ließen. Ein praktischer Zeitvertreib. Manners steckte das Schachspiel zurück in die Brusttasche und reichte dem Verwundeten die Players.

»Wenn die Deutschen solche Zigaretten bei uns finden, knallen sie uns ab«, sagte Sybille. »Wollen Sie das?«

»Es reicht doch schon, wenn sie einen Mann mit einer Kugel im Bein hier finden«, entgegnete Manners gelassen. »Außerdem wird es Bodriot nicht so weit kommen lassen. Er verscheucht sie mit seiner Flinte vom Hof.«

Sie deutete ein Lächeln an. Keine Schminke im Gesicht, makellose Haut, schöngeschnittene Augen, registrierte er fast reflexhaft. Aber irgendwie schien sie es darauf anzulegen, unauffällig zu wirken. Vielleicht war sie auch einfach müde von den Jahren des Krieges und der Okkupation. Verständlich, dachte er, wenn sich eine Frau, die tagtäglich auf feindliche Soldaten treffen musste, möglichst unattraktiv machte.

»Danke, dass Sie sich um ihn kümmern«, sagte er förmlich. »Ich weiß, welches Risiko Sie eingehen.«

»Das Risiko gehe ich ein mit dieser schönen Frau Pferdedoktor«, lallte der Mann auf dem Sofa. Er steckte sich eine Players an, betrachtete argwöhnisch die Zigarette und reichte dann die Schachtel weiter.

»Eine bessere Pflege gibt's nicht, also behandle sie mit Respekt. Sonst sägt sie dir beim nächsten Mal das Bein ab«, sagte Manners und steckte Sybille eine Zigarette an. »Ich würde Ihnen für die Behandlung gern etwas geben, Madame. Mit Devisen sind wir gut bestückt.«

»Die Zigarette reicht mir als Honorar. Außerdem kenne ich diesen alten Bock schon seit meiner Schulzeit; er hat uns Mädchen immer auf dem Nachhauseweg aufgelauert. Und überhaupt, was könnte ich mir mit Geld schon kaufen? Wenn Sie Bezugsscheine für Kleiderstoffe hätten oder vielleicht ein bisschen Fallschirmseide … Übrigens, mein Mann hat auch manchmal Players geraucht, vor dem Krieg.

Auf unserer Hochzeitsreise waren wir in London«, sagte Sybille und blickte den Rauchschlieren nach, die von ihrer Zigarette aufstiegen. »Mein Gott, ich hatte schon ganz vergessen, wie diese Dinger schmecken.«

»Buckingham-Palast, der Tower, die Houses of Parliament«, johlte der Betrunkene auf dem Sofa. »Wie romantisch.«

»Wir haben wohl schon vieles vergessen, was in Friedenszeiten selbstverständlich war«, erwiderte Manners und fragte sich, wo ihr Mann abgeblieben war.

»Ist Ihr Mann ebenfalls Tierarzt, Madame?«

»War er, ja. Er ist 1940 gefallen, in der Nähe von Calais, wo er mit seinem Artillerieregiment stationiert war und die Stadt zu halten versucht hat, um den Engländern die Chance zu geben, von Dunkirk zu fliehen. Das ganze Regiment wurde ausgelöscht. Pferdegespanne gegen Panzer.«

»Auch die Deutschen hatten Pferdegespanne für ihre Kanonen«, sagte er leise. »Und mit uns konnten fast hunderttausend Franzosen Dunkirk verlassen.«

»Ich werfe den Briten nichts vor, Monsieur. Schuld haben allein die Deutschen und diese verkommene Regierung, die wir hatten, das ganze faule politische Durcheinander der Vorkriegszeit. Kommunisten, Faschisten, Royalisten, Sozialisten, Radikale – ich verfluche sie alle.« Sie paffte an ihrer Players. »Diese Kippen sind schlecht für die Gesundheit. Aber nicht so schlecht wie der Krieg.«

»Ich gebe vor allem Hitler die Schuld«, sagte Manners.

»Die Deutschen hätten auch ein anderes Miststück hervorgebracht. Wie immer. Hitler, der Kaiser, Bismarck«, mischte sich Boridot ein. »Wir hätten damals, 1918, bis nach

Berlin vorrücken und den Sack zumachen sollen. Meinst du nicht auch, Jacquot?«

»Wir waren doch beide überglücklich, wieder nach Hause zurückzukönnen«, nuschelte Jacquot. »Ich dachte, ich hätte schon damals von deutschen Kugeln mehr als genug einkassiert.«

»Du musst dich einfach besser daran erinnern, wie man ihnen ausweicht, Jacquot«, entgegnete Manners, froh, den Alten endlich beim Namen nennen zu können. »Ich verlasse mich darauf, dass die jungen Soldaten von den Alten lernen.« Er stellte sein leeres Glas auf den Tisch, dankte Boridot und wandte sich der Tür zu. Sybille stand auf, aus Höflichkeit, wie es schien, und er fragte sie, ob er sie irgendwohin bringen könne.

»Sie wollen wohl wirklich, dass ich festgenommen werde, Monsieur«, lachte sie, als er ihr in eine dicke schwarze Wolljacke half. »Ja, es wäre mir lieb, wenn Sie mich begleiten. Aber wenn wir Deutsche sehen, müssen Sie sich schnell vom Acker machen.«

»Bei uns sind keine Deutschen«, rief ihnen Jacquot nach. »Wir haben sie alle umgebracht.«

Sie radelten hintereinander über einen holprigen Fuhrweg. Ihr Fahrrad war noch älter als seins, aber gut gepflegt, die Kette geölt, und die Felgen waren völlig rostfrei. Sie fuhr vor ihm her, und er betrachtete die schlanken Waden über den Stiefeln und die hübsche Silhouette ihres Oberkörpers vor dem Korb, der auf dem Gepäckträger thronte und mit Eiern von Boridot gefüllt war, eingepackt in Stroh.

»Ich kann Ihnen leider keine Fallschirmseide geben«, sagte er, als sie die Straße erreichten und er mit ihr auf gleicher Höhe fahren konnte. »Wäre gegen die Sicherheit, verstehen Sie?« Sie schnaubte. »Aber ich werde Ihnen die feinste seidene Unterwäsche in Paris kaufen, wenn der Krieg vorbei ist.«

»Einverstanden. Ich nehme sie an als Honorar für die Behandlung von Jacquot und all den anderen, die Sie mir, wie ich fürchte, noch schicken werden. Die schönste Wäsche gibt's übrigens bei Lanvin. Ich hoffe, Sie übernehmen sich nicht. Wie vielen Französinnen haben Sie ein solches Geschenk eigentlich schon versprochen?«

»Nur Ihnen. Ich könnte es mir weiß Gott nicht leisten, allen Frauen, die uns helfen, Seide zu spendieren, zumal die meisten, jedenfalls die Bäuerinnen, Übergröße haben.«

»Sie beleidigen unsere französischen Frauen«, empörte sie sich scherzhaft. Nach einer Weile sagte sie: »Ich weiß nicht, wohin Sie fahren, und will es auch nicht wissen, aber wenn wir die Straße nach Le Bugue erreichen, wär's gut, ich fahre voraus und Sie folgen. Vielleicht treffen wir dort auf eine Patrouille der Miliz. Ich nehme an, Sie haben Papiere bei sich. Was soll ich sagen, wenn man mich nach Ihrem Namen fragt?«

»Ich werde wohl schon vor Le Bugue abbiegen«, antwortete er. »Meinen Papieren nach bin ich Alain Guyon, aber ich möchte, dass Sie meinen wirklichen Namen kennen. Manners. Jack Manners.«

»Jacques. Alias Alain«, wiederholte sie. »Nun denn, Jacques, wenn Sie mir nicht weiter folgen, werden Sie auf ein perfektes Omelett verzichten müssen. Und ich auf Ihre Zigaretten.« Sie schmunzelte und sah plötzlich gar nicht mehr so unscheinbar aus. »Ich möchte nicht wissen, wie ihr

Jungs euch ernährt. Kommen Sie mit, und essen Sie was Leckeres bei mir. Fahren Sie bis zum Platz vor der Kirche, wo die Alten Boule spielen. Auf der anderen Straßenseite sehen Sie ein Veterinärzeichen. Benutzen Sie den Praxiseingang. Ich hänge das Geschlossen-Schild vor die Tür, wenn Ärger zu befürchten ist.

Warten Sie jetzt hier, bis ich außer Sichtweite bin«, fügte sie hinzu. »Und noch eins, Monsieur Jacques ...«

»Ja?«, fragte er nervös und unsicher, da sie nun das Kommando übernommen hatte.

»Es wäre wohl besser, man sieht Ihre Pistole nicht, wenn Sie in die Stadt kommen.«

10

Gegenwart

Auf den ersten Blick wirkte das Château Malrand sehr beeindruckend. Doch je mehr sie sich ihm auf der langen, von Kies bestreuten Auffahrt näherten, desto kleiner erschien es. Es war längst nicht so grandios wie Lydias Vorstellung von einer präsidialen Sommerresidenz. Doch ihr Sinn für Proportionen wurde ein weiteres Mal irritiert, als ihr bewusst wurde, dass die Auffahrt an einem französischen Garten vorbei und dann ums Gebäude herum in den eigentlichen Eingangsbereich führte. Was von hinten wie ein bescheidenes dreigeschossiges und mit spitzem Turm gekröntes Schlösschen aus dem 17. Jahrhundert ausgesehen hatte, enttäuschte von vorn betrachtet ganz und gar. Eine schmale, geradezu schäbige Pforte führte auf ebener Erde in den Sockel des Turms. Nebenan befand sich eine steinerne Treppe, die unten an die fünf Meter breit war, sich aber nach oben extrem verjüngte und nur noch einer Person Platz bot. Über dem Eingang hing ein gläsernes Vordach, das weder stilistisch noch in den Proportionen passte und viel zu klein war.

Als Manners den Jaguar im Hof parkte, schaute Lydia hinter sich und blickte in die eigentliche Zufahrt, die, von Bäumen gesäumt, über eine Strecke von drei- bis vierhundert Metern zur Straße am Fluss führte. Linker Hand erstreckten sich Reihen von Weinstöcken, auf der anderen Seite ein Obstgarten mit säuberlich gestutzten Apfel- und Birnbäumen. Davor lagen alte Stallungen, die von einem offenbar neu errichteten Nebengebäude überragt wurden. An drei großen schwarzen Citroëns, die daneben parkten, lehnten drei kräftige junge Männer, die den Ankömmlingen mit skeptischen Mienen entgegenblickten. In der Tür des Neubaus erschien ein stämmiger Mann mit Glatzkopf und dichtem Schnauzbart. Er hielt eine Hand ans Ohr, lauschte angestrengt und nickte den dreien zu. Als Lydia und Manners von der Straße abgebogen waren, hatten sie bereits einen Sicherheitsposten passiert. Hier wurden sie offenbar aufs Neue kontrolliert. Lydia richtete den Blick zurück auf die Fassade des Châteaus und glaubte erkennen zu können, dass das Schlösschen ursprünglich eine mittelalterliche Festung gewesen sein musste, in deren Außenmauern nachträglich Fenster im Stil der Renaissance eingebaut worden waren, bevor ein Vorfahre Malrands im 17. Jahrhundert den rückwärtigen Teil komplett umgestaltet hatte. Plötzlich ging wie von selbst die Eingangstür auf, so dass es geradezu unheimlich war. Aber dann tauchte ein Dienstmädchen mit einem weißen Häubchen auf dem Kopf auf und geleitete die beiden ins Haus.

Malrand erwartete sie in einem großen, ziemlich kalten Raum, der anscheinend die gesamte Grundfläche des Hauses einnahm. Er stand vor einem der Renaissancefenster und rauchte eine gelbe Zigarette. Mit den festen Schuhen, der Kordhose, dem Tweedjackett und einem karierten Hemd mit offenem Kragen wirkte er wie zu einem Spaziergang angezogen. Lydia kam seine Aufmachung irgendwie bekannt vor, und sie erinnerte sich plötzlich an »Old England«, einen Herrenausstatter an einem der Pariser Boulevards in der Nähe der Madeleine. Malrand sah genauso aus wie eine der Schaufensterpuppen. Er hatte dichtes weißes Haar, und von den roten Äderchen auf seinen Wangen abgesehen, war sein Gesicht erschreckend bleich. Die schlanke Nase und die dünnen Lippen hatten etwas Raubvogelartiges. Er wirkte sehr viel lebendiger als auf den Zeitungsfotos, die sie gesehen hatte, und sprühte geradezu vor nervöser, jugendlicher Energie.

»Willkommen in meinem Haus, Major Manners. Bei seinem ersten Besuch vor mehr als fünfzig Jahren stand Ihr Vater genau an der Stelle, wo Sie jetzt stehen«, sagte er freundlich und in akzentfreiem Englisch. Seine Stimme klang rauh wie nach lebenslangem Zigarettenkonsum. »Ich wusste, Sie kommen in Begleitung, ahnte aber nicht, wie reizend die Dame an Ihrer Seite ist. Ich fühle mich geehrt.« Er nahm Lydias Hand, verbeugte sich und hob die Hand bis auf wenige Millimeter an seine Lippen. »Mademoiselle, englische Rose in Vollkommenheit.«

»Amerikanisch, Monsieur le Président. Ich fühle mich geehrt, Sie kennenzulernen.«

»Amerikanisch? Fast wie in alten Zeiten. Ein Malrand, ein Manners und ein Amerikaner, hier im alten Château – in dieser Kombination kamen wir auch 1944 zusammen. Es wäre mehr als Zufall, Mademoiselle, aber Sie heißen nicht etwa McPhee?«

»Nein, Monsieur le Président. Mein Name ist Dean«, antwortete sie ein wenig irritiert. Sein Sicherheitspersonal würde nicht nur ihren Namen und ihre Nationalität überprüft, sondern wahrscheinlich auch Erkundigungen über ihren familiären Hintergrund eingeholt haben und im Detail wissen, was sie gern aß und welche Musik sie gerne hörte.

»Mademoiselle Dean«, sagte er. »Eine angelsächsische Rose also. Stoßen wir mit einem Glas Champagner an, und dann folgen Sie mir bitte nach draußen in meinen neuen Weinberg. Nach über hundert Jahren haben wir endlich wieder ein paar selten gute Weine. Haben Sie schon einmal von der Phylloxera gehört, der Reblaus, die zur Zeit Napoleons des Dritten viele unserer Weingüter überfallen und verwüstet hat? In Bordeaux und im Burgund war man klug genug, resistente Weine aus Kalifornien anzubauen. Hier bei uns glaubte man, mit Tabak mehr Geld verdienen zu können. Ein großer Fehler. Übrig blieb nur der heimische *pinard,* ein minderwertiger Tropfen, mit dem man früher die Soldaten vertröstet hat, rationiert auf zwei Liter pro Tag. Ich weiß ein Lied davon zu singen.«

Er versuchte charmant zu sein und hatte durchaus Erfolg. Lydia, der ihr cremefarbenes Seidenkostüm mit rotem Schal und passenden roten Schuhen plötzlich unangemessen vorkam, entspannte sich rasch. Achtung, nicht so schnell, Lydia, ermahnte sie sich.

»Mademoiselle Dean – oder darf ich Sie Lydia nennen? –, Sie sind viel zu schön, als dass Sie mich mit Monsieur le Président anreden sollten. Es macht mich älter, als ich bin. Nennen Sie mich doch bitte François. Wir sind schließlich nicht im Dienst und können ganz ungezwungen miteinander umgehen. Formelle Treffen muss ich allzu häufig über mich ergehen lassen, also gestatten Sie mir, dass ich unsere private Zusammenkunft genieße.« Das neckische Zwinkern seiner Augen erinnerte Lydia an Berichte über seine Liebesaffären, die seiner Gunst bei seinen Wählern offenbar nicht geschadet hatten.

»Monsieur, bei der Sichtung der Unterlagen meines Vaters habe ich leider keinen Entwurf seiner Memoiren gefunden, nur ein paar Notizen und Kapitelüberschriften«, sagte Manners. »Seine Aufzeichnungen beziehen sich hauptsächlich auf seinen Einsatz in Nordafrika. Seine Zeit in Frankreich bleibt weitgehend unerwähnt. Es gibt da nur ein paar Briefe an meine Großmutter. Einer berichtet von einer Begegnung mit Ihnen im Sommer 1942 nach den Kämpfen bei Gazala und Bir Hakeim, ein anderer über Ihren Besuch bei uns zu Hause. Meine Großmutter war sehr angetan von Ihnen.«

»Vielleicht weil ich ihr gesagt habe, dass es in ihrem Haus sehr viel gemütlicher sei als bei mir. Und das war ernst gemeint.« Er wandte sich an Lydia. »Hier ist es ja wirklich nicht besonders wohnlich, wie Sie sehen. Man weiß nicht, ob man sich in einer alten Festung oder in einem Schloss befindet, ganz abgesehen davon, dass Front und Rückseite vertauscht zu sein scheinen.«

»Das ist in der Tat bemerkenswert, Monsieur – François.«

»Danke, Lydia. Charmant, wie Sie meinen Namen aussprechen. Nun, es wäre wirklich schön, wenn uns die Memoiren eines so verdienstvollen Veteranen und großen Freundes Frankreichs vorlägen«, sagte Malrand und wechselte abrupt das Thema: »Ich möchte gerne alles über diese Felszeichnung hören, die Sie gefunden haben. Hat sich die

Polizei eigentlich schon eingeschaltet? Darüber werden wir uns hoffentlich ausführlicher unterhalten, wenn der letzte Gast eingetroffen ist. Sie kommt ein bisschen später. So haben wir Gelegenheit, noch eine Weile miteinander zu plaudern. Was halten Sie von meinem Kamin, Lydia?«

»Frühe italienische Renaissance, würde ich sagen. Wunderschöner Marmor. Leider sind die Karyatiden ein wenig beschädigt«, sprudelte es aus ihr heraus.

»Deutsche Kugeln. Nach meiner Festnahme hat man Schießübungen daran vorgenommen«, erklärte Malrand. »Was fällt Ihnen sonst noch auf?«

»Die Platte dort«, antwortete sie mit Blick auf die große Kaminrückwand aus Gusseisen. »Prächtig. Ist das Ihr Familienwappen?«

»Nein«, sagte er und schmunzelte in Richtung Manners. »Die Engländer haben nicht alle Kriege gewonnen, auch wenn sie es so darstellen möchten. Es ist das Wappen der Talbots, einer großen englischen Familie, und wurde von meinen Vorfahren aus deren Château unten am Fluss geplündert, als wir vor fünf Jahrhunderten die letzten Engländer vertrieben haben. Nicht lange danach ist ein Urgroßenkel der Malrands mit dem Ritterkönig Franz dem Ersten in Italien einmarschiert. Das war 1515.«

»Über ihn kam die Renaissance nach Frankreich«, sagte Lydia.

»Sehr richtig. Und mein Kamin.« Malrand wandte sich an Manners. »Wir haben uns dann auf dem *Camp du Drap d'Or* dafür eingesetzt, dass auch England von der Renaissance profitiert. Aber Ihr König Heinrich der Achte war, glaube ich, mehr an Frauen interessiert. Verständlich.«

»Immer diese Sticheleien zwischen Franzosen und Engländern. Wieso eigentlich?«, fragte Lydia und lächelte, um mit ihrer Bemerkung keinen Anstoß zu erregen.

»Jeanne d'Arc, Trafalgar und Waterloo«, antwortete Manners. »Ich vermute, die Franzosen glauben, wir hätten Abbitte zu leisten.«

»Es gab auch etliche Auseinandersetzungen mit anderem Ausgang – Hastings, Calais, Rochelle, Fontenoy«, blaffte Malrand, mäßigte sich aber sofort wieder. »Nein, darum geht es nicht. Während der Revolution waren es Landsleute, die aus meinem Schloss eine Tanzhalle gemacht haben, und aus Notre Dame wurde ein sogenannter Tempel der Vernunft, vor dessen Altar eine Prostituierte eine Spottmesse zelebrierte. Ach ja, die Engländer, was soll ich dazu sagen? Sie haben uns Zuflucht geboten, Waffen, Hoffnung und Unterstützung in der Befreiung unseres Landes.« Sein Blick war nach innen gerichtet.

»Es ist wohl eine sehr intime Beziehung, vergleichbar vielleicht mit einer nicht endenden katholischen Hochzeit in einer Familie, die so arm ist, dass sie sich nur ein Bett leisten kann«, fuhr er fort. »Wir haben einander bekämpft, überfallen und die Frau des jeweils anderen geliebt, aber auch über tausend Jahre am selben Strang gezogen. Es gibt keine anderen zwei Völker auf Erden, die, obwohl sie vieles miteinander teilen, so unterschiedlich geblieben sind und dennoch diese tiefe, fast beängstigende Anziehung füreinander empfinden. Sie trinken unsere Weine, wir trinken Ihren Scotch. Engländer machen bei uns Urlaub, verlieben sich in das alte Frankreich und erwerben Grundbesitz bei uns. Unsere Jugend liebt die englische Musik und gründet

Unternehmen in Kent, weil die Steuern dort günstiger sind. Mein Großneffe ist zum Englischlernen nach Brighton gegangen und dort hängengeblieben. Er hat dort inzwischen eine gutgehende Firma und Kinder, die englische Staatsbürger sind.«

Malrand legte eine Pause ein. Tief in Gedanken versunken, wie es schien, nippte er an seinem Glas und holte dann eine Zigarette hervor. Anstatt sie sofort anzustecken, legte er eine Hand auf Manners' Schulter und sagte: »Irgendwie sind wir, Sie und ich, miteinander verwandt, so kommt es mir jedenfalls vor. In dem Zusammenhang fällt mir die alte griechische Sage ein, die von einem Mann und einer Frau und ihrem fortwährenden Versuch erzählt, sich wieder zu dem Ganzen zu vereinen, das sie einmal waren. Ihr Vater war mir so nah wie ein Bruder.«

»Ich hätte da eine kleine Erinnerung an meinen Vater für Sie«, sagte Manners und zog das Lederetui mit dem Schachspiel aus der Tasche, das Lydia in seinem Handschuhfach entdeckt hatte. »Als er es mir gab, sagte er, es stamme aus Frankreich.«

Malrand nahm das Etui entgegen, öffnete es und betrachtete die schwarzen und roten Spielsteine in Form und Größe kleiner Knöpfe, die in entsprechende Vertiefungen auf dem Schachbrett eingesetzt werden konnten. »Ja, ich erinnere mich, dass er häufig mit McPhee gespielt hat«, murmelte der Präsident. »Es hatte einem gefallenen deutschen Soldaten gehört.« Er strich mit der Hand über das Leder. »Vielen Dank dafür. Aber es muss irgendwann in Ihren Besitz zurückgelangen.«

Draußen hörte man ein Auto mit hohem Tempo in den

Hof fahren und beim Bremsen Kies aufwirbeln. Lydia schaute zum Fenster hinaus und sah zuerst eine Staubwolke und dann Clothilde, die aus einem kleinen japanischen Cabriolet ausstieg. Vor den Blicken des Wachpersonals streifte sie ihre hochhackigen Pumps ab und trippelte barfuß über den Kies auf die Eingangsstufen zu.

Ein sehr guter Weißwein, dachte Lydia, trocken genug, um den pikanten Flusskrebssalat zur Geltung zu bringen, gleichzeitig aber so fruchtig und aromatisch, dass er sich sehr wohl allein behaupten konnte. Sie nahm einen Bissen Brot und trank noch einen Schluck. In London würde sie für einen Chablis, der sehr viel weniger ansprechend war, über zehn Pfund die Flasche bezahlen.

Was sie aber im Augenblick vor allem bewegte, war die Frage, ob zwischen Clothilde und dem Präsidenten früher mal etwas gewesen war. Oder legte sie sich jetzt dafür so ins Zeug? Nicht dass sie flirtete, aber sie verhielt sich längst nicht so unterkühlt und professionell wie beim Treffen mit Lydias Vorgesetzten, der Polizei und den Vertretern der Versicherung in London. Sie war witzig, heiter und ein wenig despektierlich, als es um die Interpretation der Höhlenmalereien ging, die, wie sie meinte, offenbar der Mode folge. Lydia wusste, dass Abbé Breuil hinter den Darstellungen ein Jagdritual vermutet hatte mit dem Zweck, die Tiere zu bannen, die für das Überleben des Stammes unverzichtbar gewesen waren. Lydia fand diese Hypothese immer recht plausibel, obwohl sie gelesen hatte, dass die in den Abfallhaufen der Steinzeitmenschen gefundenen Knochenreste nur in den seltensten Fällen von Wisenten und

Pferden stammten, den am häufigsten abgebildeten Tieren. Man hatte sich damals, wie sie sich erinnerte, fast ausschließlich von Rentieren ernährt, und die waren in der Höhlenkunst kaum vertreten.

»Es kamen die sechziger Jahre«, sagte Clothilde. »In Paris gab's politische Unruhen. De Gaulle musste abdanken. Dann gab's die sexuelle Revolution, gefolgt von der intellektuellen.«

»Der was?«, fragte Manners.

»Strukturalismus. Frankreichs Beitrag an den Zeitgeist. Alles musste neu interpretiert werden. Es gab keine Autoren mehr, nur noch Texte, und meine ganz persönliche Lesart war ebenso gültig wie das gelehrte Urteil irgendeines Professors.«

»Intellektuelle Revolutionen beginnen immer mit der Diskreditierung der herrschenden Wissenselite«, sagte Malrand lächelnd. »Wie sollten sich auch sonst die gescheiten jungen Revolutionäre durchsetzen können? In der Politik kennt man ganz ähnliche Phänomene.« Er wandte sich an Clothilde. »Der Strukturalismus hat sich also auch in den Höhlen breitgemacht. Verstehe ich richtig?«

»So ist es, Monsieur le Président. Den entscheidenden Anstoß gab mein Lehrer André Leroi-Gourhan. Er erstellte eine statistische und rigoros strukturalistische Analyse der Höhlenmalereien und unterschied männliche und weibliche Symbole. An den Wänden sind genügend phallische Symbole und Vulven zu finden, um einen solchen Ansatz zu rechtfertigen, und er passte gut in die Zeit.«

»Gab es vor den Sechzigern keine Phalli und Vulven?«, frotzelte Manners. Dieselbe Frage stellte sich Lydia.

»Ich schätze, jede Generation bildet sich ein, die Sexualität neu für sich entdeckt zu haben«, entgegnete Malrand. »Mein Großvater schwärmte von der *belle époche* vor 1914, mein Vater vom Jazzzeitalter. Und unsereins vom Krieg. Fahren Sie fort, Madame. Dieser arme zölibatäre Priester, Ihr Abbé Breuil, war wohl angesichts dieser Fülle von Geschlechtsorganen ein wenig verwirrt.«

»Das Priesteramt hat er nie ausgeübt«, korrigierte Clothilde. »Er verbrachte fast seine ganze Zeit in Höhlen. Und anscheinend hatte er in der Tat Probleme mit Geschlechtsmerkmalen. Es gibt ein berühmtes afrikanisches Höhlengemälde, in dem er eine Weiße Göttin sah. Als solche ging sie dann auch in die einschlägige Literatur ein, bis jemand darauf aufmerksam machte, dass sie einen stattlichen erigierten Penis hatte. Seltsam, nicht wahr? Das hätte doch auch einem Priester auffallen müssen.«

Manners errötete, wie Lydia bemerkte, und obwohl sie sich über Clothildes Auftritt köstlich amüsierte, fand sie seine Reaktion durchaus angemessen. Zu ihrem Schrecken spürte sie plötzlich den Fuß des Präsidenten über ihre Wade streifen. Himmel, was um alles in der Welt sah das präsidiale Protokoll für solche Fälle vor?

»Der Strukturalismus behauptet, alles erklären zu können«, fuhr Clothilde fort. Malrand war sichtlich interessiert. »Nach seiner Entdeckung der sexuellen Symbolik musste Leroi-Gourhan nun auch die Gesamtheit der Höhlenkunst unter den Hut des geschlechtlichen Dualismus bringen.«

»Männliche und weibliche Tiere. Ein bisschen wie in Noahs Arche«, schlug Manners vor.

»Ganz und gar nicht, Major Manners. Leroi-Gourhan sah in der Höhlenmalerei einen größeren Plan verwirklicht. Er fand seine Symbole in ausreichender Zahl, um den Schluss daraus zu ziehen, dass mit den Malereien die Initiation Heranwachsender bezweckt wurde. Problematisch war allerdings, dass mit Ausnahme der Stiere oder der trächtigen Pferde eine Unterscheidung von männlich und weiblich kaum getroffen werden kann. Also erklärte Leroi-Gourhan alle Wisente schlichtweg als Träger weiblicher Symbolik und alle Pferde als männlich.«

»Sagten Sie nicht, manche Wisente seien eindeutig männlichen Geschlechts und manche Pferde trächtig?«

»Ja. Aber wann hätte sich ein französischer Intellektueller in seinen hochfliegenden Spekulationen jemals von solch kleinen Unterschieden beirren lassen?«

»Sie gefallen mir, Madame«, lachte Malrand. »Ihr Leroi-Gourhan erinnert mich an einige Politiker, die ich kenne. Diese geniale Theorie ist also jetzt vom Tisch. Stattdessen haben Sie nun die Vorreiterrolle auf dem Gebiet prähistorischer Kunst übernommen. Verstehe ich Sie richtig? Zuerst hatte sie der gute Abbé Breuil inne, dann der einfallsreiche Leroi-Gourhan, und nun treten unsere neuen Experten nach vorn, allen voran Sie.« Er verbeugte sich elegant vor Clothilde. Der vergnügliche Teil des Abends war anscheinend zu Ende. Der Präsident wollte auf ein anderes Thema zu sprechen kommen. Lydia registrierte nicht ohne einen Anflug von Genugtuung, dass Malrand die Museumskuratorin nicht darum gebeten hatte, ihn François zu nennen. »Nun, Madame, Sie sind also überzeugt davon, dass das bedauerlicherweise verschwundene Musterbeispiel prähistorischer Malerei aus den Händen derer stammt, die die Wände der Höhle von Lascaux gestaltet haben?«, fragte er.

»Wenn Sie die Hände im generischen Sinne verstehen, ja, Monsieur le Président. Nicht die Hände eines Individuums, sondern die einer Gruppe, einer Kultur oder einer Tradition, die in Lascaux ihren Ausgang nahm. Ja, davon bin ich überzeugt.«

»Also zweifelsfrei französisch.«

»Darauf würde ich meinen guten Ruf verwetten, auch auf die Gefahr hin, dass der Stein möglicherweise der spanischen Altamira-Kultur zuzuordnen ist, was ich aber für unwahrscheinlich halte. Die stilistischen Merkmale sind unverkennbar. Trotzdem möchte ich davor warnen, dass Spanien eventuell Anspruch erhebt. Wir sollten diesen Schatz möglichst schnell für Frankreich sichern.«

»Mit anderen Worten, ich könnte als Eigentümer frei wählen, wem ich den Stein zum Kauf anbiete«, schmunzelte Manners.

»Vorausgesetzt, Sie können nachweisen, dass Ihr Vater jemals in Spanien war«, schränkte Clothilde ein. »Fest steht, dass er sich hier in der Dordogne aufgehalten hat.«

»Zugegeben, aber Sie schließen nicht aus, dass es zwischen Paris und Madrid zu einem Wettstreit um den Stein kommen könnte.«

»Um das zu verhindern, haben wir eine Belohnung ausgeschrieben«, entgegnete sie unwirsch und richtete den Blick auf die junge Frau auf der gegenüberliegenden Seite des Tisches. »Lydia, ich hoffe, Sie machen sich für unsere Sache stark.«

Lydia war immer noch abgelenkt von Malrands Fuß, der

ihren Seidenstrumpf zu ruinieren drohte, und meinte, die Entscheidung liege ganz bei Manners; außerdem bleibe die aufgeworfene Frage rein hypothetisch, solange der gestohlene Gegenstand nicht wiederauftauchte.

»Ich verstehe noch nicht ganz, warum diese kleine Zeichnung so wertvoll für Sie ist«, sagte Manners, um Sachlichkeit bemüht. »Sie haben eine große Höhle voller Malerei und Dutzende mit ähnlichen Arbeiten. Was ist also so besonders an diesem kleinen Fragment?«

»Vielleicht sollte ich das erklären als jemand, der die öffentliche Meinung ein wenig einzuschätzen versteht«, antwortete Malrand, bevor Clothilde zu Wort kommen konnte. »Dank staatlicher Zuschüsse, die ich bewilligt habe, wird das geschätzte Museum von Les Eyzies gründlich restauriert, ausgebaut und modernisiert«, begann er und richtete sich auf seinem Stuhl auf. Lydia nutzte die Gelegenheit, um ihren Fuß unter seinem wegzuziehen und die Beine übereinanderzuschlagen.

»Das Museum wird für unsere Touristen, auf die die Region angewiesen ist, noch attraktiver sein, wenn es mit einem echten Exponat prähistorischer Höhlenmalerei aufwarten kann. Da wir nicht genau wissen, woher das Fragment stammt, erübrigt sich die Frage einer Rückführung. Wir können es also ausstellen als Unikat ohne Bezug zur Sammlung des Museums, gewissermaßen als Mona Lisa der Vorgeschichte.« Wieder verbeugte er sich vor Clothilde, die dunkelrot im Gesicht wurde.

»Allein die Medien werden Besucher in Scharen anlocken«, fuhr er fort, als ein Dienstmädchen zwei große Servierteller mit aufgeschnittenem Lammbraten auftischte, der innen verführerisch rosafarben war. Düfte von Rosmarin und Knoblauch breiteten sich aus. Malrand schenkte allen Gästen von seinem Rotwein ein, füllte sein Glas nur zur Hälfte und prostete den anderen zu.

»Die Suche nach der unbekannten Höhle wird Forscher aus aller Welt aufmerken lassen, die Phantasie der Öffentlichkeit beflügeln und Schulkinder neugierig machen. Die Bürger von Les Eyzies, insbesondere die Hotel-, Restaurant- oder Ladenbesitzer, letztlich aber alle, die in der Dordogne wohnen, werden davon profitieren, so auch Frankreich als oberster Kurator prähistorischer Kunst.« Der Präsident legte eine Pause ein und schaute sich im Kreis um. »Ich glaube garantieren zu können, dass für alle notwendigen Investitionen staatliche Mittel in ausreichendem Umfang zur Verfügung stehen werden, nicht zuletzt auch für die ausgelobte Belohnung oder für Ihre Entschädigung, Major Manners. Ihre Familie hat die Großzügigkeit Frankreichs verdient.«

Dieser gerissene Fuchs, dachte Lydia bewundernd; probt seinen öffentlichen Auftritt, und wir müssen als Testpublikum herhalten. Sie sah ihn schon im Fernsehen mit dem Versprechen einer großen Prämie für die Rückgabe des französischen Eigentums. Nationalstolz, Hochkultur und rosige Konjunkturaussichten für seine Heimatregion würden die finanziellen Aufwendungen nicht wie Kosten aussehen lassen, sondern wie kluge Geldanlagen. Und eine großzügige Geste gegenüber dem Sohn eines Helden der Befreiung Frankreichs – die britische Presse würde in ihren Schlagzeilen viel Beifall spenden. Manche Politiker hatten es doch wirklich faustdick hinter den Ohren. Lydia dachte angestrengt nach, konnte aber keine Kehrseite an Malrands Versprechungen ausmachen, abgesehen davon, dass die spanische Presse wohl weniger euphorisch reagieren würde. Sichtlich begeistert von der Aussicht, die Königin eines neuen Louvre der Vorgeschichte zu werden, strahlte Clothilde auf der anderen Seite des Tisches übers ganze Gesicht, und es schien, als wäre sie drauf und dran, dem Präsidenten um den Hals zu fallen.

»Ein sehr staatsmännischer Plan, Sir«, sagte Lydia, die wohlweislich darauf verzichtete, den Präsidenten in Gegenwart Clothildes François zu nennen. »Ich bin sicher, mein Auktionshaus wird Ihren Wünschen gern entsprechen.«

»Ah ja«, entgegnete Malrand. »Ihr Auktionshaus. Da fällt mir ein, Ihre Kollegen drängen meine Freunde im britischen Unterhaus, den Londoner Kunstmarkt von der Besteuerung auszunehmen. Nicht wahr?«

»So ist es, Sir.« Sämtliche Londoner Auktionshäuser sahen sich von den europäischen Steuerplänen bedroht und drohten damit, ihre Geschäfte nach New York oder in die Schweiz zu verlegen.

»Ich finde, es gibt ohnehin viel zu viele Abgaben«, sagte Malrand. »Vielleicht sollte auch Frankreich seine Steuerpolitik überdenken. Unsere Freunde in den Pariser Salons werden mir sofort beipflichten.«

Lydia schwirrte der Kopf. Sie nippte an ihrem Champagnerglas, bestaunte die Renaissancefenster und spürte wieder den tastenden Fuß unterm Tisch. Der Lunch mit dem Präsidenten überforderte sie. Malrand war ein für sie unvorstellbar mächtiger Mann, der schalten und walten konnte, wie er wollte, und mit Steuererlassen das Leben

Tausender von Menschen beeinflusste. Am Mittagstisch prognostizierte er so nebenher einen wirtschaftlichen Aufschwung für die Dordogne und eine anhaltend gute Geschäftslage für Londoner Kunsthäuser. Sie dachte kurz daran, in London anzurufen und die frohe Botschaft zu verkünden. Nein, diese Nachricht musste anders überbracht werden und konnte warten bis nach ihrer Rückkehr im Triumph. Und dann wäre es wohl das Beste, ohne viel Aufhebens, vielleicht bei einem Drink mit einem ihrer Partner, so ganz nonchalant damit herauszurücken. Habe mit Malrand auf dessen Landsitz zu Mittag gegessen und darauf hingewirkt, dass diese albernen Steuerpläne, mit denen wir zusätzlich belastet werden sollen, vom Tisch kommen – mit Erfolg, wie ich glaube. Damit wäre eine Gehaltserhöhung fällig. Gehaltserhöhung? Herrje, doch wohl mindestens das Angebot einer vollwertigen Partnerschaft. Dafür wollte sie sich das bisschen Füßeln unterm Tisch gefallen lassen.

»Und nun möchte ich einen Toast aussprechen«, sagte Malrand. »Auf den verschollenen Teil unseres nationalen Kulturerbes. Möge er an seinen angestammten Platz zurückkehren.« Nachdem alle miteinander angestoßen hatten, machten sie sich über das Lamm her.

»Wir können uns leider nicht allzu lange mit dem Kaffee aufhalten«, sagte Malrand. »Ich habe für heute Nachmittag eine Führung durch die Höhle von Lascaux für uns arrangiert. Die Originalhöhle, versteht sich. Der Besuch wird uns vielleicht daran erinnern, wie schützenswert unser Erbe ist.«

Sie waren an der Vézère entlanggefahren, an ihrem Hotel in La Campagne vorbei, dann durch Les Eyzies und schließlich entlang den hohen Kalksteinfelsen, in denen sich eine Höhle nach der anderen befand. Schicht um Schicht ununterbrochener Historie. Lydia rechnete. Eine Generation umfasste ungefähr fünfundzwanzig Jahre, hundert Jahre brachten vier Generationen hervor, tausend vierzig. Schon vor siebzehntausend Jahren hatten Menschen Lascaux für sich entdeckt. Siebzehn mal vierzig. Sechshundertachtzig Generationen. Bis ins zwanzigste Jahrhundert hinein waren diese Höhlen bewohnt gewesen, und manche ihrer Bewohner stammten vielleicht in direkter Linie von denjenigen ab, die Wände bemalt und damit ein erstes Zeugnis menschlichen Kunstschaffens abgelegt hatten. Ob sich Genmaterial von diesen Urmenschen bis zur Jetztzeit erhalten hatte? Abgesehen von den letzten zwei oder drei Generationen waren in diesen grauen Felsklippen am Rand des Flusses und unter diesem blauen Himmel ununterbrochen Menschen zu Hause gewesen. Von ihnen hatte sich wahrscheinlich niemand träumen lassen, dass eines Tages Touristen Schlange stehen und Eintrittsgeld bezahlen würden, um die Malereien an den Höhlenwänden zu bestaunen.

»Waren Sie schon einmal in einer dieser Höhlen?«, fragte Lydia Lespinasse, den kahlköpfigen Leibwächter mit Schnauzbart, der das Sicherheitspersonal in Malrands Haus zu kommandieren schien. Er saß am Steuer einer der beiden großen Citroën-Limousinen. Zu ihrer Erleichterung hatten Malrand und Clothilde die andere bestiegen. Lydia erinnerte sich an einen Ausspruch ihrer Mutter, wonach manche Männer NSIT seien, nicht sicher in Taxis. Malrand gehörte dieser Kategorie gewiss an. Lespinasse hatte sie und Manners in seinem Wagen Platz nehmen lassen. Ein dunkelblauer Renault Escape folgte ihnen mit vier kräftigen jungen Männern an Bord.

»Natürlich, Mademoiselle. Ich bin in Le Bugue zur Welt gekommen und aufgewachsen, habe als Kind häufig in Bara-Bahau, unserer Haushöhle, gespielt. Mein Vater hat mit Präsident Malrand im Krieg Seite an Seite gekämpft«, sagte er, ohne die Augen von der Straße zu lassen, aber es war deutlich, dass er den letzten Satz an Manners adressiert hatte. »Er kannte auch Ihren Vater. Gemeinsam haben sie Eisenbahnschienen in die Luft gesprengt. Mein Vater ist schon ein paar Jahre tot. Ihr Vater ist zu seiner Beerdigung erschienen, da habe ich ihn kennengelernt. Er kam zu allen Beerdigungen und trug sich immer in das Kondolenzbuch ein, das bei Papon, unserem Bestatter, ausliegt. Er war in der Kirche und am Grab meines Vaters.«

»Wirklich? Das wusste ich nicht«, erwiderte Manners.

»Er war nach dem Krieg noch vier- oder fünfmal in unserer Gegend. Hat immer bei Malrand gewohnt. Ich habe ihn ein paarmal am Bahnhof von Périgueux abgeholt und zu dessen Haus gefahren. Die beiden saßen meist bis tief in die Nacht zusammen und haben erzählt. Das ist ganz normal. Ich habe auch ein paar alte Freunde aus meiner Zeit im Libanon. Freut mich immer, wenn wir uns sehen und miteinander anstoßen. Sie sind auch Soldat, wie ich höre.«

»Ja. Ich war in Nordirland stationiert, aber daran denke ich weniger gern zurück. In welcher Einheit waren Sie?«

»Bei den Fallschirmspringern. Ich habe meine Zeit abgedient, bin als Unteroffizier ausgeschieden und habe mich dann für den Sicherheitsdienst beworben. Malrand war zu der Zeit bereits Präsident. Mein Vater hat sich bei ihm für mich starkgemacht.« Lespinasse steckte sich eine Gauloise an. Das Tempo, das er vorlegte, war recht hoch.

»Versehen Sie Ihren Dienst immer hier im Périgord?«, fragte Lydia.

»Nein, Mademoiselle. Ich bin inzwischen stellvertretender Leiter der Schutztruppe des Präsidenten und begleite ihn auf all seinen Reisen, innerhalb Frankreichs und auch ins Ausland. Ich habe alle Staatsoberhäupter persönlich kennengelernt, Thatcher, Gorbatschow, Jelzin, Reagan, Kohl. Die Namen der Japaner kann ich mir nicht merken. Ich kenne auch einige der englischen Kollegen ganz gut, die von Scotland Yard. Von Fortbildungskursen, die wir belegt haben. Manche von ihnen haben unsere Fahrschule in Nantes besucht, und ich war zwei Wochen bei der SAS in Hereford. Harte Jungs. Sind Sie auch in Hereford ausgebildet worden?«

»Das ist schon lange her«, antwortete Manners. »Ich bin jetzt wieder bei meinem Regiment.« Lydia runzelte die Stirn. Das war eine Überraschung. Aber der französische Sicherheitsdienst würde darüber bestimmt informiert sein. Manners schien das Thema wechseln zu wollen. »Waren Sie im Libanon, als die Bomben fielen, denen einige Ihrer Kameraden und Amerikaner zum Opfer gefallen sind?«

»Ja, aber nicht im Lager. Ich war mit der UNO im Bekaa-Tal. Schlimme Zeit. Na ja, wissen Sie, welche Generäle Napoleon bevorzugte?«

»Ja, solche, die Glück haben«, antwortete Manners.

Sie schaute ihn verwundert an. Worüber sich die beiden

unterhielten, ergab für sie keinen Sinn. Vor einem Monat noch hätte sie sich in das Gespräch eingemischt und sich lustig gemacht über Männer, die zur Armee gingen, um die Sandkastenspiele ihrer Kindheit fortzusetzen. Sie schmunzelte innerlich. Es wäre die direkte, die amerikanische Art, Männer auf sich aufmerksam zu machen. Clothilde würde so etwas nie tun, und vielleicht erklärte sich gerade damit, dass Lydia die beiden Männer nicht unterbrach. Sie lernte von Clothilde. So hatte sie auch fasziniert zugehört, als die Französin auf die sexuelle Symbolik der Höhlenmalereien zu sprechen gekommen war, wohl nicht zuletzt in der Absicht, Malrand, der ein Faible für Spekulationen hatte, auf subtile Weise zu bezirzen. Lydia fragte sich, wie sie Manners um den Finger wickeln könnte. Clothilde wüsste wahrscheinlich instinktiv die richtige Technik dafür anzuwenden, im Gegensatz zu ihr. Sie hatte sich nur halbherzig bereit erklärt, ihn ins Périgord zu begleiten, gleichwohl eine Affäre nicht ausgeschlossen, falls ihr der Sinn danach stehen würde. Manners, dachte sie plötzlich, war womöglich in ganz anderer Absicht unterwegs.

Bei Montignac bogen sie von der Hauptstraße ab, überquerten den Fluss und passierten die Schilder, die Touristen zu der eigens für sie eingerichteten Höhle hinwiesen, in der nur Kopien der Malereien von Lascaux zu sehen waren. Über eine kleine gewundene Straße ging es bergauf durch ein lichtes Wäldchen. Lydia warf einen Blick durch die Heckscheibe und schaute über die flache Flussaue auf das Städtchen Montignac mit den Anhöhen dahinter. Ohne die Stadt, dachte sie, musste es hier vor siebzehntausend Jahren schon genauso ausgesehen haben.

11

Tal der Vézère, 15 000 v. Chr.

Hirsch zeichnete, wie immer. Er hockte im Schneidersitz am Flussufer und hielt einen Zweig zwischen den Fingern, der wie von selbst Spuren in den feuchten Lehm zog, den er vorher mit der Hand geglättet hatte. Tiere kamen, wenn er so vor sich hin kritzelte, aus irgendwelchen Gründen nie zustande. Stattdessen entstand ein Abbild von der gegenüberliegenden Flussseite, wo ein umgestürzter Baum lag, von dem sich ein Ast wie in hilfloser Geste über das Wasser reckte. Von den Wellen umspült, schien das Laub zu tanzen. Wie sollte er diesen Eindruck wiedergeben? Schnell kratzte er drei Kringel in den Lehm, Blätter, deren ungleichmäßige Umrisse Bewegung vortäuschten.

»Das ist ja der Baum«, rief eine helle Stimme verwundert. »Der Baum da drüben.« Kleiner Mond legte den Lederschlauch ab, mit dem sie Wasser holte, und beugte sich über die Zeichnung im Lehm.

»Und das sollen wohl die Blätter des Astes sein, und das hier der Fluss«, sagte sie eifrig, während Hirsch zu ihrem Gesicht aufsah, auf dem Lichtflecken spielten, die das Wasser hochwarf. Das Mädchen blickte auf den umgestürzten Baum auf der anderen Seite. »Ich wusste nicht, dass du Bäume malst, ich meine, dass du malen kannst, was du siehst. Was da ist.«

»Wie soll man malen, was man nicht sieht?«

»Aber ich dachte, es würden nur Tiere gemalt.« Sie sprach leise, fast andächtig.

»Ja, in den Höhlen. Aber wer die Tiere zeichnen will, muss auch anderes abzeichnen können. Und ebendas versuche ich. Was ich hier lerne, kann mir helfen, wenn ich ein Tier zeichne. Siehst du das Wasser hier?« Er deutete auf das Lehmbild. »Wie malt man Wasser? Ich kann's nicht. Also zeichne ich Bewegung, die Form von Bewegung. Siehst du, wie sich das Wasser vor dem Ast kräuselt und um ihn herum fließt? Das versuche ich wiederzugeben. Und wenn es mir gelingt, kann ich auch Tiere so zeichnen, als würden sie sich bewegen.«

Sie schaute wieder auf die Skizze im Lehm.

»Ich darf nicht mit dir reden. Mein Vater hat es mir verboten.« Schnell wie ein Vogel drehte sie den Kopf und blickte zum Lager zurück. »Ich muss Wasser holen. Deshalb bin ich hier. Wir räuchern das Fleisch, das du von der Jagd mitgebracht hast.«

»Ja, hier kommt man am besten an den Fluss heran«, sagte er. Mit den anderen Lehrlingen aus der Höhle hatte er am Vortag Stecken geschnitten und die Gestelle gebaut, in die die Frauen die Haut der Rentiere spannten. Außerdem hatte er Gruben ausgehoben und die kleinen Zelte darüber errichtet, unter denen das Fleisch geräuchert wurde.

»Was malst du sonst noch so?«

»Blumen und die Hügel da drüben und den Mond bei Nacht und die Felsen hinter uns, die wie lächelnde Gesichter aussehen.«

»Gesicht? Du darfst doch keine Gesichter malen. Das ist verboten.«

»Sagt das dein Vater?«

»Früher, als ich noch klein war, hat er Gestalten in Lehm gemalt. So wie du, nur nicht ganz so gut. Ich habe auch probiert, kleine Figuren aus Strichen zu malen, lange dünne für Männer, runde für Frauen und ganz kleine für Kinder. Mein Vater war wütend und hat alles weggewischt. Zeichnungen halten die Seele gebannt, hat er gesagt, deshalb würde man in den Höhlen die Tiere zeichnen. Menschen darf man nicht zeichnen.«

»Aber es ist doch wohl nicht verboten, Bäume oder Wasser zu zeichnen.«

»Weiß ich nicht.«

Er beugte sich vor, tauchte eine Hand ins Wasser und wischte weg, was er in den Lehm geritzt hatte. »Zeig mir, was du zeichnest«, sagte er und reichte ihr den Zweig.

»Ich kann nicht«, erwiderte sie und warf wieder einen Blick zurück ins Lager. »Ich muss Wasser holen. Die Frauen warten darauf. Sie wollen die Tierhäute einweichen und die Feuer löschen, damit geräuchert werden kann.«

»Du zeichnest, und ich schöpfe Wasser.« Er stand auf, schnappte sich den Lederschlauch und watete durch die Furt ins tiefere Wasser, wo die Strömung stärker war. Als er sich umschaute, sah er, dass Kleiner Mond den Zweig mit flinker Hand über den Lehm führte. Er steckte den Holzgriff durch die Löcher im Ledersaum, füllte den Schlauch mit Wasser und schnürte ihn zu. Absichtlich langsam kehrte er zurück, den Blick auf das kleine, bucklige Zelt gerichtet, in dem der alte Hüter der Wisente geschlafen hatte. Jetzt war es seins. Im Lager herrschte reger Betrieb. Aus den kleinen Zelten, in denen das in Streifen geschnittene Fleisch aufgehängt war, stieg dichter Rauch auf. Die Sonne stand schon eine Handbreit über dem Hügelgrat. Als er seinen Blick zurück auf Kleiner Mond richtete, überkam ihn wieder jene seltsame Empfindung, wie immer, wenn er nicht nur mit den Augen sah, sondern wirklich hinschaute. Da waren ihre Silhouette, die herabfallenden Haare, dann das flache Lehmbett und darunter die wippenden Wellen des Flusses. All das fügte sich zu einem wunderbar ausgewogenen Bild aus Linien, Flächen und Bewegung. Sie schaute zu ihm auf und störte diesen Eindruck, aber auf eine Weise, die ihm gefiel. Ihre Augen tanzten, geradeso wie das Wasser, und ihre Gliedmaßen waren weicher als der Lehm.

Es spritzte, als er aus dem Wasser und auf sie zusprang. Als er neben ihr stand und ihr den gefüllten Wasserschlauch hinhielt, stand sie auf und nahm ihn entgegen, wobei sich ihre Hände berührten. Dann drehte sie sich um, sprang über den lehmigen Boden und lief so schnell davon, wie es ihr der schwere Schlauch erlaubte.

Hirsch stand am Ufer, zögerte ein wenig, ging aber dann auf Kleiner Monds Bild zu. Wieder schaute er zum Lager hin, wo alle bei der Arbeit waren und die steineschlagenden Flintmänner den vertrauten Takt vorgaben. Weiter oben am Hang stiegen dünne Rauchschlieren vor dem Eingang der Höhle auf. Der Hüter der Stiere bot wie jeden Morgen sein Opfer dar. Gleich würden die Lehrlinge kommen, Farben mischen und weitere Gerüste aufstellen. Vielleicht brauchte der Hüter der Stiere heute seine Hilfe, dachte Hirsch. Er hatte genau beobachtet, wie dieser flüssige Farbe auf die

Wand spuckte und seine Lippen dabei mit Daumen und Zeigefinger so zusammenpresste, dass jeweils andere Formen und Konturen entstanden.

Hirsch zögerte immer noch. Er watete durchs flache Wasser, so langsam wie durch tiefen Schlamm. Doch unwiderstehlich trieb es ihn hin zu dem Bild, das Kleiner Mond gezeichnet hatte. Und als er es sah, stockte ihm der Atem vor Verwunderung.

Es war die Gestalt eines Mannes, bis zu den Oberschenkeln im Fluss eingetaucht, den Rumpf gebeugt und die kräftigen Schultern angespannt, um den prallgefüllten Lederschlauch aus dem Wasser zu ziehen. Der Kopf war mit ein paar Strichen und einem Wust von Locken nur angedeutet. Obwohl das Gesicht fehlte, erkannte er sich auf Anhieb. So hatte er vor wenigen Augenblicken im Wasser gestanden, von ihrer Warte aus gesehen. Ja, sie hatte diesen Moment eingefangen. Nein, gebannt. So lautete das Wort, das sie von ihrem Vater gelernt hatte. Und wahrhaftig, so kam er sich auch vor. Wie von ihr gebannt. Er bewunderte ihr Werk, die geschwungenen Linien, die Andeutung der Haare. Das Wasser bestand nur aus drei schnell gezogenen Linien, tief eingegraben in den Lehm, wo sie anfingen, und dann flacher werdend, was ihm Richtung und Bewegung gab. Vor den aus dem Wasser ragenden Schenkeln kräuselten sich ein paar Wellen. Ein Mann im Fluss. Er selbst.

Mit schuldbewusster Miene blickte er wieder aufs Lager. Dann spritzte er mit dem Fuß Wasser über das Bild und glättete den Lehm. Als er schließlich an die Arbeit ging und darüber nachdachte, was Kleiner Mond gesagt hatte, fühlte er sich nicht etwa gebannt, sondern so frei, dass er sich geradezu wünschte, in ihren Bann geschlagen zu werden. Sie hatte etwas in ihm gesehen, sich davon anrühren lassen und in ein Bild übertragen. Würde es ihm ebenfalls gelingen, sie einzufangen oder zu bannen? Mit nur wenigen flüchtigen Strichen? Wenn das so einfach wäre, gäbe es jede Menge solcher Versuche. Kleiner Mond war ausnehmend gut. Sie hatte Talent und müsste eigentlich in der Höhle arbeiten. Aber als Frau war sie ihr verwehrt. Warum eigentlich? Diese Frage hatte er sich noch nie gestellt. Hirsch blickte zur Höhle hinauf. Es drängte ihn, mit der Arbeit zu beginnen. Ihm schien es, als sei die Welt gerade neu erfunden worden, voll ungeahnter Möglichkeiten, die er nur zu ergreifen brauchte.

Der Hüter der Pferde war verärgert. Alle Mitbrüder hatten sich einverstanden erklärt, nur der Hüter der Stiere nicht. Seit dem Tod des alten Mannes ging ein Riss durch ihre Reihen. Sie brauchten einen Nachfolger. Hirsch hatte sich in der Jagd bewährt und war nun ein Mann. Er war von allen Lehrlingen der begabteste, also musste die Wahl fast zwangsläufig auf ihn fallen. Und hatte der Alte nicht sogar selbst gesagt, dass seine Lampe nach seinem Tod an ihn übergehen sollte?

»Warum bist du dagegen?«, fragte er zum wiederholten Mal, wütender noch, weil sich der Hüter der Stiere auf diesen hohen Stein gesetzt hatte und alle anderen überragte, anstatt mit ihnen im Kreis zu sitzen wie von alters her. Alle Hüter waren gleich. Wie er sich in letzter Zeit verhielt, war unerträglich. Es schien, als wollte er alleiniger Anführer sein. Dabei waren sie Brüder, verbunden durch das große Werk der Höhle. Anführer und Untergebene gab es nicht, nur Hüter und Lehrlinge. Und außerdem waren diese neuen Rituale nicht nur völlig überflüssig – es gab in der Höhle keinen Mangel daran –, sondern auch irreführend, weil sie auf Täuschung beruhten. Er, der Hüter der Pferde, hatte den Brüdern die mit Zweigen abgedeckte Grube gezeigt, aus der der gefangene Adler freigelassen worden war.

»Er ist noch zu jung«, antwortete der Hüter der Stiere.

»Er ist ein Mann. Er hat Beute gemacht«, widersprach der Hüter der Steinböcke, der beim Anblick der Adlergrube noch empörter als alle anderen reagiert hatte. »Wir haben mit eigenen Augen gesehen, wie er auf dem Rücken der Tiere herumgesprungen ist und sie mit sicherem Stoß getötet hat. Hirsch ist kein Junge mehr.«

»Wir hätten ihn fast für immer aus der Höhle verbannt«, lautete der nächste Einwand. »Es war ein Fehler, ihn zurückzuholen.«

»Du weißt genauso gut wie ich, dass der Alte gestolpert ist und den Halt verloren hat. Es tat ihm anschließend leid, Hirsch die Schuld daran gegeben zu haben. Deshalb hat er den Jungen unter seine Fittiche genommen, ihm als einem bevorzugten Lehrling alles beigebracht, was er konnte, und schließlich seine Lampe vermacht«, sagte der Hüter der Pferde, der an sich halten musste, um nicht lauter zu werden.

»Der Alte hat seine Wahl getroffen«, bestätigte der Hüter der Steinböcke. »Er wollte Hirsch als seinen Erben und hat ihm die Lampe gegeben. Du weißt, was das bedeutet. Wir dürfen den letzten Wunsch eines Hüters nicht übergehen.«

»Der Alte war nicht mehr richtig bei Sinnen, nicht mehr das, was er einmal war«, grollte der Hüter der Stiere. »Er hat es nicht einmal mehr geschafft, sein Werk zu Ende zu bringen.«

»Hirsch ist gerade dabei, die beiden Wisente einzufärben und zu vollenden. Und das macht er großartig. Der Alte wusste um seine große Begabung und hat es begrüßt, dass er, Hirsch, sein Werk fortsetzt.«

»Also soll er es zu Ende bringen. Er versteht sich zwar besonders gut auf Hirsche, aber als Lehrling muss er das Werk des verstorbenen Meisters vollenden. Die beiden Tiere, an denen der Alte zuletzt gearbeitet hat, sind erst halb fertig.«

»Nein, es fehlt nur noch der letzte Rest an Färbung, und damit ist Hirsch schon weit gediehen«, korrigierte der Hüter der Pferde. »Es sieht schon alles sehr viel besser aus als das, was er übernommen hat. Der Alte war sehr angetan von Hirschs Idee, die Wisente so darzustellen, als streiften sie gerade ihr Winterfell ab. Was Hirsch leistet, ist für einen Lehrling außergewöhnlich. Es ist die Arbeit eines Meisters. Der Alte wusste das und hat den Jungen seiner großen Begabung wegen geschätzt.«

»Ich muss mir das noch durch den Kopf gehenlassen«, knurrte der Hüter der Stiere und stand auf. »Die Sache hat keine Eile, und wir müssen jetzt an die Arbeit.«

»Wir können nur arbeiten, wenn die Bruderschaft vollständig beisammen ist«, sagte der Hüter der Bären, ein gedrungener, dunkelhäutiger Mann, der immer auf Abstand ging und selten sprach. Er blieb am Boden sitzen und die übrigen Brüder auch. Die Sitzung war noch nicht zu Ende, auch wenn der große und mächtige Kollege darauf drängte. Der Hüter der Pferde spürte, wie stark der Widerstand gegen den Hüter der Stiere angewachsen war. Mit seinem vor der Jagd zelebrierten Ritual und der versuchten Täuschung hatte er offenbar alle gegen sich aufgebracht. Und das war etwas Neues in ihrer Welt, in der Veränderungen drohten, die keiner vorhersehen konnte.

Der Hüter der Stiere musterte seine Brüder mit finsterer Miene, und anstatt in die Höhle zu gehen, setzte er sich notgedrungen wieder zu ihnen in den Kreis. Fast traurig schüttelte er den Kopf.

»Vielleicht war ich zu streng mit dem Jungen«, sagte er und schlug diesmal einen geradezu sanften Ton an. »Verzeiht mir, meine Freunde, wenn ich tief betrübt bin durch den Tod meiner Frau. Ich denke ständig an sie, und mein Bett ist kalt und verwaist.«

Für eine Weile herrschte nachdenkliches Schweigen. Ja, seit ihrem Tod verhielt er sich tatsächlich sonderbar.

»Es geht hier nicht um dein Bett, sondern um die Vollständigkeit unserer Bruderschaft«, entgegnete der Hüter der Bären, dickköpfig wie immer. Wenn er sich an etwas festgebissen hatte, ließ er nicht locker.

»Du hast recht. Aber wir sind alle Männer, und jeder Mann wünscht, dass er nicht allein liegt und sein Herz von einer Frau erfreut wird.«

»Nichts hält dich davon ab, dir eine neue zu nehmen«, sagte der Hüter der Steinböcke. »Bald ist wieder Paarungszeit.«

»Bruder«, sagte der Hüter der Stiere mit Blick auf den Hüter der Pferde, jetzt nicht mehr zerknirscht, sondern mit hoffnungsvoller Stimme. »Du hast eine mannbare Tochter. Gib mir deren Hand und deinen Segen. Dann soll auch Hirsch einer von uns sein.«

Bei den Mähnen meiner Pferde, dachte der Vater von Kleiner Mond, der Mann ist so dreist wie gerissen; er will feilschen. Dabei hatte er gar nicht das Recht, Hirsch in seinem Weiterkommen zu behindern. Es ging ihm nur um den eigenen Vorteil. Der Hüter der Pferde mochte auf den Vorschlag gar nicht eingehen, besann sich dann aber eines anderen. Gegen eine solche Paarung war im Grunde nichts einzuwenden. Die meisten Brüder würden ihr zustimmen. Und für Kleiner Mond wäre es eine große Ehre, die Frau eines so großen Mannes zu werden. Es käme auch ihm, dem Vater, zugute, nicht nur über die Arbeit in der Höhle, sondern auch verwandtschaftlich mit ihm verbunden zu sein. Aber so nicht. So nicht, dachte er plötzlich, als er den großen Mann betrachtete, der nun zwar im Kreis saß, aber mit dem Rücken lässig an seinen Stein gelehnt und irgendwie abgesondert von den anderen. Dieser Mann tat alles, um sich durchzusetzen. Mit List und Täuschung zog er die Jäger und Fischer auf seine Seite. Sein Blick, obgleich verschleiert, verriet Verachtung für seine Mitbrüder. Der Hüter der Stiere war ein gefährlicher Mann, von Machtgier besessen wie von seinen Stieren. Deren blindwütiger, sturköpfiger Geist hatte ihn durchdrungen; er war davon geprägt so wie er, der Hüter der Pferde, von der Anmut und Leichtigkeit der Tiere, die er malte.

»Damit haben wir hier nichts zu schaffen«, erwiderte der Hüter der Steinböcke. »Macht das unter euch aus. Wir entscheiden hier darüber, was mit Hirsch geschehen soll, und wenn es nach mir geht, ist die Sache schon entschieden. Der Junge wird der neue Hüter sein.«

»Ich muss mit meiner Frau sprechen. Sie hat ein Wort mitzureden, wenn es um die Zukunft unserer Tochter geht«, sagte der Hüter der Pferde, der eine günstige Gelegenheit gekommen sah, eine Entscheidung über Hirsch herbeizuführen. Er wollte sich mit dem Hüter der Stiere nicht anlegen, wohl aber versuchen, die Gefahr zu bannen, die von ihm ausging, und ihn durch geschicktes Taktieren zu überlisten. Aber schon während er sprach, ahnte der Hüter der Pferde, dass er für seinen Versuch einen hohen Preis würde zahlen müssen. »Und es freut mich jedenfalls, dass du einlenkst und die Weisheit deiner Brüder gelten lässt. Wir können Hirsch nun mitteilen, dass uns der Schatten unseres verstorbenen Bruders zur richtigen Entscheidung geführt hat und er, Hirsch, als sein Nachfolger einstimmig in unseren Kreis aufgenommen wurde. Möge der Hüter der Wisente in Frieden ruhen, jetzt, da Hirsch seinen Platz einnimmt. Lasst uns gehen und unseren neuen Bruder begrüßen.« Er stand auf und sah, dass auch die anderen Hüter sich erhoben. Gemeinsam betraten sie die Höhle. Nur der Hüter der Stiere blieb zurück.

Hirsch schlürfte bitteren Ocker, legte eine Hand wie zu einem Trichter an die Lippen und blies die rötlich braune Farbe auf den Kalkstein. Er hatte sie sorgfältig gemischt und darauf geachtet, nicht zu viel Braun zu verwenden, denn die Wand in der kleinen Nische, die ihm zur Verfügung stand, war ohnehin bräunlich getönt. Das Lampenlicht flackerte, und die Luft war so verraucht, dass seine

Augen tränten. Der Ort, an dem er arbeitete, war schlecht gewählt. Aber der alte Hüter hatte ihn nun mal für sein großes Werk auserkoren, das Hirsch nun vollenden musste. Das war er dem Alten schuldig, der sich nach seiner späten Reue ihm gegenüber sehr freundlich verhalten hatte. Es war aber nicht zuletzt auch ein großes Vergnügen für ihn, an den Skizzen der beiden großen Tiere weiterzuarbeiten, die ihm der Verstorbene hinterlassen hatte.

Nicht schlecht, was der zustande gebracht hat, dachte Hirsch, als er von der Wand zurücktrat und den Mund wieder mit dem flüssigen Brei füllte, den er zusammengerührt hatte. Das Tier im Vordergrund war in Angriffshaltung abgebildet; mit seinen bedrohlich abgesenkten Hörnern und den straffgespannten Schultern schien es gleich losstürmen zu wollen. Geschickt hatte der Alte einen Flintstein in der Wand genutzt, um einem der vorderen Hufe Gestalt zu geben. Er schimmerte, was den Eindruck erweckte, als stampfte das Tier damit auf. Das zweite Tier dahinter war schon im Angriff begriffen; es hatte das Maul aufgerissen und zielte mit den Hörnern auf einen unsichtbaren Widersacher. Beide Tiere strebten auseinander, aber noch überlappten sich beide Hinterteile, und dort lag der Schwerpunkt des Gesamtbildes. Hirsch schämte sich, dass er am Talent des Alten gezweifelt und die Schönheit des Werkes, das er nun vollendete, nicht eher erkannt hatte. Früher hatte er beide Tiere getrennt voneinander gesehen und die Ausführung sowohl des einen wie auch des anderen geringgeschätzt. Jetzt, da er selbst daran arbeitete, verstand er, dass hier keine Einzelexemplare abgebildet waren, sondern eine ausgewogene Einheit aus Kraft und Farbe.

Hirsch hatte die Umrisse dort, wo sie sich überschnitten, vorsichtig mit Holzkohle nachgezeichnet und die Körperflächen mit einer Paste aus Holzkohle und jenen beiden dunklen Tonsorten gefüllt, die, wenn sie überm Feuer heiß gemacht wurden, fast ineinander verliefen. Das Ergebnis war eine bedrohliche Schwärze, mit der sich Hirsch nicht zufriedengeben konnte, weshalb er auf die Idee gekommen war, das vordere Tier so darzustellen, als schüttelte es sein Winterfell ab. In einem seiner letzten Gespräche mit dem Alten hatte er ihm voller Begeisterung erklärt, dass ein breites geschwungenes Band aus rötlichem Braun das Bild beleben und das Kräfteverhältnis der beiden Tiere ausgleichen würde. Sie sollten aussehen wie im Frühjahr, also zur Zeit der Paarung und Revierkämpfe, wenn unter dem dichten dunklen Winterkleid das rötliche Braun des Sommers hervorkam. Der Alte hatte bedächtig genickt zum Zeichen, dass er über den Vorschlag nachdenken wolle. Dann hatte er noch in derselben Nacht eine Handvoll dunkler Haare aus dem Fell gerupft, auf dem er schlief, um sie im Feuerschein zu betrachten. Danach hatte er Hirsch recht geben müssen, und so verwendeten sie rotbraune Farbe, um zu zeigen, dass das Tier sein Fell wechselte.

»Du bist fast fertig«, sagte der Vater von Kleiner Mond, der zu ihm getreten war. »Aber es gibt da noch etwas, das du lernen solltest.« Der Hüter der Pferde rief einen seiner Lehrlinge zu sich, weil er ihm zeigen wollte, was er nun vorhatte.

»Wenn du die Farbe aufbläst, kannst du mit der Hand abdecken, was nicht eingefärbt werden soll, wie diese Linie hier. Schau, mein Lehrjunge, ich will, dass auch du dazulernst. Und nun trag die Farbe auf, Hirsch, ein bisschen nur, und sieh zu, dass du nicht alles über meine Hand spuckst.«

Hirsch tat, was ihm gesagt wurde, und war zufrieden mit dem Ergebnis. Der Lehrling trat vor und deckte anstelle seines Meisters die Linie mit der Hand ab, worauf Hirsch den Mund ein weiteres Mal füllte und blies.

»Deine Farbe ist gut, schön dickflüssig«, lobte der Hüter der Pferde. »Ähnlich bearbeiten wir jetzt diese Stelle dort, wo sich die Linien im spitzen Winkel treffen. Dazu brauche ich beide Hände. Aber wenn ich sie zusammenlege, bleibt eine Lücke. Die schließe ich mit einem Stück Leder. Junge, nimm das Leder aus dem Beutel, und falte es so, dass es zwischen meine Hände passt! Ja, gut so. Und jetzt blas, Hirsch, möglichst genau.«

Alle drei traten zurück und betrachteten das Werk. Beide frisch aufgetragenen Farbflächen waren scharf voneinander abgegrenzt. Ohne dass ein weiteres Wort hätte gesprochen werden müssen, wiederholten sie den Kunstgriff am Hinterteil des Tieres und an der Linienführung bis hin zur Schwanzwurzel, wieder mit zwei Händen, dem Lederstück und vorsichtigem Farbauftrag, voll konzentriert trotz der schlechten, rauchgeschwängerten Luft. Dann war es geschafft. Gemeinsam tappten sie durch den engen Gang hinauf in den großen Saal und eilten ins Freie, um endlich wieder frische Luft zu atmen.

»Du hast das Werk zu Ende gebracht«, sagte der Hüter der Pferde. »Jetzt bist du selbst ein Hüter und Mitglied der Bruderschaft. Das wurde heute so beschlossen.«

»Und alle waren einverstanden?«, fragte Hirsch.

»Ja. Alle bewundern dein Talent, und alle werden beeindruckt davon sein, wie du das Werk des Alten vollendet hast. Wahrscheinlich stehen sie gerade davor, während wir hier draußen nach Luft schnappen.«

»Wann wird es zu meiner feierlichen Einführung kommen?«

»Das ist noch nicht festgelegt. Vielleicht in der Nacht vor Beginn der Paarungszeit. Übrigens, das wird dich interessieren: Als erwachsener Mann und Hüter kannst du dir jetzt auch eine Frau nehmen.«

Hirsch war sofort auf der Hut. Der Vater von Kleiner Mond musste doch wissen, dass er seine Wahl längst getroffen hatte. Hätte er das Thema angesprochen, wenn er nicht auf die Frage gefasst wäre, die Hirsch ihm stellen musste? Hätte er sich für seine Aufnahme in die Bruderschaft so sehr eingesetzt, wenn er daran zweifelte, dass er, Hirsch, seiner Tochter würdig wäre?

»Es gibt nur eine junge Frau, mit der ich zusammen sein möchte«, sagte Hirsch so mutig, wie er es selbst kaum für möglich gehalten hätte.

Der Mann schwieg und blickte lächelnd auf seine Hände, die noch ockergelb waren. Als er sie aneinanderrieb, rieselte die getrocknete Farbe davon ab. Sie verband die beiden auf ihre Art, dachte der Hüter der Pferde, denn er, Hirsch, hatte sie aus seinem Mund mit seinem Atem aufgesprüht.

»Ich möchte deine Tochter zur Frau nehmen«, sagte Hirsch.

»Mit diesem Wunsch stehst du nicht allein«, entgegnete der Hüter ruhig. »Auch der Hüter der Stiere wirbt um

Mond.« So nannte er seine Tochter im Kreis der Familie. Er musste sich in Acht nehmen. Hirsch sollte nicht glauben, dass er schon dazugehörte.

»Aber er ist alt und ...« Der Junge stockte. »Kleiner Mond wäre damit nicht einverstanden.«

»Was sie will, ist nicht ausschlaggebend. Zusammen mit meiner Frau entscheide ich, was das Beste für sie ist, für die Bruderschaft und unsere Sippe. Er ist ein sehr mächtiger Mann, angesehen unter allen Bewohnern des Tals. Ihn zum Mann zu haben wäre für Mond eine große Ehre.«

»Sie wäre mir eine große Ehre«, erwiderte Hirsch kleinlaut und ließ den Kopf hängen. Er wusste jetzt, warum ihr Vater ihm die Nachricht von seiner Aufnahme in die Bruderschaft gebracht hatte: Der Hüter der Pferde hatte ihm Mut machen wollen vor der niederschmetternden Mitteilung, dass seine Tochter einem anderen versprochen war. »Weißt du eigentlich, dass deine Tochter Talent hat?«, fragte Hirsch.

»Ja, das weiß ich. Sie kommt nach ihrer Mutter. Aber Frauen sind Frauen. Für sie ist kein Platz in der Höhle. Das würde die Bruderschaft nie zulassen.«

»Die Bruderschaft scheint aber in letzter Zeit viele merkwürdige Dinge zuzulassen«, entgegnete Hirsch. »Was hat es eigentlich mit dem Adler und mit diesem Stierschädel auf sich? Sind die anderen Hüter einverstanden mit dem, was der Hüter der Stiere da treibt?«

»Nein, die meisten stört es so wie mich.«

»Und doch willst du ausgerechnet diesem Mann deine Tochter anvertrauen?«

»Das ist noch nicht entschieden. Aber du musst dir im

Klaren sein, dass ich kaum eine Wahl habe. Die Bruderschaft mag verstört sein, aber die Jäger und Fischer und Steinbrecher begrüßen die Veränderungen, die der Hüter der Stiere herbeiführen will.«

»Aber du bist Kleiner Monds Vater. Deine Entscheidung über sie wird niemand anfechten.«

»Nein, aber wir leben gefährlich. Väter können plötzlich krank werden oder Unfälle erleiden. Junge Freier können ebenso plötzlich auf rätselhafte Weise sterben. Ich warne dich, Hirsch.«

12

Périgord, 1944

Sie waren die ganze Nacht durchmarschiert. Die Kadetten hatten Säcke voll Munition über die unwegsamen Hänge auf der Nordseite des Tals der Vézère schleppen müssen. Jetzt hockten sie vor Kälte zitternd in einer engen Höhle nördlich von Les Eyzies. Manners hätte eigentlich schon viel weiter im Norden sein wollen. Er war so müde wie schon lange nicht mehr und noch niedergeschlagener als damals in der Wüste, inmitten einer aufgeriebenen Armee und gejagt von Rommels Panzern. Damals hatte es immerhin einen Fluchtpunkt gegeben, einen gut gesicherten Stützpunkt am Nil, wo sich seine Einheit erholen und neu formieren, wo man sich waschen und anständig essen konnte.

Ihn plagte ein schlechtes Gewissen, weil er im Unterschied zu seinen Kameraden noch vor kurzem von einer hübschen Frau mit einem Omelett und einem Glas Wein bewirtet worden war, während aus dem Trichter eines Grammophons Jean Sablon *Vous, qui passez sans me voir* gesungen hatte. Als er dieses Lied zuletzt gehört hatte, war er noch Schüler gewesen, mit seinen Eltern im Urlaub auf Cap d'Antibes. Die Kellner hatten es immer gesungen, wenn sie nachts die Stühle auf die Tische stellten. Er hatte Sybille davon erzählt, die ihrerseits in eine wehmütige

Stimmung geraten war, in nostalgische Gedanken an eine Zeit vor dem Krieg.

Er hätte nie mit ihr mitgehen sollen. Dafür, dass sie ihm Zuflucht geboten hatte, riskierte sie, standrechtlich erschossen zu werden. Außerdem stand es einem Offizier nicht zu, dass er sich den Bauch vollschlug, während seine Männer hungerten, schon gar nicht in einem gemütlichen Zimmer mit Vorhängen an den Fenstern und mit Blick in einen kleinen Garten. Er hatte noch den Geschmack des Omeletts auf der Zunge, den Knoblauch und die Butter, und erinnerte sich an Sybilles Bemerkung, wonach Tierärzte nie Hunger leiden mussten, weil die Bauern sie mit Lebensmitteln versorgten. Er hatte nur kurz gegessen und eine Zigarette geraucht, sich aber so wohl gefühlt wie schon lange nicht mehr. Es war ihm schwergefallen, wieder zu gehen.

Sybille hatte eine nüchtern praktische Art, die ihm gefiel. Er musste an die selbstbewussten jungen Frauen im Vorkriegsengland denken, besonders an diejenigen, die auf der Suche nach Ehemännern nach Palästina und Indien gekommen waren. »Die Fischereiflotte« hatte man sie genannt. Und er dachte an die Krankenschwestern, die Sekretärinnen und die Kodierfachkräfte, die er in den Armen von Stabsoffizieren gesehen hatte, als er auf Fronturlaub in Kairo gewesen war. Sybille hatte nichts von deren Ausgelassenheit und unermüdlichen Energie, wenn es darum ging, Tennis zu spielen, zu reiten oder zu tanzen. Sie war auch nicht wie die Kriegsfrauen in London, die nach Vergnügungen und Partys lechzten und in den Kinos herzzerreißend schluchzten. Sybille hatte sich einfach nur an den Herd gestellt, mit ihm gegessen, sich nach seiner Familie erkundigt und eine weitere Platte aufgelegt, eine von Charles Trenet mit dem Lied *Je chante!*, das er vor dem Krieg in Haifa gehört hatte.

»Sooft ich kann, denke ich an die Zeit vor dem Krieg zurück«, hatte sie gesagt, als er in der Tür stand, um zu gehen. »Aber dazu kommt es selten. Das Vichy-Regime war schon schlimm genug, aber jetzt sind die Deutschen hier, und die lassen nicht zu, dass wir in der Vergangenheit leben. Mit ihnen sind die Résistance und Männer wie Sie gekommen, und jetzt ist der Krieg überall. Ich will, dass dieser Spuk endlich vorbei ist.«

Es war diese verflixte nostalgische Stimmung, die ihn niederdrückte, jene vage Erinnerung an Normalität, die es ihm so schwermachte, zurückzufahren, im Dunkeln umherzutappen und in Höhlen zu schlafen, den Kopf auf einen Rucksack gebettet, der nach Plastiksprengstoff stank. Er war Berufssoldat, verdammt noch mal, und kein Partisan. Immer wenn er einen Angriff aus dem Hinterhalt plante, stellte er sich vor, wie er reagieren und seine Männer absichern würde, wenn er eine deutsche Uniform trüge. Im Wüstenkrieg hatte es keine Zivilisten gegeben, die Deutschen hatten sauber gekämpft. Alle von der achten Armee respektierten das deutsche Afrikakorps; ja sie glaubten mit Rommels Männern mehr Gemeinsamkeiten zu haben als mit den sogenannten Verbündeten. Nein, so zu denken war unfair. McPhee war ein anständiger Kerl. In diesem verdammten Partisanenkrieg konnte man sich keinen besseren Kameraden wünschen.

Es war, wie er zu erkennen glaubte, die verfluchte anarchische Art dieses Krieges, an der er litt, das völlige Fehlen von vertrauten Regeln und auch des erholsamen Komforts, den Offiziersburschen boten, wenn sie Tee servierten oder die Uniform bügelten. Es war die Umkehrung all dessen, was ihnen in der Wüste wie selbstverständlich vorgekommen war, nämlich dass das Afrikakorps ganz ähnlichen Regeln folgte. Gefangene konnten damit rechnen, anständig behandelt zu werden. Man konnte Verwundete zurücklassen in dem Wissen, dass sich die Gegenseite wenn irgend möglich um sie kümmern würde. Manners trug schwer daran, dass er jetzt allein verantwortlich war für die Sicherheit, die Verpflegung und Ausrüstung eines schon fast demoralisierten Haufens junger Franzosen, auf die er sich selbst kaum verlassen konnte, weil es ihnen an Disziplin fehlte. Und er fühlte sich nicht zuletzt auch verantwortlich für die Vergeltungsschläge der Deutschen, die Bauernhöfe niederbrannten und Männer und Frauen erschossen, die den Partisanen geholfen hatten.

Zwar war er während seiner Ausbildung darauf vorbereitet worden; trotzdem hatte er nicht erwartet, dass der bescheidene Erfolg ihres Anschlags auf das deutsche Eisenbahnnetz und deren Patrouille ihn mit derart niederdrückenden Gefühlen zurücklassen würde. Auch jetzt war wieder mit Vergeltungsschlägen und einer Verstärkung der Gegenseite zu rechnen. Je erfolgreicher er und seine Leute waren, desto schlimmer wurde es. Hier wurden keine Gefangenen gemacht, und wer als Verletzter zurückblieb, drohte in die Hände der Gestapo zu geraten. Zu allem Überfluss konnte er sich nicht wirklich auf die anderen ausgebildeten Mitglieder des Teams verlassen. François hatte seinen Auftrag zwar mit Bravour erfüllt, war aber dann viel zu spät am verabredeten Treffpunkt zu ihnen gestoßen. Jetzt lag er schnarchend neben ihm, das erbeutete deutsche Maschinengewehr im Arm. Eigentlich müsste er ihn wecken, denn es gab einiges zu tun. Sie wollten heute noch mit Berger zusammentreffen, mit dem Funker Kontakt aufnehmen, den Abwurf von Waffennachschub organisieren und Lebensmittel für die Männer auftreiben. Und für die kommende Nacht war ein weiterer Anschlag geplant, nämlich auf die Eisenbahnverbindung zwischen Brive und Périgueux, gut dreißig Kilometer weiter nördlich. Die deutschen Patrouillen würden ihren Radius weiter ausdehnen müssen.

»Wir müssten längst unterwegs sein«, sagte McPhee, der sich nach einem kurzen Nickerchen aufgerichtet hatte und benommen den Kopf schüttelte. »Die Deutschen werden morgen alle Straßen im näheren Umkreis kontrollieren.«

»Du meinst heute«, entgegnete Manners. Er zuckte mit den Schultern. »Aber wie stellst du dir das vor, mit unseren Jungs eine Nacht lang durchzumarschieren? Sie frieren, haben Hunger und Angst.«

»Da sind sie nicht die Einzigen«, murmelte der Amerikaner. »Wie viel Sprengstoff haben wir noch?«

»An die zwanzig Pfund. Das müsste reichen für die paar Schienen.«

Beide blickten durch den Höhleneinstieg in den frühen Morgen hinaus. An den Gräsern hing Rauhreif, und in der Tiefe schimmerte die Wasseroberfläche der Flussbiegung. Hinter ihnen klickte ein Benzinfeuerzeug. Es wurde kurz hell, dann breitete sich der Duft von Tabak aus. François war aufgewacht.

»Du bringst uns noch um mit deiner Raucherei«, knurrte McPhee. Er stand auf, stampfte mit den Füßen auf und massierte sich ein wenig Wärme in die Arme. »Die Feuerzeugflamme verrät uns an die Deutschen.«

»Ich hab mir die Zigarette unter der Jacke angesteckt«, verteidigte sich François. »Außerdem sind hier weit und breit keine Deutschen.«

»Und zu essen gibt's auch nichts.«

»Aber gleich hinter dem nächsten Hügel wartet ein Frühstück auf uns. Da gibt es ein Gehöft, das ich gut kenne.« François ging nach draußen, um sich zu erleichtern. Er kehrte ihnen den Rücken zu, paffte und ließ seelenruhig Wasser ab, die Hände in die Hüfte gestemmt. Plötzlich hatte Manners so etwas wie ein Déjà-vu-Erlebnis und glaubte, genau diese Szene schon einmal vor Augen gehabt und gesehen zu haben, wie jemand in grauer Vorzeit, als Menschen gerade erst von den Bäumen gestiegen waren und aufrecht zu gehen gelernt hatten, in der Morgendämmerung vor ebendiese Höhle getreten war und gepinkelt hatten. Ihn schauderte, denn er hatte den Eindruck, als ginge jemand über sein Grab. Gespenstisch, diese Höhlen.

»Wir können nicht mit zwanzig Mann einfallen«, entgegnete McPhee. »So viele hungrige Mäuler lassen sich bestimmt nicht stopfen.«

»Da kennst du das Périgord schlecht«, rief François über die Schulter hinweg und knöpfte sich den Hosenstall zu. »Hier werden alle satt. Die Milch kommt direkt von der Kuh, Kastanienbrot und Ziegenkäse gibt's immer. Aber wir sollten tatsächlich nicht alle auf einmal auftauchen. Als Erste gehen wir drei zusammen mit Frisé; Manners und ich ziehen dann weiter, um meinen Bruder und den Funker zu treffen. McPhee, du kommst dann mit Frisé und ein paar Kannen Milch zurück und führst die Jungs zum Hof, aber nicht mehr als vier auf einmal. Heute Abend werden wir dann in der großen Höhle von Rouffignac alle wieder zusammenkommen. In der Gegend dort kenne ich mich aus. Es gibt da mehrere Plateaus, die sich gut für Fallschirmabwürfe eignen, Wälder, in denen die Jungs weiter ausgebildet werden können, und nicht genügend Straßen für die Deutschen.«

»Wie sieht's mit Verpflegung aus?«, fragte Manners.

»Kein Problem, die Bauern vor Ort versorgen uns«, antwortete François. »So, ich rauch jetzt noch eine, und dann holen wir Milch.«

»Und was, wenn uns diese Bauern an die Deutschen oder die Miliz verraten?«, gab McPhee zu bedenken. »Du magst dich in der Gegend auskennen, aber kannst du den Leuten auch vertrauen?«

François schaute die beiden eine Weile schweigend an und ging dann vor ihnen in die Hocke. »Noch vor einem Jahr hätte ich es nicht gewagt zurückzugehen, in mein eigenes Revier, wo ich aufgewachsen bin und alle, die dort wohnen, persönlich kenne.

Aber das war vor einem Jahr«, fuhr er fort. »Bevor die R.A.F. Nacht für Nacht Hamburg und Städte an der Ruhr bombardiert hat, bevor die Deutschen bei Stalingrad geschlagen wurden, bevor wir sie aus Nordafrika verscheucht haben und bevor wir nach Mussolinis Flucht wieder in Italien einmarschiert sind. Als das alles passierte, hat Hitler nicht weiter so getan, als wäre Vichy am Ruder, und seine

Truppen hierher in den Süden geschickt. Alle haben jetzt die Panzerwagen und Soldaten der Boches vor Augen und müssen mit ansehen, wie die unsere Lebensmittel beschlagnahmen, unseren Frauen nachstellen und unsere jungen Männer abholen, damit sie in ihren Fabriken in Deutschland Zwangsarbeit leisten. Jetzt, da unser Land vom Feind besetzt ist, droht uns allenfalls noch Verrat von denen, die das Vichy-Regime unterstützt haben.«

»Das dürften nicht wenige sein«, entgegnete McPhee düster.

»Zugegeben. Noch vor einem Jahr hätte ich gesagt, die meisten Franzosen sind entweder Vichy-Anhänger oder solche, die sich aus allem raushalten und unbehelligt bleiben wollen. Solange die Deutschen nicht hier waren, konnten sie sich einreden, mit dem Krieg nichts zu tun zu haben. Aber jetzt glaubt kaum jemand mehr daran, die Deutschen könnten den Krieg gewinnen, und wer noch halbwegs bei Verstand ist, stellt sich schnell auf die richtige Seite, bevor der Krieg vorbei ist.« Er hielt inne und steckte den Kopf hinter den Jackenaufschlag, um sich eine weitere Zigarette anzuzünden. Qualmend tauchte er wieder auf. »Euer Krieg ist vielleicht entschieden. Unserer aber nicht, denn wir stehen vor der großen Frage, wer danach die Oberhand gewinnen wird, die Kommunisten oder die Gaullisten.«

»Woher zum Teufel hast du all die Zigaretten?«, fragte McPhee. »Ich dachte, die sind rationiert.«

»Sind sie auch. Schon mal was von der *décade* gehört? Jedem Erwachsenen steht alle zehn Tage eine Zwanzigerpackung oder entsprechend viel Tabak zum Selbstdrehen zu. Aber auf jeden Raucher kommen x Nichtraucher. Mein

Bruder hat einen Freund, der als Gärtner in einem Kloster arbeitet. Acht Nonnen, und keine von denen raucht. Er bekommt deren Ration und gibt einen Großteil davon an seine Jungs weiter. Wie gesagt, wir sind hier im Périgord. Bei uns wächst der beste Tabak. Kommt, wir müssen los.«

Der Feldfunksprecher B Mark II war ein klobiges Etwas, hatte aber nur die Leistung von zwanzig Watt. Über einen halben Meter lang, wog er an die fünfzehn Kilo und benötigte eine über zwanzig Meter lange Antenne. Berger hatte bereits in Bergerac einen Funker verloren, als die Deutschen dazu übergegangen waren, einen Stadtteil nach dem anderen vom Stromnetz zu nehmen, um zu sehen, wann und wo die Funksignale ausblieben. Seitdem verzichtete er auf Strom und nutzte stattdessen einen Dynamo, der von einem Fahrrad betrieben wurde. Diese mobile Funkanlage war weniger leicht ausfindig zu machen als eine stationäre.

François und Manners schrieben ihre Nachricht auf, während Berger das Hinterrad eines seiner Fahrräder abmontierte, um den Dynamo anzubringen, und der Funker seine Morsetaste aus der seidenen Schutzhülle holte und in Betrieb nahm. Manners überprüfte die Kodierung und ließ den Funker dann allein, was Berger aus Sicherheitsgründen so wollte. Sie waren eine Stunde lang mit dem Fahrrad über Waldwege gefahren und an einen steilen Abhang gelangt, über den ein gewundener Pfad nach unten auf eine Straße führte. Dahinter ragte ein auf hohen Pfeilern stehender Eisenbahnviadukt auf, der ein enges Tal überquerte. Auf dem diesseitigen Brückenkopf befand sich ein kleines Gebäude, daneben eine geöffnete, rotweiß lackierte Schranke, mit der sich die kleine Straße sperren ließ, die steil hinab ins Tal führte. An der Schranke hing eine rote Signalflagge.

»Miremont-Mauzens«, sagte Berger. »Die Haltestelle. Unser Treffpunkt. Die Flagge heißt, die Luft ist rein.« Er wandte sich seinem Bruder zu. »François, pass auf die Fahrräder auf. Und lass dich auf keinen Disput ein; sie wissen, woher du kommst.«

François zuckte mit den Achseln und steckte sich eine Zigarette an. »Keine Sorge, Bruderherz. Mich provoziert so schnell keiner mehr. Frag unseren englischen Freund, wie höflich ich mich diesem muffelnden Amerikaner gegenüber verhalte, so schwer es mir auch fällt.«

»McPhee ist in Ordnung«, sagte Manners. »Er ist nur heute früh mit dem linken Bein zuerst aufgestanden. Ich übrigens auch.«

»Aha. Hoffentlich steckt nicht mehr dahinter. Ich jedenfalls habe den Eindruck, dass er es darauf anlegt, mich zu ärgern.«

»Ich doch auch«, schmunzelte Manners, um keine unguten Gefühle aufkommen zu lassen. »Dazu lädst du einfach ein. Du hast Geld, bist ein anerkannter Autor, Kriegsheld und siehst auch noch gut aus. Es dürfte dich eigentlich nicht verwundern, dass Normalsterbliche dir immer wieder mal an den Karren zu fahren versuchen. Oder wärst du etwa lieber so dumm und hässlich wie ich und Berger?«

»Verstehst du jetzt, warum ich diesen Engländer mag?«, fragte François seinen Bruder lächelnd. »Selbst wenn er mich zur Räson ruft, schmeichelt er mir.«

»Mir schmeichelt er nicht«, entgegnete Berger.

»Du müsstest ihn mal kämpfen sehen. Ich hatte das Vergnügen, in Nordafrika. Er vereint französischen Elan und deutsche Gründlichkeit. Wir können uns glücklich schätzen, ihn auf unserer Seite zu haben.«

»Wir Engländer hatten gute Ausbilder«, erklärte Manners. »Seit 1066, nämlich euch Franzosen.«

Berger und Manners gingen zur Straße hinunter, überquerten den Bahndamm und nutzten die Deckung der Bäume, um unbemerkt zu dem Schrankenhäuschen zu gelangen. Sie hatten noch fünfzig Meter zu gehen, als Berger plötzlich stehen blieb und den Engländer ins Auge fasste.

»Er nennt sich Marat. Ich traue ihm nicht über den Weg«, sagte er leise. »Er war früher bei der Bahn beschäftigt, ist dann aber nach Spanien gegangen, um sich den kommunistischen Brigaden anzuschließen. Nach seiner Rückkehr 1939 tauchte er unter. Ich vermute, er war in Moskau. Als Hitler in Russland einmarschierte, kam er nach Frankreich zurück, das war 1941. Er behauptet, überall Mitstreiter zu haben, in Brive, Périgueux und Limoges, sogar in Bordeaux. Wahrscheinlich meint er damit seine Kollegen von der Eisenbahn und Eisenbahnergewerkschaft. Vielleicht auch den einen oder anderen Spanier, der nach dem Sieg der Faschisten zu uns gekommen ist. Er fordert Waffen, aber es gibt kein Anzeichen dafür, dass er sie gegen die Deutschen einsetzt. Egal. Jedenfalls will Hilaire, dass ich euch miteinander bekannt mache. Ich habe versprochen, den Mund zu halten, wenn ihr euch über Waffenlieferungen verständigt.«

»Sind er und François verfeindet?«

»Die beiden sind sich nie begegnet, können sich aber aus Prinzip nicht ausstehen, wegen der politischen Einstellung des jeweils anderen. Wenn die sich träfen, gäb's mit Sicherheit Streit. Mein Bruder hasst die Roten mehr als alles andere.«

»Verfügt dieser Marat über ein Funkgerät?«

Berger zuckte mit den Achseln. »Von uns hat er jedenfalls keins. Aber wer weiß, vielleicht steckt er noch mit der F Section zusammen, der französischen Filiale Ihrer SOE, von der Ihr angeblich nichts wissen wollt, weil sie mit Kommunisten und De-Gaulle-Gegnern zusammenarbeitet. Kann sein, dass er von denen ausgerüstet wird. Das wissen Sie wahrscheinlich besser als ich.«

»Warum will er mich dann treffen?«

»Weil er für seine glorreiche Revolution Waffen und Sprengstoffe braucht. Sie haben doch gehört, was Hilaire im Château gesagt hat. London hat vor, die Kommunisten zu unterstützen. Aber meine Abwurfstellen und meine Leute gebe ich dafür nicht her. Wenn Sie denen helfen wollen, sind Sie auf sich allein gestellt.«

»Warum haben Sie dann dieses Treffen arrangiert? Wenn Sie nicht wollen, dass ich mit ihm zusammenkomme, hätten Sie doch nur zu sagen brauchen, dass der Treffpunkt nicht sicher ist.«

Berger musterte ihn, ohne mit der Wimpern zu zucken. »Von geheimdienstlicher Tätigkeit haben Sie offenbar keine Ahnung, was?«

»Mag sein.« Manners war ratlos. Er hatte den Eindruck, an einem Krieg teilzunehmen, der in einer völlig anderen Dimension stattfand. Trotzdem fragte er noch einmal: »Warum haben Sie dieses Treffen arrangiert?«

»Erstens, weil ich Hilaire vertraue und seine Befehle befolge. Zweitens, weil ich zumindest erfahren will, ob, wann und wo die Kommunisten mit Waffen beliefert werden und wer sie dann hat. Drittens, weil Marat gezwungen sein wird, gegen die Deutschen zu kämpfen, wenn sich herumgesprochen hat, dass er Waffen besitzt. Denn auch seine Anhänger sind in erster Linie Franzosen.«

»Sie haben sich da ein Schlangennest ins Haus geholt.«

»Zugegeben. Hitler und Stalin sind daran nicht ganz unschuldig.« Berger schloss die Augen und verzog das Gesicht. Als er sie wieder öffnete, wirkte sein Blick seltsam leer. »Es wird Zeit, Sie lernen Stalins Statthalter in diesem Teil Frankreichs kennen.«

Marat war mittelgroß, hager und fast kahl auf dem Kopf. Er trug eine runde Nickelbrille und hatte eine alte, verkohlte Pfeife zwischen den Zähnen, aus der es qualmte. Ein *béret*, ein Schal und ein leinener Einkaufsbeutel lagen auf dem ramponierten Tisch, an dem er saß und las, als wartete er wie alle anderen auf einen Zug. Als Berger Manners an den Tisch führte, blickte er auf und musterte den Engländer.

»Sind Sie der Typ, der nach dem Anschlag auf den Zug den Heizer aus der Lok gezogen hat?«, fragte er. Manners nickte.

Marat stand auf und schüttelte ihm überraschend herzlich die Hand. »Dann möchte ich Ihnen im Namen der Eisenbahnergewerkschaft danken. Und Gratulation für Ihren gelungenen Einstand. Le Buisson ist für Wochen lahmgelegt. Ihr Winston Churchill kann stolz auf Sie sein.« Damit entnahm er seinem Einkaufsbeutel eine dunkle Flasche und drei Gläser.

Berger schaltete sich ein. »Ich gehe nach draußen und passe auf. Ihr braucht mich jetzt nicht.«

»Ich fände es besser, Sie blieben. Wir wollen doch Vertrauen zueinander fassen«, entgegnete Marat. Er hatte eine angenehme Stimme und drückte sich gewählt aus. Recht gebildet für einen Eisenbahner, dachte Manners. »Mir ist bewusst, dass es Spannungen zwischen unseren Organisationen gibt, aber wir haben einen gemeinsamen Feind. Und dass Verstärkung aus London eingetroffen ist, lässt vermuten, die Invasion steht unmittelbar bevor. Endlich können wir, mein lieber Berger, Seite an Seite gegen die Deutschen kämpfen.«

»In der Hinsicht haben Sie sich selbst ja noch nicht besonders hervorgetan«, entgegnete Berger trocken. »Davon abgesehen, wäre es mir wirklich lieber, jemand steht draußen und passt auf.«

»Dafür ist schon gesorgt. Mein Posten hält die Augen auf. Er hat Sie auch den Hügel herunterkommen sehen.« Er drehte sich um und klopfte zweimal ans Fenster, worauf eine junge, dunkelhaarige Frau in einem weiten, grauen Regencape hinter einem der Bäume zum Vorschein kam. Ihre rechte Hand steckte in einer Tasche, die sie sich um die Schulter geschlungen hatte. Marat ging zur Tür und wechselte ein paar Worte mit ihr. Sie nickte und verschwand wieder hinter den Bäumen.

»Ich habe Informationen für Sie«, sagte Marat. Er kehrte an den Tisch zurück, öffnete die Flasche und schenkte ein. »Aber zuerst wollen wir mit diesem Calvados anstoßen, den wir einem deutschen Versorgungstrupp abgejagt haben. Befreiter Schnaps, wenn man so will.« Er schob die

Gläser auf die beiden zu und achtete nicht weiter darauf, dass Berger sein Angebot offenbar auszuschlagen gedachte und die Hände zu Fäusten ballte. »Sie schicken einen zweiten Reparaturzug aus Bordeaux, der diesmal aber sehr viel besser bewacht sein wird. Und außerdem rückt eine Spezialeinheit an, die Division Brehmer, die mit gepanzerten Fahrzeugen und Funkpeilung Widerstandsnester ausheben soll. Deren Führung arbeitet eng mit der Gestapo zusammen. Also trinken wir auf unsere Gesundheit und gutes Gelingen.« Er leerte sein Glas und schmunzelte Manners zu, dem dieser Marat sympathisch war.

»Die Panzerfahrzeuge wurden in Metz auf einen Zug geladen. Wir wissen, dass diese Division in Lothringen aktiv war, und kennen ihre Transportbefehle«, fuhr Marat fort. Er setzte sich wieder, rückte einen Stuhl für Manners zurecht und ignorierte Berger. Manners nahm Platz und warf einen Blick auf das Buch, in dem Marat gelesen hatte. Michelets *Histoire de France*, ein ihm selbst unbekanntes Werk.

»Seien Sie gewarnt, diese Brehmer-Einheit hat im russischen Partisanenkrieg kämpfen gelernt. Diese Typen sind skrupellos und effizient. Machen Sie sich darauf gefasst, in kürzester Zeit unsere Region verlassen zu müssen. Sie werden in Périgueux stationiert sein, und es fragt sich, ob sie zuerst auf Sie und Ihre Männer Jagd machen oder auf die Maquis um Oberst Georges in den Wäldern bei Limoges. An Ihrer Stelle würde ich mich in den Süden von Cahors zurückziehen oder in die Hügel im Osten. Bleiben Sie auf keinen Fall hier. Ich gebe Ihnen noch rechtzeitig Bescheid, wenn sie in Périgueux eintreffen.

So sieht's aus. Meine Karten liegen offen auf dem Tisch. Ich brauche Waffen für meine Jungs. Sturmgewehre, Granaten und Panzerfäuste. Und speisen Sie mich bitte nicht mit diesen britischen PIATs ab. Die taugen nichts. Wir wollen amerikanische Panzerfäuste, Stens und Brens und Munition. Und diese schallgedämpften Pistolen, mit denen wir aus dem Hinterhalt angreifen können. Das ganze Zeug muss noch diese Woche abgeworfen werden, bevor die Division Brehmer hier ist. Ich habe bereits zwei mögliche Abwurfstellen ausgesucht, die Sie sich einmal ansehen sollten, beide liegen im Wald von Lanmary nördlich von Périgueux.«

»Wieso kommen Sie damit zu mir?«, fragte Manners. »Ihnen sind doch schon Waffen geliefert worden, und Sie haben Funkkontakt.«

»Ja, über das Stationer-Netz.« Marat schmunzelte angesichts von Manners' verdutzter Miene. »Ein gutes Netzwerk, durchaus, aber nachlässig betrieben. Es nutzt dieselben Abwurfstellen schon viel zu lange. Das Risiko will ich einfach nicht eingehen. Ich möchte meine Kommunikationswege geschützt wissen, wie die Generäle sagen.«

»Panzerfäuste kommen nicht in Frage. London will, dass Sie und Ihre Leute den Deutschen Nadelstiche versetzen. Sie sollen sich nicht einbilden, mit schweren Waffen im offenen Kampf gegen den Feind antreten zu können.«

»Wenn die mit ihren Panzern durch die engen Straßen unserer Städte rollen, brauchen wir Panzerfäuste«, insistierte Marat.

»Brandsätze tun's auch. Haben Sie schon einmal eine Panzerfaust abgefeuert? Da schießt eine Riesen-Stichflamme raus, und es qualmt wie verrückt. Jeder Deutsche legt sofort auf Sie an. Männer mit Panzerfäusten leben nicht lange. Außerdem sind die deutschen Fahrzeuge mittlerweile so stark gepanzert, dass nicht einmal ein Frontaltreffer durchschlägt. Man könnte allenfalls ein Rad oder eine Kette lahmlegen oder, wenn's hoch kommt, den Führerstand sprengen. Nein, glauben Sie mir, mit Brandsätzen erreichen Sie mehr, ich weiß, wovon ich rede. Wir haben schon schwerstes Geschütz gegen sie aufgeboten und am Ende doch den Kürzeren gezogen. Nur mit Sturmgewehren, Granaten und Panzerfäusten kommen Sie gegen die Deutschen nicht an.«

Marat nickte. »Na ja, immerhin machen Sie keine Versprechungen, die Sie nicht einhalten können. Aber Gewehre und Munition werden Sie uns doch hoffentlich besorgen, oder?«

»Ich kann für nichts garantieren«, antwortete Manners. »Ich kann London nur bitten, nicht rumbefehlen.«

»Das sollte genügen. Eins noch: Ich brauche Schleifpaste, und zwar soviel Sie auftreiben können, Zeug, das sich in Radlagern festsetzt. Ist weniger gefährlich als Sprengstoff und auf die Dauer wirksamer. Sagen Sie London, die Schwachstelle der Deutschen sind die Tieflader, mit denen sie ihre Panzer transportieren. Die normalen Pritschenwagen sind so hoch, dass sie mit der Panzerladung durch keinen Tunnel passen. Wenn wir diese Tieflader lahmlegen – und es gibt nicht viele davon –, kommt per Zug kein einziger deutscher Panzer mehr durch Frankreich.«

»Wofür wollen Sie die Gewehre?«, mischte sich Berger

ein. »Sie sagen, Oberst Georges habe sechshundert Männer oben im Limousin und noch nicht viel mit ihnen unternommen.«

»Wofür? Um Ihren hochgeschätzten de Gaulle umzulegen, wozu sonst? Um alle Pfaffen und Kapitalisten zu töten.« Marat lachte und entblößte faule Zähne. »Das denken Sie doch, stimmt's? Dass wir auf den großen Tag hinarbeiten, an dem die Rote Armee einmarschiert und das französische Proletariat aus seiner Knechtschaft befreit. Sie sind ein Narr, Berger, einer, der sich seinen eigenen Alptraum zusammenspinnt und lieber darin lebt. Angenommen, ich würde meine Gewehre gegen Franzosen richten. Was glauben Sie, wie viele meiner Jungs ich an meiner Seite hätte? Es fällt ihnen doch schon schwer genug, auf die Miliz anzulegen.«

»Wie man hört, brüstet sich die Partei damit, dass sie eiserne Disziplin verlangt«, erwiderte Berger.

»Vielleicht in Russland, wo die Arbeiter an der Macht sind. Vielleicht in Deutschland, weil dessen Kommunisten nach wie vor Deutsche sind. Aber hier sind wir in Frankreich, Berger. Eiserne Disziplin verträgt sich nicht mit unserer Natur. Heldenmut ja, manchmal. Sich irgendwie durchschlagen, ja. Aber Disziplin? Sie sollten einmal an einer unserer Parteisitzungen teilnehmen, dann würde Ihnen auffallen, wie wenig diszipliniert wir sind. Ihr Gaullisten seid in der Hinsicht vielleicht besser. Aber wenn die Alliierten kommen, werden meine Jungs bereitstehen und kämpfen.«

»Danke für die Information. Ich leite Ihre Bitte an London weiter, und wenn ihr stattgegeben wird, komme ich wieder und schaue mir Ihre Abwurfstellen an«, sagte Manners. Er mochte diesen Mann.

»Werden Sie mir auch helfen, meine Männer auszubilden, oder muss ich dafür einen gesonderten Antrag stellen?«

»Dafür sind wir hier. Aber natürlich kann ich der Entscheidung von London nicht vorgreifen, zumal unsere Möglichkeiten begrenzt sind. Wir hätten da allerdings noch einen Amerikaner, der aushelfen könnte.« Manners sah die Möglichkeit, zwei Fliegen mit einer Klappe zu schlagen. Marat brauchte Ausbilder für seine Männer, und es wäre gut, McPhee und François für eine Weile auf Abstand zu halten.

»Einen Amerikaner? Das wird meinen Jungs gefallen.«

»Lernen Sie ihn erst einmal kennen. Er besteht darauf, amerikanische Uniform zu tragen, und sieht aus wie ein Indianer. Seltsame Frisuren, die da drüben getragen werden.«

»Noch besser – ein roter Ami.« Marat lachte. »Heben wir noch ein Glas auf die Revolution? Wir könnten aber auch auf den Sieg anstoßen, wenn Ihnen das lieber ist.«

»Wir haben noch einen langen Weg vor uns«, sagte Berger. »Trotzdem vielen Dank.« Er wandte sich zur Tür.

»Augenblick«, sagte Marat und klopfte wieder an die Fensterscheibe. »Mercedes braucht erst mein Signal, sonst laufen Sie Gefahr, erschossen zu werden.«

»Mercedes?«, fragte Berger. »Aus Spanien etwa?«

»Die Revolution kennt keine Grenzen, mein Freund.«

»Der Spruch könnte auch von Hitler sein«, entgegnete Berger und ging, ohne sich noch einmal umzudrehen, hinaus.

Manners verabschiedete sich von Marat. »Die Reifenfirma von Montluçon«, sagte dieser und hielt seine Hand fest. »Im September wurde sie von Ihrer R.A.F. bombardiert. Wie ich höre, soll sie nächsten Monat wieder in Betrieb gehen. Ein Kilo Plastik an der richtigen Stelle, und daraus würde nichts. Helfen Sie uns?«

»Montluçon? Das ist ziemlich weit entfernt.«

»Ich könnte Sie mit dem Zug hinbringen. Wir haben unsere Möglichkeiten und sichere Verstecke.«

»Wie bleiben wir in Verbindung?«

»Über Berger. Ihn zu übergehen würde bedeuten, dass er uns nie wieder über den Weg traut. Aber wenn Ihnen dafür die Zeit fehlen sollte, gehen Sie zum Café de la Place in Périgueux. Das ist gleich hinter der Kathedrale. Sie haben Mercedes gesehen, unseren Wachposten? Sie kellnert dort. Viel Glück, mein englischer Freund. Hier habe ich noch etwas für Sie.« Er reichte ihm das Buch, das auf dem Tisch lag. »Ich kann mir vorstellen, was Sie hier bei uns durchmachen. Zehn Prozent akuten Schrecken und neunzig Prozent Langeweile. Vielleicht gefällt Ihnen zur Abwechslung mal ein gutes Buch.«

Der Schrecken ließ nicht lange auf sich warten, als nämlich der Anschlag auf den Verschiebebahnhof von Saint-Felix schiefging. Der junge Oudinot – es war sein erster Einsatz – hatte die Zündschnur an der falschen Stelle in Brand gesetzt, worauf ihm die ganze Ladung ins Gesicht flog und den Kopf abriss. Der Milizposten eröffnete sogleich das Feuer. Zwei weitere Männer fielen. Manners erwischte eine Kugel am Stiefelabsatz, als er aus der Deckung kam, um den kleinen Christophe aus der Schusslinie zu ziehen, dem es die Schulter zerfetzt hatte. Zum Glück zündete in dem Moment die von ihm angebrachte Sprengladung, so dass die Miliz eine Weile abgelenkt war und er mit dem Verletzten auf der Schulter fliehen konnte. Bevor sie zur Tat geschritten waren, hatten sie die Telefonleitungen gekappt. Trotzdem war damit zu rechnen, dass noch vor Tagesanbruch eine deutsche Patrouille zur Stelle sein würde, und der ausgemachte Treffpunkt lag auf der anderen Seite der Stadt. Dort musste er hin, mit Christophe.

Er hinkte, was nicht nur an dem fehlenden Absatz lag. Der Fuß tat jetzt höllisch weh, und der Junge lastete wie ein schwerer Sack auf seiner Schulter. Auf dem Friedhof machte er halt, um für die Überquerung der Hauptstraße Mut und Kraft zu schöpfen. Es war dunkel und still. Die Anwohner hatten die Schüsse natürlich gehört und wagten sich nicht vor die Tür. Trotzdem fühlte er Hunderte von Augenpaaren auf sich und die Gewehrläufe der Miliz auf das Pflaster gerichtet. So würde es nicht funktionieren. Er schlang sich Christophes gesunden Arm um den Hals und humpelte mit ihm an der Bäckerei in der Seitenstraße vorbei und dann über eine Brache neben den alten Garagen.

»Laval«, zischte er, »Laval!«

»Putain«, antwortete der Franzose scheinbar gleichgültig, als würden sie sich auf irgendeinem Pariser Boulevard begegnen. Zum Glück war er zur Stelle, und er hatte einen alten verbeulten Renault-Combi aufgetan, der übel nach Fisch stank. Sie schafften Christophe auf die Ladefläche, wo schon ein anderer Verletzter lag, der beide Hände auf den Bauch presste und stöhnte.

Der Renault wollte nicht starten. Während François den Starter orgeln ließ, hielt ihm Manners mit seiner Sten im Anschlag den Rücken frei. Dann, mit einem Knall so laut wie Gewehrfeuer, sprang der Motor endlich an. Manners hinkte zur Beifahrertür, die sich aber von außen nicht öffnen ließ. Er drückte die Fensterscheibe herunter und tastete nach der Klinke.

»Die Deutschen mögen ihren Fisch frisch«, sagte François, der es sich hinterm Steuer bequem machte und eine Zigarette ansteckte. »Deshalb kriegen die Fischhändler eine extra Benzinration. Was ist mit deinem Fuß?«

»Nichts Besonderes«, antwortete Manners und verlor gleich darauf das Bewusstsein.

Wütendes Gebell weckte ihn wieder auf. Unwillkürlich brachte er seine Sten in Anschlag, sah sich benommen um und glaubte schon, von Spürhunden der Deutschen gejagt zu werden. Doch er saß immer noch im Combi. Der Motor war ausgeschaltet, und das Gebell kam von Hunden, die vor einem Haus angekettet zu sein schienen, das in der Dunkelheit kaum zu erkennen war.

»Die Leute hier haben einen Zwinger, in dem sie Wachhunde für die Miliz züchten und dressieren. Ein besseres Versteck gibt's nicht.«

Ein Mann in Schlafanzug und Pantoffeln trat vor die Tür, wechselte ein paar Worte mit François und schlich ins Haus zurück. Wenig später tauchte er wieder auf, diesmal in Begleitung einer Frau. Beide trugen alte Regenmäntel. Manners stieg aus und ächzte vor Schmerzen, als er mit dem verletzten Fuß auftrat. Doch er biss die Zähne aufeinander und half, die beiden Verwundeten an den Hundezwingern vorbei in die Scheune zu tragen. Dort ließ er sich ins Stroh fallen. François musterte seinen Fuß und schürzte die Lippen. Der Bauer gab Manners einen Schnaps zu trinken, der nach Birnen schmeckte. Wenig später schlief er ein, die Sten fest an die Brust gedrückt. Als er aufwachte, sah er, dass Sybille seinen Fuß mit einem Lappen wusch, der blutdurchtränkt war.

»Er hat nur ein paar Kratzer, ist aber dick geschwollen«, sagte sie forsch. Sie trug einen weißen Kittel, der bis zum Hals zugeknöpft war und über den Brüsten spannte. Er errötete, als sie bemerkte, dass er darauf starrte. »Das kommt davon, wenn man auf bloßen Sohlen über Stock und Stein marschiert. Christophe sagt, Sie hätten ihn getragen.«

»Ich habe kaum was gemerkt«, log er und schaute auf seinen Fuß, der dunkelblau angelaufen war.

»Vielleicht sind die Nerven betäubt. Mit Schusswunden kenne ich mich nicht aus. Sie haben sich auch das Knie verrenkt und eine schwere Prellung zugezogen, die aber nicht weiter schlimm sein dürfte. Ich habe einen Verband angelegt, über den Sie immer wieder einmal kaltes Wasser fließen lassen sollten. Das mache ich auch bei Pferden so, und von Pferden verstehe ich was. Eine Woche werden Sie jedenfalls liegen müssen. So, und jetzt könnte es ein bisschen weh tun.« Sie betupfte seine Fußsohle mit einer Jodtinktur, die höllisch brannte.

»Himmel«, stöhnte er, und seine Augen begannen zu tränen, als der stechende Schmerz in ein dumpfes Pochen überging. »Ich sollte auf Humanmedizin umsatteln«, meinte sie beiläufig. »Als Tierarzt hat man mit Patienten zu tun, die auf Schmerzen ziemlich unwirsch reagieren. Patienten wie Sie scheinen besser damit umgehen zu können.

Sie können übrigens von Glück sagen, hier gelandet zu sein«, fuhr sie fort. »Die Miliz ist scharf auf die hiesigen Wachhunde. Ich kann kommen und gehen, sooft ich will. Der Hof ist deshalb fast so gut wie ein Krankenhaus. Und dank der letzten Fallschirmabwürfe haben wir auch genug Verbandsmaterial und Medizin. Sie haben in Ihrer Funkmeldung nach London offenbar gute Überzeugungsarbeit geleistet.«

»Wie geht's den anderen?«

»Wir haben Maxim heute Abend begraben. Er war nicht mehr zu retten und ist an seiner Schussverletzung gestorben. Dem jungen Christophe muss ich gleich den Arm abnehmen, hier in der Scheune. Vielleicht helfen Sie mir bei der Äthernarkose. Schauen Sie.« Sie zeigte ihm ein Drahtgeflecht, das wie eine Tasse geformt und mit einer Gaze überzogen war, sowie eine Pipette mit Gummiballon, die so aussah wie diejenigen, mit denen man Augentropfen verabreichte. »Ich gebe ihm jetzt eine Dosis, die ihn umhaut. Sie müssen dann alle zwanzig Sekunden zwei Tropfen auf die Gaze träufeln. Und achten Sie gut auf seine Atmung. Wenn er röchelt, nehmen Sie ihm sofort die Maske vom Gesicht! Lassen Sie ihn ein paarmal tief durchatmen. Dann setzen Sie die Maske wieder auf und geben zwei Tropfen drauf! Verstanden?«

»Verstanden. Weiß Christophe, dass Sie ihm den Arm abnehmen?«

»Ja, aber er war betrunken, als ich's ihm gesagt habe. Schlimmer ist, dass sie zwei Männer in Saint-Felix zurückgelassen haben. Man hat Valérien identifiziert, worauf die Gestapo mit der Miliz das Haus seiner Eltern gestürmt und seinen Vater und Onkel erschossen hat. Deren Leichen wurden dann auf dem Marktplatz von Le Buisson ausgestellt, und die ganze Bevölkerung musste an ihnen vorbeidefilieren. Den jungen Oudinot konnten sie nicht identifizieren, weil sein Kopf abgerissen und völlig unkenntlich ist. Aber die Gestapo hat fünf Geiseln nach Périgueux gebracht, allesamt Kinder. Es heißt, sie kommen in ein Lager nach Deutschland, wenn sich der englische *capitaine* nicht freiwillig stellt.«

Ihm fehlten die Worte. Beide starrten lange schweigend vor sich hin. Sybille hatte ihre Haare wieder hochgesteckt, ein paar lose Strähnen hingen herunter. Sie senkte den Blick und machte sich daran, seinen Fuß zu verbinden. Als sie sprach, war deutlich, wie schwer es ihr fiel, ihre Stimme zu beherrschen. »Wenn ich hiermit fertig bin, können Sie mir eine Ihrer englischen Zigaretten geben. Danach muss ich mich um Christophe kümmern.«

»Haben Sie schon einmal eine Amputation vorgenommen?«

»Nicht an einem Menschen. Aber ich habe Fachbücher studiert, und im Grunde ist es nicht anders als bei Tieren.«

Sie kam jeden Tag. Manners gegenüber verhielt sie sich gleichmütig und salopp, außer als sie ihm beibrachte, an Krücken zu gehen. Es war ihm peinlich, den Bauern bitten zu müssen, ihm nach draußen zu helfen, wenn er austreten musste. Sybille hatte einen alten Stuhl ohne Sitz herbeigeschafft und einen Nachttopf daruntergestellt. Inzwischen schaffte er es, den Topf in der einen Hand zu halten und, mit der anderen auf der Krücke abgestützt, zum Misthaufen zu humpeln, ohne einen Tropfen zu verschütten. Selbst stolz auf seine Leistung, war er ein wenig enttäuscht, dass Sybille nur mit den Schultern zuckte. Um Christophe kümmerte sie sich dagegen wie eine Mutter um ihren Sohn. Sie hielt seine verbliebene Hand und schwärmte ihm vor, wie glücklich die Mädchen sein würden, mit einem Helden der Résistance auszugehen. Nach dem Krieg.

»Und dann wird der *capitaine* in einem schicken Auto aus England kommen, dich und deinen Schatz in das beste Restaurant führen und ihr erzählen, wie tapfer du warst«, sagte sie und streichelte ihm übers Haar.

»Vorher müsste ich aber fleißig üben«, meinte Manners. »Denn so, wie Christophe trinkt, läge ich unterm Tisch, ehe ich dem Mädchen sagen könnte, dass er mir das Leben gerettet hat. Wenn er mir nicht geholfen hätte, wäre ich mit dem Fuß keine zwei Schritte weit gekommen. Dass er so zäh ist, muss wohl an den Mengen Schnaps liegen, die er trinkt. Ich kenne niemanden, der so viel verträgt wie er.«

Als der Junge eingeschlafen war, berichtete sie, dass der Fischhändler erschossen worden war, nachdem die Miliz herausgefunden hatte, dass die Partisanen mit seinem Combi entkommen waren. Es verwunderte ihn selbst, dass er feuchte Augen bekam vor Trauer um einen Mann, den er nie richtig kennengelernt hatte.

»Ein Wahnsinn, das alles«, sagte sie und fuhr ihm mit der Hand über die Wange, zum ersten Mal so zärtlich wie dem Jungen gegenüber. Seine Tränen flossen. »Wir müssen und werden überleben. Und das mit dem Restaurantbesuch habe ich ernst gemeint. Nach dem Krieg werden Sie mit Christophe fürstlich essen gehen und trinken bis zum Abwinken.«

»Ich schenke Ihnen Wäsche aus Paris«, sagte er und rang sich ein Lächeln ab. »Von Lanvin.«

»Ihnen scheint's ja tatsächlich besserzugehen«, gab sie lachend zurück und ging. Als sie am nächsten Tag zurückkam, brachte sie ein kleines Buch mit Mallarmé-Gedichten mit. Doch kaum hatte sie ihm den Verband gewechselt, verabschiedete sie sich wieder. Er machte aus seiner Enttäuschung kein Hehl.

»Tut mir leid, aber da ist ein trächtiges Pferd, und das hat jetzt Vorrang«, sagte sie, verwuschelte dem Engländer kurz die Haare und wischte sich dann demonstrativ die Hände an ihrem Kittel ab.

Nachdem sie gegangen war, nahm er ein Stück Seife, hinkte in den Hof hinaus und wusch sich an der Wasserpumpe vom Kopf bis zu den Sohlen. Mit einem Kübel voll Wasser kehrte er zurück, um auch Christophe die Haare zu waschen. Dann holte er seinen Rolls-Rasierer aus der kleinen Blechdose, die er seit seinem Palästina-Einsatz bei sich trug, schärfte die Klinge und rasierte sich und Christophe.

Wenig später kam François vorbei. Er hatte Zigaretten dabei, Kurzgeschichten von Guy de Maupassant und eine Flasche Cognac, die er, wie er behauptete, aus einer deutschen Kantine befreit hatte. In der Nacht waren wieder Versorgungsfallschirme abgeworfen worden, und Marat ließ mitteilen, dass er und seine Männer einen Zug voller Waffen und Munition von den Schienen hatten springen lassen. Über den Fischhändler oder weitere deutsche Vergeltungsschläge verloren sie kein Wort. Der Krieg nehme auch ohne ihn, Manners, seinen Lauf, meinte François. Als er ging, nahm er Christophe mit, um ihn auf dem Hof eines Cousins unterzubringen.

Sybille zeigte sich zwei Tage nicht, und als sie schließlich auftauchte, schimpfte sie mit ihm. »Sie haben auf dem kranken Fuß zu laufen versucht. Jetzt ist die Wunde wieder aufgeplatzt.«

»Ich bin über die Krücke gestolpert und hingefallen«, log er.

»Sie wollen Ihre Ärztin doch nicht für dumm verkaufen«, entgegnete sie und langte nach der Jodflasche.

»Nein, das will ich nicht.« Er schloss die Augen und genoss die warme Berührung ihrer Hand am Fuß, obwohl es wieder weh tat, als sie die Wunde desinfizierte. »Weder meine Ärztin noch die schöne Frau, der ich beim Kochen zuschauen möchte, während auf dem Grammophon Jean Sablon zu hören ist.« Es blieb eine Weile still zwischen ihnen. Wortlos legte sie einen neuen Verband an.

»Meine Omeletts haben Ihnen also geschmeckt. Und vielleicht gefällt es Ihnen, sich in meine kleine Vorkriegswelt hineinzuversetzen, zur Entspannung gewissermaßen«, sagte sie schließlich betont heiter.

»Nein, ich träume von der Zeit nach dem Krieg«, entgegnete er, und auch ein wenig mutlos, weil er ihre Melancholie nicht zu durchdringen vermochte. »Vor dem Krieg haben Sie einem anderen angehört. Jetzt möchte ich an Ihrer Seite sein, ob Krieg oder nicht.«

Er öffnete die Augen, schaute sie an und ergriff ihre Hand, auch auf die Gefahr hin, dass sie sich über ihn lustig machte. Doch stattdessen presste sie die Lippen aufeinander und schien den Tränen nah. Ihre Hand zog sie nicht zurück. Da begriff er plötzlich, dass sie seit dem Tod ihres Mannes keinen anderen mehr gehabt hatte. Es war schon ein großes Privileg gewesen, dass sie ihn in ihre Wohnung gelassen hatte.

»Genießen wir das Leben, Sybille, solange es geht«, sagte er, überzeugt davon, dass für ihn alles andere keinen Wert hatte.

»Ach, darum geht's doch nicht«, flüsterte sie. »Ich bin einfach nur sehr schüchtern.«

»Das bin ich auch. Schüchtern wie ein Schuljunge.«

Sie legte ihm ihre Hand auf den Mund und sah ihn verwundert an, als hätte er ihr gerade ein großes Geheimnis verraten. Ihre Hand glitt liebkosend über seine Wange. Dann beugte sie sich über ihn und küsste seine Lippen. Der Kuss dauerte an. Er fuhr ihr durchs Haar und spürte, wie weich es war. Als sie sich aufrichtete und die Arme hob, um die Nadeln aus dem Knoten zu lösen, berührte er ihre Brüste, die sich unter dem Kittel wölbten. Sie schüttelte die Haare aus, lächelte und half ihm bei den Knöpfen.

»Nicht vor und nicht nach dem Krieg«, sagte sie später, als sie erschöpft und eng umschlungen beieinanderlagen und sich eine der von François mitgebrachten Zigaretten teilten. »Hier und jetzt. Das ist alles, was wir haben. Nicht mehr als ein wenig Zeit für uns.«

13

Gegenwart

Der Direktor der Höhle von Lascaux schien schon eine Weile auf sie gewartet zu haben. Wegen des hohen Besuches hatte er sich die Haare schneiden lassen, ein frisches Hemd angezogen und eine Krawatte umgebunden. Neben ihm standen sechs seiner Mitarbeiter, von denen manche ihren Dienst in der zweiten Höhle verrichteten, die, etwas abseits gelegen, für Touristen zugänglich war: die Führer, ein Gärtner, ein Elektriker und eine Frau, die am Kiosk Erfrischungen verkaufte. Malrand schüttelte jedem von ihnen die Hand; Clothilde begrüßte sie mit einem Küsschen auf beide Wangen. Der Direktor gab ihnen weiße Überzieher, nagelneue Helme und Gummischuhe.

»Ein Großteil der Schäden sind nicht etwa, wie man immer hört, von der Atemluft der vielen Besucher entstanden, sondern von den Mikroorganismen, die man an den Schuhen mit einschleppt«, erklärte der Direktor und ging vor dem Präsidenten in die Hocke, um dessen Überschuhe festzubinden. Dann stand er auf und reichte ihm eine kleine Atemmaske. Lydia hatte vermutet, ein Ausflug nach Lascaux gehöre zum üblichen Besucherprogramm des Präsidenten, bemerkte nun, dass Malrand und der Direktor sich das erste Mal gegenüberstanden. Der Höhlenbesuch war also etwas ganz Besonderes. Sie fühlte sich geehrt.

»Gab es hier denn nicht immer schon Mikroorganismen?«

»Natürlich, aber sie haben sich verändert. Benzol, Kunstdünger, ja, die Luft, die wir atmen, ist von unserer Moderne gesättigt. Davor müssen wir die Höhle schützen. Das erste Problem hatten wir mit Algen, deren Wuchs durch die Wärmestrahlung der Beleuchtung und das feuchte Klima begünstigt wurde. Dann kam es unter der Einwirkung von Kohlendioxyd, ausgeatmet von Tausenden von Besuchern, zu vermehrter Kalkspatbildung.« Lydia hörte seinem Vortrag an, dass er ihn schon unzählige Male gehalten hatte. »Sie dürfen nicht vergessen, dass die Höhle siebzehntausend Jahre lang abgekapselt war, bis im September 1940 ein Baum durch einen Sturm entwurzelt wurde und der junge Marcel Ravidat seinen Hund spazieren führte. Der Hund fiel in ein von dem Baum aufgerissenes Loch, in das ihm sein Herrchen nachstieg, um ihn zu bergen. Wenig später kehrte er mit Schulfreunden an dieselbe Stelle zurück; sie erforschten die Höhle und entdeckten die Malereien. Ihr Lehrer, Monsieur Léon Laval, setzte sich mit dem größten lebenden Experten für frühgeschichtliche Kunst in Verbindung, mit Abbé Henri Breuil. Der eilte sofort herbei und staunte.«

Er schloss die Eisentür auf und führte die Gäste in einen dunklen Tunnel, der nur von einem schwachen blauen Licht erleuchtet war und sich in eine Kammer mit geglätteten Wänden öffnete. Über eine Treppe ging es tiefer hinab. Die Luft war trocken und roch überhaupt nicht modrig. Hinter einer weiteren Tür gelangten sie in einen stockdunklen Raum. Lydia dachte an ihren Besuch in der nachgebildeten Höhle zurück und machte sich auf den wenig beeindruckenden Anblick blasser Zeichnungen gefasst, letztlich auf eine Enttäuschung, die selbst der bewegende Moment, vor Originalen zu stehen, nicht würde aufheben können.

Der Direktor drückte einen Schalter, und die lange Kammer, rund fünfzig Schritt tief und zehn Schritt breit, erstrahlte in hellem, kaltem Halogenlicht. Lydia hörte die anderen nach Luft schnappen. Manners gab einen Laut der Überraschung von sich und nahm sie schützend beim Arm, denn es schien, als stürmte eine wilde Herde auf sie zu.

Auerochsen, dachte sie. Riesen aus einer anderen Zeit. Die großen Stiere von Lascaux, zu beiden Seiten aufsteigend bis ins Deckengemälde und hervorgehoben von den anderen Tieren ringsum. Sie sah Pferde und Hirsche mit riesigem Geweih und etwas, das beinahe aussah wie ein Einhorn. Mein Gott, dachte sie und vergaß alle Angst. Stattdessen war sie wie verzaubert und glaubte, die Stiere tanzen zu sehen.

Manners ließ von ihrem Arm ab, trat zwei Schritte vor und drehte sich, den Blick ins bemalte Gewölbe gerichtet, langsam um die eigene Achse. Ihr schien es, als tanzte auch er, die Arme ausgestreckt, hin und her schwankend und mit träumerischem Ausdruck im Gesicht. Plötzlich verspürte sie den heftigen Wunsch, mit diesem Mann zu schlafen.

Sie spürte, wie die eigenen Füße nicht stillhalten konnten und wie von selbst in Bewegung gerieten, weil ihr nicht gelingen wollte, nur eines der Tiere ins Auge zu fassen, die sie im Wirbel zu umkreisen schienen. Sie hörte Manners vor Freude lachen und stimmte überschwenglich mit ein. Er strahlte sie an, ergriff ihre Hand, hob sie in die Höhe und tanzte mit ihr. Auch Clothilde lachte, und Malrand klatschte in die Hände.

Plötzlich wurde es wieder dunkel. Der Direktor hatte den Schalter umgelegt. Es war pechschwarz um sie herum. Sie rührte sich nicht mehr vom Fleck, fast eingeschüchtert jetzt von den nur noch erahnten Tieren. Dann sprühten Funken, und in der Hand des Direktors sprang eine kleine Flamme auf, mit der er einen großen schwarzen Stier mit besprenkeltem Kopf beleuchtete, hinter dem drei Pferde hervorstoben, eines mit rotem Fellkleid und schwarzer Mähne.

»Ich halte hier eine der Lampen, wie sie damals verwendet wurden«, erklärte der Direktor feierlich. »Sie ist aus Stein und hat eine kleine Höhlung für Talg und einen Docht aus Wacholder. Wie Sie sehen, bescheint sie nur einen kleinen Ausschnitt in diesem Pantheon der Vorgeschichte.«

Alle standen stumm und reglos vor der Wand. Lydia und Manners hielten sich immer noch bei den Händen, wie in einem erstarrten Menuett. Der Direktor schaltete nun eine kleine, aber lichtstarke Taschenlampe an und ließ den Strahl von Tier zu Tier gleiten, deren Köpfe nun individuelle Züge verrieten. Ein großer schwarzer Stier zur Rechten hatte herausfordernd seine Hörner erhoben; die beiden auf der linken Seite schienen sich neugierig zu beschnuppern, wobei eines mit angehobenem Vorderlauf fast übermütig wirkte. Ein viertes Rind machte einen geradezu überraschten Eindruck.

»Als ich sie zum ersten Mal im Licht einer kleinen Taschenlampe sah, dachte ich, sie wollten mich verschlingen«, erinnerte sich Malrand. »Dann fiel mein Blick auf ihre

Gesichter, und die erschienen mir doch durchaus freundlich.«

»Mir erging es beim ersten Mal wie unseren englischen Freunden. Ich wollte tanzen und singen«, sagte Clothilde. »Wir sind hier an einem heiteren Ort, der bei allem feierlichen Ernst voller Freude ist. Die weiße Kreide schafft Leichtigkeit, selbst bei schwachem Kerzenlicht. Und wenn es völlig dunkel ist, bedarf es nur dieser kleinen Flamme. So sollten auch Kirchen sein. Wären sie so, würde ich häufiger hingehen.«

»Vielleicht hat Abbé Breuil deshalb von der Sixtinischen Kapelle der Steinzeitmenschen gesprochen«, sagte Malrand. »Deren Gott mag zwar nur wenig Ähnlichkeit mit unserem gehabt haben, aber ihre Art der Verehrung scheint uns doch vertraut. Vielleicht war sie ein bisschen fröhlicher und entspannter. Ich glaube, Clothilde, ich verstehe, was Ihr Lehrer, dieser Leroi-Gourhan, gemeint hat, als er sagte, dass hier das weibliche und das männliche Prinzip einen harmonischen Ausgleich finden. Es ist ein sehr sinnlicher Ort.«

»Und voller Bewegung, Monsieur le Président«, ergänzte der Direktor. Er richtete den Lampenstrahl weiter nach rechts. »Schauen Sie sich den großen schwarzen Stier an. Weicht er zurück, droht er, will er angreifen? Das ist schwer zu sagen, aber achten Sie auf seine Blickrichtung.« Der Lampenstrahl traf auf eine Öffnung im hinteren Teil der Höhle, auf die er sie nun zuführte.

»Wir waren im großen Saal der Stiere und kommen nun in den sogenannten axialen Seitengang. Da drüben geht's rechts herum und dann nach unten. Warten Sie, ich mache

Licht.« Der Direktor ging an Lydia vorbei und reichte ihr die kleine steinerne Lampe. »Sehen Sie die Riefen und Kerben im Griff, Mademoiselle? Solche Muster finden Sie überall hier im Fels. Es scheint sich um Signaturen der einzelnen Künstler zu handeln. Wahrscheinlich besagen sie: Dies ist meine Lampe, dort ist mein Wandabschnitt. Aber Genaueres wissen wir nicht.«

Er schaltete die Halogenbeleuchtung ein, die wieder ein Gewimmel von Tieren zum Leben erweckte.

»Ich war einmal in Afrika auf Staatsbesuch«, sagte Malrand. »Man führte mich frühmorgens in eins der Wildreservate, zu einem Baumhaus über einer Wasserstelle. Da trafen sich, ähnlich wie hier an den Wänden, Scharen von Tieren. Ein großes lebendiges Treiben. Vielleicht gab es das damals ja auch bei uns.«

»Als Studentin habe ich eine Theorie entwickelt und Monate daran herumgedoktert«, sagte Clothilde. »Die Zeichnungen hier erinnerten mich an die Sternbilder der alten Griechen, die am Himmel Jäger und Tiere gesehen haben. Ich dachte, vielleicht lassen sich die hiesigen Tierbilder so auch in den Himmel überm Périgord vor siebzehntausend Jahren projizieren. In Einzelfällen gelang mir das sogar, aber am Ende musste ich aufgeben. Trotzdem, wenn ich hier bin, ist mir immer noch so, als stünde ich unter einem Sternenhimmel.«

»Sie sprachen von einem großen lebendigen Treiben, Monsieur le Président. Aber auch der Tod ist hier vertreten«, sagte der Direktor. »Sehen Sie hier, das stürzende Pferd. An den Ohren ist zu erkennen, dass es nach hinten wegbricht. Wir glauben, dass hier eine Jagdszene abgebildet wurde. Man hat die Tiere über eine Klippe in den Tod getrieben. Und dort sehen wir zwei Steinböcke im Kampf miteinander mit gesenkten Hörnern aufeinander zuspringen.«

»Was bedeutet dieses Rasterschema zwischen den beiden Tieren?«, fragte Lydia. »Sieht fast so aus wie ein vergittertes Fenster.«

»Wer weiß das schon, Mademoiselle? Es gibt hier vieles, was wir nicht verstehen. Vielleicht ist es das Zeichen eines Künstlers, vielleicht ein Ideogramm, das dem damaligen Menschen etwas sagte, uns aber nicht. Vielleicht ist so etwas wie ein Zaun damit angedeutet. Wir können aber wohl ausschließen, dass sie Tiere domestiziert haben, denn damit wurde erst rund zehntausend Jahre später begonnen. Aber womöglich haben sie Zäune bei der Jagd eingesetzt.«

Lydias Blick fiel auf ein rotes Tier mit schwarzem Kopf und Hals, das kleiner war und trotz seines großen Leibumfangs fast zierlich wirkte. Ein Kalb vielleicht? Nein, es hatte spitze, gefährliche Hörner, schien voller Wut und gleichzeitig verstört zu sein.

»Ein ganz außergewöhnliches Tier. Es hat Charakter und Ausdruckskraft, fast wie ein Porträt«, rief sie aus.

»Es freut mich, dass Sie das sagen«, erwiderte Clothilde. »Nach meiner Theorie sind alle Tiere hier nicht etwa bloß Exemplare verschiedener Arten, sondern individuelle einzelne Wesen und als solche dargestellt. Ich hoffe, dass wir irgendwann auch einmal das Porträt einer Person finden, allerdings stehe ich mit dieser Hoffnung ziemlich allein da. Bei La Marche hat man ein paar grobe, karikaturhafte Skizzen entdeckt, aber ich habe das Gefühl, dass Künstler, die zu solchen Tierdarstellungen in der Lage waren, auch erkennbare menschliche Gesichter gemalt haben können, ja dass es sie dazu sogar gedrängt haben müsste.«

»Madame ist bekannt für ihre gewagten Hypothesen«, sagte der Direktor.

»Sie meinen wohl, ich sei voll wilder Spekulationen«, lachte Clothilde.

»Ihrem Präsidenten gefallen Ihre Eingebungen, und er teilt Ihre Hoffnung«, entgegnete Malrand.

»Dann wird mein Präsident hoffentlich auch genügend Geld auftreiben können, damit ich mein Forschungsprojekt der Entdeckung neuer Höhlen finanzieren kann«, sagte Clothilde schlagfertig. »Mit Echolot, Satellitenunterstützung und mit Hilfe der Luftwaffe könnten wir vielleicht ein zweites Lascaux finden oder sogar noch prächtigere Höhlen. Das Kultusministerium unterstützt mein Projekt, aber wir scheitern immer wieder am Ministerrat. Wenn Sie, Monsieur le Président, die Schirmherrschaft übernähmen …«

»Bitte jetzt keine Politik, Madame. Ich habe mir einen Tag Urlaub von Staatsgeschäften und Finanzdebatten genommen«, fiel Malrand ihr ins Wort.

»Aber Sie sind der Einzige an der Spitze unseres Staates, der diese Kunst zu würdigen weiß und ein entscheidendes Wort für sie einlegen könnte«, insistierte sie.

»Es reicht, Madame«, erwiderte er so harsch und abrupt, dass Clothilde den Kopf senkte. Lydia traute ihren Ohren kaum und schaute den Präsidenten verwundert an. »Ich möchte in dieser Sache nicht weiter belästigt werden. Sie haben mich schon im Auto bedrängt und versuchen es nun wieder. Bitte lassen Sie mich in Ruhe damit.«

»Diese Pferde!«, rief Lydia, um abzulenken. »Ganz wie die Pferde auf alten chinesischen Vasen, in den gleichen Farben und Proportionen.«

»Deshalb bezeichnen wir sie auch als unsere chinesischen Pferde«, beeilte sich der Direktor zu sagen, bedacht darauf, seinen großen Moment an der Seite des Präsidenten nicht eintrüben zu lassen. »Die Parallelen sind in der Tat verblüffend. Übrigens sind die Pferde hier in der Mehrzahl, viermal häufiger als zum Beispiel Rinder oder Hirsche. Aus Knochenfunden wissen wir jedoch, dass ihr Fleisch nicht verzehrt wurde. Man ernährte sich vor allem von Rentieren, von denen es hier in der Höhle allerdings kaum Abbildungen gibt. Genauer gesagt, nur eine unter rund sechshundert Gemälden und fünfzehnhundert Skizzen. Und es ist nicht einmal sicher, ob es sich tatsächlich um ein Rentier handelt. Aus diesem Grund bezweifeln wir auch, dass die Darstellungen in einem rituellen Kontext stehen und, wie oft behauptet, die Seele der Tiere zum Zwecke der Jagd bannen sollten. Manche Fachleute vertreten die Ansicht, dass sie in langen Winternächten gemalt worden sind, als es sonst nicht viel zu tun gab. Die Menschen von damals haben allerdings nicht in den Höhlen gewohnt. An den Lagerplätzen, die wir ausgegraben haben, deuten etliche Hinweise darauf, dass sie Nomaden waren und den Rentierherden folgten. Wir stellen uns vor, sie haben vielleicht ähnlich wie die sibirischen Ewenken oder die Indianer Nordamerikas gelebt.

Ich schlage vor, wir gehen jetzt ins sogenannte Schiff«, sagte der Direktor. »Also zurück in den axialen Seitengang und dann nach links. Was Sie dort sehen werden, ist einzigartig und findet sich nirgendwo sonst. Auch nicht als Kopie in der Höhle nebenan. Hier links ist das berühmte Bildnis der schwarzen Kuh. Beachten Sie das Schachbrett aus schwarzen, roten und gelben Feldern unter den Hinterläufen. Auch das ist uns bis heute ein Rätsel geblieben.«

Lydia spürte Clothildes Wut im Rücken und zeigte sich solidarisch, indem sie den Arm nach hinten ausstreckte und ihre Hand drückte. Die fröhliche Stimmung, die noch im Saal der Stiere geherrscht hatte, war dahin, und Lydia fragte sich, warum wohl Malrand so unangemessen reagiert hatte. War er es einfach leid, ständig um Gefälligkeiten gebeten zu werden? In seiner schroffen Entgegnung hatte jedoch unverkennbar ein persönlicher Ton mitgeschwungen. Es schien fast, als hätten sich die beiden, er und Clothilde, früher einmal nähergestanden. Interessanter Gedanke, befand Lydia. Aber würde eine ehemalige Mätresse nicht wissen, dass es unpassend war, den Präsidenten in aller Öffentlichkeit um etwas zu bitten? Immerhin hatte Malrand gesagt, sie hätte ihm ihr Anliegen schon im Auto vorgetragen. Vielleicht wollte Clothilde ja genau das, nämlich ein öffentliches Bekenntnis.

»Zeigen Sie uns jetzt die schwimmenden Hirsche, Monsieur le Directeur?«, fragte Malrand, der sich anscheinend beruhigt hatte und sich wieder umgänglich zeigen wollte.

»So ist es, Monsieur le Président. Ein großes Werk, sowohl was seine Ausmaße angeht wie auch seine Ausführung.« Die fünf Hirschköpfe nahmen eine Fläche von fast fünf Metern Länge ein. Zwar waren die Geweihe weniger kunstvoll als vergleichbare Exemplare im Saal der Stiere, wirkten aber irgendwie realistischer. Sie tauchten aus einem dunklen Felsband auf, das wie ein Wasserlauf anmutete. Jeder Hirschkopf war in eine andere Richtung gedreht, was den Eindruck von Bewegung hervorrief.

»Reicht dieser Höhlengang noch weiter?«, wollte Manners wissen.

»Wir haben das Schiff jetzt hinter uns, aber der Gang setzt sich fort, wird noch enger und fällt dann über eine Strecke von etwa fünfzig Metern steil ab, bis in eine kleine Kammer, die wir den Seitengang der Raubkatzen nennen. Der Weg dorthin ist mühselig, und von den Abbildungen ist nicht mehr viel zu erkennen. Gehen wir lieber durch das Schiff zurück und dann nach links, hinab in den sogenannten Brunnenschacht. Das ist ein Graben von rund zwanzig Metern Länge, der wahrscheinlich von Wasser ausgewaschen wurde, als hier ein Fluss durch den Fels führte. Daran schließt sich ein Gang an, der aber so eng ist, dass er nur von erfahrenen Höhlenforschern bestiegen werden sollte. Wenn wir jetzt hier entlanggehen, sehen wir wieder etwas Einzigartiges.«

Er richtete die Taschenlampe auf eine kleine Nische, in der die unvollendete Zeichnung eines Pferdes zu erkennen war. Als der Lichtkegel weiter nach links glitt, zeigten sich die Umrisse eines fliehenden Tieres, das wie ein Nashorn aussah. Schließlich zielte der Strahl auf eine Komposition, bei deren Anblick Manners hörbar nach Luft schnappte.

»Ein Kampf!«

»Ja, mit tödlichem Ausgang«, antwortete Malrand.

Eine Gestalt, fast wie ein Strichmännchen gezeichnet, lag

mit ausgestreckten Armen am Boden. Sie hatte einen vogelähnlichen Kopf und einen erigierten, hakenförmigen Penis. Darunter ein Stock mit aufgepflanztem Vogel. Den gefallenen Mann überragte ein Wisent, über einen Meter lang und die Hörner auf sein Opfer gerichtet. Ein Stock, vielleicht ein Speer, steckte in seinem Bauch, aus dem in großen Schlingen Eingeweide hervorquollen.

»Über diese Darstellung ist viel spekuliert worden. Nur einige wenige Details können, wie ich glaube, halbwegs zuverlässig gedeutet werden«, erklärte der Direktor. »Der Stab mit dem Vogel obenauf scheint mir eine Art Köder zu sein. Vielleicht lauerte der Jäger in einer Grube und lockte damit Beute an. Ich habe schon Leute hier im Tal auf ähnliche Weise jagen sehen. Die Vogelmaske, die der gefallene Mann trägt, könnte denselben Zweck erfüllt haben. Manche Kollegen sehen in ihm einen Schamanen, denn wir wissen, dass solche Masken von Schamanen indianischer oder sibirischer Stämme bei rituellen Handlungen getragen werden. Hier vorn sehen Sie einen weiteren Stecken mit einem Winkelstück am oberen Ende. Es könnte sich dabei um eine Schleuder handeln, mit der sich Speere mit größerer Wucht werfen ließen. Wer weiß?«

»Jedenfalls hätten wir hier wieder ein Beispiel für Leroi-Gourhans männliches Prinzip«, stellte Malrand fest. »Und es soll ja tatsächlich vorkommen, dass manche Männer sterbend eine Erektion erfahren.«

»Wie deuten Sie diese Zeichnung?«, fragte Lydia den Direktor. »Ich erwarte jetzt keine wissenschaftlich fundierte Antwort.«

»Ich glaube, sie ist mehr als die Schilderung eines Jagdunfalls mit tragischem Ausgang, Mademoiselle«, antwortete er. »Angenommen, der Dargestellte war wirklich ein Schamane, so haben wir es vermutlich mit Hinweisen auf eine rituelle Handlung zu tun, die über die prosaische Erklärung des Vogelstocks als Köder hinausgeht. Diese Zeichnung ist die einzige Darstellung von Gewalt in der Höhle und scheint aus dem Rahmen zu fallen. Wo sonst in vielfältigen Variationen das Leben gefeiert wird, stehen wir hier vor zwei Todesfällen, die wechselseitig herbeigeführt wurden.«

»Das Porträt des frühen Menschen, das Sie wollten, Clothilde«, sagte Manners. »Töten und getötet werden. Ein künstlerisches und philosophisches Statement zur menschlichen Natur.«

»Aber ein unvollständiges«, korrigierte Clothilde. »Das Menschsein macht mehr aus, und das sehen wir in den anderen Malereien dieser Höhle. Wenn diese Künstler unsere dunkle Seite beleuchten wollten, haben sie ihr in überwältigender Fülle Bilder unserer besseren Natur gegenübergestellt. Auch wenn hier Totschlag und Vernichtung zur Darstellung kommen, so glaube ich doch, dass die Menschen von damals weniger daran interessiert waren als an den Dingen, die den Menschen positiv auszeichnen.«

»Die Höhle lässt Raum für viele Glaubensvorstellungen, Clothilde«, entgegnete Malrand nachdenklich. Lydia fiel auf, dass er die Kuratorin zum ersten Mal beim Vornamen genannt hatte. »Ihr Glaube ist vornehm, und ich wünschte, er würde sich bewahrheiten.«

Malrand fuhr allein in seinem Wagen zurück, chauffiert von Lespinasse. Er hatte sich auf charmante Weise verabschiedet, die beiden Küsschen auf Lydias Wangen aufreizend lange hinausgezögert und ihr zugeflüstert: »Seien Sie versichert, die Kunststeuer ist vom Tisch.«

»Ich würde gern länger bleiben, muss aber noch heute Abend in Paris zurück sein«, rief er ihnen zu, als er auf den Learjet zuging, der auf dem Militärflughafen auf ihn wartete. Lespinasse schüttelte Manners herzlich die Hand, und Lydia glaubte, ein gehauchtes »Tut mir leid, François« von Clothilde gehört zu haben, als Malrand sich mit zwei Wangenküssen von ihr verabschiedete.

»Eine Steigerung kann es jetzt wohl nicht mehr geben«, meinte Manners, als sie die zweite Limousine bestiegen, um zu Malrands Landsitz zurückgebracht zu werden.

»Das war auch mein Gedanke nach meinem ersten Besuch von Lascaux, und so empfinde ich immer noch ein wenig. Ja, von der Höhle geht tatsächlich ein Zauber aus«, erwiderte Clothilde. »Entschuldigen Sie bitte den peinlichen Zwischenfall. Ich habe Malrands gute Stimmung auszunutzen versucht und mich dabei vergriffen. Zur Wiedergutmachung möchte ich Sie in meinem Haus bekochen. Kommen Sie bitte mit.«

»Herzlich gern, Clothilde. Ich habe noch so viele Fragen«, sagte Manners und wandte sich Lydia zu. »Einverstanden?« Sie nickte, zumal sie jetzt mit Manners lieber nicht allein sein wollte. Vielleicht war es der besonderen Stimmung in der Höhle zuzuschreiben, dass sie sich plötzlich so zu ihm hingezogen gefühlt hatte. Sie mochte ihn sehr, war aber für eine Urlaubsaffäre nicht zu haben.

»Ich frage mich, wann er bekannt gibt, dass eine neue Belohnung ausgesetzt wird«, sagte sie.

»Wahrscheinlich schon bald. Die Zeit drängt. Aber er muss sich wohl noch mit der Polizei und dem Kultusminister kurzschließen, vielleicht auch mit der Steuerverwaltung.«

»Oh, nein, mein lieber Major. Das hat Malrand nicht nötig. In Frankreich verfügt der Präsident über eigene Töpfe, aus denen er still und heimlich schöpfen kann. Der Kultusminister wird nichts erfahren, denn er würde sich womöglich nur selbst den Verdienst um die Rückgabe des Fragments ans Revers zu heften versuchen. Ich vermute, Malrand passt eine günstige Gelegenheit ab, um seine Entscheidung öffentlich zu machen, und die findet er in Kürze, da bin ich mir sicher.«

»Damit wäre unser Abenteuer leider wohl beendet, Lydia.«

»Warum? Das Fragment lässt sich doch hoffentlich noch auftreiben. Außerdem bliebe zu klären, woher es stammt und wie Ihr Vater daran gekommen ist. Und da es nun so aussieht, als wollte der Präsident Clothildes Projekt seinen Segen verwehren, sollten wir unsere eigenen Nachforschungen fortsetzen und uns mit alten Widerständlern unterhalten.«

»Ich hätte da ein paar Namen für Sie und weitere Informationen«, sagte Clothilde. »Nichts Besonderes, aber ein Freund meines Vaters – meines leiblichen Vaters – behauptet, zwei Höhlen zu kennen, in denen Waffen gelagert wurden. Die große in Rouffignac, die mehrere Kilometer tief ist, und Bara-Bahau. Die von Rouffignac wurde zwar gründlich untersucht, aber nur von Höhlenforschern und nicht von Kunstsachverständigen. Es könnte sein, dass an den Wänden eine kleine Narbe, in die unser Fragment passt, übersehen wurde.«

»Aber die Wände müssten mit weißem Kalkspat überzogen sein, und auf denen wären die Linien doch bestimmt aufgefallen, die sich über den Fragmentrand hinaus fortsetzen«, gab Lydia zu bedenken.

»Zugegeben, es wäre auch nur eine kleine Möglichkeit. Bara-Bahrau scheidet dagegen ganz aus. Da ist weit und breit kein Kalk. Ich bin mir ziemlich sicher, Horst ist auf der richtigen Spur, wenn er glaubt, dass die Höhle, die wir suchen, noch unbekannt ist, womöglich sogar verschüttet, nachdem das Fragment entwendet wurde.«

»Mit Ihrem Echolotprojekt kämen wir also der Sache näher«, überlegte Manners. »Merkwürdig, dass Malrand nichts dafür übrig hat.«

»Vielleicht doch. Ich glaube, er will sich nur nicht festlegen lassen«, meinte Lydia.

»Seltsam ist es trotzdem«, sagte Clothilde. »Als ich nämlich mein Projekt vorgebracht habe – lange bevor Ihr Fragment auftauchte! –, traf ich auf allgemeine Zustimmung. Nicht nur beim Kultusminister. Sogar die Luftwaffe zeigte sich begeistert und sagte, es würde gut in ihr Trainingsprogramm passen. Eine Universität und ein Forschungsinstitut wollten ebenfalls unbedingt helfen. Aber dann lief irgendetwas schief. Die Kollegen aus der Forschung wittern politische Gründe, und tatsächlich verlauten Klagen aus dem Büro des Premierministers, wonach Malrand das Périgord begünstigen würde. Doch ein Vertrauter des Präsidenten hat mir gesagt, dass wir für unser Projekt in einem Jahr mit Fördergeldern aus Brüssel rechnen könnten.«

»Ich kann mir auch nicht vorstellen, wieso irgendjemand ein solches Projekt verhindern sollte«, sagte Manners wie zu sich selbst. »Es sei denn, da wäre jemand, der gute Gründe hat, dass eine noch unbekannte Höhle unentdeckt bleibt.«

»Wie meinen Sie das?«, fragte Clothilde und richtete ihren Blick von Manners auf den Hinterkopf des Sicherheitsbeamten, der den Wagen steuerte. Es schien fast, als wollte sie Manners warnen.

»War nur so ein Gedanke«, antwortete er leichthin. »Ihr Projekt ist eine gute Sache. Ich bin sicher, Sie bekommen irgendwann das nötige Geld dafür, und sei es aus Brüssel. In Anbetracht der enormen Zeitspanne von siebzehn Jahrtausenden sollten ein oder zwei weitere Jahre nicht weiter weh tun.« Er hielt kurz inne und fuhr dann fort: »Ich bin immer noch schwer beeindruckt von Lascaux. Mir sind die Augen geöffnet worden. Ich verstehe zwar nicht viel von Kunst, aber soweit ich weiß, gibt es nur wenige solcher Glanzlichter: altgriechische Plastiken, gotische Kathedralen, Michelangelo, Leonardo aus der Zeit der Renaissance und später dann vielleicht van Gogh und Cézanne. Jetzt habe ich ein weiteres Glanzlicht sehen dürfen, aus einer Zeit, von der man so etwas nicht erwarten konnte.« Er hatte das Gespräch wieder auf sicheren Boden zurückgeführt. Sehr geschickt, wie Lydia fand.

»Da fällt mir ein –« Er zog seine Brieftasche aus der Innentasche des Jacketts hervor und entnahm ihr eine abgegriffene Postkarte. Lydia erkannte das darauf abgebildete

Porträt auf den ersten Blick – Vermeers Mädchen mit dem Perlenohrring.

»Ich war anlässlich einer NATO-Übung in Appeldorn auf einem holländischen Militärstützpunkt und bin übers Wochenende nach Amsterdam gefahren. Da gab es diese Vermeer-Ausstellung. Weil ich nichts Besseres zu tun hatte, habe ich sie besucht und mich in dieses Mädchen verguckt. Das Bild trage ich seitdem bei mir. In Nordirland habe ich es hervorgeholt, wenn es mir dreckig ging, und danach fühlte ich mich jedes Mal besser.«

»Hätte ein Foto der eigenen Kinder nicht Ähnliches oder mehr bewirkt?«, fragte Lydia.

»Im Kampfeinsatz wären die eigenen Kinder eine Ablenkung, die gefährlich werden könnte«, antwortete er. »Glauben Sie mir.«

»Welches Souvenir würden Sie gern von Lascaux mit nach Hause nehmen?«, wollte Clothilde wissen. »Den stürzenden Hirsch, die beiden Wisente, den großen Auerochsen?«

»Vor unserem Besuch hätte ich mich wohl für einen der schwimmenden Hirsche entschieden, aber jetzt, da ich Lascaux mit eigenen Augen gesehen habe, weiß ich, was mir am liebsten ist.« Er zog eines der Polaroids aus der Tasche, die er Lydia am Tag ihrer ersten Begegnung vorgelegt hatte und die den kleinen Stier des Fragments zeigten. »Die Tiere von Lascaux sind alle so traumhaft schön, dass ich mich nicht für eines entscheiden könnte. Es reicht mir, dieses hier für eine Weile besessen zu haben, sogar dann, wenn es nie wieder auftauchen sollte.«

Vor Malrands Landsitz stiegen sie in die eigenen Autos um. Clothilde entschied, dass Lydia sie in ihrem kleinen Cabriolet begleiten und Manners ihnen folgen sollte. Lydia machte sich auf ein Gespräch unter Frauen gefasst, eine Aussicht, die ihr noch nie behagt hatte, zumal jetzt, da sie sich im Nachteil fühlte. Clothilde würde sie bestimmt über ihr Verhältnis zu Manners ausfragen.

Und tatsächlich, kaum waren sie von der Auffahrt in die Landstraße abgebogen, wollte Clothilde wissen, ob sie schon mit ihm geschlafen habe.

»Ich habe mir die gleiche Frage im Hinblick auf Sie und Malrand gestellt.«

»Vor vielen Jahren hatten wir einen sehr angenehmen Frühling und Sommer. Ich hatte gerade meine Promotion abgeschlossen, und er war auf dem Sprung in die Politik.«

»War er nicht schon verheiratet?«

»Ja, mit einer vornehmen Pariserin, die es vorzog, in Saint-Germain zu bleiben. Wir hatten das ganze Périgord für uns. Aber Sie weichen vom Thema ab. Der hübsche Major hat es Ihnen angetan, nicht wahr?«

»Er ist attraktiv, durchaus. Ein interessanter Mensch und angenehmer Begleiter, wenn auch manchmal sehr verschlossen und in sich gekehrt. Dass er von Berufs wegen zur Verschwiegenheit verpflichtet ist, meine ich nicht. Aber mir scheint, er ist ständig auf der Hut und sehr vorsichtig. Sie erinnern sich doch an die Frage, die er im Wagen gestellt hat, ob womöglich jemand Ihr Projekt absichtlich zu blockieren versucht. Wie kommt er darauf? Was steckt dahinter?«

»Argwohn oder Intuition?«

»Vielleicht beides. Er spielt gern den einfachen Soldaten, gibt sich schnörkellos und einfältig. Aber dann lässt er manchmal etwas aufscheinen, was sehr viel tiefer liegt – das erste Mal vor einigen Tagen, als er mich überredet hat, mit ihm ins Périgord zu reisen.«

»Manches von dem, was er durchblicken lässt, ist doch recht charmant. Zum Beispiel das kleine Vermeer-Mädchen. Eine Frau wie Sie müsste sich doch herausgefordert fühlen, dieses Bild gegen ein eigenes Foto auszutauschen. Es ist jedenfalls sehr schmeichelhaft für Sie, dass er sich so angestrengt hat, Sie zur Mitreise zu bewegen. Und wenn Sie Ihre Neugier stillen wollen, gibt's nur eins.«

»Sie meinen, mit ihm zu schlafen?«

»Warum nicht? Auch wenn nicht viel mehr dabei herausspringt, so wird's doch auf jeden Fall Spaß machen. Seinen Bewegungen nach zu urteilen scheint er ein ganz guter Liebhaber zu sein. Haben Sie ihn in der Höhle tanzen sehen?«

»Ja, und da habe ich mich in der Tat sehr von ihm angezogen gefühlt. Er wirkte so natürlich, so offen für Freude.«

»Probieren Sie's mit ihm«, riet Clothilde. »Als junges Mädchen habe ich einmal einen dieser albernen Aschenbecher als Souvenir gekauft, auf dem geschrieben stand: ›Männer sind wie Melonen; man muss Dutzende befingern, bevor man einen guten findet.‹ Meine Mutter war entsetzt.«

Sie fuhren durch die Stadt und hielten wenig später vor Clothildes Haus an, das überraschend modern war und auf einer Anhöhe über der großen Flussbiegung lag. Sie führte ihre Gäste durch eine enge Eingangstür in einen weiten, lichtdurchfluteten Raum mit großer Glasfront vor einer Terrasse mit Blick auf den Fluss. An einem Tisch auf der Terrasse saß ein Mann vor einer noch verschlossenen Champagnerflasche. Daneben lag ein Rosenstrauß.

»Horst«, rief Clothilde. »Was für eine schöne Überraschung!«

14

Tal der Vézère, 15 000 v. Chr.

Der neue Hüter der Hirsche, der sich selbst immer noch als der Junge mit Namen Hirsch verstand, wusste nicht so recht, wo ihm der Kopf stand. Die Zeremonie seiner Einweihung war kurz und bündig gewesen. Der Hüter der Stiere hatte lustlos ein paar Lobesworte vorgetragen und ihn in der Bruderschaft willkommen geheißen, während sein Förderer, der Hüter der Pferde, mit grimmiger Miene danebenstand und seine Wut nur mit Mühe im Zaum halten konnte. Sein Schatz, die Öllampe des Hüters der Wisente, den man ihm im Lager abgenommen hatte, war ihm in der Höhle mit unwirscher Geste zurückgegeben worden. Die anderen Hüter hatten ihm den Weg durch die engen Gänge geleuchtet und sein Wisent und die schwimmenden Hirsche gepriesen. Nachdem dann der Hüter der Stiere Hirschs Lampe an der eigenen entzündet hatte, waren alle zum Höhleneinstieg zurückkehrt, wo die Lehrlinge warteten und darüber rätselten, in welche Mysterien ihr ehemaliger Gefährte wohl eingeführt worden war. Den jüngsten von ihnen, seit seiner Geburt Trockenes Blatt genannt, ernannte Hirsch zu seinem Schüler. Lieber hätte er Mond erwählt – sie hieß für ihn jetzt nur noch Mond –, nicht weil sie ihm so viel bedeutete, sondern ihres Talents wegen. Von den anderen Hütern war er umarmt worden;

nur der Hüter der Stiere hatte ihn bloß flüchtig berührt. Das war alles gewesen.

Er hatte mehr erwartet, ohne genau zu wissen, was. Vielleicht, dass er den Tieren der Höhle in einem rituellen Akt vorgestellt oder dass von ihm ein symbolischer Beitrag zur Arbeit eines jeden anderen Hüters verlangt oder dass am Feuer vorm Eingang ein Opfer dargebracht würde. Aber nichts dergleichen fand statt, geschweige denn ein Festmahl. Es war eine lieblos vorgenommene Handlung am Ende eines gewöhnlichen Arbeitstages, und Hirsch fühlte sich dadurch herabgesetzt. Trockenes Blatt blickte bewundernd zu ihm auf, voller Hoffnung, eines Tages selbst in den Rang eines Hüters aufzusteigen. Hirsch wollte sich vor dem Jungen seine Enttäuschung nicht anmerken lassen und erklärte ihm mit fester Stimme, welche Farben er für den nächsten Tag brauchte. Trockenes Blatt eilte davon, so jung und fröhlich, dass sich Hirsch fast wie ein alter Mann vorkam.

»Komm heute Abend an mein Feuer«, sagte der Hüter der Pferde und führte ihn in feierlicher Gebärde am Arm den Hang hinab, ohne ein weiteres Wort zu sagen.

Am Feuer war die ganze Verwandtschaft des Hüters versammelt. Alle standen auf, um ihn zu begrüßen: Söhne, Töchter, Enkel, sogar die Brüder seiner Frau. Eine Zusammenkunft wie bei einem Begräbnis oder – sein Herz sprang vor Hoffnung – wie zu einer Verlobung. Mond eilte zum Wasserschlauch, der an einem Dreifuß hing, tunkte zwei Ballen Moos, die auf warmen Steinen gelegen hatten, ins Wasser und reichte sie tropfnass ihrem Vater und dem Gast.

»Willkommen an unserem Feuer, Hüter der Hirsche«, sagte Mond mit leicht zittriger Stimme, den Blick gesenkt. Hirsch wusch sich den Staub des Tages vom Gesicht und sah zu, wie das Mädchen das Fleisch wendete, das an einem Spieß über dem Feuer brutzelte, und mit Kräutern aus einem Mörserstein besprenkelte. Sie war so konzentriert bei der Sache, dass Hirsch bei ihrem Anblick unwillkürlich schmunzelte.

Die Frau des Hüters reichte zur Begrüßung eine Holzschale, gefüllt mit vergorenem Honig. Zuerst schlürfte ihr Mann daraus, dann Hirsch. Es war das erste Mal, dass er diesen Trunk probierte. Er schmeckte süß und sauer zugleich, brannte ein wenig in der Kehle, und wie er, in größeren Mengen genossen, wirkte, wusste Hirsch aus unschöner Erfahrung mit dem Alten, dem er nach Gelagen mit seinen Freunden so manches Mal unter die Arme hatte greifen müssen.

Fackellicht kündete die Ankunft weiterer Gäste an. Der Hüter der Steinböcke und der Hüter der Bären kamen mitsamt ihren Frauen und Lehrjungen. Nacheinander gingen die Frauen vor Hirsch in die Knie und legten ihm Holzschalen voller Beeren, Nüsse und Pinienkerne vor die Füße. Wie aus dem Nichts tauchte dann auch plötzlich Trockenes Blatt an seiner Seite auf. Stolz hielt er die brennende Lampe des Alten in der Hand, frisch mit Öl gefüllt. Der Feuerschein tanzte auf seinem freudig strahlenden Gesicht. Jemand musste ihn eingeladen haben. Der Hüter der Stiere zeigte sich nicht, was Hirsch einerseits froh stimmte, andererseits aber auch ein wenig wurmte, denn mit ihm hätte die Feier noch mehr an Bedeutung gewonnen.

»Willkommen in der Bruderschaft, Hüter der Hirsche«, sagten die Mitbrüder einer nach dem anderen. Alle tranken einen Schluck aus der Honigschale und verbeugten sich dabei vor ihm. Dann gab es Geschenke. Vom Hüter der Pferde bekam Hirsch ein Hemd aus Rentierhaut mit angenähten Ärmeln. Als er es bestaunte und Mond lächeln sah, ahnte er, dass sie dieses Prachtstück hergestellt hatte. Für ihn. Er streifte es über den Kopf und wusste nicht mehr weiter, denn er hatte noch nie ein Kleid mit Ärmeln angezogen. Lachend half ihm die Frau des Hüters aus der Verlegenheit und verknotete die Lederschnur am Halsausschnitt. Das Hemd reichte ihm fast bis zu den Knien, und alle freuten sich darüber, dass es ihm so gut gefiel.

Der Hüter der Steinböcke schenkte ihm ein Beil. Geschickt geflochtene Lederriemen sorgten für eine sichere Verbindung von Feuerstein und Schaft, der über seine gesamte Länge mit Leder umwickelt war, damit er fest in der Hand lag. Davon überzeugte sich Hirsch auch sogleich. »Probier's aus!«, rief der Hüter der Steinböcke. Hirsch nahm ein Holzscheit von dem Haufen, der verfeuert werden sollte, und spitzte es mit gezielten Schlägen zu. Er war selbst am meisten erstaunt darüber, wie scharf der Stein war, und verbeugte sich dankend. Vom Hüter der Bären bekam er einen Ledersack mit gewebten Schlaufen, der auf dem Rücken getragen werden konnte. Darin befand sich ein Gürtel samt einem kleinen Beutel, gefüllt mit Zunder und Feuersteinen. Er dankte von Herzen, legte den Gürtel an und spürte den angenehmen Druck des Beutels am Schenkel. Solche Dinge hatte er bislang nie besessen, umso reicher beschenkt fühlte er sich jetzt.

»Vielen Dank, verehrte Mitbrüder, für eure Willkommensgaben«, sagte er, überrascht, dass er vor Erregung nicht stammelte.

Aus dem Dunkel näherte sich nun ein weiteres Fackellicht. Mit schnellen Schritten kam der Hüter der Stiere herbei, gefolgt von seiner Schwester, die einen wimmernden Säugling im Arm trug.

»Verzeiht, dass ich so spät komme, meine Brüder. Ein unbeweibter Mann muss sich um sein Kind kümmern, wenn es schreit.«

»Es ist krank«, sagte seine Schwester, worauf sich alle Frauen um sie scharten. Hirsch registrierte, wie schnell sich ihre Aufmerksamkeit von ihm auf die Neuankömmlinge richtete.

Der Hüter der Stiere verbeugte sich vor ihm. »Sei als neuer Bruder gegrüßt in unserem Bund.«

Er hatte eine Schale frischer Beeren mitgebracht und setzte sie vor Hirschs Füßen ab. Dann zog er aus seinem Gürtelsack ein langes Messer mit grünlich schimmernder Steinklinge, die wie ein Lorbeerblatt geschnitten war und in einem von Lederstreifen umwickelten Holzgriff steckte. Daran befestigt war eine lange Schlaufe, die sich um den Hals legen ließ. Der Hüter der Stiere ergriff Hirschs Hand, schaute ihm fest in die Augen und fuhr vorsichtig mit der Klinge über seinen Unterarm. Dann hob er sie und blies die Härchen davon ab, die er von der Haut geschabt hatte.

»Es gehört dir, Bruder«, sagte er mit strenger Miene, hängte dem Beschenkten das Messer um den Hals und umarmte ihn. Hirsch war tief gerührt und voller Dankbarkeit. Vielleicht hatte er sich ja in ihm, seinem Rivalen um Mond, getäuscht. Im Grunde konnte gar kein Zweifel daran bestehen, dass dem Hüter der Stiere die Bande der Bruderschaft ebenso heilig waren wie allen anderen.

Monds Mutter löste sich aus der Gruppe, die das weinende Kind umringte, und bat Hirsch, auf dem breiten Stamm, der vor dem Feuer lag, Platz zu nehmen. Die anderen Hüter setzten sich zu ihm. Mond nahm unterdessen einen langen, scharfen Flintstein und einen zugespitzten Stock zur Hand, während ihre Brüder den Braten vom Feuer nahmen. Indem sie das dampfende und würzig duftende Fleisch mit dem Stock festhielt, schnitt Mond große Stücke davon ab. Die erste Portion, auf einem warmen Stein serviert, war für Hirsch. Er sah ihre Augen hinter halbgesenkten Lidern funkeln und bedankte sich, stammelnd diesmal.

»Du bist jetzt reif für eine Frau«, schmunzelte der Hüter der Bären. »Es scheint, dass sich eine schon für dich entschieden hat.«

»Wird jedem neuen Hüter ein solches Fest geboten? War das immer so?«, fragte Hirsch, um auf ein anderes Thema zu sprechen zu kommen. Sein Blick aber folgte Mond, die nun auch den anderen vorlegte.

»Mir wurde von meinem Vater ein Fest ausgerichtet, als ich in der Höhle zu arbeiten anfing«, antwortete der Bärenhüter. »Weil du keinen Vater mehr hast, meinte der Hüter der Pferde, wir, die Bruderschaft, sollten für ihn einspringen.«

»Heute Abend oder auch in Zukunft? Verzeiht mir, aber ich bin mit den Sitten noch nicht so vertraut.«

»Natürlich auch in Zukunft. Bei der Jagd, sooft wir ein

Opfer darbringen, wenn eine Verlobung ansteht oder auch in Zeiten des Krieges – die Hüter halten immer zusammen. Wir sind füreinander verantwortlich, so wie die Jäger oder die Steinbrecher untereinander. Wir trauern, wenn ein Bruder stirbt, und freuen uns mit ihm, wenn er Vater wird.«

»Und was ist, wenn sich ein Hüter gegen den anderen stellt?«

»Unmöglich. Wir halten Rat, wenn es zu Unstimmigkeiten kommt, und reden darüber, bis wir mit einer Stimme sprechen. So halten wir es in der Bruderschaft, und der heutige Abend ist der Beweis, wie ernst es uns damit ist.«

Am nächsten Morgen stellte sich Hirsch vor der Höhle in die Reihe der jungen Männer. Die anderen Hüter standen hinter dem Opferfeuer. Der Hüter der Stiere hatte wieder seine Adlermaske aufgesetzt und den Ochsenschädel ans Feuer gelegt. Die Anführer der Jäger, Fischer, Steinbrecher und Holzsammler hatten sich vor ihm gruppiert und präsentierten die Zeichen ihres jeweiligen Amtes: den Bogen und die gezahnte Fischlanze, die große Steinaxt und den Stab, auf dem ein geschnitzter Vogel mit langem Schnabel steckte. Zwei Burschen hielten ein an den Läufen gefesseltes Jungrentier gepackt, das vom Gemetzel an der Klippe verschont geblieben war. Es rollte mit den Augen und versuchte, sich wegzuducken.

Aus jeder Gruppe hatte sich ein Junge während der Jagd als mannhaft erwiesen. Einer nach dem anderen wurden sie beim Namen gerufen und traten vor. Sie legten ihre Kleider ab und nahmen die jeweilige Kultwaffe ihrer Sippe entgegen, ausgenommen Hirsch. Ihm reichte der Hüter der

Stiere eine mit rotem Schlamm gefüllte Schale und einen Stock, der an einem Ende zu einem Pinsel ausgefasert war.

»Bemale das Tier, wie du es gelernt hast, und dann töte es gemeinsam mit den Gefährten, auf dass ihr euch als Männer miteinander verbindet«, sagte der Hüter der Stiere.

Hirsch ging auf das verängstigte Kalb zu, das vor Schreck erstarrte. Er zog einen roten Kreis um eins seiner Augen, einen zweiten auf die Stelle, wo der Hals in die Schulter überging, und zwei weitere auf beide Seiten der Rippenbögen. Dann trat er hinter das zitternde Tier und hielt es mit beiden Armen fest umklammert. Urin tröpfelte ihm auf die Füße. Auf der einen Seite des Tieres stand der Junge der Fischer und zielte mit seiner Lanze auf den roten Kreis am Rippenbogen, der junge Jäger spannte auf der anderen Seite seinen Bogen. Neben ihm stand ein Junge mit einer Steinaxt, die er hoch über den Kopf erhoben hatte, um sie dem Kalb zwischen die Schulterblätter zu wuchten. Vor dem Kopf hatte der junge Holzsammler mit dem Stock Stellung bezogen, auf dessen Ende der Vogel mit dem langen, spitzen Schnabel steckte.

Die Flammen loderten auf, als der Hüter der Stiere Zunder ins Feuer warf und rief: »Wie ein Mann – tötet das Tier!«

Der Pfeil flog, die Lanze schnellte vor, die große Axt fiel, und der Vogelschnabel traf tief ins Auge. Hirsch spürte, wie ein heftiges Zittern durch den Leib des sterbenden Tieres ging. Als es in den Vorderläufen einknickte, trat er hinter ihm zurück und ließ es zu Boden fallen. Aus der offenen Wunde im Nacken floss Blut, das er mit der Schale auffing und unter den roten Schlamm rührte. Damit ging er zuerst zum Fischer und malte ihm das Zeichen des Fisches auf die bebende Brust. Der Steinbrecher erhielt das Zeichen der Axt, der Jäger das des gespannten Bogens und schließlich der Holzsammler das Zeichen der Vogelkeule.

Hirsch hob die Arme und stand stocksteif da, als die anderen abwechselnd nun ihn bemalten: mit einem breiten Strich von der Brust bis zum Bauch und dünneren Strichen, die zu den Schultern hin ausfächerten. Er schaute an sich herab und sah, was dem Pinsel, mit dem er das Kalb und die Jungen bemalt hatte, durchaus ähnlich sah. Sie waren nunmehr als Männer miteinander verbunden. Der Zeremonie fehlte jetzt nur noch der feierliche Abschluss.

Aus der Gruppe der Jungen trat Trockenes Blatt mit seiner Lampe hervor. Er wartete, bis die anderen Hüter ihre Lampen am Feuer entzündet hatten, ging dann auf Hirsch zu und hielt die kleine Hand schützend um den Docht. Die Hüter marschierten voran. Hirsch folgte mit der Schale voll blutigen Schlamms. Ihm schlossen sich die mit Blut bemalten Jungmänner an, jeweils begleitet vom Anführer ihrer jeweiligen Gruppen.

Der Hüter der Stiere führte sie in die große Kammer der Höhle und stellte sich unter den großen schwarzen Auerochsen, den er gezeichnet hatte. Die anderen Hüter bezogen vor ihren Werken Stellung.

»Seid mutig wie ein Stier!«, sprach der Hüter der Stiere mit gespenstisch klingender Stimme, gedämpft durch den Adlerschnabel und vom Lampenschein umflackert.

»Seid stark wie ein Bär!«, sagte der Hüter der Bären.

»Setzt eure Schritte so sicher wie der Steinbock«, stimmte der Hüter der Steinböcke an.

Der Hüter der Pferde wünschte ihnen die Anmut seiner

Tiere, und von Hirsch war zu hören: »Seid so schnell wie das Wild im Wald!«

Er führte die vier jungen Männer nun allein in die nächste Kammer, denn die nächste Handlung war ausschließlich ihnen, ihrer Generation vorbehalten. In Gedanken daran, dass die Zeit der Paarung unmittelbar bevorstand, ließ Hirsch die vier jungen Männer vor ein weibliches Tier treten, eine schwarze Kuh, die elegant zu einem Sprung ansetzte. Es war gerade so viel Platz für die fünf, dass sie Schulter an Schulter nebeneinander stehen konnten.

»Hier«, sagte er und zeigte auf das weiße Kalkgestein gleich neben den Nüstern der Kuh. Die Schale mit der Farbe und der Pinsel wanderte nun von einem Gefährten zum nächsten, und jeder der vier malte einen senkrechten Strich an die Wand, möglichst parallel und in gleichem Abstand zueinander. Der Holzsammler war ein wenig ungeschickt und ließ den Pinsel an einer Ader im Fels abgleiten, so dass der Strich krumm wurde. Egal. Daraufhin zog Hirsch eine horizontale Linie quer durch die senkrechten Striche, ohne länger darüber nachgedacht zu haben. Das entstandene Muster gefiel ihm. Also verband er auch die oberen Enden der Striche und verlängerte die Linie bis hin zum Maul der Kuh. Dann wandte er sich den Gefährten zu, die ihn im schwachen Lampenschein mit feierlicher Miene betrachteten.

»Damit sind wir nun als Männer miteinander verbunden«, erklärte er.

Schließlich zeichnete er eine waagerechte Linie entlang der unteren Enden, so dass ein Quadrat entstand. »Dieses Zeichen, mit dem Blut des Opfertiers gemalt, steht für unsere unverbrüchliche Freundschaft«, sagte er und zeichnete mit dem in Farbe getauchten Daumen ein kleines Quadrat auf die Stirn eines jeden Gefährten. »Und jetzt malt mir ein solches Zeichen auf die Stirn, jeder von euch übernimmt eine Linie.« Der Holzsammler machte den Anfang, den Schlussstrich zog der Jäger, der vor lauter Konzentration die Zunge zwischen die Zähne klemmte.

Wortlos führte Hirsch die vier zurück in die große Kammer, vorbei an denen, die dort warteten, und hinaus zum Opferfeuer, wo sie die Schale mit dem restlichen Blutschlamm in die Glut legten. Während sie dastanden und zusahen, wie sie in Flammen aufging, kamen auch die älteren Männer nach draußen und machten sich daran, dem geopferten Kalb das Fell abzuziehen und es mit einem Spieß aus grünem Holz zu durchbohren, um es über dem Feuer zu rösten.

»Jetzt sind wir Männer«, sagte der Jäger.

»Ja«, erwiderte der Holzsammler. »Heute Nacht werden wir bei einer Frau liegen.«

Als sich die sinkende Sonne rot glitzernd im Fluss spiegelte, kamen die Frauen singend den Berghang hinauf, geführt von drei Mädchen mit Blumenschmuck im Haar. Die jungen Witwen hatten sich Federn an den Saum ihrer Kleider genäht. Ihre Kinder tanzten aufgeregt um sie herum. Die beweibten Männer entzündeten ihre Fackeln am Feuer, stellten sich in zwei langen Reihen auf und scherzten mit ihren Frauen, als die Mädchen gesenkten Blickes näher kamen.

Auch diesmal trat der Hüter der Stiere als Zeremonienmeister auf. Er trug wieder seine Adlermaske und stand neben dem gehörnten Schädel, flankiert vom ersten Jäger mit seinem Bogen und dem Anführer der Holzsammler, der seine Vogelkeule in der Hand hielt. Beide hatten eine Tochter ihres Clans mitgebracht, die einem Mann anvertraut werden sollte. Hirsch, der bei seinen vier Gefährten stand, hielt die Luft an, als Mond mit den beiden Mädchen kam und den Jungmännern Blumen vor die Füße legte. Mit gesenkten Köpfen wichen sie wieder zurück, worauf die Männer den Hochzeitsgesang anstimmten und mit den Füßen im Takt dazu stampften. Auf sie traten nun drei junge Frauen zu, die verwitwet waren, auch sie mit Blumen.

Fünf Jungmänner und drei Mädchen. Zwei Männer, die ihre Frauen im Kindbett verloren hatten, und fünf Witwen. Eine der Frauen würde leer ausgehen und bis zum nächsten Jahr warten müssen.

Der erste Jäger und der Anführer der Holzsammler schürten das Feuer und zogen es bis auf drei Speerlängen auseinander, während andere trockenes Holz brachten und in die Glut legten. Die älteste Frau der Sippe, die keinen einzigen Zahn mehr im Mund hatte, humpelte herbei und goss eine Schale Milch, gespendet von den stillenden Müttern, zwischen die Hörner des Stierschädels, auf dass die neuen Paare fruchtbar sein würden.

Die beiden Männer, die ihre Frauen verloren hatten – ein Jäger und ein Fischer –, traten ans Feuer. Der Jäger legte ein Kaninchen und seinen Bogen davor ab, der Fischer einen großen Hecht, dazu seine Lanze. Die Greisin ging nun auf die Gruppe der wartenden Witwen zu und nahm zwei von ihnen an die Hand; es war offenbar schon vorher beschlossen worden, welche sie wählen würde. Die führte sie mit ihren Kindern auf die wartenden Männer zu. Noch an der Hand der Greisin streckten sie jeweils einem der Männer den freien Arm entgegen. Dann sprangen sie mit dem, der sie für sich haben wollte, Hand in Hand über die Flammen.

Daraufhin wandte sich die Greisin den drei übriggebliebenen Witwen zu und stellte sie den fünf Jungmännern vor. Eine trug einen Säugling an der Brust, der zweiten hingen drei Kleinkinder am Kleid. Ein Mann, der sich Söhne wünschte, legte natürlich Wert auf Fruchtbarkeit. Die dritte Witwe war die schönste, hatte aber kein Kind. Hirsch erinnerte sich an ihren verstorbenen Mann, den mutigen jungen Jäger, dessen Leichnam ins Lager zurückgebracht worden war.

Der junge Holzsammler, der immer noch das Zeichen der Vogelkeule auf der Brust trug, trat als Erster vor und ergriff die Hand der jungen Mutter, die den Säugling im Arm hielt. Auch die beiden sprangen über das Feuer. Der junge Fischer reichte der kinderlosen Witwe seine Hand, doch sie wandte ihr Gesicht ab und blickte auf den Mann mit der Adlermaske und dessen Stierschädel. Sie lehnte den Fischer ab. Der errötete und bot schulterzuckend der Frau mit den Kleinkindern seine Hand. Sie war einverstanden und sprang mit ihm über das Feuer, während die Greisin auf die Kinder aufpasste.

Drei Jungmänner und drei junge Frauen waren übrig geblieben. Und die hübsche, stolze Witwe. Hirsch hatte seine Augen unverwandt auf Mond gerichtet, die wenige Schritte von ihm entfernt stand, und auch sie schaute nur ihn an.

Die Väter und Mütter der drei Mädchen traten vor und stellten sich neben ihre Töchter.

Die Greisin winkte die erste Gruppe herbei, der ein kräftiger Steinbrecher mit großen, vernarbten Händen voranging. Auch diesmal hatte es eine Verabredung im Vorhinein gegeben, denn die Steinbrecher blieben lieber unter sich, und so hielt bald der Jungmann mit dem Zeichen der Axt auf der Brust ein grinsendes Mädchen an der Hand. Vom Vater dazu aufgefordert, sprangen die beiden übers Feuer.

Hirsch zitterte am ganzen Leib, als die Greisin wieder auf die Gruppe der Eltern und Mädchen zuhumpelte und das Fischerpaar mit dessen Tochter abholte, um sie den Jungmännern vorzustellen. Hirsch warf einen Blick auf den Hüter der Pferde, der seinen Arm um Monds Schulter gelegt hatte. Sie war kreidebleich im Gesicht und rührte sich nicht.

Die Tochter des Fischers stand vor Hirsch und dem jungen Jäger. Sie hatte helle Haare, in dem blaue Blumen steckten, ein rundes, fröhliches Gesicht und betrachtete beide mit großem Interesse. Hirsch schloss die Augen und hoffte inständig, dass der Jäger Gefallen an ihr finden würde. Als er die Augen öffnete und auf den Nebenmann richtete, sah er dessen Miene strahlen und die Hand nach ihr ausstrecken. Auch diese Paarung war offenbar vorbestimmt gewesen, wie Hirsch glaubte, dem ein schwerer Stein vom Herzen fiel. Er sah die beiden Hand in Hand übers Feuer springen und wünschte ihnen alles Gute.

Nun stand er ganz allein. Er hatte nur noch Augen für Mond und nahm nichts anderes mehr wahr, weder den Gesang noch das Stampfen der Füße, das Gelächter der Frauen oder die knisternden Flammen. Ebenso wenig achtete er auf die kinderlose Witwe, die stolz und einsam abseitsstand, seit sie die Hand des Fischers ausgeschlagen hatte.

Da war nur Mond, die auf ihn zuging, den Kopf erhoben und mit leuchtenden Augen. Ihre Mutter lächelte, wie ihm auffiel, und der Hüter der Pferde zeigte sich stolz und zufrieden. Tränen glitzerten in Monds Augen, und auch seine wurden feucht. Die Greisin kicherte angesichts ihres Glücks. Mond gehörte ihm. Er war ein Mann im Amt eines Hüters und die Liebste seine Frau. Unaufgefordert streckte er die Hand nach ihr aus, die sie gerade ergreifen wollte, als ein donnernder Ruf laut wurde. »Halt!«, brüllte der Hüter der Stiere und trat vor.

Die kinderlose Witwe wandte sich der beeindruckenden Gestalt mit der Adlermaske zu, die auf der einen Seite vom ersten Jäger und auf der anderen vom Anführer der Holzsammler Schulter an Schulter begleitet wurde.

»Halt«, wiederholte der Hüter der Stiere. Der Gesang der Männer ebbte ab. Es wurde still. Wie gebannt starrten alle auf die drei Männer, die im gleichen Abstand zwischen der kinderlosen Witwe und dem Hüter der Pferde samt Frau und Tochter zu stehen kamen. Sie bildeten ein Dreieck, von dem sich Hirsch plötzlich ausgeschlossen fühlte.

»Alte, du hast vergessen, dass es hier einen Witwer gibt«, sagte der Hüter. »Und als solcher habe ich die erste Wahl.«

Das Gesicht der Witwe strahlte voller Erwartung, als sie, die Hand an die Brust geschlagen, zu dem mächtigen Mann aufblickte. Seinetwegen hatte sie auf den Fischer verzichtet, ahnte Hirsch. Vielleicht war auch hier eine Absprache getroffen worden, redete er sich ein und versuchte den Kloß zu schlucken, der ihm im Hals steckte.

Voller Entsetzen starrte Mond auf den Adlerkopf, hinter dem die Vogelkeule auftauchte. Beides schien miteinander zu verschmelzen, Mann und Keule, Schnabel und Schnabel, das eine so bedrohlich wie das andere. Ihr stockte der Atem. Hilfesuchend schaute sie auf Hirsch und ihren Vater.

Die Greisin hinkte auf die kinderlose Witwe zu, nahm sie bei der Hand und führte sie zwischen Hirsch und den Hüter der Stiere. Doch die junge Frau nahm Hirsch gar nicht zur Kenntnis; ihr Blick haftete an dem Vogelmann, und wie aus eigenem Antrieb hob sich ihre Hand, um ihn zu wählen.

Für die Greisin schien die Sache beschlossen. Sie führte die Witwe auf den Hüter der Stiere zu. Der aber achtete nicht auf sie. Sein großer Schnabel zeigte unbeirrt auf Mond.

Dann setzte er sich in Bewegung. Niemand hätte ihn aufhalten können, als er mit entschlossenem Schritt auf Mond zutrat und sie beim Handgelenk packte.

»Nein!«, schrie Mond und versuchte sich zu befreien. Es riss sie fast von den Füßen, als er sie zum Feuer zerrte.

»Nein!«, schrie die kinderlose Witwe und krallte ihre Fingernägel in die Wangen.

»Nein!«, rief Monds Mutter und schlug die Hand vor den Mund.

»Nein!«, rief auch Hirsch und eilte hinzu, um Mond zu befreien, wurde aber vom ersten Jäger aufgehalten, der mit kaltem Blick den Bogen auf seine Brust richtete.

»Nein!«, rief der Hüter der Pferde. »Damit bin ich nicht

einverstanden.« Der erste Holzsammler grinste und stellte sich ihm mit erhobener Vogelkeule in den Weg.

»Nein«, rief Mond ein zweites Mal, mit fester Stimme jetzt. Sie stand wieder sicher auf den Beinen, schnellte mit dem Kopf vor und schlug dem Hüter der Stiere ihre Zähne tief in den muskelbepackten Unterarm. Als sie von ihm abließ, floss Blut aus der Wunde im Fleisch. Er wand sich vor Schmerzen, wobei ihm die Maske vom Kopf rutschte, und ehe er sie fassen konnte, sprang Mond schnell wie ein Reh über den Stierschädel am Boden hinweg, an der reglosen Menge vorbei ins Dunkel jenseits des Feuerscheins.

15
Périgord, 1944

Es war Frühling, und Manners erlebte Momente reinen Glücks. Mit Sybille traf er sich, sooft er konnte, meist dann, wenn er allein mit dem Fahrrad unterwegs war, zum Trainingslager oder zu einem Treffen oder um einen für einen Überfall geeigneten Ort auszukundschaften. Und bei jedem Treffen hatte er erneut das Gefühl, wie durch Zauber in eine friedliche Zeit versetzt worden zu sein. Ihm war klar, dass diese trügerische Vorstellung eher englischen Volksliedern entsprach als den Chansons der Pariser Boulevards, ein Unterschied so prägnant wie zwischen schalem Bitterbier und herbem Wein oder wie zwischen Cheddar und Ziegenkäse. Manners hatte sich nie so englisch gefühlt wie jetzt in Frankreich.

Die Illusion von Frieden und englischer Landschaft war so zwingend wie plausibel auf diesen stillen Waldwegen und inmitten von Weiden voll springender Lämmer und von Bauern, die noch von Hand säten, weil es keinen Diesel für die Traktoren gab. Nachts schlief er oft in einer der kleinen steinernen Rundhütten, *bories* genannt und von Schäfern oder Waldarbeitern erbaut. Dort hatte er es trocken und warm. Zu essen gab es immer genug, das Wasser der Flüsse war nicht mehr bitter kalt, und die Kleider trockneten schnell. Auch wenn er bei den Bauern abends zu Besuch war, um sie auf eine Lieferung aus der Luft vorzubereiten und ihnen beizubringen, wie Fallschirme zusammengefaltet wurden, schien ihm der Krieg weit weg zu sein. Man schenkte ihm *pineau* ein, die Alten pafften zufrieden an ihren Pfeifen, und wenn er davor warnte, aus der Fallschirmseide Unterwäsche zu schneidern, weil die Deutschen den Frauen womöglich unter die Röcke schauen würden, wurden die Bäuerinnen immer rot und versteckten ihr verschämtes Grinsen hinter hochgeschlagenen Schürzen.

Ein sicheres Gefühl verliehen ihm nicht zuletzt die hervorragend gefälschten Papiere, die er bei sich trug. Aus London hatte er einen Personalausweis, der ihn zum Sohn französischsprechender Kanadier aus Quebec machte, die 1937 in die Bretagne zurückgekehrt waren. Das erklärte seinen Akzent. Außerdem besaß er ein *certificat d'exception*, mit dem ihm bescheinigt wurde, dass er wegen blutender Magengeschwüre vom Militärdienst befreit war. Sybille hatte ihm Arbeitspapiere besorgt, die ihn als Veterinärarzthelfer auswiesen, ein perfektes Alibi für ihn, wenn er auf dem Land unterwegs war und vom SOL kontrolliert wurde, dem *Service d'ordre légionnaire*, also der von Vichy eingesetzten freiwilligen Polizei.

Selbst wenn er die Deutschen bisher nur von weitem gesehen hatte – auf den sandsackbewehrten Tendern vor Zügen etwa, die er und seine Männer in die Luft sprengen wollten –, war ihm doch jederzeit bewusst, dass die friedliche Stimmung nur täuschte. Zu häufig kamen ihnen Vertreter der Miliz oder der paramilitärischen GMR in die Quere, als dass er sich in Sicherheit wiegen konnte. Die *Groupes mobiles de réserve* patrouillierten in Lastwagenkonvois die

Straßen entlang den Bahnstrecken. Einen hatten Manners' Leute erfolgreich überfallen können, vor einem anderen aber mussten sie fliehen, als es für die von Malrand erbeutete Spandau keine Munition mehr gab. McPhee hatte zwei feindliche Peilfahrzeuge in die Luft gesprengt und ein drittes bei einem Überfall in der Nähe von Saint-Cyprien lahmgelegt. Unterdessen waren fünf Luftlieferungen, von Manners organisiert, erfolgreich abgewickelt worden. Berger, dessen Gruppe auf vierzig Männer angewachsen war, hatte eine weitere Gruppe rekrutiert, bestehend aus zwanzig Männern, die von Frisé angeführt wurden und in einem Wald in der Nähe von Bergerac stationiert waren. Alle Mitstreiter Frisés und die meisten von Berger hatten inzwischen gelernt, mit Sprengstoff umzugehen. Darüber hinaus hatte London endlich versprochen, auch Marats Männer mit Waffen zu versorgen.

Geliefert wurden sechs leichte Maschinengewehre vom Typ Bren Mark 1, 27 Sten-Guns, 36 Sturmgewehre und 40 Mills-Granaten, abgeworfen in zwölf Containern zusammen mit rund 20 000 Schuss Munition.

Es war verabredet worden, dass Marat ein Drittel davon erhielt, doch als es ans Verteilen ging, versuchten dessen Männer, sich die ganze Lieferung unter den Nagel zu reißen. François und Marat mussten sie unter Androhung von Waffengewalt davon abhalten.

McPhee löste das Problem, indem er einen Container nach dem anderen öffnete, die Gewehre einzeln daraus hervorholte und auf zwei Haufen verteilte. »Eins für dich und eins für mich.« Er ließ die Verteilung wie ein Kinderspiel aussehen, und tatsächlich entspannten sich die Männer.

Manners aber bemerkte, dass der Amerikaner die Munition in den Kisten zurückbehielt. Schließlich ging McPhee mit einer neuen, noch ölig glänzenden Sten-Gun auf Marat zu und hängte sie ihm um die Schulter. Marat hatte den »roten« Ami längst ins Herz geschlossen, und auch seine Männer freuten sich, einen echten *Yanqui* in ihren Reihen zu haben. Überhaupt schienen die Kommunisten ein Faible für Amerikaner zu haben, während sie alle Briten für ausgemachte Kapitalisten und Agenten der Bank von England hielten. McPhee war der erste transatlantische Verbündete, der ihnen zu Gesicht gekommen war, und es gefiel ihnen, dass er darauf bestand, Uniform zu tragen und seine Haare auf so merkwürdige Weise zu stutzen. Manche waren, wie Manners gehört hatte, sogar darauf aus, frische Rasierklingen für ihn aufzutreiben, damit er seine Schläfen kahl halten konnte.

Ihre Mission erfüllten alle nach Plan. Eisenbahnstrecken, Telegraphen- und Telefonverbindungen wurden untauglich gemacht. In nur drei Tagen hatten McPhees und Marats Männer sämtliche Schienenwege nach Périgueux stillgelegt, und für die kommende Woche hatte Manners versprochen, auch Bergerac vom Schienenverkehr abzuschneiden. London und Hilaire äußerten sich höchst zufrieden, doch Manners machte sich auf den unausweichlichen Gegenschlag der Deutschen gefasst, wahrscheinlich ausgeführt von der Division Brehmer, vor der Marat gewarnt hatte. Die ersten schweren Einheiten waren schon in Périgueux und Bergerac eingetroffen: ein Bataillon aus gepanzerten Fahrzeugen, überwiegend SPW-Halbkettenfahrzeugen, bewaffnet mit Maschinengewehren und eingesetzt für den Truppentransport, sowie etlichen achträdrigen Panzerspähwagen mit 20-Millimeter-Kanonen. Manners hatte gehört, dass alle Fahrzeuge der Division Brehmer mit einem großen, arroganten B gekennzeichnet waren. Eine Kompanie aus Pionieren und Feldgendarmen in gleicher Stärke waren angeblich schon zur Stelle. Es würde auf den Straßen mit verstärkten Patrouillen zu rechnen sein. Aber noch wartete General Brehmer auf seine vier Infanteriebataillone, bevor er in die Offensive gehen würde.

Gleich nachdem er von Marat über die Ankunft der Züge unterrichtet worden war, plante Manners, seinen Stützpunkt tiefer in die Hügel zu verlegen und die von Brive ausgehenden Schienenwege anzugreifen. Auch Berger fand es angebracht abzutauchen. Frisé wollte sich nach Westen ins Pomerol absetzen, wo seine Eltern Weinbau betrieben, und von dort aus die Eisenbahnverbindungen bei Bordeaux sprengen. Die goldene Regel ihrer Mission verlangte, nur dort zuzuschlagen, wo möglichst wenig Feindkontakt zu erwarten war, und zu verschwinden, wenn sich der Feind formierte, um dann die Ausbildung der jungen Kadetten fortzusetzen, die nun in Scharen der Résistance zuströmten.

Problematisch blieb der Fall Soleil. Er war der am wenigsten disziplinierte, aber gleichzeitig aktivste Anführer des Widerstands. Nominell ein Kommunist, von Marat jedoch als unverlässlicher Schwarzmarktprofiteur abgeschoben, beherrschte Soleil die Region um Belvès, eine alte befestigte Stadt auf einem Hügel. Fast die gesamte Landbevölkerung stand hinter ihm, ob freiwillig oder unter Androhung von Strafe, war nicht ganz klar. Die Bauern versteckten seine Fahrzeuge und Treibstoffvorräte, verpflegten und beherbergten seine Männer und mussten den Terror der *Groupes mobiles* über sich ergehen lassen, die nach jedem Anschlag, den Soleil ausführte, irgendeine Scheune oder ein Bauernhaus in Flammen aufgehen ließen. Nach Manners' Geschmack beschäftigte sich Soleil allzu sehr mit Überfällen auf Banken und Tabakläden. Doch es gelang ihm immer wieder, die nur schlecht ausgebildeten alten Männer des deutschen Sicherungsregiments 95 einzuschüchtern, die sich inzwischen fast die ganze Zeit in ihren Kasernen in Sarlat verschanzt hielten und an Malaria erkrankten, infiziert von den Mücken der Sümpfe, auf denen die Stadt gebaut war. Malrand hatte schon mehr als einmal versprochen, nach dem Krieg diese Sümpfe trockenzulegen und die Mücken dadurch auszurotten.

Manners dachte nur selten an die Zeit nach dem Krieg. Für ihn lag die Zukunft viel zu weit entfernt, und er war überzeugt davon, bessere Chancen auf ein Überleben zu haben, solange er sich keinen Illusionen hingab. Malrand hingegen sprach ständig von der Zukunft, wenn sie nachts in ihrem Unterschlupf beieinanderhockten. Er träumte davon, unter der Regierung de Gaulles am Wiederaufbau Frankreichs mitzuarbeiten, die Industrie zu verstaatlichen, den Kommunismus abzuwehren und das Land zu modernisieren. Dabei schien er davon auszugehen, dass England und Frankreich den Plan einer Union realisieren würden, den Churchill 1940 in den dunkelsten Tagen des Zusammenbruchs Frankreichs in groben Zügen formuliert hatte, eine Union, der sich dann auch die kleineren Länder Europas anschließen würden.

Deutschland, das er »Bismarcks Unheil« nannte, müsse

zerschlagen und in die Provinzen Bayern, Preußen, Sachsen-Hannover und das Rheinland aufgeteilt werden mit der Option, diesen nach einer angemessenen Bewährungsfrist einen Platz im vereinten Europa einzuräumen. Nur so könne das Trauma des *Grande Guerre* von 1914 bis 18 überwunden werden. Spinnereien, dachte Manners, ließ ihn aber weiterreden. Kein Engländer, glaubte Manners, würde Frankreich als gleichwertigen Partner anerkennen, egal, wie sehr sich die Résistance auch dafür einsetzte, Frankreichs verletzte Ehre wiederherzustellen, während die verbündeten Armeen Englands und Amerikas die große Invasion vorbereiteten.

Manners hielt vor dem Scheitel der Anhöhe an, lehnte sein Fahrrad an einen Holzstapel und schlich weiter, um über die Straße ins Tal zu spähen. Er war immer besonders vorsichtig, wenn er etwas bei sich trug, das ihn bei einer Kontrolle in Schwierigkeiten bringen würde. Diesmal hatte er Mills-Granaten samt Zünder im Gepäck, die für Soleil bestimmt waren, sowie ein paar Ersatzmagazine für seine Sten. Die Luft schien rein zu sein. Er blickte über ein ausgedehntes Waldgebiet, unterbrochen nur von einer kleinen Parkanlage vor dem Château, in dem Soleil auf ihn wartete. Manners ging ein paar Schritte zurück, stellte sich mitten auf die Straße und winkte François herbei. Die beiden hielten immer einen Abstand von gut hundert Metern, um dem zweiten Mann die Gelegenheit zur Flucht zu bieten, wenn es brenzlig wurde.

»Es ist alles still.«

»Ich traue diesem miesen kleinen *maquereau* keinen Fingerbreit über den Weg«, sagte François.

Manners grinste. Das französische Wort für Makrele bedeutete umgangssprachlich auch Zuhälter. »Ich habe schon viel über Soleil gehört, aber das ist mir neu.«

»Könnte durchaus zutreffen. Wer weiß?«, lachte François. »Ich meinte eigentlich nur, dass er wie ein *maquereau* aussieht mit seinem Menjou-Bärtchen. Außerdem spricht er wie ein Gangster. Und das finde ich noch anstößiger als seine halbgaren Vorstellungen vom Marxismus. Er klaut anderen Gruppen die Waffen. Manchmal denke ich, das einzig Vernünftige, was die Kommunisten je von sich gegeben haben, ist das gegen ihn verhängte Todesurteil. Schade nur, dass sie es wieder aufgehoben haben. Dieser Krieg schafft unselige Allianzen.«

»Immerhin bringt er Deutsche um. Darauf kommt's an. Komm jetzt.«

Manners saß rechts von Soleil, gewissermaßen auf dem Ehrenplatz, und las die in Schönschrift gestaltete Speisekarte, auf der oben in der Mitte eine kleine Sonne als Symbol für Soleils Organisation abgebildet war. Die ganzen Umstände kamen ihm ganz und gar unwirklich vor, wie eine komische Variante seiner Vorstellungen vom Frieden. Als Vorspeise gab es *tourain,* die Knoblauchsuppe der Region, dann *foie gras,* gefolgt von frischer Forelle, *confit de canard* und Cantal-Käse, passend dazu drei verschiedene Weine aus Jahrgängen vor dem Krieg. Der Champagner, den er sich gerade schmecken ließ, war ein 33er Dom Pérignon. So fürstlich hatte er nicht einmal in Friedenszeiten gegessen, geschweige denn im Krieg. Der prächtige Tisch, an dem er saß, war an die zehn Meter lang. Das alte Holz schimmerte im Kerzenlicht, und neben jedem Teller lag reihenweise altes Silberbesteck. Getrunken wurde aus schweren Bleikristallgläsern. Hinter Soleil stand ein Butler, der darauf wartete, dass dieser den Puligny-Montrachet kostete und für gut befand.

»Ausgezeichnet, ganz ausgezeichnet, mein lieber Chamberlain«, sagte Soleil lachend. Es amüsierte ihn offenbar, der Dienerschaft englische Namen zu geben, und andere als die von Politikern fielen ihm anscheinend nicht ein. Komisch fanden das nur noch seine rund dreißig Mitstreiter. Die hiesigen Landwirte und Geschäftsleute, die zum Essen eingeladen worden waren, lachten aus reiner Verlegenheit mit.

Manners erfuhr, dass der Eigentümer des Châteaus seit der Kapitulation Frankreichs in deutscher Kriegsgefangenschaft war und seine Frau in Paris weilte. Wieso hatte sich Soleil in dem Schlösschen breitmachen können?

»Ganz einfach. Ich bin hier gestern aufgekreuzt, habe dem Personal gesagt, dass ich ein zünftiges Festgelage feiern möchte, und zwei Posten zurückgelassen, die sicherstellen sollten, dass es keine Überraschungen gibt. In solchen Châteaus findet man immer was zu essen, und die Weinkeller sind ebenfalls wohlbestückt. Ich gehe davon aus, der Eigentümer ist mehr als einverstanden, dass in seinem Haus Freiheitskämpfer bewirtet werden. Meint ihr nicht auch, Jungs?«, brüllte er und hob sein Glas, als der Butler zwei ältliche schwarzgekleidete Dienstmädchen anwies, die Suppe zu servieren.

Nur gut, dass sie nicht jung und hübsch waren, dachte Manners mit Blick in die Runde. Er kam sich vor wie in der Gesellschaft von Piraten. Vor Soleils Teller lagen zwei der von Manners mitgebrachten Mills-Granaten, denen bereits die Zünder aufgesetzt waren. Am Stuhl lehnte eine Sten, und in seinem Ledergürtel steckte ein Revolver. Schlank, adrett und Anfang zwanzig, erinnerte er Manners an die jungen, schneidigen R.A.F.-Piloten und das verwegene Image, das sie pflegten. Wie ihm auffiel, hatte Soleil manikürte Fingernägel und rauchte Zigaretten der deutschen Wehrmachtsmarke »Sieg«. Ihm am Tisch gegenüber saß François mit versteinerter Miene; kaum merklich zuckte er mit dem Lid, als er sah, dass Manners ihn beobachtete. Er hatte bislang keinen Ton gesagt.

»Sind Sie auch einer von denen, die mich lieber tot sehen?«, fragte Soleil mit Blick auf Manners. »Es sind mittlerweile so viele, dass ich den Überblick verloren habe. Die Deutschen, die Miliz, die Kommunisten oder auch Edgar, dieser aristokratische Schnösel Ihrer SOE. Sie alle finden, Soleil stört, und versuchen mich aus dem Weg zu räumen. Aber ich warne Sie. Das funktioniert so nicht.«

»Warum sollte ich Sie umbringen? Mir haben Sie schließlich nichts geklaut, Soleil«, entgegnete Manners betont heiter, um seine Überraschung zu kaschieren. »Ich habe allerlei Geschichten über Sie gehört, und solange Sie den Deutschen das Leben schwermachen, sind Sie mir nützlich.«

»Warum wirft mir die SOE dann nicht auch einmal ein paar Fallschirme ab? Ich brauche Gewehre, Hunderte von Gewehren. Im Juli wird meine Truppe an die tausend Mann stark sein«, prahlte Soleil.

»Hier können Sie keine tausend Mann stationieren, geschweige denn ausrüsten und durchfüttern. Um genügend Waffen herbeizuschaffen, müssten jede Menge Fallschirmabwürfe organisiert werden. Dazu sind wir nicht in der Lage, Soleil. Wir haben noch anderen Gruppen zu helfen, insbesondere unseren eigenen Sabotagekommandos«, erklärte Manners. »Ich kann London bitten, so viele Flieger wie möglich zu schicken, aber Sie müssten geeignete Stellen ausfindig machen, über denen sich das ganze Zeug abwerfen ließe. Und ich würde gerne wissen, wo dann Ihre Männer sein werden und was Sie mit ihnen vorhaben.«

»Was ich vorhabe? Die verdammten Deutschen und diese Schweine von der Miliz unschädlich machen, was sonst? Beschaffen Sie mir die Waffen, und wir erledigen den Rest.«

»Darüber haben wir schon zur Genüge diskutiert«, unterbrach Marat, dessen runde Brille das Kerzenlicht spiegelte. »Unabhängige Aktionen kommen nicht in Frage. Die Partei besteht darauf, dass die Befehlsordnung eingehalten wird.«

»Die Partei kann mich mal«, brüllte Soleil. »Ich reiße mir den Arsch auf, und die Partei hat nichts Besseres zu tun, als mich zum Tode zu verurteilen.«

Er kippte ein Glas Rotwein in den Rest seiner *tourain*, hob mit beiden Händen den Teller an den Mund und schlürfte die Suppe aus. Manners registrierte, dass es sich bei dem Wein um einen 38er Léoville handelte.

»Probieren Sie das auch mal, Engländer. Brühe und Rotwein nach Art der Bauern, *chabrol* genannt.« Er zog seine Pistole und hämmerte den Knauf auf den Tisch. »He, Jungs«, rief er. »Wenn wir mit den Deutschen fertig sind, fahren wir nach London und bringen Churchill *faire chabrol* bei. Was haltet ihr davon?«

»Vorher ziehen wir nach Spanien«, entgegnete ein dunkelhäutiger Typ mit spanischem Akzent. »Zuerst knöpfen wir uns Hitler vor, und dann machen wir aus Francos Blut *chabrol.*«

Manners kannte solche Sprüche. Unter den Maquis gab es viele Spanier, hauptsächlich Kommunisten, die nach Francos Machtübernahme außer Landes geflohen waren und aus irgendwelchen Gründen überzeugt zu sein schienen, dass Churchill und Roosevelt ihnen nach Kriegsende im Kampf gegen Franco den Rücken stärken würden. Manners brachte es nicht übers Herz, sie eines Besseren zu belehren. In Wirklichkeit waren die Alliierten dem spanischen Diktator dankbar dafür, dass er den Deutschen verwehrt hatte, ihre Truppen durch Spanien nach Gibraltar zu führen.

Der Spanier stand auf, grölte »Arriba España« und wankte um den Tisch herum, wo er hinter Malrand zu stehen kam und ihn in kräftiger Umarmung auf die Beine hievte. »Ich grüße Sie, Malrand. Sie fliegen mit uns und kämpfen an unserer Seite. Und in Madrid werden wir uns unter Francos Galgen hemmungslos besaufen.«

Malrand klopfte dem großen Spanier auf die Schulter, schob ihn einen Schritt zurück und setzte sich wieder, um seine Stopfleber in Angriff zu nehmen. »Wir sollten froh sein, dass uns die Deutschen davon noch was übrig gelassen haben«, lachte er und prostete den spanischen Flüchtlingen auf der anderen Seite des Tisches zu. Dann wandte er sich dem Mann zu seiner Rechten zu, einem gutgekleideten älteren Franzosen, der wie ein Anwalt aussah und unter den anderen eher grobschlächtigen Männern fehl am Platze wirkte. Die beiden unterhielten sich leise miteinander.

»Ihm da, Malrand, kann ich einiges verzeihen, denn was er in Spanien getan hat, ist ihm hoch anzurechnen«, sagte Marat.

»Und wie ist zu bewerten, was er hier für Frankreich tut?«, fragte Manners.

»Ach, das ist doch wohl selbstverständlich. Er ist Patriot und hat als französischer Aristokrat Interessen zu verteidigen. Warten Sie's ab, noch in diesem Sommer, wenn die Alliierten einmarschiert sind, wird der gesamte französische Adel plötzlich behaupten, der Résistance anzugehören und aus dem Untergrund Widerstand geleistet zu haben. Sobald Montgomerys Panzer in Paris einrollen, besteht Frankreich aus vierzig Millionen tapferen Widerstandskämpfern, ausgenommen einiger weniger Sündenböcke wie Pétain und Laval. Die werden dann als Kollaborateure vor Gericht gestellt, stellvertretend für vierzig Millionen, die sich nach 1940 auf ein ruhiges Leben unter Pétain eingerichtet haben. Auch meine Partei hat als Reaktion auf diesen verfluchten Nichtangriffspakt zwischen Deutschland und der Sowjetunion für eine Weile kollaboriert. Ich bin Franzose genug, um de Gaulle dafür zu bewundern, dass er 1940 Front gemacht hat. Wie auch Malrand. Das muss man ihnen lassen: Sie haben sich beizeiten klar positioniert. Aber, wie gesagt, dass Malrand für Frankreich kämpft, ist nur recht und billig. Lobenswert dagegen ist sein Einsatz in Spanien. Das macht ihn für mich interessant, aber auch gefährlich.«

»Den Deutschen wird er gefährlich, so viel steht fest. Sie hätten ihn an der Spandau sehen sollen.« Die Dienstmädchen servierten den Fisch. Manners beugte sich automatisch zur Seite, um ihnen Platz zu machen, und bemerkte, dass Marat überhaupt keine Notiz von ihnen nahm. Er paffte an seiner Pfeife und beobachtete ihn kritisch.

»Es heißt, Malrand sei ein guter Lehrer und Anführer, fast so gut wie Sie.«

»Er ist besser als ich«, erwiderte Manners. »Er hat Autorität.«

»Die seiner Klasse vielleicht. Aber damit ist es nach dem Krieg vorbei. Respekt haben wir vor Männern wie Ihnen und McPhee, Profis, die wissen, was sie tun, und die es als ihre Pflicht verstehen, ihr Wissen an andere weiterzugeben.«

»Für Leute wie mich wird es nach dem Krieg kaum Verwendung geben. Aber Sie haben recht, ich bin Berufssoldat. Wenn Hitler gestürzt ist, schickt man mich vielleicht nach Deutschland oder nach Burma, um gegen die Japaner zu kämpfen.«

»Oder vielleicht wird man Sie auffordern, Indochina für Frankreich zurückzuerobern.«

»Ich tue, was man mir befiehlt, Marat.«

»Ich auch, nur mit dem Unterschied, dass ich in einer anderen Truppe für eine andere Sache kämpfe.« Er legte seine Pfeife ab, trank einen Schluck Wein und machte sich über den Fisch her. Kaum hatte er den letzten Bissen mit Wein hinuntergespült, steckte er sich wieder die Pfeife an.

»Übrigens, das Buch, das Sie mir ausgeliehen haben, gefällt mir«, sagte Manners.

»Ich hätte da noch eins, das Ihnen gefallen könnte, aber das liest gerade McPhee – wenn ihn Mercedes nicht davon abhält. Sie scheint unsere Rothaut ziemlich gern zu haben.« Marat lachte spöttisch. »Lassen Sie sich von dem Namen des Autors nicht abschrecken. Das Buch wurde von Karl

Marx geschrieben und schildert, wie unsere Revolutionen in Diktaturen umschlagen.«

»Vielleicht erklärt es dann auch das abschreckende Beispiel Stalins«, sagte Manners und schmunzelte in Gedanken an McPhee und die feurige Spanierin. Gleichzeitig staunte er über Marats Kritik am deutsch-sowjetischen Nichtangriffspakt und fragte sich, wie unorthodox ein Kommunist sein konnte.

»Vor drei oder vier Jahren hätte ich Ihnen noch zugestimmt. Aber der Krieg hat meine Ansichten auf den Kopf gestellt. Das ganze sowjetische Volk ist involviert. Es ist auch sein Krieg, und der wird alles verändern. Stalin hat das begriffen. Er ist Realist.«

»Stalin?«, mischte sich Soleil ein. »Der Engländer will auf Stalin trinken.« Er klopfte wieder mit dem Pistolenknauf auf den Tisch. Manners hob grinsend sein Glas. »Auf Stalin und die Russen in ihrem Kampf gegen Hitler.«

»Darauf trinke ich gern«, sagte Soleil und stieß an, ohne das kostbare Bleikristallglas zu schonen. »Wenn wir fertig gegessen haben, möchte ich, dass Sie mir beibringen, wie man mit dieser Sten umgeht.«

»Hier am Tisch? Es ist schon nach Mitternacht.«

»Na und? Schon vergessen, dass wir im Krieg sind?«, lachte Soleil. »Ringen wir ihm was Gutes ab. Trinken wir noch ein Glas. Und dann wär's schön, wenn Sie uns Nachhilfeunterricht geben würden. Das habe ich meinen Jungs versprochen.«

Ihm blieb nichts anderes übrig. Manners war vom vielen Wein benebelt, als man ihm vom Stuhl half und Soleils

Sten-Gun in die Hand drückte. Der hämmernde Revolverknauf verlangte Ruhe im Saal. Wenn schon, denn schon …

»Die Sten-Gun«, setzte Manners mit schwerer Zunge an. »Der Name setzt sich aus den Initialen ihrer Konstrukteure Shepperd und Turpin und der Stadt Enfield zusammen, dem Sitz der Waffenschmiede Royal Small Arms Factory. Es ist vielleicht nicht die beste Maschinenpistole, die es je gegeben hat, aber die billigste und zuverlässigste. Bislang wurden fast vier Millionen Stück davon produziert. Sie ist weltweit die bekannteste Waffe ihrer Art. Nur fünfundsiebzig Zentimeter lang, weniger als drei Kilo schwer und aus gestanzten Blechen hergestellt, was so einfach ist, dass sie von dänischen Widerstandsgruppen in Untergrundwerkstätten kopiert wird.

Das Stangenmagazin fasst zweiunddreißig 9-mm-Patronen; die Schusskadenz beträgt bis zu fünfhundertfünfzig Schuss pro Minute. Vier Sekunden lang hält das Dauerfeuer vor. Aber so lange sollten Sie nicht schießen. Immer nur in kurzen Stößen. *Ratatata* – so muss es klingen. Wenn Sie länger feuern, verzieht sich der Lauf nach links. Außerdem kann man nicht so viel Munition mit sich schleppen.

Die Reichweite liegt bei zweihundert Metern. Aber auf die Distanz trifft man nicht, höchstens zufällig. Die Visiervorrichtung ist auf hundert Meter eingestellt und lässt sich nicht verstellen. Eine Entfernung von fünf Metern wäre optimal. Je näher das Ziel, desto besser. Auch wenn Sie Ihr Ziel verfehlen sollten – glauben Sie mir, niemand bleibt stehen, wenn er hört, dass eine Maschinenpistole abgefeuert wird. Alles rennt in Deckung, denn da fliegt in kürzester Zeit eine Menge Blei durch die Luft.

Und wenn Sie wollen, dass der Feind seinen Kopf noch länger einzieht, verrate ich Ihnen einen Trick. Wickeln Sie einen feuchten Lappen um den Lauf. Dann klingt das Ding wie ein schweres Maschinengewehr. Der Nachteil ist, dass der Lauf schnell zu heiß wird. Ich empfehle den Lappen also nur für den Auftakt, um dem Gegner Angst einzujagen.

Ein paar Nachteile hat auch das Magazin. Es kommt immer wieder zu Ladehemmungen. Deshalb sollten Sie nie alle zweiunddreißig Schuss laden, sondern höchstens dreißig. Wenn's trotzdem mal klemmt, ziehen Sie den Verschluss hin und her. Und zwar so ...« Ein scharfes metallisches Klicken zerriss die Stille des großen Saales. »Klemmt's dann immer noch, stoßen Sie einmal fest mit der Schulterstütze auf dem Boden auf. Sollte es dann immer noch klemmen, schleudern Sie das Ding den Deutschen entgegen. Von mir aus dürfen Sie dann weglaufen.« Wie erwartet, wurde gelacht.

»Geben Sie mir jetzt mal eine andere Sten und ein großes Taschentuch.« Malrand schmunzelte, denn er wusste, was Manners nun vorhatte. Er nahm seine Damastserviette vom Tisch und verband damit Manners' Augen.

»Das Beste an der Sten ist ihre einfache Wartung. Sie will gut gepflegt und geölt sein, verzeiht Ihnen aber die eine oder andere Nachlässigkeit, wenn Sie fleißig kämpfen müssen.« Er legte beide Waffen nebeneinander auf den Tisch. »Hat jemand eine Uhr mit Sekundenzeiger?« Es fand sich jemand. »Sagen Sie mir, wann ich loslegen soll, und stoppen Sie die Zeit, wenn ich fertig bin.«

»Trois – deux – allez-y«, rief jemand. Obwohl er nichts

sehen konnte, saß jeder Griff. Er zerlegte die erste Waffe in ihre Bestandteile, nahm sich dann die zweite vor und verfuhr damit auf gleiche Weise. »Fertig«, rief er.

»Neun Sekunden«, meldete eine staunende Stimme.

»Okay. Soleil, mischen Sie jetzt bitte die Einzelteile auf dem Tisch, damit ich nicht wissen kann, welches zu welcher Waffe gehört.« Er hörte es klappern und roch die Knoblauchfahne Soleils, übertönt von einem Schwall Kölnischwasser.

»So, und jetzt stoppen Sie wieder die Zeit.« Die Augen immer noch verbunden, setzte er beide Waffen wieder zusammen. Feder, Abzugsstück, Bolzen, Magazin. Es war egal, welches Teil er in die Hand nahm. Sie passten alle. »Fertig.«

»Zwölf Sekunden.«

Er zog die Serviette von den Augen. »Welche ist Ihre Waffe und welche meine, Soleil? Das lässt sich nicht mehr sagen, stimmt's? Nehmen Sie jetzt eine auseinander. Ganz ohne Zeitdruck.« Er wandte sich den anderen zu. »Soleil wird Ihnen jetzt zeigen, wie einfach es ist. Wer ist der Jüngste hier?«

Mehrere Stimmen riefen den Namen Pierrot. Er war erst sechzehn Jahre alt und baute problemlos zusammen, was Soleil auseinandergenommen hatte.

»Wer ist der Älteste?«, fragte Manners und zerlegte die zweite Sten. Der ältere Herr, der wie ein Anwalt aussah und sich mit Malrand unterhalten hatte, stand zögernd auf. »Ich habe noch nie im Leben eine Waffe in der Hand gehalten, Monsieur.«

»Umso besser. Sie werden sehen, es ist nichts dabei.« Die

meisten der anwesenden Männer waren seit ihrer Kindheit mit Schusswaffen vertraut, mit Flinten, Vogelbüchsen und dergleichen. Der Anwalt nahm die Einzelteile vorsichtig zur Hand, hatte etwas Schwierigkeiten mit der Feder, schaffte es aber schließlich, die Sten zusammenzubauen, und war sichtlich stolz auf seine Leistung. »Gut gemacht, Monsieur«, lobte Manners.

»Rekapitulieren wir. Wie viel Schuss sollten maximal im Magazin sein?«

»Dreißig«, riefen alle.

»Aus welcher Entfernung schießen Sie?«

»Aus fünf Metern.«

»Was tun Sie bei einer Ladehemmung?«

»Verschluss hin und her ziehen. Schulterstütze aufstoßen.«

»Und wenn's immer noch klemmt?«

»Das Ding den Deutschen entgegenschleudern.« Alle brüllten vor Lachen, zufrieden mit sich und der Waffe.

»Morgen früh machen wir ein paar Schießübungen.« Manners klopfte Soleil auf die Schulter und machte sich auf den Weg in die Scheune, um zu schlafen. Vor der Eingangstür fing ihn Marat ab.

»Eine beeindruckende Vorstellung«, sagte er. »War auch nötig.«

»Warum?«, fragte Manners irritiert. Er war müde und angetrunken und wollte nur noch die Augen zumachen.

»Morgen Abend werden Brehmers Infanteriebataillone in Limoges erwartet. Drei Bataillone russischer Überläufer, der Männer von Wlassow. Und ein Bataillon Georgier, die aus Jugoslawien abgezogen worden sind, wo sie gegen Tito gekämpft haben. Verzweifelte Männer, denn sie wissen, dass sie verloren sind, wenn Hitler stürzt.«

»Wer ist Wlassow?«

»Ein ehemaliger Generalleutnant der Roten Armee. Er wurde von den Deutschen gefangen genommen, hat sich dann den Nazis angeschlossen und aus Kriegsgefangenen ein Heer aufgestellt, Hungerleider, die sich wahrscheinlich mit einer anständigen Mahlzeit haben ködern lassen. Sie bilden die sogenannte russische Befreiungsarmee und behaupten, den Kommunismus in Russland bekämpfen zu wollen. Damit werden sie nicht davonkommen. Als Verräter ist ihnen der Tod so gut wie sicher.«

»Limoges, morgen Abend«, wiederholte Manners. »Dann werden sie wohl auf die Kasernen in Périgueux und Bergerac verteilt werden, essen und schlafen. Am nächsten Morgen dann werden sie ausgerüstet und bewaffnet und erhalten ein paar Lektionen in Sachen Taktik und Funkverkehr. Russische Truppen brauchen deutsche Verbindungsoffiziere und solche, die Französisch sprechen. Bis die einsatzbereit sind, vergeht ein weiterer Tag. Und dann müssen sie sich mit dem Land vertraut machen. Danke, Marat. Uns bleiben mindestens vier Tage Zeit. Werden die Truppen auf der Straße oder per Schiene nach Périgueux verschoben?«

»Man hat drei Züge dafür abgestellt. Für die nächsten zwei Tage. Sie sollen von einem gepanzerten Zug begleitet werden. Den zu überfallen wäre zu riskant.«

»Wenn wir etwas unternehmen wollen, müssen wir zuschlagen, bevor sie einsatzbereit sind. Malrand hat für seine Spandau keine Munition mehr, und unsere Vorräte werden knapp.« Er dachte laut nach. Mit dem Sprengstoff aus den

Gammon-Bomben ließe sich vielleicht der Pfeiler eines Viadukts fällen. Aber nein – Viadukte, Brücken und Galerien wurden mit Sicherheit streng bewacht. Die neuen Truppen hatten gegen Partisanen gekämpft. Womöglich waren sie ein allzu heikles Ziel. Außerdem hatte die Ausbildung der Maquis Vorrang. Sie sollten für die Invasion in Bereitschaft stehen und durften nicht schon vorher geschwächt werden.

»Vielleicht wär's besser, wir verziehen uns und machen woanders weiter«, schlug Manners vor.

»Sie werden Bauern foltern, um herauszufinden, wo unsere Waffen versteckt sind, und die Eltern der jungen Männer zusammentreiben, die in den Maquis Zuflucht gesucht haben. Wenn wir jetzt kampflos verschwinden, wird uns hier keiner mehr vertrauen«, entgegnete Marat. »Ich dachte, Sie könnten dafür sorgen, dass die Bahnstation von der Luft aus angegriffen wird.«

»Dazu wird das Bomber Command nicht bereit sein. Außerdem würde halb Limoges in Brand gesetzt, und es kämen viel zu viele Zivilisten ums Leben. Erinnern Sie sich an die Bombardierung von Bergerac, als die Amerikaner den Flughafen zu besetzen versucht haben. Nein, wenn überhaupt, sollten wir möglichst früh zuschlagen und uns dann absetzen. Können Sie nicht Ihre Leute von der Eisenbahn nach Périgueux bringen und von dort per Schiene weiter nach Limoges? Und informieren Sie bitte McPhee. Er soll sich mit seinen Jungs bereithalten.«

»Wenn's sein muss, können wir einen der Reparaturzüge benutzen und so tun, als müsste ein Signal instand gesetzt werden. Das mit McPhee geht klar.«

»Gut. Wecken Sie mich beizeiten. Und schicken Sie Malrand zu mir in die Scheune. Wir müssen uns beraten.«

»Malrand hat jetzt bestimmt anderes im Sinn«, sagte Marat grinsend. »Mercedes ist hier.«

»Ich dachte, er kann Kommunisten nicht ausstehen.«

»Bei Frauen macht er eine Ausnahme.«

»Haben Sie nicht gesagt, sie wäre mit McPhee zusammen?«

»Ja, aber nur, wenn er in der Nähe ist, und das ist heute Nacht nicht der Fall. Seit Francos Putsch vor acht Jahren kennt Mercedes nichts als Krieg. Sie lebt von Tag zu Tag, und sie liebt Männer.«

»Dann praktiziert sie wohl die Idee der freien Liebe, an die die Kommunisten glauben«, sagte Manners, in Gedanken schon bei einem möglichen Eifersuchtsdrama zwischen McPhee und François.

»Mercedes hasst Faschisten. Sie hatte die Pubertät kaum hinter sich, als sie drei Tage lang von Francos mauretanischen Söldnern vergewaltigt wurde«, sagte Marat. »Um eine so bürgerliche Tugend wie die Treue entwickeln zu können, hatte sie noch keine Zeit. Wer will ihr das verübeln? Wir waren schon im Krieg, als Ihr roter Amerikaner McPhee noch davon träumte, Schriftsteller in Paris zu sein, und Sie, mein Freund, Polo gespielt haben.«

16

Gegenwart

Horst zog einen großen braunen Briefumschlag aus der prallgefüllten Aktentasche, die neben seinem Stuhl stand, und warf ihn lässig auf den Tisch neben den Champagner und die Rosen.

»Es ist mir eine Ehre, Sie kennenzulernen, Major Manners. Ihren Vater kenne ich ja schon als den unbesungenen Helden meiner Recherchen. Das da«, er zeigte auf den Umschlag, »war das Kriegstagebuch der *Kampfgruppe Brehmer,* einer Spezialeinheit, die von April bis Mai 1944 in der Dordogne stationiert war und gegen die Résistance eingesetzt wurde. Die Unterlagen kommen frisch aus dem deutschen Kriegsarchiv, das inzwischen ziemlich verstaubt ist. Mir scheint, ich war seit langer Zeit der erste Interessent. Ich fand sie zwischen den Akten der *Heeresgruppe Ost,* also jenes Großverbandes, der an der Ostfront eingesetzt war, wo auch die Division Brehmer aufgestellt wurde. Rein zufällig stieß ich durch einen Hinweis darauf, und zwar in einem Einsatzbefehl der Armeegruppe G, die in Südfrankreich stationiert war. Der Archivar ist diesem Hinweis gefolgt und hat diese Unterlagen zutage gefördert. Ich glaube, sie beziehen sich unter anderem auf eine Gegend, in der wir unsere verschollene Höhle wiederentdecken könnten.«

Er beugte sich vor, um Manners die Hand zu schütteln, während Clothilde versuchte, ihm einen Kuss auf beide Wangen zu drücken, und Lydia mit ausgestreckter Hand ins Leere griff.

Manners holte einen Aktenordner aus dem Umschlag und öffnete ihn.

»Können Sie Deutsch lesen, mein lieber Major?«

»Mal sehen, ob's noch klappt. Ich müsste es eigentlich können, ich habe nämlich einen dieser NATO-Kurse absolviert«, antwortete Manners und durchblätterte den dicken Stoß fotokopierter Seiten. An einer Stelle, die am Rand rot angestrichen war, hielt er inne.

»Es gibt da mehrere Bezugnahmen auf Aktivitäten der Résistance«, sagte Horst. »Die erste erwähnt einen Anschlag auf einen Truppentransport fünfzehn Kilometer nördlich von Périgueux in der Nähe der Ortschaft La Farde, wo die Eisenbahn einen kleinen Fluss namens Beauronne überquert. Es kam daraufhin zu den üblichen Vergeltungsmaßnahmen, und laut geheimdienstlichem Bericht wurden die kommunistischen Partisanen von einem amerikanischen Indianer und einem mysteriösen Engländer angeführt. Letzterer könnte Ihr Vater Captain Manners gewesen sein. Da wäre noch eine Querverbindung zu Gestapo-Aufzeichnungen aus dieser Region, die aber anscheinend verlorengegangen sind. Ich schätze, Informationen wurden durch Folter aus Zeugen herausgepresst.«

»Zwei Tote, vier Verwundete, ein zerstörter Lastwagen und ein beschädigtes Panzerfahrzeug. Kein besonders erfolgreicher Anschlag«, urteilte Manners, als er den Bericht überflogen hatte.

»Irrtum. Die Division Brehmer hatte zu diesem Zeitpunkt die Bataillone der Hilfstruppen, also der russischen Flüchtlinge, noch nicht formell unter ihr Kommando gestellt. Der Bericht listet nur die Verluste der eigenen motorisierten Einheit auf. In einem Anhang sind auch die Verluste der Hilfstruppen beziffert – zweiundvierzig Tote und über hundert Verwundete. Ich würde sagen, das war ein ziemlich großer Anschlag. Der Indianer, wie er von der Division Brehmer genannt wurde, stand danach auf deren Abschussliste ganz oben. Ihr Nachrichtenoffizier war Hauptmann Karl-Heinz Geißler, ehemals Offizier einer Panzereinheit. Er wurde im Sommer 1943 an der Ostfront bei Kursk schwer verletzt und nach seiner Genesung für Einsätze gegen Partisanen abkommandiert. So landete er in der Division Brehmer. Er scheint ein kluger Kopf gewesen zu sein und hat ausführliche Berichte erstellt. Während der Ardennenoffensive kam er im bei euch Engländern und Amerikanern so genannten Battle of the Bulge schließlich ums Leben.

Nach dem Anschlag bei La Farde hatte sich dieser Geißler über alle jüngeren Aktivitäten der Résistance informieren und zahlreiche Bewohner von Le Buisson verhören lassen, wo Anschläge auf Schienenwege und Transporte verübt worden waren. Man machte drei Familien ausfindig, deren Söhne zu den Maquis gehörten. Geißler ließ sämtliche Mitglieder der Familien festnehmen und machte bei denen den Anfang, die Bauernhöfe bewirtschafteten, weil er ihnen unterstellte, die Résistance mit Lebensmitteln zu versorgen. Ein Mitglied einer jeden Familie wurde vor den Augen der anderen erschossen. Danach setzte man mit den

Überlebenden die Verhöre fort, mit dem Ergebnis, dass auf dem Plateau von Audrix ein Waffenversteck und ein Lager der Maquis entdeckt wurde, und zwar ganz in der Nähe der bekannten Höhle Gouffre de Proumeyssac.«

»Die kenne ich gut«, sagte Clothilde. »Aber es ist eine Tropfsteinhöhle, ganz ohne Felsmalerei.«

»Mag sein. Die Waffen wurden jedenfalls in einer anderen Höhle gefunden, die laut Bericht auf keiner Karte verzeichnet war. Außerdem heißt es, das Lager sei mit einer Sprengfalle versehen gewesen und in der näheren Umgebung des Verstecks habe es keine Anschläge gegeben. Ich finde, wir sollten dort mit unserer Suche beginnen. In dieser Gegend gibt es noch weitere Höhlen. Manche sind durch Schächte miteinander verbunden, in die man von Belvès aus einsteigen kann.«

»Auch die kenne ich«, sagte Clothilde. »Darin wurden Champignons gezüchtet. Sie sind gründlich erforscht, und Felszeichnungen gibt's keine einzige.«

»Na schön, und was ist mit Rouffignac? Geißler sagt, der Indianer habe – wörtlich – ›erbitterten Widerstand‹ geleistet, als eine Kolonne in Marsch gesetzt wurde, um die Höhle zu durchsuchen. Man fand zwar keine Waffen, wohl aber Lebensmittelvorräte. Geißler ließ sie daraufhin eine Woche lang bewachen.«

»Rouffignac ist gründlich erforscht, aber von mir aus können wir noch einmal einen Blick hineinwerfen.«

»Und nun der interessanteste Hinweis, den ich mir bis zum Schluss aufgehoben habe. Du kennst doch den Abri von La Ferrassie, wo Peyrony die Steinzeitgräber gefunden hat, Clothilde?«

»Aber ja, natürlich. Ich habe 1973 an den Ausgrabungen von Delporte teilgenommen und war dabei, als das Skelett eines zweijährigen Kindes gefunden wurde. Aber es gibt dort keine Höhle, nur einen Felsüberhang. Und die Knochenfunde datieren auf die Zeit der sogenannten Moustérien-Kultur und sind damit sehr viel älter als Lascaux.«

»Ganz in der Nähe, nämlich auf dem Plateau bei der kleinen Ortschaft Cumont, war die Division Brehmer im Mai 1944 zur Stelle, als Waffen aus der Luft geliefert wurden. Sie konfiszierten die Fallschirme und Waffen und nahmen zwei Fuhrmänner fest, die die Lieferung wegzuschaffen versucht hatten. Einer von ihnen sagte unter Folter aus, sie sollte in ein Versteck nahe Le Ferrassie gebracht und einem Engländer übergeben werden. Der arme Kerl überlebte das Verhör nicht. Die Deutschen machten sich dann auf die Suche, fanden aber nichts.«

»Ich wüsste auch von keiner Höhle, die dort wäre«, sagte Clothilde.

»Der Fuhrmann kam aus einer anderen Gegend. Er war Eisenbahner aus der Normandie mit Namen Marcel Devriez und arbeitete in Périgueux. Die Miliz kannte ihn als mutmaßlichen Kommunisten. Im Verhör erklärte er, für einen Bauern eingesprungen zu sein, der den Wagen habe fahren sollen, aber von den Deutschen erschossen worden sei. Devriez war unverheiratet und hatte keine Familie in der Region. Die Gestapo durchsuchte seine Wohnung in Périgueux und fand jede Menge antifaschistisches Propagandamaterial auf Französisch und Spanisch.

Ich habe mich im Résistance-Archiv in Bordeaux nach Devriez erkundigt. Sein Name steht übrigens auch auf dem

Kriegerdenkmal in Périgueux. Den Unterlagen nach war er Mitglied der *Francs-Tireurs et Partisans,* die sich mehrheitlich aus Kommunisten zusammensetzten. Die Gruppe, in der er aktiv war, wurde von einem rätselhaften Mann namens Marat angeführt, der dem berühmten Oberst Georges aus dem Limousin als Adjutant gedient hatte und mit Sicherheit Kommunist gewesen ist. Dieser Marat verschwand im Sommer 1944. Aus den wenigen verfügbaren Unterlagen der FTP geht hervor, dass er wahrscheinlich bei einem Anschlagsversuch gegen die SS-Division ›Das Reich‹ ums Leben gekommen ist.«

»Wurde seine Leiche geborgen und identifiziert?«, fragte Manners.

»Nein. Man weiß nur, dass er mit acht oder mehr Männern unterwegs war, deren Namen nicht bekannt sind. Es heißt lediglich, dass einige ›spanische Genossen‹ darunter gewesen sein sollen. Marat wurde zuletzt am achten Juni in Brive gesehen, wo er angeblich Gaullisten und andere Widerstandsgruppen dafür gewinnen wollte, sich nach der Invasion der Alliierten geschlossen gegen die Deutschen zu erheben. Sein Vorschlag wurde offenbar abgeschmettert. Die Résistance nahm ihre Befehle aus London entgegen, und von dort kam die strikte Anweisung, auf solche Abenteuer unter keinen Umständen einzugehen. Die Aufzeichnungen der FTP lassen vermuten, dass Marat und seine Männer entweder im Kampf getötet wurden oder Vergeltungsschlägen der Deutschen zum Opfer gefallen sind. In Tulle haben sie zahlreiche Häuser mitsamt ihrer Bewohner in Brand gesetzt. Vielleicht ist das der Grund, warum Marats Leiche nie gefunden wurde. Das FTP-Kommando in

Limoges zählte zu denen, die im Mai 1944 zum Volksaufstand aufgerufen haben, der unmittelbar nach der Landung der alliierten Truppen stattfinden sollte. Limoges war Marats Stützpunkt. Womöglich stammte der Aufruf von ihm selbst. Fest steht, dass die FTP trotz aller Warnungen aus London und von Seiten der Gaullisten ihren verrückten Plan in die Tat umsetzten und versuchten, Tulle und Brive unter ihre Kontrolle zu bringen. Aber sie scheiterten schon in Tulle, da die deutsche Garnison von Panzereinheiten der SS-Division ›Das Reich‹ Schützenhilfe bekam. Die zerschlugen die Stellungen der FTP und machten mit den Partisanen kurzen Prozess. Das war's.«

Horst nahm wieder Platz. Er sah abgespannt aus. Clothilde setzte sich neben ihn und legte ihre Hand auf seine.

»Sehr gut, Horst«, sagte Lydia. »Sie sind ein echter Forscher.« Sie nahm die Rosen vom Tisch, um eine Vase dafür zu finden, und schob Manners die noch ungeöffnete Champagnerflasche zu. »Hier, machen Sie sich nützlich.«

»Ist mir nicht leicht gefallen«, sagte Horst mit Blick auf Clothilde. »Was ich da zutage gefördert habe, hat mich richtig krank gemacht. Natürlich wusste ich in groben Zügen, was damals passiert ist. Aber diese Kriegstagebücher und geheimdienstlichen Berichte zu lesen, nimmt einen ziemlich mit. Allein diese Sprache, dieses Amtsdeutsch ...«

»Ich weiß, was Sie meinen«, sagte Manners. »Solche Berichte habe ich selbst schon verfasst, in ebendieser Sprache, die entsetzliche Vorkommnisse auf nüchterne Fakten herunterbricht. Wie auch in diesen Briefen an Frauen und Mütter von Männern, die unter meinem Kommando gefallen sind. Schreckliche Prosa.« Er ging in die Küche, fand auf Anhieb den Schrank, in dem Clothilde ihre Gläser aufbewahrte, und schenkte, auf die Terrasse zurückgekehrt, allen ein. »Sagen Sie, Horst, sind Sie bei Ihren Recherchen auf den Namen Malrand gestoßen?«

»Nur in dem Bericht, den Lydia mir in Bordeaux gegeben hat. In den Unterlagen der FTP oder deutschen Kriegstagebüchern taucht er nicht auf. Umso mehr ist über seinen Bruder Berger zu finden. Ich habe natürlich Malrands Memoiren gelesen und erfahren, dass er gefangen genommen wurde und in Toulouse im Gefängnis saß.«

»Und was ist mit diesem Soleil? Soweit ich weiß, hieß er in Wirklichkeit René Coustellier und war ein führender Widerstandskämpfer in Belvès. Zweite Frage: Ist Ihnen der Name Lespinasse untergekommen?«

»Ja, Soleil wird in Geißlers Berichten mehrfach erwähnt. Die Deutschen hatten Belvès überfallen, doch Soleil konnte entkommen. Lespinasse war der Name einer Familie aus Le Buisson, deren Mitglieder von der Gestapo verhört wurden, weil sich ein Sohn oder Neffe aus dem Staub gemacht und sich der Résistance angeschlossen hatte. Die Deutschen haben daraufhin ihren Hof in Brand gesetzt und mehrere Familienmitglieder verschleppt. Das ist alles schwarz auf weiß nachzulesen.«

Beim Essen sagte Horst dann kein Wort mehr, sondern trank viel und rauchte zwischen den Gängen Clothildes Zigaretten. Die drei anderen berichteten von ihrem Ausflug mit Malrand, der neu ausgesetzten Belohnung und von Malrands Zurückweisung der Bitte Clothildes um Unterstützung ihres Projektes. Horst hörte kommentarlos zu. Auch der gute Wein, den sie mitgebracht hatten, fand keine anerkennenden Worte. Manners kam auf die Beziehung zwischen Malrand und seinem Vater zu sprechen, doch auch darauf ging Horst nicht ein. Die Unterhaltung bei Tisch schleppte sich dahin, und jeder Versuch, ihn mit einzubeziehen, scheiterte. Schließlich schob Horst seinen Käse beiseite, verlangte nach einem Cognac, zündete sich eine weitere Zigarette an und ergriff Clothildes Hand.

»Ich habe in diesen Unterlagen noch etwas gefunden«, sagte Horst. »Du wirst selbst darauf stoßen, wenn du sie liest, deshalb kann ich's dir auch gleich verraten. In Geißlers Berichten taucht auch der Name deines Vaters auf. Alfonse Daunier. Er war Geißlers Informant innerhalb der Résistance und hat ihm den Hinweis auf die Waffenlieferung aus der Luft gegeben.«

Er schenkte sich noch einen Cognac ein und schob das Glas Clothilde zu. Sie war kreidebleich geworden, nahm das Glas wortlos zur Hand und starrte darauf.

»Es ist nicht, wie du jetzt glauben magst«, fuhr Horst schleppend fort. »Er war kein Kollaborateur. Zum Verräter wurde er deiner Mutter zuliebe. Sie war schwanger, und Geißler hat sie unter Druck gesetzt. Er ließ sie verhaften, drohte ihr mit Konzentrationslager und ließ sie dann wieder frei. Er bezeichnete das als ›übliches Verfahren‹. Dein Vater hat Informationen ausgeplaudert, um sie zu retten. Und damit auch dich, wie ich annehme.«

»Konntest du erfahren, wie er gestorben ist?«, fragte sie leise.

»Nein. Ende Mai wurde die Division Brehmer abgezogen. In Geißlers Bericht steht, dass er die Akte deiner Mutter der Gestapo übergeben hat.« Er hielt ihre Hand fest gedrückt. »Das alles muss so nicht stimmen, Clothilde. Nachrichtenoffiziere saugen sich auch einiges aus den Fingern, um ihren Vorgesetzten etwas anbieten zu können.«

»Dann wäre also gelogen, was auf dem Kriegerdenkmal steht – *fusillé par les Allemands,* von Deutschen erschossen.«

»Nein, nein, das stimmt so. Dein Vater wurde bei Terrasson getötet, als deutsche Truppen Stellungen der Résistance stürmten, die die Straße nach Périgueux abzuriegeln versucht hatten. Das ist alles genau dokumentiert. Sein Leichnam wurde gefunden und identifiziert, Clothilde. Das weißt du. Dein Vater wurde von Deutschen erschossen, als er sich zur Wehr gesetzt hat. Auf dem Kriegerdenkmal steht die Wahrheit.«

»Dann wäre alles andere gelogen«, entgegnete sie barsch. Sie füllte erneut ihr Glas und schob die Flasche zu Lydia hinüber. »Was soll ich bloß meiner Mutter sagen?«

Lydia nahm sich vor, am morgigen Vormittag, wenn sie sich im Museum von Les Eyzies wiedersehen würden, den anderen mitzuteilen, dass sie die Suche aufgeben und nach London zurückkehren wollte. Als Clothilde so betrunken gewesen war, dass sie kaum noch die Augen offen halten konnte, hatte Lydia sie zu Bett gebracht, den Abwasch gemacht und die beiden Männer aus dem Zimmer geworfen, um sich selbst auf dem Sofa ausstrecken zu können. Früh am Morgen war sie bereits wieder auf den Beinen, kochte Kaffee und fühlte ihren Mut sinken, als sie durchs Fenster auf den von Nebelschwaden und Regenwolken verhangenen Fluss hinuntersah. Sie holte das Foto von Manners'

Felsfragment aus der Tasche und betrachtete es missmutig. Wie viel Unheil hatte dieses kleine Ding schon angerichtet! Dann trat sie vor das Bücherregal, fand Leroi-Gourhans Buch über prähistorische Kunst und eine von Clothilde verfasste Monographie, die sich mit Knochenwerkzeugen und deren Gebrauch beschäftigte. Sie schaute sich die Bilder darin an, las Clothildes Fazit, von dem sie kaum ein Wort verstand, und blätterte anschließend in einem Bilderbuch für Kinder über das Leben in der Steinzeit. Eher ihrem Niveau entsprechend, dachte sie düster.

Auch nachdem sie geduscht hatte, fiel ihr kein Grund ein, ihren Aufenthalt zu verlängern. Die von Malrand versprochene großzügige Belohnung würde das Fragment wahrscheinlich wieder zum Vorschein locken. Horst verstand sich auf Recherchen viel besser als sie, und Manners schien an dessen Forschungsergebnissen weitaus mehr interessiert zu sein als an ihrer Person. Was auf Gegenseitigkeit beruhte, wie sie sich in ihrem Katzenjammer einredete. Ihr Ausflug nach Frankreich war an einem Tiefpunkt angelangt. Trotzdem ging es ihr schon wieder ein wenig besser, als Clothilde, wie von den Toten erwacht, den von Lydia bereitgestellten Kaffee trank. Dann verschwand sie für fast eine Stunde im Bad, um dann mit einer Kaffeetasse in der einen und einer Zigarette in der anderen Hand auf die Terrasse herauszutreten.

»Schön, dass Sie geblieben sind«, sagte sie zu Lydia und umarmte sie. Clothilde duftete herrlich und sah in ihrer gewohnt schicken Aufmachung wie verwandelt aus, so dass Lydia ganz neidisch wurde.

»Heute ist so ein Tag, an dem ich gern nach Paris fahren

und mir ein Paar Schuhe kaufen würde«, gestand Clothilde. »Wäre das nicht auch eine gute Therapie für Sie?«

»Ich weiß gar nicht, warum ich immer noch hier bin«, erwiderte Lydia. »Es ist alles so enttäuschend. Für Sie, für Horst und auch für mich. Ich sollte wohl besser nach London zurückkehren.«

»Und Ihren hübschen Major zurücklassen, hier bei mir?« Clothilde lachte. »Seien Sie nicht kindisch. Was damals im Krieg geschehen ist, haben andere ertragen müssen. Wir können froh sein, unter anderen Verhältnissen zu leben, in einer Zeit voller Möglichkeiten. Es gibt einiges, was wir jetzt, wo uns neue Erkenntnisse vorliegen, tun können. Wir finden diese Höhle, Lydia, und drehen Malrand eine Nase.«

»Woher nehmen Sie Ihre Zuversicht?«

»Von Ihnen. Letzte Nacht ging es mir richtig dreckig. Sie haben sich um mich gekümmert, die Ärmel hochgekrempelt und aufgeräumt und mir heute Morgen Kaffee gemacht. Dafür danke ich Ihnen. Und während Sie auf mich warten mussten, haben Sie Ihre Forschungen schon wiederaufgenommen.« Sie zeigte auf die aufgeschlagenen Bücher. »So einfach lasse ich Sie nicht gehen, Lydia. Wir haben schließlich noch eine Höhle zu finden. Außerdem sind Sie mir als Freundin ans Herz gewachsen. Ich schlage vor, dass wir uns duzen.«

Sie ging in die Küche, röstete ein paar Scheiben Brot und kochte zwei Eier. Nachdem sie gegessen hatten, machten sie sich auf den Weg zum Museum. Clothilde klappte das Verdeck herunter, reichte Lydia einen Schal und brachte auch die eigenen roten Locken unter einem Tuch in Sicherheit. Mit Vollgas ging es nach Les Eyzies, wo sie zahllose Stufen zu steigen hatten, hinauf zu dem alten Château in den Felsen über der Stadt, wo fleißig am Ausbau des Museums gearbeitet wurde. Dort fanden sie Horst und Manners zwischen Vitrinen, in denen Werkzeuge aus Rentierknochen und Geweihen ausgestellt waren.

»Stellen Sie sich vor, Lydia. Ich hätte dreißig Rentiere erlegen müssen, um Ihnen eine solche Kette zum Geschenk machen zu können«, sagte Manners zur Begrüßung. »Ziemlich viel Arbeit und gefährlich, aber in diesem Fall durchaus lohnend. Ihrer Miene nach scheinen Sie eine Aufmunterung auch nötig zu haben. Ich meine Sie beide. Wohl gemerkt, nur der Miene nach. Ansonsten sieht's aus, als kämen Sie gerade aus einem Schönheitssalon. Wir, Horst und ich, haben unseren Kater mit viel Kaffee und Croissants zu zähmen versucht.«

Horst sah in der Tat elend aus, doch Manners spielte mit seinen launigen Worten die Peinlichkeit der durchzechten Nacht herunter. Clothilde führte sie in ihr Büro und breitete zwei Landkarten in großem Maßstab auf ihrem Schreibtisch aus. Das Büro war klein und aufgeräumt. Für den wundervollen Blick durchs Fenster auf den Fluss blieb keine Zeit, denn Clothilde drängte zur Arbeit.

»Das ist die nähere Umgebung von Cumont und La Ferrassie, wo die Waffenlieferung abgeworfen wurde. Und hier haben wir eine geologische Kartierung derselben Gegend. Major, ich möchte Sie bitten, dass Sie die Karten dort an die Pinnwand heften. Horst, du kennst dich doch ein bisschen in der Gegend aus. Wo genau könnte die Abwurfstelle gewesen sein? Ich schlage vor, ihr schaut euch dann vor Ort genauer um. Als Soldat wird Manners am besten wissen, wo sein Vater die Waffen versteckt haben könnte. Wir treffen uns dann wieder gegen fünf, wenn das Museum schließt, hier in meinem Büro. Zu einem Drink.«

»Und was macht ihr derweil?«, wollte Horst wissen.

»So, wie wir angezogen sind, können wir unmöglich an eurer Exkursion teilnehmen. Aber wenn ihr etwas gefunden habt, das wir uns genauer ansehen sollten, kommen wir morgen mit und ziehen uns entsprechend an. Heute werden Lydia und ich ein paar alte Widerstandskämpfer besuchen und befragen. Es könnte aber auch sein, dass wir uns nach neuen Schuhen umsehen.«

»In dem Fall melden wir uns aus Paris und sagen unsere Verabredung zu einem Drink ab«, scherzte Lydia.

Die ersten beiden Männer, die sie besuchten, standen auf der Liste, die Manners von Morillon in Bordeaux bekommen hatte. Der Eisenbahner aus Le Buisson – sein Name war Étienne Faugère – erinnerte sich an manches sehr genau, an anderes nur vage. Er lebte bei seiner verheirateten Tochter, die ihnen Kaffee machte und sie in einen hübschen kleinen Garten führte, wo sie miteinander reden konnten. Er erinnerte sich an Malrand, an einen Gewerkschafter namens Marat und daran, von russischen Soldaten in deutschen Uniformen zusammengeschlagen worden zu sein, als ihm ein französischer Milizionär, den er seit der Schulzeit kannte, Frage um Frage gestellt hatte.

»Am Tag, als die Alliierten gelandet sind, habe ich den Kerl erschossen«, sagte der Alte stolz. »Die örtliche Polizei fand, dass es Zeit war, die Lager zu wechseln, verhaftete alle

Milizionäre der Stadt und führte sie auf den Platz vorm Kino. Da wurde nicht viel Federlesens gemacht. Ich habe meine Aussage gemacht, worauf mir einer der Polizisten seine Pistole gegeben hat. Ich bin zu ihm hin, habe ihm ins Gesicht gespuckt und eine Kugel durch den Schädel gejagt. Weil er noch schrie, habe ich ein zweites Mal abgedrückt. Ihre Mutter war auch dabei, Clothilde, zusammen mit all den anderen Frauen. Manche haben der Leiche am Boden noch einen Tritt versetzt. Er war ein Ekel gewesen, insbesondere Frauen gegenüber, deren Männer in Deutschland waren. Wir sind dann nach Tulle gegangen und haben zwei Tage lang auf Deutsche geschossen, bis sie Panzer gegen uns einsetzten. Ich konnte entkommen – im Unterschied zu vielen anderen.«

»Ist Marat bei dieser Aktion gefallen?«, fragte Clothilde.

»Marat? Er war in Tulle gar nicht dabei. Ich hatte ihn vorher noch in Brive gesehen. Im Kloster von Saint-Antoine hatte es diese Konferenz sämtlicher Kommandanten gegeben, und da wurde auch entschieden, wer nach Tulle geht. Es gab Streit zwischen den FTP und den Gaullisten wegen irgendwelcher Befehle aus London. Marat und seine Spanier blieben zurück, da bin ich mir sicher. Ich habe nämlich alle, die in Tulle mit dabei waren, gesehen, spätestens bei der Munitionsausgabe, und da gab es nicht mehr viel zu verteilen. Nein, Marat war nicht dabei.«

»Erinnern Sie sich, einem englischen Offizier oder einem Amerikaner begegnet zu sein?«

»Von dem Amerikaner habe ich gehört. Wegen seiner komischen Frisur wurde er von allen Indianer genannt. Ich habe ihn nie gesehen, wohl aber den Engländer, eines

Nachts, nach dem Sprengstoffanschlag auf die Weichenanlage von Le Buisson. Ich hatte Explosionen und Schüsse gehört, bin ans Fenster und sah ihn weglaufen. Das habe ich auch den Deutschen gesagt, als ich zusammengeschlagen wurde. Irgendetwas musste ich ja sagen. Wie Marat von uns durch die Gegend kutschiert wurde, habe ich natürlich für mich behalten. Wir hatten da unter der Kohle diesen Werkzeugkasten, zwei Meter lang, aber ziemlich schmal. Den haben wir nie gebraucht, weil das Werkzeug immer in Griffnähe sein musste. In diesem Kasten haben wir ihn versteckt.«

Lydia und Clothilde bedankten sich bei ihm und fuhren nach Audrix weiter, wo sie Albert Escarmant aufsuchten, der damals als jüngstes Mitglied der Gruppe Bergers eingesetzt worden war, um Waffenlieferungen aus der Luft entgegenzunehmen. Er bewirtschaftete jetzt mit seinen Söhnen einen Hof und verkaufte Milch, Butter und Joghurt auf den Märkten der Region. Clothilde kaufte regelmäßig bei ihm ein und kannte den alten Mann gut. Als sie in den mit Kuhfladen übersäten Hof einbogen, schmunzelte Clothilde und sagte: »Apropos neue Schuhe. Die hier sind zwar nicht besonders schick, aber dafür umso praktischer.« Sie kramte Gummistiefel unter dem Sitz hervor, ein älteres Paar und ein recht neues, das sie Lydia reichte.

Der alte Albert erinnerte sich an den englischen Offizier, *le capitaine* Manners, an den verrückten Amerikaner sowie an Berger und seinen Bruder, den er den »jungen François« nannte. Und er erinnerte sich an die Nacht, als die Deutschen die Fallschirmabwürfe bei Cumont zu unterbinden versucht hatten.

»Wir wollten Reißaus nehmen, doch *le capitaine* hielt uns zurück«, berichtete er. »Er wollte, dass wir in Deckung gehen und das Feuer erwidern. Er hat dann eine Handvoll Männer losgeschickt, die die Deutschen von der Seite angreifen sollten, und ist selbst mit einer Gammon-Bombe auf deren Panzerfahrzeug zugeschlichen, um es in die Luft zu jagen. Das war eines dieser großen mit acht Rädern. Ist ihm nicht gelungen; er musste unverrichteter Dinge umkehren. Aber immerhin blieb uns genug Zeit, die Waffen in Sicherheit zu bringen. Der junge François hat die toten Pferde losgeschnitten, damit wir die Karren wegschaffen konnten. Es war ein Alptraum. Mein Karren setzte sich irgendwann von allein in Bewegung. Mit einem Ast, den ich zwischen die Speichen gewuchtet habe, konnte ich ihn schließlich zum Stehen bringen.«

»Wohin haben Sie die Waffen gebracht, Albert?«

»Ich bin mit meinem Karren Richtung La Farge gezogen und dann den Hang runter bis zu der alten Windmühle an der Straße nach Rouffignac. Da wollten wir uns treffen. Wir hatten immer einen Treffpunkt verabredet. Berger hat mich später, als er kam, zurückgeschickt, um die Pferde zu holen, die noch lebten. Aber ich habe keins mehr gefunden und bin dann allein über den Hügelkamm Richtung Limeuil gegangen, durch den Fluss geschwommen und zu unserem alten Lager bei der Tropfsteinhöhle hin. Das hatten die Deutschen inzwischen ausfindig gemacht, aber ich kannte da noch ein Versteck, in das ich mich verzogen habe.«

»Wissen Sie, wohin die Waffen in dieser Nacht gebracht worden sind?«

»Nein. Ich erinnere mich aber noch, dass es genau deswegen Streit gab. Als ich mit meinem Karren auf die Mühle zukam, hörte ich, wie dieser Kommunist Marat den jungen François anpflaumte. Marat wollte die Waffen an seine Spanier verteilen und sich vor den Deutschen aus dem Staub machen. Was sage ich? Es waren keine Deutschen, sondern Russen. Jedenfalls war der junge François damit gar nicht einverstanden. Berger musste schlichten. Verrückt das Ganze. Hinter La Farge konnte man die große Zwanzig-Millimeter-Kanone krachen hören, und da beharkten sich zwei wie die Fischweiber.

Wie gesagt, Berger wollte, dass ich umkehre und die Pferde hole. Auf halbem Weg hörte ich eine Riesenexplosion. Einer der Karren, die wir zurücklassen mussten, war voller Munition. *Le capitaine* hatte eine entsicherte Mills-Granate zwischen zwei Kisten gesteckt, und zwar so, dass der Bügel eingeklemmt war. Als die Deutschen die Kisten abladen wollten, ist das Ding in die Luft gegangen. Überall lagen Patronen herum. Das war das Ende der Aktion. *Le capitaine* hat mir später davon erzählt. Als ich ihn das letzte Mal auf der Beerdigung von Lespinasse gesehen habe, haben wir uns an diese alte Geschichte erinnert und uns den Bauch gehalten vor Lachen.«

»Wo wollte der junge François die Waffen denn hinbringen? Hatte er ein Versteck?«

»Mit Sicherheit, und nicht nur eines. Er kannte sich bestens aus in der Gegend und war mit allen, die dort lebten, per du, nicht zuletzt mit den Mädchen. Es war unter anderem davon die Rede gewesen, dass wir das Zeugs in der Ruine oben am Berg verstecken sollten, wo der alte Dumonteil gewohnt hat, bis er von den Deutschen verschleppt wurde. Aber die Karren hätten wir unmöglich da hinaufschaffen können. Wahrscheinlich kannte der junge François noch andere Verstecke in der Nähe, eine kleine Höhle zum Beispiel oder eine Felsnische. Wie gesagt, die Gegend war ihm vertraut wie seine Westentasche, denn da ging er jagen. Das tut er immer noch. Auch wenn's im Élysée-Palast drunter und drüber geht – er kommt, wenn ihm danach ist, für ein, zwei Tage hier herunter und geht mit mir auf die Schnepfenjagd. Für ihn gibt es nichts Größeres, sagt er, denn Schnepfen sind schnell und gerissen. Er weiß immer genau, wo welche aufzutreiben sind, und führt mich an Stellen, wo ich selbst noch nie gewesen bin.«

»Kann es sein, dass in der Nacht damals, nach der Schießerei und dem Streit, die Waffen einfach zurückgelassen worden sind?«, fragte Clothilde.

»Bestimmt nicht. So was hätten wir nie getan. Außerdem weiß ich, dass einige von uns später auf die Lieferung zurückgegriffen haben, zu der nicht nur Gewehre gehörten, sondern auch ein Vorrat an diesem neuen Wundermittel, Sulfa genannt. Das wurde mir nämlich auch verabreicht, als ich ungefähr eine Woche oder zehn Tage später bei Terrasson angeschossen wurde. Ich hatte einen glatten Schulterdurchschuss. Man hat mir dieses Pulver in die Wunde gestreut, einen Verband umgelegt und gesagt, ich wäre wieder wie neu. Was natürlich Unsinn ist. Aber zum Glück hat's meine linke Schulter erwischt. Ein Gewehr konnte ich noch halten. Außerdem war ich jung und hatte noch gutes Heilfleisch. Übrigens, bei Terrasson ist auch Ihr Vater gefallen.«

»Wissen Sie, wo der junge François das Sulfa-Pulver aufbewahrt hatte?«

»Abwechselnd war immer einer von uns für Verbandzeug und Medikamente zuständig. Wenn ich mich recht erinnere, hat mich an diesem Tag Lespinasse verarztet. Ich weiß aber auch noch, dass der junge François damals diesen Citroën hatte, geklaut von der Miliz in Le Buisson. Diese alte Karre mit Vorderantrieb und Trittbrett. Tolles Auto. Er ließ uns alle einsteigen, sechs Mann insgesamt. Die Gewehre und das ganze Gepäck kamen in den Kofferraum. Mobile Reserve, nannte er das, was natürlich ein Witz war. Das Vichy-Regime hatte seine Mobile Reserve, und die bestand aus verdammten Schweinehunden. Übrigens hatte er im Kofferraum immer auch einen kleinen Vorrat an medizinischem Alkohol und Zigaretten. Auf Zigaretten konnte er nicht verzichten. So fuhren wir nach Terrasson, in diesem Citroën. Um Rouffignac mussten wir einen Umweg machen, denn da hatten die Deutschen gewütet.«

»War der englische *capitaine* mit Ihnen in Terrasson?«, fragte Lydia.

»Das weiß ich nicht mehr, Mademoiselle, ich kann mich nicht erinnern, ihn gesehen zu haben. Er war jedenfalls nicht mit im Citroën. Er war meist in einem Fahrzeug unterwegs, das wir von den Nordafrikanern der Falange erbeutet hatten. Das waren üble Kerle, die als eine Art Polizei in Périgueux ihr Unwesen trieben und von einem Miststück namens Villeplana angeführt wurden, einem ehemaligen Profifußballer. Wir haben ihre Stellung überfallen und eins ihrer Fahrzeuge mitgehen lassen. Wie gesagt, mit dem war *le capitaine* viel unterwegs. Er hat ständig irgendwelche deutschen Treibstofftanks in die Luft gehen lassen. Einmal haben wir ihn begleitet und den Luftwaffenstützpunkt bei Roumanières angegriffen, wo die Deutschen jede Menge Diesel gebunkert hatten. Das war noch vor Terrasson. Vielleicht ist er auch in Terrasson dabei gewesen, aber das weiß ich nicht mehr. Tut mir leid. Liegt alles lange zurück.

Soll ich Ihnen zeigen, wo wir uns versteckt haben und von den Deutschen aufgestöbert worden sind?«, fuhr er fort. »Ist nicht weit, gleich neben dem alten Einstieg in die Gouffre, wo man früher die Leute per Pferdekraft in einem riesigen Zuber in die Höhle abgeseilt hat. Ich glaube, der Aufzug ist immer noch in Betrieb, aber jetzt mit einer elektrischen Winde.«

Er führte sie um die Scheune herum, wo ein verdreckter Landrover parkte. Sie fuhren auf Le Bugue zu und bogen nach knapp einem Kilometer in einen Fuhrweg ein, der durch den Wald führte. Der schwere Wagen wühlte sich durch tiefe Spurrinnen und Pfützen, ehe es auf weniger holpriger Piste bergauf ging. Vor einem Überhang aus glattem Kalkstein hielt Albert schließlich an.

»Hier war's«, sagte er. »Sehen Sie die *borie* da drüben?« Er zeigte auf eine aus Feldsteinen gemauerte runde Hütte, aus deren eingestürztem Dach ein dünnes Bäumchen hervorstakte. »Darin haben *le capitaine* und der junge François geschlafen, und es war auch eins unserer Munitionsdepots. Danach hatten wir diese Höhle.« Er ging weiter in Richtung Felswand und rief Clothilde zu, sie solle die Taschenlampe mitbringen. Lydia fürchtete um ihre Kleidung, als sie dem Alten durch dichtes Gesträuch folgte. Clothilde lächelte und zuckte mit den Achseln.

Im Licht der Lampe war zu sehen, dass von einer Höhle eigentlich nicht die Rede sein konnte, eher von einer etwa fünf Meter tiefen und an die dreißig Meter langen Felseinbuchtung mit niedrigem Deckengewölbe und steinigem Boden. Die Wände waren glatt und an manchen Stellen von eigentümlichen Narben gesprenkelt. Clothilde schaute näher hin und suchte nach Gravuren. »Die sind von der deutschen Kanone«, erklärte Albert und richtete den Lampenstrahl auf eine geschwärzte Stelle. »Flammenwerfer. Konnte uns aber nichts anhaben. Wir waren schon weg. Eine der wichtigsten Regeln Bergers lautete: Nie lange an einem Fleck bleiben«, erinnerte er sich und schien eine Weile wie in Gedanken versunken.

»Haben Sie auch andere Höhlen aufgesucht, Albert?«, fragte Clothilde vorsichtig. »Solche vielleicht, in denen alte Felszeichnungen zu sehen sind?«

»Klar, wir waren natürlich auch in der großen bei Rouffignac, wo man mit der kleinen elektrischen Bahn reinfahren kann. Manchmal haben wir uns auch in die Höhlen bei Les Eyzies zurückgezogen, aber nur in Ausnahmefällen. Die waren schon damals ziemlich bekannt, und auch die Deutschen wussten davon. Einmal haben wir in Les Combarelles übernachtet. Und dann hat uns der junge François auch noch zwei kleinere Höhlen in der Nähe von La Micoque gezeigt. Die liegen auf dem Weg nach Rouffignac, sind aber auch eher nur Überhänge wie dieser hier.«

»Würden Sie sie wiederfinden?«

»Ja, sicher. Aber warum fragen Sie eigentlich nicht gleich den jungen François? Sie waren doch mal enger zusammen«, sagte er gutmütig.

»Er ist ein vielbeschäftigter Mann, Albert.«

»Verstehe. In Ordnung, ich bringe Sie hin. Aber Zeichnungen finden Sie da keine.«

»Vielleicht finde ich etwas anderes, Abfälle zum Beispiel. Auch die Steinzeitmenschen haben Abfälle hinterlassen, und die erzählen uns heute, was sie damals gegessen und welche Werkzeuge sie verwendet haben. Man kann sogar am Blütenstaub alter Pflanzenreste erkennen, wie das Wetter war.«

»Kalt, nehme ich an. Damals herrschte doch Eiszeit, oder?«

»In der Endphase, ja. Ich interessiere mich aber vor allem für die Zeit, in der die Höhlenmalereien in Lascaux entstanden sind. Klima und Vegetation waren damals nicht viel anders als heute; erst gut tausend Jahre später wurde es wieder kälter.« Clothilde ging voran zum Wagen zurück und erzählte unterwegs von Werkzeugen aus Rentiergeweihen, bis sie nach kurzer Fahrt wieder den Hof erreicht hatten. Der Alte bestand darauf, dass sie ein paar Eier und eine Flasche seines selbstgemachten *pineau* einsteckte, winkte und rief ihr nach: »Wir sehen uns auf dem Markt. Und grüßen Sie mir Ihre Mutter herzlich!«

Manners hatte sich einen Sonnenbrand zugezogen und war puterrot im Gesicht. Er saß neben Horst, der einen sehr erschöpften Eindruck machte, als die Frauen auf der Terrasse des Hotels Cro-Magnon zu ihnen stießen. Horst bestellte ihnen sofort etwas zu trinken, und Manners berichtete kurz von den Ergebnissen ihrer Suche anhand der Karte, die vor ihm ausgebreitet lag. Dann erzählte Clothilde Alberts Geschichte nach: von seiner Flucht mit dem Karren, dem Streit vor der Mühle und der Sprengfalle, die Manners' Vater mit der Granate gelegt hatte.

»Wir haben außerdem herausgefunden, dass Marat und seine Spanier nicht in Tulle waren«, ergänzte Lydia. »Dort kann er also nicht gefallen sein. Ja, aber es gab wohl eine heftige Auseinandersetzung zwischen ihm und Malrand, nachdem sie auf dem Abwurfgelände einer Luftlieferung von den Deutschen überrascht worden waren. Es ging offenbar darum, wer die Waffen bekommen und wo sie versteckt werden sollten.«

Manners blätterte in Horsts Unterlagen. »Hier steht's. In der Nacht auf den zwanzigsten Mai rückten eine Kompanie Freiwilliger – so wurden die Russen genannt – und eine Schwadron gepanzerter Fahrzeuge, vom Nachrichtendienst auf den Weg geschickt, auf ein Feld bei Cumont vor, um eine Waffenlieferung aus der Luft zu vereiteln. Sie töteten vier Maquis und beschlagnahmten mehrere Fuhrkarren. In dem Bericht heißt es, es habe leichte Verluste gegeben, verursacht durch explodierende Munitionskisten. Am nächsten Tag wurden weitere Truppen hinzugezogen, um Straßensperren vorzunehmen und die nähere Umgebung zu durchsuchen. Ohne Ergebnis. Es kam zu Festnahmen, Verhören und Vergeltungsschlägen. Drei Bauernhöfe wurden in Brand gesetzt ... Augenblick, hier ist ein Querverweis.«

Horst nahm die Akte und schlug die letzte Seite auf, hinter der mehrere Fotokopien steckten, sauber zusammengeheftet und mit Aufklebern in verschiedenen Farben markiert. »Es wurde eine Spezialeinheit zusammengestellt, die sogenannte Höhlengruppe. Sie war mit Panzerfäusten und Flammenwerfern ausgerüstet und wurde von einem gewissen Leutnant Voss befehligt. Er hat an dem bewussten Tag keinen Einsatz gemeldet.« Er schaute über den Tisch hinweg auf Clothilde. »Ich habe mich als Erstes über alle Höhlen kundig gemacht, die Voss in seinen Berichten erwähnt. Darunter ist keine, die nicht auf deinen Karten vermerkt wäre.«

»Fragen wir doch einfach Malrand«, schlug Lydia vor. »Er müsste wissen, was mit den Waffen in dieser Nacht passiert ist. Wenn sie in einer Höhle mit Felszeichnungen versteckt worden wären, hätte er uns wahrscheinlich längst darüber informiert.«

Es wurde still. Nach einer Weile sagte Manners: »Davon bin ich nicht überzeugt. Clothilde und ihrem Projekt gegenüber war er auch nicht gerade behilflich.«

»Erinnern Sie sich, was ich Ihnen in Bordeaux gesagt habe, Lydia?«, fragte Horst. »Malrand ist Politiker. Es würde ihm nicht gefallen, wenn herauskäme, dass sich sein Kriegskamerad an nationalen Kulturdenkmälern vergriffen hat. Er will, dass das Fragment zurückgegeben und ausgestellt wird. Daran kann kein Zweifel bestehen. Uns geht es vor allem darum, in Erfahrung zu bringen, aus welcher Höhle es kommt. Doch das ist ihm egal. Und wir sollten bedenken, dass es für manche nicht leicht sein dürfte, an die Schrecken des Krieges erinnert zu werden. Clothilde kann ein Lied davon singen.«

»Ich finde die Sache mit Marat merkwürdig«, sagte Manners. »Er hatte einen Streit mit Malrand, der Kommunisten hasst. Und dann verschwindet er.«

»Von Verschwinden kann nicht die Rede sein«, korrigierte Clothilde. »Er wurde nach dem zwanzigsten Mai, also fast drei Wochen später, noch einmal gesehen, kurz nach der Landung der Alliierten, und zwar in Brive, wo er versucht haben soll, Gaullisten und alle anderen Gruppierungen innerhalb der Résistance mit den Kommunisten zu einem landesweiten Aufstand zusammenzuschließen. Nur in der Schlacht von Tulle am achten und neunten Juni, wo man ihn erwartet hätte, ist er nicht in Erscheinung getreten.«

»Und wo war Malrand zu dieser Zeit?«, fragte Lydia.

»Er hat angeblich versucht, eine mittelgroße Armee aufzuhalten, sprich an die tausend Panzer und fünfundzwanzigtausend Soldaten. Die SS-Division ›Das Reich‹ war doppelt so groß und sehr viel besser ausgerüstet als eine gewöhnliche Panzerdivision. Nach dem D-Day ist sie von Toulouse aus in Richtung Normandie abgezogen und wurde unterwegs von Widerständlern immer wieder überfallen«, antwortete Manners.

»Aber wo genau hat er sich aufgehalten? War er bei diesem Treffen aller Résistance-Gruppen in Brive anwesend, wo auch Marat gesehen wurde? Und wo war Ihr Vater, Manners?«

»Von Albert wissen wir, dass Malrand in Terrasson war«, sagte Clothilde. »Und er hatte einen Citroën, konnte sich also schnell von einem Ort zum anderen bewegen.«

Horst blickte wieder in seine Unterlagen. »Am elften Juni wurde Terrasson von Einheiten der SS-Division ›Das Reich‹ überrollt, die nach heftigen Straßenkämpfen einen Tag später das Périgord erreichte. Am selben Tag brannten die Deutschen die Ortschaft Mouleydier nieder, während Soleils Gruppe an der Brücke über die Dordogne mehrere Angriffe abwehrte. Ebenfalls am selben Tag wurde vor Périgueux ein gepanzerter Zug überfallen. Die ganze Region stand kopf.«

»Die armen Teufel hofften, die Alliierten würden ihnen aus der Luft zu Hilfe kommen«, sagte Manners. »Sie ahnten nicht, dass sie die Deutschen noch zwei weitere Monate am Hals haben würden, und taten, was London von ihnen erwartete: Sie hielten die SS-Division ›Das Reich‹ auf ihrem Vormarsch nach Norden auf.«

»Wir sind auf dem Holzweg«, meinte Lydia. »Nicht Malrand, sondern Ihr Vater hat unser Fragment mitgehen lassen. Wenn wir die unbekannte Höhle finden wollen, sollten wir seine Spur verfolgen. Falls es denn möglich ist.«

»Apropos verfolgen«, entgegnete Manners. »Wir, Horst und ich, hatten heute den Eindruck, verfolgt zu werden, sowohl hier in Les Eyzies als auch in La Ferrassie, als wir dort nach Höhlen gesucht haben. Es war tatsächlich mehr als nur ein Eindruck. Ich habe unseren Schatten zweimal gesehen, jeweils in einem anderen Auto. Er trug ein *béret*, um seine Glatze zu verbergen. Seltsam, Malrand ist angeblich in Paris, und sein Fahrer behauptet, er sei ständig in seiner Begleitung. Aber ich mache jede Wette, dass es Lespinasse war, sein Leibwächter, dessen Vater in derselben Gruppe war wie Malrand und mein Vater.«

»Mehr noch«, ergänzte Lydia. »Der alte Lespinasse war am elften Juni zusammen mit Malrand in Terrasson als Mitglied der Spezialeinheit.«

»Es gibt also vier Personen, die wissen könnten, wo die

Höhle ist, die wir suchen. Marat, Lespinasse und mein Vater sind tot. Bleibt nur Malrand, der aber anscheinend nicht will, dass wir sie finden«, resümierte Manners. »Sehr merkwürdig.«

17

Tal der Vézère, 15 000 v. Chr.

An einem Ort, wo er sie am allerwenigsten vermutet hätte, fand er sie schließlich. Er hatte bis tief in die Nacht nach ihr gesucht und immer wieder ihren Namen gerufen. Dreimal war er ins Lager zurückgekehrt, zu ihren Eltern, die sich ebenfalls Sorgen um sie machten und das Feuer hüteten. Er hatte sie jedes Mal in stiller Hoffnung angesehen, erhielt aber nur ein Kopfschütteln und war wieder losgezogen. Der Wind frischte immer weiter auf und trieb erste Regenschauer vor sich her, als Hirsch entmutigt sein Zelt aufsuchte und zu seiner Überraschung Trockenes Blatt darin vorfand, eingewickelt in die Wisenthaut des alten Mannes. Hirsch sammelte seine Geschenke zusammen – den neuen Sack, seine Lampe, das Beil und das Messer –, füllte den Sack mit geräuchertem Fleisch und Zunder, streifte den alten Wasserschlauch über die Schulter und machte sich wieder auf den Weg. Blitze zuckten, und der Himmel grollte unwillig. Er hatte in dieser Nacht Grund genug, verstimmt zu sein.

Hirsch musste sie finden; ihm blieb nur diese eine Nacht. Der erste Jäger hatte sich um den blutenden Arm des Hüters der Stiere gekümmert, ihn mit Moos, Rinde und Lederriemen verbunden und versprochen, sich bei Tagesanbruch auf die Spur des verschwundenen Mädchens zu machen.

Hirsch schlich durch das dunkle Lager. Die kinderlose Witwe hatte sich in den Schlaf geweint. In der Feuerstelle des Hüters der Stiere schien ein Rest an zorniger Glut zu schwelen. Hier und da hörte er in einzelnen Zelten das Lachen und Flüstern der Jungvermählten und versuchte, den Gedanken an seinen Verlust auszublenden.

Es war weniger die Hoffnung, sie dort anzutreffen, als der Wunsch, in einer vertrauten Umgebung Trost zu finden, dass er die Höhle aufsuchte. Aus Gewohnheit entzündete er seine Lampe an der Glut des Feuers unter der vom Regen aufgeweichten Asche. Nach wenigen Schritten nahm er einen weiteren Lichtschein war, weit hinten in der Höhle. Sein Herz machte einen Sprung. Natürlich, wo sollte sie sonst sein? Doch nein, vielleicht war es der Hüter der Stiere, der gekommen war, um von seinen Tieren neue Kraft zu schöpfen. Hirsch legte die Hand an sein Messer und schlich weiter, an den gespenstischen Auerochsen vorbei, hin zur Biegung, wo das Pferd in seinem Sturz gebannt war, und hinab in den Brunnenschacht mit seinem ewig sprudelnden Wasser.

Mond kauerte gekrümmt, aber trotzig und mit einem Stein bewaffnet in einer Nische. Ihr Gesicht war immer noch mit dem Blut des Hüters beschmiert, doch es strahlte, als sie ihn sah. Er nahm die Hand vom Messer und ging vor ihr in die Hocke. Neben ihr lag eine Schale am Boden, gefüllt mit dunkler Erde und einem Stück Holzkohle.

»Ich gehe nicht zurück. Nicht zu ihm«, sagte sie.

»Das musst du auch nicht«, erwiderte er leise. »Ich habe etwas zu essen und ein paar Werkzeuge dabei. Wir gehen fort von hier.«

»Die Jäger werden uns folgen und zurückbringen.«

»Ich glaube, ich weiß, wie wir ihnen ausweichen können. Dass er dich zur Frau nimmt, werde ich nie zulassen.«

»Auch wenn man uns finden sollte, wird er mich nicht besitzen. Im Leben nicht.«

»Der Jäger hat seine Wunde mit Moos behandelt. Daran wird er nicht sterben.«

»Nein. Aber die Große Mutter ist mir zu Hilfe gekommen. Sie hat mich hierhergeführt, in tiefen Schlaf versetzt und mir gesagt, was ich tun muss, sobald ich wieder erwache. Ich habe ihn verwünscht. Schau«, sagte sie und zeigte auf die Wand hinter Hirschs Schulter.

Er drehte sich um und erschrak, verstört und voller Bewunderung. Was er sah, hätte er ihr nicht zugetraut. Es war Magie, rätselhaft und befremdend. Unwillkürlich griff er sich in den Schritt. Ohne weitere Erklärungen begriff er nun, was sie gemeint hatte, und zweifelte keinen Augenblick mehr, dass sie recht behalten sollte. Der Hüter der Stiere war verloren, verdammt von der zerstörenden Kraft seiner eigenen Kunst.

Er lag dort ausgestreckt und tot am Boden mit seiner Adlermaske vorm Gesicht, die Arme ausgestreckt und seine Männlichkeit so grausam wie anmaßend, dem Horn eines Stieres gleich. Neben ihm lag das Symbol der Macht, die er sich zu eigen gemacht hatte, die Vogelkeule, mit der er aufgetreten war, um Mond wider alle Sitten und den Willen ihres Vaters zu unterwerfen. Zwei Hörner waren auf ihn gerichtet, von einem Tier, aus dessen Leib, von einem Speer durchbohrt und aufgeplatzt, die Eingeweide quollen.

»Ich habe eigentlich einen Auerochsen zeichnen wollen,

aber warum ein Wisent entstanden ist, kann ich mir selbst nicht erklären.«

»Es ist das Letzte seiner Art«, sagte er und sprach damit aus, was ihm plötzlich unmissverständlich und mit erschreckender Klarheit vor Augen stand. »Mit dem Alten ist ihr Hüter gestorben. Er stand für die Kunst und Bruderschaft der Hüter, wie sie Geltung hatten, ehe der Hüter der Stiere seine Wahnvorstellungen einbrachte und alles Althergebrachte umzustoßen versuchte. Es ist tödlich verwundet, aber noch stark genug, das Böse zu bezwingen.«

»Das soll wohl heißen, die Höhle wird untergehen«, flüsterte sie wie zu sich selbst.

Hirsch führte seine Lampe näher an Monds beängstigende Zeichnung heran und musterte ihre Abbildung des Wisents.

»Genau so hätte er es gemalt«, sagte er staunend. »Die Behaarung im Nacken und auf der Brust, den zur Seite geworfenen Kopf und die Schwingung der Hörner. Ja, es könnte seine Arbeit sein. Der Geist des alten Hüters hat deine Hand geführt.«

»Dann ist er von der Großen Mutter dazu aufgefordert worden. Ich habe ihre Anwesenheit gespürt und getan, was sie wollte.«

Von einem Luftzug erfasst, flackerte die Lampenflamme. Der Wind machte sich selbst in diesem entlegenen Höhlenwinkel bemerkbar.

»Wir müssen gehen, solange es stürmt. Das Wetter wird uns vor Verfolgung schützen.«

»Den Sturm verdanken wir der Großen Mutter«, sagte sie voller Zuversicht und ergriff lächelnd seine Hand.

Hand in Hand stiegen sie durch den engen Gang hinab in die Halle der Stiere, deren Gestalten im Widerschein der Blitze, die vor der Höhle zuckten, gespenstisch aufflackerten. Durch den Ausstieg bliesen ihnen heftige Sturmböen entgegen, und mit furchteinflößender Wucht krachten Donnerschläge. Das große Feuer war zwar längst erloschen, doch sie sprangen, die lachenden Gesichter einander zugewandt, darüber hinweg. Der Regen prasselte auf sie ein, als er sie dann zum ersten Mal in seine Arme schloss und ihr seinen Kopf auf die Stirn drückte.

»Mond«, sagte er, »mein Mond«, und während sie bei tobendem Wetter noch engumschlungen beieinanderstanden, krachte es plötzlich mit ohrenbetäubender Gewalt. Ein seltsamer, scharfer Geruch breitete sich aus, und am Hang über ihnen stieg eine mächtige Feuersäule auf. Vom Blitz entwurzelt, stürzte ein großer flammender Baum. Er rutschte den Hang hinunter, pflügte den Boden auf und riss Gesteinsmassen mit sich, bis er, einem riesigen Speer gleich, vor dem Höhleneinstieg zitternd zur Ruhe kam, gefolgt von einer Lawine aus Schutt und Felsgeröll. Die Höhle war verschüttet.

»Das ist das Werk der Großen Mutter«, hauchte Mond. Hirsch konnte nicht glauben, was sich vor seinen Augen abspielte, erinnerte sich aber, beim Anblick ihrer erschreckenden Zeichnung gedacht zu haben, dass womöglich die Höhle selbst dem Untergang geweiht sei. Die Sippe und alle Talbewohner würden entsetzt sein, sie, Mond und ihn, als Schuldige ausmachen und Rache nehmen wollen. Sie mussten fliehen, weit, weit weg.

Als er sich gefasst hatte, führte er sie am Waldrand entlang hinunter zum Fluss, wo er einen Baumstamm ins Wasser rollte. Er hielt den Sack auf seinem Kopf und watete mit ihr in die Strömung, bis sie keinen Grund mehr unter den Füßen spürten, und sie trieben, am Stamm festgeklammert, flussabwärts, ohne eine Spur zu hinterlassen, auf der ihnen die Jäger hätten nachstellen können.

Hirsch hatte sich noch nie so weit vom Lager entfernt. Die Strömung war schneller, als ein Mann laufen konnte, und hatte sie die halbe Nacht hindurch und bis tief in den Vormittag davongetragen. Die Sonne stand hoch am Himmel, als er den Stamm aufs Ufer zubewegte. Mond kauerte darauf, zitterte am ganzen Leib und klapperte mit den Zähnen. Sie musste unbedingt ins Trockene, und auch er war völlig erschöpft. Er hatte die ganze Zeit über mit dem Stamm zu kämpfen gehabt, dass er nicht ins Rollen geriet und Mond ins Wasser kippte, ihn durch Untiefen gelenkt und, halb watend, halb schwimmend, vorangetrieben. Als die Sonne aufgegangen war, hatte er am Ufer Rauchfahnen von Feuerstellen aufsteigen sehen und zu den Felsklippen aufgeschaut, hinter denen sich weitere Höhlen verbargen. Dann war der Fluss bei abnehmender Strömung in die Breite gegangen. Vereinzelt reichten kleine Lager mit ihren spitzen Zelten bis ans sandige Ufer heran. Um nicht entdeckt zu werden, war auch Mond ins Wasser geschlüpft und hatte den Kopf hinter der anderen Seite des Stamms versteckt gehalten, der seinerseits nicht weiter auffiel, da etliche Bäume im Wasser trieben, manche mit kleinen Tieren im Geäst. Andere lagen umgestürzt am Ufer, umspült von braunen Fluten.

In einer scharfen Flussbiegung zwischen steil abfallenden Berghängen nahm die Strömung wieder zu, und das Treibgut verhakte sich zu einem riesigen Geflecht, das die gesamte Wasseroberfläche bedeckte. So heftig war die Strömung, dass Sträucher und kleinere Bäume, die dicht am Ufer standen, von den Wassermassen mitgerissen wurden, auf eine Stromschnelle zu, wie es schien. Hirsch bekam es mit der Angst zu tun und suchte verzweifelt nach einem Weg ans Ufer. Aber nicht sein eigenes Bemühen brachte Rettung, sondern der Zufall, dass sich ein Baum, der seit dem frühen Morgen neben ihnen im Wasser trieb, querlegte und den Stamm, an dem er und Mond klebten, aufhielt. Bald hatte sich eine Art Damm vor ihnen gebildet, und ohne lange zu zögern, nahmen sie die Gelegenheit wahr und hangelten sich von Ast zu Ast ins seichtere Kehrwasser, wo sie erschöpft und vor Angst und Kälte zitternd in die Knie sanken.

Als sie sich ein wenig erholt hatten, folgten sie dem Ufer und gelangten an die Mündung eines kleineren Flusses, der sich durch ein enges Tal wand. An einem Strauch hingen Federn. Hirsch steckte sie in seinen Sack, denn er würde sie für Pfeile gebrauchen können. Sie gingen flussaufwärts, tiefer ins Tal hinein, das sich bald in eine höher gelegene Graslandschaft öffnete, bewachsen nur von wenigen Bäumen. Mond hielt ihn mit sanfter Hand am Arm fest und zeigte auf eine Reihe von dornigen Büschen, die voller Früchte waren. Sie aßen davon, und die Sonne schien warm auf ihre Gesichter. Er schaute sich um und fasste Mut. In dieser Landschaft würden Rentiere zu jagen sein und Fische im Fluss. Er sah Nussbäume und ein Kaninchen, das in einem

Loch am Ufer verschwand. Mit den Riemen, die er im Sack bei sich trug, würde er Fallen bauen können. Wenn er jetzt noch einen Unterschlupf fände, hätten sie gute Aussichten zu überleben.

Von Menschen war weit und breit keine Spur zu erkennen, keine Feuerasche, keine Knochen oder Reste alter Lagerstätten. Nirgends war ihm der Stumpf eines geschlagenen Baumes aufgefallen. Die beiden zogen weiter bergan, der untergehenden Sonne entgegen. Nach allen Seiten hin war der Blick frei. Sie befanden sich auf einem fast baumlosen Plateau, begrenzt von einer steil abfallenden Klippe. Als er sich dem Rand näherte, sah er eine kleine Herde äsender Rentiere in der Tiefe. Der Wind wehte ihm entgegen; er würde sich anpirschen und Beute machen können. In einem halben Tag hätte er das nötige Jagdgerät bereitgestellt.

Er machte kehrt und sah Mond auf einen Felsen zuschreiten, der aus einem kleinen Hain aufragte. Sie bewegte sich so anmutig, dass ihm das Herz aufging. Vor der Klippe holte er sie ein, wo die Sonne einen Grasfleck beschien, über den sich ein felsiger Überhang wölbte. Hier würden sie vor Regen geschützt sein. Und es gab Trinkwasser; er hörte es rinnen. Er legte sein Gepäck ab und holte den Zunder aus dem Sack, um ihn trocknen zu lassen. In einer Felsspalte fand er trockene Zweige und Laub, das als Brennmaterial dienen konnte. Er schaute sich gründlich um, sah aber nirgends Reste eines früheren Feuers, folgte dann dem Geräusch des rinnenden Wassers und entdeckte eine kleine Quelle zwischen Steinen am Fuß des Felsens. Er wählte vier von den Steinen aus und legte sie unter dem

Überhang zu einer Feuerstelle zusammen, während Mond den Wasserschlauch füllte.

»Hier?«, fragte er sie. Sie nickte. Hier. Schnell sammelten sie Holz ein, dass noch ein wenig feucht war vom Regen, schon bald aber, vor der warmen, von der Sonne beschienenen Felswand aufgeschichtet, getrocknet sein würde. Anschließend machte er sich daran, aus seinen Lederriemen Fallen zu bauen, die sie vor den Bau legten, wo er das Kaninchen gesehen hatte. Mond pflückte derweil Haselnüsse, und als sie zurück zu ihrem Feldlager schlenderten, machte sich eine zunehmende Schüchternheit zwischen ihnen bemerkbar.

Unter dem Überhang angekommen, blieb sie lange reglos stehen und starrte auf den Fels. »Es ist immer noch feucht«, sagte sie schließlich und zog sich ihr Kleid über den Kopf.

Verzückt betrachtete er ihren biegsamen Rücken und die Wölbung ihrer Hüften. Den Blick, den sie ihm über die Schulter zuwarf, konnte er nicht deuten. Dennoch trat er mit pochendem Herzen und ausgestreckten Armen auf sie zu. Schnell wie ein Fisch warf sie sich ihm an die Brust und verbarg ihr Gesicht in seinem Nacken.

»Auch deines ist noch feucht«, murmelte sie, löste den Gürtel und half ihm, den Umhang auszuziehen. Er nahm das Lederband vom Hals, an dem sein Messer hing, und dann war nichts mehr zwischen ihnen als glatte Haut. Er ging in die Knie, drückte sein Gesicht zwischen ihre festen Brüste, worauf sie sich mit ihm ins Gras legte, über das ein sanfter, warmer Wind hinwegging.

Am nächsten Tag fanden sie die Höhle. Als am Vorabend die Sonne untergegangen war, hatten sie sich von ihrem Grasbett erhoben und ein Feuer gemacht, und während sie das von der Sonne getrocknete Holz nachlegte, war er losgezogen, um nach den Fallen zu sehen. Er kam mit einem fetten Kaninchen zurück, dem Mond das Fell über die Ohren zog und einen Spieß durch den Leib bohrte. Er streckte immer wieder die Hand nach ihr aus, um sie zu berühren, so sehr verlangte ihn nach ihr, und als sie aßen, verschränkten sie ihre Beine ineinander und fütterten sich gegenseitig, bis sie satt waren und ein anderer drängender Hunger über sie kam.

Als er am frühen Morgen erwachte und die liebe Gestalt an seiner Seite spürte, begann er darüber nachzudenken, wie es weitergehen sollte. Sie brauchten Tierhäute, um sich zu kleiden und zuzudecken, und Lederriemen für das Gestänge, an dem ein Wasserschlauch über heiße Steine gehängt werden konnte. Und es musste ein Zelt geschaffen werden, wozu weitere Tierhäute und Riemen nötig waren. Häute von Rentieren. Er nahm sich vor, einen Bogen zu schnitzen und mit dem Leder zu bespannen, das ihm beim Bau der Fallen übrig geblieben war. Pfeile würde er über dem Feuer härten können, aber er musste Feuersteine finden und zusehen, dass er geschickter wurde, wenn es darum ging, eine Haut mit dem Stein zu schaben. Mond brauchte ein Messer zum Zerschneiden von Fleisch und Pflanzen, eine Ahle, mit der sich Löcher ins Leder stechen ließen, und eine knöcherne Nadel zum Nähen. So tief in Gedanken versunken, bemerkte er nicht, dass sie erwachte, bis sie ihren Arm um seinen Nacken schlang und ihn an sich zog.

In den Fallen steckten zwei weitere Kaninchen, die Mond häutete und ausnahm, während er das Feuer wieder aufflackern ließ und unter den jungen Baumtrieben an der Quelle nach einem geeigneten Stämmchen suchte. Sein Bogen würde besonders fest sein müssen, weil ihm nur ein kurzes Stück Leder zur Verfügung stand und die Pfeile ohne Steinspitzen sein würden. Er schlug mit der Axt einen kräftigen Stock, schälte ihn und schnitt dann zwei weitere, längere Stecken, die er mit Ranken zusammenband und an den Fels lehnte, um das Fleisch, das sie nicht verzehrt hatten, daran aufzuhängen und vor Füchsen in Sicherheit zu bringen. Von einer Fichte, die in der Nähe stand, schabte er Harz mit seinem Messer, das er auf einen der Steine ans Feuer legte, damit es weich wurde.

»Ich schaue mich heute drüben in den Felsen auf der anderen Seite um und erkunde dann das Ende des Tals«, sagte er. »Unseres Tals.«

»Hoffentlich findest du ein paar Feuersteine«, sagte sie und hängte die Kaninchen an den Stecken auf. »Ich brauche ein Messer und einen Schaber.« Mit einer Axt schnitt sie daraufhin einen Schössling und spitzte ihn zu.

Während sie eine Mahlzeit vorbereitete, setzte er sich ans Feuer und kerbte die Enden seines Bogens. Dann spannte er ihn, stand auf und prüfte seine Zugfestigkeit. Nun fehlten nur noch Pfeile. Er schnitt vier Triebe, die besonders gerade gewachsen waren, spitzte sie an einem Ende zu und härtete sie über den Flammen, wobei er sie immer wieder mit Speichel benetzte, damit sie nicht verbrannten. Dann kerbte er die anderen Enden, um sie mit den getrimmten Federn zu bestücken, die er gesammelt hatte. Mit dem weichen Harz klebte er sie fest. Unterdessen härtete Mond die Spitze des Speers, den sie für sich geschnitten hatte.

Den neuen Bogen über die Schulter geschlungen und mit Mond an der Hand, die ihren Speer bei sich trug, machten sie sich auf den Weg hinunter zum Fluss, der schnell und rauschend dahinströmte. An der Stelle, wo sie ihn erreichten, war er so schmal, dass sich mit den Felsen im Flussbett ein Damm bauen ließe. Aus den Zweigen der Weiden, die am Ufer wuchsen, konnten ein Zaun für den Fischfang geflochten werden und Körbe, um die Beute aus dem Wasser zu schöpfen. Am Fuß der Felsen fand er rötlichen Ton und jenes dunklere Material, das flüssig wurde, wenn man es erhitzte. Angesichts der Farben sehnte sich Hirsch danach, seine eigentliche Arbeit wiederaufzunehmen. Plötzlich hörte er Mond rufen. Er schaute sich um und sah, dass sie Anlauf nahm, um über den Fluss hinwegzuspringen. Doch sie hatte sich verschätzt, landete platschend im Wasser und lachte.

Er watete auf sie zu, fischte den Speer, den sie fallen gelassen hatte, aus der Strömung und half ihr auf. Sie war so nass wie in der Fluchtnacht auf dem Fluss, die ihm schon eine Ewigkeit zurückzuliegen schien. Sanft zog er sie an sich und leckte ihr die Tropfen von den Brauen, von den Wangen und den Lippen. Er spürte, wie sie sich öffneten, spürte ihre warme Zunge und ihre Hände, die ihn liebkosten. Und so sanken sie, eng umschlungen, aufs warme Ufer nieder, in eine Welt, die so neu und einzigartig war, dass es ihm schien, als habe sie vor ihnen niemand sonst betreten.

»Ich werde aus den Weidenruten Körbe flechten, womit wir Fische fangen können«, sagte sie später. Stolz auf sie und glücklicher als je zuvor drückte er sie an sich. Dann standen sie auf und stiegen bergan auf den Felsgrat zu. Dort angekommen, suchte er hinter Sträuchern Deckung und schaute sich aufmerksam um. Linker Hand sah er in der Tiefe den großen Fluss schimmern. Das Geflecht aus Treibholz hatte sich fast aufgelöst, und bis auf das ruhig dahinfließende Wasser und ein paar flatternde Vögel war alles still und unbewegt. Erleichtert drückte Mond seine Hand. Beide hatten gefürchtet, dass man ihnen nachstellte.

Sie folgten dem Felsgrat in entgegengesetzter Richtung und steuerten auf das Talende zu. Sie kamen an kleinen Baumgruppen vorbei, plötzlich abfallenden Senken und sprudelnden Quellen, deren Wasser wieder im Boden verschwand. Ein sonnenbeschienener Hang, der von Karnickelbauten durchlöchert war, führte sie auf ein Hochplateau, das ihnen einen Ausblick bot auf ihren Fluss und den Felsvorsprung, unter dem sie die Nacht verbracht hatten. Grau und kahl, aber gerundet und ohne Klüfte setzte sich der Felsgrat fort. Sie wanderten über das leicht ansteigende, grasbewachsene Plateau, bis sie die Anhöhe über dem Tal erreicht hatten, hinter der sich eine sanftgeschwungene Hügellandschaft und Wälder ausbreiteten. Wild war keines auszumachen, doch Hirsch entdeckte Rentierlosung, zum Teil noch frische. Die Tiere mussten ganz in der Nähe sein. Er hatte als Jäger und Fährtenleser nur wenig Erfahrung, nahm seinen Bogen und einen Pfeil zur Hand und pirschte sich gegen den Wind an ein Dickicht aus kleinen, verkrüppelten Bäumen heran.

Die beiden nahmen den Geruch des Wildes wahr, ehe sie es sahen, einen Hirschbullen zur Linken und drei Hirschkühe mit Kälbern, die friedlich ästen. Mond erstarrte. Den Pfeil auf die Sehne gelegt, schlich er voran. Ihm war klar, dass er nur einen Versuch hatte, es sei denn, er erwischte eines der Kälber, und die Kuh bewegte sich nicht vom Fleck. Mit seinen Pfeilen, auch das war ihm bewusst, würde er ihnen keine tödliche Verletzung beifügen können, selbst dann nicht, wenn sie genau auf das Herz träfen. Also nahm er sich vor, auf den Leib zu zielen und dem verwundeten Tier nachzustellen, bis es verendet sein würde.

Der Bulle hob den Kopf, senkte ihn aber bald wieder ins weiche Gras, da er keine Witterung aufnehmen und auch keinerlei Bewegung ausmachen konnte. Hirsch fürchtete, sein Atem könnte ihn verraten, so laut kam er ihm selbst vor, als er sich aus der Deckung erhob und den Bogen spannte. Eine der Kühe war nur an die zwanzig Schritt entfernt und säugte gerade eines der Kälber. Er zielte, ließ den Pfeil schnellen und hörte ihn durch die Luft surren. Der Bulle stieß einen Warnlaut aus, worauf die Tiere Reißaus nahmen. Nur das Junge blieb, vor Schock erstarrt, zurück, die Muttermilch noch an den Nüstern und im Leib getroffen von dem Pfeil. Es knickte in den Hinterläufen ein, fing zu schreien an und versuchte, der Mutter zu folgen. Die blieb stehen, drehte sich um und zögerte. Der Bulle bellte, doch sie kehrte zu ihrem Kalb zurück und leckte seine Wunde. Hirschs zweiter Pfeil durchbohrte ihren Hals, und als sie die Flucht ergriff, setzte er ihr nach. Doch der Bulle stellte sich ihm mit gesenktem Geweih in die Quere und scharrte mit den Hufen. Mond sprang hinzu, stieß einen Schrei aus und bedrohte das Tier mit ihrem Speer. Plötzlich reglos geworden, starrte ihr der Bulle entgegen. Wieder schrie sie laut auf und stampfte mit dem Fuß auf, worauf sich der Bulle auf den Hinterläufen herumwarf und der verletzten Kuh nachjagte. Gemeinsam nahmen Hirsch und Mond die Verfolgung auf.

Auf spitzwinkligen Traggestellen, die Hirsch aus zwei geschnittenen Holzstangen, einer Querverbindung und Ranken gebaut hatte, schleiften sie die ausgeweideten Kadaver zurück ins Tal. Hirsch suchte eine Abkürzung, doch die Felsen über ihrem Lager waren zu steil. Auf dem Umweg, den er einschlug, brachten sie dichtes Gestrüpp und felsige Hindernisse immer weiter von ihrem eigentlichen Ziel ab.

Schließlich gelangten sie an eine Klippe, unter der sich Grasland bis hinunter zum Fluss erstreckte. Mond stieg als Erste über die Felsstufe ab, worauf Hirsch das Traggestell mit dem Kalb vorsichtig über die Kante abrutschen ließ, bis es auf dem nächstunteren Absatz auf seinen Stangen zu stehen kam. Dann eilte er selbst nach unten und half Mond, die Trage sicher abzusetzen. Als er wieder hinaufstieg, um die zweite, schwerere Trage nach unten zu befördern, entdeckte er zwischen Felsbrocken die dunkle Öffnung einer Höhle, mannshoch und etwa doppelt so breit. Nachdem sie mit vereinten Kräften auch die zweite Trage hinabgeschafft hatten, machte sich Hirsch daran, die Höhle zu erkunden. Er warf einen Stein durch die Öffnung, um sich zu vergewissern, dass er kein Tier darin aufschreckte. Dann nahm er Monds Speer zur Hand und betrat ein Gewölbe mit trockenem, leicht ansteigendem Boden. Als sich seine Augen an die Dunkelheit gewöhnt hatten, rückte er weiter vor.

Jenseits der Einstiegskammer weitete sich die Höhle, deren Kalkwände so weiß waren, dass es zwischen ihnen fast licht schien. Sie waren so glatt wie die Wände der Höhle, die er kannte, und verlangten geradezu danach, von seinen Händen bemalt zu werden. Die schale Luft und der von Tierkot völlig freie Boden sprachen dafür, dass hier noch nie ein Lebewesen gehaust hatte.

Er rief Mond zu sich, die unterdessen an einer Quelle das Blut der Beute von ihren Händen gewaschen hatte. Als sie die große Kammer betrat, sperrte sie staunend die Augen auf und sagte: »Hier braucht man ja kaum eine Lampe.«

Sie setzten die Erkundung fort und gelangten in einen engeren Schacht, der durch dunkleres Gestein führte. Irgendwo tröpfelte Wasser, und das Echo ließ vermuten, dass sie sich wieder in einem großen Raum befanden. Nun aber konnten sie die Hand nicht mehr vor Augen erkennen, und weil der Boden steil anzusteigen schien, beschlossen sie, umzukehren. Zurück in der weißen, hellen Kammer entdeckte er unter den Kalkwänden einen langgezogenen Sockel aus dunklem Gestein mit einer so glatten Oberfläche, dass er poliert worden zu sein schien. Er hob ein faustgroßes Bruchstück vom Boden auf und ging damit nach draußen, um es Mond zu zeigen. Der Stein glänzte grünlich im Sonnenlicht.

Mond hatte sich vor der Höhle schon eine Weile umgesehen. Von den Felsen plätscherte Wasser, das sich als kleiner Bach durch weites Wiesengelände hinunter zum Fluss schlängelte. Auf der anderen Seite des Tals war der von Bäumen umringte Felsvorsprung zu erkennen, unter dem sie geschlafen hatten, und der Blick reichte bis hinunter zum Ausgang des Tals und der Mündung in den großen Fluss.

»Das ist ein guter Ort«, sagte sie und ergriff seine Hand. Er zeigte ihr den Stein. Sie nickte, als habe sie nichts anderes erwartet als einen solchen Schatz. Sie blieb zurück, um Feuer zu machen, als er das alte Lager jenseits des Flusses wieder aufsuchte, um die Spuren ihres Feuers zu verwischen und die erbeuteten Kaninchen zu holen. Versonnen stand er noch eine Weile da und schaute auf den Grasfleck unter dem Überhang, wo sie zum ersten Mal beieinandergelegen hatten. Auf dem Rückweg fand er ein weiteres Kaninchen in der Falle, und so kam er reich beladen zurück zur Höhle, bewegt von dem Bild, das sich ihm bot: von seiner Frau, die das erlegte Wild häutete, der schützenden Höhle in ihrem Rücken und dem Versprechen, das deren Wände seinem Handwerk boten.

18

Périgord, Mai 1944

Der Ort für den Überfall ließ einiges zu wünschen übrig, doch einen geeigneteren hatte Manners nicht finden können. Immerhin lag er weit entfernt von der Straße, so dass sie von einem Gegenangriff mit gepanzerten Fahrzeugen nicht überrascht werden konnten. McPhee sicherte die einzig mögliche Zufahrt mit zehn Männern, drei Bren-Guns und Gammon-Granaten, die ausreichten, um angreifende Panzerfahrzeuge außer Kraft zu setzen.

Die Bahntrasse führte durch einen Geländeeinschnitt, dann in einer langgezogenen Kurve an alten Baumbeständen vorbei. Manche Eichen waren über fünfzehn Meter hoch. Die Forstgehilfen hatten einige Stämme halb angesägt, Keile in die Schnittfugen geschlagen und diese mit Lehm getarnt, der mit Urin hatte angerührt werden müssen, weil es kein Wasser gab und der Boden zu trocken war. Um jeden der angesägten Stämme hatte Manners schließlich einen Gürtel aus Plastiksprengstoff gelegt. War der Zug vorbeigerollt, wollte er die Bäume fällen, um zu verhindern, dass er zurücksetzte und seine Geschütze zum Einsatz brachte. Eine weitere getarnte Sprengladung am Gleiskörper weiter vorn sollte den Zug aufhalten. Die Fluchtwege waren geplant, die Mills-Granaten mit Zündköpfen versehen und sämtliche Munition überprüft. Auf der Einfahrt in den Einschnitt lag Malrand mit seiner Spandau, ebenfalls gutgetarnt, auf der Lauer. Manners war, obwohl ihm der Fuß immer noch weh tat, die Strecke zweimal abgelaufen, um sich zu vergewissern, dass sie von außen nicht einzusehen war.

Er war übernervös. Eine so große Operation hatte er noch nie gewagt. Sechzig Männer und vier Transporter, von denen zwei Soleil gehörten, hielten sich im Wald versteckt. Falls der Anschlag scheiterte, würde alles, was sein Team seit seiner Ankunft erreicht hatte, zunichtegemacht sein und die Résistance in diesem Teil Frankreichs empfindlich geschwächt werden. Aber das Risiko lohnte sich, und das nicht allein wegen des Anschlagsziels. Für diese Operation hatten Bergers Gaullisten und Marats Kommunisten von den FTP Hand in Hand zusammengearbeitet und ihre Differenzen außer Acht gelassen. Die Division Brehmer zu treffen, ehe sie zum Einsatz kam, war von großer strategischer Bedeutung. Manners versuchte, an die zu erwartenden Vergeltungsschläge gegen Zivilisten gar nicht erst zu denken. Wenn auch nur die Hälfte von dem stimmte, was Marat über Brehmers Truppen gesagt hatte, würden sie in jedem Fall eine Spur der Verwüstung durch das Périgord legen, ganz egal, ob sie angegriffen wurden oder nicht.

Als der gepanzerte Zug endlich ins Blickfeld geriet, bekam Manners einen Vorgeschmack davon, wie heimtückisch und brutal die Division Brehmer diesen Krieg zu führen beabsichtigte. Vornweg und von der Lokomotive geschoben, rollte ein Pritschenwagen voller französischer Zivilisten. Himmel, es waren auch Kinder dabei, auf die sich Maschinengewehre richteten! Kein Franzose würde unter einem solchen Zug eine Sprengmine zünden. Zum Glück war das in ihrem Plan auch nicht vorgesehen.

Der Zug fuhr langsam. Dem offenen Pritschenwagen und der Lokomotive folgten ein Kohlentender und geschlossene Waggons mit Schießscharten auf beiden Seiten, dann ein mit Sandsäcken bewehrter, offener Geschützwagen und schließlich ein weiterer geschlossener Waggon. Diesem Zug schloss sich ein weiterer an, bestehend aus einer Lokomotive und einer langen Reihe von gewöhnlichen Personenwagen, dazu an der Spitze und am Ende je ein Geschützwagen.

Es kam alles auf den richtigen Zeitpunkt an. Der gepanzerte Zug fuhr in die Kurve und nahm Geschwindigkeit auf. Als der Geschützwagen gerade in der Kurve verschwinden wollte, drückte Manners den Hebel des Sprengkastens. Die fünf Explosionen erfolgten fast gleichzeitig mit ohrenbetäubender Wucht. Die großen Eichen erbebten und neigten sich. O Gott, die erste drohte zur Seite zu kippen und die anderen mit sich zu reißen. Nein, der Baum direkt daneben stemmte sich dagegen und stürzte mit dem ersten auf die Gleise zu, geradewegs auf den Geschützwagen und den letzten geschlossenen Waggon. Ein tiefes, wummerndes Geräusch war zu hören wie von einer großen Glocke, und als Staub aufwirbelte, sah er eine gewaltige Barriere aus Holz, Ästen und Laub wogen. Die Spandau ratterte und durchsiebte die Holzwände der Personenwagen des zweiten Zuges.

Der Lärm war kaum zu ertragen, als auch die Bren- und Sten-Guns von der anderen Seite des Einschnitts zu feuern anfingen. Von den blockierten Laufrädern des zweiten Zuges, der zu bremsen versuchte, stieben Funken auf, doch er rutschte unaufhaltsam weiter und stieß den offenen, mit Sandsäcken beladenen Pritschenwagen tiefer ins Dickicht der stürzenden Bäume. Soldaten sprangen aus Türen und Fenstern, als der Pritschenwagen von den Gleisen sprang und die Lokomotive wie ein blinder Stier den letzten Waggon des gepanzerten Zuges rammte.

Aus dem Kessel zischte Dampf mit einer Lautstärke, die das Rattern der Gewehre fast übertönte. Manners hörte auch nichts, sondern sah nur die Blitze der Granaten, die den Zug trafen, dessen Wagen aufzuspringen schienen und dann zur Seite wegkippten. Die Deutschen wehrten sich. Das Geschütz am Ende war auf die Flanke des Einschnitts gerichtet und feuerte auf die Stelle, wo Malrand mit seiner Spandau lag. Weitere Granaten fielen, und Manners sah einen von Marats Männern, die neben ihm lagen, zusammenzucken. Eine Kugel hatte ihm den Unterkiefer weggerissen, und das feuchte Tuch, das um den Lauf seiner Sten gewickelt war, war plötzlich hellrot von Blut.

Geduckt rannte Manners auf den Graben zu, wo Lespinasse und drei von Bergers Männern in Stellung waren, um einen Gegenangriff von der Spitze des gepanzerten Zuges abzufangen. Die Idioten hatten den Graben verlassen, standen zwischen den Baumstümpfen und reckten den Hals, um das Ausmaß des angerichteten Schadens zu bestaunen. Wütend scheuchte er sie hinter die Bren zurück. Sie sollten gefälligst die Flanke sichern.

Die Gegenseite verstärkte das Feuer, und es war höchste Zeit, das Weite zu suchen. Vom Rand der Böschung spritzte unablässig Sand und Erde auf, während sich die Deutschen zu formieren versuchten. Vor lauter Staub war nicht zu erkennen, wo der dritte Zug blieb. Verzweifelt suchte Manners nach seinem Sprengkasten. Das Gelände, so vertraut geworden in der Zeit des Wartens, war nach dem Sturz der Bäume nicht mehr wiederzuerkennen. Er schloss die Augen und versuchte sich zu konzentrieren. Dort waren die Baumstümpfe, also musste es hier gewesen sein. Er ging zwei Schritte nach rechts und schaute sich wieder um. Jetzt befand er sich am Rand der kleinen Senke, wo er gewartet hatte. Ja, da waren auch die Kästen, nur eine Armlänge entfernt. Schnell löste er die zweite Sprengung aus, mit der die Schienen weiter vorn zerlegt werden sollten. Er war schon darauf gefasst, dass die Ladung nicht hochgehen würde. Ein Querschläger oder ein falscher Tritt hatte womöglich den Draht abgerissen. Aber nein, es krachte so laut, dass es selbst seine betäubten Ohren erreichte.

Er zog die Trillerpfeife aus der Tasche und gab das Signal zum Aufbruch. Von Lespinasse und seinen Männern zur Rechten waren keine Schüsse mehr zu hören. Auch McPhees Posten mehrere hundert Meter weiter unten schien das Feuer eingestellt zu haben. Mit der Pfeife im Mund beugte er sich über den gekrümmten Mann am Boden, dem der Unterkiefer weggeschossen war. Den entsetzten Blick auf den englischen Hauptmann gerichtet, hielt er den Hals mit einer Hand umklammert und versuchte vergeblich, das Blut aufzuhalten, das aus der verletzten Halsschlagader spritzte. Manners wandte sich ab und rief seine Männer mit der Pfeife auf, den Rückzug anzutreten und sich zu zerstreuen. Er konnte sich darauf verlassen, dass Malrand mit seiner Spandau einen Gegenangriff vom dritten Zug aus abwehren würde. Auf François war schließlich immer Verlass.

Sybilles Grammophon diente unter anderem dem praktischen Zweck, den Radioempfänger zu übertönen, wenn er den Mitteilungen lauschte, die über den Frankreichdienst der BBC ausgestrahlt wurden. Eines Abends um halb sieben – aus dem Grammophon tönte gerade Maurice Chevaliers *Valentine* – wurde Alarm gegeben. *»La fée a un beau sourire.«* Die Fee hat ein hübsches Lächeln. Schmunzelnd zwang er sich, auf den verschlüsselten Rest der Botschaft zu achten, in der davon die Rede war, dass der Panda zur Familie der Bären gehöre, ein Kamel Haare habe und die Möhren nun gekocht werden konnten. Er sprang auf, schaltete das Radio aus und wirbelte Sybille tanzend durchs Zimmer.

»Die Invasion steht unmittelbar bevor«, sagte er mit strahlender Miene und küsste sie überschwenglich.

»Heute Abend noch?«, fragte sie und schnappte nach Luft.

»In einer Woche vielleicht, spätestens in zehn Tagen. Sie sind jedenfalls schon in Marsch gesetzt.« Er warf den Kopf zurück, schloss die Augen und spürte, dass sie von ihm abrückte.

»Wenn sie kommen, wirst du dich auch auf den Weg machen«, sagte sie leise, ohne ihn anzusehen. Ihre müden Augen hatten dunkle Schatten. Sie war die halbe Nacht auf gewesen, hatte sich auf Boridots Hof um eine sterbende Sau gekümmert und war anschließend nach Sainte-Alvère gefahren, um zwei junge Männer zu verarzten, die in ihrem

Ausbildungslager von Deutschen überfallen und angeschossen worden waren. Sie sah aus, als hätte sie seit Tagen nicht geschlafen.

»Ich muss mich wohl bei dir bedanken«, sagte sie fast zornig. »Du hast mich aus dem Winterschlaf geholt, aus meinen Träumen, in denen es keinen Krieg gibt, keine Deutschen und auch keines dieser großen Dramen, die uns Pflichten und Leidenschaften aufbürden. Dank deiner bin ich wieder dieser quälenden Sorge ausgesetzt, die man Leben nennt, Leben für den Augenblick.«

»Das hast du nicht mir zu verdanken, Sybille, sondern Berger. Wir sind uns erst begegnet, als dich der Krieg schon wachgerüttelt hat«, entgegnete er in sachlichem Ton, den er jedoch sofort bereute. Ihre Augen blitzten, und ihre Hand zuckte, als wollte sie ausholen, um ihn zu schlagen. Doch dann ließ sie die Schultern fallen. Statt ihm eine Ohrfeige zu geben, streichelte sie seine Wange.

»Du wirst bald gehen«, flüsterte sie und schmiegte sich an ihn.

»Aber sobald wir wieder frei sind, komme ich zurück«, sagte er und schaute sich im Zimmer um. Sein Blick streifte über die schweren Möbel und den ausgetretenen Teppich, den kleinen Godin-Ofen, der im Winter fast glühte, und die Chaiselongue, auf der sie sich geliebt hatten, nachdem er von François aus dem Zwinger hierhergebracht worden war. Der Lavendelduft, unter den sich die antiseptischen Gerüche ihrer Praxis mischten, war ihm inzwischen lieb vertraut. Und er fragte sich, ob er all dies auch nach dem Krieg mit so viel Wohlgefallen würde aufnehmen können.

»Mir hat schon einmal ein Soldat versprochen zurückzukehren«, sagte sie, das Gesicht an seine Brust gepresst. »Hier, in diesem Zimmer. Ich habe diesem Krieg schon genug geopfert und will nicht noch einen Mann verlieren.«

»Der Krieg ist bald zu Ende, Sybille. Spätestens Weihnachten.«

»Das wurde auch schon 1914 und 1939 behauptet, und es stimmte beide Male nicht. Kann sein, dass die Invasion zurückgeschlagen wird, aber der Krieg noch Jahre andauert.«

»Um das zu verhindern, muss ich gehen. Heute Abend haben viele andere hier im Périgord und in ganz Frankreich Radio gehört, und alle werden ihr Möglichstes tun, damit die Invasion zum Erfolg führt. Die Deutschen, die wir hier stellen, werden nicht bis in die Normandie vorrücken können.«

Mit ausdrucksloser Miene führte sie ihn nach oben in ihr Schlafzimmer, wo sie ihre Kleider ablegte, als wolle sie ein Bad nehmen. Er sah zu, wie sie ihre Sachen sorgfältig gefaltet auf einen Stuhl legte. Dann legte sie sich zu ihm, weniger leidenschaftlich als zielstrebig, und zum ersten Mal hielt sie die ganze Zeit ihre Augen geschlossen. Er kam sich hölzern vor und war in seinen Gedanken ganz woanders.

»So kann ich dich nicht zurücklassen, Sybille. Ich kann aber auch nicht bleiben«, murmelte er.

»Geh nicht«, sagte sie, die Arme fest um ihn geklammert. Den Rhythmus bestimmte sie jetzt, indem sie ihre Hüften bewegte, langsam und nachdrücklich wie ein Boot in sanfter Dünung und mit überraschender Kraft. Von sich selbst abgelenkt, beobachtete er sie, wie sie sich ihm hingab und dabei willentlich, wie es schien, zu genießen versuchte. Ihr Drängen löste eine große Welle der Zärtlichkeit in ihm aus. Er ließ sich davontreiben, bis sich sein Atem wieder beruhigte. Und als alles wieder in den Fokus rückte, sah er ihr tränennasses Gesicht.

»Ich komme zurück, Sybille«, sagte er. »Ganz bestimmt. Hier, mit dir, das ist jetzt mein Zuhause.« Er küsste sie ein letztes Mal, stand dann auf und zog sich an. Als er sein Gesicht über dem Spülbecken in der Küche wusch, klopfte es leise an der Tür.

Es war Lespinasse. Er machte einen verängstigten Eindruck. »In Terrasson gibt's große Probleme«, sagte er. »Der junge François hat einen Wagen.«

Die Résistance war in eine neue, seltsame Phase getreten, die sicherer, zugleich aber auch gefährlicher zu sein schien. Die Deutschen und die Truppen Vichys machten verstärkt Jagd auf die immer größer werdenden Gruppen der Maquis. Sie hatten zu diesem Zweck ihre Posten aus den kleineren Städten abgezogen, und es gab fast keine Patrouillen mehr, was es der Résistance erleichterte, Autos und Lastwagen zu erbeuten. Die Gendarmen, die in ihren Ämtern zurückblieben, schlugen sich mehr oder weniger offen auf die Seite der Widerständler.

Manners, der sich zuerst ausschließlich zu Fuß bewegt hatte und dann Fahrrad gefahren war, fuhr nun in einem Auto durch die Gegend. Eine zufällige Begegnung mit dem Feind wäre fatal, denn die Deutschen marschierten nun in großen, gutgerüsteten Kolonnen. Weiche Ziele wie solche auf das Schienennetz gab es nicht mehr.

»Dieser verfluchte Marat stellt mit diesen Waffen, die du

ihm gegeben hast, nur Blödsinn an«, schnappte François, als Manners auf der Straße über dem Friedhof zu ihm stieß. »Er ist gestern Nacht mit seinen Leuten nach Terrasson gezogen, wahrscheinlich im Einvernehmen mit den Gendarmen. Er hat deren Arsenal geplündert, die Poststelle ausgeraubt und dann den Legionschef des Ortes und eine Frau erschossen, angeblich wegen Verrats.«

»Und?«, fragte Manners. »Solche Alleingänge kennt man doch schon von ihm und den FTP. Das ist deren Strategie. Wozu die Aufregung? Hast du die Nachricht aus London gehört? Den Alarm?«

»Ja. Angeblich landen die Alliierten in Kürze. Aber das glaube ich erst, wenn sie da sind. Ich bin wütend, weil Marat öffentlich behauptet, auf deinen Befehl hin zu handeln. Er sagt, der englische *capitaine* und die Gaullisten garantierten, dass es keine Vergeltungsschläge geben würde. Terrasson stünde unter deinem und meinem persönlichen Schutz.«

»Und das nimmt man ihm ab?«

»Ja, weil McPhee bei ihm ist. Den Indianer aus Amerika kennt im Périgord inzwischen fast jeder. McPhee ist für alle der Garant, dass Marat nur unsere Befehle ausführt, und dumm genug, sich dafür einspannen zu lassen. Siehst du, worauf Marat abzielt? Dass er uns eine Falle stellt? Er sagt den Leuten, dass er auf unseren Befehl hin handelt und dass wir sie schützen, und wenn wir scheitern, wird das, was von der Stadt übrig bleibt, kommunistisch, weil uns keiner mehr über den Weg traut. Davor habe ich dich die ganze Zeit gewarnt. So taktieren die Kommunisten«, sagte François in scharfem Ton.

»Und noch etwas. Diese Nachricht aus London vom hübschen Lächeln der Fee. Aus unserem Zentralbüro kam keine Bestätigung, auch nicht von General Kœnig. Mit anderen Worten, den Alarm hat nicht das Freie Frankreich ausgegeben, sondern England und die Amerikaner.«

»Ich muss entsprechend handeln, François. Das weißt du. Mit dem Alarm tritt *Plan Vert* in Kraft, das heißt, weitere Anschläge auf das Schienennetz werden nicht mehr vorgenommen. Tut mir leid wegen Terrasson, aber in der Hinsicht gibt es nichts, was ich tun könnte.«

»Ich habe Freunde in Terrasson. Die hast du auch, Leute, die dir zu essen gegeben haben, obwohl ihre eigenen Kinder hungrig waren.«

»Wenn die Alliierten einmarschieren, haben bald alle wieder genug zu essen. Das weißt du.«

François musterte ihn mit düsterem Blick. »Wir verzichten also auf einen Anschlag auf der Straße nach Terrasson?«

»Womit sollten wir den denn führen? Mit Bren-Guns und Gammon-Granaten gegen ihre Panzer und die gesamte Artillerie, die sie aus Périgueux abziehen? Sobald sie unsere Kugeln auf ihrem Stahl anklopfen hören, legen sie mit ihren Haubitzen und Mörsern auf uns an. Wir haben keine Chance gegen sie.«

»Sollen wir sie schadlos davonkommen lassen und unsere Freunde aufgeben, denen Verschleppung und Folter durch die Gestapo drohen?«

»François, wir führen einen Auftrag aus, der darin besteht, möglichst viele deutsche Kräfte möglichst lange zu binden. Wenn du unbedingt einen selbstmörderischen Anschlag durchziehen willst, solltest du ein besseres Ziel wählen als das Vergeltungskommando in Terrasson.« Er kannte François und wusste, dass er schnell von Begriff war und seine Anspielung verstand.

»Zum Beispiel einen Anschlag auf die SS-Division ›Das Reich‹. Das meinst du doch, oder?«

»Wie es *Plan Vert* vorsieht. Wir könnten wieder Schienenwege sprengen, müssten dann aber eine ganze Division aufhalten, die auf der Straße von Süden kommt. Und dazu brauchen wir Marat und seine Männer. Mir kann's egal sein, ob sie Kommunisten sind oder Marsbewohner. Wir brauchen jeden Mann und jede Waffe und können nur hoffen, dass wir als Kanonenfutter ›Das Reich‹ ein wenig aufhalten. Dessen Panzer brechen wir nicht; wir können es allenfalls auf ihre Truppentransporter anlegen und jede Brücke, jedes Dorf, jede Straßenbiegung für Anschläge nutzen. Mehr bleibt uns nicht übrig. Wenn du eine bessere Idee hast, François, raus damit.«

»Ja, selbst mit Panzerfäusten wäre das reiner Selbstmord«, erwiderte François. »Und nicht einmal die haben wir.«

Die Lieferungen aus der Luft waren inzwischen Routine, und trotz der Vergeltungsschläge schöpften die Maquis nach dem erfolgreichen Anschlag neue Hoffnung. Manners war weniger zuversichtlich, als er sich auf Schleichwegen dem Treffpunkt am Wasserturm von Cumont näherte. Er hatte ein ungutes Gefühl im Bauch und wusste aus seinen Einsätzen in der Wüste, dass er solche Zeichen nicht ignorieren durfte. Der Mond ging auf, und Berger wartete bereits. François hatte den Lieferwagen der Wäscherei auf einem Bauernhof im Tal abgestellt. Es machte ihm Spaß, den Treibstoff zu verbrennen, den die Deutschen dafür vorgesehen hatten, ihre Uniformen einsammeln und reinigen zu lassen.

»Ich habe nur einen Trecker und ein paar Anhänger auftreiben können«, sagte Berger. »Aber die müssten reichen. Hier …« Er reichte Manners eine Flasche Cognac, obwohl die Nächte schon warm waren.

»Wir verlieren Männer. Sie verlassen die *Armée Secrète* und schlagen sich auf die Seite der FTP. Die Kommunisten behaupten, die Alliierten würden sich drücken und der Roten Armee das Kämpfen überlassen.«

»Nein, wir verlieren niemanden, im Gegenteil, wir werden immer stärker.«

»Unsere Gruppe können Sie damit nicht meinen. In Périgueux, Brive und Bergerac haben die FTP das Sagen. Sie zählen selbst Soleil zu ihren Genossen. Hier verhält es sich ein bisschen anders. Nach dem Anschlag auf die Division Brehmer ist unser Ansehen gestiegen. Aber Marat will alle Lorbeeren für sich. Er stellt die Sache so dar, dass wir gar nicht teilgenommen haben. Unsere Jungs wissen es zwar besser, aber die neuen Rekruten der Maquis wollen sich den Kommunisten anschließen und den Boches die Hölle heiß machen.«

»Das kann mir alles ziemlich egal sein, Berger«, entgegnete Manners. »Ob FTP, die *Armée Secrète* oder auch Soleils Truppe. Sie wissen, welche Politik London verfolgt. Wem die Rekruten zulaufen, ist uns einerlei, Hauptsache, die Resultate stimmen.«

»Haben Sie das hier schon gelesen?«, fragte Berger und

reichte ihm ein Wurfblatt. »Marat hat irgendwo eine Druckpresse und bringt seine eigene Zeitung heraus. Er nennt sie *Audace.* Wenn man die liest, könnte man meinen, nur die Roten führen Krieg. Er sagt, die Deutschen nennen unsere Region hier ›Kleinrussland‹. Könnten Sie mir eine Druckpresse per Fallschirm zukommen lassen?«

In der Ferne zündete ein Motor fehl. Zu weit weg, um sich Sorgen zu machen. Und Berger war erfahren. Er hatte bestimmt auf sämtlichen Zufahrtsmöglichkeiten Wachen postiert. Manners warf einen Blick auf die Uhr. Es war so weit. Der Mond strahlte durch Wolkenfetzen, und unter den Duft frischen Pferdedungs mischte sich Bergers Zigarettenqualm. Er nahm gerade einen Schluck aus der Flasche, als Schritte zu hören waren, dann ein Flüstern: »Laval.« Es war der junge Daunier. Er war nicht allein.

»Guten Abend, Genossen.« Es war Marat.

»Was zum Teufel machen Sie hier?«, knurrte Berger. »Und du, Daunier, zurück auf deinen Posten.«

»Ich will meinen Anteil abholen. Meine Jungs müssen sich wehren können«, erwiderte Marat. »Es sind wieder so viele dazugekommen, dass wir zwei weitere Bataillone bilden könnten, aber ich brauche Waffen. *Capitaine,* Sie sind doch ein verständiger Mensch. Erklären Sie den Gaullisten, dass wir Verbündete sind.«

»Ja, das sind wir«, entgegnete Manners müde. »Aber wie haben Sie von der heutigen Luftlieferung erfahren? Wegen der Waffen mache ich mir weniger Sorgen als um die Sicherheit.«

»Ihre Leute sind nicht so gierig wie Berger hier. Und immerhin begreifen Sie, dass wir am selben Strang ziehen.«

»Machen Sie das unter sich aus. Ich muss mich jetzt um die Wachen und die Signalfeuer kümmern. Das Flugzeug wird gleich hier sein.« Manners schulterte seine Sten, vergewisserte sich, dass die Ersatzmagazine im Beutel steckten, und kehrte den Streithähnen den Rücken. Er fragte sich, ob in einem besetzten England ähnliche Verhältnisse herrschen würden, jeweils unterschiedlich organisierte Konservative, Sozialisten und Liberale. Vielleicht kochten sogar die einzelnen Fußballclubs und Kricketteams ihr eigenes Süppchen. Für einen britischen Widerstand würde es allerdings wahrscheinlich keine Fallschirmabwürfe geben, nicht von Kanada oder den USA. Sie hätten nicht einmal die Möglichkeit, über Funk miteinander zu kommunizieren. Es sei denn, vor der Küste kreuzten U-Boote …

Das dumpfe Dröhnen von Flugzeugmotoren weckte ihn aus seinen abschweifenden Gedanken auf. Er zündete das erste Signalfeuer und sah ein zweites aufleuchten. Zur Orientierung zog der Bomber eine erste Schleife am Himmel. Sein Motorenlärm erstickte jedes andere Geräusch. Sobald er wieder in den Wind drehte, war mit dem Abwurf der Fallschirme zu rechnen. Auf jeden Container war einer von Bergers Leuten angesetzt, die, der Windrichtung entsprechend, weiter unten in Bereitschaft standen. Als der erste Behälter aus dem Rumpf der klobigen Halifax fiel, löschte Manners sein Signalfeuer, indem er mit dem Fuß lose Erde darüber aufhäufte. Sie machten ihn immer nervös, diese weithin sichtbaren Zeichen. Ruhig segelten die Container, nachdem der Schwung abgebremst war, den der Flieger ihnen mitgegeben hatte, einer nach dem anderen an den Fallschirmen herab. Die Männer waren losgelaufen, und er hörte den Trecker knattern, der auf das Abwurfgelände zusteuerte …

Wieso Trecker? Den gab es doch noch gar nicht! Ehe die Geschütze krachten, wusste er, dass die Deutschen mit gepanzerten Fahrzeugen zur Stelle waren. Spontan rannte er auf zwei seiner Männer zu, die vor Schreck wie angewurzelt dastanden. Er riss sie mit sich zu Boden und forderte sie auf, das Feuer zu erwidern. Von allein kamen sie nicht darauf. Bislang schien nur ein deutsches Geschütz auf sie angelegt zu haben; Gewehrfeuer war nicht zu sehen. Die Panzerfahrzeuge hatten die Begleittruppen offenbar hinter sich zurückgelassen. Tief geduckt rannte Manners auf das Dorf zu und traf auf Albert mit seinem Pferdegespann.

»Sammle die Kisten ein, und sieh zu, dass der junge François die Gewehre kriegt. Wenn ein Pferd abgeknallt wird, schneid es los, und bring die anderen auf Trab. Beeilung. Noch können wir die Waffen bergen. Ich kümmere mich um den Panzerwagen.«

Er rannte weiter, feuerte seine Sten ab, um die Aufmerksamkeit auf sich zu lenken, und schlug dann die Richtung ein, aus der eine Bren kontrollierte Salven abfeuerte. Es war Lespinasse, ein erfahrener Kämpfer, der bei den Gebirgsjägern gedient hatte. Ihm musste man nicht extra sagen, dass er den Rückzug absichern sollte. Er wechselte gerade den Lauf, als Manners bei ihm anlangte und rief: »Gib mir Feuerschutz. Ich greife von links an.«

»Hier, das kannst du gebrauchen.« Lespinasse holte eine Gammon-Granate aus einem Munitionsbeutel. Manners presste sie an die Brust, schöpfte Luft und zählte bis fünf. Als Lespinasse ein neues Magazin eingesteckt hatte, rannte er wieder los. Das Rattern seiner Bren klang kläglich im Vergleich zum Kanonendonner der Deutschen. Aber deren Infanterie war immer noch nicht aufgerückt. Die Dummköpfe hatten ihre Falle viel zu früh zuschnappen lassen.

Der Panzerwagen kam aus dem Dorf. Von seiner Mannschaft hockte einer im Heck. An die Stütze gelehnt, auf der die Funkantenne steckte, feuerte er mit einer Schmeißer wild um sich. Zwei kleine Feuer brannten in der Spur des Wagens, der offenbar mit Molotowcocktails beworfen worden war. Die Gammon-Granate – vier Pfund Plastiksprengstoff, in Teerleinwand gewickelt – war für einen gezielten, weiten Wurf zu schwer. Manners nahm das Fahrzeugheck unter Dauerbeschuss. Als er den Schützen einknicken sah, ließ er die Sten fallen und nahm die Granate in beide Hände. Unwillkürlich sah er sich auf den Pitch eines Kricketfeldes versetzt und hoffte, mit einem weiten Wurf auf den Schlagmann einen weiteren Run verhindern zu können. Das Wicket musst du nicht treffen, dachte er. Der Panzerwagen bot ausreichend Angriffsfläche. Er holte aus und warf mit voller Wucht, doch kaum hatte die Granate seine Hand verlassen, wusste er, dass sie das Ziel nicht erreichen würde. Schnell hob er die Sten vom Boden auf und wechselte im Laufen das Magazin. Jetzt schien auch die Infanterie aufgekreuzt zu sein. Erste Mörsergranaten schlugen auf dem Feld ein.

Aus dem Wüstenkrieg waren ihm zwei Geräusche unvergesslich in Erinnerung geblieben: der Peitschenknall einer Acht-Acht-Flak, der mit Erleichterung aufgenommen wurde, weil, wenn man ihn hörte, der eigene Panzer nicht getroffen sein konnte; allerdings blieben einem bis zum nächsten Knall nur fünf Sekunden, um in Deckung zu gehen. Das andere Geräusch war das der Nebelwerfer, die Granaten aus sechs Rohren abfeuerten und ein gespenstisches Heulen von sich gaben, weshalb sie die »Sobbing Sisters« genannt wurden. Mit ihnen konnte man einen ganzen Zug, ja selbst eine Panzerschwadron außer Gefecht setzen, wenn man die Truppen außerhalb der Fahrzeuge erwischte. Aber im Grunde war jeder Mörser gefährlich, und es schien, dass deutsche Infanteriekompanien standardmäßig mit solchen Waffen ausgestattet waren. Und wie schnell sie die zum Einsatz brachten! Kaum gaben einem die eigenen Maschinengewehre Feuerschutz, wurde man mit Granaten beschossen.

Manners erreichte die Baumgruppe und schlug einen großen Bogen, um den Mörsern auszuweichen. Unablässig ratterten deutsche Maschinengewehre, zum Glück noch aus großem Abstand. Ein zweiter Panzerwagen war aufgefahren, vor dem mehrere Soldaten in Stellung gingen. Im Mondlicht sah er ein Abschleppkabel schimmern. Anscheinend hatte er mit seiner Gammon-Bombe den ersten Wagen zum Stehen gebracht. Von einer Mörsergranate getroffen, stand der alte Trecker auf dem Feld in Flammen. Plötzlich schrie ein Pferd, ein alter Ackergaul, der, vor einen Karren gespannt, in den Hinterläufen eingeknickt war und sich mit scharrenden Hufen in Sicherheit zu bringen versuchte. Der Karren schien beladen zu sein.

Vielleicht war es das gequälte Tier, das ihn in Bewegung setzte. Manners rannte los, ging hinter dem Karren in Deckung und feuerte eine kurze Salve auf den Kopf des Pferdes ab. Weil auch die Waffenladung nicht mehr zu retten war, zog er eine erste Mills-Granate aus einem Beutel, um den Karren auf der Stelle in die Luft zu sprengen. Nein, es gab eine andere, bessere Möglichkeit. Er zog den Stift, hielt den Hebel gepackt und klemmte den Sprengkörper zwischen zwei Kisten. Eine zweite Granate versteckte er ebenso.

Dann floh er über das abschüssige Feld in den Wald und stürzte, das Gewehr zum Schutz vor Zweigen von sich gestreckt, durchs Dickicht, bis er vor einen Baum prallte und benommen den Abhang hinunterkugelte. Als er schließlich zur Ruhe kam, schmeckte er Blut auf den Lippen. Ohne Gewehr tappte er im Dunkeln voran, die donnernden Mörser im Rücken. Seit seiner Ankunft in Frankreich hatte er noch nie so große Angst gehabt wie jetzt. Der gescheiterte Einsatz und das drohende Desaster ließen ihn verzweifeln. Er wusste nicht, wo er sich befand und wo seine Männer waren, wie viele überlebt hatten und wie er zum verabredeten Treffpunkt finden sollte. Und die Geschütze der Deutschen krachten unablässig. Er hörte sich schluchzen, als er wie ein Tier über den Waldboden kroch und zum ersten Mal darüber nachdachte, wer sie verraten haben mochte.

Als er die Straße erreichte und Schotter unter den Stiefeln spürte, kam Manners wieder zur Besinnung. Er zog sein Messer und ritzte zwei diagonale Schnitte in die Rinde eines Baumes am Waldrand, um die Stelle zu markieren. Der Mond war untergegangen, aber die Sterne leuchteten, und er dankte dem Himmel für seinen Großen Wagen, über den er den Polarstern fand. Er konnte sich wieder orientieren. Der Abhang hatte ihn hinunter auf die Straße nach Rouffignac geführt, die sich in Serpentinen bis hinauf zum Felsgrat über Souvignac wand. Weil er sich dort mehr Sicherheit versprach als im Flusstal, marschierte er in der Böschung bergan. Immer wieder blieb er stehen und lauschte, weil damit zu rechnen war, dass die Deutschen auf sämtlichen Straßen in der Umgebung patrouillieren würden.

Die Mörser waren nicht mehr zu hören, aber ab und zu fielen noch Schüsse. Dann durchriss eine gewaltige Explosion die Stille der Nacht, gefolgt von unzähligen kleinen Detonationen. Als es wieder still geworden war, setzte er seinen Weg fort. Kaum fünfzig Schritt weiter hörte er ein Flüstern im Rücken. »Laval.«

»Putain!«, platzte es aus ihm heraus. Er blieb stocksteif stehen und hielt die Arme vom Körper ab.

»Capitaine?« Es war Lespinasse, der da flüsterte. Der Junge hat es geschafft, Gott sei Dank.

»Hier lang, *capitaine.*« Er fasste ihn beim Arm und führte ihn von der Straße hinunter, hinter einen Felsen, wo andere warteten. »Hat es Sie erwischt?«

»Nein, nein. Ich bin nur gestürzt und noch ein bisschen benommen.«

Berger und François musterten seine Verletzung; Letzterer setzte ihm eine Flasche an den Mund. Er hustete und spuckte vor Schreck über den Schmerz in seiner zerrissenen Lippe, schmeckte Blut und Cognac. Die Sterne fingen zu kreisen an, und ihm wurde schwarz vor Augen. Als er wieder zu sich kam, lag er am Boden. Vorsichtig versuchte er aufzustehen.

»Wo sind die Waffen?«, fragte er.

»Hier. Wir konnten zwei Karren retten«, antwortete

François. »Sechs Kisten. Die Jungs haben sich wacker geschlagen.«

»Hier? Gleich neben der Straße? Es könnte jede Minute eine Patrouille aufkreuzen.«

»Die Karren sind leer. Der kleine Jeannot ist los, um Pferde zu holen. Die Kisten haben wir solange versteckt. Mehr konnten wir auf die Schnelle nicht tun.«

»Ist jemand am Treffpunkt für den Fall, dass Nachzügler eintreffen?«

»Ja, Lespinasse. Dort hat er dich gefunden. Jetzt ist er wieder zurückgegangen.«

»Wie viele von uns sind hier?«

»Sechs«, antwortete Berger. »Wir drei, Florien, Pierrot und Lespinasse, wenn er gleich zurückkommt. Albert ist oben am Berg und hält Ausschau. Bis vorhin waren auch Marat und Carlos hier, aber die sind gleich weiter nach Le Bugue.«

»Sechs? Wir waren dreißig.«

»Viele sind auf und davon. Nachdem du dich über das Panzerfahrzeug hergemacht hast, gab es nur noch Mörserfeuer. Verfolgt wurde niemand. Und dann flog der Karren in die Luft. Lespinasse sagt, das hättest du gedeichselt.«

»Was machen wir jetzt?«

»Auf Jeannot und die Pferde warten. Dann bringen er und Florien die leeren Karren zurück zum Hof. Wir anderen schlagen uns über die Felsen nach Rhode, zerstreuen uns und halten uns für einen Tag bedeckt. Die Kisten holen wir ab, sobald die Deutschen weitergezogen sind.«

Manners schaute sich um. Auf der einen Seite war Fels, zur anderen hin erstreckte sich offenes Land. Er maß den

Abstand zur Straße in Schritten ab. Fünf Meter. Die wenigen Sträucher und der felsige Überhang, unter denen die Kisten lagen, reichten als Deckung nicht aus.

»Die können wir nicht hierlassen, nicht so nah an der Straße. Sie werden womöglich entdeckt, und dann laufen wir Gefahr, in einen Hinterhalt zu geraten, wenn wir sie abholen wollen.«

»Aber wohin damit? Sie den Berg hinaufzuschleppen, schaffen wir nicht. Und ein Transport über die Straße kommt nicht in Frage. Außerdem, wenn die Deutschen das Schild sehen, ziehen sie wahrscheinlich sofort weiter.«

»Was für ein Schild?«

»Das von der Denkmalbehörde«, antwortete François. »Hier ist eine Grabstätte der alten Höhlenbewohner gefunden worden, bei Ausgrabungen zu Anfang des Jahrhunderts. La Ferrassie, so heißt der Ort.«

»Mir fällt was Besseres ein. Holt Lespinasse her, und zwar schnell«, sagte Manners. Nur sechs Mann, und jede Kiste wog knapp siebzig Kilo. In drei Touren würde es zu schaffen sein. Er ging auf einen der Karren zu. Die langen Ledergurte, mit denen sie die Kisten hoch gehievt hatten, lagen noch auf der Ladefläche. Das erleichterte einiges.

Vielleicht, so dachte er, hatten ihm die verfluchten Mörser am Ende ein Geschenk gemacht. Auf seiner Flucht den Hang hinunter war vor ihm eine Granate am Fuß eines alten Baumes eingeschlagen. Sie hatte einen Krater gerissen und den Baum zu Fall gebracht. Manners war gestürzt und im Geflecht der aufragenden Wurzeln gelandet. Als er, im Dunkeln tappend, nach seinem Gewehr suchte, das er beim Sturz verloren hatte, gab plötzlich der Boden unter ihm nach. Er sackte in ein Loch, rutschte ein Stück abwärts und ertastete, als er auf ebenem Boden zu liegen kam, eine glatte Felswand, die sich über ihm wölbte. Über die Wurzeln des umgekippten Baumes, die wie eine Leiter am Ausstieg lehnten, kletterte er ins Freie zurück.

Der Baum hatte offenbar mit seinem Wurzelwerk den Eingang der Höhle überwuchert, letztlich aber so wenig Halt gefunden, dass er der Wucht der Detonation nicht standhalten konnte. Neugierig geworden, stieg Manners noch einmal hinab, in einen Tunnel, zwei Armlängen breit und so hoch, dass er darin aufrecht stehen konnte. Es war stockdunkel und totenstill. Endlich in Sicherheit, dachte er, und sank zu Boden, um auf den Morgen zu warten.

Die Pflicht rief ihn zurück, oder zumindest sein schlechtes Gewissen. Selbst in Sicherheit, dachte er an die Sicherheit seiner Männer, die verwundet, voller Angst und von den Deutschen verfolgt durch die Nacht hasteten. Sie waren nicht in Sicherheit, und alle Prinzipien, nach denen er lebte, alle Lektionen, die er in seinen acht Jahren als Offizier gelernt hatte, ermahnten ihn, kein Recht auf Sicherheit zu haben, wenn seine Männer in Gefahr waren oder demoralisiert. Und so hatte er sich aufgerafft und seinen Unterschlupf wieder verlassen.

»Da kommt Lespinasse«, sagte François. Er klang nervös.

»Sonst noch wer? Nein? Lespinasse, führ mich zurück an die Stelle, wo du mir begegnet bist. Ich habe da einen Baum mit zwei Schnitten markiert. Verstanden? Berger, laden Sie die Kisten auf einen der Karren. Wenn wir zurückkommen, führe ich Sie zu dem besten Versteck in ganz

Frankreich. Anschließend ziehen wir los und kümmern uns um die Verwundeten.«

Schweigend folgte er Lespinasse die Straße hinunter, bis dieser auf die Stelle zeigte, an der er auf ihn gewartet hatte. Die zurückgelegte Strecke war weiter als in seiner Erinnerung. Manners nickte, ging auf derselben Straßenseite weiter und musterte jeden Baum. Zehn Meter, zwanzig, fünfzig, hundert. Er sah alles nur noch verschwommen, als Lespinasse ihm auf die Schulter tippte. Manners schaute sich um. Da war der Baum mit den Einschnitten. Er hatte ihn übersehen.

Lespinasse blieb zurück, als Manners auf direktem Weg den bewaldeten Hang hinaufstieg. Die Kisten hier hochzuschleppen würde eine Mordsschufterei sein. Aber es blieb ihnen nichts anderes übrig, und die Last konnte ja schließlich auf mehrere Schultern verteilt werden. Er war zuversichtlich, die Höhle wiederzufinden, denn sie kam ihm wie eine Entschädigung für die Schrecken vor, die er, von Mörsergranaten unter Beschuss genommen, erlitten hatte. Wieder kam ihm der umgestürzte Baum zu Hilfe. Er ging tastend um die Krone herum, folgte dem Stamm und erreichte hinter dem aufgeworfenen Wurzelwerk den Einstieg zu seiner Höhle.

An den Straßenrand zurückgekehrt, forderte er Lespinasse auf, sich nicht vom Fleck zu bewegen, eilte mit neuem Mut die Straße hinauf bis zu dem Schild mit dem Hinweis auf das Denkmal von La Ferrassie. Die anderen hatten schon damit begonnen, die Kisten auf den Karren zu hieven. Er half bei der letzten. Sechs Männer, sechs Kisten. Das müsste zu schaffen sein.

»Folgt mir«, sagte er. Weitere Erklärungen schienen nicht nötig zu sein. Er hob die Deichsel und legte sich ins Zeug. Die anderen packten mit an. »François, such einen dicken Ast, der als Bremse taugt«, sagte er über die Schulter hinweg und lenkte den Karren auf die Straße mit dem sicheren Gefühl, diesmal von deutschen Patrouillen unbehelligt zu bleiben.

Der Morgen dämmerte bereits, als sie die schweren Kisten endlich alle oben hatten. Die Lederriemen schnitten ihnen in die Schultern, und mehr als einmal griff der eine oder andere in dorniges Gesträuch, um auf den Beinen zu bleiben. Sie fluchten, ächzten und stöhnten, doch niemand klagte. Ein jeder mobilisierte seine letzten Kraftreserven. Für Manners war es ein weiterer Beweis für die glückliche Kehrtwende, dass, als sie die letzte Kiste vor dem Höhleneinstieg abgesetzt hatten, der kleine Jeannot unten an der Straße mit den Pferden aufkreuzte, gerade rechtzeitig, um den leeren Karren zur Scheune zurückzubringen.

Manners stieg als Erster in die Höhle, gefolgt von François. Die anderen nahmen die Gurte von den schmerzenden Schultern, spuckten in die Hände und packten wieder an, um die Kisten ins Loch abzusenken wie Särge in ein Grab. Pierrot und Florien halfen, sie in den Tunnel zu hieven. Als es hell wurde und die ersten Vögel zu singen anfingen, schaute Manners auf die letzte Kiste und sah zum ersten Mal die mit Schablone aufgesprühte Kennzeichnung.

»Load D«, hauchte er ehrfürchtig. Load D bestand insgesamt aus vier Panzerfäusten mit je vierundzwanzig Geschossen, hundertvierundfünfzig Pfund Plastiksprengstoff, acht Bren-Guns und tausend Schuss Munition sowie

234 Verbandspäckchen. Die sechs Kisten, die sie hatten retten können, waren zwar nur die halbe Ladung, kamen ihm aber trotzdem wie ein wundervolles Geschenk vor. Er öffnete die erste Kiste, entnahm ihr Verbandsmaterial und ging los, um sich um die Verwundeten zu kümmern.

19
Gegenwart

In Limeuil angekommen, stellten sie den Wagen am Flussufer ab und gingen durch eine enge Straße auf das Haus zu, in dem Clothildes Eltern lebten. Es wirkte auf den ersten Blick eher unscheinbar und klein. Doch das Tor öffnete sich in einen großen, sonnigen Hof, wo ein älterer Herr saß und in der *Sud-Ouest* blätterte. Aus dem Küchenfenster klangen Radiomusik und das Klappern von Geschirr. Eine ältere, aber immer noch hübsche Frau trat mit strahlender Miene vor die Tür und wischte sich die mit Mehl bestäubten Hände an der Schürze ab, als Clothilde ihren Stiefvater zur Begrüßung auf die Wangen küsste. Lydia hatte eigentlich nicht mitkommen wollen, weil sie mit einem heiklen Familientreffen rechnete, war aber von Clothilde dazu gedrängt worden mit den Worten: »Es muss doch jemand das Steuer übernehmen, wenn ich zu heulen anfange.«

»Ich wusste gar nicht, dass bei deiner Arbeit so viel Geld im Spiel ist«, sagte Clothildes Mutter, als sie ihnen am Tisch im Hof Getränke und Oliven servierte. »Im Radio war von einer Million Franc Belohnung die Rede, für eine dieser Felszeichnungen. Vom Präsidenten höchstpersönlich ausgelobt.«

Lydia holte das Foto aus ihrer Handtasche und zeigte es, während Clothilde einen Kommentar dazu abgab. Im Stillen rechnete sie um: Eine Million waren rund 130 000 Dollar. Himmel!

»Du wolltest etwas über die Résistance wissen. Ich habe mich erkundigt«, sagte Clothildes Stiefvater. Mit seinen strähnigen weißen Haaren und den blauen Augen, die über den Rand einer Lesebrille hinwegblitzten, sah er aus wie ein Gelehrter. »Über die Höhlen, die sie als Unterschlupf benutzten, war nicht viel in Erfahrung zu bringen, nur ein bisschen was über die von Bara-Bahau und Rouffignac. Aber die kennst du ja in- und auswendig. Allerdings habe ich einiges über die Spannungen mit den Kommunisten herausgefunden.« Er öffnete ein dickes Buch an einer markierten Stelle.

»Das hier ist Guy Penauds *Histoire de la Résistance en Périgord.* Darin zitiert er aus einem Bericht der *Armée Secrète,* in dem es um die Weigerung der Kommunisten geht, am Angriff auf Bergerac teilzunehmen. Wörtlich heißt es: ›Die Kommunisten von Bergerac waren nicht zu bewegen, und als man sie ein paar Tage später aufforderte, die ihnen anvertrauten Waffen zurückzugeben, weigerten sie sich wiederum. Vermutlich handelten sie auf Befehl ihrer Partei. Es kann kein Zweifel daran bestehen, dass die Kommunisten ein eigenes Heer aufstellen wollten …‹ Und so weiter und so fort. Immer wieder ist von Alleingängen und Waffenunterschlagung seitens der Kommunisten die Rede«, fuhr der alte Mann fort. »Dem Bericht der *Armée Secrète* nach tat sich ein gewisser Marat als Quertreiber besonders hervor. Dein Vater gehörte einer seiner Einheiten in Périgueux an.«

Die Erwähnung ihres Vaters ließ Clothilde aufmerken. Sie schluckte und wollte etwas sagen, doch Lydia kam ihr zuvor: »Uns interessiert vor allem, was diesem Marat widerfahren ist. Er scheint spurlos verschwunden zu sein.«

»Schicksal unbekannt. Kurz vor seinem Tod hat mir der alte Lespinasse gesagt, Marat sei bei einem Kampf irgendwo zwischen Brive und Périgueux ums Leben gekommen. Wo genau, wusste er nicht mehr. Es gab da ein Gefecht in Terrasson, wo die Deutschen alle Männer auf dem Marktplatz zusammengetrieben hatten, um sie zu erschießen. Der Bürgermeister konnte den deutschen Kommandanten im letzten Augenblick mit einer Flasche Wein ablenken. Sturmbannführer Kreuz, so hieß dieser Offizier. Es war sein Hochzeitstag. Offenbar gnädig gestimmt, verschonte er die Geiseln und ließ sie die Brände in der Stadt löschen. In Mussidan aber, der Stadt, die die Deutschen wenig später eingenommen hatten, wurden rund fünfzig Männer an die Wand gestellt und erschossen.

Die Deutschen sprachen von Vergeltungsmaßnahmen, aber das taten sie immer, so auch in Oradour, nachdem einer ihrer Kommandeure von den Maquis gefangen genommen und erschossen worden war.« Er wandte sich an Lydia. »Haben Sie von Oradour gehört, Mademoiselle?«

»Hat da nicht die SS Frauen und Kinder in eine Kirche getrieben und diese dann in Brand gesteckt?«, fragte sie.

»Ja, auf Befehl von Sturmbannführer Otto Diekmann vom Panzergrenadier-Regiment ›Der Führer‹, das zur SS-Panzerdivision ›Das Reich‹ gehörte. Über vierhundert Frauen und Kinder kamen in den Flammen um. Diejenigen, die durch die Sakristeitür zu entkommen versuchten, starben im Hagel der Maschinengewehre, was, wie ich vermute, noch das kleinere Übel war. Das war am zehnten Juni 1944.

Bei einem der Kriegsverbrechertribunale nach dem Krieg erklärten Angeklagte der SS, ein hoher deutscher Offizier sei von der Résistance gefangen genommen worden und sollte in Oradour öffentlich verbrannt werden. Andere sprachen von einem Versehen; es sollten an einem anderen Ort mit ähnlich klingendem Namen Vergeltungsmaßnahmen vorgenommen werden, wo Kommunisten der FTP deutsche Gefangene erschossen hätten. Wiederum andere behaupteten, man habe sich gerächt, weil die Leichen deutscher Gefangener geschändet worden seien. Alle versuchten sich herauszureden.«

»Was war denn nun die Wahrheit?«, wollte Clothilde wissen.

Ihr Stiefvater zuckte mit den Achseln. »Es herrschte Krieg, ein Partisanenkrieg. Die SS hatte keine Skrupel, Frauen und Kinder zu töten, und das passierte nicht nur in Oradour, sondern auch hier, ganz in der Nähe, bei Carsac, Rouffillac und Gabaudet. Kein Zweifel, die Maquis konnten unter den gegebenen Umständen keine Gefangenen machen, und manche Gruppen, zum Beispiel Marats sogenannte Spanier, waren bekannt dafür, dass sie die Deutschen abgrundtief hassten. Einer von Marats Männern wurde nach dem Überfall auf einen Zug gefangen genommen und im Heizkessel der Lokomotive verbrannt. Danach kannten auch sie keine Gnade mehr. Von dem alten Lespinasse weiß ich, dass Marat seinen Gegnern gezielt in den Bauch und in die Knie schoss, um sie möglichst qualvoll sterben zu lassen.«

»Und mein Vater war in dessen Einheit?«, fragte Clothilde.

»Nein, Marats Gruppe bestand ausschließlich aus Spaniern, die, wie er selbst, im Spanischen Bürgerkrieg gekämpft hatten. Er war weniger militärischer Anführer als eine Art politischer Kommissär, und es gab mehrere FTP-Einheiten, die seinem Befehl unterstanden. In seinen Reihen gab es sogar etliche russische Kriegsgefangene. Es heißt, dass er in Moskau Russisch gelernt hatte. Dein Vater gehörte einer Gruppe an, die von Hercule angeführt wurde und rund um Terrasson aktiv war.«

Clothilde wandte sich ihrer Mutter zu. »Ich habe neue Informationen über Vater, und die werden dir nicht gefallen.« Ihre Mutter richtete sich kerzengerade auf und warf einen Blick auf ihren Mann. Lydia hielt die Luft an.

»Was soll das heißen?«, fragte die Mutter und fasste sich an den Hals. »Was für Informationen?«

»Aus einem Kriegstagebuch der Division Brehmer. Darin heißt es, Vater habe mit den Deutschen kol – kollaboriert.«

»Du willst sagen, er wurde gezwungen, Informationen preiszugeben, denn sonst hätten sie deine Mutter ins Konzentrationslager gebracht«, mischte sich der Alte ein. Seine Frau schluchzte auf. Er legte ihr die Hand auf die Schulter. »Das hat mir deine Mutter gesagt, als ich sie fragte, ob sie meine Frau werden wolle. Mir war klar, dass er es aus Liebe zu ihr getan hat, und ich hätte mich nicht anders verhalten, Clothilde. Zu verurteilen sind die Deutschen, die damit drohten, sich an einer schwangeren Frau zu vergreifen. Schweine waren das, unsägliche Schweine. Denk an Oradour. Deine Mutter und dein Vater mussten sich erpressen lassen, um dein Leben zu schützen, Clothilde.«

Ihre Mutter richtete sich auf und schaute der Tochter ins Gesicht, die beide Hände vor die Augen geschlagen hatte. Lydia legte ihr tröstend eine Hand in den Nacken, worauf Clothilde die Arme sinken ließ und der Mutter entgegenstreckte. Lydia zog sich zurück. An eine graue Steinmauer gelehnt, schaute sie die Straße hinunter auf das begraste Ufer der Mündung der Vézère in die Dordogne, wo vor einem Imbiss Urlauber picknickten. Es war einer der schönsten Orte in ganz Frankreich, wie sie fand, zumindest einer der geschichtsträchtigsten. Seine Ureinwohner schienen zivilisierter gewesen zu sein als die Menschen dieses Jahrhunderts, dachte sie. Aber vielleicht irrte sie sich, getäuscht von deren künstlerischen Leistungen, denn nur die waren zurückgeblieben. Um auch Zeugnisse von Verbrechen zu hinterlassen, bedurfte es einer anderen Zivilisation.

»Am Ende hat ihre Liebe sie gerettet«, berichtete Lydia, als sie am Abend mit Manners zu Tisch saß. »Clothildes Stiefvater hat recht. Die Deutschen haben ihre Eltern missbraucht, und der alte, weise Mann, Clothildes Stiefvater, hat uns gezeigt, dass nur Liebe erlösen kann, die Liebe, die die Eltern füreinander empfunden haben, seine Liebe zu Clothildes Mutter, auch dann, als diese ihm gestand, wozu sie gezwungen gewesen war. Und schließlich Clothildes Liebe für ihre Mutter.«

»Ja, die Liebe überwindet alles«, entgegnete Manners nachdenklich. Sie saßen allein in einem einfachen Restaurant mit Blick auf die Vézère. »Eine sehr bewegende Geschichte, Lydia, und so gut erzählt, dass ich das Gefühl hatte, selbst dabei gewesen zu sein. Aber im Grunde bin ich froh, dass ich nicht dabei war. Es muss ein Schock für Sie gewesen sein, Clothilde, diese starke Frau, in einem so schwachen Augenblick erlebt zu haben.«

»So etwas kommt nicht oft vor, jedenfalls nicht in Friedenszeiten.« Mit einer flüchtigen Handbewegung deutete sie auf das träge dahinfließende Wasser. »Es war ein Schock zu erfahren, was sich hier, in dieser wunderschönen Landschaft, vor gar nicht langer Zeit zugetragen hat.«

»So wie es für mich in Nordirland schockierend war, welcher Hass dort herrschte, obwohl ich mich vor dieser Kulisse aus vertrauter Architektur und wohlbekannten Ladenketten wie zu Hause fühlte. Ein solcher Schrecken, nämlich derjenige, der in den ganz gewöhnlichen Alltag einbricht, ist der schlimmste überhaupt.«

Er füllte ihr Glas. »Ich muss gestehen, manchmal, wenn mir die schrecklichen Folgen der Terroranschläge in Ulster oder unserer sogenannten Friedensmission in Bosnien zu Gesicht kamen, habe auch ich die blinde Wut in mir aufkeimen spüren, die vielleicht auch die Deutschen hier zu ihren Gewaltexzessen geführt hat. Ich musste mich dann mit aller Macht zusammenreißen und an die Vorschriften erinnern, um nicht selbst wie diese Nazimörder zu reagieren.«

Lydia schaute ihn aufmerksam an. Sie spürte, dass er ihr gerade ein sehr intimes Geständnis machte. Es fiel ihm bestimmt nicht leicht zuzugeben, dass auch er, der so großen Wert auf Disziplin legte, die Kontrolle über sich verlieren konnte. Damit hätte sie selbst große Schwierigkeiten gehabt. Zurückhaltung und Verschwiegenheit gehörten gerade in England zum guten Ton, umso mehr wusste sie es zu schätzen, dass er jetzt darauf verzichtete. Sie nickte verständnisvoll.

»Selbstverteidigung und Rache gehen oft fließend ineinander über.« Er lehnte sich zurück und zog eine Fotokopie aus seiner Jackentasche. »Ich will Ihnen sagen, was ich damit meine.

Das hier stammt aus Horsts Rechercheunterlagen. Es ist ein Telegramm, das Generalleutnant Heinz Lammerding, der Befehlshaber der Panzerdivision ›Das Reich‹, an seinen Kommandeur des achtundfünfzigsten Korps geschickt hat. Er befand sich am zehnten Juni ganz hier in der Nähe, während die Briten und Amerikaner damit rechneten, dass seine Panzer in der Normandie aufkreuzten. Ich übersetze: ›Die Gemeinden Souillac, Figeac, Limoges und Clermont-Ferrand werden von bewaffneten Partisanenbanden kontrolliert. Deutsche Vorposten und Garnisonen sind abgeschnitten und werden teilweise belagert. Die Streitkräfte der französischen Regierung sind völlig paralysiert. Wenn wir nicht entschlossen gegen diese Banden vorgehen, werden diese Regionen zu einer Bedrohung ungeahnten Ausmaßes. Es könnte sich ein neuer kommunistischer Staat herausbilden, eine Regierung ohne Opposition. Den vor Ort stationierten Divisionen muss die Aufgabe erteilt werden, diese Gefahr zu bannen. Im fünften Kriegsjahr sind die Panzerdivisionen für diese Aufgabe jedoch zu schade.‹ Lammerding verschickte diese Nachricht wenige Stunden vor dem Massaker in Oradour.«

»Das verstand er also unter entschlossenem Vorgehen. Hat er tatsächlich gesagt, die Panzerdivisionen seien dafür zu schade?«, fragte Lydia. »Gütiger Himmel.«

»Ja. Und er hatte recht. Es war nicht deren Aufgabe, Partisanen zu jagen und Frauen und Kinder in Kirchen zu verbrennen. Vielmehr sollten sie in die Normandie vorrücken und die Alliierten zurückwerfen. Das wusste der General natürlich. Aber aus Wut oder schierer Frustration kommt er diesem Auftrag nicht nach und verliert Zeit. Seine Panzer verlassen Périgueux erst am fünfzehnten Juni, acht Tage nach dem ersten Befehl zum Vormarsch in die Normandie. Manche seiner Einheiten erreichten die Küste erst am dreißigsten Juni. Eine der stärksten Armeeformationen ganz Europas kommt kleckerweise und stopft Löcher hier und da, anstatt geschlossen den Invasionstruppen Paroli zu bieten. Für die Deutschen war es ein militärisches Desaster.«

»Für den Widerstand in der Dordogne war's dagegen ein Sieg«, sagte Lydia.

»Ja, ein Sieg, für den ein schrecklich hoher Preis gezahlt werden musste.«

»Seltsam«, bemerkte Lydia, als die Rechnung kam und Manners bezahlte. »Wir sind gekommen, um die Ursprünge der Kunstgeschichte vor siebzehntausend Jahren zu ergründen, und haben uns in etwas verstrickt, das vor wenigen Jahrzehnten stattgefunden hat. Und alles ist irgendwie miteinander verbunden. Das eine führt zum anderen. Dieser Fluss, an dem Menschen starben, die deutsche Panzer aufhalten wollten, ist derselbe Fluss, aus dem steinzeitliche Künstler getrunken haben. Sogar dieselben Höhlen wurden genutzt.«

»Und wir müssen unsere Höhle erst noch finden«, entgegnete Manners. »Kommen Sie, spazieren wir ein wenig an diesem wunderschönen Ufer entlang, ehe die Sonne untergeht.« Sie sah ihn fragend an. Ein Spaziergang war durchaus nach ihrem Geschmack, aber in seiner Stimme schwang ein Ton mit, der sie aufmerken ließ. Sonnenuntergang, Flussufer, ein romantisches Setting. Aufgepasst, sagte sie sich.

»Was wird aus unserer Suche?«, fragte sie und hakte sich bei ihm unter, als sie die Stufen der Brücke zur Promenade am Fluss hinabstiegen. »Sie wollen doch wohl nicht aufgeben, jetzt, da Malrand diese Belohnung verspricht?«

»Natürlich nicht. Davon hält mich auch nicht sein Chauffeur ab, der offenbar hinter uns herschnüffelt. Ich mache auf jeden Fall weiter. Und wie steht's mit Ihnen?«

»Eigentlich wollte ich nach London zurück«, gestand sie offen. »Aber als ich heute Abend Clothilde bei ihrer Mutter erlebt habe – nun, ich finde, es gibt Probleme, die gelöst werden müssen. Man kann ihnen nicht einfach ausweichen.«

»Freut mich, dass Sie bleiben«, sagte er und drückte ihren Arm. »Ohne Sie macht's auch keinen Spaß.«

»Spaß?«, fragte sie überrascht. Worauf um alles in der Welt steuerte er zu?

»Ich kann mich nicht erinnern, wann ich das letzte Mal die Gesellschaft einer Frau so genossen habe«, antwortete er fast mürrisch.

Aha, dachte Lydia und schmunzelte insgeheim. Der zugeknöpfte, aber anständige Engländer schickte sich anscheinend an, ihr eine Liebeserklärung zu machen. Sie spürte, wie angespannt er war. Sein Blick war starr auf die Flussbiegung gerichtet. Sollte sie ihm ein wenig auf die Sprünge helfen oder schweigen? Sie konnte es sich nicht verkneifen, ihn zu necken. »In Horsts Gesellschaft fühlen Sie sich anscheinend noch wohler. Mit ihm verbringen Sie die meiste Zeit.«

»Notgedrungen«, entgegnete Manners. »Mit Ihnen wäre ich lieber zusammen.« Er blieb stehen, drehte sich um und legte ihr die Hände auf die Schultern. »Sie sind geistreich, eine interessante Frau, lebhaft – all das schätze ich sehr. Und ich glaube, Sie haben ein gutes Herz. Es war lieb, dass Sie sich um Clothilde gekümmert haben.«

Ihre Lippen zuckten, weil sie ihr Lächeln nicht länger unterdrücken konnte. Wann würde dieser Mann endlich zur Sache kommen?

»Sie sind rundweg phantastisch«, sagte er. Fast ohne zu stammeln, wie sie bemerkte. Vielleicht sollte sie ihre abwartende Haltung aufgeben und ihn aus der Reserve locken, wie man das beim Militär nannte. Schließlich wollte sie den armen Kerl nicht verschrecken.

»Und Sie sind wunderschön«, sagte er und küsste sie, zögernd zuerst, als wäre er aus der Übung, dann aber mit zunehmendem Engagement.

Wurde auch langsam Zeit, dachte Lydia und erwiderte seinen Kuss. Es gefiel ihr, in seinen Armen zu liegen und sich an seine Brust zu schmiegen. Er nahm ihr Gesicht in beide Hände und küsste sie wieder. Mmmmm, sagte sie, oder vielleicht dachte sie es auch nur. Seine Bartstoppeln waren ein wenig rauh und seine Haare so kurz, dass sie die glatte Haut in seinem Nacken spürte, als sie ihm den Arm um den Hals schlang. Fest an ihn gepresst, war sie sich lustvoll ihrer Brüste bewusst. Wie schön, dachte sie, wie ein Teenager in aller Öffentlichkeit zu küssen und sich nicht darum zu scheren, wer sie dabei sah. Und sie war einverstanden mit dem, was auf dieses Vergnügen logischerweise folgen musste. Mehr als einverstanden, dachte sie.

»Manners«, sagte sie, als er sich von ihren Lippen löste und ein wenig verlegen dreinblickte. »Mein lieber Manners, findest du nicht auch, dass es allmählich Zeit wird, mich ins Bett zu bringen?«

Clothilde trat auf die Hotelterrasse hinaus, wo die beiden bei strahlender Sonne am Frühstückstisch saßen. Lydia reckte sich wohlig wie eine Katze und schenkte ihr ein unschuldiges Lächeln, als sie Clothilde mit den Augen zwinkern sah. Clothilde nahm am Tisch Platz und sagte: »Gestern hat mich noch spät die Botschaft in London zu Hause angerufen. Das Lösegeld wurde angenommen. Das Fragment Ihres Vaters wird noch heute zurückerwartet.«

»Sehr gut«, sagte Manners. »Ich habe ebenfalls Neuigkeiten zu berichten. Malrand hat heute früh eine Nachricht für uns in der Rezeption hinterlegen lassen.«

»Heute früh?« Clothilde schaute auf ihre Armbanduhr. »Es ist jetzt fast elf, und Sie sitzen noch beim Frühstück.« Manners errötete, und Lydia schmunzelte. »Ich weiß. Wir sind heute Abend um sechs bei ihm zum Cocktail eingeladen«, fuhr Clothilde fort. »In meiner Einladung hieß es noch, dass unser deutscher Freund davon nichts wissen soll.«

»Na schön«, sagte Manners. »Ich werde den Präsidenten bei passender Gelegenheit fragen, warum er uns seinen Chauffeur an die Fersen gehängt hat. Und hoffentlich wird er uns verraten, was mit Marat passiert ist und wo die Waffen versteckt worden sind. Haben Sie Pläne für heute, Clothilde. Lydia und ich wollen uns noch einmal bei La Ferrassie und an der Straße nach Cumont umsehen.«

»Ich habe einen Termin im Museum, mit Architekten, die unseren Neubau durchführen«, antwortete Clothilde. »Was mich aber viel neugieriger macht, ist Malrands Einladung. Übrigens, mein Stiefvater hat mir weiteres Material vorbeigebracht, Material über die Waffenlieferung bei Cumont, die von den Deutschen durchkreuzt wurde. Vor Jahren hatte er seine Schüler im Geschichtsunterricht aufgefordert, Verwandte und Bekannte zu interviewen, die sich an diese Zeit erinnern konnten. Einige der Ergebnisse sind in sein Buch eingeflossen. Unser Besuch hat ihn veranlasst, die alten Aufsätze noch einmal durchzulesen, dabei sind ihm zwei aufgefallen, die von Bedeutung sein könnten. Meine Mutter lässt dich herzlich grüßen, Lydia. Sie war sehr angetan von dir.«

Um sich ihre Verlegenheit nicht anmerken zu lassen, griff Lydia nach den Papieren. Es kam äußerst selten vor, dass sie mit einem Mann nach gemeinsam verbrachter Nacht auch zusammen frühstückte. Gespräche am Morgen waren häufig so gezwungen und mit Bedeutungen überfrachtet, dass sie sich viel lieber mit Zeitungslektüre ablenkte. Zum Glück hatte Manners, als sie aufgewacht waren, das Problem auf sehr zufriedenstellende Art gelöst. Aber jetzt beim Kaffee, in nervöser Hoffnung, dass die Affäre andauerte, schämte sie sich ein wenig ihrer eigenen Gefühle. Umso erleichterter nahm sie die neue Aufgabe in Angriff.

Die Fotokopien zeigten die linierten Seiten eines Schulheftes im Quartformat, beschrieben mit sauberer Handschrift, die vor fünfzig Jahren in Frankreich Standard war. Clothilde schrieb immer noch so, akkurat und leserlich. Jeder am Tisch nahm einen kleinen Stapel zur Hand. Der Aufsatz, den Lydia las, stammte von einem Mädchen namens Marguerite Perusin.

Mein Bruder Jeannot war sechzehn, als ich zur Welt kam, und in seinen jungen Jahren schon Mitglied der Résistance. Er half dabei, die Fallschirmabwürfe aus englischen und amerikanischen Fliegern einzusammeln. Weil wir auf einem Bauernhof groß geworden sind, konnte er gut mit Pferden umgehen. Eines Abends, es war kurz vor der Landung der alliierten Truppen in der Normandie, sagte meine Mutter, Jeannot sei die ganze Nacht unterwegs; er müsse in der Nähe von Cumont eine Waffenlieferung aus der Luft entgegennehmen. Wie sich später herausstellte, wurden er und die Widerständler und ihre Pferde von den Deutschen überrascht. Die waren sehr grausam. Jeannot kam mitten in der Nacht zurück, um unsere Pferde zu holen, damit er und seine Freunde die englischen Gewehre auf Karren wegschaffen konnten. Jeannot ging nach La Ferrassie, aber der Karren, den sie dort hatten, war schon leer. Der Engländer, den sie *capitaine* nannten, hatte die Waffen schon in einer Höhle versteckt. Er war ein ziemlich scharfer Kerl, und mein Bruder hatte Angst vor ihm. Jeannot hätte dann den Karren weggebracht und versteckt, sagte meine Mutter. Mein Vater war wütend, als er zurückkam, weil er fürchtete, dass wir unsere Pferde verlieren. Jeannot aber meinte, es sei sehr wichtig, was er tue. Sie hätten jetzt Waffen, mit denen sie deutsche Panzer bekämpfen könnten, und das taten sie dann auch, als die Invasion kam. Von dem Engländer hatte er gelernt, wie man mit diesen Waffen umgeht. Sie mussten so grausam sein wie die Deutschen, um sie in Wut zu bringen, denn dann waren sie blind und tappten in ihre Fallen. Meine Mutter sagte, Jeannot sei eines Abends nach Hause gekommen und habe geweint wegen der schrecklichen Dinge, die sie getan hatten. Jeannot blieb fast den ganzen Sommer und Herbst über weg. Danach trug er dann eine französische Uniform, machte ein paar Tage Urlaub bei uns und schloss sich den *Forces françaises libres* unter General Leclerc an. 1945 wurde er bei einem Gefecht in der Nähe von Strasbourg verwundet. Trotzdem blieb er beim Militär, zog mit in den Indochinakrieg und wurde in Vietnam getötet. Er hat mir einmal einen Fächer aus Saigon geschickt. Ich sah ihn nur, wenn er auf Urlaub war. Meine Eltern nannten ihn immer noch den kleinen Jeannot, was ich komisch fand, denn er war sehr groß und sehr nett zu mir. Meine Mutter hat schrecklich geweint, als die Nachricht kam, dass er in Hanoi gefallen war. Jeannot war sehr tapfer und hat sein Leben für Frankreich gegeben, und wir haben seinen Orden zu Hause.

Lydia schob Marguerites Aufsatz über den Tisch zu Manners hinüber und nahm entgegen, was er gelesen hatte, wobei ihr auffiel, dass er sie aufmerksam beobachtete. Oder war sein Blick anders zu deuten? Liebevoll vielleicht?

»Du kannst dich erstaunlich gut konzentrieren«, bemerkte er.

»Findest du, Liebling?«

Er runzelte die Stirn. »Aus deinem Mund klingt dieses Wort wunderschön. Normalerweise kann ich es nicht leiden. Hört sich so nach Hollywood und altmodischen Gesellschaftsspielen an.«

»Es gehört eigentlich auch nicht zu meinem Vokabular«, erwiderte sie und legte ihre Hand auf seine. »Ist mir nur so rausgerutscht.«

»Ich bin rundum glücklich«, lächelte er. »Hundemüde, aber trotzdem voller Energie. Ich könnte die Welt aus den Angeln heben.«

»Übernimm dich nicht«, lachte sie. »Jedenfalls habe ich unsere erste Nacht genossen und freue mich schon auf die nächste und die übernächste. Aber in der Zwischenzeit haben wir einiges zu erledigen. Bestell uns bitte noch einen Kaffee, und dann lies mal Maguerites traurige Geschichte über ihren Bruder Jeannot.«

Der junge Claude Mouresac hatte geschrieben:

Vor dem Krieg war mein Onkel Pierrot bei den *Chasseurs Alpins.* 1940 hatte er in Italien gekämpft. Schon ganz früh, noch bevor die Deutschen das Périgord besetzten, hatte er sich der *Armée Secrète* angeschlossen. Er war in der *Groupe Berger* und hat Sprengstoffanschläge auf Züge durchgeführt. Wie man mit Plastiksprengstoff umgeht, haben ihm ein Engländer und ein Amerikaner beigebracht, der nur einen schmalen Haarstreifen auf dem Kopf hatte. Deshalb wurde er Indianer genannt. Der Engländer hatte einen Rolls-Royce-Rasierer, der sich von allein schärfte. Mein Onkel hat den Engländer nur einmal wirklich wütend gesehen, und das war, als der Amerikaner ihm den Rasierer abgenommen hatte, um sich die Haare zu schneiden. Sie wohnten in Höhlen und in Wäldern, weil sie sich vor den Deutschen verstecken mussten. Die waren wegen der Sprengstoffanschläge hinter ihnen her. Für die Deutschen kämpften auch Russen, was mein Vater, der Bruder meines Onkels, nicht verstehen konnte, weil die Russen doch ihr Land verteidigen mussten, das die Deutschen überfallen hatten. In den Reihen der Deutschen gab es auch einige Nordafrikaner. Die haben den Hof in unserer Nachbarschaft niedergebrannt, dabei waren wir es, die Pierrots Gruppe mit Lebensmitteln versorgt haben. Wir hatten ein Versteck im Wald, wo wir ein paar Hühner und Schweine hielten. Damit haben wir die Männer von der Präfektur ausgetrickst, die einmal in der Woche zu uns kamen, unsere Lager- und Viehbestände zählten und bestimmten, welchen Teil wir abgeben mussten. Aus London kamen Waffen für die Résistance, von Flugzeugen abgeworfen. Unsere Leute hatten spezielle Funkgeräte, über die sie mit den Piloten und mit London reden konnten. Im Radio war eines Nachts General de Gaulle zu hören, als er alle Franzosen dazu aufrief, gegen die Deutschen zu kämpfen. Mein Vater hat ein Windrad gebaut, um Strom für unser Radio zu erzeugen, doch der Wind war immer entweder zu schwach oder zu stark. Irgendwann ist das Ding kaputtgegangen. Mein Vater war manchmal dabei, wenn Fallschirme abgeworfen wurden. Hätten ihn die Deutschen erwischt, wäre unser Hof niedergebrannt worden. Einmal waren die Deutschen tatsächlich zur Stelle, als Waffen aus der Luft kamen. Sie haben viele von uns erschossen, aber mein Onkel, der Engländer und der berühmte Schriftsteller François Malrand konnten die Waffen retten und in einer Höhle verstecken. Die haben dann später Kommunisten zu stehlen versucht. Mein Onkel meinte, die Kommunisten wären keine wahren Franzosen; sie würden, wenn der Krieg gegen die Deutschen vorbei ist, ihren eigenen Krieg anzetteln. Mein Onkel wurde kurz nach der Invasion getötet, als die Deutschen mit Panzern aufmarschierten, um das befreite Périgord zurückzugewinnen. Er starb für Frankreich. Wir sind stolz auf ihn und werden ihn nie vergessen.

Lydia las den Text noch einmal und nippte dabei an ihrem Kaffee. Der Engländer und Malrand hatten die Waffen also in einer Höhle versteckt, nicht nur vor den Deutschen, sondern auch vor den Kommunisten. Was für ein Drama steckte zwischen diesen einfachen Zeilen. Nach dem Bericht des kleinen Jeannot musste die Höhle irgendwo in der Nähe von La Ferrassie sein.

»Damit wäre alles klar«, sagte sie und stand auf. »Fahren wir nach La Ferrassie.«

»Schlimm, was hier steht«, sagte Manners und tippte auf Maguerites Aufsatz. »Was meinte sie wohl mit den schrecklichen Dingen, die ihr Bruder getan haben soll, um die Deutschen zu provozieren? Und dass die Kommunisten angeblich die Waffen aus der Höhle zu stehlen versucht haben, kommt mir irgendwie seltsam vor.« Er runzelte nachdenklich die Stirn und stand dann auf, offenbar fest entschlossen, der Sache auf den Grund zu gehen.

Sie stellten den Jaguar auf dem mit »La Ferrassie« ausgeschilderten Parkplatz an der Straße nach Rouffignac ab. Ein grünes Metallgitter sicherte die Stelle unter dem hohen, überhängenden Felsen ab. Manners holte einen kleinen Klappspaten aus dem Kofferraum. Besonders viel gab es nicht zu sehen. Die Ausgrabungen der Archäologen waren wieder zugeschüttet worden. Lydia schaute sich um und dachte: eine durchaus gut gewählte Lagerstätte. Aus einer Quelle sprudelte frisches Wasser, der Fels bot Schutz, und darunter breitete sich ein hübscher Flecken Gras aus.

Manners war anderer Meinung: »Bei Regen wird es unter dem Fels ziemlich nass werden, und außerdem ist die Stelle von außen viel zu gut einzusehen«, sagte er. »Wir, Horst und ich, haben das Gelände ringsum systematisch durchkämmt, aber nichts gefunden, was auf eine Höhle hinweisen würde. Für eine weiträumige Suche hatten wir allerdings keine Zeit. Ich schlage vor, wir folgen dieser kleinen Straße dort, die ich auch auf der Karte markiert habe. Sie ist wahrscheinlich erst nach dem Krieg asphaltiert worden und könnte der Weg gewesen sein, über den Albert den Karren hat rollen lassen, als er von Cumont kam.«

Sie folgten der schmalen, kurvenreichen Straße, deren Asphaltbelag an zahllosen Stellen aufgebrochen war und von Pflanzen überwuchert wurde. Durch dichten Wald ging es steil bergan, hinauf auf ein Plateau mit weitem Rundumblick auf die Hügellandschaft. Über einen Schotterweg gingen sie auf ein Feld zu, das sich bis zu einem kleinen Dorf erstreckte, aus dem ein runder Wasserturm aufragte. Cumont. Auf diesem Feld waren wohl die Waffen aus dem Bomber abgeworfen worden. Wenn Albert mit seinem Karren den Weg eingeschlagen hatte, den sie gerade gekommen waren, mussten die Deutschen wahrscheinlich von der entgegengesetzten Seite angerückt sein. Lydia hatte ihren Blick auf ein renoviertes Bauernhaus mit hübschem Taubenschlag und Swimmingpool gerichtet. Sie hörte das regelmäßige Ploppen von Tennisbällen, und in der Zufahrt parkte ein Mercedes mit deutschem Kennzeichen. Deutsche, hier! Der Krieg, dachte sie, lag offenbar schon sehr weit zurück; oder aber es hatte jemand gute Gründe, ihn in Erinnerung zu behalten. Sie zweifelte inzwischen am Erfolg ihrer Suche, denn das in Frage kommende Gelände war viel größer als vermutet, und Cumont schien weit entfernt.

»Wir wissen, dass Albert am vereinbarten Treffpunkt erschienen ist«, sagte Manners. »Aber da ist keine Höhle zu finden, und da die Deutschen von dort drüben kamen, scheidet auch diese Richtung aus. Außerdem wissen wir, dass der kleine Jeannot einen leeren Karren vorfand, als er die Pferde nach La Ferrassie gebracht hatte. Er muss einen anderen Weg hinunter auf die Straße gegangen sein. Durch diesen Wald da hinten vielleicht.«

Manners nahm Lydia bei der Hand, schritt auf das Bauernhaus zu und half ihr über einen Zaun, der eine Weide umfasste. Lydia war froh über ihre leichte Hose und die Trainingsschuhe, auch wenn sie nicht besonders schick darin aussah. Manners hatte grüne Gummistiefel an den Füßen und die Hosenbeine in die Stulpen gesteckt. Die Geräusche des Tennisspiels verstummten, als sie an dem Anwesen vorbei auf ein Waldstück zusteuerten. Manners nahm Kompass und Karte zur Hand und versuchte, sich zu orientieren. Der Waldboden war weich, fast sumpfig.

»Es scheint, wir haben einen Wasserlauf gefunden«, sagte er. »Der dürfte wieder nach unten führen.«

Sie schlugen sich durchs Unterholz, die Arme vorm Gesicht, um sich vor zurückschnellenden Zweigen zu schützen, stiegen vorsichtig über Brombeerranken und gelangten an einen steil abfallenden Felshang. Den Blick nach unten versperrten die Kronen der Bäume, die aus der Tiefe emporwuchsen. Die einzige Möglichkeit abzusteigen bot eine steinerne Rinne zur Linken, über der sich weiter links zwischen Felsen und Bäumen eine kleine Lichtung voller Wildblumen auftat. Ein kleiner Bach sprudelte über die Felsen. Ein wunderschöner Ort zum Picknicken, dachte Lydia, wenn nur der Blick ein wenig freier wäre. Am Rande lehnte ein alter Baum, fast umgestürzt, aber offenbar noch voll im Saft.

»Die Felsen hier sind ziemlich kompakt und deuten nicht auf eine Höhle hin«, sagte Manners. Er holte eine Flasche Mineralwasser aus seinem Rucksack und reichte sie Lydia. Sie trank daraus, setzte sich ins Gras und schnürte ihre Schuhe auf. Er schaute ihr lächelnd zu.

»Barfuß im Gras, ein Vergnügen ist das«, sagte sie und stopfte ihre Socken in die Schuhe. Sie stand auf und genoss die wohltuende Kühle unter ihren Sohlen, das Kitzeln der Halme zwischen den Zehen. Ob Manners für ein Schäferstündchen im Freien zu gewinnen war? »Na los, probier's auch einmal.« Er ließ sich nicht lange bitten, tollte lachend mit ihr über die sonnenbeschienene Lichtung und wirbelte, die Arme ausgestreckt, im Kreis herum.

»Was für ein lauschiges Fleckchen! Und du hast es gefunden, Lydia«, rief er, und als er sah, dass sie sich ins Gras gelegt und die Augen geschlossen hatte, pflückte er heimlich einen kleinen Strauß Wildblumen, purpurn und gelb.

»Für meine *Fair Lady*«, sagte er und beugte sich über sie. Sie schlang ihren Arm um seinen Nacken, streichelte mit der freien Hand seine Brust und machte sich daran, das Hemd aufzuknöpfen. Er streifte es ab, legte sich zu ihr und ließ seine Hand von ihrer Schulter bis zu ihren Knien gleiten und dann wieder zurück, um Hals und Wangen zu liebkosen. Ihre Augen blieben geschlossen, die Lippen waren ein wenig geöffnet, und die Haare flossen lose um ihren Kopf. Wie wunderschön, dachte er, bestreute sie mit Blumen und küsste jede Blüte, die auf ihrer Haut schimmerte. Ihre helle Gestalt auf grünem Grund, so üppig wie das Gras – ein schönerer Anblick war ihm noch nie zu Gesicht gekommen. Das sagte er ihr, legte seine restlichen Kleider ab und tauchte mit ihr in dieses vollkommene Eden ein.

20

Tal der Vézère, 15 000 v. Chr.

Mit einem Stück Holzkohle, das er auf einem flachen Stein angespitzt hatte, zeichnete Hirsch die Umrisse des Hirschbullen und erinnerte sich, wie das Tier mit den Hufen gescharrt und ihm getrotzt hatte. Vom Fleisch seiner Kuh und deren Kalb hatten sie sich ernährt, während die Häute, auf Holzrahmen gespannt, in der Luft trockneten. Ihn, den Hirsch, dessen Namen er trug, wählte er zu seinem ersten Motiv. Das tapfere, vornehme Tier hatte seinen muskelbepackten Nacken gesenkt und das Geweih auf ihn gerichtet. Er machte die Augen zu, um dieses Bild aufzurufen und auf dem kreideweißen Fels, der vor ihm aufragte, wiedergeben zu können. Es hatte in dieser drohenden Haltung schräg vor ihm gestanden, als das Kalb in den Hinterläufen eingeknickt war und die Kuh schreckhaft den Kopf emporgerissen hatte.

»Vollständig ist es erst, wenn auch du darauf zu sehen bist, du mit deinem Speer und wie du mit dem Fuß aufstampfst«, sagte er zu Mond, die neben ihm stand und die beiden gehöhlten Steine hielt, in denen sie nach seiner Anleitung Erdfarben gemischt hatte. Er betrachtete sie lächelnd und voller Bewunderung in der Erinnerung daran, wie mutig sie dem Hirschbullen begegnet war. »Wie du gebrüllt hast, kann ich natürlich nicht malen.«

Sie tauchte einen Finger in die rote Farbe und zeichnete ihn mit geradem Rücken, gespanntem Bogen und leicht nach vorn geneigtem Kopf. Erneut benetzte sie den Finger und überlegte, wie seine Füße zueinander gestanden hatten.

»Nimm noch mal den Bogen zur Hand«, sagte sie und studierte seine Haltung. So malte sie die Beine, im Ausfallschritt nach vorn, mit frischer Farbe, dann auch die Brust und das Hinterteil. Sie wollte ihr erstes Bild von ihm möglichst einfach gestalten, nur als Silhouette und einfarbig. Es sollte nicht von dem eindrucksvoll drohenden Hirsch ablenken, erschien ihr aber unverzichtbar als Teil der ganzen Geschichte. Mit dem angespitzten Stock markierte sie zum Schluss die gespannte Bogensehne.

»Zeichne jetzt auch das Kalb, hinten eingeknickt und mit schlagenden Vorderläufen«, sagte Hirsch. Sie schaute ihn verblüfft an. Mit einer solchen Aufforderung hatte sie nicht gerechnet, denn die alte Regel, wonach nur Männer Tiere zeichnen und damit ihren Zauber bannen durften, war für sie noch gültig.

»Komm mit«, sagte er und ergriff ihre Hand. »Erinnere dich.« Er führte sie nach draußen an den Bach, wo sie am Morgen mit dünnen Zweigen Skizzen in den Uferschlamm geritzt hatten. Ihre Zeichnung des Kalbs war noch deutlich zu erkennen.

»Schau, der zur Seite gebogene Hals entspricht der Wölbung des Hinterteils«, sagte er und fuhr mit dem Finger die Linien entlang. »Das hast du gut gemacht. Daran musst du dich erinnern.« Zurück in der Höhle stellte er sich hinter sie, als sie die Holzkohle zur Hand nahm und zu zeichnen anfing.

Als er sah, dass sie ohne seine Hilfe zurechtkam, ging er dazu über, seinen Hirsch zu kolorieren, rötlich das rauhe und zugleich seidige Fell und weiß den Bauch und das Geäse. Wo er die Farbe dicker auftrug, benutzte er Moos, einen Büschel Gras für dünnere Tünche. Der Kalkfels war hier sogar noch glatter als in der großen Höhle, und er stellte fest, dass sich mit trockenem Gras besonders feine Spuren darauf ziehen ließen, fast so zart wie das Gras selbst. Er schloss wieder die Augen, um sich daran zu erinnern, wie unter den stampfenden Hufen des Hirschs der Staub aufgewirbelt und das Gras in Bewegung geraten war. Jetzt sah er: Nicht etwa die Hufe, sondern das zerwühlte Gras hatte den Eindruck von Bewegung und Kraft vermittelt. Warum war bislang nie das Gras gemalt worden, über dem die Tiere dahinstoben? Warum hatten die Hüter immer nur alte Vorlagen nachgezeichnet? Versuchsweise wischte er den farbgetränkten Grasbüschel über die Hufe des Hirschs und trat einen Schritt zurück, um das Ergebnis zu begutachten. Ja, jetzt war zu sehen, wie sich das Gras vor den kräftigen Hufen teilte. Hirsch wunderte sich selbst über seine Kühnheit, aber genau so hatte er es gesehen.

Und es war ja seine Höhle, seine und Monds Höhle, in der die alten Regeln keine Bedeutung hatten. Für ihn war selbstverständlich, dass auch Mond ihr Talent nutzte und zur Entfaltung brachte. Ihr zu zeigen, was er gelernt hatte, und dann ihre Fortschritte zu bestaunen beglückte ihn so sehr wie alles andere an ihr. Und wenn das alte Gesetz, das Frauen den Zugang zur Höhle verwehrte, offenbar so töricht war, wie stand es dann um die übrigen Regeln? Wieso war einem Hüter nur eine Tierart zugeordnet, die er immer und immer wieder in ähnlicher Form auf die Wand brachte? Hirsch sah auch nicht ein, warum er nur Tiere malen sollte und nicht auch die Bäume und das Gras, von denen sie sich ernährten, die Flüsse, aus denen sie tranken, und die Landschaften, durch die sie zogen.

Plötzlich kam ihm die Idee, dass die Hirsche, Pferde, Auerochsen und Bären, die er malen wollte, Teil eines größeren Gesamtbildes sein könnten, das sie in ihrer natürlichen Umgebung darstellte: Bären zwischen Felsen, Hirsche im Wald, Pferde in ihrer Herde, die sich in geheimnisvoller Ordnung auf einen Fluss zubewegten, um daraus zu trinken.

Begeistert von diesen Gedanken, trat er vor die gegenüberliegende Wand und skizzierte die Umrisse einer Hügellandschaft, dazu den aufragenden Felsvorsprung, unter dem Mond und er die erste Nacht verbracht hatten. Seine Phantasie ging über die Grenzen der Erinnerung hinaus, und er malte einen Bären, der nach langem Winterschlaf seine Höhle verlässt und die Schnauze in den Wind hebt. Dazu passte, wie Hirsch fand, ein hoher Baum in sinnfälligem Größenverhältnis zum Tier. Aber ein Baum hatte grünes Laub, und woher nahm er grüne Farbe? Die war aus Erde und Ton nicht zu gewinnen. Aber dann kam ihm ein Bild in den Sinn von Kindern, die am Flussufer spielten und die grasbewachsene Böschung hinunterrutschten, was zur Folge hatte, dass sie grünen Schmier auf ihrer Haut davontrugen. Im Gras steckte grüne Farbe. Wie kam man an sie heran? Er bückte sich und hob einen kleinen Kalkklumpen vom Boden auf, der so fest war, dass er in der Hand nicht zerbröselte. Damit ging er an den Bachlauf, wickelte frisches Gras um den Stein und tunkte ihn ins Wasser. Tropfnass holte er den Wickel wieder hervor und zermahlte ihn vorsichtig zwischen zwei Feldsteinen. Und tatsächlich, der Kalkabrieb hatte das Grün der Pflanze angenommen. Es war zwar stumpfer als das leuchtende Gras, aber sehr wohl zu gebrauchen. Hirsch setzte sich auf die Fersen und schaute zu den Bäumen empor, in denen eine Vielzahl von Grüntönen zu unterscheiden war, dazwischen auch gelbe Tupfer und helle Lichtflecken, die den Himmel spiegelten. Mit seiner neugewonnenen Farbe kehrte er in die Höhle zurück und dachte bereits darüber nach, wie sich das Blau für den Himmel herstellen ließe. Aus blauen Blüten vielleicht. Aber wie würden die sich mit dem Kalk vermischen?

In aller Frühe, gleich nachdem er einen ersten Schluck Wasser aus dem Bach getrunken hatte, machte er sich auf den Weg zu den ausgelegten Fallen. Mond brauchte Kaninchenfelle, aus denen sie warme Kleider für den Winter nähen wollte. Sie hatte bereits einen Korb geflochten, mit dem sie bald Fische fangen würden. Außerdem galt es, einen Vorrat an geräuchertem Fleisch anzulegen, und das bedeutete, es mussten Rentiere gejagt werden, um aus deren Haut ein Räucherzelt bauen zu können. Hirsch tat es um die Zeit leid, die er nicht in der Höhle verbringen konnte, sondern fern von Mond, mit der er sich längst viel enger verbunden fühlte als früher mit den Hütern und Lehrjungen. Sie griff seine Ideen auf und lohnte sie ihm, unter anderem damit, dass sie ihre eigenen Pläne für die große Höhlenwand entwarf und seine Phantasie beflügelte.

Die Bilder nahmen allmählich die Gestalt an, die er sich

erträumt hatte. Die Hügel und das weite Grasland bedeckten inzwischen die gesamte Wand, bevölkert von einem schlafenden Bären, grasenden Hirschen und Pferden, die im hohen Schilf standen und aus dem Fluss tranken. Ein großer schwarzer Bulle wachte über seine Kuh, und zwischen schroffen Felsen zeigte sich ein Steinbock. Das war die Welt, wie die beiden sie kannten, ein Ort voller Leben und Bewegung, das, was sie mit eigenen Augen sahen und voller Freude nachzubilden versuchten: Schilfrohr und Bäume, bunte Wildblumen, wellenschlagendes Wasser, in dem sich Fische tummelten, und ein Abendhimmel voller Rot- und Violettschattierungen. Darauf hatte Mond aufmerksam gemacht, als er daran gescheitert war, den zarten blauen Blüten ihre Farbe abzuringen. Monds Idee, die Abendstimmung wiederzugeben, war besser, wie er fand. Darüber ließ sich eine Ahnung von ablaufender Zeit vermitteln, und ein flüchtiger Moment war gleichsam gebannt.

Die Wände der Höhlenöffnung waren mit kleineren Skizzen ausgeschmückt, etwa mit einem Stier, den er gezeichnet hatte, um die richtige Verteilung der Körpermassen einzuüben. Mond hatte sich an einem Reh versucht und an zwei Pferden, einem, das ruhte, und einem anderen in gestrecktem Galopp. Diese Bilder im Einstieg bereiteten gewissermaßen darauf vor, was im Inneren der Höhle zu sehen war: auf der einen Seite die weite Landschaft, auf der anderen die Jagdszene, die ihn und Mond darstellte in ihrem Aufeinandertreffen mit den Hirschen. Der hintere Teil der Höhle war noch unbemalt. Über die Möglichkeiten einer Ausgestaltung hatte Hirsch noch nicht ernstlich nachgedacht. Am Vorabend, beim Essen, hatte er flüchtig überlegt, vielleicht eine Szene der großen Jagd nachzustellen, den Moment, als sich die Jungen in ihrem Wunsch, Männer zu sein, über die gestürzten Rentiere hergemacht hatten. Die Vorstellung faszinierte ihn, doch er zweifelte daran, wiedergeben zu können, was tatsächlich zu sehen gewesen war, nämlich im Grunde nicht viel mehr als eine riesige Staubwolke, und dank der großartigen Entdeckungs- und Forschungsreise, die er mit Mond unternahm, war ihm inzwischen klargeworden, dass er in seiner Arbeit der Wahrheit verpflichtet war, wie sie sich den Augen präsentierte.

Was er gesehen hatte, war Mond, wie sie am Ufer des Baches gehockt hatte, die Beine über Kreuz, und mit einem Zweig in der Hand Skizzen in den Schlamm gezeichnet hatte, wie sie immer wieder zu ihm aufgeblickt hatte, ohne in ihrer Konzentration nachzulassen. Sie hatte ihn gezeichnet, wie schon damals, als er ihr Talent erkannt hatte. Und diesmal war ihm aufgefallen, dass sie im Unterschied zu damals feine, vorsichtige Linien in den Schlamm zog. Als er genauer hinsehen wollte, hatte sie ihn beinahe barsch aufgefordert, Abstand zu halten. So war ihm nichts anderes übriggeblieben, als ihr von ferne zuzusehen, bis sie schließlich aufstand, ihr Werk begutachtete, dann mit den Füßen verwischte und lachend in seine Arme gelaufen kam.

Er hatte jetzt die Kaninchen in den Holzrahmen gehängt, seinen Beutel abgenommen und die Steinaxt an ihren Platz neben den Höhleneingang gelegt, und als sich seine Augen an die Dunkelheit gewöhnt hatten, sah er Mond im hinteren Teil der Höhle vor der weißen Wand stehen. Er sah, dass ein großangelegter Entwurf darauf Gestalt annahm. Dass sie, ohne sich mit ihm abzustimmen, damit angefangen hatte, verärgerte ihn. Doch er besann sich sofort; schließlich hatte auch er mit seinem großen Landschaftsgemälde begonnen, ohne sie vorher gefragt zu haben. Diese Höhle war ebenso ihr Werk wie seines, und an ihren Fähigkeiten konnte kein Zweifel mehr bestehen. Ja, es gab im Grunde nichts, was er ihr noch hätte beibringen können. Er schloss die Augen, damit sie sich noch besser auf die Dunkelheit einstellten, und lächelte in Gedanken an sie. Im Geiste sah er sie weben, jagen, in seinen Armen liegen, im Wasser plantschen und das Feuer hüten, Tieren das Fell über die Ohren ziehen und Häute zusammennähen für das Räucherzelt. Mutig wie ein Mann und nicht weniger tüchtig, machte sie auch als Geliebte alle Versprechen wahr. Als er ihre Schritte auf sich zukommen hörte, blinzelte er ihr entgegen.

»Nein«, sagte sie. »Lass die Augen geschlossen. Komm, gib mir deine Hand.« Sie half ihm auf die Beine und führte ihn in die Höhle. Nach drei, vier Schritten glaubte er in der Mitte der Kammer zu stehen, die Landschaft zur Linken und rechts die Jagdszenen. Sie blieb stehen, stellte sich hinter ihn und legte ihre Hände über seine Augen.

»Jetzt kannst du sie aufmachen«, sagte sie und zog die Hände zurück. Und plötzlich sah er sein eigenes Abbild, Gesicht und Schultern, geradeso wie im Spiegel einer Wasserpfütze. Die Haare, dicht und lockig, fielen über die Stirn und bis auf die Schultern hinab. Unwillkürlich hob er die Hand ans Kinn und ertastete an sich, was er sah, den Mund, die Nase und die Wangenbeine, wo er ihre Hand fühlte und sie drückte.

»Ich hätte nie gedacht ...«, stammelte er erschrocken und staunend. Er konnte keinen klaren Gedanken fassen und holte tief Luft. »Ich glaube, ich träume.«

Er trat näher an die Wand heran, brach den Bann, in den ihn Mond geschlagen hatte, und entdeckte sich, sein Bild, wie von ihr gesehen. Er wusste gar nicht, dass seine Augen braun waren und grüne Einsprengsel hatten, seine Lippen so rot, und zum ersten Mal sah er die Form seiner Nase. Wieder fuhr er mit der Hand übers Gesicht und fand bestätigt, dass die Kieferknochen so scharf geschnitten waren wie auf dem Fels dargestellt. Seine Finger fanden die Kerbe, die sie ihm ins Kinn gezeichnet hatte, die lächelnd nach oben gezogenen Mundwinkel und den langen, schlanken Hals.

Der gezeichnete Kopf war größer als in Wirklichkeit; er kam sich klein dagegen vor. Das Gesicht hatte den Umfang seiner Brust, es war riesenhaft, wirkte trotzdem freundlich und bestand nicht nur aus Haut, Knochen und Augen. Es hatte auch Charakter und die Ausstrahlung eines Menschen, der denken, sehen und sprechen konnte. Das war nicht irgendein Kopf, sondern unverwechselbar seiner, wiedererschaffen von der Frau, die er liebte.

Er trat noch näher heran, um die feinen Linien zu würdigen, die mit Holzkohle aufgetragen waren und die Nase plastisch hervortreten ließen. Winzige rote Tupfer markierten die inneren Augenwinkel, und er sah, dass sie seinen Trick angewendet und mit einem Büschel trockenen Grases den Haaren Textur verliehen hatte.

Die Augen auf sein Abbild gerichtet, rückte er von der Wand wieder ab, immer weiter, bis er mit dem Rücken an die gegenüberliegende Ecke stieß, wo die Kammer in den

Ausgang mündete. Jetzt verstand er, warum sie den Kopf so groß angelegt hatte. Er fügte sich harmonisch ein in die anderen Zeichnungen zu beiden Seiten, dominierte zwar, war aber nicht übermächtig. Im Gesamtbild nahm er als Mensch den ihm gebührenden Platz ein, eingebettet in die von Tieren bevölkerte Landschaft, aber gleichzeitig hervorgehoben in seiner Besonderheit, als Person, von Geist beseelt und einzigartig.

»Das macht dich zum wahren Hüter des Hirschs«, sagte er und suchte nach Worten, um seiner Bewunderung für ihr Werk angemessen Ausdruck zu verleihen. »Dieses Hirschs, und damit meine ich mich.« Er hatte sie nicht kommen hören, aber plötzlich stand sie neben ihm und legte ihre Hand auf seinen Arm.

»Dann bist du der Hüter des Mondes«, entgegnete sie, legte ihren Kopf auf seine Schulter und spürte, dass er am ganzen Leib zitterte.

»Etwas Schöneres habe ich nie gesehen«, sagte er. »Am liebsten würde ich es dir gleich nachtun und dich malen. Warum hat das vor uns eigentlich noch niemand versucht? Es ändert alles, was ich bislang für unsere Arbeit gehalten habe.«

Er wandte sich ihr zu, betrachtete ihr Gesicht und fuhr ihr mit der Hand durch die Haare. Bei aller Liebe, die er für sie empfand, sah er sie auch mit den Augen des Malers, schon mit der Frage im Sinn, wie er diese Formen und Farben würde wiedergeben können.

»Deshalb habe ich daneben viel Platz frei gelassen«, sagte sie. »Ich wusste, dass du mich ebenfalls malen möchtest; zumindest habe ich es gehofft.«

»Aber ich sehe, dass auf beiden Seiten noch viel Platz ist«, sagte er.

»Ja, wir werden schließlich Kinder haben«, entgegnete sie lächelnd und legte seine Hand auf ihren Bauch. »Ich habe schon lange vorgehabt, dich zu malen. Im Kopf war das Bild schon fertig, aber zu zeichnen angefangen habe ich erst letzte Nacht, als ich mir sicher war, dass wir einen Sohn bekommen.«

»Oder eine Tochter«, jubelte er und umarmte sie stürmisch. »Ich kann es kaum erwarten, dich, die junge Mutter, zu malen.«

»Jetzt nicht«, sagte sie und löste die Riemen ihres Umhangs. »Das hat noch Zeit.«

Er schreckte aus dem Schlaf auf, geweckt von ihrer Hand, die sich in seine Schulter krallte. Er sprang auf, griff nach seiner Axt und drängte sie auf den Höhleneinstieg zu. Sie bewegte sich schwerfällig mit dem Kind im Bauch und verschwand im Schutz der Felsgrotte, nicht ohne ihren Speer und seinen Lederbeutel. Er schaute sich um, sah aber nur die Bäume im Herbstwind wiegen. Gleichwohl spürte er, dass da jemand in der Nähe war und lauerte. Er langte nach seinem Bogen und dem Köcher und presste die Lippen aufeinander, als der Bogen verräterisch laut über die Felswand kratzte.

Mond war hinter ihm in Sicherheit und bereit, sich mit ihrem Speer zu verteidigen. Er hatte seinen Bogen, seine Axt und das Messer. Einem Tier würde er sich zur Wehr setzen können, auch den meisten Männern. Er und Mond hatten ihre Verteidigung geprobt. Selbst auf eine Belagerung waren sie vorbereitet; in der Höhle gab es für viele Tage frisches Wasser und Rauchfleisch. Außerdem hatten sie einen Berg von Steinen aufgehäuft, um im Notfall den Einstieg zu vermauern. Hirsch reckte den Hals, lauschte angestrengt in den Wind und hörte ein Flüstern. Männer. Dann sah er, wie sie die Glut in seinem Feuer wiederauflodern ließen und daran Platz nahmen, als wollten sie bis zum Morgen warten. Vielleicht waren es Fremde, die das Feuer gesehen hatten und nach kurzer Rast wieder weiterziehen würden. Aber dass sie nachts unterwegs waren, schien mehr als ungewöhnlich, und Fremde würden doch nachgefragt haben, ob sie willkommen seien. Hirsch beschlich ein ungutes Gefühl. Hatte sie der Hüter der Stiere am Ende doch aufgespürt? Mond kam und hielt sich ängstlich an ihm fest. Er nahm sein Messer und hängte es ihr an der Lederschnur um den Hals.

»Tochter – Kleiner Mond.« Es war die Stimme ihres Vaters, des Hüters der Pferde.

»Vater«, platzte es aus ihr heraus, ehe sie sich besinnen konnte. Verärgert über sich selbst, fragte sie: »Warum bist du gekommen? Was willst du von uns?«

Er zeigte sich ihnen vor der Höhlenöffnung und streckte die Arme nach vorn, um zu zeigen, dass seine Hände leer waren.

»Ihr habt von mir nichts zu befürchten«, sagte er und kam auf sie zu.

»Nicht näher, alter Freund«, sagte Hirsch, als sich der Hüter bis auf wenige Schritte genähert hatte und neugierig einen Blick auf die Skizzen im Einstieg warf. »Wie viele sind mit dir gekommen?«

»Viele«, antwortete er. »Alle Hüter, die Jäger und von den Holzsammlern, den Steinbrechern und Fischern jeweils der Erste. Und deine Mutter, Mond.« Am Horizont wurde es hell.

»So viele?«, hauchte sie.

»Wir haben unsere Höhle verloren, alles, was uns lieb und teuer war.«

»Es gibt andere Höhlen«, sagte Hirsch. Er hatte einen Pfeil auf die Sehne gelegt und spähte immer wieder argwöhnisch hinüber zum Feuer. »Der Sturm hat euch die Höhle genommen. Wir haben damit nichts zu tun.«

»Den Sturm hast du entfesselt mit dem, was du getan hast. Davon sind die Hüter überzeugt. Du musst zurückkommen und Buße tun.«

»Denkst du etwa immer noch daran, mich dem Hüter der Stiere zur Frau zu geben?«, zischte Mond. »Schwanger, wie ich bin, wird er mich gar nicht mehr haben wollen. Und du wirst keine Tochter wollen, die inzwischen selbst malt und Anspruch darauf erheben würde, der Bruderschaft beizutreten.«

»Du bist schwanger?«, fragte er gerührt. »Mit meinem Enkelkind?«

»Schau hin, Vater«, sagte Mond und zeigte auf die Wand im Einstieg. »Dieser Wisent und dieser Bär sind Arbeiten deiner Tochter.«

Er staunte über die Zeichnungen, und beide, Hirsch und Mond, sahen erst jetzt, wie sehr er gealtert war.

»Wie habt ihr uns gefunden?«, wollte Hirsch wissen.

»Als ihr verschwunden seid, ist einem Jäger aufgefallen, dass ein Baumstamm fehlte. Er hat vermutet, dass ihr über den Fluss geflohen seid, und ist stromabwärts gezogen. Bei dem großen Felsen hat er Leute getroffen, die euch gesehen haben. Der Jäger ist zu uns zurück, um Bescheid zu geben, und hat die Suche wiederaufgenommen. In einer Flussbiegung sah er, dass der Wasserlauf von Hölzern und Gestrüpp blockiert war. Er lag wohl richtig in der Annahme, dass ihr von dort aus zu Fuß weitergezogen seid. Er suchte die ganze Gegend ab, entdeckte schließlich euer Feuer und kehrte um, um uns zu holen. Es war eine lange Reise, die längste meines Lebens.«

»Wir kommen nicht zurück«, sagte Hirsch.

»In dem Fall, so fürchte ich, wird man dich töten«, entgegnete Monds Vater. »Die Männer haben Angst und sind voller Wut. Sie wollen, dass wieder alles so ist, wie es war.«

Im Hintergrund wurden ungeduldige Rufe laut. Monds Vater drehte sich um und forderte die anderen auf zurückzubleiben. Für einen kurzen Moment zeigte sich ein Kopf, der des ersten Jägers. Als beißender Rauch zu riechen war, ahnte Hirsch, dass man sie aus der Höhle herauszuräuchern versuchte. An eine solche Gefahr hatte er nicht gedacht. Der Hüter der Pferde fing zu husten an.

»Du gehst jetzt besser, Vater«, sagte Mond.

»Nein, mein Kleines. Ich will deine Arbeiten sehen.«

Hirsch kannte ihn als freundlichen Mann und wusste um seine Liebe zur Malkunst. Er trat einen Schritt zurück, um ihn eintreten zu lassen, und sagte: »Als Monds Vater, als mein Freund und Lehrer bist du uns herzlich willkommen.«

Der Rauch hatte das Innere der Höhle noch nicht erreicht. Die Luft war klar, und der Alte konnte die große

Landschaft erkennen. Als er die beiden Porträts im hinteren Teil erblickte, blieb er wie angewurzelt stehen.

Hirsch und Kleiner Mond, Seite an Seite, menschlich und doch so groß wie ein Stier. Der Alte wankte, und es schien, als drohte er in Ohnmacht zu fallen.

»Was habt ihr da getan?«, fragte er seine Tochter voller Entsetzen. Sein Blick wanderte zwischen den beiden, wie sie in Fleisch und Blut vor ihm standen, und ihren riesenhaften Abbildern an der Wand hin und her. »Das darf man nicht«, murmelte er wie zu sich selbst. »So großartig es auch ist.«

»Hirsch hat mich gemalt und ich ihn«, erklärte Mond.

»Du? Du hast das gemalt?«, flüsterte er. Inzwischen hatte sich dicker Rauch in der Höhle breitgemacht. Ihre Augen fingen zu tränen an. Von draußen tönte ein wütender Ruf; ihm folgte ein Pfeil, der am Fels zerbrach. Hirsch sprang hinter den Steinhaufen und spannte seinen Bogen. Ein zweiter Pfeil prallte von der Wand im Einstieg ab und schnellte ins Innere der Höhle. Er drehte sich um. Mond und ihr Vater standen engumschlungen vor der hinteren Wand.

Plötzlich verdunkelte sich der Einstieg. Hirsch ließ einen Pfeil durch den Rauch fliegen. Ein Schmerzensschrei. Die beiden nächsten Pfeile blieben ohne Wirkung. Stattdessen richtete sich ein mächtiger Schatten vor ihm auf, und es dauerte eine Weile, bis er den mit Tierhäuten bespannten Holzrahmen darin erkannte, den die Männer wie einen Schild vor sich hertrugen. Er ließ den Bogen fallen, bewaffnete sich mit seiner Axt und Monds Speer und wartete.

Die Angreifer konnten im Dunkeln ebenso wenig sehen

wie er, aber er war im Vorteil, weil sie nicht wussten, wo er sich versteckt hielt. Als er über dem Steinhaufen zwei Speerspitzen auftauchen sah, hackte er mit seiner Axt darauf ein und zielte mit dem Speer unter dem Schild hinweg auf ungeschützte Beine. Ein Fußtritt riss ihm die Waffe aus der Hand, worauf er mit der Axt wild auf die Lederhäute einhieb, ohne verhindern zu können, dass er zu Boden gestoßen wurde und mit dem Kopf aufschlug. Sofort waren die Männer zur Stelle, die ihm Hände und Füße mit Lederriemen fesselten und ihn an den Haaren nach draußen zerrten, wo inzwischen die Sonne aufgegangen war. Hirsch schrie vor Schmerzen auf, als sie ihn durch die Feuersglut schleppten und vor den Fels warfen.

Ein Mann stand vor ihm, der einst groß und stark gewesen, nun aber eingefallen war und nur noch aus schlaffer Haut und Knochen zu bestehen schien. Sein Körper war voll schwärender Wunden, und die Hände sahen aus wie Klauen. Aus der Maske aus Adlerfedern starrte ihm ein Auge entgegen. Der Hüter der Stiere war dem Tod geweiht, wie es Mond in ihrer Zeichnung vorhergesehen hatte, doch noch stand er aufrecht und mit erhobener Schnabelkeule vor ihm.

Zwei junge Männer brachten Mond aus der Höhle. Sie hielten sie fest an den Armen gepackt. Hirsch kannte beide; sie waren gleichzeitig mit ihm in den Kreis der Männer aufgenommen worden. Auch alle anderen, die ihn umringten, waren ihm seit seiner Kindheit vertraut, die Hüter und Jäger und Monds Mutter, die ihrer Tochter entgegenlief und sie umarmte, sichtlich verwundert darüber, dass sie hochschwanger war.

»Ich gehe nicht zurück«, sagte Hirsch und spuckte Blut, wobei ihm, wie es schien, auch ein Zahn verlorenging.

»Ich auch nicht«, rief Mond.

»Ihr habt einen bösen Zauber über uns heraufbeschworen«, knurrte der Hüter der Stiere in gespenstisch vertrautem Tonfall. »Ihr habt unsere Höhle zerstört und mich mit Krankheit geschlagen. Unsere Jäger finden kein Wild mehr, die Fische schlüpfen durch die Netze, und die Kinder weinen vor Hunger. Daran seid ihr schuld.«

»Nicht wir«, protestierte Hirsch. »*Du* hast das Böse über unsere Sippe gebracht, du mit deinem Stolz und deinen neuen Ritualen. Mit einem falschen Vogelzauber hast du die Schicksalsmächte zu überlisten versucht und dich selbst erhoben zum Herrn der Lüfte. Du hast dir den Kopf eines Tieres aufgesetzt. Das Böse geht von dir aus. Unsere alten Sitten waren dir nichts mehr wert. Gegen den Willen ihres Vaters wolltest du Mond zu deiner Frau machen. Dass du krank geworden bist, hast du selbst verschuldet, und es ist ebenso deine Schuld, dass die Höhle verschüttet und die Sippe in Aufruhr ist. Vor dir und deinem Wahn sind wir geflohen.«

»Was du zerstört hast, haben wir geschaffen«, rief Mond mit seltsam froher Stimme, fast singend, den Kopf hoch erhoben und mit Blick auf den Morgenhimmel. »Du hast aus lauter Lust und Wut eingerissen, was wir in Liebe aufgebaut haben.

Was du zerstört hast, haben wir geschaffen«, wiederholte sie. »Zeig es ihm und den anderen, Vater. Zeig ihnen, was unter der Hand der Großen Mutter entstanden ist.«

Und der Hüter der Pferde führte einen nach dem anderen durch den Einstieg in die Höhle. Während Mond weiter in den Himmel starrte, sah Hirsch das Staunen auf ihren Gesichtern, als sie wieder nach draußen kamen. Der Hüter der Bären schien schockiert. Oder war er empört? Der Hüter der Steinböcke fragte Hirsch: »Alles von dir?« Hirsch verneinte und klärte ihn über Monds Anteil an den Felszeichnungen auf. Tuschelnd steckten die Hüter die Köpfe zusammen. Die jungen Jäger schauten sich irritiert nach Mond um. Offenbar wusste keiner mehr, wie es nun weitergehen sollte. Die Wut, mit der sie gekommen waren, schien verraucht. Hirschs Attacke auf den Hüter der Stiere hatte sie zur Vernunft gebracht, und alle waren nach Monds beschwörenden Worten von Ehrfurcht ergriffen, denn sie dachten, die Große Mutter selbst habe zu ihnen gesprochen.

»Binde mich los«, forderte Hirsch den jungen Jäger auf, der neben ihm stand, und wortlos machte sich dieser daran, die Riemen zu lösen.

Der Letzte, der die Höhle betrat und wieder herauskam, war der Schatten des Mannes, den er als Hüter der Stiere kannte. Der Alte lehnte sich an den Fels. Selbst die Federn rund um seinen Schnabel schienen herunterzuhängen. Aber dann, offenbar gereizt vom Stimmungsumschwung derer, die er hierhergeführt hatte, warf er sich in die Brust und trat auf Hirsch zu, der noch am Boden lag, und stieß den jungen Jäger beiseite.

»Frevler!«, donnerte er. »Das Böse hat deine Seele verhext. Es wird die Flüsse austrocknen, die Weiden verdorren lassen und uns alle vernichten.«

Plötzlich holte er mit seiner schweren Schnabelkeule aus

und ließ sie mit lautem Gebrüll auf Hirschs Kopf niederfahren.

Es war nur ein kurzer, schriller Schrei von Mond zu hören. Alle anderen waren stumm und rührten sich nicht. Nur dieser immer noch mächtige Mann mit dem Kopf eines Adlers und der hocherhobenen Schnabelkeule, von der Blut tropfte, war noch imstande, sich zu bewegen.

»Das Böse!«, brüllte er wieder, trat auf Mond zu und schwang die Keule. Sie aber hatte sich aus ihrer Erstarrung gelöst, tauchte unter der herabstürzenden Keule hinweg und stach mit Hirschs Steinmesser zu, das sie immer noch in der Hand hielt. Der Hüter der Stiere fiel auf die Knie. Aus einer großen Wunde im Unterleib quollen ihm die Eingeweide. Den Adlerkopf gesenkt, starrte er auf das blutige Geschlinge. Als er wieder aufblickte, versetzte Mond ihm einen Tritt vor die Schläfe, der ihn zu Boden warf. Blitzschnell riss sie ihm die Adlermaske vom Gesicht und schleuderte sie ins Feuer. Aus seinem Mund sickerte Blut. Ein letztes zuckendes Aufbäumen, und dann rührte er sich nicht mehr.

Langsam ging sie auf Hirsch zu und betrachtete seinen zerschmetterten Schädel so aufmerksam, als wollte sie ihn malen, legte dann beide Hände auf ihren geschwollenen Bauch und schloss die Augen. Zu hören war nur das knisternde Feuer, von dem sich der stinkende Rauch brennender Federn über das Gras und die beiden Toten ausbreitete, um die die Männer einen Kreis geschlossen hatten.

»Das Böse ist besiegt«, rief sie mit bebender Stimme. Ihr Blick war über die Köpfe der anderen hinweg auf die Sonne gerichtet, die soeben aufgegangen war.

»Das Böse ist besiegt«, wiederholte sie. »Aber es hat uns gezeichnet und auseinandergebracht. Es hat uns alle verändert.«

Der Rauch trieb davon, und das frische Blut dampfte in der kühlen Morgenluft.

»Es hat den Bund der Hüter und das Band zwischen Mann und Frau zerrissen, so auch das, was uns an die Höhle gebunden hat.« Sie sprach jetzt ruhiger, rhythmisch und fast einlullend.

»Doch es können neue Bande geknüpft werden. Das Böse wurde vom Leben bezwungen.« Ihre Stimme nahm ein tieferes Timbre an und klang fast wie die eines Mannes. Blut sickerte von ihrer Hand und bildete einen Tropfen an der Fingerspitze, der zitternd anschwoll und schließlich abriss.

»Das Böse wurde vom Leben bezwungen«, wiederholte sie, wie über ein Wunder staunend und in Erinnerung an jene Nacht, da sie den bösen Mann … nein, den Hüter, der vom Bösen besessen war, zum ersten Mal angefallen hatte. Sie spürte jetzt das junge Leben in ihrem Leib, das sich bewegte, und lächelte eingedenk der Großen Mutter, die sie damals nachts in der Höhle mit warmer, zarter Berührung getröstet hatte, bevor Hirsch zu ihr gekommen war. Die Große Mutter hatte den Zauber bewirkt, dem der Hüter der Stiere schließlich erlegen war. Sie hatte ihr einen Mann gegeben und wieder genommen, sie einem Feind gegenübergestellt und ihr die Kraft verliehen, ihn zu bezwingen. Und sie hatte ihr Hirschs Kind geschenkt. Der Ausgleich war hergestellt. Das spürte sie ganz deutlich.

Sie senkte das Gesicht, das himmelwärts gerichtet gewesen war, und das erstarrte Publikum sah sich zum ersten Mal von ihr wahrgenommen. Sie ließ ihren Blick schweifen, von ihrem Vater auf die Mutter und über die Männer, die sie seit ihrer Kindheit kannte. Mond sah, dass sie alle Vergebung für ihren Teil an diesem Schrecken nötig hatten.

»Hirsch lebt in mir weiter, so auch in unserer Arbeit in der Höhle, in den Tieren, die wir mit unserer Malerei ehren, und in euch, unserer Sippe. Das Leben setzt sich fort, von Generation zu Generation, in unseren Gebräuchen, den Tieren und dem Land«, sagte sie, und die Worte kamen ihr wie von selbst. »Wie der Fluss strömen wir immer an derselben Stelle entlang. Wir werden auf immer hier sein. Mein Kind. Hirschs Kind. Unser Junges.«

Sie stockte und wankte ein wenig, erschöpft, wie sie war. Doch die anderen hingen an ihren Lippen. Sie wollten mehr von ihr hören, nicht nur Vergebung, sondern auch etwas, das ihnen Führung und Richtung gab und sie von dem Zwang befreite, der sie gefangen hielt, einem Zwang, unter dem sie, wie sie ahnte, auch selbst noch stand. Und wiederum als Geschenk der Großen Mutter kamen ihr die beiden Höhlenbilder in den Sinn, die alle, die sie gesehen hatten, in Bann hielten. Nicht das Blutopfer hatte sie in Ehrfurcht erstarren lassen, sondern jene beiden großen Bilder von ihr und Hirsch. Dass sie eine solche Macht ausübten, wollte sie nicht; es belastete sie. Es mochte vielleicht andere Männer für sie geben, nicht aber ein weiteres Bildnis dieser Art, von dem eine Magie ausging, die sie mit ihrem Verstand nicht fassen konnte. Sie wusste nur, dass ein solches Werk nicht zu wiederholen war. Die anderen aber brauchten jetzt ihre Führung.

»Vater, ich komme mit euch«, sagte sie. »Vorher bringen wir Hirsch in die Höhle, wo er mich auch im Tod vor Augen hat, und dann versiegeln wir den Einstieg. Unsere Arbeit hier ist getan.«

21

Périgord, Juni 1944

Manners hatte noch nie so viele *tricolores* gesehen, so viele rotweißblaue Fahnen, die von jeder Brücke, aus allen Autos und aus jedem zweiten Fenster der Ortschaften hingen, durch die sie fuhren. Er saß in einem Polizeitransporter, gesteuert von einem Gendarmen, der ihn wahrscheinlich einen Monat zuvor noch verhaftet und vor zwei Monaten auf der Stelle erschossen hätte. Jetzt half er bei Sprengstoffanschlägen. Die Schienenwege zu beiden Seiten der Dordogne waren unpassierbar gemacht und auch die Brücken bei Mauzac und Trémolat, Le Buisson und Saint-Cyprien, Beynac, Mareil und Saint-Denis. Und als kein Plastiksprengstoff mehr zur Verfügung stand, hatten Freiwillige an die noch befahrbaren Gleise Feuer gelegt und diese so stark erhitzt, dass man sie um Bäume hätte wickeln können. Die Deutschen würden neue Schienen verlegen müssen, wenn sie diese Strecken weiter nutzen wollten. Aber noch immer gab es jede Menge zu tun. Jedem Steinbruch war ein Vorrat an Dynamit zugeteilt, das in den Stationen der Gendarmerie und Miliz lagerte, und damit deckte sich Manners nun ein. Er hatte schon fast eine halbe Tonne, und bei Le Bugue und Manaurie mussten noch Brücken über die Vézère gesprengt werden.

»Da ist wieder eine Straßensperre«, murmelte der Fahrer. Manners machte sich darauf gefasst, dass beim Anblick seiner britischen Uniform wieder einmal ein großes Hallo ausbrechen, Sten-Guns und alte Lebel-Gewehre geschwungen und alte Männer vor ihm strammstehen würden. Aber anstatt, wie erwartet, durchgewinkt zu werden, musste sein Fahrer anhalten. Gewehre waren auf ihn gerichtet. Neben der Trikolore flatterte eine große rote Fahne, und auf dem mit Steinen beladenen Karren, der die Straße blockierte, stand mit Kreide das Wort »Stalingrad« geschrieben. Sein Fahrer blickte verängstigt drein. Manners öffnete die Tür und stieg auf das Trittbrett hinaus, als ein kleiner, dünner Mann mit weißen Knien unter den kurzen Hosen herbeieilte und fragte: »Was haben Sie geladen?«

»Sprengstoff. Für die Eisenbahnbrücken.«

»Den brauchen wir«, entgegnete der Mann und richtete eine Pistole auf Manners. »Der Sprengstoff ist beschlagnahmt, im Namen des Volkes«, rief er, was von den anderen Männern, die mit ihm die Straße blockierten, mit Applaus quittiert wurde. »Das gebe ich Ihnen, wenn Sie wollen, auch schriftlich. Raus aus dem Wagen.«

»Sie können nicht beschlagnahmen, was ich mit mir führe. Ich bin britischer Offizier und kämpfe auf Ihrer Seite«, versuchte Manners einzulenken. »Wenn ich diese Brücken nicht sprenge, wird eine Panzerdivision der SS aus Toulouse kommen und an die Front im Norden vorrücken.«

Der Mann feuerte einen Schuss in die Luft ab. »Raus, habe ich gesagt.«

»Capitaine, capitaine«, meldete sich eine Stimme voller Überschwang. »Willkommen im befreiten Frankreich.« Es war der große Spanier aus Soleils Château. Er küsste Man-

ners auf beide Wangen und stieß den dünnen Mann achtlos beiseite. »Genossen, dieser Mann kann wie kein zweiter mit einer Sten-Gun umgehen. Er baut sie mit verbundenen Augen auseinander und wieder zusammen«, rief er. »Macht die Straße frei für unseren tapferen *capitaine*!« Er packte selbst mit an, stemmte seine massige Schulter gegen den Karren und schob ihn von der Straße, um Manners' Transporter passieren zu lassen. »Viel Glück«, rief er ihm nach und salutierte mit geballter Faust.

»Die verdammten Roten sind inzwischen überall«, knurrte der Fahrer und zündete sich mit zitternder Hand eine Zigarette an. Manners grinste ihn erleichtert an und rechnete sich im Stillen aus, wie viel Dynamit einer Ladung Plastiksprengstoff entsprach. In Le Bugue angekommen, dem Ort seines ersten Anschlags, fuhren sie auf dem Weg zur Station an Sybilles Haus vorbei. Aus ihrem Fenster im Obergeschoss hing eine französische Fahne, doch die Praxis schien geschlossen zu sein; die Rollläden waren zugezogen. Er versuchte, den Gedanken an sie zurückzudrängen.

Drei Stangen Dynamit reichten, um die Schienen zu sprengen und alle, die noch im Bett lagen, aufzuwecken. Aber weil ihm der entstandene Schaden nicht groß genug erschien, zündete er zehn weitere Stangen, die für einen riesigen Krater im Schotterbett sorgten. Zufrieden mit dem Ergebnis, sprengte er unter dem Jubel der Menge, die zusammengelaufen war, auch den Brückenkopf. Eine ältere Frau kam aus einem der umliegenden Häuser und steckte dem Fahrer eine staubige Flasche zu.

»Sind Sie mit dem Fallschirm abgesprungen?«, wurde Manners von einem kleinen Jungen gefragt.

»Nein, aber ich bin in einem ganz speziellen Flugzeug angekommen«, lachte Manners und drängte zusammen mit dem Fahrer die Menge zurück, um eine weitere Sprengung vorzunehmen. Fast hätte es ihn erwischt. Die Druckwelle schleuderte ihn in den Graben, und es hagelten Steinsplitter aus dem Schotterbett auf ihn ein. Leicht lädiert hinkte er zum Transporter zurück, gefolgt von dem kleinen Jungen, der wissen wollte: »Wo ist der Rest Ihrer Truppe?«

»Der kommt bald nach«, antwortete er. Die Menge skandierte »Winston Churchill« und stimmte die Marseillaise an, als er ihr beizubringen versuchte, dass die Schienen in den Fluss geworfen werden sollten.

Eine gute Frage, dachte er später in Erinnerung an den Jungen. Für seinen Geschmack freuten sich die Menschen viel zu früh über ihre vermeintliche Befreiung, denn die in der Normandie gelandeten Alliierten waren noch Hunderte von Kilometern entfernt. Derweil näherte sich von Süden eine komplette Panzerdivision, der die dürftigen Straßensperren und fahnenschwenkenden Jugendlichen nichts entgegenzusetzen hatten. Als Manners mit seinem Fahrer Le Buisson erreichte und die toten Milizionäre auf dem Marktplatz sah, wo ein dicker Mann mit heruntergelassenen Hosen, grotesk verrenkt, von einer Straßenlaterne baumelte, nahmen seine Befürchtungen überhand.

»Nur Mut«, sagte der Fahrer und reichte ihm die Hälfte eines Schinkenbrotes, das ihm jemand in Le Bugue zugesteckt hatte. »Hier, und probieren Sie auch von dem Schnaps. Der weckt die Lebensgeister. Wir haben, nebenbei bemerkt, noch reichlich Dynamit übrig.«

»Ich weiß, aber da wären auch noch jede Menge Straßenbrücken«, entgegnete Manners mit vollem Mund. »Wir fahren jetzt am Fluss entlang nach Siorac und dann weiter nach Souillac. Ich muss sicherstellen, dass es für die Deutschen kein Durchkommen gibt.«

In dem Höhlenversteck befanden sich noch vier Panzerfäuste; nur damit waren die deutschen Kolonnen aufzuhalten. An die zweihundert Panzer rückten näher, dazu eine Vielzahl von Selbstfahrlafetten, die nicht weniger gefährlich waren. Wahrscheinlich war die SS-Division außerdem mit Panzerkampfwagen vom Typ Panther bewaffnet, dem Neuesten, was die Kriegstechnik aufzubieten hatte. Eine Panzerfaust würde einem solchen Fahrzeug nicht einmal eine Delle zufügen können. Manners' einzige Hoffnung bestand darin, den Vormarsch der Deutschen abzubremsen und sie, wenn möglich, für ein paar Stunden aufzuhalten und in Gefechte zu verwickeln. Zwanzigtausend Soldaten und über zweitausend Fahrzeuge. Gelingen konnte das nur mit unterstützenden Angriffen aus der Luft. Wenn die deutschen Fahrzeuge einen Mindestabstand von fünfzig Metern hielten, was in der britischen Armee so vorgeschrieben war, würde die Division ›Das Reich‹ eine Kolonne von rund achtzig Kilometern Länge bilden. Es war natürlich damit zu rechnen, dass sie parallel auf zwei oder drei Straßen vorrückte, also mit Kolonnen von jeweils über zwanzig Kilometern Länge. Aus einem solchen Tross bei einem Angriff schwere Geschütze in Stellung zu bringen wäre einigermaßen schwierig. Aber wahrscheinlich hatten die Deutschen ein Kundschafterbataillon und eine oder zwei Infanteriekompanien mit gepanzerten Fahrzeugen und Mörsern vorausgeschickt. Vielleicht waren sogar ein paar Feldhaubitzen dabei. Sollte er das Kundschafterbataillon passieren lassen, um dann die leichten Fahrzeuge anzugreifen? Nein, solche Nadelstiche reichten nicht. Die Kolonnen würden nur aufzuhalten sein, wenn man sie unter Dauerbeschuss nähme und zwänge, in Stellung zu gehen. Er musste es auf einen offenen Schlagabtausch ankommen lassen.

Sie kamen von Montauban, das ein wenig nördlich von Toulouse lag, und mussten durch Cahors und Figeac, um über Brive oder Périgueux weiter in den Norden vorzurücken. Stellte sich die Frage, wo sie den Fluss überqueren würden. Auf seiner Karte waren fünfzehn Brücken verzeichnet, die über die Dordogne führten, und ihm standen nur vier Panzerfäuste zur Verfügung. Es galt also herauszufinden, welchen Weg der Feind einschlagen würde, um dann mit dem verbliebenen Dynamit zu verhindern, dass er den Fluss auf der Straße überquerte, und schließlich mit gezielten Angriffen den Aufbau einer Behelfsbrücke zu sabotieren. In Anbetracht der armseligen Partisanentruppe, die unter seinem Kommando stand, kam ihm der Plan schier aussichtslos vor. Dennoch musste er es wagen.

Einen Funken Hoffnung gab es, dann nämlich, wenn es gelingen sollte, die gepanzerte Bestie so lange aufzuhalten, dass sie sich gezwungen sah, ihren Vormarsch zu unterbrechen und Jagd auf die Angreifer zu machen. Allerdings würde er sich an deren Stelle nicht dazu hinreißen lassen. Eine solche Division war für ein großes Schlachtfeld aufgestellt, nicht für einen Partisanenkrieg im Hügelland des Périgord. Aber die SS bestand eben nicht nur aus Berufssoldaten und nüchtern denkenden Strategen. Sie würde sich vielleicht zu sinnlosen Vergeltungsschlägen provozieren lassen. Ja, dachte Manners, vielleicht konnten er und seine Mitstreiter dafür sorgen, dass sie zu verlieren riskierten, wovon sie am wenigsten hatten, nämlich Zeit.

Gott bewahre, dass er dem Feind dafür französische Zivilisten, die eigentlich unter seinem Schutz standen, als Ziel lassen musste. Er würde die SS zur Weißglut reizen, indem er keine Gefangenen machen ließ und den Befehl ausgab, ihre Verwundeten zu töten und, an Bäumen oder Laternen aufgehängt, zur Schau zu stellen. Von seinen Vorgesetzten würde niemand solche Befehle erteilen, geschweige denn einem Offizier verzeihen, der es tat. Von Angst und Schrecken ergriffen, realisierte er, in was für einen Krieg man ihn geschickt hatte. Er langte zur Schnapsflasche und dachte darüber nach, welcher seiner Mitstreiter skrupellos genug war, ihm zu helfen. Er musste Marat ausfindig machen.

Clausewitz hatte vom »Nebel des Krieges« gesprochen, und darin fand sich nun auch Manners wieder in seiner Unsicherheit und Ohnmacht. Er hatte sich noch nie so hilflos gefühlt. Die Deutschen waren schneller vorgerückt als befürchtet, und jetzt, da er sich ihnen in den Weg hätte stellen müssen, fehlte es ihm an Männern und Waffen. Er hatte rein gar nichts gegen sie in der Hand.

Auf halbem Weg zwischen Brive im Norden und Souillac im Süden, wo die *route nationale* die Dordogne überquerte, lag die kleine Ortschaft Cressensac am Abzweig der Straße nach Rocamadour, einem mittelalterlichen Wallfahrtsort. An der Hauptstraße befanden sich eine Kirche, zwei Hotels und zwei Cafés.

»Eignet sich ganz gut für einen Überfall«, sagte McPhee.

»Vorausgesetzt, wir können eine Panzerfalle stellen und jede Menge Panzerfäuste in Stellung bringen.«

»Können wir eben nicht. Wir sind hier nur zur Beobachtung«, entgegnete Manners, als plötzlich Maschinengewehrfeuer zu rattern anfing und am Rand der Ortschaft auf leicht ansteigender Straße mit hoher Geschwindigkeit ein kleiner Konvoi aus Lastwagen mit Verdeck, Krädern und Mannschaftstransportern auftauchte. Die Luft war klar, die Sicht perfekt. Wo die Geschosse einschlugen, sah man Erde aufspritzen. Vor Schrecken starr, wähnte sich Manners in seine Kindheit zurückversetzt, im Spiel mit kleinen Zinnsoldaten und seiner aufziehbaren Eisenbahn. Dabei kamen ihm weniger die unbewegten Figuren in der Modelllandschaft in den Sinn als vielmehr der Zug, der durch sie hindurchgesaust war. Plötzlich prallten ein Lastwagen und ein Mannschaftstransporter aufeinander. Deutsche Soldaten sprangen daraus hervor, die merkwürdigerweise nicht etwa graue Uniformen trugen, sondern Tarnanzüge.

»Sind die Krauts verrückt geworden?«, wunderte sich McPhee. »So ganz ohne Vorhut, ohne Panzerfahrzeug vorneweg? Rommel hätte den Verantwortlichen die Epauletten abgerissen, wenn so etwas in seinen Reihen vorgekommen wäre. Vielleicht haben die Franzosen am Ende doch noch eine Chance.«

Auf der Straße herrschte Chaos. Fahrzeuge setzten zurück, scherten zur Seite aus und verkeilten sich ineinander. Die Fahrer sprangen heraus und suchten Deckung. Die französischen Schützen hatten jetzt ein Ziel, Dutzende von Zielen. Gewehre und Stens krachten.

»Hätten wir doch nur ein paar Minenwerfer«, sagte

McPhee. Oder Panzerfäuste, dachte Manners. Damit wäre einiges anzurichten. Er schaute sich um. Es gab weitere Zufahrten in die Ortschaft. Die Deutschen würden sich nicht lange aufhalten lassen. Eine Flankenbewegung, Feuerschutz, und das kleine Scharmützel wäre bald zu Ende. Nichts wie weg. Er stieß McPhee an und drängte zur Flucht über die Straße nach Brive, konnte aber nicht umhin, einen letzten Blick auf die tapferen Franzosen zu werfen, die sich mit einer gepanzerten Division anlegten.

Noch während sie hinsahen, heulte ein Motor auf. Auf kreischenden Ketten setzte sich ein Panzerkampfwagen in Bewegung und beschleunigte wie ein wildgewordener Stier. Er schob die Fahrzeuge, die ihm im Weg standen, scheinbar spielend leicht zur Seite, rollte in die Ortschaft und feuerte sein kurzes Geschütz auf die Häuser zu beiden Seiten der Straßen ab. Ihm folgten dichtauf zwei Halbkettenfahrzeuge, die ebenfalls ihre Kanonen krachen ließen. Erst fiel der Kirchturm in sich zusammen, dann auch die Fassade des Hotels. Danach machte der Panzerkampfwagen am Ortsausgang kehrt und setzte den Beschuss unvermindert fort. Vor ihm zuckte plötzlich eine Stichflamme auf. Jemand hatte offenbar einen Brandsatz geworfen. Aus den Häusern stürmten Menschen, die auf den Wald zurannten und von Maschinengewehren unter Beschuss genommen wurden.

Nach zwanzig Minuten war der Spuk vorbei, und die Deutschen würden ebenso schnell die zweite Straßensperre überwunden haben, die wenige Kilometer weiter nördlich ihren Vormarsch aufzuhalten versuchte. Um spätestens 17 Uhr wären sie in Brive, wo sie die Hälfte der Widerständler des Périgord einkesseln und gefangen nehmen würden.

Es sei denn, Manners konnte diese rechtzeitig warnen. So oder so, die letzten vierundzwanzig Stunden waren vergeudet. Er und McPhee sprangen in den Citroën und rasten davon.

Angefangen hatte alles am Vorabend in Siorac, einer Stadt, deren Résistance-Gruppe von einem Metzger angeführt wurde, der auf den Spitznamen »Le Bolshevik« hörte. An einer dürftigen Straßensperre, die nur mit Sten-Guns gehalten wurde, hatte man Manners zum Bahnhof dirigiert, wo er mit einem Eisenbahner zusammengetroffen war, der Marat kannte. Eine ältere Dame von *Postes et Télégraphes* erkundigte sich für ihn bei sämtlichen Dienststellen, die sie erreichen konnte. Marat war in Limoges gewesen und wurde nun in Périgueux erwartet, später auch in Brive und Bergerac. Über das Netz der Eisenbahner ließ Manners die Nachricht streuen, dass er sich am nächsten Morgen mit Marat in Brive treffen wolle. Als er zu seinem Lastwagen zurückkehrte, war der Fahrer verschwunden. Seine Flasche lag leer auf dem Sitz. Bestürzt schaute er auf der Ladefläche nach. Leer. Das Dynamit war weg. Er klopfte auf den Tank. Ebenfalls leer. Er hatte keine Transportmöglichkeit mehr, keinen Sprengstoff, keine Helfer und keinen Funkkontakt. Den vermeintlichen Bolschewiken fand er in der Kirche, wo seine Männer Waffen aus einem Versteck unterm Dach hervorholten und Manners im Austausch für seinen Lastwagen ein uraltes Motorrad gaben samt Reservekanister mit dem nötigen Öl-Benzin-Gemisch.

Es war schon Abend, als er zwei Stunden später das Hôtel Jardel an der Dordogne-Brücke erreichte. Auf mehreren hundert Metern versperrten umgestürzte Bäume die

Straße, die aber für die Räumfahrzeuge der deutschen Pioniere kein Problem sein würden. Sie hielten letztlich nur ihn, Manners, auf. Weiter unten an der Straße lag die kleine Ortschaft Grolejac. Der Weg dorthin war nicht blockiert, aber vor der Ortseinfahrt wehte eine Trikolore, weshalb er es für angebracht hielt, zwei Männer, die er in einer Bar vorfand, zu warnen. Die beiden glotzten ihn aus ausdruckslosen Augen an, als wäre es für sie das Selbstverständlichste auf der Welt, einen wütenden britischen Offizier vor sich zu haben. Daraufhin machte er sich auf den Weg nach Norden, Richtung Brive, doch schon kurz hinter der Brücke verlor der Vorderreifen Luft. Er fuhr weiter, bis der Reifen völlig zerfetzt war und seine Knochen von den ungefederten Schlägen unter die Felge durchgerüttelt wurden. Schließlich ging auch das Rad zu Bruch. Er musste zu Fuß weiter und wäre um ein Haar im Dunkeln von einem Wagen voller FTP-Männer über den Haufen gefahren worden, die von Sarlat kamen. Er konnte sie überreden, ihn in die Stadt zurückzubringen, wo sie ihn an einem kleinen Befehlsstand absetzten, um gleich darauf nach Grolejac weiterzufahren. Manners traf einen Mann wieder, den er ausgebildet hatte, und ließ sich von ihm nach Brive fahren. Es war drei Uhr in der Nacht, und er nutzte die Zeit, um ein wenig zu schlafen. Unterdessen ging das Benzin aus, was Manners allerdings nicht mitbekam, weil sein Begleiter keine Veranlassung sah, ihn zu wecken. Es dämmerte schon, als er schließlich aufwachte, begrüßt mit einem frisch gebackenen Omelett, einem Glas Wein und der Nachricht, dass ein Pferd mit einem vollen Reservekanister auf dem Weg sei. Manners hätte am liebsten geweint, war aber zu müde dafür.

Kurz nach Mittag erreichten sie schließlich Brive, zu spät für die Verabredung mit Marat. Die Stadt feierte schon ihre Befreiung, obwohl sich im Hôtel Bordeaux immer noch deutsche Truppen verschanzt hielten. Noch mehr Zeit ging verloren. Endlich machte Manners Marat im Kloster Saint-Antoine ausfindig, vor dem mehrere Hundertschaften schwerbewaffneter Widerstandskämpfer campierten und sich offenbar mit Wein und Mädchen amüsierten. Marats Spanier grillten Würstchen zwischen zwei Lastwagen; auf der Heckklappe des einen stand in Kreide geschrieben »Madrid«, auf der des anderen »Teruel«. Manners grinste erleichtert, als er McPhee unter ihnen erblickte.

»Hallo, wie geht's?« Er schüttelte dem Amerikaner herzlich die Hand und führte ihn abseits, um sich ungestört mit ihm unterhalten zu können.

»Im Haus beraten sich die Kommandeure, oder besser gesagt, sie streiten sich darüber, wer den Oberbefehl führen und wie es weitergehen soll«, antwortete McPhee schulterzuckend. »Die Gaullisten wollen hinter der Brücke Stellung beziehen, während die Kommunisten darauf drängen, den Angriff auf die deutsche Garnison in Tulle zu verstärken, die anscheinend kurz vor dem Fall steht. Der Rest will Brive zur Festung ausbauen.«

»Zur Festung? So ein Unsinn. Da reicht es doch nicht einmal für eine Sandburg. Was schlägst du vor?«

»Na ja, seit man mich vor gut zwei Stunden vor die Tür gesetzt hat, sind mir ein paar Gedanken durch den Kopf gegangen. Die militärische Antwort auf deine Frage liegt auf der Hand. Es fehlen die schweren Waffen, um die Brücken zu halten, und ich kann mir nicht vorstellen, dass man aus Brive ein zweites Stalingrad machen will«, sagte McPhee. »Für Tulle sieht die Lage ähnlich aus. Gegen eine Panzerdivision kommen wir nicht an.

Meine politische Antwort sähe folgendermaßen aus. Wenn unser lieber, gerissener François indirekt darauf drängt, dass sich die Kommunisten für Tulle und Brive starkmachen, müsste eigentlich klar sein, worauf er es in Wirklichkeit anlegt: dass nämlich die Deutschen mit ihnen kurzen Prozess machen. Das haben die anderen Gaullisten-Chefs noch nicht kapiert, und François wird sich hüten, ihnen reinen Wein einzuschenken. Falls sich die Roten den Deutschen in Tulle und Brive tatsächlich entgegenstellen sollten, werden sie in diesem Teil Frankreichs von der Bildfläche verschwinden. Die Gaullisten wären fein raus. Ich frage mich die ganze Zeit, wie ich das diesem Dickschädel Marat beibringen soll. Und das bringt mich auf meine dritte Antwort, die ebenfalls eine politische ist: Auf uns, die Ausländer, hören die Franzosen nicht mehr. Sie beziehen uns nicht einmal mehr in die Verhandlungen mit ein.«

Die bewaffneten Wachtposten an der Tür waren respektvoll, aber unnachgiebig. Sie hatten den Befehl, niemanden hereinzulassen. Manners registrierte, dass seine Aufgabe erfüllt war. Er hatte getan, wozu er eingesetzt worden war, und konnte stolz darauf sein. Alles Weitere war Sache der Franzosen. Mit diesen Gedanken im Kopf und weil er von der Dringlichkeit überzeugt war, verschaffte er sich trotzdem Einlass und kam wenig später mit François wieder nach draußen. François trug einen britischen Kampfanzug und eine Trikolore am Ärmel, ein Lothringer Kreuz auf der Brust und auf der Schulter den auffliegenden Adler, der ihn als Oberst kennzeichnete. Manners runzelte die Stirn und schmunzelte. »Glückwunsch zur Beförderung.«

»Danke für die willkommene Unterbrechung«, erwiderte François. »Marat hält gerade eine Rede, und die wird wahrscheinlich noch eine Weile dauern.«

»Es bleibt nicht viel Zeit. Die Panzer werden wahrscheinlich schon heute Nacht hier sein, und da ist nichts, was sie aufhalten könnte.«

»Uns wurde gesagt, sie rollen auf Tulle zu, um die Garnison zu schützen.«

»Wer hat euch das gesagt?«

»Sowohl wir als auch die Kommunisten sind von unseren jeweiligen Kontaktleuten in Figeac entsprechend informiert worden.«

»Ich schlage vor, du besorgst uns einen Wagen und eine Eskorte, und dann fahren wir nach Souillac. In einer Stunde könnten wir mit einem Augenzeugen zurück sein, der den Leuten hier berichtet, dass die Deutschen geradewegs auf Brive zumarschieren.«

»Wär's nicht besser, du fährst in die Höhle und holst die Panzerfäuste?«

»Nicht bevor wir wissen, wie wir sie am besten einsetzen. Jedenfalls werden wir die Deutschen nicht hier aufhalten können, aber zum Glück sind ja sämtliche Schienenwege nördlich von Brive unpassierbar. Wenn klar ist, über welche Strecke sie ausweichen, können wir mit allem, was wir haben, angreifen.«

»Einverstanden.« François winkte einen älteren Polizeisergeanten zu sich, trug ihm auf, dem *capitaine* einen Wagen zur Verfügung zu stellen, und ging wieder ins Haus.

Der Sergeant schien überfordert zu sein. Also warf Manners einen Blick in den schicken schwarzen Citroën, der vor der Tür stand, sah, dass der Zündschlüssel steckte, und stieg ein.

»Den können Sie nicht haben. Er gehört Oberst Malrand«, rief der verdutzte Sergeant, als Manners den Motor startete und auf quietschenden Reifen wendete. Dann stieß er die Beifahrertür auf und brüllte dem Amerikaner zu, er solle einsteigen.

So waren sie nach Cressensac gekommen, wo sie auf der Straße, die die Deutschen angeblich nicht einschlagen würden, die Panzerwagenkolonne gesehen hatten. So schnell sie konnten, waren sie zum Kloster zurückgefahren, um Alarm zu schlagen. François stand vor der Tür und wartete auf sie. Manners zwang sich zur Ruhe, stieg aus und ging auf ihn zu. Ihm war eingeschärft worden, sich vor seinen Männern niemals in Panik zu zeigen.

Er salutierte zackig und sagte: »Die Deutschen haben Cressensac passiert und die Ortschaft kurz und klein geschossen. Wir beide, McPhee und ich, haben es mit eigenen Augen gesehen. Es ist ›Das Reich‹ – mit einem Riesenaufgebot an Panzern, Selbstfahrlafetten und Truppentransportern voller Panzergrenadiere in Tarnanzügen. Es gibt noch eine Straßensperre vor Noailles, aber die hält keine zehn Minuten. Wenn du die Versammlung nicht sofort auflöst und alle Teilnehmer in die Flucht jagst, wird der ganze Laden hier in spätestens zwanzig Minuten umstellt sein. Und das wäre das Ende der Résistance in diesem Teil Frankreichs.«

»Kommt mit«, sagte François, und sie gingen in das Auditorium, wo er seinen Bericht vor versammelter Mannschaft wiederholte. Als er wieder nach draußen kam und sich an den Spaniern vorbeidrängte, um in Marats Wagen zu steigen, war schon deutsche Artillerie zu hören. Der entflohene russische Kriegsgefangene, der sich selbst zu Marats Leibwächter ernannt hatte, stieß Manners den Schaft einer Schmeißer in den Nacken.

»Spokojny«, knurrte Marat. Der Mann trat einen Schritt zurück.

»Sie wollen nach Tulle?«, fragte Marat grinsend. Manners nahm hinterm Steuer Platz und erklärte, die deutsche Kolonne könne allenfalls dort aufgehalten werden, nicht aber in Brive. Es sei denn, er, Marat, skrupellos, wie er sei, würde sich ihr mit seinen Spaniern in den Weg stellen.

»Möchte der englische Gentleman, dass ich deutsche Gefangene zur Abschreckung ihrer Kameraden an ihren Eiern aufhänge?«, fragte Marat. »Es klingt, als habe er vom Krieg hier in Frankreich endlich was begriffen.«

»Die Details überlasse ich Ihnen. Die Deutschen sind in der Tat nur dann aufzuhalten, wenn sie so in Rage versetzt werden, dass sie hier brandschatzen und ein Schlachtfest beginnen.«

»Weil englische Waffen fehlen, müssen wir sie also mit französischem Blut aufhalten.«

Manners schwieg. Er hatte nichts mehr zu sagen. Er stieg aus dem Wagen aus und schaute sich nach François um. Plötzlich hörte er hinter sich eine Wagentür zuschlagen. Als er sich umdrehte, sah er Marat auf den Lastwagen zugehen, in dem seine Männer hockten, bis zu den Zähnen bewaffnet.

»Nehmt ein paar Deutsche gefangen und besorgt Stricke«, sagte er. »Und ein stumpfes Messer. Von jetzt an kämpfen wir auf spanische Art.«

Als der schwarze Citroën mit François am Steuer auf den Parkplatz von La Ferrassie einbog, trafen die Scheinwerfer auf einen leeren und verwaisten Lastwagen.

»Ist der von uns?«, fragte François, als Lespinasse seine Sten in Anschlag nahm. Manners sah auf der Heckklappe die Aufschrift »Madrid« und schüttelte den Kopf. »Von Marats Spaniern.«

Zu dritt stiegen sie den Hang hinauf zur Höhle. Schon von weitem hörten sie Geräusche und lautes Fluchen. Marat und McPhee standen neben dem entwurzelten Baum, während sich einer der Spanier mit einer Schaufel abmühte, den Einstieg zu vergrößern. Weitere Männer schienen bereits in der Höhle zu sein.

»Wie aufmerksam von Ihnen, dass Sie eine Taschenlampe mitgebracht haben«, sagte Marat. »Unserer Sturmlampe ist das Paraffin ausgegangen.« Er hob die Stimme. »Igor? *Gdje tj?*«

»Vot ja, tovarischtsch«, kam die Antwort eines Russen, der hinter ihnen stand. Er war ihnen anscheinend schon vom Parkplatz aus gefolgt. Manners erkannte die Schmeißer wieder.

Hinter der Baumwurzel tauchte ein Kopf auf. Es war Florien, einer der Burschen, die geholfen hatten, die Panzerfäuste in die Höhle zu bringen. Wahrscheinlich war er es, der Marat hierhergeführt hatte. Manners seufzte stumm eingedenk der komplizierten französischen Verhältnisse.

»Wir wollen die Panzerfäuste für Terrasson«, sagte er. »Zusammen mit der *Armée Secrète* und Ihren FTP-Genossen werden wir die Straße nach Périgueux zu halten versuchen. Wäre schön, Sie unterstützten uns dabei.«

»Tut mir leid, in meinen Befehlen ist von Terrasson keine Rede«, antwortete Marat. »Außerdem würde ich meine Jungs für solche sinnlosen Aktionen niemals hergeben.«

»Hat man Ihnen etwa befohlen, die Panzerfäuste als Souvenirs aufzubewahren?«, frotzelte François. »Nach dem Krieg könnten sie ja noch mal nützlich werden.«

»Hey, beruhigt euch«, sagte McPhee. »Wir nehmen die Dinger jetzt mit nach Périgueux und sprengen uns den Weg ins Gestapoquartier im Crédit Lyonnais frei. Danach kommt das Hôtel Normandie in Bergerac dran. Nur so können wir noch was drehen. Den Kampf gegen ›Das Reich‹ haben wir verloren, Leute. Die Kolonne zieht weiter. Wir bleiben und machen uns über die Garnisonen her, die sie zurücklassen.«

»Das Oberkommando hat etwas anderes entschieden«, entgegnete François. »Und dessen Befehle sind auch für dich bindend, McPhee.«

»Nicht, wenn sie die veränderte Lage unberücksichtigt lassen«, erwiderte der Amerikaner. »Bei uns setzt man in solchen Fällen auf Eigeninitiative.«

»Das bringt uns jetzt nicht weiter«, versuchte Manners auszugleichen. »Seien wir vernünftig. Du willst die deutschen Hauptquartiere stürmen. Schön. Nimm dir zwei Panzerfäuste und die Hälfte der Mörsergranaten. Wir gehen mit dem Rest nach Terrasson.«

Es blieb lange still.

»Einverstanden«, sagte McPhee schließlich.

Malrand zuckte mit den Achseln. Marat nickte und winkte den Russen zu sich. Seine Schmeißer geschultert, stieg Igor in die Höhle.

»Ihr ahnt nicht, was es da unten außer Waffen sonst noch zu sehen gibt«, sagte McPhee und folgte. »Eine veritable Kunstgalerie.«

François feuerte zwei Schüsse aus seiner Sten ab. Der eine brachte den Russen zu Fall, der andere traf Marat. Ohne dazu aufgefordert worden zu sein, gab Lespinasse eine Salve auf den Höhleneinstieg ab. Entsetzt sah Manners den Amerikaner zusammenbrechen. Dann warf François eine Handgranate.

Manners warf sich auf den Boden, gefasst darauf, dass die gebunkerte Munition in die Luft fliegen könnte oder die Spanier in der Höhle zurückschießen würden. Er war ohne Deckung und schlug die Hände über dem Kopf zusammen, als die Granate mit dumpfem Schlag explodierte. Eine Sten krachte. Dann war Stille.

»Du hast uns nicht viel gebracht«, sagte François.

Manners wälzte sich auf die Seite und blickte auf. François stand vor Marat und hielt sein Gewehr auf ihn gerichtet. Lespinasse wechselte das Magazin.

»Hast du den Verstand verloren?«, sagte Manners und stand auf, um nach McPhee zu sehen. Mit der Taschenlampe suchte er den Boden ab. Marat war tot, sein Hinterkopf aufgeplatzt. Wahrscheinlich infolge des zuletzt gehörten Schusses.

McPhee und der Russe steckten leblos in den Wurzeln. Von der Granate aufgewühlt, häufte sich darunter eine

Halde aus Schutt und Holzsplittern. Manners konnte nicht fassen, was geschehen war. Hatte François tatsächlich vorsätzlich getötet? Aus Eifersucht um das spanische Mädchen etwa? Der Amerikaner hing kopfüber vor dem Loch, das in die Höhle führte. Das Gesicht und der rasierte Schädel waren blutverschmiert. Manners hatte das Gefühl, als stülpte sich ihm der Magen um. Den Blick auf François gerichtet, fragte er mit belegter Stimme: »Warum? Aus politischen Gründen oder wegen Mercedes?«

»Stell dich nicht dümmer, als du bist. Mit Frauengeschichten hat das nichts zu tun. Lespinasse, hilf dem *capitaine,* den Weg freizuräumen«, sagte François so ruhig, als bestellte er sein Abendessen. »Und dann brauchen wir diese Panzerfäuste.«

Manners zog McPhee aus den Wurzeln. Die Salve hatte seine Brust und den Hals durchsiebt. Der Russe, um den sich Lespinasse kümmerte, war mit einem Schuss in den Rücken niedergestreckt worden. François nahm die Taschenlampe und leuchtete in den Höhleneinstieg. Der Lichtkegel traf auf den Arm des toten Florien.

»Unser kleiner Verräter«, sagte François.

Hinter Florien steckten zwei Spanier, die den Einstieg versperrten. Lespinasse versuchte, sie ins Freie zu zerren, was ihm aber nicht gelang.

»Stoß sie tiefer rein«, verlangte François.

Mit dem Rücken zum Wurzelgeflecht stemmte Lespinasse die Toten mit den Füßen vom Einstieg weg. Der Korditgestank war so scharf, dass Manners zu husten anfing. Lespinasse meldete Vollzug und kroch durch die Öffnung. »Alles klar hier. Man kann sogar aufrecht stehen.«

»Holen wir die Munition«, sagte François. Manners starrte ihn fassungs- und sprachlos an.

»Tut mir leid wegen McPhee«, meinte François. In die Öffnung abgestiegen, drehte er sich um und fügte hinzu: »Er ist in Lespinasses Feuer geraten. War ein Unfall, Jacques. Ich mochte ihn, das weißt du.«

Widerwillig kletterte Manners an den Wurzeln vorbei in den Einstieg, an den er sich erinnerte. Lespinasse schleppte die toten Spanier tiefer in die Höhle hinein. Im Schein der Taschenlampe, gehalten von François, waren die Kisten zu sehen, die Verschlussbügel geöffnet, so wie Manners sie zurückgelassen hatte. Der Lichtstrahl fuhr über die Wand, und François sagte: »Was zum Teufel ...«

Auf der Wand gleich hinter dem Einstieg war die Zeichnung eines großen, schwarzen Bären zu erkennen. Dann strich der Lampenschein über ein braunes Pferd mit schwarzer Mähne. Frische Einschussnarben hatten einen seiner Läufe unkenntlich gemacht. Als Manners näher hinschauen wollte, rutschte er auf einer Felsscherbe aus, die offenbar soeben erst aus der Wand gebrochen war, denn sie lag in einer Pfütze aus Blut.

François war schon tiefer in die Höhle vorgedrungen. Seine Taschenlampe leuchtete auf einen großen Hirschbullen mit gesenktem Geweih und stampfenden Hufen. Daneben war eine Hirschkuh zu sehen, der ein Pfeil im Hals steckte, direkt darunter ein in den Hinterläufen eingeknicktes Kalb, vor dem die Umrisse zweier Menschen zu erkennen waren. Die eine Figur hielt einen gespannten Bogen in der Hand, die andere, offenbar weiblichen Geschlechts, kauerte am Boden und holte mit einem Speer aus.

»Ein zweites Lascaux«, sagte François und richtete den Strahl auf den hinteren Teil der Höhle. »Prächtiger noch als Rouffignac oder Font-de-Gaume. So was habe ich noch nie gesehen.«

Im schwachen Schein der Lampe breitete sich vor ihnen eine weite Landschaft aus, die mit ihren sanftgeschwungenen Hügeln und Felsklippen der des Périgord entsprach. Unter dem gewölbten Himmel in den Farben des Abends wimmelte es von Leben. Ein Bär trat vor seine Höhle, ein großer Auerochse imponierte mit seinen geschwungenen Hörnern einer Kuh, und vor einer Tränke hatte sich eine Herde kleiner, stämmiger Pferde versammelt, die aussahen wie Shetland-Ponys.

»Phantastisch«, hauchte Manners, so angetan von dem, was er sah, dass er alles andere vergessen hatte.

»Ich kann's nicht fassen«, sagte François, der den Lampenstrahl nun auf das Bildnis eines jungen Mannes mit lächelnden Augen, schlankem Gesicht und langen lockigen Haaren gerichtet hielt. Daneben das Porträt einer jungen Frau, die mit scheuer, aber zugleich stolzer Miene auf den Betrachter blickte. Es war genau dieser Ausdruck, der Manners für Sybille eingenommen hatte. Zum Verlieben, dachte er.

»Unsere Vorfahren«, sagte François. *»Les premiers Français.«*

»Da könnten Sie recht haben, Monsieur. Er sieht sogar ein bisschen aus wie Sie«, meinte Lespinasse, was in Anbetracht der scharf geschnittenen Gesichtszüge und fast träumerischen Augen nicht von der Hand zu weisen war.

»Sei's drum«, sagte François und holte sie mit seiner

Stimme in die Realität zurück. Der Gestank von Kordit und Blut drängte sich wieder auf. Der Bann war gebrochen. »Bringen wir das Zeugs nach draußen.«

Sie schnallten ihre Gürtel zusammen und schleiften damit die Kisten vor die Höhlenöffnung, wo François die Taschenlampe ins Wurzelwerk steckte. Mit vereinten Kräften – Manners und Lespinasse stemmten, François zog – wuchteten sie die Waffen hinaus auf die Lichtung.

»Ihr beiden bleibt unten und schafft die Toten tiefer in die Höhle«, sagte François. »Denn wenn sich die Kommunisten oder Spanier nicht an uns rächen, könnten's womöglich die Amerikaner tun.« Manners war fast dankbar dafür, dass der Franzose das Thema Vergeltung ansprach.

Der kleine Florien, der Russe, Marat und schließlich McPhee verschwanden im Loch. Lespinasse packte sie bei den Schultern, Manners nahm die Beine, und so schleppten sie sie durch die Einstiegskammer ins hohe, inzwischen stockdunkle Gewölbe zur letzten Ruhe. Als sie wieder nach draußen gingen, Lespinasse vornweg, hob Manners die Felsscherbe vom Boden auf, auf der er ausgerutscht war. Im Lampenschein vor der Öffnung erkannte er auf weißem Kalk die Umrisse eines Stiers. Es war ein handliches Stück, und er fand es ganz natürlich, den Stein einzustecken.

François hatte derweil die Sprengung vorbereitet und eine kleine Ladung zwischen die Wurzeln gesteckt, eine andere in den Fels darüber. Irgendwie passend, dachte Manners. Deutsche Mörser hatten die Höhle aufgedeckt, und britischer Sprengstoff würde sie wieder versiegeln. Zu dritt schafften sie die Kisten hinunter zur Straße und auf den Lastwagen. Dann stiegen sie ein letztes Mal hinauf, um ihre

Waffen zu holen und den Sprengstoff zu zünden. Nach der Explosion vergewisserten sie sich, dass der Einstieg verschüttet war. Wieder unten auf der Straße, stiegen Lespinasse und François in den Citroën; Manners fuhr den Lastwagen. In Le Bugue hielt er auf dem Marktplatz an, wo alte Männer *boule* spielten. Durch den Hinterhof ging er auf Sybilles Haus zu. Es brannte kein Licht, die Tür war verschlossen und ihr Fahrrad verschwunden. Er versteckte die Felsscherbe hinter dem Kaninchenstall und kehrte zum Lastwagen zurück. Während er auf Terrasson zusteuerte, wo in einem letzten, verzweifelten Versuch die deutsche Panzerdivision aufgehalten werden sollte, ging ihm das Bild einer uralten Landschaft durch den Kopf, und sein Herz sehnte sich nach Sybille und einem Mädchen, das schon Tausende von Jahren tot war.

22

Gegenwart

Vor Malrands Haus hatten andere Sicherheitskräfte Stellung bezogen. Im Innern wartete Lespinasse auf sie. Er stand neben der großen Feuerstelle und blickte ihnen mit grimmiger Miene entgegen. Gleich darauf kam Malrand in den Salon, begrüßte Clothilde und Lydia mit einem Kuss auf beide Wangen und schüttelte Manners die Hand.

»Gleich gibt's Champagner, aber zuerst brauche ich etwas Kräftigeres«, sagte der Präsident. Er trug feste Schuhe, eine alte Kordhose und eine abgetragene Lederjacke, in denen er älter wirkte. »Major, wie wär's mit einem Scotch?

Wie ich von Lespinasse erfahren habe, sind Sie in La Ferrassie gewesen und unserem Geheimnis sehr nahe gekommen«, fuhr er fort. »Ja, es gibt dort eine Höhle, aus der das Fragment Ihres Vaters stammt, und vielleicht ist es an der Zeit, das Geheimnis zu lüften, Zeit auch, dass die Toten, die in der Höhle liegen, anständig begraben werden. Ich bin zu alt, um für eine neue Präsidentschaft zu kandidieren, und bevor Ihre Regierung haltlose Mutmaßungen anstellt, möchte ich lieber selbst reinen Tisch machen.«

»Meine Regierung?«, fragte Manners. »Was hat die damit zu tun?«

Malrand lächelte frostig. »Ich bin schon so lange im Geschäft, dass ich an Zufälle nicht mehr glaube, mein lieber Major. Ihr Vater hatte gewiss seine Gründe, Stillschweigen zu bewahren, aber mir war immer klar, dass mit seinem Tod Pandoras Büchse geöffnet wird. Das Verschwinden des Fragments und die öffentliche Reaktion darauf haben meine Befürchtungen bestätigt. Wenn Sie das gute Stück nicht selbst entwendet haben, war's wohl der britische Geheimdienst, zu dem Sie enge Kontakte unterhalten. Ich nehme an, Sie haben in den Unterlagen Ihres Vaters irgendetwas gefunden, eine Notiz, aus der hervorgeht, was sich damals zugetragen hat. Vorfälle nämlich, an die sich der Präsident Frankreichs nicht so gern erinnert und die dem britischen Geheimdienst ein gefundenes Fressen wären.«

»Ich habe mit dem britischen Geheimdienst nicht das Geringste zu tun«, fiel ihm Manners ins Wort. »Und obwohl ich immer noch nicht verstehe, warum Ihnen daran gelegen ist, dass diese Höhle nicht gefunden wird, drängt sich mir der Verdacht auf, dass Sie den Diebstahl des Fragments veranlasst haben, weil Sie etwas vertuschen möchten.«

»Vertuschen, ha!«, schnaufte Malrand. »Wenn doch unser Geheimdienst nur so tüchtig wäre.« Schulterzuckend wandte er sich ab. »Sie verstehen nicht viel von Politik, wenn Sie glauben, ein Politiker würde eine solche Sache seinem Geheimdienst anvertrauen.«

Lydia ertappte sich dabei, dass ihr Blick zwischen den beiden Männern hin und her ging, gerade so, als folgte sie einem Tennismatch. Lespinasse, der immer noch neben der Feuerstelle stand, machte hüstelnd auf sich aufmerksam.

»Dafür sind wir da, Monsieur le Président. Ihr Sicherheitsstab. Wir haben uns der Sache angenommen, um möglichen Schaden abzuwenden, ohne Sie persönlich damit zu behelligen.« Er zwirbelte seinen Schnurrbart. »Offen gesagt, waren uns britische Freunde ein wenig gefällig.«

Lydia war schockiert und fühlte sich als Amerikanerin fremder denn je in dieser europäischen Welt, die so viel Arroganz und Anmaßung zuließ. Vertuschung und Gefälligkeiten unter selbstherrlichen Komplizen waren der Hintergrund ihrer sinnlosen Suche nach der Höhle, der Tragödie Clothildes und des frechen Diebstahls im Auktionshaus. Sie wollte gerade ihrer Wut Luft machen und ihrem Abscheu Ausdruck verleihen, als ein seltsames Lachen laut wurde.

Es war Malrand, der sich kaum halten konnte und vornübergebeugt nach Luft schnappte. Mit der einen Hand hielt er sich an einer Stuhllehne fest und kramte mit der anderen ein Taschentuch hervor. Lydia schaute sich nach Manners um und sah, dass auch er mit zuckender Miene zu schmunzeln anfing, wie vom Lachen des anderen angesteckt.

»Mich würde es sehr wundern, wenn die britische Regierung Bescheid wüsste«, fügte Lespinasse augenzwinkernd hinzu und grinste übers ganze Gesicht. Er wollte noch mehr sagen, kam aber nicht dazu, weil auch er plötzlich laut loslachte, so sehr, dass es ihn durchschüttelte. Lydia war fassungslos, doch als dann auch noch Clothilde zu kichern anfing, spürte sie, wie ihr selbst die Gesichtszüge entglitten und ein Glucksen aus der Tiefe aufstieg. Verflixt, dachte sie, woran mochte es bloß liegen, dass man sich einfach nicht mehr beherrschen konnte, wenn um einen herum alles lachte und kicherte wie toll?

»O Mann, was für ein Kladderadatsch!«, schnaufte Manners und prustete von neuem los.

»Wann wüsste eine Regierung auch jemals Bescheid?«, krächzte Malrand. »Unsere bestimmt nicht.« Und wieder rang er nach Luft.

»Was seid ihr beide doch für üble Schurken«, prustete Clothilde, hochrot im Gesicht und mit verrutschter Frisur, doch mit einem liebevollen Augenzwinkern für Malrand und Lespinasse.

»Unerträglich das Ganze«, ächzte Lydia und hielt sich den Bauch.

Nervös steckte ein Dienstmädchen den Kopf zur Tür herein und sperrte angesichts der Szene, die sich ihr bot, die Augen auf, was die Lachkrämpfe der anderen ein wenig löste. Malrand wischte sich Tränen aus den Augen.

»Himmel«, sagte er, »so habe ich schon Jahre nicht mehr gelacht. Wie gut das tut.« Lydia versuchte wieder eine ernste Miene aufzusetzen, was ihr aber einfach nicht gelang, schon gar nicht mit Blick auf Manners, dessen herrlich befreites Lachen ihr noch in den Ohren klang.

»Hast du dir schon Gedanken darüber gemacht, Lespinasse, was du mit dem Lösegeld anstellst?«, fragte Malrand, immer noch mit einem Strahlen im Gesicht.

»Ich werde es gar nicht erst annehmen, Monsieur le Président. Das Fragment ist bereits in der Botschaft, also in französischer Hand.« Er lachte wieder, und alle stimmten, zwar weniger ausgelassen, aber herzlich mit ein.

»Und jetzt wird Champagner getrunken«, sagte Malrand. »Lespinasse, du alter Schurke, reiß dich zusammen und mach die Flasche auf.«

Sie ließen die Gläser klirren und lächelten einander freundlich an. Malrand wandte sich an Manners. »Was haben Sie denn nun in den Unterlagen Ihres Vaters gefunden?«

»Nichts. Nur ein altes Foto. Es steckte in dem Schaukästchen hinter dem Fragment und zeigt eine hübsche Frau. Auf der Rückseite steht der Name ›Sybille‹.«

»Sybille«, wiederholte Malrand und wurde plötzlich ernst. »Unsere Tierärztin. Ja, ich erinnere mich, die beiden hatten eine Affäre. Eine wunderbare Frau. Ich habe Ihren Vater um sie beneidet. Sie hat ihn gepflegt, als er am Fuß verwundet war, und ist dann in Terrasson, wo sie sich um die Verletzten gekümmert hat, ums Leben gekommen.«

»Wissen Sie von dem Haus?«, fragte Lespinasse mit Blick auf Manners.

»Von welchem Haus?«

»Dem Haus der Ärztin, in dem sie auch ihre Praxis hatte. In ihrem Testament hatte sie es Ihrem Vater vermacht, denn sie hatte keine Kinder und keine Verwandtschaft.«

»Da fällt mir ein, dass er die Scherbe aus der Höhle dort versteckt und nach dem Krieg abgeholt hat. Mir war's recht. Er hatte dieses Erinnerungsstück verdient.«

»Von alldem wusste ich nichts«, stammelte Manners, sichtlich ergriffen. Lydia legte ihm eine Hand auf die Schulter.

»Das Haus hat er der Gemeinde überschrieben und darum gebeten, die Praxis einem Tierarzt kostenlos zur Verfügung zu stellen«, erklärte Lespinasse. »Immer wenn er zu Besuch war, ist er ins Haus gegangen und eine Weile darin geblieben. Nach der Beisetzung meines Vaters habe ich ihn vor dem Haus abgesetzt. Als er wieder nach draußen kam, summte er ein Lied von Charles Trenet und hatte Tränen in den Augen. Sie hat ihm viel bedeutet.«

»Auf Sybille. Sie war eine französische Heldin«, sagte Malrand und erhob sein Glas. *»Morte pour la France.«*

»Sie sagten, sie sei in Terrasson ums Leben gekommen. Bei diesem letzten Kampf gegen die Division ›Das Reich‹?«, wollte Lydia wissen.

Malrand nickte. »In Terrasson sind viele gefallen.«

»Aber nicht dieser Marat.«

»Nein, Marat starb in der Höhle, nachdem es Streit um die englischen Waffen gab. Sie gehörten uns, aber er wollte sie für die Kommunistische Partei, wahrscheinlich um sie später für einen Staatsstreich einzusetzen. Es kam zu einer Schießerei, bei der Marat, ein Russe und mehrere spanische Kommunisten getötet wurden, tragischerweise auch ein amerikanischer Offizier namens McPhee. Er war einer von uns.«

Lydia spürte, wie ihr die Kinnlade herunterfiel. Clothilde ließ sich in einen Sessel fallen. Malrand nippte befangen an seinem Champagnerglas.

»Tja«, sagte er und zündete sich eine Zigarette an. »Das ist das große Geheimnis. Ich wollte nicht, dass die Höhle geöffnet wird, denn sie ist ein Grab. Der Leichenfund hätte einen Skandal ausgelöst und das Ende meiner Karriere bedeutet.

Ihr Vater, Lespinasses Vater und ich haben überlebt«, fuhr er fort, einen Schwall Rauch ausstoßend. »Darum ist er hier. Zu einer Art Familienzusammenführung. Nun, ich bin Ihnen etwas schuldig, Major. Einen Bericht, den Ihr

Vater hier in diesem Raum geschrieben und mir anvertraut hat. Ich habe einen ähnlichen Text verfasst und ihm zur Aufbewahrung gegeben. Er wurde mir nach seinem Tod von seinem Anwalt zurückgeschickt. So war es vereinbart.«

Er ging an seinen Schreibtisch, öffnete eine Schublade und entnahm ihr einen dünnen braunen Umschlag mit rotem Wachssiegel. Manners öffnete ihn und las laut vor.

To whom it may concern:
Dieses Statement nimmt Bezug auf Vorgänge, die sich in der Nacht vom 9. auf den 10. Juni 1944 vor der Höhle bei La Ferrassie in der Gemeinde Le Bugue zugetragen haben und die ich als Captain der britischen Armee, der *Special Operations Executive* zugeteilt, hiermit bezeuge. Zusammen mit François Malrand, Colonel der *Forces françaises libres,* und James Tecumseh McPhee, Lieutenant der *United States Army,* fuhr ich zu dieser Höhle, in der wir Waffen aus einer Luftlieferung gelagert hatten, die im nahegelegenen Cumont erfolgt und von deutschen Truppen gestört worden war. Ich hatte diese Höhle zufällig entdeckt; ihr Einstieg war von einer deutschen Mörsergranate geöffnet worden. Ein Anführer der Résistance-Gruppe der FTP, bekannt unter dem Namen Marat – ein Kommunist, der im Spanischen Bürgerkrieg gekämpft hatte –, beanspruchte die Waffen für sich. Er war in Begleitung eines russischen Agenten und zwei spanischer Kommunisten. Sie griffen uns an. Es kam zum Schusswechsel, dem auf unserer Seite Lieutenant McPhee und ein französischer Widerstandskämpfer aus Colonel Malrands Einheit, mir nur unter dem Namen

Florien bekannt, zum Opfer fielen. Marat und seine Männer kamen ebenfalls ums Leben. Wir ließen die Toten in der Höhle zurück, sprengten den Einstieg und brachten die Waffen nach Terrasson, wo sie eingesetzt wurden, um den Vormarsch der deutschen SS-Panzerdivision ›Das Reich‹ aufzuhalten. Es stellte sich heraus, dass die Höhle eine Anzahl bemerkenswerter Felszeichnungen enthält, die vermutlich viele tausend Jahre alt sind. In Anbetracht der politisch prekären Situation – die alliierten Truppen waren gerade in der Normandie gelandet – hielten Colonel Malrand und ich es für geboten, über den Mord an einem amerikanischen Offizier durch militante Kommunisten, die aus England gelieferte Waffen zu stehlen versuchten, Stillschweigen zu bewahren. Wir stehen zu dieser Entscheidung und verbinden mit dieser Erklärung den Wunsch, dass die Öffentlichkeit von der Höhle mit ihren großartigen Zeichnungen und von den tragischen Ereignissen jener Nacht nach unserem Tod erfährt.

Gez. John Philip Manners
im Beisein von François Malrand
und Hervé Lespinasse

Manners faltete das zweite Blatt des Briefes auseinander, auf dem in einer groben Skizze die Lage der Höhle auf halber Strecke zwischen Cumont und La Ferrassie markiert war.

»Ich glaube, wir sind ihr ziemlich nahe gekommen«, sagte er und reichte Lydia das Blatt mit einem Lächeln.

»Erzähl mir von den Zeichnungen«, sagte Clothilde an Malrand gerichtet.

»Die wirst du bald sehen – und deine Theorie bestätigt finden«, versprach Malrand. »Die Höhle in der Marche ist nicht die einzige, in der sich der Urmensch porträtiert hat. Auch hier sind zwei Bildnisse, das eines Mannes und einer Frau, beide von außerordentlicher Qualität. Sie sind mir nie aus dem Sinn gegangen. Ebenso wenig wie die Landschaftsdarstellung mit ihren Tieren unter Bäumen, Felsen und einem rot getönten Himmel. Wunderschön.«

»Ich glaube, ich verstehe, warum Sie die ganze Sache geheim gehalten haben, als die Russen noch unsere Verbündeten waren«, sagte Lydia. »Aber wieso auch später noch, während des Kalten Krieges?«

»Dafür gab's politische Gründe. Ich wollte in meiner Partei Karriere machen. Die französischen Kommunisten lagen in der Wählergunst bei zwanzig Prozent, und ich hätte als Gaullist kaum eine Chance gehabt, wenn das mit der Schießerei herausgekommen wäre. Und wegen des toten Amerikaners hätte es mit Sicherheit zusätzliche Komplikationen gegeben. Und was Ihren Vater anbelangt, mein lieber Major, so wäre es seiner Karriere in der britischen Armee auch nicht gerade zuträglich gewesen, in dieses heillose Durcheinander der französischen Politik verwickelt zu sein. Ich war vielleicht nicht gerade tapfer, glaube aber immer noch, die klügere Entscheidung getroffen zu haben. Wir wollten keine schlafenden Hunde wecken. Zugegeben, so etwas kann man auch Vertuschung nennen.«

»Und was jetzt?«, fragte Clothilde.

»Ich schätze, das liegt in deinem Ermessen«, antwortete Malrand. »Du könntest die Höhle öffnen lassen, all unsere vorläufigen Erkenntnisse über prähistorische Kunst über den Haufen werfen und ein politisches Drama heraufbeschwören, vielleicht sogar eine Krise hier in Frankreich. Den Medien und der Opposition würde das sehr gefallen. Und wahrscheinlich käme das auch der Auflage meiner Memoiren zugute.«

»Wie hätten Sie es denn gern?«, fragte Lydia. Sie hatte den Eindruck, dass an der Geschichte noch etwas fehlte, dass irgendetwas daran nicht stimmte. Es kam ihr so vor, als zöge sich Malrand aus taktischen Gründen in die zweite Verteidigungslinie zurück, weil er die erste aufgeben musste. Andererseits wollte sie ihn auch nicht in Verlegenheit bringen; sie hatte eine Schwäche für den alten Knaben entwickelt.

»Darüber mache ich mir schon länger Gedanken«, antwortete Malrand. »Lieb wäre mir zweierlei, zum einen, wenn wir jetzt alle ins Auto stiegen und zur Höhle führen. Das andere verrate ich vor Ort.«

Lespinasse übernahm das Steuer, Manners saß auf dem Beifahrersitz, und Malrand hatte es geschafft, sich auf der Rückbank zwischen die beiden Frauen zu setzen. Ihm war sichtlich wohl zumute. Auf dem Parkplatz von La Ferrassie stiegen sie aus. Malrand ging voran, und Lespinasse folgte mit einem großen Picknickkorb. Es war ein steiler Anstieg, doch der ältere Herr schien voller Energie zu sein und legte ein zügiges Tempo vor. Wie von Lydia mit Blick auf die Skizze schon vorhergesehen, erreichten sie wenig später die Lichtung, auf der sie und Manners sich am Vortag auf so herrliche Weise die Zeit vertrieben hatten. Sie begegnete seinem Blick und versuchte es mit einem Augenzwinkern à la Clothilde. Er errötete. Gut.

»Da wären wir«, sagte Malrand. »Ein wunderschönes Fleckchen, nicht wahr? Das erste Mal war ich hier mit Ihren beiden Vätern, im September 1944, nachdem sie Toulouse befreit und mich aus dem Gefängnis geholt hatten. Da drüben, am Fuß des schiefen Baumes, haben wir die leeren Patronenhülsen aufgesammelt und den Schutthaufen geglättet.«

Lespinasse öffnete den Picknickkorb und holte ein kleines Silbertablett daraus hervor, Gläser und eine Flasche Champagner. Er ließ den Korken knallen und schenkte sich auch selbst ein, wie Lydia mit innerer Zustimmung bemerkte.

»Ist das der Baum, der von der deutschen Mörsergranate umgerissen wurde?«, fragte Manners und ging darauf zu, als Lespinasse die Gläser verteilte.

»Ja, und er scheint's überlebt zu haben. Offenbar steckte noch ein Gutteil seiner Wurzeln in der Erde.«

»Trinken wir auf Ihren lieben Vater. Möge er in Frieden ruhen, wie auch deiner, Lespinasse«, sagte Malrand. Er trank und blickte lächelnd auf das Gras, die Bäume und den Himmel. Offenbar genoss er es, an einem solchen Tag noch am Leben zu sein.

»Sie wollten uns sagen, was Ihnen sonst noch lieb wäre«, erinnerte Lydia neugierig.

»Ja«, hob er langsam an. »Ich habe über all die Jahre immer wieder mit Schrecken daran gedacht, dass die Geschichte von damals irgendwann einmal ans Licht kommt. Und jetzt, da sie endlich raus ist, bin ich nicht nur erleichtert, sondern freue mich auch darauf, die Porträts unserer Vorfahren, des ersten Franzosen und der ersten Französin, jener ersten Kinder des Périgord, wiederzusehen. Das war mein Herzenswunsch, sie, bevor ich sterbe, noch einmal zu sehen.«

Er schlenderte auf den von Gras überwucherten Hügel zu und legte seine Hand auf den tief geneigten Baum.

»Vor allem sie, die Höhlenfrau. Für sie habe ich vom ersten Augenblick an eine große *tendresse* empfunden. So erging es auch Ihrem Vater, meinem englischen Freund. Wir haben in den Jahren danach manchmal bis tief in die Nacht zusammengesessen und über alles geredet, und ich wusste oft nicht, ob er von ihr schwärmte oder von seiner Sybille. Sie waren in seiner Erinnerung irgendwie eins.

Da ist noch etwas, das mich seit nunmehr über fünfzig Jahren nicht in Ruhe lässt, und ich hoffe, Sie haben ein Nachsehen mit der Eitelkeit eines alten Mannes. Dein Vater, Lespinasse, hat gesagt, der junge Mann, dessen Bildnis in der Höhle zu sehen ist, sei mir recht ähnlich. Wenn sich das bewahrheiten sollte, wäre ich sehr glücklich.«

Er erhob sein Glas in Richtung auf den Grashügel. »Auf sie, unsere Vorfahren, wer immer sie gewesen sein mochten«, sagte er und trank.

Anmerkungen des Autors

Die Geschichte ist frei erfunden. Gleichwohl will sie dem wenigen, was über die neolithische Kultur von vor über 17 000 Jahren bekannt ist, wie auch der sehr viel gründlicher erforschten Geschichte der Résistance im Périgord möglichst gerecht werden. Beide Zeiten sind eng miteinander verbunden, und das nicht nur im geographischen Sinne. Manche Höhlen dieser Gegend, die von den Widerstandskämpfern als Unterschlupf und Waffenlager genutzt wurden, waren rund 30 000 Jahre lang fast ununterbrochen bewohnt. Bei meinen Recherchen zu diesem Buch erfuhr ich, dass der gefeierte Schriftsteller und zukünftige gaullistische Minister André Malraux, der unter dem Decknamen »Berger« in der Résistance aktiv war, während eines Besuchs der Höhle von Lascaux im Jahre 1969 voller Stolz erklärt hatte, in dieser Höhle seien Waffen versteckt gewesen; er selbst habe seine Panzerfäuste an die Wand gelehnt, auf der das tödlich verletzte Wisent und der erschlagene Mann mit dem Vogelkopf abgebildet sind. Wie so viele der Erinnerungen Malraux' mag auch diese weniger auf tatsächliche Vorkommnisse denn auf Wunschdenken zurückzuführen sein.

André Malraux und der verstorbene Präsident François Mitterrand, die in jungen Jahren dem Vichy-Regime nahestanden, sich dann aber der Résistance angeschlossen haben, haben mich zu der fiktiven Figur des François Malrand inspiriert. André Malraux, der ambitionierte, großartige Romane schrieb und in den 1930er Jahren in Spanien kämpfte, hatte wie seine Brüder eine führende Position in der Résistance im Périgord inne. Das nahe Le Bugue gelegene Château de la Vitrolle – in meinem Roman der Landsitz von Präsident Malrand – war nach der Befreiung für kurze Zeit das heimliche Hauptquartier von Malraux und den US-Offizieren seiner Einheit. Im Juni 1940 wurde Malraux verwundet und von den Deutschen gefangen genommen. Er war in Toulouse in Haft, bis die Stadt von Maquis-Truppen befreit wurde, die ein britischer Agent der *Special Operations Executive,* bekannt unter dem Namen Hilaire, aufgestellt, bewaffnet und angeführt hatte. Sein wirklicher Name war George Starr; er leitete das Netzwerk Wheelwright, wurde später tatsächlich stellvertretender Bürgermeister einer französischen Gemeinde und hat es, wie ich finde, verdient, an dieser Stelle eigens erwähnt zu werden. Dass er von General de Gaulle im September 1944 des Landes verwiesen wurde, kann wohl nur den kleinlichen Grund gehabt haben, dass Starr als Engländer eine zentrale Rolle in der Befreiung eines großen Teils Frankreichs gespielt hatte.

Drei weitere reale Gestalten des Widerstands im Périgord sind in die Figuren François Malrand und Captain Jack Manners eingegangen: zum einen der ehemalige Playboy Baron Philippe de Gunzbourg, der die Decknamen *Edgar* und *Philibert* führte und als SOE-Agent über 20 000 Kilometer mit dem Fahrrad durch den Südwesten Frankreichs fuhr, um Fallschirmlieferungen und Sabotageoperationen zu organisieren; zum anderen Jacques Poirier alias *Com-*

mandant Jack bzw. *Nestor;* das dritte Vorbild ist George Hiller, der an jenem von René Coustellier alias Soleil organisierten Bankett im Château teilgenommen hatte, das irgendwann nach Mitternacht mit einer denkwürdigen Demonstration an einer Sten-Gun endete. Der gefürchtete Soleil war tatsächlich mehrere Male von den kommunistischen *Franc-Tireurs Partisans* und der *Armée Secrète* zum Tode verurteilt worden und ist im Périgord bis heute eine kontroverse Gestalt, obwohl sein Mut und seine charismatische Persönlichkeit wie auch seine heldenhafte Verteidigung von Mouleydier über alle Zweifel erhaben sind.

Die Rivalitäten und wiederholten Waffendiebstähle unter Kommunisten, Gaullisten und anderen Fraktionen der Résistance sind historisch belegt, so auch das Zusammentreffen und der heftige Streit am 8. Juni 1944 in dem nahe Brive gelegenen Kloster Saint-Antoine. Die Anführer hatten zwar mehrheitlich die besten Absichten im gemeinsamen Kampf gegen den Feind, doch erwies es sich als allzu schwierig, Kommunisten und Gaullisten unter ein Kommando zu stellen. Der im Roman zitierte Bericht über die Rolle der Kommunisten in Bergerac ist ein historisches Dokument, verfasst von Maurice Loupias alias *Bergeret,* dem regionalen Kommandanten der *Armée Secrète.* Die Vorbereitungen einer kommunistischen Machtübernahme nach Abzug der deutschen Truppen wurden abgebrochen, als der französische Kommunistenchef Maurice Thorez aus dem Moskauer Exil zurückgekehrt war und dem Auftrag Stalins Folge leistete, alle politischen Störungen in Frankreich zu unterbinden, solange der Krieg noch nicht gewonnen war.

Der schreckliche Vormarsch der zweiten SS-Panzerdivision ›Das Reich‹ im Juni 1944, die von Toulouse im Süden Frankreichs an die Front in der Normandie verlegt wurde, steht in meinem Roman an zentraler Stelle und wurde entsprechend gründlich recherchiert. Alle in diesem Buch zitierten deutschen Befehle und Berichte einschließlich desjenigen des Divisionskommandeurs Generalleutnant Heinz Lammerding sind dokumentiert. Die Aufstellung und Zusammensetzung der Division, ihre Marschroute durch das Périgord, der Aufstand in Tulle, die kurze Schlacht von Cressensac, die Tragödie von Terrasson sowie die grausamen Verbrechen von Oradour entsprechen der hier vorgenommenen Darstellung. Für meine fiktionale Behauptung, die Anführer der Résistance hätten in Ermangelung schwerer Waffen die Deutschen zu Vergeltungsschlägen zu provozieren versucht, um deren Vormarsch aufzuhalten, gibt es keine historischen Belege. Nach dem Krieg wegen des Massakers von Oradour vor Gericht gestellt, gaben deutsche Veteranen zu Protokoll, dass sie durch Berichte von Hinrichtungen und Schändungen ihrer gefangenen Kameraden in Wut geraten seien, was jedoch wenig glaubwürdig ist. Nichtsdestotrotz ist es aus militärischer Sicht kaum nachzuvollziehen, dass es die deutsche Heeresführung einer seiner wichtigsten Panzerdivisionen gestattete, Partisanen nachzustellen und wichtige Zeit zu verlieren, während sie in der Normandie dringend gebraucht wurde. Der Militärhistoriker Michael Foot kommt in seinem Buch SOE *in France* zu dem Schluss: »Die vierzehntägige Verzögerung eines auf drei Tage veranschlagten Vormarsches könnte sehr wohl von entscheidender Bedeutung für die erfolgreiche Sicherung des Brückenkopfs der Normandie gewesen sein.«

Die Details der Rationierung durch das Vichy-Regime, der Organisation seiner Sicherheitskräfte (einschließlich der berüchtigten Nordafrika-Einheit), der deutschen Hauptquartiere und der BBC-Botschaften entsprechen dem gegenwärtigen Forschungsstand. Das Centre Jean Moulin in Bordeaux ehrt das Gedenken an die Résistance und unterhält eine umfangreiche Bibliothek, die mir eine große Hilfe war. Zu den Quellen, aus denen ich geschöpft habe, zählen André Roullands *La Vie en Périgord sous l'Occupation*, Jacques Lagrandes *1944 en Dordogne*, die Memoiren von René Coustellier in *Le Groupe Soleil* und Guy Penauds großartige *Histoire de la Résistance en Périgord*. Auch habe ich in den Grenzen der fiktionalen Erzählung die Berichte über Sabotage- und Militäroperationen möglichst wahrheitsgetreu wiederzugeben versucht. Leser des Buches *Maquis* von George Millars werden erkennen, dass ich auch daraus geschöpft habe, nicht zuletzt auch aus Max Hastings *Das Reich*, einem bewundernswerten Werk der Forschung und Rekonstruktion.

Vor etwa drei Jahrzehnten haben mich meine Freunde Gabrielle Merchez und Michael Mills mit dem Périgord bekannt gemacht. Mein Freund Jean-Henri Picot, Sohn des bekannten *Compagnon de la Résistance* Paul Picot, gewährte mir freien Zugang zu seinem Familienarchiv und erzählte von seinen Kindheitserinnerungen, unter anderem davon, dass er zwischen 1942 und 1944 im ländlichen Périgord täglich frische Eier und Fleisch zu essen bekam. Auch andere Freunde und Nachbarn der Region waren sehr großzügig und ließen mich teilhaben an ihren Mahlzeiten und Erinnerungen.

*Bitte beachten Sie
auch die folgenden Seiten*

Martin Walker im Diogenes Verlag

»Martin Walker hat eine der schönsten Regionen Frankreichs zum Krimiland erhoben und damit für die Literatur erschlossen: das Périgord. Und vielleicht kommt mit ihm gerade dieses Herzstück der *douce France* ganz groß raus. Denn Bruno wird weitermachen. Angeblich hat sein Schöpfer schon Ideen für die nächsten acht Folgen. Spannend, lehrreich genug sind die *Brunos* allemal geschrieben. Und zumindest die ersten *Brunos* erinnern uns in leuchtenden Farben daran, dass Gott in Frankreich wohnt. Wo sonst?« *Tilman Krause / Die Welt, Berlin*

Bruno
Chef de police
Roman. Aus dem Englischen von Michael Windgassen
Auch als Diogenes Hörbuch erschienen, gelesen von Johannes Steck

Grand Cru
Der zweite Fall für Bruno, Chef de police
Roman. Deutsch von Michael Windgassen
Auch als Diogenes Hörbuch erschienen, gelesen von Johannes Steck

Schwarze Diamanten
Der dritte Fall für Bruno, Chef de police
Roman. Deutsch von Michael Windgassen
Auch als Diogenes Hörbuch erschienen, gelesen von Johannes Steck

Delikatessen
Der vierte Fall für Bruno, Chef de police
Roman. Deutsch von Michael Windgassen
Auch als Diogenes Hörbuch erschienen, gelesen von Johannes Steck

Jason Starr
im Diogenes Verlag

Jason Starr, geboren 1968, wuchs in Brooklyn auf und begann in seinen College-Jahren zu schreiben, zunächst Kurzgeschichten, später auch Romane und Theaterstücke. Früher verkaufte er Parfüm, Computer und – Höhepunkt seiner Karriere – unzerreißbare Strumpfhosen und redete sich die Seele aus dem Leib als Telefonverkäufer. Heute ist Jason Starr selbsternannter Experte für American Football und Baseball, für Pferderennen und Glücksspiel. Er lebt in New York.

»Jason Starr ist ein phantasievoller Autor und schreibt so rabenschwarz wie im Hollywood der vierziger Jahre. Als ein gescheiter Krimi noch ein richtiger Lesegenuß war.«
Martina I. Kischke / Frankfurter Rundschau

»Die unwiderstehliche Schwärze und Rasanz, in der Jason Starr den ethischen und zwischenmenschlichen Niedergang seiner Protagonisten schildert, sucht ihresgleichen.« *Stadtblatt Osnabrück*

Top Job
Roman. Aus dem Amerikanischen von Bernhard Robben

Ein wirklich netter Typ
Roman. Deutsch von Hans M. Herzog

Hard Feelings
Roman. Deutsch von Bernhard Robben

Twisted City
Roman. Deutsch von Bernhard Robben

Stalking
Roman. Deutsch von Ulla Kösters

Panik
Roman. Deutsch von Ulla Kösters

Brooklyn Brothers
Roman. Deutsch von Ulla Kösters

Dumm gelaufen
Roman. Deutsch von Hans M. Herzog